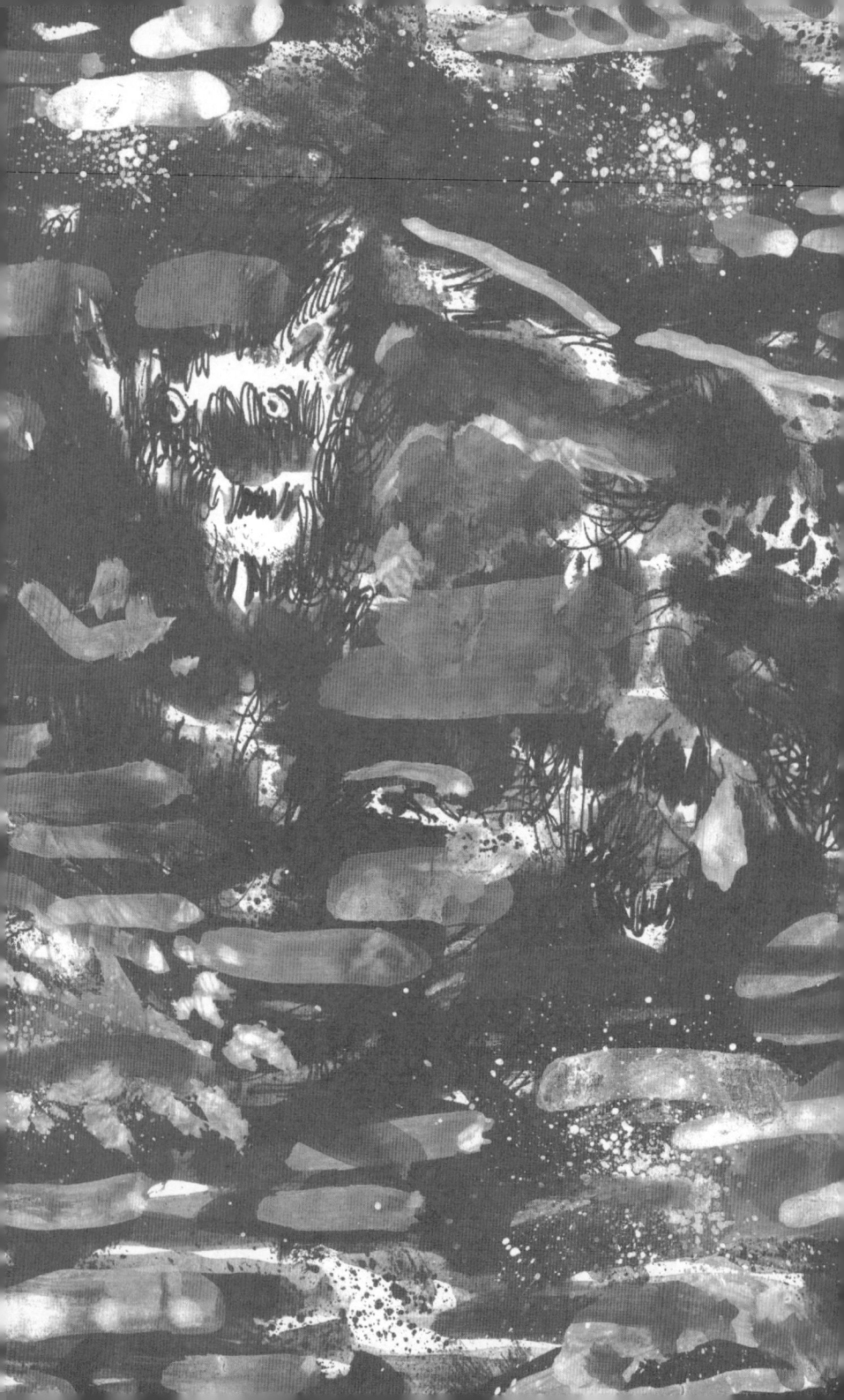

海狼

吴民民 著

社会科学文献出版社

目 录

引 子 001

第一章 恶魔选中了坛之浦

1 来自异乡的迷路人 008
2 哑谜 013
3 无声的狗群连夜追捕 021
4 命运的诱惑 033
5 发生在坛之浦的强奸案 052
6 柔情的女人遇到了血性的男人 069
7 上苍给予成功者的色彩 091
8 被忽略了的小柳车站的影子 108
9 女人自然有女人的智慧 124
10 被立案的海狼事件一波三折 137
11 舆论风暴的后遗症 149
12 山崎幸子的神秘失踪 158
13 迟到了的案情报告 165

第二章　朝鲜半岛的海和号惨案

14	釜山基督育婴堂的不速之客	*172*
15	被海和号事件搞到一起的男人和女人	*176*
16	生命的已知和未知	*184*
17	没有人埋单的海和号爆炸案	*191*
18	漂亮是女人的重要财富	*199*
19	汉城钟路区平安道里的凶杀案	*208*
20	"海浪袭击渔民"事件再次浮出水面	*217*
21	追捕的终点站	*225*
22	金顺姬提供一张过期的订单	*244*
23	柳暗则花明	*253*

第三章　远东国际军事法庭内外的攻防战

24	关于东京审判	*260*
25	海狼事件搜查本部重新粉墨登场	*266*
26	只要来到东京，乡下女人也会变坏	*275*
27	逃跑途中的罗曼史	*284*
28	一对男女，两个犯人	*298*
29	设置未来法庭，再次审判战犯的构想	*306*
30	"东京蔷薇"带来的重要情报	*310*
31	破镜摘花	*325*
32	天堂和地狱只有一步之遥	*332*
33	没有爱，宁可死	*340*

第四章　罪恶和爱情同出一源

34	刘思虹突然恢复记忆	*354*
35	一个让人荡气回肠的爱情故事	*359*
36	命运是个魔术师	*369*
37	高桥秀义的苦难旅程	*374*
38	复仇和逃亡之路一样漫长	*388*
39	记忆是从潘多拉盒子里逃出来的魔鬼	*396*

第五章　魂断热海

40	脑海里的风暴和现实中的暴风雨	*400*
41	追随	*412*
42	天边隐约的闪电	*417*
43	螳螂捕蝉，黄雀在后	*426*
44	野坂英治的智慧和力量	*435*
45	两个女人的第一次对话	*443*
46	末日是这样降临的	*454*
47	札里季耶夫将军的"海啸"计划	*464*
48	"海狼"争夺战的第一战役	*470*
49	运送死亡的列车	*476*
50	没有终止的结局	*497*
51	路影的遗言	*501*

尾　声　　　　　　　　　　　　　　　　　　*513*

后　记　　　　　　　　　　　　　　　　　　*515*

引 子

对于生活在朝鲜半岛南端的人们来讲，1946年是个不幸的年头。

一年前日本投降，朝鲜独立，人们从战场回到故乡，寻找亲人，阖家团聚，重享天伦之乐，家业国业政通人和，百废待兴，百业待举。这本是一个弃旧迎新，再鼓干劲，重新开始的一年，可是谁也没有想到，那年刚开始，南朝鲜的右翼组织就在汉城闹事，召开非常国民大会，举行大规模游行，号召罢工罢市。那种紧迫状态使驻在南北朝鲜的美军和苏军加紧了行动。他们在2月6日成立了共同委员会，在汉城会谈如何分割朝鲜半岛的问题。乘着这个机会，李承晚和金日成又抓紧时间，分别在汉城和平壤开设了自己的民主议政院和人民委员会，从那一刻开始就积极地向着民族分裂和国土独立的方向行进。

紧接着便是意识形态的对立和对政治异己分子的排斥以及思想上的肃清运动。没过多久，美国驻南朝鲜军政当局公开上阵，血腥镇压朝鲜民族解放运动，不惜实行"焦土化政策"。

没有止境，也没完没了，那一年的悲剧真是层出不穷！本来很多可以被理解的地方，在那时都绝无可能。猜忌、凶杀、强暴和掠夺代替了一切，由此产生的不共戴天之仇和随之而来的惩罚，足以让人类体会到人生才是最可怕的事情。

那种令人恐惧的状态在那年5月达到了高峰。

因为那时正好发生了一起惨绝人寰的事件：一艘从中国辽宁葫芦岛码头出发，经釜山去日本福冈运送日本难民的红十字会客轮海和号，在5月24日晚上离开釜山港进入釜山湾一带海面不久，突然遭到不明物体的攻击，发生强烈爆炸并迅速沉入海底，结果478人遇难，只有276名乘客侥幸获救。

这起原因不明的悲惨事件在朝鲜半岛引起震动，电台、报纸、广播、杂志，所有舆论工具几乎都开足马力去宣传报道这个事件。案情经过、悲剧结果、真相、原因、要点、论据、死亡者的人数确认、生存者的救护医疗等状况充斥各个版面，喧闹了足足有一个多月。

海和号事件的报道还没有结束，发生事件的那一带又出现了"鬼魂吃人"的故事。其中关于海狼袭击渔民的传说，在釜山那一带沿海居民中更是被说得有鼻子有眼，如同真人真事一般。

他们说海和号事件后，那一带海面出现了一种叫作海狼的凶恶动物。

那个时候流传一些耸人听闻的谣言并不奇怪，只是这个谣言的出处无法寻找，来龙去脉也让人可疑。虽然动物学的研究在当时并不发达，但是关于狼那样的动物，人们还是有常识的。

可不，谁见过大海里边的狼呢？

谁相信那天海一色、暮霭苍茫、大块大块的灰褐色云彩紧压着的海面，汹涌的波涛永无休止地滚动着的泽国尽头，会潜泳着长着四蹄、竖着耳朵、瞪着贪婪的眼睛、吐着红红的舌头那原本应该是在深山荒野里肆虐撒野的嗜血性动物呢？

谁也没有这个眼福！即便在秋分时节，明月当空，海浪一泻千里、天宇一目了然的清冽夜空！

虽然天国深处是有几片薄云一直垂落到海面上，像雾霭似的把海面锁住，那种清凉晓色、透人心肺，令人寒栗的清光和它照耀下的寂寥空虚，或许能让我们去想象海底世界存在着的那种撕裂人类肉体、吞噬人类灵魂的飞禽走兽，可是，这跟"海狼袭击渔民"那样已经形象化了的故事，又有什么内在的联系呢？

这或许正是悲惨的海和号事件带来的后遗症，使人那种本能的对于未知世界的恐惧在那一刹那间产生了骇人的臆想。

然而不管怎么说，不管用什么样的语言去解释这只是一则耸人听闻的流言，一个《天方夜谭》中危言耸听的故事，可是生活在那个时代的栖身釜山、巨济岛世代捕鱼为生的村民们，还是不相信那些或许是有着科学根据的观点。

他们说海和号事件玷污了那一带海面，那些受难者的鲜血唤醒了躺在海底的狼，使它们躁动着涌到海面，把渔民作为它们的攻击对象。那样的事例自古就有，他们的祖先就曾经多次看到过那种动物在大海里咆哮怒吼的影子，而且每一次都是在海难事故发生以后不久的日子里。

我们千万不要认为这只是生活在当地渔村，游离于物质文明之外的村民们的妄语，一种流传在那一方海域的传说。因为那种让人心悸的故事和有鼻子有眼的情节绝不是能杜撰出来的，况且从古至今，确实有很多人在那里遭到袭击，消失在无限凄凉的深渊里。

几天后，在1946年8月19日发行的朝鲜《东亚日报》上，有关海狼在大海袭击人，致多名渔民死亡的故事，作为正式的新闻消息，醒目地在该报第三版的社会新闻版面上，被一名叫作崔正安的记者披露出来了。

这真是一个爆炸性新闻。它的力度绝不亚于那起死亡失踪四百多号人的海和号事件！由于这段新闻对于本书所要展开的故事有着至关重要的作用，每一个读者或许都有可能从这段新闻中去产生联想，去推理验证本书要去披露的那些扑朔迷离的情节，所以笔者不敢怠慢，特意全文照录以供读者赏析。

这段新闻是这样叙述的：

1946年8月16日下午，当生活在朝鲜半岛的八千万人民还沉浸在从日本帝国主义的铁蹄下解放出来，恢复了自由的"光复一周年"的节日气氛中时，半岛的最东南端地区——巨济岛附近的闲丽水道海域，自三个月前发生了海和号爆炸事件之后，又出现一起骇人听闻的悲剧性事件。

那天下午四点半左右，由巨济岛渔民李树哲、李树民兄弟两人驾驶的渔船高丽三号，在驶回巨济岛忠武码头的途中，遭到了出没在大海深处的一个或是一群来历不明的物体的袭击。

当地渔民称那是因为李氏兄弟命运不佳，在出海前忘了到岛上的忠武神庙去祈祷，才遭到了海洋中最凶猛的动物——海狼的袭击。

因为高丽三号是在平静的海水中行驶时，被某种隐蔽在海洋深处的力量掀翻船舷，使船上的人在刹那间掉落大海，被海狼撕裂手脚，咬断了脖子才魂归西天的。

在事件发生当时，离高丽三号四百米左右的高丽五号渔民，还听到了李氏兄弟求救的哀号声，只是那事发生得太突然，让人无法立即做出反应，所以当高丽五号调转船头准备去救援时，可怜的李氏兄弟已经消失在海面上了。

奇怪的是那艘高丽三号并没有就此沉入海底。它虽然被海狼掀翻了船舷，可是船本身却又依靠海水的回动力而恢复了正常。它甚至还在高速度地继续东行，并在几分钟内消失在幽冥无垠的海浪中。

这真是一幕难以想象的情景！这情景又由于当地流传的

关于"海狼"的传说而变得更加扑朔迷离!也许正是这个事件的神秘和离奇才引起了釜山市警察署的关注。

据说警察署方面已经派出得力刑警,深入事发地点调查,相信此起"海狼袭击渔民"事件真相,不久定可以大白于人间。

这则近千字的报道,在为读者描述了一幅阴森惨淡的画面的同时,又给人们提供了重要信息,这个信息在一星期之后传到离釜山有着两百多海里的对岸——日本列岛西南部的九州。

毫无疑问,它同样引起了日本警方的重视。

只是遗憾的是,日本当时正处在战败后的动荡时期,东京法庭正在审判以战时日本首相东条英机大将为首的战争罪犯,以及那些世代显赫的日本元老贵族,所以世态炎凉人心惶惶的局面,多少影响了当地警察的办事效率,他们对这起"海狼袭击渔民"事件的立案调查稍稍晚了一点。

这个时间差给了人可乘之机,从而又使更多的人卷入了本事件的悲剧。

第一章

恶魔选中了坛之浦

1　来自异乡的迷路人

1946年8月23日晚上7点钟左右，日本北九州离下关市只有十公里之遥的渔村坛之浦的泥道上走来了一个男人。

他中等身材，体格粗壮，假如不是因为头上绑着已经让汗水和泥浆搅拌成浆黄色的毛巾把他那被太阳晒黑、流着汗水的脸庞遮去了一大半的话，我们完全可以清楚地看到他那扭动着粗纹的额头，及又浓又黑的眉宇下那对似乎还保留着某种稚气的狡猾的眼睛。

他留着胡子，那显然和他的年龄不配。

那种或许是因为没有时间，没有机会，没有工具而造成的乱渣渣的络腮胡子，从他的耳朵根开始，顺着左右两颊参差不齐地爬行下来，又扭动着汇集在他的下巴处，毛乎乎地把他的嘴唇周围上上下下地绕了一圈，使他那本来还显得年轻纯真的脸蛋，一下子变得凶狠起来，让人难以捉摸。

他穿着一身已经破烂不堪的旧军服，肩挎着一个不知是什么年代但仍然显得很结实的军用帆布腰袋。那腰袋里好像还放着金属用品什么的，沉沉地把挎在他肩上的腰袋压得直往下甩。

他也许是因为左脚受过伤，走路显得有点瘸，所以走动时腰袋里发出金属物的碰撞声，使他不得不时常停下脚步向四周窥视，直到确认自己仍然处在安然无恙的状态中，他才会抱起那个帆布腰袋，继续朝着暮色深处走去。

他的步履踉踉跄跄。那感觉有点像喝醉了酒的汉子一样，走起路来东倒西歪。只是与醉汉不同的是，他那种因为极度疲倦所造成的步行中的半睡眠状态，却一点也不会影响他那始终保持着清醒的、警觉的思维。有时候浓浓睡意使他的感觉变得朦朦胧胧，以至于不得不闭上眼睛去小憩一阵时，那残剩着的思维，竟然还会命令他那笨重的身体，慢悠悠地倒在近处的草堆或树丛里，以至于在昏睡过去时，也不会让那些过路人或者是路过的野兽发现他的身影。

也许是因为刚刚下过阵雨的关系，通往渔村的小路显得泥泞不堪，再加上西边紫褐色的火烧云燃烧将尽，空气中最后的光泽都随着大地上冉冉升起的雾霭一起变得黑暗难辨，使赶路人脚下的路显得越来越难走。他摇摇晃晃，深一脚浅一脚地把一长串脚印留在身后，这对他来说是一种危险，可是如今他已经无暇顾及了。

他或许已经成了一个被追踪的人，至少他的心里是那样认为的。为此他从来没有回过头去看他至今为止所走过的道路。

这一点正像恶狼在离开旧巢去寻找他乡新穴时从不愿意走回头路一样。因为被追踪的人和走投无路的狼都相信，警察或猎人此刻一定会守候在他们原来的所在地，期待着他们迷途知返呢！

天黑了，原野一片苍凉。紫色的浓雾和海边吹来的晚风一起呼呼地升腾着，把那种叫不破的静寂和望不穿的凄黯，笼罩在赶路人的周围，使他在无形中感到恐惧。

他停下脚步眨了一下眼睛，甩着脑袋，哆嗦几下。

这是他试图赶走睡魔的习惯性动作。

他睁大眼睛望着四周，觉得从额头上渗出的汗水已经变得冰凉，使他忍不住地举手去擦。可是现状很快又让他意识到了自己的愚蠢。因为他的上衣已经褴褛不堪，破烂的袖子从肩膀开始被撕成了布条,已经难以遮住他那裸露着的双臂,更何况他手臂上渗出的汗水此刻正顺着他腋窝往下淌着。

饥饿使他发慌,嗓子还渴得难受。这种状况使他不由自主地停下了脚步。

他摘下毛巾擦了一下脸,瞪着眼睛,把炯炯的目光向黑暗中撒去,似乎想去发现些什么。

可是除了近处那几棵小树和荒野中的那几丛芦苇的影子以外,他什么也看不见。

他就这样站着,睁大眼睛,望着眼前这个荒凉的世界。

他终于看见什么了。

那是一个小水塘。尽管水塘上面漂浮着水草,可是他还是从天边残剩的余光里,看见了水草下面晃动着亮光的流水。

"呵!"他嚅动着嘴巴轻轻地叫了一声。那是一种发自内心深处的欢呼声。

他摇摇晃晃地向水塘走去,那流水唤起他对生命的渴望。他跪在水塘边,俯下身子,把脑袋伸进水里,咕噜咕噜地尽情喝了一阵子。

"呵,好甜!真是救命水呵!"他嘟囔着用手掌擦了下嘴巴,可眼光却射向另一个方向。那边有上天给他送来的礼物。

被他的眼睛盯住的是只绿色的青蛙,它正停在水草上鼓动着下巴,瞪着眼睛望着他。

人和蛙互相望着,那种静止着的画面显得奇特又骇人。

他扑了上去,全然不顾没到他膝盖的流水。然而那青蛙"哇"的一声,轻轻一跳,把位置移到了另一片浮萍上,躲开了他的攻击。

青蛙的这一招似乎早已在他的意料之中。因为还没等青蛙在浮萍上站稳,他的右掌就伸了过去,连同那片浮萍一起,把青蛙牢牢地捏在了手里。

"哈哈……哈哈……"他狞笑着,把青蛙的两只脚左右一撇,然后用力一扯,蛙腿便血淋淋地被他连皮带肉地撕了下来。他把它塞进嘴里,皱着双眉龇着牙咀嚼着,似乎在吃着海鲜大餐。

他终于把青蛙的第二条腿、第三条腿也塞进了嘴里,并且毫不犹豫地吞咽下去。

他实在饿极了。饿到极处的人的胃就像大章鱼的吸盘,只要可能,他甚至想把整个世界都吸进他的肚子里。

屈指算来他已经有一个多星期没有好好吃饭、好好睡觉了。伴随着这种日子的除了恐惧和不安以外,再就是苦苦的思念。

他在想念着他的父母、妻子、恋人,还是孩子?

没有人知道!

不过我们从他那深沉的眼睛,不断闪烁的眼光和他常常用牙齿咬着下嘴唇的神态,还是可以感觉到煎熬在他心中的那种情感。

毫无疑问,此刻无论是从精神上还是肉体上讲,他的状况都已经达到了极限。虽然眼前还有生路,危险并没有如他所想象的那么快地降临,但是他觉得整个天地都在和他作对。因为对于他来说,大地是墓穴,而上天正是殓衣。

他左顾右盼、神色可疑,那样子绝不像一个过路者。他只是一味地往落日的方向走着,却对他所处的环境和所要去的地方一无所知。

他是从什么地方来的?从西南方的远贺江,还是从芦屋海滩的礁石边?

没有人知道。

谁也不认识他。他的命运注定要让他去承受这一切谁都无法想象的悲惨。此刻他站在黑暗里,如同沉没在深渊中一样,听凭命运的摆布，却无法做出任何决断。

晚风吹过来了，带来的寒意使他颤抖了一下。他的脑子里一片空白，可是眼睛却仍然在黑暗中搜索，终于他好像感觉到并且看见什么了。

那是出现在荒野地平线上的一颗星星！尽管她仍然镶嵌在漆黑的广漠中，但那种光芒，那种充满诱惑、迷恋而又是希望的光泽，却是那样吸引着他。

他揉了揉已经被黑暗反射得昏花的眼睛，迟疑着哆嗦了好一阵子，而后突然甩了下脑袋，发出几声只有他自己才能听得清的语言，那样子好像要把紧紧追赶着他的厄运永远摈弃在脑后似的，那种用期望和天真组成的神态，真可以媲美神明！

他盯着那颗星星，果断地蹽开大步，踉踉跄跄却又快速地朝那个方向走去。他相信，希望的大门又向他这个苦命人打开了。

2　哑谜

一个小时后，这位陌生的赶路人已经来到了那颗星星的跟前。那是一个有着五六百户人家的小镇，稀稀落落地散布在这一带方圆十多里的地盘上。

也许是因为那一带临海，所以这个名叫坛之浦的小镇的住房并不像城市附近的日本渔村那样排列得整齐规则。小镇的住房参差不齐，两层楼的砖瓦房，破落不堪的土坯房，有着院落的茅草房……各种各样的房子足以让这个黑夜中的陌生人揣测每一幢房子主人的职业、家境和生活的状态。

被饥饿和恐惧摧残得如同野兽一般却又怀着最纯真梦想的拾荒者，犹豫而又慌张地走向了一盏点着油灯的小屋。小屋处在那片房子的最西边，它的位置和东边近邻的土屋之间隔着一条约两米宽的车道，这意味着即使西边的小屋发生了什么，也不会马上被东边小屋的主人觉察。

这应该是一个危险之中的安全角落。

这间小屋显得破旧，它不像北九州那一带富豪人家盖的有着院落和围墙的大砖瓦房，也不像以捕鱼为生的渔民住的用木桩和铁皮拼凑而成的简易平房。铺在这幢小屋尖顶上的是茅草和树皮，而支撑着这一切则是那些已经是残砖碎石般的砖柱子。

连接窗框的那扇木头门应该说是这幢小屋的奢侈品了。他用粗树枝和木条顶在里边，外面再用铁皮紧紧钉住。这种门不仅结实而且挡风挡雨。每当台风季节,能支撑和保护这幢小屋的除了那几根房梁以外,一定就是那扇门了。

"这是一个穷苦人家。穷苦人或许会可怜我这样一个穷困潦倒的人吧!至少他能够给我一口饭吃,或者……"

这个异乡人在宁静的小屋前犹豫着,沉思了好一会儿。他鼓足勇气,颤抖地摸索着朝那扇铁皮门走去。可是就在那扇门跟前,在那可能会发生某种戏剧性变化的一刹那间,他胆怯了。他的目光本能地顺着细细的墙缝朝左边移。终于,他的身影也紧贴在了那扇闪着昏暗的油灯光影的窗框跟前了。

他屏住声息,把耳朵和眼睛朝着那扇用白色的窗户纸糊着,此刻却已经被风雨撕破了的窗户边上靠过去。他相信呈现在他眼前的那片福地上一定能够找到哪怕是只有一点点的恻隐之心。

也许是来自上苍的暗示,那窗户里边突然传来了一曲少妇哄孩子睡觉的儿歌声。那声音缓慢温馨,调子拖得很长,此时此刻听来,无疑是一曲来自天国,美妙得无可言喻的仙乐。

> 宝贝,快快地睡去,在妈妈的怀里,
> 宝贝,静静地入梦,在妈妈的心里。
> 宝贝的眼睛,犹如天边的星星,
> 闪烁着唱着甜甜的梦。
> 啊,梦一夜,一夜梦……

"这,这纯真的嗓音,怎会是人间的声音呢?"那个窗外窃听者的心灵颤抖了一下。他觉得至今为止支撑着他的精神世界的力量,那使他在大难中始终不屈不挠的意志,似乎一下子崩溃了。他深深地吸了口气,定了定神,一种企图去偷窥他人秘密的心思,终于在他的心灵深处占了上风。

他终于能够贴着被撕烂了窗户纸的窗框的一角,去窥视在灰暗的油灯照耀下的小屋内那温柔多情的动人一幕了。他屏住气息,毫不吝啬地睁大眼睛。

人真是这个世界上最具有灵气、最能够表现出胆大妄为动作的生灵了。那个黑夜中的不速之客刚才还在浑身哆嗦,惊恐万分,可是此刻在听到一个唱着儿歌的女人,或者是少妇的歌喉之后,他突然变得胆大包天了。他踮着脚尖,竖着耳朵,紧贴窗户,像一尊雕塑,一动也不动地站在夜色中,把整个身心埋进了寂静里。

屋里站着的是一个头上扎着橘黄色手绢,身上套着深蓝色和服,怀抱着婴儿的少妇。她那沿着身躯伸展着的和服和紧紧绑在胸前的腰带,使她那本来就瘦弱的腰显得更加娇小了。

由于她背对着窗户,所以窗外的窥视者并没有福气一睹她的芳容。只是她头上扎着的手绢的颜色,那杨柳细腰、细长的双腿、瘦小却又有着曲线的肩背,以及她摇晃着唱着儿歌,抱着婴儿的姿态,和那声声沁人心扉的温柔歌声,还是能够让人感受到她的活力,她的青春,以及她那最多也还只是情窦初开的少妇的年龄。

她低着头,那目光显然是在望着躺在她的手臂里,或许还在吮着她乳汁的婴儿的小脸蛋。

"呵,那怀里抱着的是个什么样的天使啊?"那偷窥着的汉子睁大着眼睛思索着,那神态显然比刚才要安宁得多了。

他已经克制住了五分钟以前还存在的那种慌乱,也没有了处处都在防备什么的胆怯心理。那小屋里只有一个抱着婴儿的母亲,她对他的安全构不成任何威胁。相反他却好像能够从眼前的这幅动人的画面回想起他曾经有过的,或者是他将要遇到的一些什么了。

那个少妇模样的女人仍然背对着窗户,只是她抱着婴儿摇晃着的身体却朝窗前的土炕边移了过来。她坐在土炕边,把怀中的婴儿放在了铺着床褥的炕上。她望着婴儿,又哼起了儿歌。

宝贝,快快地睡去,在妈妈的怀里,
宝贝,静静地入梦,在妈妈的心里……

她的声音依然平静诱人,可是窗外的窥视者的眼里此刻却闪烁着惊恐的目光。他的眼睛鼓得圆圆的,那种恐惧的眼神一动不动地聚焦在躺在炕上的那个婴儿身上。

那不是人,也不是什么婴儿。那是一个用手工做的,穿着一条用花布缝制的连衣裙的布娃娃!她有鼻子,有眼睛,有耳朵,有嘴巴,还有微笑的脸庞,妩媚的神态和动人的眸子,可就是没有生命!

看到这幅画面,窗外夜色中的偷窥者大吃一惊。他张开嘴巴,一动也不敢动,只是把目光愣愣地落在那躺在炕上的布娃娃身上。

那确实是一个人工做的布娃娃。他看清楚了,千真万确!

他并没有因为自己所处的环境,所经历的遭遇而使自己的脑子、眼睛发生错乱!发生错乱的一定是坐在屋里炕上背对着他,依然在唱着儿歌的那个无法想象而且也无从揣测的女人!

她为什么要像抱着自己亲骨肉似的去抱着那个冷冰冰的布娃娃呢?那温柔、纯真的歌喉为什么会为一具没有生命的婴儿复制品反复低吟呢?

他想不明白也无法想象。他只是感到胆寒,感到惊骇。可不,一个心怀叵测濒于犯罪的人,窥视一个抱着一具没有生命的布娃娃的少妇——这世上还有什么能比这种场面更让人感到可怕、感到天真和感到悲凉的吗？

此刻，一束来自天边的光线照了进来。那束亮光正好反射在那只布娃娃的脸上，半明半暗，时隐时现。也许正是由于那种无可比喻的光泽，或者是窥视他人秘密的神秘汉子的自身产生了不安的缘故，那个布娃娃的脸上突然出现了变化，一种极难想象，集恐惧、真诚、天真、迷乱于一身的容颜，使那个偷窥的人情不自禁地颤抖起来。

"啊！"他猛地惊叫一声，那声音恐怖极了。因为他发现那个布娃娃的脸在笑，眼睛也在笑。他没有看错，应该说他至少已经感受到了那具没有生命的复制品惨淡可怖的笑容了。

"谁？"窗户里边传来那个女人略带点惊恐不安的声音。她猛地转过身来，把目光投向那扇紧锁着的门和墙边已经被撕破了窗户纸的窗。

望着坐在炕上那个恐惧而又不可思议女人的惊异的目光，偷窥的汉子惊慌失措。他本能地把身体向窗框外边移过去，稍微静寂了两秒钟后他便加快脚步，顺着土坯墙东边的车道飞也似地逃出去，留下一连串的脚步声。

他不知道那个女人有没有看清楚他，可是他却相信自己已经清楚地看见了那个女人。她可能只有二十来岁。虽然这突然的一瞥还没法使他能够清晰地描绘出她那至伦至美的形象，但是他相信只要还能相见，他就一定能一眼把她给认出来。那是毫无疑问的。因为他和她四目相对时那一刹那的感觉他是终身都无法忘记的。

经过一阵短暂而慌不择路的奔跑，这个来自异乡的可疑人重新来到了距离渔村有三百米远的荒野上。他停下了脚步，喘着粗气转过身去，重新审视那一片并不遥远的村庄。

"那女人……究竟是个什么人？"他锁着眉，望着黑暗发愣。

他实在无法解释刚才所发生的事情。

"那个女人,那个布娃娃,那幢土坯房,天呐,这究竟是怎么回事?"

他摇着脑袋自言自语地嘟囔着。面对那一幕,他不知道自己是感动,还是受到了愚弄。他不敢去想,他的感觉好像被一种新的思维占领了。

"那是什么呢?"他向自己问道,"为什么那可怕的一幕会让自己看到呢?"他想不明白也不愿去深想,只是隐隐约约地感觉到了一种来自上天的昭示。

"可不,这是他的命!谁让他做了那么多的坏事呢!"

他不由自主地打了一个寒战。

此刻一阵冷峭的风从大海方向吹来了。几棵小树摇曳着树枝,刷刷地响着,发出了鬼叫般的声音,还有那几根芦苇,昂着头挺着穗子,在月光下闪烁,就像传说中的鬼影。

没有人声,一切是那样荒凉凄暗。假如不是月光下稀稀落落的房影和鬼火般在黑夜中闪烁的油灯的光亮,这世界真是恐怖到了极点。此刻,饥饿和疲倦又开始向那个可怜的拾荒者袭来了,使他的脚步情不自禁地重新向渔村的方向移了过去。因为那里毕竟有着可吃的东西和可供栖息的地方啊!

他的脚步加快了。饥饿和困苦使他忘记了那个不可思议的女人和令他寒毛直竖的布娃娃。

他走进了渔村,并顺着邻接着土坯的阴影向小村庄的腹地走去。他的面前出现了一堵土墙,要想绕过它,必须穿过横在他左侧的那个破旧的院落。

他犹豫着停下了脚步,用他那机警的目光朝院落里来来回回地扫射着。他不敢贸然进去,因为他无法从黑暗中判断院落北边的土屋里有没有住着人。

他试探着往前挪动了几步，把身体靠在挡住他去路的墙上。现在他可以比较清楚地看见院落里的情景和土屋周围的状况了。他低着脑袋，侧耳细听。可是除了偶尔传来的风声以外什么都听不到。

他犹豫了一下，把身体从土墙边探了出来又向前移动了几步。他已经来到了空旷的院落里，离那幢土坯房只有五米之遥了。此刻他的目光聚焦到了一起，紧盯着土屋房檐下挂着的那串黑乎乎的东西。

那是几个玉米棒，它们被绳子串在一起，挂在了房檐下的木柱上。

他的眼睛再也离不开那里了。那几个玉米棒对于已经几天没吃饭，早就被饥饿折磨得死去活来的人来说，是一种怎样的诱惑啊！

他站起身来下意识地朝周围的黑暗扫射了一眼后便毫不犹豫地来到了土屋跟前。他伸出手去抓住了那串玉米，用一种极为敏捷的动作解开了挂在木柱上的绳索。一分钟后，他就把那两个玉米棒抓在了手里。随后他又用那种恐惧的目光再一次地向他的左右望去。

一切依然如旧。除了那望不穿的黑暗和叫不破的寂静以外，此刻的世界一无所有。

他稍稍松了口气，又把目光移到了那扇用树枝扎起来的土屋的门。他发现那扇门虚掩着。

"假如屋里有人，那么他一定会听到刚才摘玉米的声音，一定会推门出来探个究竟的，可是，为什么那屋里什么动静都没有呢？"他思索着，突然意识到了什么。"难道这会是真的，难道那屋里没人？"他的眼睛里闪出了一种异样的光芒。他为自己可能会得到的幸运感到兴奋。

他挪动着双脚,朝虚掩着的门摸过去,并且蹑手蹑脚地试着推了一下门。他没想到那扇用干树枝做成的门竟然会在黑暗里吱吱地发出嘶哑的声音。那声音在他的耳朵里,就如同末日审判的号角声一样让人丧胆。

此刻,他听到了动脉血管在他脑子两边的太阳穴里如同锤铁似的敲打的声音,而且胸中呼出来的气息也好像是发动机里的风声一般,让他浑身哆嗦不知所措。他站在那儿就好像一尊石人一样,一动也不敢动。

两分钟过去了,屋里仍然没有传出什么声音。

"呵——"他惊恐不安地舒了一口气,终于把脚步迈进了那扇被他推开了的门。他睁大眼睛,竖起耳朵,抖抖索索地朝小屋里扫射过去。

这间屋子里确实没有住人。那里面放着一些渔网和下海捕鱼的工具。而且,在屋里的草席上还放着好多条正在等待去晒干的鲜鱼!看来这儿像是渔民的作坊,然而此刻它却成了一个能够让他休息,给他带来幸运的福地!

他流着眼泪跪了下来,并且就着鱼干狼吞虎咽地啃起了玉米棒。他横躺在渔网上,一边告诫自己千万不能睡觉一边却又闭上了眼睛把思维锁在了梦乡里。

他太疲倦了,无法抗拒的睡魔像青藤缠树一般地盘绕着他。

此刻,好像是那一天晚上十点半钟的关键。一切就像是命中注定似的。

3 无声的狗群连夜追捕

据说在动物的世界里,狼是没有什么对手的。

狼不仅具有山中之王老虎的威严和凶狠,而且还要比老虎更坚韧,更团结,更具有那种持之以恒、不屈不挠的意志。

狼天性机警多疑。面对猎人的陷阱,狼决不会轻易地为了眼前的利益上当受骗。复杂多变的环境对于狼来说,只是锻炼它的智能,磨炼它的四爪,考验它的毅力,检验它的能量的一个绝好的机会而已。

不讲信义,不断地加以伪装是狼的拿手好戏,忍耐和执着是狼的本性。尤其是当它被酷烈的大自然折磨得死去活来或者是被猎人追踪得走投无路之时,它的那种应该说是近乎残忍的天性,才有机会充分地表现出来,让我们去感受造物主何以能在宇宙的悠悠万物之中,吸其精髓,取其瑰宝,独具慧眼地创造出像狼那样的精灵。

也许是因为在远古时代,狼太骄横太凶险,肆无忌惮地横行在这个世上的缘故,才使造物主不得不苦心地去考虑制造另一种具备狼所拥有的手段、伎俩和特点,又能够掌握哪怕只有一点点的狼所没有的性情特征,或者德行的狼的复写体。

于是,狗就诞生了。

狗和狼的唯一区别就在于狗是一种附属品,一种附属于造物主的嗜肉性动物。既然是附属品,那它就必须忠诚于造物主。

忠诚是狗和狼的分水岭！

正因为这一点我们才可以认定，狗是狼在这个广袤自然界的唯一天敌！

现在，也就是那个慌不择路地在坛之浦的小镇里东荡西晃、偷玉米，啃干鱼，偷偷潜入渔民作坊的可疑人，躺在渔网上大梦沉沉之时，一群具有绝对忠诚属性的狼的复写体，悄然无声地来到了位于玄界海沟附近的芦屋海滩的礁石边上。

他们来自海滩70公里之外的下关市警察署。从警长到警员，这五个最多也不会超过30岁的年轻人，个个显得精明强悍。那种永无休止、力排万难的勇气，以及孜孜不倦、慎之又慎的精神，无不使人感受到日本警察的那种认真、自信、一丝不苟却又顽固不化，即使是被称为美德也绝不过分的德性。

他们还牵着一条身高一米、长达四尺被取名为大獏的狼狗。

这是一条纯西伯利亚种。

它披着一身闪闪发亮的黑毛，长着一对阴暗凶险的三角眼，那两只随时都在高高竖起的耳朵，以及一见动静就会奔腾而起、咆哮不停的机警、凶恶的样子，和他的主人一样，显示着一种肆无忌惮、无所畏惧的气概。

这是一只凶恶无比却又机警万分的嗜血性动物。它之所以被叫作大獏这样既充满神秘感却又让人畏惧三分的名字，其原因除了它的凶暴、残忍以外，更重要的恐怕还是它在侦查、追捕犯人时所表现出来的不屈不挠、锲而不舍，能够沉住气后发制人的几乎可以与人类相比的智慧与才干。

它的主人只要把自己所想追踪的对象物品稍稍给它看一眼，或者是让它闻一闻逃犯残留下来的脚印，那些气味就会像符号一样，通过它的脑细胞反射到它的眼睛和鼻子，使它能够永生不忘直到把那个犯人逮捕归案为止。

大貘还有一个本事。

它能把自己狼啸一般的声音压低下来,变成类似于家猫那样低沉的哼鸣。在追捕中,它只要发现了对象,这种哼鸣声就越低,紧迫感就会像信号弹似的传达给它的主人,让他们和它一样做好随时都要扑上去咬住对方脖子的准备。

这只精锐无比的队伍是在三小时前,也就是那一天的傍晚七点半左右赶到这里来的。

在这之前他们收到了当地一个渔民的报告。那位渔民声称自己在下午五点钟,因为赶到芦屋海滩上去收回上午撒下的渔网时才发现那艘可疑的渔船。那时正下着阵雨,密集的雨点使他不得不放下手中的活,去寻找一个礁石垒成的防风洞避雨。然而就是在芦屋海滩那一处最为险峻的、被当地的渔民称为"虎跳峡"的海崖边,他看见了停泊在那里的渔船,而当天上午11点钟,他在那里抛撒渔网时根本就没有那样的东西。

"这里又不是码头,也无法避风,到处都是乱石块,渔船怎么开得进来呢?真是不可思议。"

那个50来岁的渔民嘟囔着向警察报告道,而后他又在警察的要求下,把他们带到了地势险峻的"虎跳峡"。

这是一艘让在场所有警员都会感到惊异而又振奋的渔船!

因为在这艘渔船的船尾,用红油漆写着"高丽三号"四个字。

那船名在海水的腐蚀下已经锈迹斑斑,难以辨认,可是那残剩下来的横竖笔画,却仍然能让人隐隐约约地回忆起出现在《东亚日报》上,由记者崔正安所撰写的那被海狼袭击的渔船所经历过的种种血腥和悲惨!

这艘单桅船的设施实在太简陋了。它的船舱长八米宽两米多,最多只能容纳四个人。虽然这艘船的后舱厢完整无缺,马达仍然横卧在船体中央，乍一看这艘船似乎还能够发动起来驰骋于惊涛骇浪中似的。但是，假如只是根据外形去判断，那我们一定是低估了海狼的凶狠和韧劲，以及对付它的渔民那种以死相拼的毅力和勇气了。

在大海深处发生的海狼与渔民之间的战斗是悲壮的。这一点我们从遗留在高丽三号上的刀痕、血迹、玻璃碎片，以及被烟火熏黑了的后舱厢盖，被砍掉了的船帆，砍断了的绳索，只剩下木桩一般矗立在夜空中的桅杆都可以想象出来。

毫无疑问，发生在这艘单桅船上的火灾起因来自马达。

也许是因为船的主人极速启动马达，试图甩掉突袭过来的海狼，加快速度拼命逃跑，却因为某种原因不慎被海狼抢先一步，在马达流出来的柴油上燃起火种，才酿成这起致命的火灾。

这场火灾烧毁了后舱厢的墙壁，熏黑了船舱和船帮，它使马达变成废铁，使紧挨在后舱厢边的驾驶室成为一堆废墟。

然而光是火灾也许并不能够完整地呈现那场战斗的壮烈和凄惨，因为前来侦查的警员发现，即使是在那已经熏黑、烧焦了的船帮和船檐边上，都可以清晰地看见沾在上面的血迹，以及分不清是手印还是脚印的已经变得黝黯乌黑了的肢体血印。

那会是一种什么样的生死之战呢？

谁也想象不到。即使是对于那些正在船上船下来回穿梭，忙于取证、有着丰富破案经验的下关市警署的警员来说也是一样！此刻他们铁青着脸，和大貘一起把鼻尖紧贴着地面，用凶狠而又疑虑的眼光扫向这艘单桅船的每一个角落，寻针似的把整条船翻个遍。

他们取手印，采指纹，收集血样，丈量船上每一处刀痕的厚度和宽度，并不时地用那种带着乳白色灯球的老式相机，拍下所有被他们认为是值得去研究探讨的痕迹。

"池田警长,你能认定眼前的这艘船正是《东亚日报》上登载的失踪的高丽三号轮吗?"

"也许……"那个戴着黑色礼帽穿着便服,鼻子下面留着一撮八字胡名叫池田雄一的31岁警长点了点头。此刻他的眼睛正紧盯着船翼左边一根弯曲着脑袋的钉子。他发现钉子和船帮中间夹着一根短短的布条。

他的心颤动了一下,情不自禁地走上前去,拿出钳子把小布条从钉子上取了下来,小心翼翼地夹到取样用的玻璃片上。他抬起头把深思的目光投向了黑暗深处。此刻月光西斜,海面上除了海浪的泡沫偶尔把惨白色的光泽送到人们的眼前闪烁几下之外,其余的依然是沉沉的黑幕。

"呵,那浩瀚的深渊里究竟隐藏着什么样的精灵啊!那无底的寒泉,凄凉的幽冥里,难道真的有凶恶残暴的狼一般的东西吗?"

池田打了一个寒战。他仿佛已经感到从那时那刻起,命运已经把他和他所要追捕的海狼紧紧地连接在一起了。

"池田警长,从单桅船的靠岸位置来看应该说它是在下午退潮以前到达虎跳峡的。这里乱石丛生,地势险峻,不依靠潮汐的力量是不可能靠上岸边的。而且,也可以断定这艘船在靠上礁石堆后不久就遇到了退潮的时辰,潮水硬是把船只从礁石上拖了下来,搁到了现在这个位置上,这一点我们从船底被礁石划破的痕迹就可以看出来。所以这艘船的靠岸时间应该是潮涨潮落交叉时,即下午两点到四点之间。而那时天空布满乌云,云块紧压着海面,雨水使海上的能见度一下子变得很低。这就给海狼上岸创造了时机,因为他是在没有目击者的情况下登陆上岸的。"

一个留着平头穿着黑色制服的警员一边用手电筒打着光,一边翻看着气象资料,若有所思地向池田报告道。

"你想说海狼已经上岸了,是吗?"池田望着他的部下,随口问道。

"是的,这是不用怀疑的。"

"而且没有目击者?"

"是的。不过这也很难说。因为向我们报案的渔民就是在下午四点钟退潮时发现这艘渔船的。所以目击者的存在也是有可能的。"

"可是渔民发现这艘渔船时,海狼已经上岸,那个渔民并没有看到任何可以走动的东西,是吗?他是这样说的吧?"池田从口袋里掏出了烟斗,一边往里塞着烟叶一边沉思着问道。

"是的,但是……"那个留着平头的警员突然咧开嘴笑了起来,"警长,您说,这上岸的到底是狼还是人呢?难道海里边真的有狼?"

"有……什么都有!海狼,海狮,海豹……只是,能够创造出如此悲剧的绝对不会是动物,那一定是人!人……人是唯一可以制造万恶的生灵。"池田紧绷着脸,脸色严峻咬文嚼词地说道。

"您是不是想说,那是海盗的所为?"

"海盗?也许……不过这一带海面从来就没有发生过什么海盗袭击渔船的事情。这里离朝鲜半岛最多不超过三百海里,而且海面平静,没有复杂的可以隐蔽的地理环境。再说被袭击的高丽三号渔轮本身是一条破烂不堪的小船,没有任何金钱价值,遇害的渔民也绝不是富豪名士。所以,这就给我们带来了问题。那海狼,假如他真的是人的话,那他为什么要袭击高丽三号呢?犯罪目的会是什么呢?还有,对了,小田君,你还记得发生在三个月前从釜山开往福冈运送日本难民的中国红十字会客轮海和号爆炸事件吗?"

"当然记得!怎么会不记得呢!那次悲惨事件……"听到上

司的问话，那个名叫小田信一的警员一下子严肃起来了。

"那真是一幕令人难忘的场景。七百多条人命呀，全是逃难百姓，据说一半以上的人在客轮爆炸当时就死了，可怜啊！"小田摇晃了一下梳着平头的脑袋，不无悲哀地说道。

"是啊，凄惨万分……不过，想走的那时也就走了，到极乐世界去了。可问题是留下的。他们家破人亡，九死一生，虽然事后被送到了医院，但是那种埋藏在心中的悲酸和仇恨，又有谁能明白呢？"池田望着夜空长长地叹了一口气。

"是啊，那些可怜的人！可遗憾的是海和号爆炸事件的真正原因，至今都没有查清楚！有人说那是飞机在夜空扔下炸弹，炸沉了客轮。也有人说那是有人不想让船上装有的秘密在日本上岸，专门雇了杀手在船上引爆了携带的炸弹，还有人说是因为船上发生了可怕的传染病，为了不让得病的人上岸才采取了炸船那种不得已的措施，等等，等等，众说纷纭，可最后遭受苦难死于非命的却都是老百姓！唉……"

25岁的山本一郎警员望了他的上司一眼触景生情地说道。他似乎有点被眼前的凄凉气氛所感染，以至于眼圈都有点发红了。

"是啊……可是，警长，您现在为什么要提那个海和号事件？难道您认为眼前海狼袭击渔民的事情也会与海和号有关？"小田有点不解地问道。

"是的，那是极有可能的。海和号事件把仇恨埋到人们心里去了，那种阴影绝不会轻易地从记忆中消失。此刻除了用仇恨或者其他什么感情因素的原因来说明眼前的这种犯罪以外，我们还能用什么样的理由去解释海狼——不，或许就是海盗那种人的犯罪动机呢？"

"感情上的原因……难道说这是一次复仇事件？可是高丽三号渔轮上受害的是朝鲜人呀！朝鲜人怎么会和海和号事件有关

呢?"山本思索着向池田问道,他显然不太同意警长的判断。

"山本君说的有道理。可是我们能否把我所说的感情因素的范围再扩大一些,除了复仇这种基于一般的犯罪心理以外,还会有什么其他感情上的原因呢?"池田思索着向大家问道。

"感情上的原因?这……这真是一种难以推想的情愫啊!要知道,当时坐在海和号客轮上的日本难民,几乎每个人都望眼欲穿地盼望着能早一点回到祖国!那么多年的战乱和望乡之念,使他们比以往任何时候都想着要早点回到故乡,和亲人团聚。而事实上也是,他们的亲人早在海和号客轮预计到达福冈港的三天前就相继等在那儿了。"小田望了他的同僚山本一眼后,又把视线落到了池田警长的身上。

"你想说那是一种望乡之念吗?"池田若有所思地问道。

"是的,望乡之念也是一种情感啊,而且是一种更让人煎熬的情愫!"

"望乡之念?是啊,望乡之念。为了能早日回到故乡,人难道会豁出去做那种血腥之事吗?"池田喃喃地说道。他点燃烟斗猛猛地吸了一口,又慢慢地把一圈圈的白烟喷吐到了漆黑的夜空中。

池田雄一跟一般的日本警察不同。他忠实、正直、自信,但是并不顽固。他出生于平民家庭,从而深深地了解战争给日本民众所带来的苦难。为此只要是自己的权力范围内能够管的事,他都会三思而后行,尤其是对于因为战争而被迫走上犯罪道路的罪犯。

池田的这种宽慈自然会受到日本警察当局的批评,可是池田并不想"改邪归正"。这或许正是东京警察大学犯罪心理学高才生的他,至今仍然待在下关这个小城市的警察署迟迟得不到提拔的重要原因。

池田雄一在下关市警察署当警长已经有五年了。五年里他每时每刻都在期望着去建立奇功。可是因为日本军队在太平洋战争中的节节败退给日本国民带来的悲凉萧瑟气氛，以及日本宪兵在国内的专横跋扈，多少给企图犯罪的不法之徒带来了压力，所以那时的日本国内秩序井然，犯罪事件很少发生，尽管刚刚当选为警长的池田有着满腔热血却无用武之地，使他在下关市警察署白白浪费了五年。

然而现在不一样了。战后初期的日本百废待兴，尤其是在美国占领军进驻日本，远东国际军事法庭对战争犯罪嫌疑人的审理工作正在往深处展开，那种攻击美国占领军、企图在日本建立苏联式共产主义体系左派分子的行径，以及反对对战犯的审判、坚决捍卫天皇制的日本右翼组织的极端活动，都有可能是日本社会发生犯罪事件的温床。为此池田在警察大学里的恩师、犯罪心理学的教授清水秀治先生特地把池田叫到东京，对他面授机宜，要他抓住时机，一改过去对犯罪分子的那种仁慈心肠，以虎豹扑咬羔羊之势去严惩，哪怕只是一种来自意念上、心理上的犯罪行为也行。

清水教授的谆谆教导对池田来说虽然没有起到作用，但确实使池田认识到他已经来到了仕途上升与否的关键时刻。假如再没有建树，那么他在大学里的恩师和同学们面前真的会无地自容了。为此池田四处出击，搜集情报，如同最顽固的猎狗一样穷追不舍地去寻找每一个可能让他建立功勋的案件线索。

机会终于出现了。

三个月前发生在这一带海面上的海和号爆炸事件使池田的神经紧绷了一阵子。他虽然没能参加海和号爆炸案的直接侦查，但是他们所属的下关市警署却接到了战后重新成立的海上保安厅筹备组的通知，要他们协助海和号搜查本部的调查工作，在下关一带海岸线上加强巡逻搜查，寻找和那次爆炸案有关的可疑人物以及从海和号流失到海面上的漂流物等有关证据。

为此，下关警署特意成立了以池田雄一警长为首的五人搜查小组，负责这个工作。虽然在下关一带海岸线以及海面上的日夜搜查并没有使池田有所建树，但那工作上的成就感和事业上的充实还是让他感到满足。

随后就是这一次的海狼袭击渔民事件！

五天前，当池田在朝鲜的《东亚日报》上看到这则发生在巨济岛附近海面的"海狼袭击渔民"事件耸人听闻的新闻报道后，他就产生了某种预感。没想到的是命运又神出鬼没地把发生在那个事件中的遇害船只五天后送到了他管辖的芦屋海滩，听凭他来处理这个扑朔迷离的案件。这真是来自上天的恩赐，对此池田已经深深地感觉到了。

我们知道池田雄一学的是犯罪心理学，每逢立案侦查时，他都特别重视犯罪者的动机和由此造成的违背社会常识的阴暗心理。池田擅长逻辑推理，并且有着非凡的判断能力。对于自己所思考的定义，他总是慎之又慎地搜遍脑子里有的全部智能和经验之后才下结论。一旦做出决定，池田会果断地采取行动，绝不犹豫，即使是遇到再大的困难，他也会坚韧不拔地坚持下去。

池田认为没有动机的犯罪是不存在的。

罪犯的犯罪不是针对个人就是针对社会。对此犯罪心理学家已经举出无数个例子，无数遍地论证过这个道理了。

可是眼前这个案件的犯罪动机，池田却找不出一条令他自己信服的理由来。他不相信望乡之念会促使一个人去犯罪，去杀人，他也不愿相信"海狼袭击渔民"事件只是一种偶然的因素造成的犯罪行为。

"那么本案罪犯的犯罪目的又会是什么呢？是什么原因促使

罪犯去向贫苦的朝鲜渔民举起利刃呢……"池田抽着烟苦思着，沉默了好长时间却始终找不到答案。

"警长，您看，大貘正在那里盯着一串脚印咆哮，那会不会有问题？因为从海岸礁石边通向海边田埂小路上的脚印十分可疑。那是穿着军用跑鞋的人留下的脚印。这种鞋在当地渔民中几乎没有见过。而且从那人的脚印来判断，我们发现他的左脚似乎受过伤，每走一步右脚都很用力，使重心整个地倾向身体的右边。遇到泥泞的地方，左脚印似乎是顺着烂泥划过去。从脚印判断那人走路时是摇摇晃晃的，重心不稳还使他多次在泥滩摔倒。下午刚刚下过阵雨，这种雨天来海边的人只会是当地的渔民，可是那脚印却向我们证明，这个来海滩的人是个外乡人！"

另一个名字叫坂下正尚的26岁警员指着正在咆哮的大貘向池田报告。他的细腻推理引起了池田的注意。

"外乡人的脚印？而且从脚印来判断，那人还受过伤？"池田来到大貘身边，弯下身去抚摸了一下它的脖子，让它安静下来后说道。

"是的，警长。"坂下点头应道。

"呵，对，对，雁过留毛，鸟过留声，没错，没错……"池田望了一眼站在他面前的坂下，突然感悟到了一些什么。

"小田君，今天下午是几点钟开始下雨的？雨量如何？"

"那是一场暴雨，狂风夹着雷电！从四点钟开始到傍晚六点半，这场暴雨一刻不停足足下了有两个小时。"小田望着他的上司，一丝不苟地回答道。

"假如海狼真的上了岸，而且还受了什么伤的话，那他是绝对走不远的！"池田点点头自言自语道。

"是的，警长，您说的没错。而且现在是夜晚，大雨之后的夜晚！泥泞的道路对于一个脚受过伤已经是筋疲力尽的逃亡者来说，简直就是一种刑罚。因此可以判定，这个海狼并没有走远！"

"好，你们说的都在理。现在已经是凌晨两点，我们已经没有时间再去探讨罪犯的犯罪动机了。必须抓紧时间，马上行动，或许我们还来得及。"池田掏出怀表看了一眼，略微思考了一下以后，终于下定了决心。

"小田君，这里附近有几个渔村？"

"就一个，那个小村叫作坛之浦，离这里有35公里左右。"

"35公里？好！我们现在就兵分两路。山本君，你带一个警员守在这里，监视这条船，寻找目击者，继续搜查，不让任何一个可疑的迹象从眼皮底下溜走。小田君，你带一个警员牵着大獏跟我走，顺着这个可疑的脚印摸过去。假如那个海狼真上了岸，那么现在他恐怕还会藏在坛之浦那一带的。还有……坂下君你立即返回警署，让他们马上派员从南边北上，从相反方向围住坛之浦，决不让海狼从我们的手掌心溜走。"

池田提高了嗓门果断地做出了决定。他觉得他的判断是正确的，现在要做的只是将伸展开的手掌捏成拳头，下定决心就行。即使海狼再凶猛再顽强也不怕，因为他有那么多的包括这条超级狼犬大獏在内的得力部下。况且他撒出的网又是那样的牢固，捕获一匹海狼应该是绰绰有余的。

他相信这一点。

五分钟以后池田带着他的部下，在大獏的带领下，顺着脚印走在了通往坛之浦的泥泞小路上。

那时正是凌晨两点钟左右。沉沉的雾霭正在从四面八方朝着旷野压过去，呼啸着，奔腾着，锁住了大地和海洋。

整个世界混沌一片。

4 命运的诱惑

凌晨三点二十分左右,躺在坛之浦渔村作坊里的陌生人睁开了眼睛。

也许是因为那些用麻绳构成的渔网扭成一团,高低不平,太硬太不舒服,而且渔网中散发出来的鱼腥味也太臭,让人感到恶心反胃,以及那间作坊实在太潮湿肮脏,让人无法享受睡眠等各种缘故,那个丢魂失魄的汉子在昏昏沉沉入睡了四个多小时以后睁开了眼睛,并且再也睡不着了。

好在他已经睡了一阵子,疲劳已经有所舒缓,而且他那早已经不可能在休息上面多花时间的习惯,也使得他很难再去燃起睡意了。他睁大眼睛,侧耳倾听周围的动静,并且用他那炯炯的目光向黑夜望去。

依然是苍凉凄黯的夜色,依然是沉沉无边的暮霭,整个世界除了静寂和恐惧之外,几乎一无所有。

他似乎有点失望,又好像有点愤怒。大自然对他存在的无视使他感到了莫名的奇怪和烦恼。

"怎么会是这样呢?"他嚅动着嘴唇自言自语地问道。他的思维十分紊乱,脑子里始终有一种看不见的思绪翻来倒去。

心理学家曾经说过:一个人在白天时所经历的事情太多,感触太深,那么疲劳会使他在晚上很快地入睡。但那种睡眠只是一种为了促使他更快地睁开眼睛,回到睡眠前的状态中来的手段。

一旦醒来之后，烦恼就会变本加厉地重新涌进脑海，使他的旧恨新愁一起加倍地涌现。

眼前的他就是处在这样的状态。

他叫高桥秀义，今年才只有23岁。这个年龄本是男人从少年走向青年，从学校走向社会，逐渐成熟，精力最为旺盛、思维最为活跃的时候。只是他所经受的和他所做过的，太复杂太奇特，那些经历给他带来的痛苦也太惨烈，其可怕程度无疑超过了和他同年龄的任何人。

高桥出生在日本关东地区海滨城市热海的一个中产阶级家庭。他的父亲是造纸机械厂的工程师，母亲则是在英国流过洋的医生。良好的家庭环境使高桥在童年和少年时代充满了幻想。在父亲的教育下，他从小就掌握了许多机械制造方面的知识，而经常以英文来和独生子对话的母亲，又使高桥练就了一口熟练的英语。

如此美满的家庭在明治维新以后的日本比比皆是。但是日本社会的军国主义化以及随之而来的战争，却把这一切都改变了。

从1941年开始，高桥父亲的公司变成了生产武器弹药的军工厂，母亲的医院则成了日本军部的专属医院。20岁那年，刚刚高中毕业的高桥因为流利的英语被送到东京的陆军大学学习，一年后也就是在1945年5月，他被派到中国东北的哈尔滨，正式成为哈尔滨市宪兵司令部的宪兵，而且还被委以少佐的军衔。那一年，高桥正好22岁。

高桥生来就好思考问题。

少年时代他把心思用在父亲的那些造纸技术上，而现在他则在考虑日本为什么要发动战争，人类为什么会津津乐道于相互争斗，以至于不惜去发动战争那样的政治学和社会学方面的问题。

高桥好交朋友，并且富于情感。由于他会英语，家教又好，懂得的事情自然要比别人多，所以在宪兵队里他成了最受欢迎的人，那些同僚不管有事没事总爱往他的宿舍里跑，和他闲聊，听他说笑话，其中有两位比他大七八岁，名字叫作西川正人和渡边厚司的宪兵，更成了他形影不离的好朋友。

高桥的身材并不高大，但长得魁梧强壮。他喜欢游泳，而且水性极好。这自然要归功于从小就倾心抚育于他的父母亲了。因为早在他童年时期，喜欢游泳的父母亲就带他出没于各种各样的游泳池。长大后，广阔无边的大海更是他练习游泳技术的好地方。

他常常帮助曾经是渔民的外祖父潜泳到海里去抓鲍鱼，取蚌壳，养殖珍珠。凡是在大海的工作，他总是和外祖父抢着争先去做。这恐怕也是他从小就成为外祖父母掌上明珠最重要的原因。然而也许连他的父母亲都没有想到，高桥不仅身体强壮，而且做事还非常细心，有着比旁人更好的记忆力和观察力。

那一次，当他和西川正人一起为执行任务来到哈尔滨市郊的日本陆军731给水部队的总部时，他就感觉到了一些什么。事后他曾对西川说：731部队虽然是后勤部队，但一定肩负着其他的什么任务，这一点从频繁出入731部队总部大院、神色匆匆、心情忧郁的人就可以看出来。

从那以后高桥就开始注意这个负有特殊使命的部队了。不久，他就从宪兵司令部办公室保险柜里藏着的机密文件中证实了自己的判断。从此，731部队在中国惨无人道地进行人体实验，制造细菌化学武器的事情就进入了他的视野。这件事对他至关重要，以至于使他到最后都没能逃脱731部队的秘密给他带来的阴影。

应该说最能体现高桥秀义智能的莫过于他对于战争时局的评价了。

高桥懂英语，他能从短波中收听到美国电台的英语广播。然后他又把在美国电台上收听到的消息去和来自日本大本营播放的新闻做比较，并且去伪存真，由此及彼地去推论时局的变化。他曾多次告诫他的好友西川，要他随时做好逃跑准备。因为北方的苏联军队正在往远东方向调动，为了争夺战后的利益，斯大林随时都有可能撕毁《日苏和平友好条约》，让苏联红军开进中国的东北。到了那时，即使是铜墙铁壁的日本关东军也可能会溃不成军。要想拯救自己，不做战争的牺牲品，唯一的方法就是逃跑，逃出战火纷飞血流成河的战场。

为此高桥还专门准备了一份中国地图，用红笔记下了准备向南方逃跑的路线。

高桥的准备起到了重要作用。

1945年8月9日凌晨，当他从美国电台的广播中听到了苏联对日本不宣而战，苏联红军已经进入中国东北，关东军溃不成军的消息之后，他的南逃计划也开始实施了。他叫来了西川正人和渡边厚司，把时局的紧迫性告诉了他们。三人一拍即合，立即决定马上逃离哈尔滨。

那真是一个令人永远都难以忘怀的夜晚。月光皎洁，大地黯然，天气闷热，气压很低，天空一览无云，大地一望无边。

那种由即将成熟的吐着红穗子的玉米和正等待着收割的高粱组成的青纱帐，和在青纱帐的拐角处呈现出来的十字形向着大地尽头蜿蜒而去的马车道所构成的画面，在幽深无比的夜空和一泻千里的月光挤压一下，透出了无限的苍凉。

假如此刻能够身临其境，能够登上那座临空兀起，由稀稀拉拉的树木和坟冢组成的小山坡去俯视大地，窥视那些在马车道，在青纱帐，在玉米地里扶老携幼，你哭我喊，互相劝慰，泣不成声的黑压压一片如同蚂蚁一般蠕动着的妇孺老幼逃难者的身影，以及那些争先恐后，你追我赶，拼死拼活，不顾一切地期待着去爬上偶尔出现在马车道上的军用卡车、三套马车那样的交通工具，并且不惜动用枪火，大打出手，相互残杀，你死我活的年轻汉子逃命时的神情，我们能不去感叹战争带来的那种轰轰烈烈，却又是骇人听闻，惨不忍睹的美呢？

战争在扭曲人性，亵渎道德，玷污法律，践踏尊严的同时，也在造就英雄，创造历史，煽动民情，谱写诗篇。人类历史上各种各样的惨不忍睹、美不胜收的景象，都会在战争——这一曲没有尾声也没有终止符，永无休止地在持续演奏的交响乐中，被淋漓尽致地表现出来。

战争破坏一切同时也在创造一切。它最重要的技能，最独特的本事就是制造难民！

想来也真是心疼，那些在炮火轰鸣下，在刺刀驱赶下，在谣言欺骗下，在邪恶煽动下的人们，不知所措，没有方向，刚才还和自己的亲人一起，有爱恋有光明，充满希望，可转眼间却被卷入逃难大军，没有食品，流离失所，东逃西奔，生离死别。

为了活命，母亲不得不狠心地把刚刚出生几个月的亲生儿女扔进牡丹江；丈夫不得不狠心地把刺刀刺向不愿意忍受屈辱的爱妻；一家老小情愿选择死也不愿苟生，不惜抱在一起去拉响手榴弹，慷慨赴死也不愿让骨肉从此分离……

哀鸿遍野，哭声震地，人仰马翻，气绝身亡。

这就是战争的杰作。

战争给放下了武器的军人，给无辜的百姓、妇女、孩子、老人、伤员带来的是一个又一个残酷无比、伤心可哀的悲剧。人世间还有什么能比战争造就的画面更能让人感到骇然的呢？

躺在渔民的作坊里，高桥秀义皱着双眉蜷曲着身体，情不自禁地闭上了眼睛。

他想把那些恐怖的画面从脑子里驱逐出去。

他睁大眼睛,嚅动着嘴巴,从心灵深处叹了一口气。那种止不住的悲哀,化成了一颗又一颗的泪珠从脸颊上流下来,使他忍不住地抽搐着肩膀痛哭起来。

高桥忘不了他加入逃难大军走上逃亡之路的噩梦般情景。他苦难悲剧的总渊源或许正是在那里形成的。因为正是从那一天起,他的心灵开始变硬,并且慢慢无可挽救地凶悍起来,把上苍刻在每一个人心灵深处的"仁慈"和"希望",彻底地给抹掉了。

他的心灵已经干涸,精神也早已死亡!而且更致命的是,他拒绝一切来自外界的挽救。

远处好像传来了钟声。

那是渔村里天主教堂的钟声。在日本的北九州一带,有着很多类似于欧洲小城镇中常常能见到的那种简陋教堂。那是欧洲各国,尤其是荷兰传教士在江户时期带到日本列岛的礼物。

钟声敲了五下。

悠远的钟声使这个还处在痛苦状态中泣不成声的苦命人停止了哭泣。他抬起头来,用手擦了擦挂在脸颊上的泪水,把目光射向了虚掩着的门。

门缝里投射过来一缕已经有点发亮了的光束。此刻东方已经出现鱼肚白。晨雾快要散去,天快要亮了。

"啊,五点了。"高桥低低地叫了一声,从渔网堆里坐了起来。他下意识地摸了下一直形影不离的帆布腰袋,因为那里面有他的防身武器。

夏日的早晨天亮得很快。此刻天边多少已经有点发红了。太阳就要升起,这一点就连发呆的高桥也感觉到了。为此他还禁不住地颤抖了一下。

他害怕见到阳光。自从逃离哈尔滨,走上逃难之路的那一刻起,他就再也不愿意看见太阳了。他昼伏夜行,躲避阳光,可如今他却不可避免地要从黑暗中走出来,去面对人世间的光明。

钟声似乎又在敲响,而且还夹带着狗叫声和公鸡晨鸣声以及那些似有非有的人的说话声。

天已经大亮了。

高桥秀义站了起来,并且挎上了浅黄色的帆布腰袋。他准备离开作坊。

他知道渔民马上就会来这里干活。他不愿意也绝不能让当地的渔民把他堵在这里,被人当作小偷,报告给警察,或者被人记住脸型,使他像通缉犯一样被人追捕。因为,他已经有过这样的经验了。

高桥走到门口,正要推开那扇虚掩着的门时,院外的砖墙边传来了两个女人的对话声。他一愣,顿时停住了脚步。他听得很清楚,这是两个年龄不同,听上去像是一对母女的讲话声音。

高桥本能地把身体移到了门后边,并且用手紧紧抓住挎在肩上的腰袋。他的手在冒汗,心跳速度也显然加快了。

然而那两个女人并没有走进作坊。她们只是院墙外小路上的过路者而已。然而,那两个女人中的年轻女人的声音,却使高桥感到吃惊。

他想起了昨晚看到的抱着布娃娃的那个恐怖女人。那女人唱着儿歌时的天真嗓音,多像刚才路过的年轻女人的声音啊。

高桥颤抖了一下。他情不自禁地推开作坊的门,顺着院墙外的小路,远远地跟在她们的后面。他说不出他的目的和动机。他只是觉得一种企图窥探他人秘密的心思,一种要看见、要知道、要洞悉隐情的欲望,使他的心里发痒。

他毫不犹豫地跟了上去。他发现自己的判断没错。因为他紧盯着的那俩人中的年轻女人头上扎着的正是昨晚他见过的橘黄色的手绢，身上穿着的也正是昨晚那个女人穿的深蓝色的和服！

高桥随着她们穿过几个院落又拐过了几条巷子，然后来到了岔路口上。

那是一个三岔口，而且小街在这里也分成了东西两条。

两个女人在那里停住了脚步，好像她们也要在那里分道扬镳似的。

那个年轻女人似乎还有点不愿意离开她的同伴，而那个看上去年龄比她大两轮，背也有些驼的老女人则在轻声地安慰她，开导着她，那个年轻的女人似乎还流下了眼泪，伤心不已地不断拿手绢擦着脸颊。

"怎么了这可怜的人，难道又发生什么不幸的事了？"高桥停住脚步，躲在离他们有五十多米远的小街的一侧暗暗猜测着。

那两个女人互相地说了一些什么后终于分开了，那个年轻的女人走向了西边去的岔道。

高桥犹豫了一下后也迈开腿来到了岔道口。他仔细观察了分道而走的那两个女人的背影以后，便毫不迟疑地把身体转向西边，跟在了年轻女人的后面。

他想弄明白这个不可思议的女人的真实面貌。

也许是因为他走的是一条偏僻的小道，所以那一幕让人可疑的盯梢女人的戏剧并没有被人发现。然而现在情况却不同了。因为那个女人正引导着他，朝着村庄的繁华区走去。过往的行人越来越多。这种情况显然使高桥感到发怵。因为他这身难以遮体的破衣服和明显不是当地人的装束已经引起了路人的注意。他们不断地用诧异的目光打量着他，使他情不自禁地想抬起手臂去遮挡他的脸。

显然他已经成了路边的鬼影窥伺的对象。假如那里边还有警察的话，那一切就都可能会发生！

"怎么办？"他慌乱地向四处张望着，真有点后悔刚才在作坊里做出的这个跟踪女人的决定！

然而也正是在那时，那个年轻的女人拐进了一条巷子，走进小院，踏上了一座看似砖瓦结构的两层楼房的阶梯。

那好像是一个私人旅馆。这一点从这座建筑物的围墙入口处挂着的那块写着"春风馆"三个字的门板上就可以看得出来。

看见她走进小院，并且踏上通向二楼小屋的台阶之后，高桥秀义愣住了。他知道这种叫作"春风馆"旅馆的含义。他没想到昨晚他在窗外偷窥到的这个可疑的女人会来这里。

"她难道是在这里干活的吗？"高桥自问道，一时不知怎么办才好。

"大哥，想要住宿吧？来，进来呀。"还没等高桥反应过来，旅馆入口处就传来了另一个女人的声音。那女人穿着和服，虽然已有四十多岁但风韵犹存。毫无疑问，她是春风馆的老板娘。

"啊，幸子，你真有财运呀，刚来上班，就有客人登门而来。"那个女人浪声叫道，一把拉住了高桥。也许是因为听到了老板娘的叫声，那个站在台阶上的被叫作幸子的年轻女人转过身来。她望着高桥，一下子不知道做什么才好。

"来呀，幸子，快把大哥带上楼去洗洗，看他脏得那个样子，那脸上都让泥浆给挂满了！"老板娘一边把高桥往小院里边推搡一边大声招呼幸子，那声音让高桥感到心惊，使他忍不住地旁顾了一下四周。

站在台阶上的幸子迟疑了一下。她终于走下了台阶，来到了高桥的身边。

"大哥，假如您不嫌弃的话那就进屋洗洗吧，您看您，脸上身上到处都是泥巴。"

这个叫作幸子的女人用那种略带惊异的神色，望着满脸不自在正感到手足无措的高桥轻声地说道。那声音使高桥感到亲切,他觉得自己已经有很长时间没听到那种温暖的称呼了。

"谢谢,谢谢——"高桥支吾着,并且情不由衷地抬起沾满了泥浆的右手往脸上抹去。这个动作使他那张因为紧张而冒出很多冷汗的脸庞又增添了许多滑稽的色彩。他拘谨地抬起头来,顺着幸子柔和的声调点了点头。他有点晕,以至于不敢再抬起眼睛去正视幸子一眼。

终于,在老板娘猥亵的目光中,高桥跟随幸子走进了二楼右边紧靠着走廊尽头的小屋。他有点惶恐不安地打量着那间铺着被褥的榻榻米小屋,又慌乱不堪地在幸子端来的水盆前摘下绑在头上的毛巾,急急忙忙地洗了把脸。

剥去了贴在脸上的泥浆和汗水后,我们终于能够看清楚高桥秀义的容颜了。

他确实还很年轻。那副稚气未脱的脸庞已经清楚地告诉了我们这一点。只是他额头上的皱纹和那不断紧锁着的双眉,还是让人感受到了与实际年龄很难相符的他曾经的过往。

还有他的那双眼睛。

高桥那种忧郁不安却又时时警觉万分的眼神,使幸子感到惊奇。她觉得眼前的这个男人肯定有着什么非凡的经历。但是她却不愿多想,去怀疑猜测他的过去。

是啊,在眼前这种虽然战争已经结束,但仍然处在兵荒马乱、人心惶惶的时代,谁都可能有自己的秘密,她自己不就是这样吗?只是让幸子感到吃惊并由衷地产生同情之心的是高桥秀义的嘴巴。

她发现他张开嘴时没有门牙。一般人张开嘴巴,显示那种口齿伶俐的地方,在他的嘴里却变成了两个黑洞。它使他那本来还显得颇有生气的神容刹那间变得冷若冰霜。

这纯粹是一种人为的痕迹，而且可以肯定那还是一种暴力的结果。虽然中世纪的噩梦早已过去，但是只要愿意，人类什么时候什么朝代不能够去创造杰作呢？

"嗯，您的牙齿！您的牙齿怎么了？"幸子呆呆地望着高桥情不自禁地叫道。可是，她充满惊恐的声音并没有打动眼前的这个男人。

此刻高桥的眼睛正呆呆地望着放在桌上盘子里的那两个紫菜叶饭团。那贪婪的眼神里反射出来的是一种饥饿到了极点以后才会流露的神色。

"啊，你一定饿了！来，吃！快吃！"幸子拿起盘子里的饭团，塞到高桥的手里。那是老板娘留给她的午饭。

不用装饰，也不需要装饰，本能的需要已经使高桥忘记了一切。他狼吞虎咽，没有两分钟就把那两个饭团给咽了下去。

"吃吧，还有，我再去给你拿！让你吃个饱，可怜啊！"幸子望着眼前的景象同情地说道。而后她推开屋子的木窗，探出头朝楼下喊了起来。

"妈妈，妈妈，再拿两个饭团来。"

然而底下并没有传来老板娘的应答声。

幸子望了一眼处在尴尬状态中的高桥，似乎有点等不住了。她拉开那扇通向走廊的拉门，匆匆地走下了楼。

其实老板娘并没有走开，她正侧耳倾听着楼上的情景。在没有搞清楚那个男人是否会爽快地掏钱支付所有的账目之前，她是不愿意提供服务的。

"幸子，你搞清楚没有，他身上有没有钱？你看他那个样子，破破烂烂的，到我们这儿来的客人怎么会是那种装束呢？他会不会是一个吃白食的？"老板娘瞪了正在厨房里做饭团的幸子一眼，故意提高了声调。

"行了，妈妈，您别说了，让客人听见了多不好。"幸子转回身来，抬头向楼上望去。她怕高桥听到老板娘刻薄的话语。

然而高桥还是听到了。

他悄悄地站起身来，踮起脚尖把身体移到了窗门前，又屏住呼吸拉长了耳朵，把脑袋贴在玻璃窗上。他并不关注老板娘所担心的关于他口袋里是否带着钱的那种事。他带着钱，而且是美钞。这一点他非常清楚。他所担心的是老板娘对他身份的怀疑，因为那会送了他的命。

是啊，谁能保证老板娘这样的女人，不会去向警察告密呢？

高桥抬起眼睛，望着天花板深深地吸了一口气。他做过很多梦，每次的梦境都是甜得流蜜，可是梦过境迁，冷酷的现实却比以往任何时候都要让他感到悲哀。

那么这一次呢？

高桥战栗了一下，一口凉气从他那没有门牙的嘴里倒吸了进来，使他猛地睁大了眼睛。他感到恐惧。一种已经被人抓住了蛛丝马迹，不知道死亡何时会降临的无法预测的恐惧！而且他还有一种直觉。那种直觉在告诉他，应该马上离开这个叫作"春风馆"的地方，否则凶险难卜。

可是那种直觉却并没有能够让他马上行动起来。这和他以往的习惯不一样。

"呵，我真是见鬼了！"高桥嘟哝着并用手使劲地拍打脑门。他期望自己能下定决心马上离开这个"春风馆"。

然而这一切却并没有效果。

"呵，我这是怎么了？"高桥用双手蒙住自己的眼睛，并且使劲用手掌拍打着脸颊。他终于发现了造成他心猿意马的原因。

"是的，是幸子……是那个女人！那个唱着儿歌哄着布娃娃睡觉的神秘女人，那个热情单纯善良而又可爱的女人。"

呵，女人！为什么女人会有那种力量呢？她怎么会让高桥那样的冷面汉子，都会想入非非呢？

高桥的脸发烫了。他感到有点晕眩，就像在梦中一般。

"是啊，眼前的这一切……洁白的床单，松软的被褥，裹着紫菜叶的饭团，充满温馨的小屋，还有……幸子那可爱的笑容，多么难得啊！"

高桥嘟哝着在心里说道。

他至少已经有二十来天没能在这样温馨的小屋里睡过觉了，一旦有了如此美妙的境遇，就算是神仙圣人恐怕也会安然地打个盹去享受一下人间的温暖。高桥心安理得地想着，直到幸子拿着饭团走进小屋，来到他的身边时才清醒过来。

"大哥，你在想什么呢？来，我把厨房里的饭全都做成了饭团。来，您吃，多吃点，管您饱。"幸子一边笑着一边把饭团递到了高桥的手里。

"嗯，谢谢，谢谢……哎，你叫什么？对，幸子？幸子！刚才我听见老板娘这么称呼你的，是吗？"

"是的。"

"幸子，告诉你的老板娘，叫她放心，我有钱，没事的，我会按规矩付钱的。"高桥的嘴里突然冒出来这样几句话。他觉得只有把这些话全部告诉了老板娘以后他才会感到安心。

"您看您……忙着说这些干什么，来吧，快吃吧！我当然知道您是带着钱来这里的！谁到这里来会不带钱呢。"幸子故意提高了嗓门，她知道老板娘在底下伸着脖子，正偷听他们的对话呢。

高田拿着饭团却并没有把它塞进嘴里。他只是怔怔地抬起眼睛，似想非想地把自己那种炽热的目光直愣愣地射到了幸子的脸上。

这是一张五官被安排得极为妥当的脸蛋。小鼻梁,小嘴唇,两道细眉和那下面镶嵌着的满含真情的眼睛,使人完全能够感受到被称为九州美人的那种名副其实的姿色。她的头上仍然扎着昨晚的那条橘黄色的手绢,身上套着的也是昨晚那套藏青色和服,只是比起昨晚来那和服上的裙裾在腰上扎得更紧了,使她那本来就高耸的胸脯显得更加诱人。

这是一幅绝美的图画!

那种在风韵和容姿两个方面体现出来的贞静之美,在室内阴暗光线的衬托下若隐若现,谁见了都会心碎的。

高桥颤抖了一下。他赶紧垂下眼睛并且把饭团塞进了嘴里。他知道假如自己再这样望着她的话,那接下来的会是怎么样的一种情景。他努力地克制着这种奢望。他觉得他能够欣赏到这么一幅美丽的画卷就已经足矣。

"没错,她就是昨晚我看到的女人!只是这么聪明漂亮的女人,怎么会去做只有精神病人才会干的傻事呢?难道她身上也有过什么痛苦不幸的往事吗?"

高桥睁大眼睛怔怔地望着幸子,半晌说不出话来。他企图把她的那种美那种温柔,那种可能是真诚也可能是天真,可能是不幸也可能是苦难所带来所包含的所有感觉,都印到他的脑子里。

"怎么了,大哥,您为什么这样看着我?难道我身上有什么东西让你感到烦心吗?"幸子望着高桥的眼睛有点慌乱起来。她站起身有点不知所措地拉扯着自己的衣服。

"没有,没有!幸子,你坐下,你太漂亮了,这辈子能见到你真是福分呀!"高桥一边嚼着饭团一边说道。那种溢美之词从他那一本正经的神态中说出来显得滑稽可爱。

"大哥,你又在取笑我了吧。"幸子面带羞涩地望了高桥一眼,轻声说道。

然而高桥像没有听见幸子的话似的，仍然痴迷地望着她，那神情让幸子感觉到了什么。

"大哥，先洗澡吧。要不，我先带你去泡温泉浴池，正好可以坐两个人。大哥您旅途劳累，泡下温泉一定可以解乏……"

"洗澡？好啊……不过，洗澡还是我一个人去吧，你只要告诉我浴池在哪里就可以。"看见幸子提出要陪他去洗温泉，高桥有点不好意思地拒绝了，那样子多少让幸子感到诧异。她看了高桥一眼，然后站起身来，从桌子底下拿出脸盆，又把从壁橱拿出来的毛巾、浴衣、肥皂等放进了脸盆。

"那好，大哥，您一个人去吧。浴池在一楼的厨房后边……来，大哥，我带您去。我带您到浴池去总可以吧。"幸子把装着毛巾、浴衣的脸盆塞到了高桥手里，佯装着笑容说道。她目送着高桥走进浴室后便匆匆忙忙地回到二楼。她不愿意让老板娘知道客人没有让她去陪着洗澡的事情。因为在"春风馆"这样的事情几乎很少发生。

然而幸子实在是多虑了。

因为高桥只是不愿意让幸子看到印刻在他身上的那一条条伤痕而已。在高桥的身上，每一条伤痕每一处刀疤，都是一个故事，一个心酸得实在让人无法去回想的故事。只是此时此刻在善良美丽而且肯定也有很多不幸的幸子面前，他高桥秀义怎么会忍心去把内心深处的悲痛，全盘地向她说出来呢？

而且高桥也不愿意让幸子对自己有太多的了解。他跟她萍水相逢，互相并不知底。他们间的感觉至今还只是一种表面上的东西。虽然某种直觉使他感觉到了她的好意和善良，可是谁能保证直觉都是正确的呢？更何况现在他对于幸子的身世和她所拥有的秘密还一无所知。

高桥洗完了澡。他觉得自己一下子轻松了许多。因为他已经至少有两个多星期没有洗澡了。他穿着幸子给他准备好的浴衣，抱着那身刚刚换下来的破烂不堪的旧军服回到了二楼的小屋。

"啊，洗过澡人就不一样了，一下子年轻了好多哟！"

幸子看见走进屋来的高桥上下打量着大声说道。她又把一面女人用的化妆镜子和一把剃须刀递到了高桥的手上，继续唠叨起来。

"大哥，您好后生哟！来，再把胡子刮一刮整理一下，走出去就像换了个人似的，没有人再会认识您了。"

幸子带着一种恭维的口气说道。她没想到那一番随口而出的话语，却引起了高桥的注意。他拿过幸子手上的镜子来回照着，又按照幸子的劝说把围着他的嘴唇上下，长得乱茬茬的胡子刮得一干二净。让他对着镜子确认自己已经和以前判若两人时，这才松了口气。

"大哥，您真是会打扮呀！哼，我看您肯定是个大户人家的公子，即使是落了难，也不会像我们这种地方的人那样。"

"噢，是吗……对，对，幸子，你说得对。多亏你，正是有了你，我才会到这里来的！"

高桥痴迷地望着幸子语无伦次地说着。而后，也就是在他和幸子的眼神相对的刹那间，他忍不住了。

"啊……"他喘着粗气一下子把幸子搂入怀里，发狂似的解开那条把幸子的身子裹得紧紧的和服腰带，而后又一件一件地剥去了幸子身上的和服和衬裙，并且毫不犹豫地把自己那炽热得已经有点发烫的嘴唇，顺着幸子那羞涩的闭着的眼睛，那微微翘起的鼻子，那天衣无缝的粉红色的嘴唇，那洁白细长的能勾起人无限想象的脖子，以及那高高耸起的乳房吻下去，直到她的大腿部最为敏感的地方。

那是一种灵魂和肉体间的交流。

那时候正是中午一点钟。太阳光顶头照着，把炽热的阳光全部倾泻到了房顶上，却没有让一丝余光透进那间爱怜和欲望交织着的小屋。

此刻小屋光线黑暗，那感觉有些醉人。

此刻，室外显得很安静。

这种安静是那两个刚刚进行了灵与爱激烈运动之后的当事者，在做了比较之后才能感觉到的。

这时幸子隐隐约约地好像听到了一曲足以让人断肠的名字叫作《早春的爱》的演歌。那曲调似乎来自邻家的收音机。

> 春雨送冰霜，
> 飞雪仍猖狂。
> 觅得红梅一枝春，
> 却愁无缘赏。
> 二月虽早春，
> 长夜依然寒。
> 犹豫彷徨再思量，
> 抬头春冉冉……

《早春的爱》的词曲幽怨悲怜，唱腔柔和婉转，再加上男声演唱者的声情并茂，使那本来已经悲凉万分的歌曲，显得更加伤感凄凉。

也许是因为触景生情，幸子突然抽泣起来，发出了一种可能是因为幸福也可能是由于悲哀才会产生的声音。

那声音使高桥心颤。他用双手捧起了幸子的脸颊。他发现幸子的眼泪此刻就像断了线的珍珠似的从眼眶中滚下来。

"你怎么了？幸子……"

"我……我……没有,大哥,我这是高兴才哭的。我真没想到今天会遇到您这样善良的人。"

幸子偎依在高桥的怀里喃喃自语道。那神态让高桥感到了悲哀,使他情不自禁地使劲把她搂在自己的怀里。

"大哥,我能不能问一下您的名字?"

"我……我叫高桥秀义。"

高桥在稍稍犹豫了一下以后还是说出了自己的名字。他没有勇气在幸子面前隐瞒自己的名字。

"啊,高桥……高桥君,您的家乡在哪里?"

"热海……关东的热海。"

"噢,热海……伊豆半岛的热海,好地方啊。"幸子睁着眼睛若有所思地自言自语道。

然而高桥却没有再回话。他想起了正在家乡苦苦等待着他的母亲。

一年前在他逃离哈尔滨前,他的母亲曾托他的同乡战友捎信告诉他,说他的父亲在从东京逃到热海的途中死于美国空军的轰炸,而母亲则侥幸地躲过空袭回到了热海。现在她守着父亲留下的家业,正望眼欲穿地盼望独生子的他回到家乡来。

对母亲的思念和急于回家的愿望始终煎熬着高桥的心。这也是他之所以能够忍受逃亡途中所遇到的种种艰难困苦,活着越过千山万水,虽九死却仍然不惜去争一生的力量源泉。现在他已经来到日本,也许用不了多少时间,他就能平安地回到家乡见到母亲了。

一种强烈的思乡之念正在袭击着高桥,使他几乎忘记了正躺在身边真挚地望着他的幸子。

"高桥……高桥君,刚才听到您讲不愿让我陪您去洗澡的话时,我真不知道该怎么办才好了。高桥君,您……您是不是不喜欢我?"幸子突然抬起头睁着泪眼问道。

"怎么会呢？幸子，我……"高桥想去解释些什么但是又停住了话语。他本能地把幸子紧紧地搂着，不断地用嘴唇在幸子的眼睛和脸颊上吻着。

本来高桥还想着要去询问幸子的身世，并告诉她自己就是那一天晚上在窗外窥视她秘密的那个男人。但是现在一切好像已经无须再多问了。因为他已经认同了他和她所遭遇的一切。他甚至还感到，他的悲哀或许正是她整个悲剧的一部分。

时间在飞速地流逝。一个小时过去了。但是两个苦命人的身体仍然紧紧地抱在一起。也许是因为同病相怜所产生的安全感，或者是爱和被爱所带来的体力上的消耗，以及睡眠不足所引起的疲倦和力竭，使高桥在不知不觉中又闭上了眼睛。

睡魔再一次袭击了他，使他无法自已地酣睡过去了。

这一点毫不奇怪，因为他实在太困了。即使是把他昨天晚上躺在渔民作坊里的睡觉时间放在一起来计算的话，那几天他能够被称为睡眠的也只是五个多小时，更何况他现在躺在松软的被窝里，旁边又有丽人做伴。

高桥一动不动，睡得很熟。可是躺在他身边的幸子，却睁着眼睛没有一丝睡意。

她好像在思考着什么。

不一会儿，她就转身从被窝里轻轻地爬起来，窸窸窣窣地穿好衣服，悄然地离开了小屋，而后又离开了旅店。

屋里只剩下了高桥一个人。他仍然酣睡着，做着属于他自己的梦。

5 发生在坛之浦的强奸案

坛之浦是个小地方，它有着388户人家，星星点点地分布在方圆五六里的范围内，人口最多也不会超过3000人。

正因为它小，而且人口也不多，所以在治安管理方面，坛之浦是个很容易对付的地方。事实也是那样，战前的坛之浦几乎很少听到有什么犯罪事件发生。虽然生活在这一带的人几乎都是以捕鱼为生的渔民，各自的作息时间不一样，但是人们互相帮助，相敬如宾，以至使这里良好的治安环境远近闻名。

即使是在战争时期，坛之浦的治安状况仍然令人满意。人们同仇敌忾，同病相怜。虽然时局每况愈下，有关美国海军将在北九州一带海面登陆，进而占领日本本土的流言在这一带传得有模有样，但是人们仍然能够沉着镇静地审时度势，相依为命。

接着便是战后那令人困惑的年代。

战后的坛之浦本来也应该像过去一样是无可挑剔的。但是，由于日本列岛的很多地方在战后出现混乱，治安状况恶化，所以当局还是在坛之浦村里设立了警察署，以防备可能会出现的治安问题。

因为坛之浦所属的北九州，是从朝鲜半岛和中国大陆的外海和公海海域，通向日本列岛中部濑户内海的门户，在国家防卫等安全问题上，这是一个关键的地方。所以美国驻日本海军陆战队的一个部队特意安营在那里，名义上是保卫日本的安全，实际上却是防备包括苏联和中国在内的共产主义势力的渗透。因为战后初期的日本，反美反战，拥护共产主义的势力很大，而日本列岛的共产主义化，正是当时的美国杜鲁门政府所绝对不能容忍的事情。

然而问题就出在美国驻日本的海军陆战队。

在上述事件发生前两个星期的那天晚上八点半左右，23岁的幸子抱着她才一岁多一点的女儿，匆匆忙忙地离开她在坛之浦西边的家，去镇中心的医院为女儿求医。那时她的女儿因肺炎发烧，由高热引起的抽搐和昏迷，正摧残着抵抗力微弱的幼小生命。

当焦急万分的幸子抱着女儿经过那一片稀稀拉拉的玉米地时，坛之浦治安史上谁都没有想到的事情发生了。

一个身材高大的美国兵，应该说是一匹欲火烧身的色狼，突然在这对心急如焚的母女身后窜了出来，他以迅猛的速度扳倒了幸子，使她怀中的病儿一下子摔倒在野地里，然后又不顾幸子的大声呼叫，用暴力强奸了她。

当悲痛欲绝的幸子从玉米地里爬起时，色狼已经逃之夭夭，而她的女儿也已经不省人事。当幸子流着泪抱着女儿来到医院时，她已经魂归西天了。

这起强奸案在坛之浦一带引起公愤，但是因为事件牵涉驻日美军，所以事态一下子复杂化了。

由于幸子在黑暗中并不能完全认清美国士兵的脸型，以及在野地里并没有发现犯罪者的更多证据，再加上这种案件本身就是一种非常难以启齿的事，它和个人隐私有着很深的关联，以及当时侦破此类案件的技术手段并不高明，所以警方的破案工作进行得很不顺利。

他们至今都没找到嫌犯的踪迹。他们甚至还怀疑受害者关于罪犯是美国士兵的指控。

因为在反美情绪日益高涨、共产主义日益严重的日本，把某些不明了的难以侦破的案件说成美国驻军所为的事例，在当时并不少见。再加上当时美国驻军的强横和否认以及他们所采取的不配合态度，使这起造成一名幼儿死亡的恶性强奸案，在当时几乎就没有侦破的可能。

然而这毕竟是一起激起民愤的恶性案件，而且它又在坛之浦那一带居民中传得那么深那么广，假如不及早抓住犯人，搞清案件的真相，那么它在社会上可能引起的震荡以及这种震荡可能会带来的后果，也是不堪设想的。现在，这个案件已被各通讯社和报社的记者追踪报道，并且还引起了政界的关注。日本最大的社会民主党也已经向正在筹备的公安委员会提出，要求及早破案，把事实公布给民众。

那一天，也就是在高桥秀一和幸子在"春风馆"里相会，尽享男女之乐的那个时辰，在坛之浦的警察署里，出现的则是另一番风景。

此刻，坛之浦警察署生活治安课的课长助理赤川一郎，正在询问那天早上高桥秀义在坛之浦村中的十字路口看见的那个和幸子分手，各奔东西的被当地人叫作山崎婆的驼背女人。

山崎婆看上去已经60岁左右。岁月的风霜除了把满脸的皱纹赐给了这个不幸的女人以外，还把显然是因为某种不幸或者病痛所造成的结果在她的身体上体现出来。

山崎婆的背驼得很厉害。她身体上下部位的比例已经无法协调。女人身体上应该有的天生和谐令人仰慕的部分，在山崎婆那里却被一种近乎75℃左右的弓字形取代了。

产生这种畸形最初是因为她的丈夫，然后是因为她的儿子，现在则是因为她的媳妇和她的孙女。

山崎婆丈夫的应征入伍以及两年后在太平洋中部塞班岛战死的噩耗，使她那本来没有任何问题的身体发生了异变。那时她染上了肺结核。没有钱和营养不良使那本来就无法医治的疾病迅速恶化。没有多久，结核菌就窜到了她背部的脊椎骨里。炎症带来的剧痛使她痉挛着蜷成一团。不久她就发现自己脊骨的那一部分，已经和别人不一样了。背部的骨架开始弓起，而颈部和腰椎部的骨头，则像是比他人少了一截似的使她无法再挺着胸部走路，抬起头来看人。

然而事态的发展似乎并没有停止的迹象。

山崎婆的丈夫刚死，她独生儿子的应征入伍书也接着来到，而且要去报道的部队又是日本海军陆战队所属的被称为"自杀别动队"的那个"神风"特攻队。

当山崎婆的儿子在坛之浦村民们的一片"天皇陛下万岁"的口号声中，告别母亲和新婚不久最近又刚刚怀孕了的妻子幸子时，山崎婆的病情又加快了恶化的速度。结核菌在山崎婆的体内肆无忌惮地行动着，所到之处无一幸免。不久，高烧就使她那本已经弯曲了的脊椎骨变得脆弱，使她任何想伸展一下胸脯或者挺直一下脊背的企图，都变得没有可能了。

接着传来的是他的儿子在冲绳保卫战中"献身"的消息以及她的媳妇平安无事地为她生下来个小孙女的喜讯。

一生一死。

生命的轮回流转以及它所带来的神秘感，并且多少带着某些哲学色彩的状况，在坛之浦当地的长者嘴里被说得头头是道。那些婉转动听的语言虽然不能完全解除隐藏在山崎婆内心深处的丧子剧痛，但是毕竟给了她一点安慰。无疑，抱在她媳妇怀里的孙女的笑脸以及天真烂漫的神态，至少也遏制了一些鼓噪在她身体内部的结核菌们的进攻速度。

然而好景不长。

战后才刚刚一年，山崎婆的媳妇幸子好不容易才从失去丈夫的悲伤中回到了现实，她那完美得如同天使一般的孙女才刚满一岁，一家人正渴望重新走向新生活之际，幸子却遭到了禽兽的强暴，她的宝贝孙女，也就此命丧黄泉。

呵，命运真是独具匠心！它在塑造苦命人的形象时，是绝不会吝啬使用它拥有的专门对付人类的十八般武艺！

山崎婆被彻底地击倒了。她整日整夜地发高烧，胸部开始积水，背部剧痛无比，结核菌以前所未有的速度，疯狂地吞噬她身体的各个部位。她的生命已经走到了尽头，可是坛之浦警察署那些当地的"父母官"，还是不肯放过她。

他们想从山崎婆的嘴里听到关于她的媳妇幸子遭到强奸一案的说辞，实际上是一件因反美情绪引起，由山崎婆和她的媳妇一起编造的耸人听闻的故事。他们想以此欺骗舆论，混淆视听，讨好美国驻军，因而也可以解脱自己早日了结此案。

无疑，坛之浦警察署的警察们想给已经生命垂危的山崎婆以最后一击，从而彻底地解脱她的痛苦。

"你的媳妇呢？幸子她去哪里了？"

坛之浦警察署生活治安课的课长助理赤川一郎，把一连串的疑问扔到山崎婆面前。他语调严厉声音也有点发闷，望着山崎婆趴在桌上那半死不活的样子，他有点不耐烦。因为昨天下关市警署命令他们，必须在一两天内，给这起强奸案做一个初步的结论，以便向上级政府部门报告。为此赤川一郎带着刑警，在上午赶到山崎婆的家里，本想把她们婆媳俩一起带往警察署来的。可是出乎意料的是山崎婆的媳妇幸子没有在家，那一天早上山崎婆和她的媳妇一起出门了，可是后来却只有山崎婆一个人回来。

"其实你不说我们也能查出来，坛之浦这么一个豆腐干儿大的地方，你媳妇她能跑哪里去。她的娘家已经没人了，你是她活着的唯一的亲属，你说你今天早上把她带到哪里去了？"

30来岁的赤川用严厉的口气追问着，他根本就没有考虑到他面对的是一个在世之日已经屈指可数的老人。

然而山崎婆仍然没有吱声。她只是趴在桌上上气不接下气地喘着。癫痫性的痉挛和无法言语的苦痛，全都聚集在她那布满皱纹、饱经风霜的脸上。

"山崎婆，不管怎么样，你得多为你媳妇着想呀！她还年轻，背着一个被别人强奸的恶名，你让她今后怎么活呀！还有你的孙女，她死得不明不白，就算是病死的，那也得有一个病因呀！我看，你还是把责任都揽了吧！你丈夫，你儿子，都死在了美国人手里，对美国人有恨也是可以谅解的。只要你承认你媳妇的这件事是你编造出来的，那一切也就过去了。我们再也不追查你孙女的死因，这事就算了结了，怎么样？如果你也同意，那就在这上面摁一个手印。"

赤川突然换了一个声调婉言地劝说起来。

看见山崎婆思索着好像是略有所动的样子，他干脆拿出那份早已拟好的供词，并试探着把它推到了山崎婆的跟前。他相信山崎婆最终会听从他的劝说，在上面画印的。

然而山崎婆还是没有吱声。

人生在走到最后关头的时候，必然会感到一种压在她身上的模糊不清的责任。当天国之门打开一条缝的时候，人类的各种信条，过去的、现在的，尽管不完善，模糊不清，有着很多伪善，很多欺骗，很多教训的东西，都会在那时涌进来，变成一种形象，一种感觉，一种说不清是什么样子的隐约可见的影子，笼罩在她的脑海里，让她一边回顾过去的事情，一边再去认识她将要面对的未来。

此刻，山崎婆正处在这样的状态。

对于未来，对于自己将要去的深渊，山崎婆毫无怨言，没有任何恐惧。可是对于过去，对于她的丈夫、她的儿子和媳妇，她却有着数不清的话要讲，尤其是对于她的媳妇幸子。

幸子本是一个孤儿，她没有娘家。

据她的养父讲，她是他的老婆外出时在一个公共厕所入口处看到的弃婴。当时她躺在襁褓里，摆动着手脚啼哭着。

没有什么能比这更动人、更柔弱、更令人心碎的声音了。

因为这声音在呼吸，在窒息，在乞求，也在哀叫。她既是结束生命时的咽气声，也是生命呱呱落地时的宣告声。

这声音令人忐忑不安。她使每一个听到这种声音的人都为之心动。

因为，这确实是一个从灵魂深处发出来的声音啊！

这声音使她的老婆心酸。她无意识地把婴儿抱回了家。在和丈夫商量了以后，这婴儿成了他们家的女儿。

他们把她取名为幸子。意思是她遇到了他们才有幸活在这个世上。然而他们或许根本就没有意识到，活在世上本身就没有幸福。

只是对于幸子来说幸运还是有的。因为这个家庭本身没有孩子，这使一来到世上就没有母爱的幸子从小就得到了母爱。

幸子在他们家里幸运地长到了20岁。那一年她的养母死了。此后，酗酒成性的养父为了换取一份彩礼，便匆匆地把她嫁到了邻村坛之浦的山崎家。那正是幸子21岁的那年。

自从成了山崎家的媳妇之后，幸子几乎就没过上什么好日子。

她在山崎家里照顾婆婆，侍候出海打鱼的丈夫。丈夫死后又独自挑起生活的重担。她织渔网，腌鱼干，一边抚养刚刚出生的女儿，一边辛苦照顾着病痛中的婆婆。

她知道公婆心中的苦楚。

她没有见过老山崎。自从进了山崎家，老山崎已经当兵走了。而后又是小山崎的出阵。

幸子了解山崎婆丧夫丧子时的那种难以向人言说的悲哀。她总是安慰山崎婆，和山崎婆相依为命，苦度时光，这中间唯一能给她们带来欢乐的就是她女儿那张甜甜的笑脸。

她是山崎婆的希望，也是幸子的骄傲。然而美国兵犯下的强奸案，却剥夺了这种希望和骄傲。

一切都完了，什么都失去了，末日的阴影笼罩着婆媳两个。

对于山崎婆来讲，弯腰折背，佝偻着咳嗽不停，高烧不断的身体或许就是末日的象征。那么，对于才23岁的幸子来讲呢？

幸子无法忍受的并不只是自己遭到的耻辱。

遭到了强奸，尤其是遭到美国兵的强奸所引起的议论和歧视固然让幸子难以忍受，然而更使她绝望的应该还是失去了女儿的揪心苦痛。

最初幸子不吃不喝，整天以泪洗面。而后在山崎婆的恳求下她开始进食了，脸上却从此失去了人应该有的光泽。她不再哭泣也从不讲话，那种麻木的神态使看到她的任何人都为之心痛。

使她改变这种状态的还是山崎婆。

有一次，佝偻着身体的山崎婆在村中心的商店里看见了一个布娃娃。在那个时代，布娃娃是一种奢侈品。

山崎婆怔怔地望着布娃娃，突然觉得它很像她的孙女，尤其是那两只眼睛和那张会笑的嘴巴。

山崎婆倾尽囊中的钱财把布娃娃买了下来。她觉得它多少会减轻一点幸子的痛苦。

山崎婆的判断没有错。幸子自从有了那个可爱的娃娃后，神态确实发生了变化。白天她陪它说话，望着它笑，晚上则对着它唱儿歌，抱着她一起睡觉。

一切都难以想象！自从能够给她带来欢乐、带来精神寄托的宝贝女儿抛下她走向天国之后，她的精神彻底崩溃了。

她觉得她应该去死，随着她的丈夫和女儿一起去死，以死去向命运抗争。

又是山崎婆救了她。

那一天晚上山崎婆在试着劝说幸子的时候，突然吐血。

大口大口的鲜血使幸子慌了手脚。而当她服侍着山崎婆躺下来，给她递上一杯开水，扶着她把开水喝下去时，她看到了山崎婆那充满生命力、渴望活下去的眼光。

那种光泽表面上暗淡、深沉，可是里面却流动着炽热的熔岩。

幸子顿时哭了。她抱着山崎婆，泪流满面，放声痛哭。

她下决心要活下去！不仅自己要活下去，而且还要帮助她的婆婆活下去！

要想让婆婆活下去就一定要让她吃药给她治病。可是这却需要很多钱。由此她想到了那个"春风馆"。只要在那里卖身接客，就可以挣到钱。

她以"假如你不在这个世上活下去，那么我也要和你一起赴黄泉"为由，硬是说服了山崎婆。

孤独的同义词是死亡。她不愿意孤孤单单地一个人活着。

她要山崎婆陪她一起度过没有星空的夜晚，和她一起忍受尘世间的黑暗！

山崎婆同意了幸子的要求。因为她已经从幸子那破碎的心灵里看到了唯一能够使她活下去的动力。

她拖着病体送幸子去"春风馆"，但又实在忍受不了那种近乎心灵上的折磨。可不，谁会亲手把自己的儿女送到卖春院去呢？

她在那个跟踪者高桥秀义看到的通向坛之浦中心的十字路口上败下阵来。她只能中途告别幸子，一个人走回家去。她觉得自己像一件破衣裳似的被撕碎，像一棵树似的被连根拔起，像一座山似的倒塌下来……

她的心被一把锋利的刀划了个口子。

她不愿意因为自己的死再去让幸子遭受打击，但是她又必须去死！因为她不能用幸子卖身换来的药去延续自己的生命！

她在心酸，悲哀，无可奈何的小路上来回徘徊，却无法做出选择。

她当然不会知道幸子在"春风馆"里遇到高桥秀义的事情。她也不可能明白坛之浦的警察赤川一郎把她带到警察署的真正目的。只是，当她听到赤川诱迫她去推翻美国兵强奸案情真相的劝说后，她本能地愤怒了。

她愤怒的表现方式是哭泣。

"什么？你……你在说什么？你……"

山崎婆抬起那因为驼背而承受着某种压力的脸，用针一样的眼光盯着赤川。

她嚅动着嘴，嘟囔着想说什么却又没能发出声音来。停顿了好一会儿后才突然地失声痛哭。那哭声就像是遥远的天边传过来的闷闷雷声，在人头上时起时落，此呼彼应，不停地滚动，令人心哀神衰。

那种发音不清、如泣如诉的哭声是黑暗世界的脉搏，它把她所忍受的折磨，无法向人叙说的苦难，阵发性的令人抽搐的心痛，以及她想控诉的这个世界——想去爱又不能表达清楚的可悲和无奈，都吞吞吐吐地表现出来了。它是一种慢性病的发作，是一种癫痫般的痉挛,是一种沉默了多年好不容易得以发泄的情绪。

没有什么能比这种哭声更让人揪心了。它让我们看到了人类的作恶所造成的地球规模的灾难!

山崎婆痛哭着,身疲力竭地把脑袋靠在了她前面的那张桌子上。那种悲到极点才可能会带来的旁若无人、无所顾忌的形态,使赤川一郎目瞪口呆。

他思考着对策正急于想做些什么之时,警察署的门口走来了牵着狼狗的一行三人。

他们就是下关市警察署刑警侦察队的警长池田雄一和他的部下小田信义等。此刻他们浑身是泥,满脸疲惫,那样子表明他们刚刚从35公里以外的芦屋海滩赶来。

"你……啊,警长,池田兄,什么风把你给吹来了?"

听到了脚步声的赤川回转身去。他做梦也没有想到他的直属部门的领导,这个名声很大的侦探会突然出现在他的面前。

"你们一定也是为了这个案件才来的吧?"赤川用手指了一下趴在桌上一动不动的山崎婆,疑虑重重地问道。

"喔……"池田雄一把食指堵在嘴上嘘了一下,制止了赤川一郎的问询,随后他轻轻地移动脚步来到山崎婆跟前,侧身看了一下山崎婆那痛苦不堪的脸庞,不由得皱起双眉。

"老婆婆,您有什么苦尽管跟我们说,不用怕也不用难受,我们一定会帮您申冤的。"

池田俯身对着山崎婆的耳朵说道。他的声音缓慢,语调也比赤川来得温和。

这正是池田与赤川那样的刑警相比显得棋高一着的地方。

池田的声音果然打动了山崎婆。

山崎婆躬起身抬起头来。她怀疑地注视着眼前这个新到的警察,嚅动了一下嘴唇后却什么都没有说出来。

她的眼泪已经流干,那一对枯黄了的眼珠也早已失神。现在她除了认命以外,还能再说什么呢?

"山崎婆,你能不能再说一遍你媳妇说的案发时的情况。那些事你媳妇很难向我们启齿,但她总不会瞒你的吧。"

赤川忍着性子又一次地问道。他不得不在他的上司面前装出一副样子来。他以为池田光临这里,就是为了督办这起牵涉美国驻军的犯罪案件。

"行了,赤川君。你快把她给送回去吧,今天不说这个案件。"

池田摆摆手,又向山崎婆努了一下嘴,有点不耐烦地对赤川说道。

"噢……"赤川转过身来,突然感悟到了什么。他知道池田不是什么案子都接手的人。他的到来假如不是眼前这起被政府和民众的火烧到了眉毛的强奸案的话,那一定又有更重要的事件发生了。

"警长,难道又发生了什么事?"

"是的。"池田思索着点了点头,"昨晚我一直在芦屋海滩,现在也是从那儿赶来的。那边的海滩上发现了一条可疑的船,而且有人在那里上了岸。"

"噢……那么说你们是一夜没睡觉了?"

"是的……好了,别多问了。你先把她弄走吧。"池田竖起手指朝山崎婆的方向指了一下,再一次地催促道。

"是。"赤川应了一声。他叫来两个警察正要把山崎婆扶着送出警察署时,一个刑警走进屋来,在赤川的耳边悄悄地说了些什么。

"春风馆?什么?她在那儿干活?你确实查清楚了?"

"是的，没错！而且据那里的老板娘说，她今天还接了客！"

"接客？对，对，在春风馆这样的地方哪能不接客呀！哈哈，哈哈……"

赤川听了部下汇报后频频点头。他大步冲到山崎婆跟前，低下头去，从下往上地盯着她的眼睛，放声狂笑起来。

"什么被强奸啊？你媳妇本就是个卖淫的！哼哼，哈哈，卖一次和卖十次对于她来讲又有什么不同呀！山崎婆，我怎么就没想到这一点呢？要是早知道你的媳妇会去卖春，这案子恐怕早就可以解决了。"

赤川肆无忌惮地大声说道。那种得意之色和沾沾自喜混合在一起放射出来的目光，以及手握胜券似的伟大气概，深深地进入了山崎婆的心里，使她在猛然间颤抖起来了。

山崎婆神色大变，脸色逐渐发青。她虽然没有完全明白赤川所讲的那些事，但是已经听清楚了他所讲的幸子是卖春妇的那几句直刺她心脏的恶毒话语。她张开嘴想要去辩解什么，却不料一口痰从她的喉咙深处涌了上来，使她不停地耸动着身体咳嗽起来。

然而赤川并没有顾及这一点。他像还没有过完瘾似的继续想去说些什么时被池田呵斥着阻止了。

"住嘴！你给我滚开！"池田大声叫道。他跨前一步，推开赤川，用手臂扶住了山崎婆。他发现山崎婆的嘴巴张着，牙齿却在格格发抖，眼睛睁着，眼珠却已经黯然无光。

"快去叫医生！不，蠢货，马上送她回家去！"

池田叫喊着指挥警察把山崎婆架到一辆小车上，目睹着它驶离了警察署。他知道山崎婆已经为时不多。他不能让她死在警察署，否则事后被追究起来将不堪设想。

"对不起，警长，我……"赤川笔直地站在池田的面前。他低着脑袋，连连致歉。他知道了自己的错误，并且已经意识到了事态的严重性。

然而池田并没有正眼看赤川一眼。他只是用手撑着脑袋闭着眼睛沉思着，过了好一会儿才抬起头来。

"行了，行了，别再提老太婆的事了，她只要今天不死在我们这儿就没事。一会儿我们都到她家看看去，看看老太婆和她的儿媳妇……哎，对了，刚才提到的那个小媳妇的卖春旅店叫什么名字？"

"春风馆。"

"对，对……春风馆，春风馆！哎，在坛之浦，像春风馆这样的旅馆有几家？"

"七八家。"

"七八家？那么多呀！坛之浦那么一个小地方，就这么点人口，怎么可能有那么多的卖春院呢？"池田掏出了烟斗，用火柴塞上烟叶点燃后便一口接一口地抽了起来，不一会儿，小屋里就充满了烟雾了。

"坛之浦的人口是不多，但是这些卖春屋针对的并不是本地客人哟。"

赤川不知道池田到底想打听什么。他有点拘谨地望着他的上司，揣摩着他的心思。

"这里是一个温泉区，每到鱼汛季节有很多外来渔船会在芦屋海滩那一带靠岸，这些渔民就成了那些卖春屋的常客。当然这已经是过去的事了，现在情况就大不一样了。"

"为什么？"池田抽了一口烟下意识地问道。

"现在的人哪有钱啊，战争刚刚结束，谁的口袋里不是紧巴巴的。除了那些过路者，那些无家可归口袋里又有几块铜板的人才会去光顾那里，而且现在又不是鱼汛季节。"

"对，你说得对！问题就出在那些无家可归的过路人身上。"

池田突然抬起头来，并且情不自禁地朝着鞋底磕了磕烟斗。

"从现在开始，你就带着我和小川君一家一家地跑那些旅店，为了找到那个偷渡客，哪怕就是把它们底朝天地翻一下也行！先从那家春风馆开始。那个老太婆的儿媳妇不就在那里接到客了吗？"

"是啊……可是，你们不是一夜没睡吗？你看，小田君他坐在那里直打哈欠。我看，还是先找个地方歇一下再动手吧。"

"不，不行！得马上动手，稍晚一点就会造成遗憾。来，小田君，振作精神，马上和下关警署的坂下警员联系一下，看看那面的情况。他恐怕应该回到下关了吧。"池田揉了揉眼睛，推了一下正在打瞌睡的小田信义，强打着精神说道。

"走吧，小田君，跟我走！到那个春风馆再让你好好睡。"

"是，警长。"小田伸了个懒腰，摇摇晃晃地站了起来。

然而就在他们一行走出警察署前往春风馆时，刚才坐车送山崎婆回家的警察匆忙地跑了进来。他铁青着脸，上气不接下气地向赤川报告了山崎婆病危的消息。

"什么？老太婆不行了？"赤川大吃一惊。

"是的。在车上时她就大口大口地吐血，回到家后就昏死过去再也没有醒来。"

"那你们怎么不赶快去请医生呢？"池田急急地问道。

"去了！现在驾驶员正开着车去接医生，而我则赶着回来向你们汇报。这事怎么办好呀？"那个警察紧皱双眉，焦急地望着池田他们。

"这……唉……"

池田不由自主地叹了一口气。他已经意识到了山崎婆的死可能要给他们带来的麻烦。几个月来，记者们对于发生在山崎婆儿媳身上的那起强奸案的跟踪报道，一直没有停止过。事实上它已经引起了包括日美两国的许多政治家和民众的关注。假如记者们把山崎婆是因为受到了警方的威逼恐吓，在警察署里就已经危在旦夕的事情报道出去的话，那么由此引起的众怒是警方无法承担的。

"你们把山崎婆抬进她家时的情景有没有被人看到？"

"有……有！当时有很多人围着我们的小车，而且他们还看到了山崎婆在车上吐的血。"

"那中间有没有记者？"池田又追问了一句。

"这……这我可没注意。"

"你们把山崎婆抬进她家的时候，她的儿媳妇在吗？"池田继续追问道。

"没有，她没在家。不过她家邻居说，山崎婆的儿媳在我们把山崎婆送回家以前曾回过家一趟，之后又匆匆地出去了。"

"她去哪儿了？"池田有点怀疑地问道。

"不知道，不过我们已经请她的邻居去春风馆找她了。她现在应该已经接到山崎婆病危的通知了吧。如果现在赶过去，我们肯定能在她家里见到她。"

"是吗？对，应该首先见到她才对。"

池田思索了一下，马上就做出了决定。

"走，去山崎婆家！没有办法了，赤川君！假如真要对老太婆的死负责的话，那我可真没办法帮你了。这是天意！现在唯一的希望就是让那个老太婆能够逃过这一次的劫数！可是，凶多吉少，刚才我弯下腰去看老太婆的时候，她已经是只有出气，没有进气了。"

池田深深地叹了一口气，然后随着赤川一郎，牵着大獏，匆匆地奔向位于坛之浦东边的山崎婆和她的儿媳幸子的家。他不知道那里会有什么事情在等待他,但是他又相信自己会在那里发现什么的。

他很自信。这一点笔者在前面说过。但是,自信也常常有失误的地方。

赤川一郎此刻直冒冷汗。因为记者的报道会使山崎婆之死成为老百姓反对驻日美国占领军的导火线,而一旦产生那样的动乱,他赤川肯定无法逃脱来自各个方面的惩罚,成为某种势力的牺牲品……

他们各自想着心思,加快着脚步,忐忑不安地向前走着。

那时已经是下午五点钟了。

6 柔情的女人遇到了血性的男人

偶然造就必然。

在人类数千年的历史长河中,许许多多难以胜算事件的解读和破译常常会在一种偶然的状态中向我们提示,它们会决定一个人的生死,一个事态的前程,或者一个重大事件的决策方案。

一个影响至为深远的决定系于某一天某一分钟的这种戏剧性时刻——命运攸关的时刻,在历史的演进中虽然罕见,但并不是没有的。问题是我们能否认识到这一点。比如说现在。

毫无疑问,当池田雄一改变主意,做出把先行目标从坛之浦西边的春风馆移到东边的山崎婆家里时,他就已经错过了历史给予的机会了。

这种由于他的失策造成的后果我们不久就可以看到。那种后果给战后的日本如何处置战犯等一系列问题所带来的深刻影响,笔者会在后文中详细阐述。

现在,为了叙述上的方便,我们不妨把那天的时间倒回两个小时。

我们知道那天下午两点半,当山崎婆在坛之浦警察署接受赤川一郎的审讯时,幸子离开了春风馆里正在熟睡中的高桥秀义,回到了家里。

她在家里收拾了几件她丈夫的衣服,把它们装在包里后就匆匆忙忙离开了那里。那时正是下午三点十分左右。幸子进入家门时的情景没有任何人看到,但是离开的时候,住在她家对面的一个中年女人以及另外一个过路的男人都看到了她。

这本是无足为奇的。但是谁也没有想到,这两个目击者的证言在事后成了她山崎幸子帮助高桥秀义逃跑犯罪的根据。当然我们也确实无法去责备警察当局的指控,因为从法律的角度来看,山崎幸子确实做了一些帮助高桥逃脱警方追捕的事情。

幸子在那天下午手提小包,离开家门,并在30分钟以后回到春风馆二楼的小屋时,躺在被褥上的高桥秀义已经睁开了眼睛。他好像刚刚从睡梦中醒来,那对茫然不知所措却又充满疑惑的眼睛睁得大大的,似乎是在询问自己走上逃亡之路后所遇到的那些扑朔迷离的事情以及令人费解的问题。

他本应该静下心来好好地想一想,回忆一下过去,研究一些对策,这对于他的今后来说是非常重要的。但是他做不到。

他只能听凭自己的思维像潮水般地翻腾,杂乱无章又光怪陆离。

他想到了自己和西川正人、渡边厚司在逃难途中的事情。

1945年8月9日晚上他们三人是穿着军装,戴着军帽,背着军用挎包逃离哈尔滨的。

这身装束是致命的,可遗憾的是高桥他们却并没有意识到这一点。因为当时逃难队伍中的人几乎都是被日本当局迁移而来,安置在哈尔滨、牡丹江一带的日本满蒙开拓团的团员,混在他们中间逃亡应该说是安全的。对于这一点,高桥至今仍然后悔不已。

"假如当时能够想得再周到一些,结果可能就会不一样,可是——这纯粹是命运,命运啊!"

高桥嚅动着嘴唇感叹着,把思维锁定在那一片让他走向灾难之路的悲哀中。

他们逃亡之路的目的地是辽宁的旅顺口，或者是河北的葫芦岛，据说国际红十字会的难民救济船正在那里等着，准备把急需回国的难民运回日本。可是就在离希望之地还不到一半路的地方，却已经有三分之二的逃亡者，在饥饿、生病、疲劳、失望等难以忍受，无法想象的困境中倒下来了，剩下的三分之一虽然仍然满怀希望，可毕竟已经力不从心，并且随时都有可能命丧黄泉。

高桥秀义、西川正人和渡边厚司正是这残留下来的三分之一中的一员。

"啊，年轻多么重要！只有年轻人，才可能有毅力有体力，有决心去跨越险境，战胜死神！"

高桥当时曾深深地感叹道。因为他们一行三人在离开哈尔滨之后，能够跨越松花江，穿过吉林省，来到辽宁的边缘，靠的就是年轻二字！

和高桥相比，西川正人并没有显得那么乐观。他今年31岁，在哈尔滨的宪兵队里已经混了八年。

西川出生在日本山形县的农民家庭。他父亲是地道的种水稻能手，母亲则是典型的家庭主妇。他们家处在中产阶级与下层农民之间，在当地不算贫困也并不富裕。游离于两个阶层之间的西川家族，既有着平民对富农点头哈腰，满脸堆笑，不仅羡慕而且非常嫉恨的复杂心理，又有着中产阶级特有的虚伪、圆滑。他们表面文雅，骨子里却又非常嫌恶那些比他们还贫穷潦倒的阶层。他们脸上常常带着笑容，见了谁都客客气气，但从来不会慷慨解囊，帮助别人。

西川家族有三男四女七个孩子，西川正人排行老三。由于他出生的年代是日本社会从大正年走向昭和年的转折期，经济的逐渐萧条和竞争的激烈使西川从小就从父辈那里学会了表里不一的性格。这种性格即使是在今天,在他和高桥秀义相处的短短的三个月中间,也会毫不掩饰地表现出来。

高桥秀义出手大方,家庭状况比他好,而且又是陆军大学毕业的高才生。凭着一口流利的英语,他一进宪兵队就被任命为少佐军衔,而西川当了八年宪兵才刚刚得到这个职位。

此外高桥乐观豁达,好交朋友,在哈尔滨宪兵队里很受同僚欢迎。这些状况都使西川感到羡慕嫉恨。只是令人不解的是西川越嫉妒高桥,越恨他,却又越觉得离不开他。在他们相处的日子里,高桥的意见几乎还成了西川在宪兵队里生活处世的准则。

在这次南逃计划的筹备当中,西川的内心曾动摇了好一阵子。他最初的念头便是想到宪兵队司令部去告密,把准备逃亡的高桥出卖,以解心头之怨。但犹豫再三后他还是忍住了,时局的急转直下也使西川不得不考虑自己的后果。此外,西川还有一个谁都没有说过的只属于他自己的秘密。

三年前,当他去吉林通化执行任务时,邂逅了一个朝鲜女人,而且还和她生了一个儿子。此后他曾多次请假去通化那女人家探望,并给已经两岁的儿子取名太郎。

西川还没有结婚,这段姻缘在宪兵队里公布一下本来也无伤大雅,但不知道是出于什么样的心态,西川却不愿意这样做。这段秘密至今仍然作为他的隐私,神不知鬼不觉地被隐藏了下来。

这个秘密也是西川最后决定和高桥一起向南逃亡的最重要的原因。

西川这样的人是经不起考验的,一旦遇到了什么,他会很容易地向坏的方面发展,并且很快会变成敌对的力量。

这种怀有卑鄙念头和龌龊心思的小人,本来只需要对他们望一眼就可以一目了然的。可是当时的高桥却没有那样的水平。

面对西川过去生活中见不得人的隐事和未来生活上可能出现

的阴谋诡计，高桥总是一味地坦诚相处，以心相待，直到后来被西川出卖，在新婚之夜被苏联军队逮捕，差点被送上绞刑架为止。

这自然是后话。但这种惨痛的教训是高桥至今都难以忘怀的。这或许就是高桥从善走向恶，又从恶彻底地陷进深渊的最直接原因。

大善才会大恶，大恶也可能会变为大善，佛教的经典中多次记载这样的事例。可遗憾的是，人类社会以及由这个社会制定的法律，却不愿意这样去看待。死板的法律在处罚罪恶方面所犯的错误，很可能会比犯人在犯罪时所造成的问题还要严重得多。

这或许只是一种特殊的状况。但是在法律和社会的天平两端，我们是没有办法去想象"公平"或者"平等"这些看似道貌岸然的字眼背后，所隐藏的龌龊内容。

当然这些并不是造成高桥秀义悲剧故事的根本原因。高桥的悲剧自然有着它更为沉重的来自社会、历史和战争的因素。

那一天也就是在逃离哈尔滨后第九天的晌午，高桥秀义一行来到辽宁铁岭附近的一个名叫靠山屯的村庄。

本来他们是应该继续昼伏夜行，靠着指南针的指引在夜间从青纱帐里钻出来顺着马车道往南走的。可是那一天心怀鬼胎的西川坚决反对至今为止的一贯做法，使高桥不得不做出让步，冒险在大白天走出了高粱地。

西川认为，此刻正是他告别高桥秀义和渡边厚司，只身东行前往通化去会他的恋人和孩子的时刻。眼前的这个靠山屯在铁岭的东北部，只要继续往东走，再有个一星期时间，他就可以到达通化了。

然而如何解释才能让高桥既不怀疑他的动机，又能达到离开他们的目的呢？西川思考着终于吞吞吐吐地开了口。

"高桥君，实在对不起，我……我不能跟你们一起去葫芦岛了。"

"为什么？你……你怎么了？"西川的话语使高桥和渡边大吃一惊。他们惊异地望着西川，说什么也不相信眼前的话是从和他们一起走了几天的西川的口中说出来的。

"没……没什么。我只是想一个人走，往东走……"

"一个人往东走？你……你准备去哪里？"

"这你们就别管了，让我一个人走吧，一个人走也许更安全些……"西川语无伦次地说道，那种奇怪的神情让高桥起了疑心。

"西川君，你老实告诉我，你到底准备去哪里？"高桥逼视着西川正人，那犀利的目光使西川觉得刺心。

"我……我准备去通化。"

"通化……去哪儿干什么？"听了西川的话高桥一愣，他马上从挎包里找出地图，在上面找出通化的所在位置。

"你为什么要到那里去？难道你有什么朋友在通化吗？"

"是的……我想在通化住几天，休息一下，从那儿出发去朝鲜，最后从釜山、济州那边回日本。"

"可是，从这儿去通化至少有四百公里，沿途山岭很多，土匪出没，而且还要翻过莫日红山，一路上极不安全呀！"

"也许是的……可是，我，我还是要从那儿走。"

西川固执地说道，那种坚定不移的神态使高桥越来越惊诧了。

"西川君，要知道我们所要去的葫芦岛离这儿也就五百公里！现在国际红十字会的救援船正等在那儿，难民可以一批批地坐他们的船回日本。而且从这儿去一路上交通方便，说不定顺着铁路沿线还可以搭上火车什么的。走吧，去葫芦岛吧！西川君，听我的没错!"

高桥望着西川苦口婆心地劝说。他全然没有顾及他们三人在靠山屯村口的对话,已经引起了屯民的注意。这正是他又一次失策的地方!

自8月15日本天皇裕仁宣布投降以来,饱受日本侵略军蹂躏的中国东北农民,自发地组成了一支抓捕逃跑中的日本散兵游勇的队伍。所以当身穿日本军服,站在村口用日语争论着的高桥一行出现时,屯民就悄悄地聚集了起来。他们扛着锄头,拿着铁锹慢慢地围过来了。

"啊,不好,赶快跑!"西川发现了这种状况,不由得惊叫起来。他左右旁顾了一下,突然不顾一切地撒腿就向村外的马车道上奔逃而去。这种突如其来的行动使高桥傻了眼,他稍稍犹豫了一下,也情不自禁地随着西川跑了过去,把渡边一个人留了下来。

"啊,日本鬼子跑了,快追,抓住他们!"

"抓住这两个狗日的,打死他们!"屯民愤怒地狂叫着,拿着镰刀,扛着锄头,兵分几路追了上来。

最先遭殃的自然是渡边了。他还没跑出几步就被屯民抓住了。愤怒的屯民把他摔倒在地,举起锄头和铁锹一阵乱打,没几下就把渡边搞得昏死过去,不省人事。

紧接着倒霉的是高桥。

他跟着西川跑了最多只有一百米就被三个讲朝鲜话的屯民抓住了。他们用绳子把他绑了起来,随后两手各拿起一块石头,左右开弓对着他的腮帮挥了上去。不一会儿高桥的脸庞就血肉模糊成一片。他躺在地上,痛苦地呻吟着,他发现他的门牙以及紧挨着门牙的下颚唇的牙齿也掉了好几颗。

还有那个西川正人。

他并没有逃过那场暴行。只是比高桥稍稍幸运的是他的牙齿没有被打落。

屯民很快也抓住了西川。他们教训他的工具是锄头和木棒。那些刑罚使西川的屁股被打得皮开肉绽，却没有在他的脸上留下痕迹。

"呀，这家伙还有气，打，继续打！打死这些日本鬼子！"站在旁边助战的另外两个屯民似乎还有点不过瘾似的狂叫着，把现场的气氛再次给点燃起来。

"打呀，快打！不要手软……"

随着这一阵又一阵的狂叫声而起的则是一下又一下的近似于发泄一般的暴力行为。铁器和石块碰撞着，交叉地砸向一具只会哀鸣呻吟而且慢慢地连这种微弱的声音都已经没有了的身躯。这种暴力行为所引起的快感，使那些似乎有着用不完力气的屯民涨红了脸。

没有多久高桥就没有什么气息了，死神毫不犹豫地张开着血盆大口向他逼了过去。

"住手！你们这些王八蛋！难道你们不看看他们还只是几个孩子吗？"

围观的人群中突然挤进来一个留着络腮胡子，看上去已经有五十来岁的中年汉子。他怒骂着幸灾乐祸的屯民，弯下腰来查看已经不省人事的高桥他们。

"啊，他还有气，他还活着。"那中年汉子用手在高桥的鼻孔前试了试，顿时抬起了头来。"江彪，快过来，把这几个日本人给我背到村头的李寡妇家，让李寡妇赶快给他们上草药，止一下血！作孽啊，都还是一些乳臭未干的孩子啊！"

"山叔，你……你真的要救这些日本人！"那个被叫作江彪的看上去好像有二十七八岁的屯民有点迟疑地问道。

"啰唆什么！赶快救人！要不，妈的，我先宰了你！"被称为山叔的络腮胡子似乎是当地的权威，他的命令果然非常有效。

在一阵忙乱中高桥和他的伙伴被屯民抬到了靠山屯一个农民家里，在络腮胡子山叔的精心指挥下，那个四十多岁的被叫作李寡妇的女人，一会儿抹药粉，一会儿又擦草药地围着高桥他们忙碌了起来，不一会儿，痛不欲生的哀鸣声又从高桥的嘴里低低地冒了出来。

他们终于又活了过来。

"啊，山叔，假如没有你，我的命再大也不会有今天的！"高桥伤心地说道，泪如雨下。那种泣不成声、沉浸在记忆中的情景使刚刚走进小屋的幸子大吃一惊。

"您，您怎么了？"幸子怔怔地问道，她以为又发生什么不幸的事了。

然而高桥秀义没有回答。他仍然淌着热泪，痛苦不堪，全然没有理会出现在他身边正感到不知所措的幸子。

幸子在他的枕头边跪了下来。她望着高桥的眼睛，像对待自己孩子似的低声安慰着，并且不时掏出手绢擦他的眼泪，那种温柔慈爱的动作，使高桥像感受到了什么委屈似的突然放声痛哭了起来。那哭声比妇女更柔弱，比孩子更悲伤，他触动了幸子的心扉。

"别……别哭了。我知道你受过很多苦，很大的苦，可是活在这个乱世上谁的心里不苦呢？"幸子喃喃地自语道。她的心中非常难受，因为高桥的哭声也勾起了她心酸的往事。她也想哭，甚至想大哭一场，可是一种说不出来的感觉却使她克制住了那种冲动。

女人与男人不同。

本来看似柔情似水的女人，一旦遇到了一个男人，一个比她痛苦，让她动心，赢得了她的同情，吸引了她眼神的男人时，情况就完全不同了。

那时，男人的眼泪会成为一支催化剂，他会把隐藏在女人心灵深处的母性或者是母爱给催化出来，并把它溶解在女人的嘴唇里，从而使男人觉得，她的轻轻一吻或者微微一笑，都等于在赐给他太阳，赐给他春天，赐给他鲜花，赐给他血液和生命。她让他产生勇气，抖起精神，从此不再孤独，不再软弱，不会再有悲伤，不会再受欺凌。

高桥终于停住了哭泣。他抬起头来，用手背擦了一下挂在脸颊上的泪水，略带羞涩地望着她，那神情确实像一个孩子在望着他的母亲。

而那时幸子满含柔情的眼睛也在注视着他。

他们柔情脉脉，四目相对，那种男女萍水相逢时的好奇，和已经云雨相交情人间的相依，使他们在不知不觉中感受到了一种无法用语言表达的来自内心深处的温暖。

此刻她已经是他精神世界的太阳，而他则是她心灵深处的寄托。因为他们难中相遇所以才会同舟共济；他们同病相怜所以才可能心心相印。

时间在一分一秒地过去。

他们互相凝视着，终于又拥抱在一起，把火热的嘴唇印刻到对方的嘴上。

这是两个被命运深渊所吞没，以不幸吸引不幸，以不幸体贴不幸人的接吻。人世间恐怕没有比这种接吻更能让人感到心碎的了。

"您……您今天就在这儿住下吧。"幸子颤抖着在高桥的耳边细语着。

"今天……住在这儿……"高桥恍惚着重复道。

他松开双手把目光转向了窗外,这才发现太阳已经西斜,已近傍晚。

"啊,时间过得真快呀!"他愣了一愣,情不自禁地说道。

"怎么了……难道您今天还想赶路?"

听见高桥自言自语的声音,幸子愣了一下。她松开手,抬起头来,望了高桥一眼。当她从他的眼神里确认了他的想法之后她顿时瘫软了下来。她跪在地上,猛地抱住了高桥的双腿。

"唉……"高桥深深地叹了一口气,痛苦地闭上了眼睛。停顿了好一会儿以后,他才稳定住了自己的情绪。

"幸子,你……你不知道啊,其实,我……我是……"

"行了,您……您……我不想知道这些!其实对我来说您是谁又有什么关系呢?"幸子尖声叫道,情不自禁地松开了手。

时间在继续流逝着,那种沉默所带来的窒息使人绝望。

"您……您是从哪里来的?"幸子突然问道,她的声音有点发颤。

"我……"面对幸子的问话,高桥的嘴唇哆嗦了一下,却没有发出声音来。

"其实,您……您从哪里来,是个什么人,对我来说都无关紧要。我只是想知道,您离开这儿以后,准备去哪里呢?"

幸子转过身来,那双火辣辣的眼睛直愣愣地盯着高桥。她显然想从他那恍恍惚惚、犹疑不定的眼神中去判断出一些什么来。

"我……我……"高桥犹疑着,吞吞吐吐地仍然没有把自己的想法说出来。

其实,他又能说什么呢?对于他来说,去哪里都是一样的。这个世界的安全之地似乎已经不复存在。

"您是不是想回家,去伊豆,回到热海去?"幸子望着高桥的眼睛试探着问道。

"是的。"

"您家里还有什么人?"

"我母亲。"

"您爸爸呢?"

"他死了……死在美国人的炸弹下。"

高桥情不由衷地回答道。一说起自己的故乡和父母亲,高桥的声调显得特别悲哀。

"啊……美国人,又是美国人!"幸子重复着说道。也许是因为受到了高桥的感染,幸子的声音显得非常低沉。那种愤愤的感觉,使她的牙齿绷得紧紧的。

"是啊,父亲死了以后,母亲日思夜想地盼着我回去,我……"高桥说着说着突然弯下身来。他真挚地望着幸子,用双手捧着她的脸庞说道:"幸子,你放心,我不会忘了你的。今后假如还有可能的话,我一定会来找你,看你来的……"

"是的,是的……我们一定……一定还会见面的,神会保佑您的。"幸子喃喃地说道,随后她又想起了什么似的,立即打开从家里拿来的小包,取出一套深蓝色的衣服。她犹豫着把它塞到了高桥的手上。

"我给您拿了一套衣服,那是我丈夫的。他的身材可能比您小一点,不过这总比您现在这样的装束好。您看您这身衣服破烂不堪,还有血迹。您这样的装束不管走到哪里都会让人怀疑的。"

幸子一边说着一边抖开那套学生装模样的衣服,在高桥的肩膀上比量了起来。

"您丈夫的衣服……"高桥抬起眼睛直愣愣地望着幸子,半响没有说出话来。

"是的,这……不碍什么事吧?"幸子坦诚地说道。

"只是……你丈夫他……他现在哪儿呢?"高桥略有迟疑地

问道。

"他……他死了。去年春天他应召参加神风特攻队。现在……唉！我想您一定也当过吧，您应该知道神风特攻队的情况的。"幸子望了高桥一眼，不无伤感地说道。

幸子的话使高桥再也没有吱声。他支吾着想寻找一些什么安慰她的话，可是话到嘴边又咽回去了。他又能对她说些什么呢？神风特攻队？人肉鱼雷？还是……

高桥又想起了那天晚上在窗外偷窥幸子时所看到的情景。

"是啊，幸子既然已经结婚，那么她有孩子也是完全可能的，可是那天晚上她抱着的为什么会是一个布娃娃呢？难道……"

高桥怔怔地想着，他真想打破砂锅问到底，可是，他又实在不忍心在已经处于痛苦万般的幸子的伤口上再去撒盐了。

"我恨美国人！我想我丈夫如果还活着的话，他一定也是这么想的。"幸子低垂着眼睛，情不自禁地说道，全然不顾站在她旁边不知所措的高桥的神情。

"尽管美国占领军耀武扬威地进了日本，可是，我不怕他们！"幸子咬牙切齿地补充道，把一种近乎歇斯底里的情绪留在了那间小屋里。

"是啊，美国人，我也恨他们。"高桥喃喃地附和着，一种共同的仇恨使他们在不知不觉中靠得更近了。

"时间不早了，假如您要走那还是趁早。顺着我们这儿往东走不到八里路，就会有一个名叫小柳的火车站。每天晚上七点钟，火车都会从小柳车站出发，去下关客运车站装渔民送来的货物。当晚十点钟，那辆火车又会准时从下关出发，把货物运往本州的各大城市。因此您可以坐那辆货车，到四国，去大阪，运气好的话，那辆货车还会载着您去热海或者东京的，这不比你走路要强得多。"

幸子望着高桥秀义，话中有话地说道。她犀利的眼神和直截了当的话语让高桥心悸。他低下头来，一声不吭地穿上了幸子递过来的衣服，然后走到了幸子的面前。

"啊，高桥君，您就像变了个人似的，一下子显得那么精神！"幸子望着高桥上下打量着，有点动情地说道，而后她又像想起来什么似的，突然打开屋门，噔噔地向楼梯口走去。

"您等着，我去拿纸，为您做个小玩意。"

"小玩意？什么小玩意啊？"

"一会儿就知道了，您等着。"幸子跑下楼梯，在一楼的客厅里转了两圈，没过两分钟就拿着宣纸和笔墨回到了二楼的小屋。她把略有点发黄的宣纸摊开，铺放在暖桌上，思索着抬起了眼睛。

她想在纸上写些什么，可是此时此刻，当分别就在眼前时，她能写些什么呢？她还有什么可对他说的呢？

幸子凝神静默着，好像还在心里念叨着什么，那副面容和体态显示着一种无法言说的悲哀和庄严。她俯下身去，颤抖着手，那饱蘸着墨汁的笔犹豫着，但终于落在宣纸上了。

来也无影去无踪，
夕阳西照五更钟。
此情枉然成追忆，
从此消失在梦中。
远去家乡无多路，
隔山望海跃长空。
但愿无事走三江，
心愿一曲纸鹤中。

幸子抖索着写完了这些句子,如释重负地长吐了一口气。她的字体虽然笨拙、单一,但字里行间无处不在吐露着她对高桥秀义的痴情,以及期待他能够平安回到家乡见到母亲的祈愿。

"幸子,你这么认真地……都写了些什么呀?"也许是因为没有能看懂幸子笔下的诗,高桥在一边忍不住问了起来。

"没……没什么。这些话……写在纸上的这些话,你留在路上去看。过去,我曾跟妈妈学过旧诗。只是……我写得不好,你可别见笑哟。"

幸子低着脑袋,望着自己写的诗句轻声地回答道。等了好一会儿她才伸出手去,拿起这张已经吸干了墨汁的宣纸折叠起来,没过五分钟,一只扬着脖子,挺着脑袋,展翅待飞的仙鹤,就在她的指缝里,活生生地跳了出来。

"啊……是仙鹤!幸子……真漂亮!你的手可真巧啊!"高桥从幸子手上接过仙鹤,情不自禁地赞叹道。

"是吗?高桥君……这只鹤很美吗?"

"美,很美……它太漂亮了!"

"哦……能得到您的夸奖真是太高兴了!来,我把这只纸鹤献给您,祝您平安地……回到家乡!"

幸子望着高桥的眼睛,兴高采烈地说道。她涨红着脸,陶醉在一种幸福中。

"谢谢,谢谢……幸子,我会把这只纸鹤永远保存下去,直到我们重逢相会的那一天……"

高桥低声地说道,把纸鹤夹到了腰包里边的那个笔记本里。

"幸子……感谢你,感谢你的祝愿!真的,我一辈子都不会忘记你的。"高桥一边说着一边又向幸子鞠了一躬。随后他又像想起来什么似的转过身去,摸摸索索地从腰包里拿出一沓事先早已准备好的用旧报纸包着的纸币。

"幸子，能见到你真是我的福分，谢谢你了！我……"高桥一边说着一边把那叠纸币递到了幸子的手里。"幸子，请你收下，这些钱对你一定很有用，你……你恐怕还要向这里的老板娘交一些租金什么的吧，所以，请你收下这些钱吧。"

高桥拘谨地说道，他几乎不敢正眼看幸子一眼。他觉得他把钱给幸子的举动，就像是在用刀刺向她似的那样让他感到战栗。可是他又不得不这样去做。因为，此刻除了钱以外他还能有什么可以报答她的呢？

"不，我……我不能收下您的钱！您把给老板娘的这一份……拿去给她吧，我……我不能要您的钱，我……"幸子惊恐地把那叠纸币推了回去。

"可是，……幸子，你听我说。你得收下这份钱，无论如何也要收下。这是我的心意，而且你需要钱……你的生活需要钱，你的家里也需要钱，你……我求你了，幸子，你一定得收下这些钱。"高桥向幸子弯腰鞠了一躬，恳求着说道。

"这……"幸子的嘴唇微微地抖动了一下却没有发出声来。她颤抖着望了高桥一眼，默默地收下了。那是来自他的礼物，她无法拒绝，而且她也不应该拒绝。因为她来到这里，就是为了挣钱。她不仅要把这些钱里的一部分交给春风馆的老板娘，而且还要用它去给她的婆婆买药、治病。

"你要向老板娘交多少钱？"高桥迟疑地问了一句。

"50钱。"幸子望了高桥一眼，轻轻地回答道。

"50钱……呵，我明白了。不过，幸子，我没有日元。我给的是美元，这里面有15美元。"高桥指着那包钱说道。

"15美元！这……"听了高桥的话，幸子吓了一跳。她怎么也没有想到，高桥会给她那么多钱。

那时美元在日本可是头等抢手货。

为了防止战后的通货膨胀,以麦克阿瑟元帅为首的驻日联合国总司令部做出了废除旧日元,发行新日元的决定。这个决定被新成立的币原喜重郎内阁政府宣布实行至今还不到一年半。

新政府的经济安定本部和物价厅在当时定下的政府公务员的月工资是新日币1800元。美元和日元的兑换汇率在那时虽然还没有被宣布（1美元兑换360日元的单一不浮动汇率是在1949年4月23日由驻日联合国总司令部宣布实行的）,但是那时的黑市价已被金融贩子炒到了1美元换600新日币的标准,还常常因为供不应求而难以换到手。

"不,我不能收你这么多钱!我知道这纯粹是您的心意,可是……我不能,不能……这样吧,您就给我1美元吧,这对我来说是一份太厚重的礼物了。不……高桥君,这个钱我不能收下!不能……真的不能……"

幸子把那一包用旧报纸包着的钱又塞回到了高桥秀义的手里。她反反复复地说着,说什么也不肯收下。

"幸子……幸子,你要收下这份钱!你……你听我说!你……"

高桥突然抓住了幸子的手臂,把她拉到了自己眼前。他望着幸子的眼睛,一字一句地郑重说道:"幸子,我要你收下这份钱!因为,我希望你用这钱去还债,或者去赎身……总之,我希望你离开这儿,再不去做这种买卖!这些钱虽然只能让你过一阵子,用完以后你的生活又会没有着落,但是只要我……只要还有可能,我还会给你寄钱,还会来找你,看你……我不能,也绝不忍心再看到你自暴自弃地在这里做这样的买卖了!"

高桥一边说着一边又把钱塞到了幸子的手里。他的话就像打鼓一样地敲到了幸子的心灵深处,使她一下子不知道说什么才好。

"可是……高桥君，您也需要钱！现在，您比我更需要这些钱啊！离开这儿以后，您要赶路，要回故乡，去远方，这一路上您怎么离得开钱呢？还有，您妈妈在等着您，她也同样需要钱！你们可能要盖房子，要买地，要买粮食、衣物，要……对您来说，哪一样不要钱啊……"

幸子流着眼泪哽咽着断断续续地说道，她实在是被涌动在高桥心里的那一番对于她的肺腑之言感动了。

"幸子，您放心吧！我还有钱。剩下的钱足够做我的盘缠，让我赶回家的。到了家里以后一切就都好办了。我家有房子有土地，我妈妈也不缺钱。而且我是个男人，是个年轻力壮的男人，你明白吗？我还能挣钱，挣很多钱，可是你……你是个女人。你要靠自己！还有，我……我真的希望你马上离开这里，去找一份新的工作。你长得漂亮，你一定能找到好工作的。我相信你能做到这一点！所以我……我希望你，用这些钱当基础，重新生活，好吗？幸子，你……你能答应我吗？"

"您……您放心，高桥君，我……我一定把您的话记在心上！"幸子淌着热泪喃喃地说道。她仿佛感到，有一种光芒正在从高桥的头顶上飞来，越来越近也越来越亮，使她无法仰视。慢慢地或许就是在那一刹那间，来自他的光辉就已经完全笼罩她的心了。

幸子收下了钱，她再也没有推托。她只是用两手紧紧地抱着高桥，任凭时间在他们的身边溜走。

她好像还在抽搐着。靠在他的肩膀上，她流出的是来自心里的泪水。

他好像也在抽搐。确切地说那是一种痉挛，一种也许是因为幸福，也许是由于悲伤而发自心灵深处的颤动。他的眼睛里没有泪水，却闪烁着被爱的火花。因为他始终觉得自己已经没有了被爱的权利。

这真是令人感到可悲的。

因为高桥知道他属于黑暗，属于活生生的恐惧的黑夜。拥抱他就等于拥抱黑暗。相信他就等于在相信罪恶一样。对此，社会虽然还没有来得及宣布，但高桥心里已经明白这最多只是时间上的问题。

"幸子……幸子，你听着，有一句话你可要记住，这些钱……它是干净的，你尽可以放心地用，这……这是我拼命干活，挣……挣来的钱……"

高桥吞吞吐吐地说道，这是他突然想到的事。

他觉得他还应该向幸子去表白一些什么，可是话到嘴边又忍住了。因为他突然觉得此刻无论说什么都是多余的。他凝视着幸子，好像要把眼前她的形象带到他的永生中去那样。

他虽然已经沉没在黑暗深处，但是那苍白的甚至还有点发青的脸庞仍然在闪烁着光芒。他望着幸子，似乎是在望着一轮太阳。

"生活在黑暗的流水里是找不到其他珍珠的，只有男女之爱。爱是一种最完美的幸福。"

高桥突然想起《创世纪》中的这句话。那是他妈妈教他英语时给他朗读过的诗句。现在不知怎么搞的，这句关于爱情的也许还带着某些哲理的话语突然在他的脑海里出现了。

他愣了愣，猛地伸出手臂把幸子紧紧地搂在怀里，好像担心她会在他恍惚的刹那间从他的眼皮底下消失掉似的。接着，过了将近有两分钟，他突然浑身燥热地颤抖着，在幸子的前额上深深地吻了一下，然后拿起帆布腰包，把它挂在身上，转身走出小屋，并且头也不回地跑下了楼梯。

他向坐在一楼柜台前正在偷听他们动静的老板娘欠了欠身行了个礼后，便在她惊诧的目光下离开了春风馆。

他没有犹豫徘徊，因为他已经明白了他要去的地方。相反，他看似坚定不移的身影则使旅店的老板娘感到惊疑。

她觉得和当初他走进春风馆的时候相比，就像换了一个人。那感觉并不仅仅是因为他换了一套衣服。

当然，她并不知道他的这身服装是幸子提供的。她连想都没有想到幸子会那么去做。当然这一点在事后自然成为她向警方添油加醋地去做出证言的内容。

高桥秀义走了，二楼的小屋里顿时失去了它曾经有过的光辉。

"啊，他走了，走了！一切都过去了……"幸子自言自语地哆嗦着说道，一种说不出来的悲哀像乌云一般笼罩着她的脸庞。她瘫倒在榻榻米上，脸色发青，浑身无力，沉浸在一种无可比拟的痛苦之中。那种感觉就好像一只鬼手，正在伸进她的怀里，摄取她的灵魂，冷冰冰的，深入她的骨髓似的。

"哼……哈哈，哈哈哈哈……"幸子突然咧开嘴巴惨笑起来。

她的脸色变得苍白。显然她又犯病了，就像高桥在那天晚上窥视到她在哄布娃娃睡觉时的情景一样。

她打开了高桥交给她的包着纸币的报纸，把裹在其中的美元一张一张地抽了出来。

望着印有美国人头像的1美元一张的纸币，幸子面容惨淡地数起来。

"一张，两张，三张——啊，怎么那么多，还有，那个脑袋怎么和其他的不一样？"幸子把夹在1美元纸币中的那张5美元的钞票反复看着，沉浸在一种莫名的遐想中。

"啊，哈哈……高桥君，我的高桥君，您怎么给我那么多。这些美国钱，你是怎么搞到手的呀？高桥君，您……您可真能干呀！"

幸子说着，笑着，把纸币抛向屋顶。她似乎在欣赏它们飘向榻榻米时如同雪花般的情景。

她确实病了，而且病得不轻。

那天晚上她抱着女儿去医院时，医生就曾警告过她，说她的神经一受刺激就会发病。

那时候她受的刺激是因为失去了宝贝女儿，那么现在呢？

是什么事情触动了她的末梢神经呢？

真是无法猜测。因为她的生命如同鲜花，没有了雨露便会枯萎。

此刻幸子停止了微笑。她凝视着黑暗，突然改变了神态。

她似乎还听到了楼下的喊声，那声音已经响了好几次了。

"幸子，幸子……"那是老板娘的声音，她正在叫她。在没有听到她的应声之后老板娘便匆匆登上了楼梯。

老板娘的脚步声如同回光返照一般使幸子紧张起来。她愣了一下，突然像想到了什么似的，顿时跪了下来七手八脚地收拾着洒落在榻榻米上的一张张美钞，也许是因为紧张带来的恐怖，她的眼睛睁得又圆又大。

当她把纸币刚刚卷进高桥给她的那张旧报纸里面时，老板娘已经站在了小屋的门口了。

"你怎么了，幸子？"老板娘望着神色慌张的幸子，惊异地问道。

"没……没什么……"

"幸子，你听我说，听了我的话后你可不要伤心呀，幸子，你……"

"什么……"幸子抬起头来怔怔地望着老板娘。她根本就不会想到老板娘要告诉她的事情足以让她进地狱。

"幸子，你……你赶快回家一趟，一小时前，你家的邻居来通知说,你的婆婆山崎婆她……她好像不行了。"

老板娘吞吞吐吐地说道。望着幸子那张由黄变青,最后又灰如土色的脸,她感到了一种无法言说的悲哀!

她知道幸子是个孝顺的孩子,到这里来卖身挣钱纯粹是为了给她婆婆治病。

"呵……"幸子叫了一声,顿时泪如雨下大声哭了起来。

"别……别哭了,赶快回去,说不定还能赶上最后一面……还有,今天你陪客人的钱我就不要了,也算是我对你婆婆的一份心意吧。"望着悲伤至极的幸子,老板娘补充着说了一句。显然,她也被幸子的悲惨遭遇打动了。

"嗯……谢谢,谢谢!"幸子呜咽着,一边向老板娘致谢,一边收拾着行李。两分钟后,她就拿着小包走出了春风馆。然而就在她走出门的刹那间她又发现自己忘了一样重要的东西。

那是高桥秀义换下来的破衣服,此刻被扔在屋门的后边。

她犹豫了一下,又立即转身回去把那些衣服抓在了手上。她突然觉得她不能把它们留在这里。因为……

她在潜意识中似乎感觉到了些什么。

"行了,这破衣服就扔在这里吧,一会儿收拾房子时,我帮你把它扔到垃圾堆里就行了。"老板娘嘟囔着说道,她还以为幸子是为了帮她清理房间才这么做的。

幸子没有理会老板娘的话,也不愿意向她去解释些什么。她只是急急忙忙地走下楼梯,在一楼柜台边的橱子里取出自己的行李,把高桥的衣服塞进去以后就匆匆离开了春风馆。

她再也没有回头看那个旅馆一眼。她知道自己再也不会回到那里去了。

因为她已经隐隐约约地感觉到了来自命运的昭示。

是的,悲哀总有结局,就像是人总要走向死亡一样。

7 上苍给予成功者的色彩

当幸子心急火燎地赶回自己家里的时候,发生在那里的闹剧已近尾声。此刻,山崎婆已经被坛之浦警察署的吉普车送往医院,家里除了正在等待幸子归来的两三名警察以外,左邻右舍和从近村赶来的亲戚已经散尽。屋子里冷冷清清的,只有夕阳的余晖从糊在木格上的窗户纸里透进来,照在铺着被褥的土炕一角和贴着红绿色花纸的灰墙上,把寂寥和凄凉留在了除了悲惨以外其他已经一无所有的小屋里。

出现这样的结果首先应该归功于池田雄一警长。他的冷静和果断把山崎婆的病危可能会给坛之浦警察署带来的危机,降到了最低。

下午四点半钟,当池田一行随着赤川来到山崎婆家里时,山崎婆已经奄奄一息。当时池田试了试山崎婆的脉搏。当他断定她已经回天无力时,便马上命令赤川坐上刚刚到来的救护车把她送到医院去,让医生尽人道主义天职,尽最大的努力抢救她。

池田不愿意让山崎婆死在她自己的家里。

他明白受到新闻记者关注的像山崎婆这样的人的每一个动静都是导火线,都会关系到他们警察当局的声誉,稍有不慎就会后患无穷。

赤川一郎在坛之浦警察署实施的对山崎婆的诱供和逼供行为,以及这种行为导致山崎婆重病复发,口吐鲜血,最终昏迷过去休克不省的事情，已经受到当地记者的注意。那天下午，当赤川的部下把吐血休克的山崎婆送回家中时，正好被住在山崎婆附近的一个在《下关日报》供职的名字叫作野坂英治的记者看到了。虽然《下关日报》是家地区小报，他们发的新闻或许不会被类似《九州日报》那样的大报编辑看中，但是万一情况不是那样，万一那个名叫野坂英治的小报记者是个很难调教的人，那事情的发展就很难预料了。

事到如今，他池田能做的事最多也只是一些补救措施而已。比如在山崎婆家，在山崎婆的亲戚邻居还没有完全聚集起来之时就先下手把她送去医院，免得他们在看见她的临终惨状时多嘴多舌，起哄闹事，反对日本当局对美国占领军的妥协政策，把那起本来已经受到多方关注的强奸案上升为国际政治争端等。

池田最多也只能做这些事情，除此之外并没有什么回天之力。

好在此事和他并没有直接关系，他只是因为侦查不法偷渡者，追踪杀人嫌疑犯才来到这里的。池田完全没必要去涉及这起强奸案，但这样做就不是他这种人的性格了。

池田那种渴望破案立奇功的心思，并不会因为此事可能会被舆论追踪，稍有不慎又会被追究责任等来自各方面的压力所收敛。相反，复杂的案情和可能会遭受的抨击，正是他准备去挑战的精神源泉。他不屈不挠的意志，也正是在追踪犯人侦破奇案的乐趣中产生的。

这起强奸案和他正在追踪的嫌疑犯看来并没有什么直接的关联。但是不知怎么搞的，凭他的嗅觉，却觉得它们之间存在一种并不简单的关系。

这虽然只是一种猜想，但是他相信自己的感觉。

这两件看来风马牛不相及的事情，一旦让他产生某种直觉时情况就显然不一样了。

这正是池田和他人的不同之处。他相信他的破案经验远胜于相信他的同僚和上司。

池田充满自信地在寻找这两个事件的中间线。

"一根线牵出两个蚂蚱",这是当地的一句俗语。从这句俗语中,池田很自然就联想起山崎婆的媳妇山崎幸子了。

假如一切正如当地警察所说的那样,她本是一个卖春女的话,那么她确实很难会为了那起美国兵的强奸案而大动干戈的。可是事实却完全相反。

此外在强奸案发生后的那么多天,她都没有去那个春风馆,可是为什么今天才会到那里去,而且还接到了客人?

难道她事先知道今天有客人要来?

难道她和他是相约而去的吗?

假如真是那样的话,那个客人又会是怎么样的一个人呢?

"山崎幸子为什么到现在还没回来,你们刚才不是已经派人去叫她了吗?"池田紧绷着脸问当地的警察。

"是的,警长。按理说,她应该回到这里来了。"

"从这儿到春风馆,要走多少时间?我说的是步行时间。"

"四十分钟。"

"四十分钟……按道理现在也应该回到这里了。可实际上她却没有来。"池田自言自语道,当他还想再去说些什么时,小田信义突然插进话来。

"警长,你有没有发现,大貘自从来到这里以后一直咆哮不停,这里面会不会有什么原因?"

"是呀,我也觉得奇怪,大貘怎么会对山崎幸子家产生兴趣呢?"

池田思索着走到门外,他发现大貘不断地用前爪刨着地,并且不停地在窗子下面来回打圈，还不时地抬头看看他，似乎想去提示一些什么似的。

"这……"池田弯下身去，用手抚摸着大獏的脖子，企图使它安静下来，但是这一贯的动作现在失灵了，大獏仍然低声吼着，用前爪刨着地。

"哎，这是怎么回事？"池田疑惑地站起身来，跟着大獏走到院外又回到院子里。

"啊，对了，小田君，我们来过这里！今天早上大獏顺着那个可疑的脚印，把我们带到这里来过。只是那时还早，我们并没能记住这间房子而已。"

"今天早上？是啊，是啊，没错，没错！当时我还在窗外盯着那个可疑的脚印看了半天呢？警长，你说，为什么那个可疑的人会到这里来呢？"小田恍然大悟地问池田警长，他回想起了早上他们跟着大獏来到这里时的情景了。

"是啊，假如没有其他问题，那个可疑的人恐怕是想在这里要点吃喝什么的吧。哎，今天山崎幸子的行踪，你们确实搞清楚了吗？"池田摸了一下大獏的身体，突然问道。

"是的。中午十二点半我们到山崎婆家时，山崎幸子没在家。据山崎婆讲她们俩上午上街去了，可后来是山崎婆一个人回家的。那个幸子为什么没有和她一起回来，她去了春风馆一事为什么山崎婆事先没有露出一点风声。山崎幸子在我们把山崎婆接走以后确实回了家一趟。她为什么会回家？回家后又干了些什么？为什么又在我们把山崎婆送回到她家以前匆匆离家？那些原因我们还不清楚。但是这些事情，她的邻居已经向我们证实了。"一个矮个子警察一板一眼得像背书似的回答道。

"匆匆离家出走……那么，她匆匆忙忙地又去哪儿了呢？"池田饶有兴趣地问道。

"不知道。不过，恐怕还是春风馆吧？她今天不是在那里工作，并且接到客人了吗？"矮个子警察继续回答道。

"春风馆？还是那个春风馆！是呀，这个幸子很可能是接完客，或者是在接客途中回家了一趟。"

池田掏出了烟袋，点燃后深深地吸了一口。

他已经意识到了自己决策上的失误。假如一切真如自己所推理的那样，那么他确实已经坐失了良机。

可是这又有什么办法呢？假如不是他在这里做出了马上把濒临死亡的山崎婆送往医院抢救的决定，谁知道那笨头笨脑的赤川又会做出什么样的傻事呢。

"不过或许还来得及！因为山崎幸子还没回这儿来。只要她还没回来，就说明事态还在继续地进展着。"

池田自我安慰道。他从上衣口袋里掏出怀表确认了一下时间后，便立即做出了决定。

他命令小田信义和矮个子警察带着大獏跟他一起立即坐车去春风馆，其他的人则留在原地等候命令。

他还特地对留守在山崎婆家的警察关照说，即使山崎幸子在他们去春风馆期间回到这里，也不要限制她的行动，因为他还想从她的行动中去发现一些什么。

池田怀着侥幸的心理匆匆地赶往位于坛之浦东北方向的春风馆。然而就在他们一行离开还不到15分钟时，幸子回到了家里。

"妈妈……妈妈……"幸子还没有走进家门就大声地哭叫了起来。但是当她发现山崎婆并没有躺在土炕上，家里空无一人时，那种由于焦虑所带来的怒火顿时爆发了。她冲着站在小屋门槛外边正在监视她的警察大声叫了起来。

"你们……你们把我妈妈带到哪里去了！"

"送到医院去了。她一直吐血，所以……"一个警察指着山崎婆吐在炕上的一摊血迹,犹豫地说明着。

"医院?哪一家医院?"幸子有一点不相信警察讲的话。

"急救中心!坛之浦的急救中心。"

"急救中心?上午我妈妈跟我分手时还好好的,怎么会一下子变得那么厉害,还有你……你们怎么会在这里?你们怎么会知道我妈妈的病情?你们是不是又把她叫到警察署去了?"幸子厉声问道,她似乎感觉到了些什么。

她知道警察为了调查那个强奸案,三番五次地到她家来取证,还常常无缘无故地把她和山崎婆带到警察署去,搞得她们实在无颜见左邻右舍。今天上午,当她和山崎婆在街边分手时,山崎婆并没告诉她警察要传讯她,而今天下午她回到家里为高桥取衣服时,也不知道山崎婆在那时已被带到警察署。

要是过去,邻居们一定会告诉她山崎婆的情况,可是战后的世态炎凉已经使得很多人变成冷血动物,在那种社会环境下又有谁会去帮助幸子那样被美国士兵强暴,事件本身又被日本媒体炒得沸沸扬扬,以至于到了日美两国的政治家都在关注,要求去调查清楚的处在旋涡中的悲剧人物呢?

"你妈是在警察署受到盘问时突然发病的,所以我们才会……"望着幸子悲愤欲极的样子,站在门槛外的警察支支吾吾地解释道,显然他也有点同情幸子。

"要不我们一起坐车去急救中心吧,警署的车子一会儿就回来。"他察看着幸子的神色,发现自己的建议已经被她接受时,这才松了一口气。

十分钟后,当幸子坐着警署的吉普车和那个警员一起前往坛之浦急救中心去探望山崎婆的时候,池田雄一和他的助手小田,在大獒的咆哮声中来到了春风馆。

"小田君,你带着大獒守在院子里,别让任何人进来。还有你,你守在这个院子的后墙外,万一有人从二楼跑下来企图逃跑,你就立即把他逮捕,不管是什么人!"

池田察看了春风馆的地形,对他的部下做了布置后便只身闯了进去。

他知道像春风馆这种什么人都可能出没的地方的复杂性。况且按他现在掌握的情况来看,山崎幸子接待的客人很可能还逗留在春风馆里,为此他不得不做防备。

"啊,您好,您好,请进……请……"春风馆的老板娘看着走进院子里来的池田,满脸堆笑地说道。她把池田雄一也当成了客人。

"且慢,你……你是春风馆的老板娘吧?"

"是的,您……您是……"老板娘惊诧地望着池田有点不安地问道。

"我……我是干这个的。"池田把老板娘拉到一边,从口袋里掏出了下关市警察署颁发的警察证,把它在老板娘的眼前晃了一下后,压低声音说道。

"这……你们三番五次来这儿干什么,我们可没有做什么坏事呀!"望着池田那张凶狠的脸,老板娘先声夺人地叫了起来。

"住嘴!你……你这么大声叫是不是想通知什么人呀?"池田抓住老板娘的手臂厉声问道。

"不……不敢……"

"那我问你,最近……不,也就是今天,这里来过什么可疑的人吗?"

"可疑的人?没有……没有!"老板娘揣摩着池田的来意连声否认道。

"那么……那个山崎幸子,她今天接的客人是谁?还有,山崎幸子现在哪里?"池田连声问道。

本来他并不想主动提山崎幸子的事,因为他盼着从老板娘回答问题的神态去判断出一些什么来。但那女人显然不是省油的灯,那久经考验的样子绝不会因为警察三言两语的恫吓就慌了神的。

"噢,是为了山崎幸子而来的呀,我想也是的。今天中午就有你们的人来问过幸子的事了……"老板娘故弄玄虚地拖着声调。她显然在判断池田的心思。在真正搞清楚池田的来意之前,她是决不会主动去提供一些什么的。

"我们的人?什么人?你怎么会知道他是我们的人呢?"池田思索着吐出了一连串的问题。他觉得奇怪,因为他并没有听赤川一郎跟他提过这事。

"什么人?还会是什么人?一个男人哟!四十来岁,神神秘秘的。一到这儿就探头探脑地想往里面跑,还好被我看见,给拉住了。"老板娘的眼睛溜溜地转着。她一边窥测着池田的神态,一边有声有色地继续说道。"我拉住他,问他想干什么、找什么人时,他也像你那样掏出个什么证件,在我的眼前晃了晃,说他想见山崎幸子。"

"你让他见了?"池田有点沉不住气了。

"没有?怎么会呢?我怎么会随便让店里的女孩去见一个来历不明的陌生男人呢?"

"那么后来呢?"池田追问道,他好像感觉到了一些什么。

"后来……他没趣地停了一会儿就走出去了,不过我断定他不会走远。他肯定还在我们的旅店外面等着见山崎幸子呢。"

"为什么你会那么想?"

"我也不知道……不过,干你们这行的人不达目的是不会罢休的。只是那陌生人好像和您还不一样。比起你们警察来,他更像一个侦探或者是记者……"老板娘若有所思地回忆道。她装出一副天真的神态，其目的却是想试探她所见到的陌生人和池田雄一之间的关系，从中打听那起美国大兵强奸案的警方的打算。

然而池田没有上她的当。他一如既往地顺着自己的思路追踪下去，并不给对方有喘息的机会。

"记者……呵呵，你现在说那人是探子、记者什么的，可刚才却在讲，那是我们的人？"池田讽刺地说道。

"是啊，他无所顾忌的样子确实像警察。对此谁敢去怀疑呢？他也掏出了个证件在我的眼前晃晃，就像您现在这样。可是我怎么能看清您们的证件呢？即使你们把它放到我面前我也不敢看呀。您说您是干这个的，我相信就是了。其实天知道您是干什么的！哎呀真怪，我跟您唠叨这个干什么呀……"

老板娘嘟嘟囔囔地把话转了一圈，突然以守为攻地盘问起池田来了。

她仍然在猜测池田的来意。她觉得他那种虎视眈眈的样子不只是为了山崎幸子而来。那起美国大兵的强奸案件，犯罪事实清楚，报上已多有介绍，有什么可多查的，除非幸子本身就有问题。

想到这里老板娘有点紧张了。

因为假如幸子有问题的话，那就会牵连她和她的旅馆，从而对她构成威胁。

老板娘和山崎幸子原来并不认识，她只是听人介绍才接受山崎幸子在她的春风馆里工作的。当时介绍人跟她说，山崎幸子的丈夫和孩子都死了，她想在春风馆这个离家比较远一点的地方接客赚钱，为患有肺结核病的婆婆治病。山崎幸子选在春风馆里做那种接客之类的买卖，纯粹是不想让她家的邻居朋友知道。而且这里离她家远，她还可以借此地作为避风港，逃避因美国兵强暴事件造成的来自警察署接二连三的调查和询问，以及因此带来的邻居们蔑视的目光。

山崎幸子悲惨的遭遇得到了老板娘的同情。可是做梦也没有想到，才第一天春风馆就因为她而遭到了那么多的麻烦。

老板娘望着池田，嚅动一下嘴唇似乎还想去说些什么，却又因为池田那对充满敌意的眼睛而没敢发出声来。

"哼……哈哈，你竟敢查起我们的身份来了。好，好！来，让你看看清楚，我是干什么的！"池田再一次把警察证递到了老板娘的跟前。"让你看个清楚！如果看清楚了，你就应该明白，跟我们讲假话可是要惹麻烦的哟！"池田望着老板娘，威吓着说道。

"我知道，我明白，其实我对谁都在讲真话哟！"老板娘重复着说道。她的态度似乎比刚才好了一点。

"那我问你，山崎幸子，她现在哪儿？"

"她没在这里。她……已经回家了。"

"回家了？什么时候走的？"

"15分钟以前。因为有人带消息来说她婆婆病危，所以才急急忙忙赶回去了。"

"带消息来的人见到山崎幸子了？"

"没有。我没让他们见面，因为幸子那时正好有客人。我是在她接待好客人以后才告诉她婆婆病危的事。"

"接客？那么……那个客人呢？"池田迫不及待地问道。

"他早已走了。"

"走了？"

"是的。完事后他是一个人走下楼来的。没等幸子来送他就先走了。那不符合我们的规矩，因为一般来说幸子应该陪他下楼送他到旅店门口的。可是她没这样做，也许这是因为第一次，不懂规矩才造成的吧。还有……"老板娘回忆道。因为对于高桥秀义走出旅店时的情景，她也觉得有点不可思议。

"还有……还有什么？说下去呀！"池田催促道，他好像从老板娘犹豫的神态里感觉到了些什么。

"没什么。不过那男人确实奇怪。他进门时穿得破破烂烂的，那衣服简直无法遮身，就像是刚从战场上退下来似的，而且还有血迹。走的时候他却换了一身衣服。那衣服真不知道是从哪里弄来的，很可能是幸子送给他的吧？因为幸子在他来了以后曾回家过一趟。她不会是为了取衣服才回家的吧……还有……幸子为什么不下楼去送他，而他也不等幸子送就一个人先走了？这种状况只有在熟人间才会产生。还有，我在楼下还隐隐约约地听到了那个男人的哭声。你想，他怎么会在幸子面前掉眼泪呢……这些状况总让我觉得，幸子和那个男人，他们以前很可能是认识的。他们会不会约好着来的？要不……幸子和他，他们或许本来就是一对相好呢？"

"哦，本来他们就认识，甚至是相好！有意思。"池田的眼睛眯成了一条缝，他重复着老板娘的话，情不自禁地掏出口袋里的烟斗。他划着火柴，手颤抖着，点了好几次才把烟叶点着。这种状况显然是因为发现了线索，产生了某种激动才出现的。可不，老板娘提供的证言，正和他在潜意识中所做的推理相吻合。

"你刚才说，幸子今天是第一次接客？"池田吸了口烟问道。

"是的。今天是她第一次到我们这来上班。"

"第一次就接到了一个熟人？"

"是啊。"

"那么反过来讲，他们会不会是约好今天到你的旅店里来相会的呢？"

"这……"老板娘犹豫地停住了口，她不知道池田到底在想什么。只是她已经明白自己的话多少打动了眼前的这位警察。

"你再跟我说一遍那个男人的样子。"

"他……看上去二十七八岁,穿着破烂的衣服,对!那应该是军装,土黄色的破烂不堪的军装!他神色慌张地走进旅店……噢,对了,他和幸子是一前一后来到这里的!他们确实可能相约着来春风馆的。"老板娘回忆着说道,她越来越觉得可疑了。因为种种情况似乎都在佐证她推测的正确性。

"那个男人进了旅店后幸子就给他做饭团,而且做了很多,看样子他饿得好像几天没吃饭似的……还有幸子在离开旅店前,把那个男人换下来的破衣服都给带走了。要不是老相识,一般的女人怎么可能会那样做呢?"

老板娘喃喃自语道。她似乎有点得意,然而没有想到的是,她的那种本来只是为了解脱干系,图一时快意的推测和解释,却因为得到池田的赞同而变得刻薄恶毒起来了。

"是呀,你说得对,他很可能饿得好多天都没吃饭。只是……他是怎么和山崎幸子接上头的呢?"

池田情不自禁地说道,他好像已经接受了山崎幸子和那个男人本是一对相好的那种定义了。

"那个男人叫什么名字?"

"不知道。"

"那样子像本地人还是外来人?"

"当然是外来人了。本地人是很少到我们这种地方来的。"

"在他进入旅店的时候,你没有叫他登记名字吗?"

"没有……"

"你不知道治安法规上写的必须要让住店客人写上自己名字和住址的规定吗?"池田皱着双眉厉声问道。

"知道……可是,我刚才也讲了,那个男人和幸子很可能认识,春风馆只是他们相会的一个地方而已。从这个角度去看,那个男人他不能算是住进旅店的客人吧,而事实上他在旅店里也就待了几小时。"

老板娘振振有词地解释道。因为到他们这种旅店来的人,一般都不愿意留下名字和住址,即使是出于不得已被旅店强要着留名登记的人,用的几乎也都是假名,而旅店方面对此基本上睁一只眼闭一只眼,根本不会去追究。久而久之这种让住店客人登记的制度也就成了可有可无的形式了。

"好吧,我就不追究你的责任了。现在,你能不能把我领到他们待过的房间去看看?"

"可以!正好!我还没来得及打扫那房间呢。您现在去正好可以看到他们俩人在屋里时的样子。"老板娘献媚地笑了笑,应声附和道。她早已想到池田会提出这种要求。因为,谁没有那种想看见想知道,想去打破砂锅问到底的企图去洞悉一切的欲望呢?

在老板娘的带领下池田来到了二楼那间曾经给幸子和高桥秀义留下了许多美好记忆的房间。那是一间只有十来平方米的小屋,可是现在看来那屋子好像显得很大很空旷,尤其是在明亮的灯光下。

靠在墙角边的桌子上,那个还沾着一点紫菜叶的盘子依然放在那儿,榻榻米上曾经铺得好好的被褥如今拱成了一堆。那种乱糟糟的样子足可以让人想象到那一对男女性爱时的疯狂样子。可现在一切已经完了,人去屋空,只剩下了推理和回忆。

"这间房间先不要收拾,就这样搁着别动,一会儿我让人来做技术鉴定,搜集必要的证据。"

池田皱着眉把眼睛睁得大大的。突然他的眉宇间发出了一种光泽,使他情不自禁地甩了一下脑袋。他看到了一张纸币。那是幸子在高桥走后发病时,把它和其他的纸币一起抛向屋顶,看它们飞舞飘落，然后又在老板娘赶到二楼来时，由于紧张忘了去捡的一张1美元的钞票。

现在这张美钞纸币则成了警察的有力证据。因为那上面清晰地印着高桥秀义的指纹，并且还极有可能会记录下一些关于高桥秀义过去的事情。

当时，一般的日本人不可能拥有美钞，即使是生活在大都市的人也一样。在那种特殊的社会背景下，身揣美钞这种事情本身就可能成为警察怀疑调查的目标，更不要说是山崎幸子那样生活在坛之浦的乡下人了。

望着这张纸币，池田沉默着想了好长的时间。

如果说他对自己在芦屋海滩发现可疑渔轮高丽三号后，推断的那个在南朝鲜闲丽水道海域杀害李树哲、李树民兄弟的"海狼"已在日本登陆，并已经潜入坛之浦的设想还有所怀疑的话，那么现在他已经敢断定，这个推理无懈可击的准确性了。

因为山崎幸子不可能持有美钞，这张美钞肯定是外来货。它是由一个外人，一个偷偷在日本登陆，并且极有可能是身怀两条人命以上的杀人犯从国外带来的！

当然……还有一种可能，那就是被传得沸沸扬扬的美国军人强奸案。那个美国人在强奸了山崎幸子以后，为了封口，掏出1美元去收买受害者，从而使这张美钞落在了她的手里。

"这种可能性也不是没有，可是……"

池田戴上手套，弯下腰去把那张纸币小心翼翼地捡了起来，夹到了他随身携带的笔记本里。

"不可能！那个美国兵既然是为了强奸而去袭击山崎幸子的，那他就绝不会再去花钱收买，而且那个幸子在报案时根本就没提到美钞的事。况且案发时又是在晚上，而且是野外，那个美国人和她在语言上又无法沟通……"

池田想着想着，情不自禁地哼了一声。那种或许可以被称为笑容的神色从他的嘴边微微地露出来。

那是一种得意之色，是上苍给予成功者的色彩。

那种色彩所体现出来的感觉，也许可以用"善中之万恶"那样的词语去描绘它。从语言上来讲，我们或许可以把它称之为"邪恶"！

池田把老板娘带到了旅店门口，在大獏的狂叫声中叫齐了他的部下。他沉默着，情绪显得威严，那种气氛自然也在感染着他的部下。

"老板娘，那个男人最后离开这里的时候，穿的是什么颜色的衣服？"

"藏青色，是深蓝深蓝的那一种。"老板娘得意地补充道。因为她觉得显现在池田脸上的光芒里面也有她的一分色彩。

"你敢肯定那个男人穿的藏青色衣服，是山崎幸子提供的吗？"

"我想是的。因为他来这里时并没有带着其他的衣物。他也不可能从其他人手里得到可以用来换洗的衣服。"

"那么他换下的衣服呢？"

"被幸子带回家去了，我亲眼看她带走的。"

"那个男人从这儿出门时，是往左还是往右走的？"

"往右，也就是往东南的方向走的。这一点我看得清清楚楚。"

"他走了多少时间了？"

"大概……离现在已有将近一个小时了。我想，幸子会让他赶晚上七点钟从坛之浦东边的小柳车站出发去下关车站的货车的，所以……"

老板娘的话还没讲完就被池田打断了。他果断地挥了挥手，对他的部下说道:"你们都听明白我们的对话了吧……好,我们现在就坐车出发,去小柳车站。那个车站离这里才十里地。虽然是土路,但三十来分钟也能赶到。这次决不能再让他跑了,不管他是狼还是人!"

池田充满自信地说道。他留下了一个警察,让他看住春风馆的现场,其他两个人则带着大貘跟他一起登上吉普车,向坛之浦东边的小柳车站扑去。然而在吉普车离开春风馆往东开了还不到五分钟时,池田突然又命令司机调转车头,开回坛之浦的春风馆。他在那儿接上老板娘,而后再开到镇里的急救中心,把他和老板娘以及大貘放下车以后再去小柳车站。

池田突然又改变了主意。

他把前去小柳车站追捕那个男人的任务交给了得力部下小田信义,而自己则转回身去,带着老板娘和大貘去监视山崎幸子。

有女人就会有男人,他突然想到了这一点。

假如那个可疑的男人,他不舍得离开他所爱的女人呢?那么他就会在那个女人的周围潜伏下来,而那时候老板娘就可以发挥作用,她可以把他给认出来。

池田雄一老谋深算。他断定山崎幸子和那个男人是一条线上的两只蚂蚱,而用女人来引出男人更是战争史上常常运用的伎俩。

而且他还在考虑如何用女人去制服女人,用老板娘那样久经考验的女人,去制服山崎幸子那样饱经沧桑的女人。

这样的事在历史上也曾经有过,而且几乎都是成功的例子。

此外还可以让池田感到放心的是,他刚才接到了来自下关警察署坂下正尚警员的报告,说他带着五名警员,正在下关前往小柳车站的路上,半个小时之后,他将和小田信义会合在小柳车站,在那里布下天罗地网。

小柳车站有那么多的精兵强将,而这里却只有他池田一个人。

不过这已经足够了,因为他一个人就等于一个班。更何况他还有勇猛无比的大貘以及像赤川一郎那样来自当地警方的支持。虽然那些人可能是些草包,但也可以壮壮胆势。

他踌躇满志,信心百倍,胜券在握,却只算对了一半。

因为他没想到高桥秀义是一个意志坚定,而且是又极善于忍耐的苦行僧。

然而这也是很正常的,因为没有事能做得十全十美,再伟大的战略家也有失算的时候!

8　被忽略了的小柳车站的影子

小柳是一个车站的名字。当地人一提起小柳车站的时候,总会说它在坛之浦的某方向。那意思是想要强调,小柳车站只是坛之浦的一部分。

小柳车站依附在坛之浦的身上并没有疑问。问题是小柳车站的发展趋向和知名度,用不了多久就会取代坛之浦,而这正是坛之浦的人们所担心的。

小柳车站本是一个以运输芦屋海滩收获的海产品为主的货车站。可是正因为它是车站,所以在战争结束前夕遭到了美国B-52轰炸机的反复轰炸,成了一堆废墟。战后在当地渔民一片重建家园的呼声中,小柳车站在废墟上挣扎了一下就站起来了。尽管它的周围还是废墟,但火车头的奔驰以及它在轰鸣中所带来的震动,还是给当地的渔民带来了活力。

一条铁路的起点站,无论我们把它摆在一个城镇的边缘任何地方,它都会给住在那里的人带来梦想,使他们或多或少地去幻想自己在那里坐着火车,由那个吞炭喷火的车头拉着他们,去下关,去大阪,去九州,去东京,走向未来,去实现梦想。

小柳车站是坛之浦村民的骄傲,尽管在小柳车站靠坛之浦那一带仍然荒凉得到处都是破屋断垣,就像个屠宰场一样。

小柳车站是战争留下的杰作。这种由战争带来的景色,在残晖消失夜色下沉以后的晚上更是惨不忍睹,尤其是在风吹云破,月影乍明的时候。

这是一个冷酷、阴沉、凄凉的混合处。这种荒僻的阴暗之处可能存在陷阱，无论是对于追捕者还是逃亡者来说，都是恐怖的代名词。

傍晚 6 点 15 分，由下关市警察署警员坂下正尚率领的五名警察，率先赶到了小柳车站。那时，原定在七点钟出发拉货去下关车站的机车头以及它所要牵引的三节露天车厢已经停在了站台上。七八个看上去像当地搬运工模样的人正在忙碌着，一筐一筐地把类似海带、海草，以及晒成鱼干的海鲜类货物搬到车厢上，而那些准备搭乘这辆火车的旅客也陆陆续续进入站台。那种样子就像每天都在发生的情景一样，没有任何异样。

坂下正尚把他的人马分成两个小组。第一个小组三个人负责在车站外的两条泥道上巡逻，在那些经过或者前往小柳车站的过路人中寻找可疑的人。他自己则带着一个助手，站在车站内离站台有七八米远的屋檐下，装成搭乘这趟货车的旅客模样，去观察那些搬运工人以及准备搭乘那列货车的旅客的动静。

他没有去惊动小柳车站的站长，认为过早去说会打草惊蛇。万一惊动了目标，那么他们已经分散开来的五个警察是很难有把握抓住那个匪徒的。万一那个家伙有枪而且又是一个亡命徒呢？万一他跟小柳车站的站长或者其他人早有勾结呢⋯⋯

他不得不防，不得不小心谨慎地去应付那些可能会到来的不测。

他准备等小田信义的人马到了以后再去找站长交涉，然而没等多久他就焦虑不安了。现在已经是 6 点 40 分。假如再不和站长联系，要求他推迟货车的发车时间，那真就来不及了。

因为和站长交涉也需要时间。他得向站长解释他手里为什么没有拿警署的搜查证，警方为什么还不知道自己所要追捕的疑犯的名字，以及那是一个什么样的案子等类似的问题。而且他在说通了站长以后，还要站长帮他一起去说服准备搭乘这趟货车的旅客去接受他们的搜查、盘询等。

这些事情是很麻烦的。因为在战时受惯了日本的特高（秘密警察）以及宪兵欺侮的老百姓，常常会把昔日那些凶恶的形象和今天的警察联想在一起。

坂下正尚忍耐着。他不敢把视线从那些晃动着身影的搬运工以及嘈杂着准备上车的旅客面前移开一分一秒。他明白只要自己稍一疏忽，疑犯就有可能从他的眼皮子底下神不知鬼不觉地混到杂乱的人群中，或者就此逃之夭夭。

他不敢马虎。此刻除了耐心等待以外，实在是别无他法。

十分钟又过去了。6点50分时，小田信义带着的人马终于赶到了。

他们马上做了分工。由坂下正尚带一名警察去和站长交涉，要求推迟货车的出发时间，搜查整列车辆，而小田信义带着另外两名警察等在站台上，监视搜查那些行踪可疑者。其他的警员则分头守在车站的东西两侧，一边监视车站周围的人，一边随时接应在站台和车厢里搜查的警察，万一那里有可疑的人窜出或者逃亡，他们就会死扑上去，实行逮捕。

他们的步骤安排得不错。这种在一瞬间做出的决定虽然仓促但有条理。而且应该说，他们的计划实施得非常顺利。虽然小柳车站的站长要求坂下正尚出示了警察工作证，询问了他们要求推迟开车的理由，以及所要追捕的犯人状况等问题，但最后还是同意了坂下正尚的要求，把开车时间推迟到了7点半。

这是站长在和机车长做了商量，进行了反复的时间上的计算以后才同意的。因为货车上的货物要在车辆到达下关站后立即卸下来，并且马上装到当晚10点从下关车站开往关西大阪的有十二列车皮的货车上。货物的一卸一装都需要时间，万一误了点耽误了装货时间，那么他这个站长就要负责做出赔偿。因为海鲜货是赶着要在第二天清晨前运到铁路沿线各大城市的海鲜早市。他没有权力要求下关车站的站长也像他一样听取警方的要求，推迟火车在下关站的出发时间等。

小柳车站站长的许诺使坂下正尚有了足够的时间去对整列货车进行地毯式搜查。他带着两个警察，从机车头入手缓步前进，翻看着堆放在车厢内的每一筐货物，窥视着蜷缩在货物后面的每一位旅客。

他们一边盘问一边搜索，不放过一个疑点，不错过一个角落，如同翻着小偷身上的每一个口袋那样把那列只有三节车厢的货车翻了个遍，却仍然没有看见池田雄一警长向他们描述过的穿着藏青色衣裤、背着军用腰包的二十七八岁男人。

"这家伙，他会跑到哪儿去呢？难道他根本就没有来这儿？"

坂下有点犹疑地问小田信义，可是小田却回答不出个所以然来。因为他也不知道他们的上司池田雄一为什么会在前来小柳车站的途中突然改变主意，把自己留在了坛之浦急救中心去监视山崎幸子的真正原因。

"既然警长会下决心把自己留在坛之浦，那就说明疑犯潜伏在坛之浦的可能性要大于其他方面。否则，按照警长的性格，他是绝不可能做出只让我们负责搜查小柳车站那种决定的。"

小田皱着双眉猜测着对坂下正尚说道，面对眼前的结果，他也不知道怎么办才好。

"看来我们只能把这辆货车放行了，因为时间已经快到 7 点半，现在站长正等着我们的回话呢！"坂下望了小田信义一眼，犹豫不决地说道。

"放行吧……那又有什么办法，我们又没权力阻止货车的运行。而且坂下君，你仔细查看了坐在那上面的人了吧？那里面有穿藏青色服装的二十七八岁男人吗？"

"没有。要不你再去看一遍。现在是晚上，露天车厢里又没有灯，我们只能在月光下观察。藏青色和深蓝色，在月光下看上去只是黑色，所以光凭衣服颜色去判断是没法找到那个人的。"

"那你刚才是怎么搜查的呢？"小田有点疑虑地望着坂下正尚。他想，假如当时能把大貘从池田雄一的手里拿过来就好了。凭着那条牲畜的嗅觉，他们或许还能从人群中辨别出那个可疑的人。

"当然，我是衣服也看人也看。看到不顺眼的，或者是二十七八岁左右的人，我还会查问他们并且搜查他们的行李。总之我觉得我是该查的也查了，该问的也问了。要不你上车再去看一遍。谁让我们从一开始就不知道那个疑犯的长相和特征呢？这种追捕的方法真可以说是大海里捞针呀！"

坂下颇有点不满地说道。为了执行池田雄一的命令，搜查那个至今为止似乎还沉在水面下的海狼，他跟着池田从下关跑到芦屋海滩搜查了一夜，接着又赶回下关调动人马，然后又马不停蹄地赶到小柳车站。他本以为案情多少已经明朗，可没想到仍然是一头雾水，就连嫌疑犯的体貌特征都搞不清楚，而自己却已经白白浪费了两个晚上。

"虽然是大海里捞针，但收获还是有的，我们至少已经找到了山崎幸子，从她那里闻到了疑犯的味道。我们发现的那张美钞，鉴定后一定还会发现更多的东西。还有……我们也已经感觉到了山崎幸子和那个疑犯不同寻常的关系。那关系还牵涉那起美国兵强奸案的真伪。只要继续跟踪追击，这起案件的真相就会浮出水面的。毫无疑问，这肯定又是一起特别案件，一个大案中的大案！"

小田信义显然不同意坂下的消极观点。他列举着至今为止到手的证据，解释着说道。在下关市警察署里，小田应该说是池田雄一最忠实的部下了。对于池田的意图，他不仅了如指掌，而且总是从积极的一面去理解，并且加以发挥。所以下关警察署搜查课的同僚们，总是把他当成池田的代理人。也正因为这一点，小田经常成为同僚的攻击对象。

"我觉得把至今为止还真伪难辨的杀人犯偷渡案和美国兵强奸山崎幸子案联系在一起去推想，本身就是一件很荒唐的事情。要记住那一起强奸案的案发时间，比我们在芦屋海滩发现的高丽三号的朝鲜船要早半个多月，这是完全没有关系的两件事情！"

"没错，从这两个事件的发生时间来看确实互不相干。可是这两个事件中的人会不会有关系呢？比如说山崎幸子，她或许就是企图登陆的杀人犯在日本的接应者呢？或者说他们本来没有关系，可是通过各自的事件却找到了共同点。政治上的，经济上的，哪怕就是感情上的也可以，从而勾结在一起，成为一对犯罪同伙，这种可能难道不存在吗？"

小田毫不犹豫地反驳道，他提高了嗓音，脸涨得通红。

"行了，在这儿争论一点意思都没有，让我们把观点放到以后再说吧。"坂下强忍了一口气，耸了耸肩膀说道。

"要不你再上去看一下吧，否则这趟货车真的要开了。你看，机车头已经冒起了白烟，再过五分钟恐怕就要启动了。"

"好吧，我再上去看一下吧！"小田没好气地哼了一句。他带着一个警员，从最后一节车厢的尾部垂挂下来的台阶爬了上去。

这是一辆建于昭和初期，设计简单、样式陈旧的货柜车辆。这种货车厢本来只限于装运煤炭、钢锭等重工产品货物，但是由于战后民用运输业的逐渐繁忙和重工产业还没有在战争的重创中恢复过来等因素，这种货车厢也被投入民间运输。它没有蓬顶也没有车门，呈露天式，而且车厢和车厢之间互不相通。因为它本来不允许运载旅客，所以车厢内就没有设旅客座位。

坛之浦是个小地方，没有几个旅客上下车。再加上当年设立小柳车站的目的就是运输海产品，根本就没有考虑旅客的事，只是为了照顾当地的一些利用货车来做买卖的商贩，有关部门才允许了一部分的短途货车可以兼运旅客，因此那些旅客上车后没有固定的座位。他们只能将就地靠在货物上面，或者干脆就蜷缩在车厢一角的地板上，受一两个小时的旅途之苦去到达自己的目的地。好在坛之浦人已经熟悉这种旅行方式了，对此也没有过多的怨言。

现在从小柳车站出发的正是这样的货车，坐在这种货车上的旅客应该说也是当地做生意的小商小贩。

由于当时还没有实行身份证制度，而刚刚实施不久的粮食分配卡上登记的名字并不能证明本人的身份，所以去追捕一个无名无姓，没有特征，只能凭一种推测去判断的人确实是十分困难的事情。警方只能从外表和装束上去判断旅客的职业和状况，还不能任意地询问，即使是查问了，被查问者也可以拒绝回答问题，而警方一旦犹豫，不再追查，那么真正的犯人也完全可能在警方的眼皮子底下逃之夭夭。

这实在是一件棘手的事情，问题的关键是警方手中掌握的材料还太少。假如不是因为池田雄一的固执，它或许还不能立案，怪不得坂下正尚会那样反对。而且可以肯定警察署内持这种反对意见的一定还有其他人，可是他小田对此又能说些什么呢。

小田信义痴痴地想着，把他锐利的目光射向那些瞪着他的不信任的眼睛，以及低着脑袋佯装瞌睡的，似乎想故意避开他的那些人。

今天的旅客并不多，只有二十来个，都集中在最后那节货车上，他们黑乎乎地拥挤在月光照耀下的那一半装着货物，一半坐着人的露天车厢里。那里边男女老少都有，而且看上去并不只是以小买卖为生的商贩。因为是暑期，里面还有几个学生模样的人。他们的年龄很难判断，有十七八也有二十多岁的，这就给小田带来了难题：这些人，他们是回家乡过暑假呢，还是毕业后出去营生的呢？唉，假如能把大貘带来就好了。

小田又想起了他们的爱犬大貘。他叹了口气，无可奈何地吆喝起来。

"喂，起来，起来……"小田推了推一个正在佯装打瞌睡的看上去有二十二三的学生模样的人。

"你是干什么的？"

"学生，北九州机械专科的学生。"

"你去哪里？"

"北九州，回学校去。"那个学生瞪了小田一眼，有点不满地说道。

"那你呢？"小田把目光转向了另一个学生模样的人。

"到下关站换车，准备去福冈。"

"福冈？干什么去？"

"我干什么去也一定要告诉你的吗？"那学生模样的青年突然提高了嗓音。

"你有责任和义务告诉我们！"小田毫不示弱地说道。他并不在乎对方的强硬态度。

"呸！"那青年人啐了一口，突然从拥挤在车厢里的人群中站了起来。

"我就是不想跟你说，怎么样？你还以为是过去呀，警察想怎么样就怎么样的年代？告诉你，现在已经进入了民主主义社会，再也不是你们这些人横行的时代了。"

那个青年人大声说道。他的声音使坐在他周围的很多人都站了起来，这种对峙的阵势很可能会形成一种旅客与警察之间的暴力冲突。因为那些旅客对于警方随意延迟开车时间的做法已经深感不满。

"好了，好了……不要再吵了，马上就要开车了。怎么样？两位，你们应该下车了吧，已经到了开车时间了……"

本来只是站在车厢下面观看警方搜查的小柳车站站长，此刻登上了台阶。他来到车厢，劝开了正在争执的年轻人，彬彬有礼地把小田信义给请下了车厢。

站在站台上的坂下正尚当然也看到了这场争执。他本来也准备爬上车厢去声援小田的，但那时他好像发现了一个让他觉得奇怪的可疑情景。

他看见当车厢里很多人围绕着小田信义站起来之时，有一个影子却在忙着移动自己的位置。因为小田是从后面顺着往前面去一个一个地查询的，而那个人却把自己的位置从前面移到了后面，也就是说从还没有被查询到的一边，移到了已经搜寻完毕的座位那边去了。这种情景在露天车厢里面很难看清，但是在车厢下边的站台上却看得一清二楚。

坂下睁大着眼睛注视着那个身影。他发现那个黑影的腰上系着一个挎包，那挎包显得沉甸甸的。那种侧影在月光下看得十分真切。

这显然是个年轻人，可是坂下却没法看清他的脸。不过这也许只是他的多疑。也许是因为那人看到了一个空档，想稍稍地移动一下座位，坐得舒服一点而已呢？

是啊，在全景中看到的东西并不意味着全部。要搞清楚真相，还得在近处观察。

坂下思索着情不自禁地移动了脚步，但就在那时小田已被站长请下了车厢，而且站长也在那时发出了开车的指令。

"这……"坂下本能地犹豫了一下，但是没有向站长提出马上停车的要求。因为在双方情绪对立到了一触即发的时候，再去提出那样的类似于火上浇油的做法显然不合时宜。而且最为重要的是他在站台上看到的也只是大概的状态。他只是在那种状态中产生了疑问而已。假如一切并不是自己所想象的那样，假如这只是自己在月光下一时看花了眼的缘故呢？

在坂下犹疑不决的眼神和小田愤愤不平的目光下，机车头吐着蒸汽冒着白烟，拉着那仅有的三节车厢，缓缓地离开了小柳车站。

"这种结局本来就应该预料到的。没错，坂下君，你说得对！不过，我现在才明白头儿突然改变主意，把自己留在山崎幸子那边的原因了。"小田若有所思地点点头，把思维锁在了只有他自己才明白的云雾中。

"为什么？"

"因为在海狼登陆事件中，我们的线索除了在海边发现的高丽三号以外，其余都集中在山崎幸子这个女人身上了。只有盯住那女人，从她身上去找我们所要的东西，才能最终抓到那个偷渡者。"

"是啊……也许只能这样做。否则即使是发现了可疑者也无法对他进行查询。"坂下附和着，他又想到了车厢里那个晃动在月光下的黑影。但是他并没有把他的发现告诉小田，因为他看到的东西只是属于一种臆想，而此案的侦查中，来自人为的臆想实在是太多太多，他不能再给同僚增加虚幻的想象了。

火车轰隆隆地震荡着消失在夜幕中了。小柳车站又恢复了往常的静寂。那种足以让人感到可惧的恐怖感和因为无所建树带来的失落感,使小田和坂下同时想到了他们的上司池田雄一。

"头儿现在在干什么呢?他那儿是否会有收获呢?"

小田和坂下商量着,决定留下四位精干的警员继续在小柳车站一带搜索警戒以外,其余的则跟他俩一起,坐车赶往坛之浦的急救中心。

他们相信池田警长会有所建树,但事实并非如此。

当然我们不能就此去低估池田雄一的智商。这一点从他在前往小柳车站的途中改变主意,把搜查小柳车站的任务交给部下,自己则调头赶往坛之浦急救中心的果断决定中就可以看出来。

我们还应该承认他的推理和判断。因为他断定山崎婆会死在急救中心,而一回到家里,看不到山崎婆的幸子也会要求守在那儿的警察把她送往急救中心的。所以他留下了两名警员在她的家里,专门执行把她送到急救中心的任务。池田不想让山崎幸子有单独活动的机会。对此他不仅要做得完美,而且还要不露破绽。因为在山崎幸子的后面不仅有他要追捕的罪犯,还有那些到处钻营,无处不在制造麻烦的记者。

池田计算得不错,一切也正如他想象的那样在进行。只是让他没有料到的是,当地记者野坂英治的智商远远超出了他所推想的范围。

当池田带着老板娘和大貘一起来到急救中心时,山崎婆已经魂归西天,她的遗体也从急救室移到了灵安室。此时灵安室的门外站着好多人。他们有的在安慰正在痛哭不已的幸子,有的则在小声议论着山崎家的不幸历史。

只有一个人与众不同,他就是《下关日报》的记者野坂英治。

当春风馆的老板娘在急救中心告诉池田,说眼前这个又是摄影又是采访的野坂英治记者，就是那天下午闯进春风馆打听幸子行踪的可疑人物时，池田雄一的头皮麻了。

其实那天池田已经想到了这一点，他只是没想到那会是一个本地记者的所为。这种熟门熟路、锲而不舍的就地取材对他们警方来说无疑是一种最大的威胁。

池田感到棘手。他思索着，把大貘拴在了急救中心的警卫室，又把先他而来的赤川一郎叫到急救中心门外去商量对策。他和赤川的任务不同。赤川负责的是美国士兵强奸山崎幸子的案件调查。这案件才是记者感兴趣想要去采访报道的。而他负责的"海狼登陆事件"才刚刚立案，细枝末节还未浮出水面，在这个案件中山崎幸子究竟是个什么角色也还很不清楚。一切都还在谜中，记者自然也不会知道。当务之急是要悄悄地让山崎幸子讲出她所接待的客人的情况，交出那人穿的衣服，并说出那张一美元纸币的来历和那个男人的去向。

只要幸子能够协助，警方就可以从那个男人穿的衣服中去判断他是否就是从芦屋海滩登陆的"海狼"，而后才可能是对他的追捕。

现在要做的事情并不难，只要能打开幸子的嘴巴就行。

可是万一做得不好，万一记者跟踪进来，让此事被记者误解成是警方对于受害者逼供、诱供的行为，并添油加醋地予以报道的话，那由此造成的舆论和它可能带来的结果则是灾难性的。

因为现在舆论站在山崎幸子一边。

他们同情幸子，这种同情已经扩展到了日本国会。政治家为了赢得选民的支持是绝不会站在警方那边的。一旦到了那种时候，他池田雄一恐怕连饭碗都会保不住，更不要说再去调查什么"海狼登陆事件"了，而且那种风波一定还会累及他服务的下关市警察署。

必须要万分谨慎才行。

池田苦苦地思索却想不出一个好办法。

时间在一分一秒地过去。天色已经很晚，那些闻讯赶来参加葬礼的山崎家亲戚好像也有点不耐烦了。只有那个记者，那个让人讨厌的野坂英治，他就像是在和警方拗着劲似的根本就没有偃旗息鼓的意思。

"这个家伙……难道他还不够吗……还想在幸子身上去做什么文章吗？"

池田望了野坂一眼，又把目光落在了仍然泪流满面的幸子身上。

今晚是他第一次好好去看这个被传得沸沸扬扬，已经成为新闻人物的女人。

"这个可怜的女人，她……她说什么也不像是海狼的接应者吧？那么她会是谁呢？为什么会接待那个男人？难道这一切真的只是偶然的因素？她要接客挣钱，而那个男人就来了？假如真是那样的话，那她为什么要把那个男人的衣服收起来呢？难道那会是一件值钱的东西？假如那件衣服并不重要的话，那么她应该会毫不犹豫地交给我们吧。可是万一……万一这个女人不肯交出那衣服呢？万一她根本就不承认那件衣服的存在，或者她本来就和那个男人是同伙，现在正相约着要去做什么事呢……"

池田挠着头皮怔怔地想着。他实在是想不出一个十全十美的方法来。

"是啊，因为记者的存在警方不便对她审讯，因为还想放长线，让她去帮忙引出'海狼'，所以还不能挑明事情真相。那么让谁出面，既能取到男人留下的衣服，又能试探出她的态度，而且还可以不把她带到警署去审讯，既避开记者，又不打草惊蛇呢？"

池田想到了春风馆的老板娘。

"没错，这是一个最佳的人选！让她帮我们做这件事。因为面对老板娘，幸子她没法撒谎呀。对，就这么办，而且还要抓紧时间！免得那女人找借口说她已经丢了那衣服。"

池田下定了决心。他让赤川把老板娘叫到急救中心院子里来，对她面授机宜。

池田告诉老板娘，要她到幸子身边去，陪她伤心陪她哭泣，安慰她，并且一步不离地跟着她，帮她一起守夜，料理后事，直到葬礼结束，来客散尽后，再帮她把遗体运到葬仪场火葬，然后再陪她回家，在她家里索要那件衣服。那时候老板娘应该取得了幸子的信任，而幸子那时也筋疲力尽了。面对老板娘的要求，她很可能不多想就会答应，把衣服交出来，而那时讨厌的记者也不会出现在那里。

池田在安排好了老板娘的行动以后，又让赤川通知急救中心的人员马上按当地的风俗，帮幸子请来寺庙的和尚，在追悼会上念经祷告，尽可能快地结束山崎婆的葬礼。池田雄一不愧是经验丰富的老手，他在安排了刚才的那一切之后，又命令赤川把行动组所有的警察都带出葬礼会场。他让警察分散成几个小组在场外巡逻，而自己则潜入会场，监视那些向山崎幸子鞠躬致哀的客人，找寻可能会出现的嫌疑犯。

晚上10点，当葬礼仪式进入高潮时，小田和坂下一行回到了急救中心。他们本以为池田会急于听取他们的汇报，可没想到事实正好相反。他好像早已经知道了他们在小柳车站一无所获的经过一样，连问也没问一下就给他们安排了新的任务。

池田让他们带着大貘立即赶到坛之浦西边的幸子家，在她家附近伏下暗线，监视那里可能出现的不速之客。同时还命令小田带上两名警察和大貘在深夜的坛之浦村中心巡逻，要特别注意那些无家可归的夜游者。

池田是个永远朝前看的人。他不朝后面看，不愿意去寻找失败的原因。他非常相信"谋事在人成事在天"的说法。他说："如果我什么都想到了，并且什么都做了，可结果还是零的话，那就是天意了。"

"天意不可违呀！"他常常把这句话挂在嘴边。

这恐怕也是他做很多事都没有获得成功的原因。

然而这一次则不一样。因为无论从哪个角度去看，这个"海狼登陆案"给他带来的灵感都是前所未有的。

重大的错误就如铁链。它是由许多个细小的铁环组合套在一起形成的。伟大的胜利也是一样。只要理顺那每一个铁环，再把它们按照自己想象的规律组合起来，那么胜利一定也离你不远了。

池田现在正在整理着幸子的那根线。他已经把它理得很顺了，用不了几天，他就可以按照规律去组装想象中的胜利了。

池田不是一个充满自信的人，这一点我们已经明白。正因为如此我们才应该相信他现在所表现出来的自信和胆略。

然而遗憾的是，池田精心编织并且由他的得力助手小田忠实执行的狩猎行动，并没有取得预期效果。这自然不能责怪小田和坂下的无能。他们两天两夜没有睡觉所造成的睡眠不足固然是个原因，但那天晚上确实没有什么可疑人物去光顾幸子的小屋，以及虽然在坛之浦街上"拉网"，抓了几个无家可归者，但他们不是些喝得烂醉的酒鬼就是些当地的流浪汉，绝不会是警方感兴趣的人，这事实本身也是池田不得不去正视的。

但是这一切并没有使池田灰心丧气，因为这毕竟只是在弥补他整个计划中的一个漏洞而已。他既然把角逐的对手称为国际社会的亡命徒，一个杀人如麻，能够在惊涛骇浪中翻江倒海的"海狼"，那么就应该明白如此凶恶的对手本来就不会为了和幸子间的儿女情长而失魂落魄，去铤而走险的。

然而海狼再凶恶再狡猾，却还是在春风馆的幸子身上留下了痕迹。只要抓住幸子，在她身上动足脑筋，最终肯定能找到海狼的行踪。池田雄一有这个信心。

9　女人自然有女人的智慧

池田雄一的判断没有错。第二天，他就有了收获。

清晨五点钟天边才放出一点鱼肚白之时，幸子就在春风馆老板娘的陪同下回到了家里。她们刚刚走进家门，池田就命令已在那里守候了一个通宵的坂下正尚和他的随从，把山崎幸子的家前后封锁住，不让任何人进出，自己则带着助手小田信义堂而皇之地走了进去。

此时的幸子确实是累到了极点。她走进家门，在水缸里舀了一瓢水，扬起脖子咕噜咕噜地喝了个够以后，便招呼着春风馆的老板娘一起坐到了炕上。她刚想向老板娘说一些表示感谢的话，池田就带着小田走了进来。

"你……你们……你们还有完没完呀！"幸子睁大着满布血丝的眼睛，带着哭腔地叫了起来。

自从昨天傍晚，她和高桥秀义分手后从春风馆回到家里，被警察送到急救中心见到了已经咽了气的山崎婆，痛不欲生时又被催着送山崎婆的遗体到急救中心后院的灵安室，在那里接受了一批又一批来自亲戚、朋友的问候，而后又作为丧主，参加急救中心举办的葬礼。仪式结束后，她送走一个又一个的客人，回答那令人讨厌的记者的提问，接受和尚们的致哀，气还没顾得喘上一口时，又被催着把山崎婆的遗体送到葬仪场举办火葬等手续。直到清晨拿到了山崎婆的骨灰盒，累得筋疲力尽时才算完毕。假如没有春风馆老板娘的帮助,她差点就要昏倒在火葬场了。

她没有想到警察会夜以日继地追缠着她。她以为警察还是在为那起"美国大兵强奸案"来找她的呢。

"对不起幸子小姐,在你痛苦万分时还来打扰你,非常对不起。不过我们也是没办法呀。因为听说你在春风馆接待了一个男人,我们是为了那个男人才来麻烦你的。"

池田抬起眼睛逼视着幸子,那种炯炯有神的眼光,并不因为两天两夜没有睡觉而失去光彩。他集中精神,一丝不苟,他知道现在是实现他整个计划的最重要一步。他必须全力以赴才行。

"我们知道你现在很难受很痛苦也很累。但是因为事关重大,我们又不得不来麻烦你,这对于我们来说也是一件非常遗憾非常痛苦的事。可是我们想请你明白,我们也是无可奈何才来这里的。"池田用极其谦恭的语言,一边致歉一边有条有理地说道。

其实他是完全没必要用这种口气去讲话的。在那个时代,警察的地位还是至高无上的。只是慑于山崎幸子现在是个被公众舆论和国会议员关注的人物,池田才不得不小心谨慎地讲话。他故意把事态说得神秘莫测,以便让对方明白事情的严重性。

他的话果然收到了效果。那些话音中存在的威慑感,使幸子面色苍白。她凝神地望着池田。她发现眼前的这个警察并不来自当地的警署,这一点显然使她更加胆战心惊了。

幸子的嘴唇嚅动了一下,但是没有发出声音来。她望望池田,又望望曾经帮助过她的春风馆老板娘,仿佛要说话,却又因牙齿在咯咯发抖而情不自禁地咬住了嘴唇。

"呵,高桥君,您……您果真是……"幸子猜测着,她显然有一种大祸临头的感觉。

"山崎小姐,你应该诚实地告诉我们,那个男人,他,他是怎么到你这里来的?而你又是怎么接待他的?最后,他……

他……又是怎么离开你的？后来……又去了哪里？"

池田职业化的冷冰冰声音又出现了。他追问着，紧紧地盯着幸子，没有丝毫的放松。

人们伸手插花的时候，花枝总是半迎半拒地抖动着。鬼手捉取人灵魂时，人的身体也会出现类似的战栗。此刻，池田的眼神正如那只鬼手，法力无边地向山崎幸子施展着魔术。

然而幸子没有吱声。

女人在迎接命运中的巨变时往往会出现这样的情景：不管她平时多么柔情多么弱小，可是，一旦到了她所向往所爱慕的人遭到不幸遇到危险，经受迫害，或者被人猜忌时，她就会鼓起斗志集中精力，调动其所有的能量去和厄运搏斗。她会不顾一切，甚至赴汤蹈火，其最初并也是最有力的手段，便是沉默。

沉默是金。不管你说什么，我自有分寸。那种意志决不会因为来自他人的理念或者压力而屈服。

"山崎小姐，请你回答问题！那个男人叫什么？从哪里来？他到底是个什么人？其实你不说话并不能逃过我们的追查。你要明白，这个男人他是个罪犯，一个有着数条人命的杀人犯！难道你想帮助这样的人逃脱法律的制裁吗？"

池田提高了声调，对于幸子的再三沉默，他显然有点不耐烦了。

池田的话使幸子战栗了一下。尤其是听到杀人犯三个字时，她的身体更是抖动得厉害，那种来自心灵深处的紧张使她忍不住地举起双手掩住自己的脸。她觉得自己的呼吸都快要停止了。

出现在幸子脸上的表情以及反映到她身上的细微动作，并没能逃过池田的眼睛。他看了一眼坐在幸子边上的春风馆老板娘后又把目光落到了幸子的脸上。他沉默着，嘴角边似乎还挤出了一丝笑容。他断定只要再坚持几分钟，这个瘦弱女人的精神防线就会彻底崩溃的。

他非常自信，但是直觉却让他产生了疑惑。因为幸子虽然瘦弱却并不愚蠢，她知道自己应该做什么，并且也知道该怎么去做。

女人自然有女人的智慧，她们有着能够应付各种男人的本能。

幸子把她的双手从脸庞上收了回来。刚才就在她用双手捂住脸和眼睛的时候，她也产生了一种决心。她决意不向池田透露半点有关高桥秀义的事情。因为她相信自己的判断。

沉默在继续着。

不同的只是出现在她脸上的那种光泽。刚才她的脸色由白变黄并且发灰，可是现在那颜色在转了一圈以后又回到了原色。只是那种苍白使她比过去更多了点女人味道，把只有女人才可能有的在铁了心之后所产生的平静和沉着传达给她身边的人。

池田跳了起来，他也看到了出现在幸子脸上的变化。无疑，自己的权威受到了挑战，那是他决不能允许的。

"幸子，你不要执迷不悟！你以为不开口我们就什么都不知道吗？告诉你，我们已经掌握了实实在在的证据。光凭那些证据就可以把你抓起来，送到监狱里去的。"

池田暴跳如雷，手舞足蹈地高声说道。他的脸色变得铁青，那种忍不住的怒火从他那瞪得滚圆的眼睛里冒出来，使他的神情变得烦乱欲狂。

但他很快又冷静了下来。他知道狂暴发怒、张牙舞爪对于女人并不能起到作用。对付女人还是要哄、骗，同情和安抚，用女人的眼泪去攻女人的心，或许只有这样眼前的幸子才能开口。

"山崎小姐，希望你能明白我们正在追查的这个男人的情况。他是杀人犯，犯有几条人命。你应该想想被他害的那些受害者家属的心情。你是明白失去丈夫的妻子和失去父亲的女儿的那种悲哀的。因为你自己也是一个受害者！难道你不希望我们抓到那个残害了你女儿，强暴了你的可恶的犯人，并把他绳之以法吗？所以山崎小姐，你应该将心比心地想一想那些失去了亲人的家属呀！"

池田有点动情地劝说道，这一招显然有效。

没过上一分钟，幸子的眼泪就滚出了眼眶，她想到了死去不久的女儿和刚刚入殓的山崎婆。

"山崎小姐，你的心情我非常理解，你，还有你的婆婆，你们都是些极其善良的人，是犯罪分子的残暴才使得你和你们一家饱受摧残。"池田乘胜追击地说道，他看到了希望。

然而幸子还是没有开口。她流着泪饮泣着，痛苦万分，却丝毫没有想说话的迹象。

眼泪是女人最好的武器。面对女人的眼泪，男人只能安慰，只能等待，别无他法。

时间在一分一秒地过去，不久天就开始大亮了。夏日的阳光暖暖地从窗外射进来，使弥漫在屋内的足可以让人窒息的气氛多少地得到了点缓和。

池田沉默着。他眯起眼睛，顺着阳光，仔细地巡视着屋内的情景。

他看到了放在土炕边上那只装得鼓鼓囊囊的旅行袋。

那是幸子从春风馆回来随手放下，然后又匆匆赶去急救中心，还没有顾得上去整理的袋子。

池田急于想到手的高桥秀义在春风馆里换下来的衣服就放在那只袋子里。

池田盯着袋子思考着，又把目光转到了春风馆的老板娘身上。

他看到了正在向他使眼色，试图在暗示什么的老板娘那张鬼鬼祟祟的，有着某种特殊魅力的脸。

他知道她想说什么。那种出卖他人，企图告密，唯恐天下不乱的由女人迅速转变为女巫的表情是他多次领教过的。

他知道怎么样利用那种女人。

"老板娘，要说起责任来你的问题远比山崎小姐大得多！我问你，你在让山崎小姐接待那个男人以前，为什么不让他在旅馆的登记本上登记呢？难道你不知道这样做是违反治安法规的吗？"池田故意地提起了他在春风馆里讲到过的那件事。他想在幸子面前提高那件事情的严重性。

"是……是我的错。因为，我急于想拉住这……这客人，所以……"

老板娘支支吾吾地解释道。她知道应该怎么去配合，在这方面她也是个老手。

"还有……根据我们的情报来源说那个疑犯在进入你们旅馆时穿的是黄衣服，而出门时却换上了藏青色服装。那么，那套藏青色衣服是你们旅馆提供给他的吗？"

"没……没有，我们旅馆怎么会呢？这……幸子，你得为我说句话呀！要不警方怪罪下来，我可是担当不起的呀！"

老板娘一愣，她连声解释着，随后又把脑袋转向幸子，装出一副焦急而又委屈的样子来恳求她。她知道池田的醉翁之意，因为这样做可能打开幸子的嘴巴。

"照你这个意思说，衣服是山崎小姐给那个疑犯的了？"

"我……我可不知道。"老板娘连声否认道。

"那么幸子，假如我没说错的话，那衣服是你给他的吧？"池田把目光转移到了幸子身上。他盯着她的眼睛，他相信她一定会钻进自己布下的圈套的。

幸子抬起泪眼望着池田，情不自禁地用手背抹了一下挂在脸颊上的泪水。她微微地点点头，那样子既像是在肯定又像是在否认似的。那种惶惑的神态已经说明，她的精神防线正在崩溃中。

"那么，那个疑犯……丢下的破衣服呢？老板娘，是你把那件衣服藏起来了？"池田提高了声调，他已经看到了胜利女神的微笑。

"没有，没有……那件衣服，让幸子拿走了。它就装在那个袋子里！幸子，你要开口说话帮我证明哟！"老板娘连声解释道，并且迫不及待地跳下炕来，打开墙角边放着的旅行袋，把高桥秀义那件沾了血迹的破衣服抖了出来。

"幸子，你可不要怪我呀，我也是没办法的哟。不把这件衣服交给他们，我和你都逃不过这一关。其实我的心情和你一样，谁愿意把自己看好的男人供出去啊！可是，话又说回来，我们这样豁出命地帮男人，谁知道那些男人会不会记得我们呢。那些男人……呸，全是些花心郎，一走出我们这儿，说不定又踏进了别的窝，搂着其他的女人寻欢作乐呢！可怜我们还天天盼月亮盼太阳地等着他，哪怕他真的就是个强盗，一个杀人犯，一个无恶不作的土匪也行……呵，可怜呐，真是可怜天下女人心啊！"

春风馆的老板娘把高桥的破衣服，对着池田扔了过去，然后又拍着大腿假戏真做地哭了起来。她的自作多情虽然蒙骗不了池田却整个把幸子给唬住了。

果然幸子也跟着哭了起来。她哭得很伤心。那眼泪是为了高桥秀义流的。

她在乞求他的谅解。

假如她不把他的衣服带回家，假如她只是把它随便扔在一个什么地方的话，警察就不可能得到它，不可能由此对他造成威胁，可是现在，一切全完了。

人的命运有着自己的末日，那就是人们常说的绝望。

绝望好比会计师，它会把涌动在内心深处的失望和悔恨全都加在一起，去向她的灵魂结算，其结论等于是她出卖了高桥秀义。

虽然她没有那样去做，而且也肯定不会去做那样的事。可是高桥却很可能会因为她的过失而被警方逮捕。这种结果，无论她用什么样的语言去辩解都是徒劳的。

她只能听其自然了。

山崎幸子肝胆俱裂，泣不成声。她的嗓子已经干竭，眼泪已经流干了。

"幸子，别哭了，为那种男人落泪不值得。他算什么啊，一个穷光蛋。搞不好他的钱都是偷来的呢？幸子，听我的话，把你知道的有关他的事都说出来，告诉警察。把一切都说出来，说出来后你的心就会踏实的！"

看见幸子哭声不止，春风馆的老板娘也有点伤心了。她自然知道幸子的心事。对于女人来讲，最忌讳的就是向他人去讲她喜欢的曾经跟她有过云雨之欢的那个男人的事，更何况向她打听的还是警察。

"哼，什么男人女人的？告诉你们，这是个从国外潜入我国的罪犯，他被人称作海狼！海——狼，你们听过这个称呼吗？对于如此凶恶的罪犯，你们却还在男人女人地讲个不停，哈哈……你们仔细地想一想吧，这是那种男女间的事吗？"

池田瞪着眼睛大声说道，说到得意之处又禁不住地裂开嘴巴阴笑起来。那种充满自信无所顾忌的表情，出现在池田那种洋洋自得的人脸上显得愈发可怕。

"可是，警察先生，你们……你们是不是搞错了？我接待的那个客人，他……他不是外国人，他……他是个日本人！"

除了沉默就是眼泪的幸子突然抬起来眼睛鼓足勇气地对池田说道。她突然觉得自己应该帮高桥秀义去解释一些什么。在她的印象中高桥并不是那么可怕的人，这一切会不会是警察搞错了对象，把凶恶的外国强盗的帽子，套在了高桥头上了呢？

"对，问得好，没错，也许是我们搞错了。这种事是常有的。而且我说的被叫作海狼的杀人犯的特定对象还没被最后确定，所以你完全可以说出理由去保护你的客人。"

看见幸子张口说话并且又是那样单纯地去为人辩护，池田不由得喜出望外。他顺着幸子的口吻附和道，期待她继续讲出她所要讲的并也是他所想听的事。他甚至后悔自己刚才把鱼竿抛得太远了一点，以至于游在近处的鱼虾都吓得不敢来吞食。

然而幸子没有再说话。对于她来讲能够说一句辩护的话，就已经凝结着她的全部情感和勇气了。她不可能有更多的表现。

池田却不甘心就此罢休。

他把春风馆的老板娘扔来的高桥秀义的破衣服抖开来，故作姿态地看了一下以后，便把它递给了小田信义。

"小田君，快把它拿到警署去，好好检查化验，千万不能弄错，把山崎小姐看上的男人当成罪犯。我是最不愿意冤枉人的。山崎小姐说他是好人，那他很可能就是个好人。我们要认真调查才行！"

"是！"小田拿起那件破衣服走了出去。他明白上司的意图，为了完成这出戏，他自然也要演好自己的角色。

"那个男人……他叫什么名字？"看到再不能从幸子嘴里去哄骗出来一些什么时，池田单刀直入了。

"不知道。"

"不知道？"

"是的……他没说。我也没问。干我们这行的，最忌讳的事就是去问客人的名字。"幸子没有犹豫,她回答得很干脆。

"噢……"池田愣了一下,他把目光瞟向了幸子边上的老板娘。当他从她眼神中确认了幸子讲的很可能是一句实话的时候,不由得皱起了双眉。

"那个男人……他是从哪里来的?"

"我不知道。"

"他是哪里人?从他的口音或者方言去判断,他会是哪里的人呢?"

"不知道,不过……对,对了,他的话带有关西腔,所以……"幸子神装出一副极力回想的样子说道。她本来也想一口回绝的,可猛然间又觉得自己还可以帮助高桥去做些什么,因为高桥秀义是个关东人。

"你们在一起待了多少时间?"

"三个多小时。"

"都做了些什么?"

"还能做什么呢?"幸子嘟囔着,略有点羞涩地低下了头。

"后来呢?为了帮助他逃跑,你特地回家拿了一套衣服给他?"池田又恢复了原来的声调。他不是个好演员,演戏对于他来说最多只是一瞬间的事,表演时间一长,他就会原形毕露。

"没有……不是的。要知道谁都会有同情心的。看见他的衣服又破又烂,而我家又有不用的男人的衣服,所以……在他睡着的时候,我就回家拿了一套我丈夫的衣服给他穿上了。不过他并没有白拿我的东西,他……他给了我钱。"

"他给了你多少钱?"

"这也要说吗……对不起,我……我不想说这事。"幸子望了池田一眼,断然拒绝道。

"为什么?"

"山崎小姐，假如没有正当理由，你不能拒绝我们的提问！"

"可是……我不想说。"

"那不行，你必须如实交代！"池田斩钉截铁地说道，他认为自己已经击中了幸子的要害。

"为什么？"

"为什么？哼，那可是要问你了！"

"问我？"幸子摇摇头，她并没有因为池田声嘶力竭的声调而胆怯。

"你……哼，好，我问你，那个男人，他给你的是什么钱？"

"不知道，我没看。"

"你没看？那好吧，我给你看吧！"池田厉声说道，并且从随身带的皮包里取出笔记本，把夹在里面的那张套着塑料纸的一美元钞票递到了幸子的面前。

看到这张美钞幸子颤抖了一下。她沉默着，半晌没有说话，因为就连她自己都想不清这张美钞是怎么落到池田他们手上的。

我们知道山崎幸子经常犯病。这种病的特征之一就是病人在病中做的事是不会留在记忆中的。反过来在恢复了正常状态以后，病人也不会记得自己在病中所做的事情，更不要说那些细枝末节了。

据说那也是精神分裂症的一种病灶。此刻幸子就处在这种病的阴影之中。

"怎么样？想起来了吧？"池田得意地问道。

"想不起来。我不知道这是怎么回事！"

"什么？你想不起来？呸，我看你是想蒙混过关吧？"池田恼羞成怒地说道。"我告诉你，山崎幸子，那个男人，他给你的是美元，美元，你懂吗？你……告诉你，今天你休想从我手里躲过去！"

"你……警察先生,你到底想要干什么?"幸子提高了声调瞪着眼睛问道。那种神情说明她的神经已经崩到了极限,稍有不慎就会爆发出来。

"我……我要你如实说出那个男人的事。他从哪里来?给了你多少钱?在旅馆里都干了些什么?然后……又去了哪里?"

池田大声说道。他脸色发青,嘴唇发紫,面容冷峻,目光凶顽,浑身上下散发着一种不可言说的威严。他自然不知道幸子患有那种随时都可能会爆发的精神分裂症。假如不是这样,他或许会换一种手段去对付她的,可是现在一切都已已经晚了。

"我……假如我……我不说呢?"幸子嚅动着嘴唇喃喃地说道。

"那我……我就送你去地狱!"池田吼叫起来。他没想到眼前这个弱女子,一旦发作起来竟然会那样厉害,全然不把他这个警察放在眼里。

"那好吧,你就把我带走吧!你们只会欺负一个女人,有本事的话你们就去抓他呀,什么海狼海豹的,他们跟我有什么相干啊!"

山崎幸子跳下土炕,跺着脚冲到了池田跟前。她扯住了他的衣服,带着哭腔发着狠地哭喊起来。

由于池田的一再刺激,幸子的病又一次发作起来了。

"你……"看见幸子急于拼命的样子,池田愣住了,他甩开她的手刚想说什么时,他的助手小田推开了门。他凑在池田的耳朵边上嘀咕着,显然在传达什么信息。

"这……"小田的话使池田愣了一下。他犹豫着走到门口,正准备探头向外查看动静时,照相机的镁光灯忽地闪了一下,把他皱着眉头一脸凶相的样子给拍摄了下来。池田一愣,这才发现屋外已经围着很多人,几乎都是各种报社、通讯社的记者,他们是接到了《下关日报》记者的通报后才赶来的。

"唉,这……这……"池田猛然一惊,顿时退回到屋内。他耸耸肩,在幸子的面前来回走着,一时不知道说什么才好。

"他妈的,好吧,看在那些记者的分上,今天先放过你,算你走运!可是,用不了两天,我还会再来撬开你的嘴的,你……等着吧!"

池田恶狠狠地盯着幸子,气急败坏地跺了一脚,不无遗憾地跟着小田走出了屋门。在记者们乱哄哄的提问和"咔嚓""咔嚓"响个不停的镁光灯中,池田他们穿过围观的人群,牵着大獏登上了警署的吉普车离开了现场。

池田紧闭着眼睛,一声不吭。他在回想从昨天到现在发生过的那一幕一幕攻防战的得和失。

造物弄人,演绎悲剧,可是回想起来还是有成功的地方。当务之急是要在那些已经发现的突破口上去下功夫,或迂回周旋,或乘胜追击。

池田思索着,他已经想到自己应该去做的事情了。

10　被立案的海狼事件一波三折

上天不负有心人。

正当下关市警署搜查一课的警员为池田雄一警长坛之浦之行的空手而归,以及那个很可能是莫须有的"海狼"的行踪不明感到失望,因而对刚刚立案的"海狼登陆事件"产生怀疑之时,山口县警察总署传来了令人振奋的消息。这是一份来自总署化验课的报告。下关市警署隶属山口县警察总署,所以这份报告无疑是一种权威的象征。

这份化验报告提供了以下几个证明:

1. 在坛之浦春风馆二楼房间里发现的住客指纹,和池田雄一警长在芦屋海滩登陆的高丽三号上发现的沾着血迹的指纹同出一人,它说明犯有命案的"海狼",确实到过春风馆。

2. 池田雄一警长在坛之浦居民山崎幸子家查获的那男人留下的衣服,和警长在高丽三号轮上发现的夹在钉子和船帮中间的布条,出于同一种颜色,同一种布料,它证明山崎幸子接待的男人,正是警方所要追踪的被称为"海狼"的疑犯。又由于该疑犯留下的衣服是进驻海外日本宪兵队的服装,所以又可以推论,该疑犯很可能是一个日本宪兵,或者是服过役和宪兵有关的人物。

3. 经过化验判明,在船上进行的生死搏斗后残留在船帮上的血印的血型为 A 型和 O 型两种。其中犯人的血型应该为 A 型。因为 A 型血印的指纹，在坛之浦春风馆里被再一次地发现了，而 O 型的血印指纹则肯定是被害者的。经过和巨济岛警署联系后证明，高丽三号的主人李树哲、李树民兄弟的血型正是 O 型。由此可以论证，A 型血的疑犯就是杀害 O 型血的李氏兄弟的犯人。

4. 从池田雄一警长在坛之浦春风馆二楼房间里发现的美钞上的号码和该纸币纸张的软硬度可以断定，该纸币发行于 1940 年。但有关于疑犯是从何地、何时，用什么方法得到这张美钞的情况，现在还无法查明。

根据以上化验结果可以断定，在朝鲜轮高丽三号上杀害船主李氏兄弟，被朝鲜《东亚日报》记者崔正安称作"海狼"的犯人，已在日本玄界海沟附近的芦屋海滩登陆，并且出现在坛之浦，然后又在那一带失踪，去向不明，其状况正如池田雄一警长所推理的那样。

这份报告在下关市警署内引起的震动是不言而喻的。这一点就是从下关市警署把原来的"海狼登陆事件"搜查小组的级别，上升为"海狼杀人登陆"事件搜查本部，并且委任池田雄一警长为搜查本部本部长的这一系列决定中都可以看得出来。然而，升级也好决定也好，不找到"海狼"的行踪，抓住那个凶恶的杀人犯，一切都是空谈！

对此池田是最为清楚的。连续几天来，池田马不停蹄地召集部下，研究案情，召开了各种形式的案情分析会，并做出了好几个重要的决定。

池田根据春风馆老板娘提供的目击情况，请专家画出了"海狼"的模拟画像，以通缉杀人犯的形式，在坛之浦、下关、九州和关西一带的车站、码头，以及各警察署、警察亭的"通缉人物"栏上四处张贴，寻求目击者。

此外，池田又成立了一个以他的助手小田信义为领导的小组，24小时连轴转地监视和"海狼"有过亲密关系的女人山崎幸子。他断定山崎幸子还会和"海狼"联系，而"海狼"一定也会向她发来消息的，他相信那个"用女人引出男人"的策略。因为出现在山崎幸子身上的任何动静，都可以让他推测出有关"海狼"的潜身之地，或者其他的什么情况。

池田又在案情分析会上提出他所认定的抓住"海狼"的各种要点。

他说"海狼"买春后之所以会给山崎幸子美元，是因为该疑犯从海路来日本，身边还没有日元的缘故。所以他要求严密监视并且搜查在黑市上从事美元等外汇买卖的黄牛贩子，从他们身上去找"海狼"的踪影。

池田根据山崎幸子提供的该疑犯是日本关西口音，化验报告上提出的疑犯很可能是日本驻海外宪兵的论证，以及春风馆老板娘描述的该疑犯已经有好多天没有吃饭的饥饿的样子等情况，做出了把搜查重点放在下关、北九州等疑犯在日本登陆地附近的一些人口流动大的城市。

池田断定疑犯走不多远。为此他强调要带着大獏，到那些从中国、朝鲜等地归国回来的军人聚散地去寻找疑犯。因为大獏能闻出疑犯的气味，而这又是警方直接发现疑犯的唯一方法。

池田制定了周密的追捕计划，可是围绕在他脑子里的却有一个疑问，那就是"海狼"是怎样在他的眼皮子底下失踪的。为此，他反复地回想着那一天的搜查过程，寻找着自己的失误之处。

那天凌晨池田带着大獏从芦屋海滩，顺着疑犯的脚印往东赶。在进入坛之浦之后，大獏首先把他们带到了在当天下午才得以明白的山崎幸子的家。他们没有找到有关证据，大獏这头超级狼犬却让他们相信疑犯曾在那里落过脚。现在看来，山崎幸子和此案有关也已经证明了大獏判断的正确性。此后大獏把他们带去的渔民作坊也说明了问题，因为池田在那里找到了疑犯偷吃的玉米棒，并躺在屋内打盹休息的证据。

"他跑不了！而且，他肯定是在坛之浦的哪个角落里潜伏着。"当时，池田曾经这样充满信心地对他的部下说道。

此后大獏又把他们带到坛之浦的村中心。

由于那时已近晌午，太阳正猛，而大獏熟悉的由晚上的露水和潮湿的脚印组成的味道，此刻却已经和坛之浦那种略带着腥味的气息混杂在一起，使这头超级狼犬都拿不准主意了。它转来转去，兜了好几个圈之后又回到了原地。

大獏的行为说明追踪的对象正潜伏在那一带地区。为此池田决定先到当地的警署，喘口气后再去搜查村里的旅馆和妓院。

池田的判断是有道理的。因为大獏熟悉的气味虽然被混杂在一起但仍然存在，所以它并不愿意把他们带出坛之浦，那说明疑犯当时仍潜伏在坛之浦。而事实也真如此，当时疑犯就躲在春风馆里。

此后便是发生在坛之浦警察署内审问山崎婆的那一幕。

由于赤川一郎的蛮横和山崎婆的病变使池田来不及仔细判断就做出了先去山崎婆家处理她病情的决定。可是当发现山崎婆家就是大獏在当天早上带他们去过的地方，因而怀疑到山崎婆媳妇山崎幸子很可能会和此案有关时，他便立即纠正了判断上的失误，迅速赶到山崎幸子接客的春风馆。可那时幸子已经不在那里了，她接待过的疑犯也已离开旅馆，她和疑犯曾经欢乐过的被窝还余温犹存。

"妈的，真是可惜，晚了一个小时！"

当时池田咬着嘴唇在心里说道，却仍然不甘心地对着春风馆的老板娘东追西问，希望能弥补一些过失。当春风馆老板娘告诉他幸子很可能会和疑犯认识，可能是相约一起来到春风馆的这些正符合他推理的情景时，他的心又动了。

"假如那个疑犯对山崎幸子还有所迷恋的话，那他是绝不会在山崎婆病死，山崎幸子又疑案在身的情况下离开她的。他肯定会隐藏在附近的一个他能够看得见我们，而我们却看不到他的地方。"

池田思索着，制定了他的那个"用女人去引出男人"的钓鱼计划。

他把至关重要的去小柳车站伏击、追捕疑犯的任务交给助手，自己则带着大貘赶到山崎婆的追悼现场，希望通过大貘的鼻子找到疑犯。可是聪明过人的大貘并没有给他带来信息，而此时小柳车站伏击追捕，不获而归的消息也传到了他的耳中。失望之余他又把宝押在了山崎幸子的家，盼望疑犯能和那天晚上一样在那里幽魂再现，可是什么都没有出现。

"真是见鬼！那家伙，他……他究竟到哪儿去了？"池田嘟囔着。那种由于苦恼、焦急、疑虑、劳累所带来的愤慨集中在他的脸庞上，使他的情绪一下子崩溃了。

"他妈的，光有证据有什么用！不抓住那头海狼怎么能解我心头之恨呢！"池田咬牙切齿地叫道，就像一个被毛贼暗算了的恶霸。

然而正当他满面羞惭，万念俱灰的时刻，坂下正尚把自己在小柳车站看到那辆货车上黑影子的事情告诉了他。

"这……难道这个影子真是他吗？"池田紧皱双眉，自言自语般地向坂下问道。看得出来他的心里是不愿意承认"海狼"已经离开坛之浦的。

"假如这个黑影真是疑犯的话,那他又会去哪里呢?北九州、福冈,还是北上关西去大阪,或者是关东的东京?"

"他去哪里都是可能的,问题是我们一定要找到他的真实身份才行!他到底从哪来?出生在什么地方?是个什么人?不找到这些问题的答案,我们就无法破案!而现在唯一可能知道的只有山崎幸子一人。我们还是要从她那里找到疑犯的下落!"

坂下正尚情不由衷地说道。他真有点后悔当初没有在小柳车站采取强硬措施,查明那个黑影的正身,以至于至今都在为此悔恨。

"对,坂下君,你说得没错,现在我们能做的除了在铁路沿线的城市加强搜索警戒以外,唯一的希望就落在山崎幸子身上了。怎么样,那女人这几天有什么动静?"

"她离开坛之浦,回娘家了。"

"娘家?她娘家不是没有人吗?"池田的眼睛眯了起来。

"她那个酗酒成性的养父还活着。他一个人住在坛之浦西南方的宫田村。"

"山崎幸子找那个老头去干什么?"

"不知道。"

"难道你们没有派人去盯着她?"

"当然是盯着的。这一点您尽可放心,警长,我们的眼睛24小时注视着她,她跑不了。"

"我知道她跑不了!可问题是我想知道那个女人去干什么,她的目的又是什么?总不会是为了去看那个老头吧?"

"当然不是!不过她的目的我们确实还不清楚。"

"那个女人……她现在还在宫田吗?"

"是的。"

"好！赶快想办法去接近那老头，陪他喝酒，从他嘴里挖出山崎幸子的打算！"池田眨巴着眼睛提高了声调，他似乎又感觉到了一些什么。

"我明白了，警长，您放心，我这就去安排！"坂下应了一声，转身走出了办公室。

望着坂下的背影，满脸疑云的池田走到了窗前，他茫然地望着已经是繁星遍布的夜空，这才意识到时间已是深夜，而自己却连晚饭都没能吃上一口。他匆匆离开办公室，走出警署回到家里，刚想招呼家里人给自己端饭时，他的夫人美智子满脸愁容地走了过来，把当天的《九州新闻晚报》递到了他的手上。

"这……这是怎么回事？"他望了一眼比自己小四岁的太太，有点不解地问道。

"你自己看吧，这报上都写着呢。"美智子嘟囔了一句，忧郁地说道。"我多次劝过你，做事不要太认真，可你……你自己看吧，这下可闯了大祸了。"

池田雄一拿过报纸，看着上面的标题，心里不由得一惊。

这是一篇发表在《九州新闻晚报》二版头条上，以《屋漏偏逢下雨，雪上又加冰霜》为通栏标题，并配有两幅人物照片的新闻特写报道。这两张在醒目位置上刊登的照片都是池田熟悉的，一张是山崎幸子在坛之浦急救中心山崎婆的灵堂前痛不欲生的神态，另一张则正是池田虎着脸，凶神恶煞般地从山崎幸子的家里走出来，面对着围观他的记者大发雷霆时的样子。

"这……八格！"池田恨恨地从牙齿缝里蹦出来这样两个字。他望望美智子，又低下头去看报纸，真不知道怎么办才好。按照他的性格，或许早就会把报纸撕得粉碎的，可是现在，事关重大，现实逼着他不得不硬着头皮去读完这篇报道。

这篇一千多字的文章是这样写的：

受到日美两国政界、新闻界以及国民普遍关心的发生在坛之浦的美国士兵强奸日本妇女案，近期又出现了新的情况。本来应该积极调查此案，追捕疑凶，把犯人绳之以法的坛之浦警察署的办公室里，却出现了警察逼问受害者母亲，迫使其让女儿承认此强奸案是出于当事者的反美情绪而捏造出来，要求其撤销提诉的那种让世人为之愤怒的场面。

尤其不能容忍的是，当重病在身的受害者母亲拒绝回答警方那种摧残人性侮辱人格的提问时，那位名叫赤川一郎的坛之浦警察署生活治安课课长助理却长达数小时地把那位已六旬有余的妇人，扣押在办公室内，致使她脱水休克昏倒在警察署内，于当天晚上身亡于坛之浦急救中心。

这种只有在战前军国主义的极权统治下才可能看到的场面，出现在战后第二个年头的日本警察署内，其原因并不令人费解。因为战后的日本警方，其体制并未得到改变，人员素质也没有提高，民主主义的春风还不可能吹到那幢大楼里边去。

然而，现在来强调警察的素质，追究他们的责任似乎还不是时候。因为这起强奸案的事态正在发展，案情也日益复杂。对此坛之浦警察署的上级部门下关市警署也派出了以警长池田雄一为领导的小组来参与此案的工作。

可是警力的增强并未让人安心。因为记者在采访中发现池田雄一警长感兴趣的并不是如何去抓到强奸犯人，尽快为受害者伸冤，相反他却异想天开地把受害者与另一起据说还是天方夜谭一般的"海狼杀人登陆事件"联系在一起，逼问受害者去承认她与那个事件的主犯"海狼"间的关系，企图以此要挟受害者去推翻对那起强奸案的提诉。

"海狼杀人登陆事件"起源于刊登在今年8月21日朝

鲜《东亚日报》上的一则新闻。一个名叫崔正安的记者在那则新闻中称：在朝鲜济州岛一带海面发生了一起海狼袭击高丽三号朝鲜轮，杀害船主李树哲、李树民兄弟，夺船而走，去向不明的事件。此后没有几天，日本警方在芦屋海滩发现被遗弃了的高丽三号轮，因此警方断定，那个被称为"海狼"的杀人犯已在那里登陆，并且潜入了坛之浦。

我们暂且不去推论"海狼杀人登陆事件"的真伪。因为发生在坛之浦的造成一名幼儿死亡的"美国大兵强奸日本妇女案"的案发时间，要比现在这起"海狼杀人登陆事件"早两个多星期。这本是风马牛不相及的两个事件，可警方却偏要把它们扯在一起，给强奸案的受害者戴上"海狼杀人登陆事件"胁从犯的帽子，其用心其实不难想象！

由此记者再一次联想起警方在坛之浦警察署逼问强奸案受害者的母亲，迫使其让儿媳去翻供，撤销案件提诉的动机。

记者感到痛心，为什么警察当局会对美国士兵强奸日本妇女案一味地采取低调的态度，甚至于置法律于不顾，难道这纯粹是出于犯罪者是美国占领军——那样的一种充满殖民主义情节的原因吗？如果真是那样的话，记者不仅要在此对世人呼喊：真理何在，法理何在！

解铃还需系铃人。为此记者还是希望警方能站在保护日本国民的立场上去多考虑一下受害者的心境，哪怕那是一起再麻烦，再复杂，再可怕的事件。

写这篇报道的记者正是前文提到的野坂英治。他把这篇文章的发表处选择在《九州新闻晚报》，显然是得到了《下关日报》

这家地区小报编辑部的认可。因为《九州新闻晚报》的发行量比《下关日报》多几十倍，是北九州地区最大的报纸。在《九州新闻晚报》发表这样一篇如同炮弹一般、充满感召力的重量级文章，其影响力远远超过《下关日报》可能涉及的范围，这正是作者野坂英治精心考虑的目的。

"你看吧，明天的《中央新闻》《旭日新闻》《日本新闻》等全国性大报，肯定会一字不落地全文转载这篇文章的，到时你们警察署可怎么去对付呀！"池田的夫人美智子忧心忡忡地说道。她接过池田手上的报纸，翻来覆去地又看了一遍，唉声叹气地继续埋怨起来。"过去我一直跟你讲，遇事过得去就行，不要太认真，不要整天去想名誉地位升迁当官那样的事。可是你不听，到处逞强，逮着一个案子就想往大搞，结果……你看吧，那个费了半天劲的海狼案很可能会白做，而且……弄不好还要挨个什么警告、处分的。"

"行了……别说了！"池田抬起头来，甩掉报纸冲着美智子厉声叫道。

他显然被美智子戳到了痛处。

"你……呵，我还不是为了你好！跟你结婚至今，整天担惊受怕的，听到的事情不是强盗就是杀人，哪过过一天好日子啊！"

"行了，少说两句吧，我烦，烦得发闷！"池田不耐烦地大声叫道。他掏出烟袋，塞进烟叶，点燃后便一个劲地猛抽起来。

"唉……"美智子望着满脸愁云只顾低头抽烟的丈夫，情不自禁地叹了一口气。她犹豫了一下忍着气走进了厨房，把池田留在了客厅里。她和他结婚虽然只有三年，但对于丈夫的性格还是很了解的。她知道现在最好的方法是让他一个人冷静地去思考对策。她相信她丈夫一定能渡过眼前这个难关的。

15分钟后，当美智子把热好的饭菜从厨房端到客厅的餐桌上时，池田的情绪已经稳定多了。他望了美智子一眼，勉强地点点头，从嘴角边挤出一丝苦笑，便端起饭碗狼吞虎咽地吃了起来。不一会儿他就填饱了肚子，坐回到客厅的沙发上，又捧着那张《九州新闻晚报》研究起来。

"怎么办？我应该怎么办？假如要我检查，要我放弃对海狼事件的搜查，放弃对山崎幸子的追踪调查，我应该怎么办呢？可以肯定，明天这段新闻就会被各大报纸转载。经过舆论的煽动，那些学生以及种种不满美国占领军的过激分子和不断鼓动工会农会罢工闹市的共产党、社会民主党等政治势力，或许就会带领民众走上街头，示威抗议，借着这篇新闻报道去发泄他们对美国占领军的不满。而后下关市警察署、市政厅、山口县警察总署，还有东京警视厅，外务省，法务省，甚至于连参众两院都会因为民众的压力而派调查组来这里的。他们会向我提各种问题，会解散那个'海狼杀人登陆事件'搜查本部，甚至还会撤我的职，把我开除出警察署。对此，各大报纸也会跟踪报道。我丑陋的照片会被放得大大地登在各种报纸上，我会成为民主主义的敌人，受到批判攻击，我会变得一文不值。可是，总得讲道理吧，总得让我说话吧！那个'海狼杀人登陆事件'搜查工作不是已经有了进展，嫌疑犯海狼虽然还未被查明正身，但是已经留下了痕迹，而且山崎幸子也承认接待过他。那些事实记录在案，并由山口县警察总署化验认证。啊，真得感谢他们发来的化验报告啊，它很可能救我的命。"

池田遐想着，困惑在一种揪心般的烦恼中。种种思维如同波涛，一浪过去又来一浪，使他情不自禁地抱着脑袋，期望着能把思维锁定在一种智慧的光泽里。

可是毫无用处，此刻他获得的除了苦恼以外一无所有，因为那种嚣乱使他的意志和理智都无法安静下来。

他的脑袋晕极了。一种说不出来的燥热使他走到窗前，推开了窗户。

此刻星光当空，夜色宁静，大地黯然，微风吹拂。大自然把一种难以想象的景象赋在了他的身上，使他在不知不觉中感受到了力量。

一些模糊的线索终于在他的沉思中形成，而且越来越清晰、越来越明朗。他甚至于已经清晰地看见了明天以后自己的影子。

"是的，哪怕是真的被撤职、被开除、被赶出警察署，我……我也要一追到底地把那个海狼的身份查清楚。"

池田自言自语道。那种一旦下定了决心以后所产生的勇气是那样强烈那样奇突，以至使他的心里油然产生了一种不可言喻的冲动。

"一切都无所谓了！"他在心里喊道。那声音把他的身体震得岑岑发颤。

他已经做好了准备，一种置自己于死地的准备。每个警察到了这种时候恐怕都会这样想的，因为只有把自己推到悬崖边上才可能有绝处逢生的机会。

"不过这一切也许只是多虑，问题或许没那么严重，或许那些东京的大报社在转载这篇文章以前还会做一个调查，他们总要访问我，听了我的话后再去考虑是否转载那样的事，这也是有可能的，可是……天啊，想了半天怎么又回到了原地呢？唉，必须丢掉一切幻想，舍弃一切希望才行啊……"

池田颠三倒四地思考着，直到第二天凌晨才合上眼睛。

11 舆论风暴的后遗症

第二天早晨七点钟池田雄一就起床了。他喝了美智子为他准备的热牛奶后便像往常一样提着上衣走出了门。

他来到报亭,刚想掏钱,卖报的小贩就把当天的《晨报》递到了他手上,并挤眉弄眼地看了他半天。

"怎么了?"池田看了看身上的衣服,有点奇怪地问道。

"没什么……不过您看看这份《晨报》吧,我觉得您和登在报纸上的人长得很像。"报贩一边解释着一边指着报纸对池田说道。

"什么?这……"听了报贩的话后池田吃了一惊。他接过报纸,二话没说转身就走。他走进了临街的咖啡店,要了咖啡,坐到了一个背人的座位上才哆嗦着打开报纸,寻找着那张连报贩都感兴趣的照片。

他终于看到那个丑陋得连他自己都觉得无法入目的形象了。

那张从《九州新闻晚报》上扫描过来的照片不仅被放得大大的,底下还加上了两句足以让他七窍生烟、火冒三丈的攻击性语言。

"呵……"池田的脸色发青了。他望着照片,抖动着手,心旌摇曳,那种姿势就像被凝固了似的半晌都没动一下。

"看来……奇迹不可能出现了,要不我怎么会那么快就成为一个连报贩都为之瞩目的明星呢?"

池田苦笑道，他确实是太乐观了。

其实由《九州新闻晚报》掀起的这场攻击日本警察的舆论风暴，从昨晚开始就已经在施展着它的威力了。

首先站出来声援的是九州地区广播公司。他们在当晚的新闻广播中就全文播送了《九州新闻晚报》的这篇文章，并组织读者到电台演播室和评论员一起，进行了把矛头对准警视厅的广播讲评，煽动听众发泄对当前政局的不满。

紧接着发难的是关东地区的各大报社。以《东京新闻》《日本新闻》《旭日新闻》为首的三大报社率先参战，它们不仅在今天的朝刊全文转载《九州新闻晚报》的文章，还别开生面地举行法律专家和实事评论家等行家参加的座谈会。他们以坛之浦和下关市的警察署为例，严厉地抨击了才出笼不久、不得人心的《警察法》。

在他们的带领下，类似《大阪日报》《阪神新闻》《近畿日报》等以日本关西地区的读者为主要对象的区域性报纸，也参加了今天这场来自舆论界的讨伐战。它们或转载文章，或发表社论，或采访读者，或讲评讨论，其声势之大威力之猛，绝不逊色于那些权威性的全国性大报。

此外，那些本来还在持观望态度的多少带有点国营色彩的日本通讯社、全国放送协会、日本广播电台等新闻界的权威部门，也准备撕下面子站出来发表批判警方、支持《九州新闻晚报》的文章了。因为他们明白现在的日本是座火山，只要遇到火种就会燃烧爆发，而等待的火种此刻已经出现了。

"唉……"坐在咖啡店里的池田深深地叹了一口气，已经没有任何语言可以把他心中那种愤恨而悲切的滋味表现出来了。

他步履沉重地走出咖啡厅，顺着大街往前走，既不知道要去哪里，也不知道应该去哪里。本来他还曾想过给东京警察大学的恩师清水秀治教授打个电话，请求得到他的帮助，可是没过多久他就心灰意懒地抛弃了这个念头。

"是啊，现在这种时刻打电话向人求援是最丢脸的事了。假如教授一遍一遍地问我，我又该怎么回答呢？唉，看来我是怎么解释也说不清呀。"

池田茫然地在街边的石凳上坐了下来，他知道此刻下关警署里肯定炸开了锅。他的上司、同僚、部下、那些和他有关的或无关的人，或许都在找他。他们埋怨他、同情他、嘲笑他、戏弄他、看他的笑话、寻找着收拾他的机会。

"可不，你不是在一夜之间升为'海狼杀人登陆事件'，搜查本部的本部长吗？那好，现在应该让你好好品尝一下从本部长的高位，一下子跌落深渊的滋味吧。"

"唉……假如当初能够再谨慎一点，做得再巧妙一点，或者根本就不去沾坛之浦警署的边就好了。"池田叹了一口气。他又想到了那个赤川一郎。"是啊，他的胆怎么就那么大呢？居然想逼迫山崎婆母女翻供，捅这样的马蜂窝，不是自找苦吃吗？可是这种内部机密的事怎么会传进记者的耳朵？是不是警署内部有人向新闻界提供消息呢？"

池田翻来覆去地想着，他越来越感到不安了。

人不能够阻止自己去回想那些曾经做过的事，就像不能阻止海水重新流回海岸一样。对于大自然来说这叫作潮流，可对于池田来讲这又叫作什么呢？

池田愤恨地思索着，一种难以诉说的情绪悠荡着他的心，就如同海水摇动岸边的小船一样。

过了好长时间，池田才从石凳上站了起来。他迈开脚步向下关市警署走去，可是没走几步又转身倒了回来，停顿了一会儿后他才决定回家去，在家中等待命运的裁决。

他只能听其自然了。

两天后由日本国家警察本部、山口县公安委员会、法务厅组成的调查组来到下关市警署，开始调查"美军士兵强奸日本妇女案"和"海狼杀人登陆案"这两起事件的搜查状况。

调查期间，以各大学学生为主导的抗议新颁布的《日本警察法》，要求把置人权于不顾的下关市和坛之浦警察署的当事者绳之以法的示威游行，以及反对美国占领军，声援被美国士兵强暴的受害者的募捐活动，一次又一次地在东京、大阪、名古屋等地举行。其中，众议院的一个社会民主党议员甚至还带着记者，哗众取宠地专程来到坛之浦，去慰问受害者。这种貌似关怀群众实为拉拢人心，募集选票的行为又在各大报刊、电台此起彼伏地亮相，其结果只有一个，那就是尽可能快地把当事者揪出来，去加倍惩罚，从而安抚民心，稳定时局。

这样的结局人们早就预料到了。因为这场利用山崎婆之死去攻击警察当局的舆论风暴，从它登场开始就埋下了杀机，不宰掉几只替罪羊是绝不会罢休的。

两个多星期以后处理结果发表了。

调查小组宣布开除赤川一郎的公职，以犯有伪造罪的名义将他逮捕。同时还宣布解散"海狼杀人登陆事件"搜查本部，撤销原本部长池田雄一的警长职务，并罚以记过处分。此外调查小组还象征性地处罚了警察署内的一些其他当事者以及赤川一郎和池田雄一的上司，草草地拉下了这出调查剧的帷幕。

调查小组只宣布了对警方当事人的惩罚，至于如何继续已经立案却尚未有结果的这两起刑事案件的侦破工作则没有提及。这样的处理方法引起很多人的不满，因为它事实上已经起到一种将案犯放任自由，使事件不了了之的后果。

可是不满又有什么用呢？当务之急是平息各种风潮，保持社会稳定,至于案件的侦破工作,它最多也只能是第二位的。

只是尽管如此还是有人在为追捕犯人而绞尽脑汁。

负责监视山崎幸子行踪的坂下正尚就是其中的一个。

那一天,当池田雄一正在为自己所受到的处分不满准备据理力争时,坂下却带来了一个令他感到震惊的消息。

消息来自幸子的养父。那一次坂下在宫田村酒馆里请他喝酒时,无意中听他谈起幸子曾向他打听他姐姐的女儿良子在东京的住址,并表示自己要去找她。幸子还向他索要了自己的粮食配给证。因为战后初期的日本实行的是粮食定量配给制度,一旦到了新地方,没有粮食配给证是领不到粮食的,所以从某种意义上讲粮食配给证就是一个人的身份证。

"她要去东京!"池田的眼睛猛地一亮,那两只耳朵顿时又竖了起来。

"是啊……据那老头讲,山崎幸子从来没有去过东京。她选在这时去东京,一定会和那个海狼有关!她会不会是为了他才去东京的呢?"坂下皱着双眉,自言自语道。

"没错。像她这种女人,能想到离开故乡去东京这样的事就不简单,这绝不是一时的冲动,她肯定有所考虑,搞不好这还是他们事先约好的,只是……"池田停住了嘴,并且闭上眼睛,思索了好长一段时间以后才重新睁了开来。他从口袋里掏出烟袋,塞上烟叶点燃后便狠狠地抽了起来。

"不行,我们得盯着她才行!"池田望着坂下斩钉截铁地说道。

"是的,我也这么想,可是……"

"可是什么?你必须跟着她去东京,一步不离地看着她!"

"但是现在搜查本部已被撤销,我们哪有资金去做这件事啊。"

"资金？妈的！现在这种时刻去申请追踪那个女人的经费，肯定没门，可是……"池田恨恨地想着，却想不出一个好办法。

"那个女人辞去春风馆的工作了吗？"

"是的，自从那天接待了海狼之后，她就再也没有去过那里。"

"这么说春风馆的老板娘已不可能再向我们提供什么新鲜东西了吧。"

"是的。现在唯一的线索就在山崎幸子一人身上，失去了她就等于失去了一切呀！"坂下提高了声音强调着，他希望池田能帮他解决资金问题。因为此案已经到了最关键的地方，一旦山崎幸子也逃之夭夭的话，那这个案件的破案希望就全没了。

然而情况却并不像坂下所想的那样简单。因为山崎幸子现在是新闻人物，是下关市警署不敢去碰的人，尤其是池田雄一。如果他再去找山崎幸子麻烦的话，一旦被记者或者调查组发现，被扣上打击报复的帽子，那就真的全完了，更不要说去申请跟踪她所需的经费了。

这真是一件棘手的事情。此刻，哪怕池田有再大的本事，恐怕也只能无计可施了。

三天后让池田雄一感到伤心、感到愤怒的消息从坂下的电话中传来了。他告诉池田说他得到可靠消息，证明山崎幸子将坐今天下午两点从小柳车站出发的货客车离开坛之浦，踏上去东京的旅程。为此他在电话中再次请示池田，如何处理这件事。

"唉，坂下君，你想一想吧，现在我又能怎样呢？假如只是因为经费的问题，我就是卖掉自家的房子也要跟着这个骚女人走的。事到如今，能有什么比追捕到海狼这个犯人更能让我感到满足的呢？可是没法子呀，我们已经没办法再去跟踪她了，就是在坛之浦也不行！万一再传出去，你我都得完蛋呀！"

池田带着一种不可思议的情绪在电话里大声说道。他感到燥热，浑身哆嗦，一种无力感从他的内心深处涌上来，使他情不自禁地捏紧了拳头，他感觉到了他身上背负着的来自国家警察总部的压力。

"那……我……我们就只能眼睁睁地看她走了？"

"是的……没，没法子呀，坂下君！"池田压低了声音，他显然在为自己的无能而伤心。

"可是警长，您能不能再最后想一想呢？要知道这是抓住海狼的唯一机会呀！"坂下还不死心，他在电话里再次向昔日的上司恳求道。在他眼里，池田仍然是一个能够呼风唤雨的警长。

"警长，不管怎么样，我们也会跟着那个女人到小柳车站。这是最后的机会！警长，您再考虑一下吧！要不，你下午也来小柳车站吧，我们在小柳车站再做最后的考虑？"

"我不去，我不愿意看着那骚女人在我的眼皮子底下跑掉！"池田咬着牙关，断然拒绝道。

"可是……警长，这样不行呀，您得去，您一定得去，我们等着您……唉，警长，您何必把那个处分看得那么重呢？那是戏，一幕过场戏而已！"

"可是……坂下君，那也许真是一幕戏，可是……唉，坂下君，既然我没办法撬开她的嘴，搞定她，那……那我何苦再到她面前去丢脸现眼呀！"

池田痛苦地说道。他讲的是心里话，可是这番出自内心深处的话语却没有被他的部下理解。因为包括坂下在内的下关市警署的很多警员都认为，调查组发表的处分只是一种暂时性的装点门面，做给新闻界看的事，用不了多久池田就会官复原职。因为池田并没有做什么违反警纪的事，他只是受到了赤川一郎的牵连才被拉去当了替罪羊的。

电话挂断了，坂下在电话里讲的事却一直萦绕在池田脑子里，使他无法平静下来。

毫无疑问，坂下正尚他们一行肯定会身着便衣，化装成旅客或者小贩，去跟踪山崎幸子。可即使是跟到了小柳车站又有什么用？难道他们还能拦住她，不让她上车或者跟着她一起，到下关，去东京？

唉，这纯粹是一种看不到任何结果的行动，而且稍有不慎就有可能闯下大祸，让调查组或者是报社的什么记者抓住把柄，在将要熄灭的柴火堆里再加一把干柴，假如真要是那样的话，那他就真的没有出头之日了。

池田怔怔地想着，他的心情比刚才更加沉重了。在电话里，他还可以去骂人、摔东西，向他的部下发脾气，发泄自己的不满，可是现在，涌动在他心中的除了那无止境的担心忧虑以外，再就是怎么也排斥不了的深埋在心中的那种责任感了。

坂下比小田信义大三岁，做事稳当，经验自然要丰富一些。可是，他任性、自负，认准了一件事以后就很难回头。这种或许会被他人称为优秀的品质，在池田眼里则全是问题。可是在现在这种时刻，在池田千方百计地企图翻案，利用"海狼"事件已经被立案这一无法否认的事实，重新让上级部门设立"海狼杀人登陆事件"搜查本部，准备悄悄东山再起的时刻，池田怎么能放心让坂下去独自处理这件事情呢？

想到这里池田坐不住了。他站起来在办公室里来回踱着方步，并且不时把烟叶塞进烟斗，呼哧呼哧地抽着。他怎么也静不下心来了。

他抬头看了看挂在办公室墙上的钟。时针已经指向11点，假如再不行动就要来不及了。可是现在他又怎么能背着警署的领导，私下去做那种事呢？万一出问题，万一露馅，等一下被记者抓住把柄，唉……

池田深深地哀叹着，他犹疑不定地又缩了回来，重新在原地踏起步来。这真是件麻烦事。他既想伸手，又担心手被抓住；既想去冒险，又担心掉入陷阱。

时钟在滴答地走着，已经没有多余的时间了。从下关市警署开车到小柳车站，最快也要两小时，而现在已经是11点半了。

池田在办公室里来回走着，犹如热锅上的蚂蚁。他看看钟，又看看写在黑板上的分析推理"海狼"逃遁的可行性路线图，眼睛亮起来了。他愣了一愣，顿时冲出办公室，气喘吁吁地跑到停车场，发动了他的小吉普。

"真的，幸亏那块小黑板提醒了我，要不真会铸成大错。因为我们至今还未能排除海狼仍旧潜伏在坛之浦的可能。假如山崎幸子真的和他有勾结，他们确实相约企图逃出我们的包围圈，那么今天就是第一步。假如海狼确实已经离开了坛之浦，那么从山崎幸子在今天的表现中也能看得出来！总之，今天是我们判断此案的侦破方向，决定今后如何去追捕疑犯极为关键的时刻，在今天这种时候，我怎么能够不在现场，听凭坂下胡乱地处理呢？"

池田自我解释着，并且加大了油门。他排除了一切杂念，因为他已经豁出去了。五分钟以后，那辆由他亲自驾驶的吉普车，颠簸着飞驶在从下关开往小柳车站方向的乡间公路上。

12　山崎幸子的神秘失踪

小柳车站是一个令人伤心怵目的地方。

九百年前，阵亡了十余万将士，被后人称作坛之浦会战的烽火，就是在小柳这一代旷野上燃起的。当时那种战线如长蛇、鲜血如溪水、尸体成山堆、幽魂满地跑的恐怖传说，至今仍然挂在当地人的嘴上，如同石头一般重压在人的心上。只要提起小柳车站，人们就会说起坛之浦会战，许多经过那一代荒野的路人甚至还会煞有介事地对人说，他们如何如何在那里听到了亡灵的哭叫声，看到过幽魂们的鬼影，就好像小柳是一个战争代名词似的。

此后那一代虽然太平了一阵，但大小战争仍然不断，最厉害的自然要数第二次世界大战中把小柳车站削为平地，让无数平民死于非命的美国空军B-52轰炸机的狂轰滥炸了。

邪恶和无情青睐这块土地，鲜血和泪水渗透着这块土地，这种状况即使到了今天也很难改变。只是因为时代稍稍地往前滚动了一步，民主的意识和自由的空气在冥冥中多少影响了一些人的思维，使他们着手去做某件事的时候至少会扪心自问，稍稍地犹豫彷徨一下，在颤抖着的指缝中露出一个"时间差"。

山崎幸子是个聪明人，她也想到了这个"时间差"。要想离开家乡逃脱坂下正尚的监视，去热海寻找高桥秀义，她必须利用现在这个"海狼事件搜查本部"被解散、有关人员被处分的"时间差"，堂而皇之地登上那辆拥挤的客货车才行。

"怎么样，动手吧，现在还来得及。"

一个穿着便衣的警察望着喷着白烟正在上下旅客的客货车厢，焦急地催促已经有点忍耐不住的坂下正尚。他并不明白他的上司此刻会想些什么。这也难怪，因为对于很多善于用直线条去看待人世间悠悠万物的人来说，用手中的权力去剥夺他人的自由是一种最为过瘾的事情了，况且对象又是一个如此柔弱而又如此漂亮的年轻女人。

然而坂下却没有理会那种催促声。他在等待池田雄一的到来。自从上午和池田通了电话后他已经明白了上司的苦衷。那个女人固然重要，可是坂下却不能贸然动手。因为他没有任何借口对山崎幸子拦截，限制她的自由。相反他还要在车站内营造一种宽松的气氛，诱使那个可能来这儿和山崎幸子相会，企图共同逃跑的男人上钩。

既要放线，又要收网，既想抓人，又师出无名，唯一的希望就是让对方犯规，让警方找到动手的口实。然而事情并没有如他想象的那样。无可奈何之中，他就只剩下等待上司出场一条路了。只有名角登台，戏才能开场，这一点坂下自然明白，可是现在时间已是下午一点半，池田雄一却还没有到。

"怎么搞的？难道警长真的不来了？不，不会。"坂下暗暗思忖道。他断定池田会来，因为命运已经把他的上司和海狼紧紧地捆绑在一起了。只有抓住海狼，池田警长才可能恢复名誉，除此之外无路可走。只是为什么池田到现在还不出现呢？

坂下有点纳闷了。

而这正是池田雄一棋高一着的地方。

池田明白坂下会在站台上等他，没有他的命令他们不敢动手。他不必担心他的部下会鲁莽行事，他也没有必要到他的部下面前去发号施令。池田相信，坂下的盯梢一定已经被人发觉。因此一到小柳车站,他就随着上上下下的旅客,神不知鬼不觉地混进了客货车内,甚至还挤到了山崎幸子的身边,近距离地观察她的动静。

此刻就是有记者在场,也不可能发现他的行踪了。相反他却可以随时随地发现企图接近山崎幸子的可疑人物。

池田做得天衣无缝,可就是没有效果。因为幸子只是一个人登上了车。她望着远处若隐若现的坛之浦,并没有去关注她周围的人和事。

"看来她并没有约人在这里相会,那么此刻她紧皱着双眉思索的又会是什么样的事呢?"池田隔着人影,注视着幸子那双忧郁的眼睛,揣摩着她的心思。

"她挎着包,带着旅行袋,显然是出远门的样子。她神色迷惘,表情悲哀,眼光流露出一种恋恋不舍的神情,那样子是每一个初次离开故乡的人都常常有的。她望着远方的小屋,眼神还顺着屋顶烟囱里冒出的白烟渐渐地往天边移去,嘴唇时不时地嚅动一下,还常常咬着牙齿,而且……呵,她还紧捏着拳头,这……这又意味着什么呢?"

池田注视着幸子细小而又显得十分有力的手,突然间感悟到了一些什么。

"呵……这……难道这个山崎幸子,准备就此告别故乡,踏上一条不归路吗?"

池田的冷汗渗了出来。他吃了一惊,以至于额头上的青筋都暴出来了。

那是他始料不及的。

"这……这个女人,这个涉世未深的乡下女人,她竟然有勇气一个人去闯荡世界,那种力量源泉又在哪里呢?"

池田嚅动着嘴喃喃说道,他再一次地从眼前这个年轻女人的神态中看到了海狼的影子。

"不行，我不能放过她。我要跟着，通过她去抓到海狼，论证我所推理的一切。"

池田摇晃着脑袋，颤抖着手，只觉得热血在往脑门上涌。然而也就在那时，他看到了他的敌人，那个《下关日报》的记者野坂英治。他戴着黑色礼帽在站台上急速跑动着，顺着车厢在寻找什么人。

"他，他……果然来了，为她送行来了！他……"池田盯着野坂英治，请不自禁地咬紧了牙关。

野坂英治好像看到了山崎幸子。他向她招手，并沿着站台向她所坐的车厢跑来。那种越来越近的距离感使池田情不自禁地背过脸去。为了保护自己不再受到舆论的攻击，他不得不这样做，可是尽管如此，他那鹰犬般的耳朵还是竖了起来。他不愿意放过一点哪怕只是蛛丝马迹的信息。

池田听到了他们间互相道别的话语。从他们的语气中，他发现野坂英治真诚热情，而山崎幸子则显得一般。她甚至不愿意跟那个记者多讲话，那样子显然有点冷淡，说明山崎幸子不想在离开故乡时再去谈她在那里所遭受的事情。

"真是多此一举，那个鬼记者！谁愿意在此刻再去和你奢谈什么。"池田嘟囔了一句，他为幸子表现出来的冷漠感到惬意。

时间在一分一秒地过去，天气也阴霾了下来。不知什么时候，乌云已经爬满了天空，遮住了太阳，虽然还没有要下雨的迹象，但一股带着腥涩的海风，还是吹拂着飘过来了。它带来了凉意，多少打开了锁在小柳车站上空闷热的气息。

"好吧，一路保重吧，不管以后你在哪里，只要遇到困难，想要得到帮助，就打这个电话给我，我一定会立即赶去见你的。"野坂一边说着一边把一张写着电话号码的卡片递到幸子的手里。

他的声音有点颤抖,那种感觉使躲在人影后边的池田忍不住地侧过身去,探出了脑袋。他发现此刻出现在野坂眼睛里的除了深深的同情和关心以外,好像还有另外的一种东西。那是一种情感,一种从心底生发出来的带着某种爱怜的情愫。

"呵,原来如此,他或许已经爱上她了吧。"池田情不自禁地冷笑道。这是一个发现,一个可以让他找到机会,做出什么决策的重大发现。因为被感情蒙住了双眼的男人,很可能会做出连他自己本人都会感到后悔的蠢事,更何况他所想的女人,并没有对他表示出足以能与他相媲美的热情。

"这个蠢家伙,他到底想得到什么呢?"池田耸耸肩膀幸灾乐祸地想着。他感觉到了一切,但是还看不清楚。

开车的预备铃声响起来了,还有两分钟,这辆载着山崎幸子的客货车就要驶离小柳车站,向下关、北九州方向行进了。就在那时,一直守候在站台上等待上司的坂下一行突然顺着站台跑了过来。他们虽然没有发现什么可疑目标,但是那种绝不愿意让自己一直跟踪盯梢的猎物,在自己眼皮子底下逃之夭夭的心情,使他们忍不住想要动手了。然而,就在这成败所系的关键时刻,池田从客货车的台阶上跳了下来,如同那些独具慧眼,善于当机立断的伟大将领一样,他当即下达了命令。

"退回去!"

"可是⋯⋯"

"赶快走,离开站台!快!"池田压低着声音,向他的部下命令道。

"是!"坂下哼了一声向他的部下挥了挥手。他感到气馁,而且觉得困惑,为什么苦心等待的上司会突然从他监视的这节敞篷客车厢里跳下来呢?警长是什么时候到车站的?他为什么要直接跑到车厢里去?难道这节车厢里又发生了什么事?

坂下忐忑不安地想着，带着他的部下走出了车站。他本是一个能够一眼认清形势的人。他认为上司一定已经稳操胜券，否则是绝对不会那样坚决地命令他离开那里的。

车轮终于启动了。随着车轮和铁轨间逐渐加快节奏的摩擦声，客货车的机头轰鸣着，吐着白烟冒着蒸汽，载着让池田雄一、坂下正尚以及《下关日报》记者野坂英治为之魂牵梦绕的那个可悲、可怜而又可爱的女人，向着另一个充满幻想的不可知的远方驶去了。不到两分钟，这辆有着六节车厢的客货车就消失在旷野的地平线上了。

此时此刻，蜷缩在车厢里的幸子直起了身子。她抬起眼睛，凝视着已经慢慢远去的坛之浦，和远处那些被红枫浸染的连绵起伏的山峦，沉浸在一种绵绵不尽的思索中，没有人能够想象，此刻她那一对满布酸楚的眼睛里所包含的内容，也没有人能够猜想到，站在铁轨两侧站台上的池田雄一和野坂英治，呆呆地望着远去的车影和那两道通向天边的轨道时的那种茫然而又不知所措的情愫。

山崎幸子走了。带着疑问，带着隐情，带着悲哀，带着凄苦，带着无数个让池田为之切齿，让野坂为之动情，让坛之浦的村民为之悲愤，让新闻界的记者为之感叹的故事走了。没有人知道她的去处，也没有人明白她想去干什么。她的出走如同一阵风，自然而然地吹来，又自然而然地过去了。

小柳车站的站台上只剩下了池田雄一和野坂英治两个人。

他们隔着轨道，互相凝视着，谁也没有说话。过了好一会儿，野坂摘下了头上戴着的黑色礼帽向池田微微点点头，而池田也向野坂欠了欠身，回了个礼。

这一对暗中角逐的对手绅士般地互相致礼以后，便各怀心思沉默着走出了小柳车站。

此刻天边响起了闷雷，轰隆隆地还带着一道闪电，虽然没有飘来雨点，但满布乌云和一望无际的苍穹，就已经使大地惴惴发抖了。

　　天地晦暝，倏忽之间万物消亡。

　　大自然是否也想向我们暗示一些什么呢？

　　能够回答这个问题的就一定能看透人间的黑暗，可是这样的人，世上还有吗？

13　迟到了的案情报告

在日本的历史上，1947年是一个动荡不安的年代。

这一年的1月18日，日本全国劳动者组织委员会扬言要在2月1日举行400万人的总罢工。由于驻日本联合国军总司令麦克阿瑟元帅的直接干涉，该组织在总罢工前夕的1月31日晚上，被全副武装的军警用武力强制解散，致使总罢工计划流产。

1月28日，得到社会党暗中支持的政治团体在东京皇居广场举行了30万人的打倒吉田茂内阁的国民大会，迫使自由党政府在3月31日解散了众议院，并在4月20日、25日先后举行了参议院和众议院选举。结果社会党分别以47票对39票和143票对131票的优势战胜了自由党，成为日本历史上第一次由左派人士掌握国会两院大权的政党。

5月3日，日本新宪法发表，20日吉田茂内阁总辞职。6月1日，推行左翼路线的由社会党、民主党、国民党三党联合组成的片山哲联合内阁政府诞生。

此后，以政治利益为目的的缘风会组织，和以经济利益为目的的日本经营团体联合会先后在东京成立。以推出新价格体系为名的经济安定本部、劳动省、经济调济厅，以及主宰战后日本经济政策的政府部门和民间团体也随后登场。还有，伤亡近千人的八高线铁路脱轨翻车事故，和正在翻腾呼啸着以二百公里的时速，由南太平洋向东京方向席卷而来的、把人心搞得惶惶不安的

"卡斯林"特大级台风。

这些信手拈来的发生在1947年9月以前的日本重大事件，被历史一一记录在案，可是，那些小事呢？

那些在东京审判的漫长过程中导致美国和苏联在意识形态上出现严重分歧，从而埋下冷战种子的表面上的外交论战和背后的阴谋手腕呢？那些期望共产主义在日本抬头的政治势力，和决不允许日本共产主义化的美国占领军之间发生的风波和冲突呢？那些拥护天皇，支持天皇制的国家主义者，与反对天皇，要给天皇治罪，企图以战犯的罪名把他送到绞刑架上去的社会主义者之间的力量角逐呢？那些政治暗杀、经济制裁、绑架勒索、杀人灭口；那些掩盖着政治目的的刑事案件，以权力为中心的经济犯罪，以及这些罪行至关重要的细节、扣人心弦的情节、骇人听闻的过程、耸人毛骨的结局等，全部以小事为由，被历史给忽略了。

历史忽略小事，只记大事，这实在是无可奈何的。

虽然人们常说世纪的面貌由岁月的动态汇集而成，岁月的动态则来源于日常生活中的每一件小事。可是那些小事太多太杂实在记不胜记。也许只有一个办法，那就是在记忆尚存之时，趁早去回顾，把那些小事记录下来，只有这样做或许才能抓住那些可能会给我们带来的启示。

此刻应该让我们记录下来的事情是这样发生的。

那一天，当幸子在池田雄一和野坂英治的送别下离开小柳车站的时刻，离那个车站四百公里远的名叫安越的小镇的警察岗亭前走来了一个三十多岁的男人。他站在岗亭橱窗前，望着里面贴着的那幅"海狼"的模拟画像揣摩了好半天以后，突然对值班的警察说，他看见过那个人。

"没错，是他！我见到了他！"

"谁？你看见了谁？"值班的警察有点疑惑地追问道。

"他，海狼啊！你们不是把它叫作海狼吗？"那个男人指着橱窗里的画像，充满自信地说道。"昨天傍晚，我从北九州开往东京的直达列车上看见了一个年轻人。他穿着学生装，挎着一个腰袋那样的黄色帆布包，正在全神贯注地看着手中的报纸。他看着看着忽然泪如雨下，泣不成声，那样子显得十分奇怪。"

"哦……他看的是一份什么报纸啊？"

"《九州新闻晚报》。我注意到了，那是一份过期的《九州新闻晚报》。而且，他读的很可能是那篇被美国兵强奸了的日本妇女的事。那确实是伤心事，可是报上的内容，还不至于把他这样的年轻学生，搞得那么悲痛吧？"

"那倒也是，不过……后来呢，后来情况又怎么样了？"

"问题就出在后边！那时，我看他那么伤心，就走上前想去劝慰他，可没想到他惊慌得如同兔子一般，当列车在下一站刚刚停下时，他就慌不择路地抓起挎包，跳下车跑了。他的腿好像有点瘸，那包里也好像装着什么金属似的跑起来叮当直响。你看，这人奇怪吧。"

"是呀，是有点奇怪。"值班警察摇晃着脑袋附和着说道。

"你说他会是个什么人呢？"那报案的男人眨巴着眼睛问道。

"嗨，你问我，可我去问谁呀？我哪知道他是个什么人！"

"这……我看他就是你们贴着的那张画像上的人。他不仅和画上的那个人像，而且还是个瘸腿，你看你的布告上不是也写着海狼是个瘸腿吗？"

"是啊，说的是没错，可是证据呢？"

"证据？我没有。我就觉得那人奇怪。为了一篇报道内容，哭得那么伤心，哪个男人会在公共场合做那种傻事呢？他总不会是那个被强奸的女人的亲属吧？可是就是亲属也没必要在下车时那么慌张啊。"

"他在什么站下车的?"

"这……我可没记住。"

"你看你这个人,关键的地方怎么就记不住了呢?你想你说的事就算是真的话,那我们也得想办法去抓那个可疑的人呀。"值班警察望着报案人连讽刺带挖苦地说道,他显然没有把报案人说的话当回事。

"这是一辆开往哪里的列车?"

"东京……终点站是东京。"

"你想说那个海狼准备到东京去,对吗?"

"是的。"

"因为被你发现了马脚,他才不得已在中途下车的,是吗?"

"对,没错。可是,唉,我怎么就想不起来他下车的那个站名呢?别急,别急,让我再好好想想。哎,对了,你这里有地图吗?那种写着什么道什么线的路线图以及各个停靠站台名字的列车站台表呢?"

"有,我这就去拿。"值班警察走进岗亭的里屋,从抽屉里找出了报案人想要的东西,把它递到了他的手里。

"赤穗站,兵库县的赤穗车站,哦,对了,我有点想起来了,好像是叫赤穗的名字。对了,没错,是它,我想起来了,那车站名叫赤穗!"

报案人指着列车路线站图,有点激动地叫了起来,但是他那兴奋的神态丝毫没有打动眼前的值班警察。

"好吧,想起来就好。这样吧,你把你想说的话都写下来,记在纸上,等明天我把它交到警察署去。还有,你把你的名字和联系方法也写上,到时我们或许还要请你帮忙呢。"值班警察耸了耸肩膀,笑着从抽屉里拿出纸和笔,让报案人坐在他的桌子前写了起来。

　　这些来自目击者的案情报告，按照规定不管真伪，一律都应该送到下关警察署"海狼搜查本部"去的。可是现在，本部长池田雄一被撤了职，搜查本部也被解散了，那些报案者的报告当然也成了废纸。虽然"海狼杀人登陆事件"的立案侦查决定没有被取消，但那张已成了废纸的目击报告仍然有幸被锁在安越镇警察署的抽屉里。而事实上也是，当这张废纸一样的报告被当成宝物一般送到池田雄一的手上时，已经是三个月以后的事情了。

　　那当然是后话。

　　那样的小事被记录下来，并在最后成了事件被解决的钥匙这事实本身，应该说是历史上的一件幸事。

第二章

朝鲜半岛的海和号惨案

14　釜山基督育婴堂的不速之客

为了说清楚本故事的来龙去脉,我们或许还得把时间往前推上几个月。

那些至关重要的事情发生在1946年的年底。

那一年的圣诞节是非常寒冷的,特别是位于朝鲜半岛东南端的釜山。

那天,应该说是离圣诞节还有三天即12月22日的晚上,在刺骨寒风的袭击下,清灰如墨的天空在下了一阵又一阵凄凉的小雨之后终于一改往日的常态把雨丝变成了雪花。没有多久那些雪花又转成鹅毛大雪,铺天盖地地把这个只有两百来万人口的小城市搅得一片雪白。12月下旬就开始下鹅毛大雪在当地是少有的事,但是这种少有的事就在那时出现了。

也许是因为寒冷至极,晚上8点半街上就已经空无一人。荒凉凄暗的小街与一望皆白的建筑物构成的画面光怪陆离,透出无限苍凉,除了天空中飘舞的雪花和门缝偶尔冒出的乳白色蒸汽以外,整座城市几乎一无所有。

雪夜是幽深寂寥的,此刻却在孕育着躁动,那种感觉也许会由于时代的动乱而变得明显。那时以美国第二十四军团的司令官约翰·浩奇为首的驻朝鲜美国占领军,和以吕运亨为主的朝鲜建国准备委员会之间的武力冲突不断升级,大有一触即发的阵势。吕运亨认为,日本的战败正是朝鲜民族解放运动各政治势力宣布朝鲜独立的好时机,而美国占领军则认定那些组织全都是国际共产主义阵营在朝鲜的代表势力,必须严厉镇压,扫荡一清才行。

此刻扫荡和镇压已经全面展开,对釜山朝鲜民族解放运动组织人士的搜捕也已经提上了日程,恐怖气氛正像眼前的大雪一样笼罩在每个朝鲜人的心上。

那天晚上9点15分左右,萦绕在釜山街巷死沉沉的寂寥被一阵急促的脚步声打破了。一个披着黑头巾,穿着一条既宽又长的黑棉袍,看上去已经有五十多岁的嬷嬷,和一个穿着白色修女服外面裹着黑色毛线围巾的年轻修女,此刻正深一脚浅一脚地行进在一条叫作照吾里的街道上。她们一前一后地走着,喘着粗气,脸色非常沉重。尤其是那个嬷嬷。她紧皱双眉,那种忧郁的神态在雪光的反射下显得格外醒目。她们拐了个弯来到一座有着尖顶角楼,挂着十字架的基督育婴堂的酱红色木门前,拍打了一下肩上的雪花后便匆匆忙忙地推门走了进去。

"啊,您来了,朴玉善嬷嬷!"一个二十来岁穿着白色修女袍的修女看见走进来的嬷嬷,顿时舒展开了皱了多时的双眉。

"产妇呢?"被称为朴玉善嬷嬷的朝鲜妇女一边解着沾满雪花的头巾,一边追问着修女。

"在里屋,嬷嬷。"那是一个男人的声音。还没等那位修女开口,站在通往里屋门槛边的一个三十来岁的男人就忍不住插嘴道。他蓬乱着头发,裹着黑棉袄,满嘴胡茬,一脸悲哀。他睁着忧愁的眼睛,直愣愣地望着和修女一起走进屋来的嬷嬷,把满腔的希望都寄托在了眼前这个女人的身上。

"您是谁?"

朴玉善嬷嬷转过身来,用一种惊疑而又犀利的眼光打量着眼前的这个男人。她发现他的朝鲜话讲得并不准确,而且也不像是朝鲜族北方的地方口音。他应该是个外国人,很可能是个中国人!可是此刻产妇的安危已经使她顾不得再去把自己的思维锁在这位看上去已有好多天没睡觉的年轻男人身上了。

"请您出去,离开这里!"朴玉善嬷嬷用冷冰冰犀利的语气说道,没有任何可以商量的余地。

"可是嬷嬷,外面正下着大雪!而且……是他把产妇送到这里来的。他是中国人,应该说他也是这次海难的受害者。"听见嬷嬷要把那个中国人赶到门外去,年轻的修女忍不住开口求情道。

"不要多嘴!对不起,请您马上出去!"

朴玉善嬷嬷没有理会年轻修女的心情,她仍然用严厉的口吻说道,而且还走到门口,打开了那扇通向育婴堂外面的木头门,用一种铁青的目光紧盯着年轻男人的眼睛。

"我……"

那个男人哆嗦了一下。他想说些什么,却又因为语言上的障碍而不得不闭上了嘴唇。他铁青着脸庞,那深陷的眼睛里布满血丝,充满忧虑的神色。沉默了好一会儿以后他才挪动了脚步,跨出门槛来到了风雪咆哮的小街。

"砰"的一声,木头门在他的身后关上了。可是这个男人却不想离开这里。他茫然地抬起眼睛,望着连个鬼影都不见的白茫茫小街,不由自主地叹了一口气。

"作孽,作孽啊……"他喃喃地说道,这是一口标准的山东口音。

那年轻的修女说得不错,他果然是个中国人。可是他怎么会来到这里呢?而且又是在这样一个风雪肆虐的冬夜。

雪花依然在飘舞着,没有一丝要停息的迹象,尤其是那一阵阵贴着地面翻卷而起的寒风。它不仅把刚刚落下的雪花掀动着卷向空中,还把刺人心骨的寒气渗透进人们的心底,使人情不自禁地哆嗦起来。

"呵,世界末日大概就是这样的吧。"

育婴堂门外的男人打着寒噤跺着脚,可就是不愿意离去。他把双手放到嘴边,用呵出来的热气暖着手,又把耳朵贴到育婴堂的木门上,企图听到里边的声音。他很快就失望了。因为此刻除了风声和被翻卷起来的雪花飘舞的沙沙声以外,大自然的一切音响元素似乎都在刹那间被寒流凝固住了。

"唉……"那男人叹了口气顺着门框坐了下来。他茫然地睁大双眼,悲哀地四下张望着,却又因为那遮天盖地反射过来的冷峭银光闭上了眼睛。

"天啊……"他嚅动着嘴摇了摇脑袋,任凭着思维从他的脑海深处翻滚而来。

那一幕情景实在太凄惨了,现在回想起来,犹如噩梦一般。

15　被海和号事件搞到
　　　一起的男人和女人

　　这个有着一口山东口音的汉子名叫周海龙，此时31岁，在华北的一家远洋公司工作。

　　1946年初，由于战败后滞留在中国境内的日本难民，从中国各地聚集到了辽宁东南部的葫芦岛，其人数已经超过了20万，以至葫芦岛市内粮食紧缺，在难民中出现了饿死人的现象。为了减轻当地的压力，中国政府和国际红十字会组织极速调动船只去那里运输难民，周海龙所属的华北远洋公司客轮海和号，也接到了此项任务。那时周海龙是那艘海和号客轮的乘务长。

　　海和号客轮是在1946年5月20日晚上起锚离开葫芦岛的。当时这艘载重只有七千吨的远洋客轮上挤满了日本难民。被饥饿折磨得只剩下皮包骨的日本难民扶老携幼，惨不忍睹，而且航行途中很多难民还出现了原因不明的高烧，这种困苦却丝毫掩盖不了难民们期望早日回到祖国，回到故乡的情感。他们流着眼泪，三五成群地聚集在一起，议论着家乡的事情，直到深夜都不愿入睡。

　　海和号载着全船574位日本难民眷念祖国的忧伤的心，箭一般地穿越渤海、黄海，然后又贴着朝鲜半岛沿岸的海面进入日本海。由于国际红十字会的指示，海和号还要在朝鲜半岛东南端的釜山接纳正在那里等待归国的近二百名日本难民上船，所以当船只进入釜山、济州水道那一带时自然就放慢了速度。当海和号在釜山港正式靠岸时，已是5月24日下午5点钟左右了。

当时周海龙担任的工作是为在釜山上船的日本难民安排船舱铺位。

他站在舷梯口，亲切地扶着那些战争的受难者走进船舱，并把他们随身携带的水壶灌上饮用水。他在细心照料那些难民时发现了一个孕妇，而且还是中国人。这自然引起了他的同情和注意。虽然这个孕妇是和她的日本丈夫一起从釜山上船的，但是同根之情还是使周海龙对他们投入了比他人更多的关心。

这对夫妇长得年轻漂亮，尤其是那位孕妇。她有着一米七以上的修长身材，而且眉目清秀。那一对不时露出忧郁之情的妩媚眼睛以及那披到肩上没有任何修饰的黑发，无不让人心动。

比较起来她丈夫的个子不高，穿着已经有点发白的旧军服，留着胡子，眉毛很浓，那对虽然稚气但显得非常机警的眼睛让人难以捉摸。

他和他的妻子一样，年龄都在二十三四岁。那个年龄本应该是人生中最美好的时光，可是因为战争，一切都被颠覆了。

从表面上去看那个年轻的日本男人对他的中国妻子十分关心。他给她端茶送水，时不时地从挎包里拿出从釜山带上船的泡菜和烙饼，劝她就餐，还腾出仅有的一席之地，让他的妻子能横过身体躺下来休息。他拿出蒲扇为蜷缩着身体的她赶蚊子，扇凉……确实是做到了一个丈夫在此时此刻应该去做的事情。

"从感觉上来看她还算是幸福的。"周海龙在暗中寻思道。不过也正是这种入微的观察使周海龙断定那个中国女人已经有了身孕。虽然她那宽大的裙子遮住了她的身段，但笨拙的行动和紧张的表情还是使有多年乘务长经验的周海龙感觉到了。

时间过得很快，当海和号离开釜山港重新驶入日本海，向日本列岛西南部的九州福冈方向驶去时，已是那天晚上10点多钟了。

晚上 11 点 40 分左右,当周海龙最后一次巡视完客舱回到船头休息室时,他听到了天空中飞机的轰鸣声。那飞机似乎飞得很低,而且还不止一架,那种突如其来的震耳欲聋的轰鸣声让人恐惧,也使周海龙感到蹊跷。他愣了一愣后便冲出了机舱,可是还没有等他来到甲板上,轰的一声爆炸和随之而来的气浪就把他掀倒在地上了。此后,随着船舱中难民们凄厉的惨叫声而起的又是一连串的爆炸声,接着便是弥漫成一体的浓烟和向夜空扑去的熊熊大火。

"船体在倾斜,钢板也在发出刺耳的断裂声,此外还有男人的吼叫声和女人们的尖叫声。后来,出现在耳朵边的就是那永无休止的海浪声了。"

周海龙在事后回忆道。因为当时他被爆炸掀起的气浪震昏了过去。当意识在他脑子里重新恢复时,已经是漂浮在冰冷的海水上的事了。

"海面上连船的影子都没有了,漂浮着的全是船上的遗留品。远处还有东西在燃烧,熊熊的火焰映红了海面,使我能够清楚地看见那些漂流着的经过我身体的尸体和物品。我抓住了一块木板,那很可能是船舱里的桌面什么的。它救了我,使我不至于马上被海浪吞没。那时海面很平静,没有太大的风,应该说那是很多难民之所以会被救起的最重要原因。在远处火光的照耀下,我看见了几个还会动弹的人。他们也跟我一样抱着什么东西漂浮着,虽然脚底踩着虚空,虽然每一朵浪花都想把他们拽入海底,但是海浪过后他们的头影又都出现了。这给了我很大的鼓舞。于是我抱着木板尽可能地向他们靠拢过去,那时我唯一的想法就是想跟活人在一起。因为……因为我的周围死尸太多了,他们实在让我恐惧!我不愿意孤零零地陷在只有死尸,不见活人的深渊里。"

获救后的周海龙躺在红十字会所属的釜山市吾罗国民医院的病床上，通过翻译叙说着他掉入大海以后所见到的那些恐怖的画面。他的声音颤抖不停，断断续续，还发出痉挛般的哀鸣声，直到釜山市海上警备队的水警告诉他，他已经获得了安全，现在正躺在医院病床上，那个和他在一起的女人也同时被救起的消息后，他的情绪才算安稳一些。

"啊，她还活着，还活着……"周海龙的嗓音有点提高了，他那本来已经疲惫不堪的眼睛里突然冒出了欢悦的光彩，使得在场的人都惊异起来。

"她在哪儿……她现在哪儿？"周海龙连声问道。他用手扶着床架，企图撑起自己的身体，但是他的行为被站在一边的医生制止了。

"她还处在昏迷状态。不过您放心，她已经没有生命危险了。"

"呵……那就好，那就好。"听完医生的解释周海龙似乎松了一口气。

"她是您的妻子吗？"坐在病床边的警察一边记录一边用中国话问道。他是釜山市政府警署侦察一科的警员，这次专门调来协助处理海和号的爆炸案。

"不……她只是我们船上的客人，我……我不认识她，她的丈夫……那个日本人，他……他也被救起了吗？"

"她的丈夫？一个日本人？"望着周海龙那张没有血色的脸庞，警察有点疑惑地问道。

"是的……唉……真是惨不忍睹。"周海龙茫然地望着他身边的陌生人，喃喃地说道。他又一次把思维锁到了那一片凄凉的幽冥和一望无际的深渊里了。

"我抱着木板奋力地泅泳着,使尽了气力。我想,反正是死,那还是死在活人边上的好,或许还有一丝被搭救的可能呢?我拼着命,挥舞着右手呼喊着:还有没有活着的!救命,救命啊!可是没有人理我。天空、海浪、波涛,它们都充耳不闻。在我的身边除了虚空旋流,再就是不断地向我撞击而来的尸体和船的残骸!呵……真是恐怖极了……但仍然有希望……有希望!每一次,当我从浪花中浮出水面时,我总是看到……在我的前面和我一样的抱着木板,正在与厄运搏斗着的人……啊,啊!"

周海龙说到这里突然蒙上被子大声地哭了起来。他颤动的身体抽泣着,那种悲哀至极的神态深深地感染了围在他身边的医生护士、记者和警察。人们沉默着,谁也不愿意打破回旋在病房里的那种悲哀。

"我们就这样漂流着,孤零零地听从命运的摆布。然而也就在我们用尽气力,失望悲观,随时都可能被海浪卷进深渊里去的时候,希望出现了。我看见了前来援救我们的舰艇,他们放下了救生艇,并且用探照灯在海面上来回扫射着,也正在那时我看见了抱着木板漂流在我右前方的她……那个女人,那个中国女人!她没有死,她还活着!她的长发漂在海面上,但是身体和她那两只长长的肩膀,却紧紧地抱着木板,毫不犹豫地抓住那可能有的生机。呵,她活着,还活着!那种情景,不,应该说那是一种力量给了我勇气,给了我期望活下去的信念。那时,我觉得我那冰凉了的身体突然生发出了一种热量,我的血似乎又在往上涌了。你们别笑我,那是真的,真的事情呀!当时我奋力地跃出水面,向她挥手,高呼救命,就是在那个时刻,或许正是我高呼救命的中国话使她在茫茫的黑暗中感觉到了我的存在。我看见她也在向我招手,好像……她还向我露出了笑容,虽然那是苦涩的,我却感受到了作为一个中国同胞的她的全部心愿!我激动极了,拼命挥手，竭尽全力地高呼，正在那时，探照灯光停留在我的身上了，好像一艘救生艇也在向我的身旁靠来。呵，我们得救了，死里逃生了！"

周海龙略有点兴奋地把他如何在海面上发现那个中国女人，又如何和她一起被获救的消息栩栩如生地说了出来。他的感情真挚，神态逼真，没有人会怀疑他说的那一切不是从他的心灵深处爆发出来的。

悲剧是一种催化剂，它的最大功能就在于能够把隐藏在人类心灵深处的善良和美德催化出来，让人们知道世界上除了战争和屠杀以外，还有那么多美的、感人的东西。它呼唤良知，寻找同情，追求希望，期待和平。

海和号事件以及周海龙的动人叙述被当地的报纸大篇幅地登载出来，受到朝鲜老百姓的同情和关注。人们来到医院向周海龙致意，还纷纷去访问周海龙讲到的那个中国女人。遗憾的是，那个女人在医生的全力救护下虽然脱离了危险，却留下了严重的后遗症。她已经不会讲话，自然无法用词汇表达她想去说的事情。她的记忆功能丧失了。至今为止的一切，在她脑海里除了恐怖的色块以外，其他就是一张白纸。她甚至连她自己的名字都记不得了。躺在医院的病床里，她每天都在接受人们的问候，却对人们为什么会那样对她感到茫然不知所措。

她害怕夜晚，不愿意孤独一人待在病房里。她甚至不愿意看到带有黑色色块的东西。一看到那种东西她就会大声叫喊，惊恐得浑身发颤。正因为如此，医院当局把周海龙的病床移到她的旁边，希望她的神经系统能多少就此得到一些改善。

医生的苦心安排起到了作用。人们不久就发现她的精神状态渐趋稳定，晚上也能安稳入睡了，甚至还会露出笑容。虽然笑的样子让周海龙心碎，但他已经能够在她的行动中以及医生们的脸上感觉到她正在好转。

医生告诉周海龙,说她已经怀孕六个月了,只是让人难以相信的是她在海上遇险时腹中胎儿却没有受到伤害。这纯粹是个奇迹。因此医生希望奇迹能够继续下去,让她在分娩产下腹中婴儿的同时,恢复她脑部的神经功能。

这个可能性很小。因为在海上漂流时她的后脑部受到漂流物的撞击,脑组织严重挫伤,而且长时间的黑暗恐怖使她脑部的中枢神经受到刺激。这两种原因都可能造成记忆力丧失,并给神经的语言系统部分带来障碍。假如其原因只是后者,那么在一定的调养下语言和记忆功能还有可能得到恢复,假如是前者的话,那就不得而知了,因为这要根据她后脑部受到挫伤的程度来定。总之,她的健康状况正在好转,脑部神经系统的恢复也极有可能,只是那需要时间、环境和爱情!

医生的忠告使周海龙兴奋。

虽然他和她只是萍水相逢互不知底,但是海和号事件以及由此造成的灾难,他们在大海中九死一生又同时获救的遭遇,已经使周海龙感觉到了一种来自上天的昭示——这一生他将和她在一起,照顾她,养育她和她那个还未来到世上的孩子。这是命运带来的责任,绝不是人力所能违背的。

周海龙没有结婚,而且他还相信眼前这个不会说话的中国女人的日本丈夫,一定也已经死于海难了。因此,当他们在一个月后离开釜山市吾罗国民医院,入住当地政府为他们安排的难民收容所时,他就义无反顾地把她接到自己的小屋里,和她过起了同居的生活。那时候她虽然还不会讲话,但是已经能够用手势表达一些简单的意思,所以在釜山红十字会有关方面征求她是否愿意和周海龙同居在一起的意见时,她还是明确地表达了自己的意愿。

这一对苦命的患难之交终于结合到了一起，应该说这也是一种命运的安排。因为釜山市警察总署决定，在海和号事件案情明了之前，所有的当事者都不能离开釜山。

现实情况使他们无可奈何地走到了一起。毫无疑问，他们的同居生活是当时那种特殊环境下的特殊方式，因为他们毕竟处在釜山这个远离祖国和亲人的异乡之地啊！正因为同居在一起，这两个身心都受到伤害的人才能够互相帮助，互相照顾。

由于她已经记不起自己的名字了，所以周海龙根据自己母亲的姓，重新给她取名叫"刘思虹"。他之所以把她叫作思虹，是因为他希望自己的爱，能够给她今后的人生带去一道永远只属于他和她的彩虹。只是没有预料到的是苦难的岁月会在不知不觉中突然被同一种思想所推动，被燃烧在男女之间的炽火所牵引，使他们情不自禁地陶醉在由痛苦产生的欢悦中而无法自拔。

他们的嘴唇在互相间的犹豫中贴到了一起，而且神魂飞越，泪水涟涟。也许他们之间产生了爱情，只是这个爱情还不完美，因为他们之间的爱是在她完全丧失了记忆之后才产生的。假如她的脑部功能恢复，假如她把过去所拥有的一切完全清楚地回想出来后，那么结果又会如何呢？

为此周海龙常常一个人望着星星冥思苦想。可是这一切无法想象？因为我们实在无能，也没有可能去为命运设计明天！

16 生命的已知和未知

时间如梭，转眼就到了冬天。

在那期间，海和号事件搜查本部和釜山市警署不止一次把周海龙叫到办公室，盘问事件发生的当天，即客轮爆炸起火前后他所看到的情景。海和号事件发生至今已有好几个月，可是事实真相，犯罪者的意图，以及谁是罪犯等重要情况仍是一头雾水，这意味着包括周海龙在内的所有事件幸存者，都将在釜山过冬，迎接1947年的新年了。

这一年的冬天是寒冷的，这点我们从本部分的开头就已经得知。但是没有料到就在12月22日这个暴风雪袭击釜山的夜晚，刘思虹却出现了阵痛，这很可能是临产的预兆，为此周海龙急得浑身发颤。

他已经来不及再去叫什么人来帮助自己了，他也无法把她送到什么妇科医院去。情急之中他想起了他们居住的难民收容所附近的基督育婴堂。

"那里有嬷嬷，有修女，她们一定知道如何接生，帮助产妇的……或许他们还能帮我把刘思虹送到医院里去。"

周海龙寻思着，迟疑了一阵子以后便毫不犹豫地抱起了蜷缩着身体正疼得簌簌发抖的刘思虹，冒着漫天的雪花，踩着积雪，蹒蹒跚跚地来到离居住地只有八百多米远的基督育婴堂。可是谁能想到，育婴堂里当时只有两个修女。

经过一番说明和恳求之后,那两个修女决定帮助周海龙。她们和他一起把刘思虹抬到里屋炕上,烧上开水,把火炕烧得暖暖的,和他一起照顾刘思虹。其中的一个修女还匆匆地离开育婴堂,去叫刚刚外出的朴玉善嬷嬷,因为她有接生的经验。

然而好不容易才盼来的嬷嬷,一回到育婴堂就那样无情地把周海龙给轰了出来,让他站在雪地里,只能干着急地在育婴堂的门外等待命运的裁决!

"天呐,为什么厄运总是那样追赶我呢?难道这个世界就没有一片福地,一点恻隐之心吗?"

周海龙痴痴地想着,显然有一点着急了。他拍打着沾在身上的雪花,跺着已经麻木了的双脚,使劲地搓着双手,茫然失措地望着冰天雪地中的小街,抬起了那由于苦痛而堆满愁容的脸庞。

那是一个坚强有力而又充满忧郁的汉子。他蓬乱的头发上渗透着雪片,胡须和眉毛上也沾满了冰花,只有那对已经变得血红的眼睛,仍然在炯炯发光。

他还在忍耐着。

此刻釜山市吾罗国民医院医生给他讲过的话又在耳边响起来了——只要顺利地产下婴儿,她就可能会再一次地创造奇迹,恢复记忆功能,治愈脑部的创伤。可是现在……天知道那个嬷嬷会在育婴堂里面做出什么样的事情来!

想到这里,周海龙不由得捏紧了拳头。他觉得血在沸腾,而且还一个劲地往脑门上涌。焦虑和愤怒已经使他忘记了寒冷,忍耐似乎也已经到了尽头。

他紧拧着双眉瞪着眼睛,露出狰狞的神态。望着育婴堂那扇紧闭着的酱红色大门,他终于忍不住地举起拳头狠狠地敲打起来了。他发疯似的敲着门,恶声恶气地大声叫道:"开门,快开门!开门呀,开门……你们发发善心,让我进去吧!"

他凄厉的声音在静寂的雪夜里回荡，宛如野兽的哀鸣，可是没有任何反应。大门仍然紧闭着，没有任何人理会这个风雪之夜的不速之客。

此时雪好像已经停下来了，冷峭刺骨的北风也收敛了许多，大自然多少发了一些善心。可是幽深苍凉的夜空和光怪陆离的画面，并没有给心情沮丧的周海龙带来转机。没有变化也没有希望，小街依然荒凉寂寥，育婴堂依然紧闭着大门，谁也不会想到涌动在他心头的苦痛和悲哀。

周海龙呆呆地站在育婴堂的大门前，沉思着，好像一尊石雕。两分钟后，他突然意识到了什么。他发现他似乎还可以翻墙，越过大门从右边的屋檐上跳进去进入那个房间，可是……

他还是忍住了，因为他不知道这样做会带来什么后果。假如此刻里边的小屋正在进行抢救的事情，假如那稚嫩的小生命刚要来到人世，却因为他的鲁莽和愚蠢而造成什么不幸的话，那岂不是酿就了千古大罪，可是……

周海龙思考着犹豫着，犹如一头被困的野兽。

《圣经》上说，上天有时会在适当时机，让万物之景和人类行为产生配合，制造醒世般的景色，而让人望而生畏，肃然起敬。

此刻这一描绘的景象出现了。

那时天边好像有两只寒燕飞过，它们鸣叫着，那么清晰响亮，恍如婴儿的啼声。那声音在周海龙心灵深处产生共鸣，使他情不自禁地颤抖了一下。

他仰望夜空，那里青灰如墨，看不到任何孤鸟飞燕，可是低头凝思，那燕鸣般的啼声却仍然不绝于耳，让人感受到一种神奇而又无法去探知的幽境。

周海龙愣住了，站在那里一下子不知道怎么办才好。然而就在他抬头仰望育婴堂房顶上那高大的白色十字架时，这才发现那燕鸣般的啼哭声就是来自育婴堂那酱红色大门的里。

"啊……老天爷！"

他惊叫一声，正想着再次去叩门时酱红色的大门打开了，一个修女站在那里，正微笑着向他招手。

"快，快进去吧……是个女的……她生了个女孩。"

"女孩？她生了个女孩？是吗？她生了，生了！"周海龙大声叫道。然而就在他踏上台阶准备推门走向里屋时，已经换成一身白色长袍的朴玉善嬷嬷走了出来。

"祝福您，现在您可以进去看您的妻子和女儿了。不过请您记住，您的妻子现在需要休息，她还必须在这里住下来。她的身体经不起现在这样的寒流袭击。寒流过后，她还要住进医院检查、输液，以防感染而出现并发症。总之她现在还没有脱离危险，体质非常虚弱。"

朴玉善望着周海龙一字一句地说道。她并不知道周海龙能否听懂她讲的那些朝鲜话，但是她觉得自己有必要把产妇的身体状况如实地告诉眼前这个男人。她必须对产妇的安全负责。

周海龙沉重地点了点头。朴玉善的话他虽然不能全部听懂，但是已经从她严肃和蔼而又不安的眼神中感受到了她所讲的事情的重要性。

周海龙走进里屋。他终于看见静静地躺在火炕上睁着眼睛，忍受着痛苦，平静而又微笑地望着他的刘思虹和躺在她的身边，吮着小手，眯着小眼睛，长着一张粉红色小脸的犹如天使一般的女儿。

"啊，思虹，一朝未见，恍如隔世呀！"周海龙嚅动着嘴来到了病床边，他疼爱地望着刘思虹和她的女儿，禁不住热泪盈眶。

此刻刘思虹也好像受到了感染似的点了点头。他们四目相望，悲喜交加却又只能默默无语。显然，她脑部的神经系统以及由此造成的语言功能和记忆功能上的障碍，并没有因为她的平安分娩而得到治愈。奇迹没有出现，但幸运还是来到了她的身边。

周海龙抚摸着她的手，凝视着她，好一会儿后才把慈爱的目光移到她身边的已经熟睡的婴儿身上。那小天使正闭着双眼熟睡在襁褓里，而呈现在她脸上的却是一种充满希望和赤忱的颜色。那种几乎可以与神灵相媲美的赤子的容颜，对于她的妈妈还有他周海龙，以及由他们三人组成的家庭来说又会意味着什么呢？

周海龙凝视着母女俩，神思飞扬。他受到了感动也感觉到了困惑，因为他并不知道此刻他应该去做些什么。他不是婴儿的父亲，他还没有结婚，是命运让他成了这个婴儿的监护人。这是多么奇特而又神圣的事情，可是他究竟怎样去做才能负担起这个责任呢？

周海龙思绪滚滚。望着襁褓中的婴儿，他突然觉得有必要马上在她的妈妈跟前给她取名字。思考一下后他立即来到窗前神龛边的桌上，拿起放在那儿的纸和笔。那些纸和笔本来是为了给前来育婴堂的祈祷者，在圣母面前写祷告词或者忏悔录用的，可是现在它们却成了一个独身男人写给他准备抚养的婴儿的神圣誓言最重要的工具。

周海龙拿起笔凝眉深思一下以后，颤抖着在纸上落下了"周雪燕"三个字，随后又在那三个字下面写下了另一行字，以表示他的决心。

　　思虹：我以我给您的女儿取名为"周雪燕"一事来表明，我将与你们母女俩同苦共甘，共度苦难的人生。

周海龙
1946 年 12 月 22 日

周海龙放下了笔,如释重负地喘了一口气。他把纸条递到躺在火炕上似乎什么都不明白的刘思虹面前。"思虹,我之所以给您的女儿取名为雪燕,是因为我在你临产时听到并感觉到了来自雪夜天边孤燕的啼鸣声。那声音来自上天,她向我暗示着一个新生命的到来,那就是雪燕——您的女儿。她就是在那一刻呱呱落地来到苦难世界的。在此,我以给她取名为雪燕为证,来表达我对上天的敬意和对你们母女俩坚定不移的爱情和决心。"

周海龙凝视着刘思虹,喃喃地说道,他知道刘思虹听不见他说的话也不会明白他话中的意思,但是他相信这一切就如天边的孤燕给他报信一样,他的声音也一定会进入刘思虹心里去的。人世间的一切变化无常,或悲或喜、或生或死,它绝不是人力所能掌握的。他在海和号事件中的死里逃生;在冰凉的海水中与她奇迹般地相遇,然后又双双获救;在暴风雪夜能够抱着她走进育婴堂平安地让她生下女儿,这一切的一切不都在提示着某一种哲理吗?

在人生福患的背后始终有一只手,一只法力无边的手,如同天道运行般地操纵着我们的命运,却又始终隐藏着它的面孔,让我们成年累月地诚惶诚恐,却又不知道如何才能揣摩到它的心思,顺着它的方向去行事。

可悲啊,但并不能完全如此。因为我们谁也无法预测人生。哪怕就是此刻。面对着刘思虹那张眉宇间充满苦痛,眼睛里却微微含笑的脸庞,我们能说她还没有理解周海龙那一片苦心吗?

一直站在周海龙身后的朴玉善又走了过来。

"对不起,我想她一定已经很累了。现在您应该走了。您明天还可以来看她,这是没有问题的,但现在她需要休息。您应该理解这一点。至于我们这里您应该放心,她们母女能在这里得到很好的照顾,而且我们还会考虑她的营养问题。总之,住在圣母的身旁要比住在其他任何地方都会来得幸福和安全。"

朴玉善在胸前划了个十字。她的声音低沉有力，显示出了一种无法与其抗争的权威性。

周海龙转过身来望着她，可是她却一直低垂着眼睛，把目光凝聚在只有她才能够看见的地方。此刻站在外屋的两个修女也来到了这里。她们站在嬷嬷的背后，和她一样欠着身体，低垂着脑袋，使屋里的气氛显得更加庄严肃穆了。

周海龙望了嬷嬷一眼，嚅动了一下嘴巴却没有发出声音来。他犹豫着走到火坑边握住刘思虹的手，在她的额头上吻了一下，随后又转过身来向嬷嬷和修女们深深地鞠了一躬后，才后退着来到了小屋的门口。

他又把他爱怜的目光投向了躺在火坑上的刘思虹，而她也侧着身体抬起脑袋，微笑地注视着周海龙。那笑容是凄楚的，神情里包含着她对周海龙的全部情感。

周海龙望着她，满含爱意向她挥挥手。不一会儿他就推开了基督育婴堂酱红色的大门，把他那孤独的身影，投入午夜的那片冰天雪地。

周海龙本来不相信宗教，可是经过了今天的这一切以后，他觉得圣母已经走进了他的心里。

17　没有人埋单的海和号爆炸案

海和号事件是个谜!

虽然海和号事件发生后,各国的媒体竞相报道,甚至还派出了最得力的记者深入釜山、济州一带收集现场资料,寻找事件目击者,从各个角度去采访事件幸存者,但事件的真相仍然是众说纷纭,犹如一团乱麻。

半年过去了,海和号事件的搜查工作仍然毫无进展。而且就连海和号是遭到了飞机轰炸,还是因为有人在客轮上引爆了事先安置的炸弹,是因为海和号不幸撞到了布置在航道中的水雷,还是被正在那个区域举行军事演习的舰艇、潜艇发射出来的导弹鱼雷击中那样的造成海和号爆炸沉没的最基本原因,都无法做出结论,更不要说去论证造成事件发生的社会因素、政治原因等那些本应该由评论家和社会学家去做的事情了。

死亡和失踪将近四百人的海和号事件发生后,各政府首脑除了对事件死难者家属表示同情和哀悼以外,没有一个人出来解释,说"那是因为本国飞机,本国舰艇,或者本国导弹的误炸"造成的事故,也没有任何一个组织出来表态,表示他们对海和号事件负责,那就说明肇事者是因为有着不可告人,或者根本就是一种无法告人的目的,才去对海和号实施攻击的,因为它毕竟是一艘没有任何武装的难民运输船。

没有人出来认账,也没有人来埋单,这就是海和号事件的现状。这种悲惨的状况和肇事者企图逃脱罪责的事实说明，海和号事件不仅扑朔迷离，有着难以昭示的原因，还有着很深的背景和复杂的因素。

而且对于事件幸存者的采访也表明，并不是所有的人都认可海和号客轮乘务长周海龙所说的证言。有幸存者表示，他们并没有在客轮爆炸前听到什么飞机俯冲下来的轰鸣声，客轮像是在触礁似的撞到了海上的什么东西后才爆炸起火的。还有幸存者说，海面上有人向客轮发起了攻击，海和号是在一种躲避状态中撞到了什么东西后才爆炸起火的。更有人煞有其事地表示，说他亲眼看到肇事者在釜山港把可疑物品带上了船，是那人在客轮上引爆了炸弹才酿就了惨剧。

各种猜测、各种议论，以及由此带来的各种各样的案情分析及调查报告，像小山似的堆积在事件后成立的海和号爆炸事件搜查本部的办公桌上，所有的报告都提出了论点和论证，可就是没法说明肇事者的犯罪动机。

"我们的搜查方案是不是有问题？金科长，事件发生已有半年，可我们转了一圈后却又回到了原地，连个皮毛都还没有摸到！"从釜山市水上警备队调到搜查本部来的一个名叫李顺全的刑警，一边看着调查报告，一边疑虑重重地问他的上司，那个32岁的釜山市警察署的金井泽科长。

李顺全的疑问代表了海和号事件搜查本部很多侦查员的观点。

他们认为，找不到犯罪动机就很难确定罪犯。这一点和搜查本部的观点有所不同，因为搜查本部把破案的突破口锁定在造成事件发生的犯罪手段上。国际间发生的恐怖事件，假如能首先确定肇事者的犯罪手段，并从那些手段上去推论或许就会很快找到犯罪者。

搜查本部的考虑不是没有道理，可问题是事件发生至今已过半年，可仍然确定不了海和号爆炸起火并且迅速沉没的真正原因。

"顺全，其实我心里也很沉重，可是你要记住海和号事件是个大案，它的社会背景很复杂。其爆炸沉没原因假如不是有人在船上引发爆炸物那样的来自海和号上的犯罪，那么我们基本可以断定，肇事者一定是来自某个组织或是某个国家集团！尤其是第二次世界大战刚刚结束，民族和个人恩怨重生，社会极其动荡不安的现在这种时刻。"

金井泽一边抽烟一边说道。他口干舌燥，而且眼睛里布满血丝。从放在他面前的堆满烟头的烟灰缸及满脸疲惫不堪的神态中，我们可以推想他在搜查本部办公室里度过的那些不眠之夜。

"可是现在事情不是明摆着的吗？它不可能是乘客携带爆炸物上船引爆而造成的事件。而且有人就是想这样做也不行！因为他不可能把炸弹放在客轮的关键位置，也不可能把那大量的可以造成船体钢板断裂，让船迅速沉没的炸药带上船！"一个躺在办公室西侧沙发上名叫徐俊平的28岁警员，突然抬起头来对金井泽说道。他是金井泽的助手，这次和金井泽一起被调到了海和号事件的搜查本部。

"你的话也许有道理。可是会不会是从釜山上船的乘客，引爆了海和号在中国葫芦岛出发前就藏在船体关键部位的爆炸物，使那艘客轮爆炸沉没的呢？"李顺全望了徐俊平一眼忧郁地说道。他总是对海和号会在从釜山港开出后才爆炸起火的原因感到蹊跷。

"那也没有可能！因为我也查过，海和号出发前只在葫芦岛停了几个小时，停留期间除了客轮上的机务人员以外，不允许任何人上船，恐怖分子是不可能有机会在这期间把爆炸物带上船放到船体的关键部位上去的。此外,海和号从葫芦岛开出,在海上航行了三天多,即使有爆炸装置安放在船体关键部位的话,轮机长等机务人员也可能会发现的。如果真的做到了这一点,他也没有可能绕到釜山上船再去点燃爆炸物。从葫芦岛到釜山,从陆路走要办出中国和入朝鲜的手续,全程加起来也要走七八天时间,所以你说的那种可能性是零。此外,爆炸物也不可能是在釜山被带上船的。因为犯人不可能在客轮停留釜山港的短短三个小时内,把足以使轮船迅速爆炸沉没的炸弹安放在客轮的关键部位上。"

徐俊平充满自信地回答了李顺全的提问。他认定海和号是来自外部的恐怖袭击。

"不过我们还得再想一想除此以外的可能。"一直没吭声的金井泽皱着眉头补充了一句。虽然他很欣赏徐俊平的办事风格,也并不反对他的观点,但是这位部下在办案时常常流露出的浮躁作风也是让他头疼的。金井泽也认为这起惨案不太会出自个人或者小规模的恐怖组织之手,因此要解决这个问题必须要动用国家力量才行。可是作为办案人员,他不能光凭着这种推论来减轻压在身上的负担啊。

"其实要想去论证并不难,只要把沉船的残骸从海底打捞起来就行。"徐俊平望着金井泽耸了耸肩膀,调侃了一句。

"废话!明知道我们做不到,可你……"金井泽瞪了徐俊平一眼。他思考着,又把思维转到了犯罪者动机那样的事。因为他一直想不明白,为什么有人要让坐在船上的饱受战争灾难的难民们,再去付出如此惨重的代价呢?

此刻时钟敲了五下,天色已经灰暗下来了,可是搜查本部办公室里却没有出现任何动静。人们静静地坐着,各自吞云吐雾。幽暗的屋子里只有烟头上的光点在闪烁。

"俊平，我让你调查的名单搞好了吗？"金井泽突然问道。

"搞好了。从中国葫芦岛港登上海和号的难民共有574名，现在包括受伤者在内的幸存者有178名。从釜山港上船的难民有180名，幸存者有98名。他们分别住在釜山、济州和庆州这三个城市共12个医院里。现在除了受伤未愈者还住在各个医院以外，其余的转移到了各个城市的难民收容所。"徐俊平翻开笔记本，如同背书一般回答道。

"有没有在难民中间发现疑点？"金井泽追问道。

对于自己的搜查范围内没能发现可怀疑的地方，他总是有点不甘心。因为这起海难的犯人假如真是某国家或某军事集团的话，那出面去交涉的就会是国家外交机关，警方能做的最多也只是些安置伤员、抚慰人心，最后把幸存者遣送回国那样的善后事宜，这对于像金井泽那样对破案有瘾的侦查员来说显然是遗憾的。

"疑点……也许医生讲的这些事情算是个疑点吧！他们说被救起的难民中有好多人是高烧引起肺炎而死亡的。那种高烧症状在客轮爆炸之前就在难民中发现了，而且很可能是种传染病。"听了金井泽的问话，李顺全思索着回答道。

"传染病……可是，这和客轮发生爆炸有什么关系呢？"金井泽拧着双眉思索着摇摇头。

"是啊，传染病和爆炸案会有什么内在的联系呢？不过……头儿，我发现的事或许真的算是个疑点了。"徐俊平从沙发上坐了起来。他了解他上司的想法。因为金井泽破案时经常会采取迂回战术，来夺取他在正面进攻时久攻不下的堡垒。只是这次案件，他却对上司的做法感到不以为然。因为他根本就不相信在幸存的难民中会找到客轮爆炸案的线索。只是碍于上下级的关系，他才认真地去做了调查。

"我在葫芦岛方面传过来地登上客轮的日本难民名册上发现，有两名幸存者的名字没有在上船前登记。同样的事情在釜山上船的难民中也发现了。因为釜山上船的难民名册上没有中国人的名字，事件后幸存者中却发现了一个中国籍女性。"徐俊平从容地说道。他并没有把那种难民登记簿上的失误当成一回事。

"那怎么可能呢？所有上船的难民，他们的身份都是要经过确认，要拿出证明确认他们是日本人才行的吗，不是日本国籍的人怎么可能上船呢？"徐俊平的话使金井泽感到奇怪了。

"是呀，我也觉得奇怪，并对此做了调查，而且还见了这三个当事者。其中，从中国葫芦岛上岸的那两个日本人承认，他们是乘码头检票口的混乱之机混着挤进船舱的，其目的是早日回国。这种解释似乎还过得去，因为他们都是日本人，都持有日本户籍证明。只是从釜山上来的中国女人，她就无法去查了，而且出事时她已有六个多月的身孕。"

"噢……她叫什么名字？"

"不知道。因为事件中她脑部受损，还影响到了脑神经，而且记忆力丧失，还不会讲话，不过最近生了孩子后病情好像有所好转，虽然还不能讲话，但已经多少能理解他人的意思了。现在她和一个中国男人同居在一起。那男人叫周海龙，是海和号客轮的乘务长。"

"记忆力丧失的中国女人，还不会讲话？你见过他们了吗？尤其是那个同居者。"金井泽有点疑惑地问道，他显然对那个出处不明的中国女人产生了兴趣。

"当然啰！因为我不仅怀疑那个女人，更对隐藏在她身后的男人感兴趣。"徐俊平颇为得意地说道。"当然，周海龙的身份也是没有问题的，我已经问过了他所在的中国华北远洋公司。但是他为什么会和那个不知名的中国女人搞到一起，在事件后又那么快地同居了，这确实是个可疑的地方。"

"那么说周海龙是中国女人所生的孩子的父亲啰？"

"问题就在这里！因为周海龙说那孩子的父亲是日本人。他还亲眼看见那日本人搀着这个中国女人从釜山港上船的。那意思好像是在说，因为中国女人的丈夫在事件中死了，他周海龙是出于同情才去和她同居的。"

"噢……那个周海龙没有告诉你那个日本籍丈夫和中国女人的名字？"

"没有。我没有问他这个事，我想他大概也不会知道吧？"徐俊平有点迟疑地回答道。

"为什么？那个周海龙不是客轮的乘务长吗？他是应该遵照难民名单去安排客人在船上的铺位的。因此，他是应该知道中国女人和他日本丈夫的名字的。"

"也许周海龙知道他们的名字。可是这又有什么用？难道能从中找到爆炸案的什么线索吗？"徐俊平有点理屈地辩解道。他知道自己肯定会因此遭到上司的训斥。

"你在说什么！"金井泽提高了嗓门。他显然被徐俊平的回答激怒了。"你凭什么可以断定它们间没关系！真是一派胡言！那是侦察员的行为吗？我告诉你，这样的话我可不愿意再听到第二次哟！"

金井泽厉声说道，还把手中的香烟往烟灰缸里狠狠地拧了一下。

海和号事件已经过了半年，但仍然不能找到头绪，以至使冤死在海水中的幽魂至今仍然无法找到归宿。可是这能怨他吗？这半年来，他金井泽带着搜查人员一次又一次地到出事海域，打捞证据寻访幸存者，一次又一次地给政府打报告，到美军驻朝基地去请求帮助，又通过政府的外交渠道去向周边国家寻求答案，可是什么效果都没有，结果仍然是零。这种状况使他不得不气馁，以至于很多时候都会像他的部下一样牢骚满腹地去怀疑搜查本部制定的那些方针了。

看来他得改变方法，把搜查目标锁定在他的权力范围内。他希望能在那里找到破案线索。因为事件的犯人除了国家或国家军事集团以外，那些活跃在南朝鲜的带有恐怖色彩的极端组织和个人也是很有可能的，他们有犯罪动机。在过去的战争中，他们饱受日本军国主义分子的欺凌，因此把复仇的目标锁定在那些亟待回国的日本难民，也不是没有道理的。

"是的，必须认真调查才行……哪怕只有百分之一的可能。"

金井泽自言自语道。他是个忠守职务，做事细心，有着非凡判断力的刑事侦查员。只要有一点希望他都会坚持下去，直到案情水落石出为止。此外，不轻易去下结论也是他的特点。他总是慎之又慎地搜遍他脑子里的全部智慧和经验之后才会去下判语。

比如说现在，当他的部下提出海和号事件是来自第三国军事力量的袭击这样带有某种结论性的意见时，他却想到致该客轮于死命的爆炸，为什么不发生在从中国葫芦岛开出的那段航路上，而偏偏要发生在它离开釜山港以后的航线上呢？它会不会和案发时间和地理环境有关系呢？假如它确实是遭到了第三国军事力量的袭击，那么这第三国为什么偏偏要选在釜山附近的海面上去实施呢？这个动机会不会和朝鲜半岛的局势有关？如果确实是这样，那么犯罪者本身很可能就来自朝鲜半岛。

"明天你把我带去见周海龙和那个中国女人。"金井泽转过身来，对低头不语地坐在沙发上的徐俊平厉声说道，随后率先走出了办公室。

他决定亲自出马去试试运气。

18 漂亮是女人的重要财富

命运青睐于那些孜孜不倦的执着者。

第二天,当金井泽被他的部下带着来到釜山市东南方的照吾里小街时,他突然产生了一种异样的感觉。这种感觉来自中枢神经,他觉得今天的运气不会错。

当他们敲开了位于照吾里小街东头由釜山市难民收容所分配给周海龙的简陋小屋时,周海龙和刘思虹以及她的女儿都在屋里。他们坐在被厨房灶头里的火烧得有点发烫的炕上逗着刚刚满月的周雪燕,享受着一种多少有点让人心酸的天伦之乐。

刘思虹和她的女儿是在三个星期前出院的。她之所以能顺利地度过分娩这一关,安全离开医院回到周海龙的身边,纯粹是基督育婴堂嬷嬷朴玉善的功劳。那个暴风雪之夜,当周海龙离开刚刚生了孩子的刘思虹之后,朴玉善就请来了教会医院的医生来帮她诊治。第二天一早,她又把刘思虹母女送进医院,无微不至地照料她们,直到母女俩的身体得到康复平安地离开医院为止。

"您不必谢我。我们都应该感谢上帝。今后上帝还会继续引导你们从黑暗的社会里走出去。请带你们的女儿到教堂接受洗礼吧。因为上帝已经不允许人世间的黑暗再降临到那个孩子的身上了。她应该有她的欢乐,并且比你们幸福才对。"

面对再三表示谢意的周海龙,朴玉善郑重地说道。

朴玉善嬷嬷的话是一把钥匙,她打开了至今为止一直关闭着的周海龙的心扉，使他感受到了一种来自上苍的光芒。遵照嬷嬷的指示，周海龙带着刘思虹和她的女儿来到釜山市基督教堂，接受洗礼。面对主教大人的祝福，周海龙淌着热泪泣不成声，那神态多少感染了刘思虹，使她在那多少能从静谧中看到光芒。那是一种奇特的光芒，它通过心灵反射进她的脑子，通过神经去刺激那个给她带来噩梦的病灶，使她多少能明了一些她正在面对的事情。她张着嘴，睁大眼睛，想说什么却又什么都表达不出来。

来自上帝的光辉已经照耀在她的灵魂上了。和过去相比，她的记忆功能似乎好了很多。但是奇迹还是没有出现，病魔仍然侵蚀着她的脑子。

周海龙在那样的状态中迎来了金井泽一行。至今为止，他从来没有在自己住的地方接待过警察，也从来没有在刘思虹面前回答过警察的询问。但是今天这一切不由分说地在他们的小屋里展开了。

"您叫什么名字？"

"周海龙。"

"她呢？"

"不知道。不过，我给她取名叫刘思虹。人不能没有名字。在她的真实名字搞清楚之前，我准备这样称呼她。"

面对金井泽犀利的眼光和冷峻的提问，周海龙迟疑着但还是说出了自己的想法。他似乎感受到了金井泽此行的不同寻常之处。

"您是海和号客轮的乘务长？"

"是的。"

"那您为什么会不知道她的名字？作为乘务长，您应该按照难民名单去安排上船客人的铺位。所以，您应该知道她的名字才对呀！"金井泽注视着周海龙的表情，一字一句地问道。

"这……也许应该这样，可是……"周海龙吞吞吐吐地应付道。他显然没有想到警察会这样执着地追问刘思虹的真实姓名。"难道她的名字会和海和号爆炸案有关系？"周海龙嚅动着嘴唇，有点不解地望着金井泽，一下子不知道说什么才好。

"您不会想不起来吧？"金井泽皱了下眉头讽刺地说道。"您不是亲眼看见这个女人和她的丈夫一起在釜山登上海和号的吗？好像他们在船上的铺位还是您给安排的。这些可都是您在医院里亲口向医生说的哟。作为乘务长您做那些事非常正常，可问题是您向我们隐瞒了他们夫妻的名字！为什么？您为什么要那样做呢？难道这中间有什么难言之处吗？"

金井泽望望坐在炕边一角怀抱着婴儿的刘思虹，把脑袋凑到周海龙的跟前有声有调地追问道。显然，他对周海龙含含糊糊、企图掩饰什么的神态感到怀疑。

"我……我没有必要去隐瞒！只是，我……我确实不知道她的名字！当时她和她丈夫上船时，我只顾着去看她那张漂亮的脸蛋了。"周海龙望了一眼金井泽，调侃地说道。他想把气氛搞得轻松一点。他以为警方只是为了询问他和刘思虹为什么会同居那样的事情才来这里找他的。

"噢，原来是这样！一看到漂亮女人，您竟然连工作都忘了！哈哈，您可真是了不起啊！"金井泽望着周海龙，张开嘴巴连讽刺带挖苦地大声笑了起来。

"不！不仅仅是因为她长得漂亮，而且她……她还是个中国人！我是因为在日本难民中间看到了一个中国女人才显得兴奋激动的。而且当时她的情绪非常紧张，慌慌张张地，见到我的时候她甚至连话都说不出来……不过这也难怪她，谁都有紧张的时候，更何况当时只有她是个中国人！"周海龙语无伦次地辩解道。他觉得自尊心被金井泽刺伤了。因为他不愿意被人认为他是看上了她的长相才去和她同居的。"

"您怎么会知道她是个中国人呢？海和号是运送日本难民的船，可您竟然让一个中国女人上船了！"

"可她是和她的日本人丈夫一起上船的！"

"日本人丈夫？您怎么能肯定那个人是她的丈夫，还是个日本人呢？"金井泽瞪着眼睛，紧追不舍地问道。

"因为那个日本男人是扶着她走进船舱的，他断断续续地跟她讲着中国话。"

"她丈夫都跟她讲了些什么？"

"我也听不懂。因为那全是些半通不懂的单词。那种中国话谁能听懂！我这才断定，他的妻子是个中国人，还是个孕妇，而她的丈夫，那个男人则是个日本人！"

周海龙眯着眼睛回忆着说道。他在猜测金井泽一行前来这里的目的。无事不登三宝殿，警察肯定是为了什么才来这里找他的。

"您可真有眼力。就因为那女人长得漂亮，你就连名字都不问地帮他们安排铺位了？作为乘务长您应该明白，所有上船的难民必须根据当地政府制定的难民名单，分期分批地按顺序遣送才行。可您……您不仅没有按规定验明他们的身份办理登船手续，而且连名字都没有确认！您这不是严重的失职行为吗？"金井泽皱着眉头厉声说道，他被周海龙在执勤时的不负责任激怒了。

"不，不……我记得当时我还是让他们填写了表格，办理了登船手续！"周海龙急忙辩解道。他想起来了，当时他确实让刘思虹的日本丈夫在难民登船名册上签下了名字，可问题是他没有去留意这一点。

"他们办理了登船手续，那为什么在客轮登记名册上没有这个中国女人的名字呢？"

"这……也许她跟她丈夫的姓,取的是日本名字呢?"

"噢……您的话或许有道理,那么他们在难民的登船表格上写的是什么名字呢?"金井泽望着周海龙,若有所思地点点头。

"我……当时,我只顾着帮他们拿行李,忘了去看那份登记表了……"

"那么说您还是不知道他们的名字?"金井泽愤怒地说道。他觉得自己遭到了周海龙的戏弄。

"这……"周海龙有点胆怯地避开了金井泽的视线。他看着呆坐在一边听着他们的对话却又什么都不明白的刘思虹,突然间想起了什么。

"对……没错,我想起来了!那个日本人,她的日本丈夫……他穿的军装胸前缝着一块白布,那上面应该写着他的名字和住址!那时候规定,所有上船的难民,胸前必须缝一块写有自己名字和地址的布条,所以我……我应该看到过他的名字才对,这……"周海龙搔了一下蓬乱的头发,又用手掌拍打了一下脑门,极尽可能地回忆道,过了好一会儿他才抬起头来。

"是的,我想起来了。没错,他叫藤井隆生……是这个名字!他好像是从汉城来的,白布上好像写着汉城的一个什么地址。"

"藤井隆生?从汉城来?"金井泽盯着周海龙的眼睛疑惑地重复了一句。

"是的。"

"您不会记错吧?"金井泽追问道。

"不会……我是因为注意到他胸前白布上写的名字后才没去看他填写难民登记表的。那时我一手扶着孕妇一手帮他们拿行李,忙得分不开身,但总不至于这样糊涂吧。"周海龙自我解嘲般地说明道。他的样子显得真诚而又滑稽,他觉得他已经赢得了金井泽的信任。因为眼前这个脾气暴躁的警察,此刻正沉浸在一种只有他自己才会明白的云雾中。

"藤井隆生……这个名字好熟啊。"金井泽眯着眼睛自言自语道，"按您这么说，那份上船难民登记册上也应该写着这个名字吧？"金井泽转过身来又向周海龙追问道。

"应该是的。"周海龙疑惑地应了一句。

"那么，这个中国女人呢？她胸前没有缝着白布条吗？"金井泽若有所思地又问了一句。

"没有，因为她不是难民，她是中国人。"

"是中国人？对，您说得对，中国是一个战胜国嘛！"金井泽望了周海龙一眼，言不由衷地说了一句，然后他又转换了一下口气，回到了以往那种严厉的声调。"今天就到此吧。不过请您记住我们还会来找您的。您还需要继续仔细回忆当时的情景才行！"

金井泽一边说着一边推开了虚掩着的房门。他来到院子里，思索着对一直跟在他身后的徐俊平说道："你马上找出那份从釜山上船的难民登记表，去验证周海龙提供的那个日本男人的姓名。如果名单上确实有藤井隆生的话，那么那个人现在在哪里，是死是活，等等，一切来龙去脉都要帮我搞清楚！至于其他，等我调查后再说吧。这个名字，藤井隆生，我肯定在哪里见到过。"

金井泽重复着说道，并率先走出了院子。他的两眼炯炯发光，而且自信于色，那种神态似乎说明，他多少已经找到了一些与案情有关的蛛丝马迹，虽然还未能稳操胜券，但是他确实相信自己已经向前迈出了一步。

第二天一早，金井泽就坐在办公室里，一张一张地翻阅堆放在他面前稍稍已经发黄了的半年前的旧报纸，寻觅着他想要找的新闻。他认定曾在报纸的某个角落上看到过藤井隆生这个名字。那好像是一起刑事凶杀案的报道，而且事件发生地也应该是汉城这样的大都市。

金井泽有着非凡的记忆，又有着每天看报纸的习惯，凡是被他留意过的新闻报道，他一般都能记住那些事情的始出尾末，尤其是关于事件的报道。不管案子是发生在近邻还是他乡，是异国还是邻邦，他都能记住大概，尤其是人名地名。这应该是搞他们这行的人的本能吧，但是能像金井泽那样记忆有方，既能够一目十行地浏览全文，又能沉着细致地不忘要点的刑事侦查员，恐怕也是凤毛麟角的。

金井泽睁大着眼睛，从报纸的第一版看到第四版。他特别注意那些被标上了粗体黑字的标题。因为凶杀事件的刑事报道在当时并不多见，一旦上报，必然会配上醒目的标题。

看着金井泽充满自信的神态，办公室里包括徐俊平在内的刑警们都觉得不以为然。他们知道金井泽做事细心，考虑周到，但是不明白他为什么会那样拘泥在藤井隆生——这个偶然得来的人名上。难道藤井隆生会和爆炸案有关？难道在金井泽的思维里，海和号的凶犯，会是乘坐在船上的难民？

他们百思不解地望着上司那弯曲着的身体和熬红了的眼睛，既想劝慰又不敢开口之时，他们听到了金井泽兴奋而又激动的声音。

"快，你们快来看！我终于找到了。这上面果然登着藤井隆生的名字！"金井泽站了起来，举着报纸对他的同僚们喊道。可是当他的注意力再次埋进报纸堆里时，他的神情突然严峻起来了。

"哎，奇怪呀，这报上登载的凶杀案中，那个藤井隆生却是个受害者！他……藤井隆生……他，他被人杀死了！这……这到底是怎么回事呀？难道这两个藤井隆生不是一个人！"

金井泽又一次地惊叫起来，而且把那张报纸递到了众人跟前。

那是发表于7个月之前《汉城日报》第三版上的一段有关凶杀案件的报道,那粗体黑字的小标题确实写着"午夜杀手弹无虚发,藤井隆生命丧黄泉"这让人触目惊心的两行大字!

"这……难怪金井泽会记得那么清楚,藤井隆生这名字竟然还上了黑标题!"徐俊平唠叨了一句,接过了金井泽手中的报纸,把视线埋了进去。

昨天午夜11点30分,汉城市钟路区平安道里发生一起凶杀案。一位名叫藤井隆生的30岁左右的日本籍男子,在他住宅的卧室里被一位突然闯进屋来的青年杀手连开数枪,击毙在炕上。案发时受害者的朝鲜籍妻子,因打工未归而幸免于难,而他们刚满四岁的儿子,也因为当时正好熟睡在卧室隔墙的衣橱里才逃过一劫。

据报案男子称,当时他是在听到枪声,又看见有黑影从小屋里夺门而出,感到惊恐不测才去报警的。事后钟路区警署出动多名刑警封锁现场,追捕犯人,均不果而归。

根据警方现场调查证实,罪犯是名青年男子,且有职业杀手之嫌。又因他入屋后所发数枪,皆命中受害者头部,使现场惨不忍睹,所以又有仇杀之可能。现在警方正在对此案进行侦察,希望早日将罪犯逮捕归案。

"这……这是哪一天的新闻?"徐俊平放下报纸高声问道。他的声音有点变调,显然他也好像感觉到了一些什么。

"去年的5月24日,海和号爆炸案发生的那天早上!"金井泽指着报纸,有点激动地回答道。

"你是不是想说,这个杀人犯在那一天晚上,杀了藤井隆生随后又冒名顶替,以藤井隆生的名义潜入海和号,实施了那起爆炸案?"徐俊平有点疑惑地问他的上司。

"下这样的结论还为时过早,现在我们什么都还不清楚!也许那就是一个偶然,也许那个杀人犯早已经被抓到了。世界上同名同姓的人多得很!但是现在我们应该马上去和汉城钟路区警署联系,了解那起凶杀案的破案情况。还有……昨天我已经告诉你了,你必须在这一两天之内,立即查清登上海和号客轮的中国女人的丈夫藤井隆生的下落,不管他是真是假是死是活。"金井泽指着徐俊平厉声说道。他为徐俊平刚才那种不负责任的推测愤怒,同时又在为发现和海和号爆炸案有关的线索而欣慰。

"总算找到了一个口子,可是这一切是否和那个爆炸案有关呢?"

金井泽深思着。一切显然还是个谜。

19　汉城钟路区平安道里的凶杀案

我们常常挂在嘴边上的那种成功，就像是一根粗粗的绳索，它由许多细微的部分组成。每一根丝线或许都会在中间起到作用，只要它被送上正确的轨道，那么由此编织起来的绳索，聚集起来的能量和所能发挥的作用，很可能是无法计算的。所谓的暗中埋伏、出其不意、声东击西、出奇制胜等古今中外的故事，或许就是从上述那种并非什么深奥的学问中引申出来的。对于这一点，老谋深算的金井泽理解得自然不会比别人逊色。

不过这需要动脑筋花时间，并且下功夫才行。这一点金井泽当然也不会吝惜。事实也是那样，就在金井泽找到半年前《汉城日报》上发表的平安道里凶杀案报道后的当天下午，关于藤井隆生的调查工作就已经紧锣密鼓地在海和号爆炸案搜查本部内外展开了。调查工作进行得还非常顺利，不久，金井泽就从汉城钟路区警察署那里获得了新的消息。

发生在汉城钟路区平安道里的杀人事件果然还没有结果。调查至今，警方甚至连罪犯的特定形象都没能推定，无论是受害者家属还是负责调查此案的刑警，他们都无法说出罪犯的犯罪动机和杀人目的。

根据受害者家属讲，藤井隆生生前性情温和，胆小怕事，应该不会招惹事情，结下仇人的，所以他们认为此案不应该是那种仇杀。可是从案发现场去看，受害者家里除了丢失了一件胸前缝有一块写明受害者名字和地址的旧军服以及标明受害者身份的信件和证明以外，并没有丢失其他什么重要东西，所以像抢劫杀人之类的讼案自然也无法成立。那么藤井隆生是为了什么才引来杀身之祸的？对此受害者家属和警方一样也是一头雾水。

唯一可以做出结论的是此案的罪犯。他是一个有备而来，带有目的，揣有杀意的故意杀人犯。此外罪犯在案发现场没有留下明显的指纹，事后也没有去做企图扰乱警方搜查视线的杀人现场破坏工作。从罪犯留下的脚印可以推断，罪犯在实施了杀人行为后，还从容地对受害者的死亡状态进行了确认，并且在屋里寻找着什么。因此可以推断，罪犯在伤害了藤井隆生以后，还想对受害者的妻子和儿子实施杀人行为，只是因为罪犯在听到屋外报案人的脚步声和狗叫声，意识到自己的犯罪行为已经被人发现后，才不得已匆匆逃离。

因此无论从哪个角度看，罪犯都像是那种受过训练，有着丰富经验的职业杀手，或许本身就是从前线退役回来的职业军人。鉴于这种情况警方仍然认定，此案是一起仇杀案，罪犯和藤井隆生之间肯定存在什么宿怨。

罪犯在案发现场的泥地留下的脚印和他扔下的一只沾着受害者鲜血的黑布手套，引起了警方的关注。罪犯的左脚印显得肤浅，他身体的重心似乎都落在了右脚上，使他的右脚印在泥地里显得清晰。这说明罪犯左腿患有疾病，或者受过枪伤。而罪犯丢失在炕上的黑布手套说明，罪犯很可能想要对受害者的尸体实施什么行为，因为戴手套碍事，从而被罪犯脱下，事后又忘记在炕上的。它沾着受害者的鲜血，而且上面还印有指纹。假如那个血印上采下的指纹确实是罪犯的，那么这很可能就是罪犯在案发现场留下的唯一证据了。

特别让警方感兴趣的还是受害者四岁的独生子太郎在事件后

的表现。也许是因为受到了刺激和惊吓,太郎在事件后连续高烧了两星期,退烧后则一反常态,几乎很少再开口说话,并且习惯性地抽搐。对此警察署的医生说,四岁男孩已经具有记忆能力,所以藤井隆生的儿子太郎很可能在案发的那天晚上,目击了生父遭人枪杀惨死的情景,而且又因为案犯事后巡视屋里,寻找他的藏身之地,并且可能多次逼近他,使他产生了无法言说的恐惧,从而造成现在这样的后遗症,因此,太郎很可能就是这起凶杀案的唯一见证人和目击者,所以警方又期待能从心灵上得到矫正治疗恢复正常后的太郎嘴里找到线索。

"把希望寄托在四岁的孩子身上,这……真是无奈之极!"

金井泽在听了部下的调查报告后情不自禁地嘟囔道。他觉得自己应该去见一见受害者的家属,亲自去听听他们的见解才对。因为只有这样才能掌握第一手资料,并根据这些资料去做出判断。然而就在他准备动身之际,一个让他兴奋的消息由他的部下徐俊平从济州岛打来的电话中传过来了。

"头儿,好消息!我找到了从釜山上船的难民登记表,那上面果然有藤井隆生的签名,而且我还在难民收容所见到一位看见过藤井隆生的人!那人说他在济州岛的抢救海和号遇难人员的医院里见到了正在被医生治疗的藤井隆生。所以周海龙讲的那个上了船的藤井隆生不仅存在,而且还活着,他肯定住在哪一家救济海和号遇难人员的难民救济所里!"

"哦……好,好!可是……光凭一面之词,你就能相信那个人?"听到徐俊平的报告,金井泽情不自禁地大声叫了起来。他为自己能在这么短的时间内连续找到有关的线索而兴奋,可是稍稍冷静下来后他又有点不安了。

"你放心,头儿,我徐俊平当然不会轻易就相信人!我让那个人把我带到了医院,亲自询问了给藤井隆生治过伤的医生!那医生拿出那时候的医疗笔记向我证实说,他确实治疗过那个藤井隆生。他告诉我说,藤井是个从中国退役回来的日本军人,身上有很多枪伤的疤痕,这一次在海和号爆炸起火时被大面积烧伤,跳入大海后又因为烧伤处受到海水浸蚀感染而引起并发症。所以当他在海中获救后被送到医院病床上时,几乎奄奄一息了。那医生是本着把死马当作活马医的精神,费了九牛二虎之力才把他抢救回来的,所以对藤井的印象非常深。"

徐俊平兴奋地在电话中报告道。他也在为自己能在这么短的时间内就找到藤井隆生的下落而得意。

"那么,后来呢?那个藤井隆生出院了吗?他被送到哪个救济所去了?是庆州、济州岛,还是在釜山?"金井泽扯着嗓子,对着电话筒大声叫道。显然他也有点沉不住气了。

"藤井隆生是在去年,即1946年的7月中旬出院的。出院后去了哪里,那个医生也不清楚。但这是可以调查清楚的。我这就准备去济州岛政府海和号遇难人员救助办公室调查,查清藤井隆生出院以后的下落。我想这一两天就会有消息的。"

"对,对……赶快去查,先找到这个藤井隆生再说!不管他是什么人,不管他和汉城凶杀案有没有关系!总之,我们一定要把藤井隆生弄到手,验明他的正身才行!"

金井泽果断地命令着,直到徐俊平完全理解了他的意思,表示肯定会忠实地执行命令以后,他才放下了电话耳机。坐回到办公桌前的破沙发上,金井泽点燃了一支烟。他在考虑出现在济州岛医院里的藤井隆生,是否就一定是周海龙讲的那个中国女人的丈夫,以及这个藤井会不会和汉城平安道里的受害者有关联的问题。

我们知道金井泽善于采用迂回战术。他常常会从案情的细部着手,把已经掌握到的和可能掌握到的情报,再加上他的推理去拼凑一张罪犯的犯罪实施图。此刻他眯缝着眼睛，那张图似乎正在他的脑子里形成起来。

"一个从中国回来的日本军人，因某种仇恨杀害了隐藏在汉城一角的藤井隆生，并从那里确认了第二天就会有一班从中国葫芦岛开来，要在釜山靠岸，随后回日本的名叫海和号的难民运输船。罪犯因此盗取了藤井的身份证及那件能够证明身份的胸前缝有写着藤井隆生名字和住址白色布条的军服，准备冒名顶替潜入海和号回日本，就此逃脱警方的追捕。案发后，他和那个不知在哪里等着他的中国女人会面，又领着她一起登上海和号。由于是冒名顶替，所以中国女人表示出了难以掩饰的惊慌，这一切由于客轮乘务长周海龙的失职而没有被发现，使企图蒙混过关的藤井隆生，在没有受到任何有关于身份方面检查的情况下，平安地在海和号上潜伏下来。海和号在开出五小时后发生了爆炸，冒名顶着藤井隆生和那个中国女人受伤落水，互相不知生死。那个中国女人和周海龙一起被救到了釜山市吾罗国民医院，而假的藤井隆生则被送到了济州岛的医院。"

假如一切正如自己所推理的那样，那么杀害藤井隆生的凶手在汉城案发现场滞留的时间，应该比报案说的来得长，而且受害者家属在事件后申报的失窃物品中，还应该包括藤井隆生一家乘坐海和号回日本的船票及有关的难民证件等，否则那个假的藤井隆生又会从哪里了解到海和号要从釜山回日本的消息呢？可是这些事受害者家属却根本没有向警方报告，他们压根儿就没有去提他们一家准备坐海和号回日本的事情，相反却一味地强调说她丈夫生前如何本分厚道，根本就不可能有仇人那样的从根本上否认此案是仇杀的论调。藤井的太太为什么要这样做呢？她企图去隐瞒什么呢？这一切又和海和号爆炸案有什么关联呢？

金井泽皱着双眉，一根接一根地抽着烟，一次又一次地向自己提出问题,并且不断地否定前论,肯定新的观点。他有点头晕目眩了,并且越来越感到不安。

我们绝不能低估此时此刻涌动在金井泽脑海深处的那些波浪,因为它们对于解决本书所提到的众多悬案有着十分重要的作用。只是现在的金井泽还没有能力看清楚案件的全貌。他最多也只是走到了一些事情的边缘。对于案件的复杂性,他只不过产生了某种感性上的认识,却无法从中理出一条相对理性的见解和明确的处理方法。

"南下济州岛,去追捕冒名顶替的疑犯藤井隆生,还是北上汉城,去调查审讯受害者藤井隆生的遗孀?或者坚守釜山,静观事态的发展,撒下网线,以静制动,找到案犯和海和号爆炸案之间可能存在的关系?"

他不明白,也不知道怎么做才是上策。他只好听其自然,静静地等待事情的发展。

不过该做的事他金井泽其实也已经在做了。

在西北的汉城,金井泽让他部下李顺全带着警员和当地刑警一起,日夜追踪,继续寻找藤井隆生凶杀案的目击者及案犯作案前后在汉城留下的行迹。为防不测,他还在藤井太太搬离凶宅后的新居周围布下眼线,一方面防止案犯为斩草除根,再次铤而走险去行凶杀人,另一方面又可以监视这个不肯向警方吐露实情的藤井太太的诡秘行踪,以便探出她的真情。

在南方济州岛,徐俊平正在按照他的命令寻找那个假藤井的潜身地,一旦发现,立即拘捕。此外金井泽还安排了几个便衣,盯在釜山周海龙和他的同居者——那个中国女人的周围,监视那些企图去向他们套近乎的可疑人士。因为那个假藤井隆生,一旦发现他老婆还活着住在釜山,就有可能来找她,而那时正是捕捉这个可疑人物的好机会。

金井泽真可谓机关算尽，安排得也确实是天衣无缝。

应该说金井泽还是听到过好消息的。

因为徐俊平又在济州岛打电话来报告说，他在济州岛政府海和号难民救助办公室找到了为藤井隆生安排的难民收容所的地址，只要赶去那里就一定能抓到他的。可是第二天，当他带着警员风尘仆仆地来到那个叫作三里浦的难民收容所时，却发现自称是藤井隆生的人，已经在去年7月来到三里浦难民收容所后不久就出走了，而且去向不明！

"1946年的7月？去向不明？这……这家伙！咳，当地的警察署也真是混蛋，他们怎么就不好好看管这帮可疑的人呢？这家伙……他，他究竟会跑到哪里去了呢？离开了济州岛？要不来到了釜山？或者又冒险去了汉城？这……"金井泽恨恨地咬着嘴唇，翻来覆去地想着，却始终找不到一个能够让他自己感到信服的答案。

那个假的藤井，假如他真是在汉城杀了藤井隆生，犯下命案，又冒名顶替潜入海和号的人，那么不管他和那个爆炸案有无关系，为了逃出警方追捕，他是会不惜一切手段去逃窜的。汉口、釜山、庆州……为了能够活命，什么样的地方不会去呢？尤其是汉城！因为汉城是一个可以淹没一切的海洋，是隐藏着各种动物的森林，任何地方都不可能像汉城那样容易掩藏一个人的踪迹。不管是谁，尤其是亡命徒，他们一走进汉城，就好像走进无底洞，尤其是战争刚刚结束的混乱时期。对于这一点，不论是罪犯还是警察都非常清楚，他们都是抢着要到汉城去显露身手的。

可是对于眼前的假藤井来说，他却不应该去汉城！他刚刚在汉城犯下命案，警察在汉城对他布下的追捕网从来就没有松弛过，更何况有很多目击者在汉城看到过他，稍不留神，警察就会戴着手铐出现在他的跟前。

对，不管是犯罪心理学还是社会心理学都在说明，那个假藤井，他不可能去汉城！

那么他会去釜山吗？釜山山清水秀，人杰地灵，适合养息，却不能够隐蔽。况且釜山是个小城市，人口不多，几乎很少有外国人，像他那样不会讲朝鲜话的日本人，要想在釜山潜伏下来绝无可能，就算他已经知道他的中国女人在釜山和周海龙同居的事！

为了从周海龙手中夺回那个中国女人他是应该会去釜山的。可是从济州岛那儿失踪至今已经五个多月，在这段时间里他应在釜山有所行动才对呀，可是至今为止，那个中国女人的周围没有任何动静，这说明那个假藤井既不在釜山，也不知道他的中国女人还活着，并且住在釜山！

那个他会不会去庆州呢？庆州封闭、守旧、人口少，可是到那样的小城市去，不等于是到警察署自首一样吗？像假藤井那样凶恶残忍的人，恐怕决不会选择庆州这样的地方。

他总不至于长途跋涉北上平壤吧？那种无目的的昼伏夜行对于罪犯来说是最忌讳的了，凡是稍有点常识的人，一般都不会那样去做。

看来他只剩下一条路了，那就是在济州岛潜伏下来！他在济州岛已经住了几个月，对于那座城市他多少熟悉了一点。虽然济州岛也是个人口不多的小城，但是那里住着包括美国占领军在内的很多外国人，只要会讲一些英语，即使是语言不通的日本人也能在那儿混下去。

而且最近济州岛治安状况混乱，反对美国占领军入住朝鲜，要求朝鲜独立的示威游行此起彼伏，很多带有激进色彩的青年更是拿起武器躲进了汉拿山，进行抵抗美国占领军的游击战。面对那种状况，美国占领军和济州岛右翼政府，不仅从汉城、釜山等地调来军警严厉镇压，还准备实行限制济州岛民自由的全天候式的戒严。那种一触即发的警民对抗状态和人心惶惶的局面以及混乱的社会状况，正是滋生犯罪的土壤，只要是罪犯，他都能在那样一块土壤里找到他的洞穴。

此外济州岛一带岛屿还是朝鲜半岛离日本本土最近的地方。正因为这个原因，济州岛一带岛屿常常聚集着些没办法通过正式渠道返回祖国的日本人。他们企图在那里坐上渔船，从海路潜回日本，那种事在济州岛当地并不是什么鲜为人知的秘密。

看来，济州岛是黑暗的总渊薮！所有揣着阴暗心理的灵魂，都会在那里找到用武之地，更不要说那个在汉城犯下命案的亡命之徒了。

金井泽终于做出了决定。

他首先叮嘱在汉城的部下李顺全，要24小时昼夜不停地监护好受害者藤井隆生的家属，随时准备拘捕企图对藤井母子下手的来历不明的歹徒。他又再三关照守候在釜山周海龙小屋附近的警员，因为他还是担心一旦知道了中国女人下落的假藤井会冒险到釜山抢人。金井泽在做好了这一切防范措施之后，便带着两名警员立即赶往济州岛去支援他的部下徐俊平。

此刻已经是第二天的凌晨三点，而且清灰色的天空里还飘起了雪花。1月下旬的朝鲜半岛极其寒冷，气温降到了零下30℃，但金井泽一行还是义无反顾地踏上了征途。虽然严寒和崎岖不平的山路使拉着他们的吉普车两次熄火，在途中抛锚了一个多小时，金井泽他们还是在清晨五点半赶到了码头，坐上了6点20分出发的前往济州岛的客轮。

20　"海狼袭击渔民"事件再次浮出水面

　　从釜山坐船去济州岛需要十来个小时，途中还要在巨济岛和丽水岛停靠，交通十分不便。由于这条航路是当时的朝鲜半岛去济州岛的唯一水道，因此平时即使是在腊月里的早晨出发旅客还是爆满的。不过最近去济州岛的旅客骤减，除了必须要去那里探亲访友的人以外，很多做水产生意的人把他们的据点移到了巨济岛、丽水岛等地，因为他们已经在新闻报道上看到了日益紧张的济州岛政治形势和越来越坏的治安状况。

　　不过这对于一夜未睡匆忙赶来的金井泽一行来说倒是件好事。因为他们至少可以在巨济岛、丽水岛停靠以后占据一个空出来的床位，美美地睡上一觉了。

　　这艘名叫济州号能运输两百多名旅客的客轮在济州水道慢慢航行着，这种不紧不慢的速度使靠在船舱铁板边上的金井泽昏昏欲睡，他已经两天两夜没有好好合眼了。虽然冰凉的海风不停地从船舱边上的门缝里卷进来，使室内的温度几乎降到零度，但是金井泽裹着大衣，蜷缩在地铺上，还是眯上了眼睛。

　　他筋疲力尽、疲惫不堪，但是大脑思维仍然保持着清醒状态，不久他就在一阵腥涩的海风吹拂下，听到了随着风声传过来地坐在船舱另一边的两个男人的对话声。

　　"哎，老兄，最近有没有看《东亚日报》的新闻呀？"

　　"你指的是关于海狼事件的报道吧。"

"是呀，这两三个月来我一直在注意着。事件以后《朝鲜日报》《东亚日报》等好几家大报都开始跟踪报道这件事了。不过我认为这种什么海狼杀害渔民事件的报道就像是编造出来的故事，怎么都不能让人相信。"

"你相信他干嘛？那纯粹是报社为了挣钱，故意让记者编造出来的。世上哪有这种可怕的事呢？"

"可是这是新闻报道呀！而且受害者还是兄弟两个，李树哲、李树民，有名有姓，又发生在巨济岛一带海岸，还有目击者，讲得有鼻子有眼，直到现在还在继续跟踪报道着呢，这种事能编造吗？"

"唉，什么不能编呢？这乱世之年，反正讲什么都会有人信的。海狼、海虎、海狮……凡是凶的、狠的、恶的、离奇的，你就编好了，只要死了人就行！那些无聊的记者，他们不写海浪杀死渔民，也会去写渔民杀死海狼那种事的，不弄点恐怖的事情出来，谁会买他们的报纸！"

"这倒也是，不过……"

这两个男人的声音沉寂下去了，但是他们对话的内容使本来打着瞌睡、睡意正浓的金井泽睁开了眼睛。

"海狼杀死渔民？在巨济岛水域？这……"金井泽的嘴里嘟囔了一句。他揉了揉眼睛，站了起来，望着坐在船舱另一边讲着这些事情的男人，他情不自禁地移动了脚步。

这纯粹是一种职业病，就像是天天跟着主人打围的猎狗，在见到了今天的猎物以后就会忘记昨天的食饵一样，金井泽显然对那两个男人讲的"海狼杀死渔民"的事情产生了兴趣。

他想起来了，由于最近一直忙于研究海和号爆炸案，以及由此生发出来的藤井隆生凶杀事件，却忽略了他本来每天都会去浏览的大报、小报以及地方新闻，所以耳朵和眼睛都变得闭塞狭窄起来了。

"真是有愧……有愧呀……"金井泽摇摇头自言自语着来到了那两个男人的面前。他在他们对面找了个地方坐下来企图继续听他们的对话，他们却提着行李准备下船了。此刻客轮正在靠向巨济岛码头，而他们正是那一大批肩扛着大包小包准备下船的人流中的一分子。

"这……唉……"望着他们的背影金井泽叹了一声，他为自己失去了一个刺探情报的好机会而惋惜。但是不管怎么样，海狼杀死渔民事件和登载着事件报道的《东亚日报》这事，却已经印刻在他的脑子里了。

晚上7点钟，客轮终于到达了济州码头。当金井泽跳下船听取前来迎接他的徐俊平提出的关于藤井隆生失踪情况的报告时，他已经把海狼杀死渔民事件扔在了脑后。

一般来说，金井泽是不会在短时间内再去想那起海狼事件的。他不能分心。可是好几个当初见过藤井隆生的渔民，在他调查时都向他说起藤井曾向他们租借渔船，并询问从海路回日本的事情。那时，他在济州号上偶然听到的海浪杀死渔民事件就自然而然地浮现到他脑子里来了。那感觉有点异常，而且挥之不去，好像那个海狼已经是他为之熟悉并且一直追捕的动物一样，让他始终都无法忘怀。

"俊平，你看过《东亚日报》上登载的关于海狼杀死渔民事件的报道了吗？"金井泽突然向徐俊平问道。

"看过！报纸上说那是发生在巨济岛闲丽水道一带的事件，你怎么会突然想起这个事呢？"徐俊平有点疑惑地望着金井泽说道。他不明白他的头儿为什么会突然跳离眼前的话题，去猜测报上讲的那种无根无据的事情。

"是啊……不过，俊平，你先别问那么多的为什么，我……

我也只是在想想而已，不过……还是麻烦你给那家《东亚日报》打个电话，让他们把有关海狼杀人事件的报道给我寄一份过来。"金井泽沉思着说道。不知怎么搞的，他突然把藤井隆生想要向渔民借船，与"海狼杀死渔民"这两件都和渔民有关联的事情联想在一起了。这种联想有点牵强，金井泽却感觉到了它们之间内在的关系。

"要那些报纸没有任何问题，不过头儿，我还是劝你不要瞎想。因为那起'海狼杀死渔民'事件纯粹是个无头案，是个传说！什么渔民被海狼撕裂手脚，咬断了脖子，什么渔船又依靠了海水的回动力继续东行，全是些想象中的胡说八道的事！比起那些来我们有更实在的证据！你看，这是济州岛政府海和号遇难人员救助办公室向我们提供的证明，证实藤井隆生在失踪前曾多次去他们那儿，打听一个名叫路影的中国女人。藤井说他是和她一起登上海和号的，由于轮船发生爆炸，他们掉进了大海才互相不知生死的。他还说那个路影不太会讲日本话，是中国籍等。可是救助办公室的警察在调查后告诉他，说他们没找到这样的女人，她一定在大海中遇难失踪了。事后有人说藤井曾经为此大哭了几天，还晕厥了过去，幸亏医生及时抢救，才算没有出现意外。看得出藤井对那个女人的感情……所以可以断定，藤井隆生要找的名叫路影的女人，正是在釜山和周海龙一起同居的不会讲话、失去了记忆的中国女人！"

"路影？哦……那么他们有没有把那个中国女人还活着，并住在釜山的事告诉他？"

"好像没有。因为那是发生在四个月前！那时这个中国女人恐怕还住在釜山的医院里。没有周海龙去证实，谁会知道她是中国人呢？"徐俊平习有点兴奋地说道。他望着金井泽，突然又像想起来什么似的拿出笔记本念了起来。他说那个救了藤井隆生的医生还告诉了他一个非常重要的线索。他说他在无意中记下了缝在藤井胸前写着他名字和住址的标着难民身份的那块白布的号码，那是06386号。这个号码只要和汉城凶杀案受害者藤井隆生的难民身份证号码对证一下，就可以弄清楚了。"

"从现在来看，要想证明汉城凶杀案的犯人，就是那个带着名叫路影的中国女人，一起冒充藤井夫妇登上海和号的事情，已经没有问题了。而且汉城钟路区警署已经找到了案犯在杀人现场留下的指纹，它只要和济州岛的医院自称藤井隆生的人留下的指纹一致，那就完全可以证明了。我们可以把这两个案件并在一起重新立案，那些都是没有问题的。关键的是那个疑犯的去向！他跑到哪里去了？离开了这里，还是在这里扎了下来，或者是另有方向？他在失踪的这四个月里都做了些什么？有没有再次犯罪等。现在要根据他在济州岛留下的痕迹去找到他的下落，这才是最为重要的！"

金井泽阴沉着脸说道。他对徐俊平流露出来的自负行为感到不满。因为在抓到那个冒名顶替者之前，一切就都还是个谜！

五天以后金井泽在济州岛的搜查工作不得不告一段落。因为那时济州岛的民众和美国占领军以及济州岛右翼政府间的矛盾，已经激化到了用武力去拼死相搏的状态。美国占领军在济州岛全土戒严，并且还发布命令，要所有的济州岛市民都必须住在海岸沿线五公里之内的区域，否则将视其为游击队员而格杀勿论。假如局势再继续恶化的话，美国占领军还准备在济州岛全域实施"焦土政策"，即把市民强制集中到一起居住，同时放火烧掉集中营以外的所有建筑。

这种形势使搜查工作无法再继续展开了。无可奈何的金井泽不得不让他的搜查小组撤回釜山。尽管这样，金井泽他们的收获还是巨大的，因为他们已经在济州岛找到了那个疑犯的指纹，并且确认了疑犯几次想借渔船从海路逃回日本的事实。

"这家伙,为了逃回日本真是饥不择食啊!"金井泽暗暗寻思着。"他显然有点焦急了,因为疑犯自去年7月失踪以来已经五个多月了,他是不是已经逃回了日本?"

金井泽又想到了报纸上登载的那起"海狼杀死渔民"事件。

"为了逃回日本所以要抢夺渔船,为了抢夺渔船,不惜变成海狼,铤而走险地去杀人,这……不是没有可能的?"金井泽喃喃自语着,额头上也渗出了汗水。然而,就在他带着部下准备离开济州岛回釜山之际,一个更重要的情报被徐俊平带来了。他告诉金井泽说,一个会讲日语,跟疑犯有过很多接触的渔民愿意向警方提供疑犯离开济州岛时的情景。

"哦,疑犯已经离开了济州岛……"金井泽重复着说道。他决定推迟回去的时间,立即赶去会那个愿意向他们提供情报的人。

当天下午,金井泽就和徐俊平一起坐车赶到海边那个名叫罗亚湾的渔村,见到了看上去已有四十多岁的名叫阿强的渔民。金井泽瞪着眼睛沉默着,他在想着能够起到一锤定音般效果的那种威吓性的台词。

"你是个聪明人,现在在和谁讲话应该很清楚吧!"金井泽拧着双眉,在牙齿缝里漏出了这句冷冰冰的话。

"知道,我当然明白这是怎么回事。"那渔民摘下了戴在头上的破帽子,有点献媚似的说道。

"其实当时我也非常怀疑那个日本人,因为他多次向我打听这一带海域的地理位置,追问我坐渔船回日本的事情。"

"坐渔船回日本?哦……那你是怎么回答的呢?"金井泽不动声色地问道。

"我拒绝了他,说不可能。因为事实上我的那艘小破渔船也走不了那么远呀。我向他建议说,假如从巨济岛出发的话,那就可能了,即使像这样的小破船也能支撑着走到日本。"

"哦,巨济岛?你向他说了巨济岛了吗?"金井泽情不自禁地提高了声调。他记得海狼杀害渔民事件中的那艘渔船,就是从巨济岛出发的。

"是的,我告诉了他巨济岛的地理位置,因为那里离日本的距离比这里要近一半。我的话使藤井受到了鼓舞,他非常高兴。不久他还在我们村里认识了一个从巨济岛开船来的人。那不是正经人,不是我们那种只靠打鱼为生的渔民。他是在做皮肉生意的那种。把那些年轻的朝鲜姑娘偷运去日本,干那种缺德的事。所以那个藤井恐怕也不是好人,要不他们怎么就能凑到一起了呢?"

那渔民伸出了小指头摇晃着,这是当地人一种意味着女人的意思。他说着说着突然又停住了,他发现此刻金井泽的脸色非常难看。

"那么……后来呢?难道你后来再也没有见过那个日本人?"

"没有,藤井没再来找我。我们再也没见面。我想他一定是搭着那个人的船去巨济岛了吧,或许他已经回到日本了。"那渔民有点惶恐地望了金井泽一眼。"再多的事我也不会知道啊。我和他萍水相逢。假如不是因为他是可怜的海和号的难民,我都不会去理他的。"

"那个巨济岛来的渔民叫什么名字?"

"不知道。"

"你没听见别人怎么称呼他吗?"

"这……好像人们叫他什么……大猫。对,是这个名字,大猫!"

"大猫?"

"是的,因为那人的眼睛很大,像猫的眼睛。不过具体的我也不清楚。我只是听见大伙都这样叫他才这么去猜想的。还有……对，对了，大猫的右手掌长着六根手指，拇指还特别大，那样真有点吓人。"那渔民眯起眼睛一边回忆着一边说道，还不断地用手搔着脑袋，看来他并没有在说谎。

"哦……六个手指头的大猫……"

金井泽喃喃地重复道。他突然感觉到了不安。他觉得这个被称作大猫的人的背后，好像有一个影子，一个搞着贩卖人口、拐骗妇女，或者还干着其他勾当的黑帮组织的影子。

"他们的船上一共来了几个人？"金井泽嚅动着嘴，继续地向那个渔民问道。

"三个人，不，好像是五个人。"那渔民晃了晃脑袋，嘟囔着说道。

"五个人。"金井则咬着嘴唇朝坐在他身边一直没有吭声的徐俊平瞥了一眼。

"走，我们不能再在这儿待下去了。回釜山，然后再去巨济岛！没有时间了，我们必须尽快找到那个大猫！"金井泽挥了一下紧捏的拳头心急火燎地说道。他的眼睛里隐藏着杀机，因为他已经感觉到了那只海狼的正身。假如确实是那样的话，那么时间就是关键。否则那个杀人犯，那个冒名顶替的牵扯着各个案件的关键人物，就很可能会在大猫的帮助下逃之夭夭。

他有这个预感，而且他也确实闻到那种味道了。

21　追捕的终点站

再伟大的战略家也有失败的时候。

人们常常这样宽容伟大人物的失败，这也是老生常谈了。

失败是什么呢？是痛心剂，是后悔药，是埋藏在内心深处，一生都会为之隐隐作痛的追悔不已的顽疾。失败绝不是成功之母。因为很多事情仅此一次，绝无下例，一旦失败了，就会永远失之交臂，再没有第二次的弥补机会。尽管这种失败，并不完全是自己的过失才酿就的。

失败的过程是漫长的。它绝不是当事者说的什么小心谨慎三思而行之类的言行就能避免的。失败是一支神经性毒剂，它慢慢渗透，徐徐而行，一旦发现就无可救药。

发生在金井泽身上的失败或许就是这样形成的。

那天，当金井泽带着他的搜查组离开济州岛，坐船漂流了十几个小时，回到釜山市警察署，不漏掉一个细节地把部下们给他搜集来的海狼杀害渔民事件报道中的所有文字都刷了一遍以后，他愣住了。

他来到自来水龙头前用冷水擦了一把脸，揉了揉由于发困已经发红了的眼睛。他思索着坐在桌前，拿起了笔在纸上画起图来。

"假如那个为了复仇犯下命案，在汉城杀害藤井隆生的凶手之后所走的每一步路确实如同自己所调查推理的那样，在釜山登上海和号客轮，因为某种至今还未查明的原因，参与或者实施，或者只是作为受害者遇到了爆炸事件，然后落水、遇救，被送到济州岛医院，治愈后又被送到三里浦难民收容所，在那里的渔村认识了大猫，随后坐大猫的船来到巨济岛，在巨济岛……"

画到这里金井泽停住了笔。

"是啊，那家伙到巨济岛以后会怎么样呢？在大猫的帮助下，顺利找到了东渡日本的船？假如事情确实是那样的话，那后来为什么又会发生被报界说得那么玄乎的海狼杀害渔民事件呢？既然渔民们把它称作海狼，那就说明他已经不止一次地在那一带海域兴风作浪了。关于这一点，新闻报道上也不惜笔墨地做了注解，但这不应该是一个逃犯的行为呀！目的既然是要逃回日本，那么他理应悄悄地才对呀，可是……"

金井泽锁起了双眉，他被逃犯的那种反常行为绑住了手脚。

"可是……假如他不去兴风作浪就逃不回去呢？假如他要逃回日本，就一定要杀人，就像报上所说的那样，那么他现在很可能还没搞到船！也就是说那个大猫并没有送他去日本，也没有借船给他，这就逼着他一定要去杀人、抢船，一次又一次地兴风作浪，一次又一次地被人叫作海狼，一次又一次地去冒生命危险。"

"这……这就有点合理了！是啊，没有动机的犯罪不会存在，犯罪者必然有着他至情至理的原因。那些原因虽然完全利己，千篇一律，无任何新鲜感，但作为一种存在，它仍应该受到法学家和社会学家的关注才对。因为人心并不会因为其自身的原因而卷曲萎缩地变为畸形的啊！"

"那么那家伙抢到船了吗？抢到了船以后是否会操作呢？还有那头凶恶的大猫，以及他背后可能存在的黑帮组织，他们是否能容忍那个逃犯去杀人、抢船，逍遥地逃回日本吗？他们会不会有所行动呢？虽然这起海狼杀害渔民案发生在去年7月，可是，假如海狼还没有逃回日本，或者还没有成功逃回的话，那么他一定还会在巨济岛，去和大猫拼一个你死我活的。"

金井泽的眼睛又亮了起来。他仿佛看到了一颗火种，不去把它点燃就无法安宁下来似的。因为那时，由汉城钟路区警察署做出的指纹化验报告也送到了他的手中。化验报告证实藤井隆生被害现场发现的指纹和金井泽在济州岛找到的冒名顶替者的指纹完全一致，是同一个人。

一切都被证实了，现在需要的只是行动！金井泽下定了决心，第二天一早他就带着徐俊平和十多名精干的警员，坐轮渡来到了巨济岛。

巨济岛的面积并不大，适合搞拉网式的地毯式搜查，尤其是对付岛上那条以搞黑市交易、色情买卖为名的咸水道小街。

这是条全长三公里左右的街道。街道两侧密密麻麻地排列着许多黑乎乎的平房。每到晚上，当腥涩的海水和弥漫在小街上空的烧烤鱼虾等海产品的焦煳味以及呛人的煤烟味混合在一起时，各种各样不可告人的交易的帷幕也就同时被拉开了。当时在市场上根本见不到的烟、酒，以及因为限量配给而远远不能满足需要的高价大米、小麦和豆类食品和各种各样难以入手的日用商品和衣类物品等，都能在那里买到。

这样的黑店在这条街上比比皆是。他们在白天做的可能是这样的买卖，可是一到晚上就变了，组织妇女卖淫、拐骗买卖儿童、走私枪支毒品、安排偷入国境等的犯罪行为都可以在那里找到踪迹。

这是一个繁衍邪恶、滋生犯罪的黑窝，怪不得那个杀人犯会把这里作为他逃回日本的最后跳板。看来，要想抓住逃犯和对逃犯可能会提供帮助的大猫那样的黑道人员，就一定要采取包括动用武力那样的强有力措施了。

金井泽却对他的部下发出了不准开枪的命令。他要生擒那个假冒藤井隆生的逃犯，并从他嘴里得到制造海和号爆炸案的真犯人和至今为止仍然是个谜的犯罪动机。只要那个逃犯还在朝鲜境内，他就决不能放弃这种信念！

要想不开枪不流血地捕获犯人，就要采取突然袭击那样迅雷不及掩耳的行动，使犯人在还没有醒悟之前就被戴上手铐。这显然不是容易的事。关键是事前要确认好目标所在地，将其悄悄地包围，同时堵住小街东西两头的出口，封锁建筑物之间的通道，一步步地拉网，不让任何一个疑犯逃走才行。

此外在搜捕行动前保守秘密，不走漏任何风声也是这次行动能否取得成功的关键。好在这次参加的人员都是金井泽从釜山精心挑来的干将，要做到这一点问题不大。

搜捕行动将在第二天晚上九点钟开始，首要目标自然是那个逃犯和协助他的大猫。对此金井泽专门开会做了解释。大猫是个当地人，认出他还比较容易，可是逃犯则是犯罪累累的日本人，对警察也早已存有戒心，而且警方也不清楚逃犯的具体情况。因此，最好的办法是先抓住大猫，由大猫来帮助警方，从遍布在巨济岛的日本人中间去认出逃犯，可是要想做到这一点，绝不是一件容易的事。

巨济岛内隐藏着许多从中国大陆、朝鲜半岛以及其他地方来的日本退役军人。他们因各种原因无法公开或者如期赶回日本，所以聚集在这里，企图通过当地渔民的帮助悄悄潜回祖国。这种情况在巨济岛已经形成一种买卖，而且行情看涨。因为这种交易是直接用美元或者其他的硬通货进行的，这种利润和赚头在巨济岛已经超过了出海捕鱼等任何买卖。

只要逃犯还在朝鲜境内，他就一定会隐藏在这里，和那些日本人搞在一起，这是没有任何疑问的。金井泽寻思道，并且很快做出了部署。

当天晚上，金井泽让搜查组的警员装扮成各种样子的寻芳猎艳的买春者，出没在咸水道各个春屋和妓院，寻找大猫的行踪。消息很快就传来了。因为大猫是当地花柳街的名人，在咸水道的春屋中有好多家大猫和他的相好指定的住处。

由于大猫是他们黑道组织中的一个从朝鲜半岛各地搜罗拐骗妇女，把她们运到这里，向各家春屋妓院提供肉弹的"春货运输站"的首领。因此他昨天去了汉城，还没有回巨济岛的事很快就传到了金井泽的耳朵里。不过向警方提供情报的内线还是保证说大猫第二天晚上肯定会回来。因为每个星期五的晚上，他都会出现在咸水道一家名叫"黄金屋"的旅馆，和他的相好一个名叫李水英的女人幽会。

"好的，我们就守在黄金屋，等待他的到来吧。"金井泽拧着双眉，喃喃地说道。他把参加搜捕行动的警员分成三个小组。第一组由徐俊平带领，重点搜查咸水道东侧的日本人集中地。由于警员中没有人见过逃犯，所以金井泽决定以违反出入境法为由，逮捕隐藏在那里的所有日本人，随后再押着抓捕后的大猫去把逃犯认出来。这是不让逃犯从混乱中逃走的唯一方法。虽然这样做可能会受到日本方面的抗议，但这也是无可奈何的了。

金井泽命令李顺全带领第二组警员，封锁咸水道东西两边以及南北两侧的各个通道，尤其是那些建筑物之间狭窄的弄堂和幽暗的小路。这是犯罪者最容易销声匿迹的地方了，必须仔细防范才行。一旦发现可疑者立即鸣枪为号，调动其他警察前来围捕，不到万不得已决不开枪伤人。

金井泽确认了一切已经完全可以按照他部署的方针去行事以后，便带着七名警员包围了"黄金屋"，组成了以逮捕大猫，强制他去认领逃犯为目的的第三行动小组。他之所以这样安排，是因为他认定抓住大猫是整个行动的关键。因为大猫不仅知道逃犯的藏身之地，还可能是某个犯罪组织的成员，这个组织又很有可能和海和号爆炸案有关，只要抓住大猫，撬开他的嘴，海和号爆炸案的真相或许就会浮出水面。因此金井泽又命令各组，一定要在第三组确认了大猫的行踪，等到大猫来到黄金屋，进入警方的包围圈以后，其余的两组才能开始行动。因为这也是防止大猫在觉察了警方的行动后临阵脱逃，给整个搜捕行动带来麻烦的重要一环。

一切都细而又细地考虑到了。

晚上八点钟，第一、第二小组在当地内线的带领下进入了事先侦查好的地点埋伏了下来。他们将在那里等待来自金井泽的第三组的命令。而第三组的警员则在金井泽的带领下分成两班，其中五名警员守在外围，包围住旅馆四周，另外两名警员由金井泽带领，装扮成旅客混进旅馆，目的是找到大猫的相好李水英的房间，确认大猫的行踪，以便随时能将他拿下。得手后的第三组还要以最快速度通知在咸水道等候命令的另外两个小组去实施整个搜捕计划。

已经是晚上九点钟了，但咸水道里仍然人声鼎沸。人们嬉笑着，走动着，啃着被烤焦了的鱿鱼和羊肉串，打情骂俏，窃窃私语，全然不顾冬夜那股逼人的寒气。

夜色正浓，但是金井泽丝毫没有感觉到。他躲在暗处，瞪着双眼，炯炯地望着挂着四盏大红灯笼的"黄金屋"大门以及大门台阶上那些喝醉了酒，摇晃着进进出出的男男女女。金井泽在选择闯进"黄金屋"的最佳时机。

此时又有一帮人被前后簇拥着，在站在玄关口花枝招展的女招待的迎接下走进了"黄金屋"。也就在那时，金井泽向站在身后的警员使了个眼色。他们摇摇晃晃地装着喝醉酒的样子，踏上了"黄金屋"的台阶，推开了那扇厚厚的玻璃门。

"欢迎，欢迎，先生，你们一共几位呀？"一位涂着厚厚一层脂粉的四十多岁女人看见了来势汹汹的金井泽一行，顿时迎了过来。

"你没长眼睛，好好过来瞅一下，咱爷们一共几个人！"金井泽的随从拉住了那女人的手瞪着眼睛说道。

"噢，一共是三位爷们，好，请，请到里边去。"那女人疑惑地望了金井泽他们一眼后顿时换成一副笑脸。她并没有发现什么破绽，因为常常会有那种男人，喝醉了酒之后才来这里寻欢作乐的。

"少啰唆，妈妈，你也不看看今天咱们带来的是什么客人！"一位警员装出一副拉皮条的样子凑到那女人的跟前小声地对她说道："妈妈，咱爷几个你都不必管，今天你只要帮咱们伺候好那位头儿就行。"

"噢，是这样，我明白了。好，请，请。"妈妈讪笑着点了点头，把金井泽一行带到了紧挨着一楼厅堂的小屋，伺候他们坐定以后便急忙走到门口，向站在那儿的女招待咬了咬耳朵。不一会儿，那个女招待就带着两名看上去只有十八九岁的朝鲜女人来到了金井泽一行的跟前。

"快，快向爷们行礼！"妈妈装出一副笑脸对那两个女人说道。"来，先向爷们自我介绍一下，不要害羞嘛，爷们可是有钱人呦！"她催促着又把眼光移向金井泽的脸上。她想从金井泽的神色中判断出他对眼前这两个女人的感觉。

"我叫水仙。"站在左边的女人向金井泽欠了欠身体满面笑容地自我介绍道，紧接着站在她旁边的另一个女人也开口了，"我叫百合。"

"算了，算了，什么水仙百合的，快让她们下去！妈妈，你把咱爷们几个当成什么了!"站在金井泽一边的警员装出一副不满的神态厉声说道。

"是,是,别着急,别着急嘛。"那妈妈皱了皱眉头挥了挥手,让站在一边的女招待把这两个女人带了下去。不一会儿,又有两个二十来岁的女人被女招待领着到了金井泽的面前。

然而金井泽还是不满意。

当站在金井泽面前的妓女两个两个地被换了三次以后,旅馆的妈妈有点沉不住气了,这四十多岁的女人两手一摊走到了金井泽的跟前:"小店只有这些货了,如果再不满意,那就只能请你们另结良缘了。"

"什么?你想赶咱爷们走吗?"一位警员威吓着说道。

"岂敢,岂敢啊!可是,小店庙小,养不起凤凰,留不住贵客,这也是事实嘛!所以……"妈妈堆着笑容连声说道。她已经明白眼前的客人是一伙专门到店里来找茬的冤家,不到万不得已她只能忍着才行。

"妈妈,别装蒜了,谁不知道你们黄金屋的名气啊。水深鱼多码头大,咱爷们好不容易才来这里,你总不能拿几条烂鱼虾就把我们打发走啊!"

"没有,怎么会呢?该叫的全都叫上来了,刚才你们不是也看到了吗?就这么几个人,可问题是你们都不满意呀,那我又有什么办法!"妈妈把手一摊沉下了脸,她有点忍不住了。

"噢……该叫的都叫了,这话怎么讲?看来还有不该叫的人啰!"金井泽把脸一沉,顿时提高了嗓音。这是他走进"黄金屋"以后第一次开口说话。他觉得此刻他应该可以登场了。

"那当然,凡事都应该有个先后嘛。"妈妈并不示弱地回答道。

"这么说来,除了刚才上来的那几个女人以外,其他的咱都不能见啰。"金井泽恶狠狠地追问道。

"是的。"

"她们现在都在接客吗？"

"那也不一定，也有事先被约好正在等客人的。"

"那么好！今天咱也想预约一个，行吗？"金井泽沉思了一下，不动声色地说道。

"哦……这儿也有您认识的人，那么……您想约哪位？"

听见金井泽也有自己的相好在这里，妈妈吃了一惊。她有点疑惑地抬起头，再一次把眼光落在了金井泽的脸上。

"我想把李水英叫出来。昨天下午，我已经和她约好了。"金井泽犹豫了一下，试探着说道。

"李水英？昨天下午……哈哈，先生，您一定搞错了吧……她现在被人养了起来，离开了，不再接客人了！"听了金井泽的话妈妈显然吃了一惊，她故作姿态地说道。她还以为金井泽是李水英过去的相好，他是因为吃醋才来这里胡搅蛮缠的。

"不行，你今天一定要把她叫出来，否则就完不了事！"金井泽一边观察着对方的神色，一边执着地说道。

"那不可能，今天她有约。她的买主今天回来了。她，她今天不能见您！"妈妈摇了摇头一口回绝道。"您，……难道您不知道她的主人吗？他是这里的大亨，谁也惹不起的哟！"妈妈望了金井泽一眼，补充了一句。

"我当然知道，可是……这个大猫，他今天不是不在吗？"金井泽装出一副苦恼的样子试探着问道。

"来了，他来了……半个小时以前他已经从侧门进来了，还带了个随从！唉，您还是走吧，要不留个姓名给我，待我明天见到李水英时帮您传个话，可今天……您还是走吧，要是给发现了可没有好果子吃的。别看你们来了三个人，就是再多也不是大猫的对手。"妈妈压低着声音,把身子朝金井泽跟前移动了一步,故作神秘地说道。

"好,我走我走,可是……"金井泽望着哄骗他的妈妈,一边说一边向他的部下使眼色。因为他已经认定黄金屋的妈妈并没有在说谎,这一点他已经从她那甚为慌张的神色和苦心劝说的言语中感觉出来了。

"可是,妈妈……假如我是这个呢?那你也准备赶我走吗?"金井泽一把拉住旅馆妈妈的手,从腰间摸出了手枪,而那时金井泽的部下也同时亮出了家伙,并抢先把住了房间出口。

"你……你们……你们想干什么?"旅馆妈妈惊恐地叫道,她还不明白此刻究竟发生了什么事。

"别废话!老老实实地把我们带到大猫的房间,就没有你的事儿,否则……"金井泽把妈妈拉到自己的跟前,用手枪顶在她的脖子上压低声音威吓道。"告诉你,我们是警察,这里已经被包围了。"

"警察!"旅馆妈妈重复着,她哆嗦了一下,抬起头来,看见金井泽的部下正在用对讲机通知守在外边的警察时,这才意识到了事情的严重性。

"你……你们要我做什么?"她惊恐地望着金井泽,低声说道。

"把我们带到大猫的房间,并告诉我他手下人住的房间!"金井泽压低声音,瞪大眼睛逼问道。

"大猫在哪一个房间?"

"206房的那个套间。旁边的204和208都是他……他手下人住的。"旅馆的妈妈哆嗦着,吞吞吐吐地说道。

"他手下一共有几个人?"

"三个,但只有两个住在这里,另外一个没在这儿。"

"好，你带着我们装作没事地往二楼大猫的房间走，到那儿就没你事了，否则……"金井泽用手枪顶了顶旅馆妈妈的背脊，威胁着补充道。

旅馆妈妈战战兢兢地带着他们来到了二楼，并在她的指引下迅速把住了被幽暗的灯笼照着的走廊入口处，那里面并排列着的就是大猫和他的随从们的房间。此刻这里还没有什么动静，但是旅馆一楼却已经揭开了锅，因为包围在旅馆外面的两个警员已经按照金井泽的指示进入了旅馆，并正在走向二楼。他们持着枪的凶狠神态，使那些女招待和妈妈们惊恐地发出了一阵阵的尖叫。

事不宜迟，应该赶快动手才行！金井泽挥动着手，使着眼色。他让跟着他的两个警员去擒拿住在204号房间和208号房间的大猫随从，自己则来到了206号房间门口，准备单独对付大猫。他还做着手势，让那两个已经来到了二楼走廊入口处的警员守在那里，不让任何人过来。

一切已经安排妥当了！

金井泽挥了挥手向部下发动了进攻的命令，随后他用脚踹开了206号房间的拉门，举着枪穿过客厅直奔卧室。

看见有外人闯进房间，光着身子躺在床上正在寻乐的大猫吃了一惊。他推开搂着他脖子吓得惊慌失措的李水英，伸手去摸压在枕头下边的手枪，但为时已晚，此刻金井泽已经扑了过去，并且用枪抵住了大猫的脑袋。

"你……你们是什么人？"大猫斜着眼睛有点不服气地问道。

"警察！"

"警察……呸，警察！你……你们想干什么！"大猫一听说对方是警察时突然强硬起来了。他迎着金井泽的手枪，抬起头，并企图直起身子去和金井泽对话。

"别废话，快下床，用手抱着脑袋，退到墙角边上去，否则我就打死你！"金井泽从枕头下面掏出大猫藏在那里的手枪，厉声命令道。

"妈的，警察……耍威风也得看看地方！你知道我是谁……我是美国二十四军团下属九纵队高丽别动队的人！你们警察署的长官见我还得让三分呢，别说你这个烂警察！"

大猫破口大骂道，全然不顾金井泽的再三命令，那种自以为是的样子顿时激怒了金井泽。

"给我住嘴！妈的你这个混蛋！还嘴硬，我先毙了你再说！管你是什么别动队的，就是美国人来了也一样！"金井泽恶狠狠地叫道，并且用枪管使劲往大猫的脑门上顶去，这一着果然起到了作用，使大猫顿时惊慌起来。

"你……你们，你们到底想干什么？"大猫斜视着金井泽那副凶神恶煞般的样子，声音有点变调了。

"少废话，快下床，老实点，退到墙角边上去！否则我就立刻送你上西天！你以为你的美国主子能救你，没门！落在我的手里，就没有你的好果子！"金井泽大声说着，把一丝不挂的大猫一把拖下床来，推搡着押到墙角边，用手铐铐住了他的双手，而那时正好有一个警员进屋向金井泽报告说警方已经制服了大猫的随从，搜查行动也已经在咸水道全线展开了的情况后，大猫震惊了。他明白这是警方的一次大规模行动，可是为了什么呢？他眨巴着眼睛，一丝不安的神色从他的眉宇间闪过。

"你……你叫什么名字？"

"金山满。"

"大猫是不是你的外号？"

"别……别人这么称呼我。可是，我……我可没做什么呀，你们找我干什么？"大猫垂头丧气地望了一眼抱着被子哆嗦在床上的李水英，恨恨地说道。

"没做什么？哼！"金井泽注视着已经泄了气瘫软在地上的大猫，轻蔑地哼了一声。他在寻找向大猫开口追问冒充藤井隆生的那个杀人犯下落的最佳时机。

金井泽知道，眼前这个看上去三十七八岁，自称美军第九纵队高丽别动队的人，是决不会轻易开口讲实话的，不给他足够的压力，让他感到自身的危险，就不可能达到自己的目的。

金井泽听说过大猫讲的那个高丽别动队。那是个极右组织，人员杂乱，许多身份不明的有犯罪经历的亡命徒都跻身那个组织。他们表面上为美国人服务，实际上却自成一体，贪赃枉法，不管是谁，只要能给钱，他就会使劲帮他干。

高丽别动队的这种有奶便是娘的做法，正好符合了刚刚在朝鲜半岛登陆的美国人的需要。为了对付日益高涨的反美浪潮，遏制朝鲜半岛的共产主义势力，采取以夷制夷的方针，美国人不惜把那些社会渣滓收入自己的麾下，给他们贴上合法的标签，让他们顺着自己的指挥棒去转，做美国人无法去做的那些事情。他们是警方最为头疼，最难对付的人了。对于他们的犯罪，警方一般都会采取视而不见绕着走的态度，但是今天金井泽已经顾不上了。

"走，站起来，跟我们走！"金井泽大声喊道，拖着大猫就往外走。

"去……去哪里？"大猫抬起头来惊恐不安地问道。

"送你去地狱！"金井泽用枪顶了一下大猫的脊梁骨厉声叫道。"金山满，我告诉你，根据你做的坏事，我们可以枪毙你一百次！哼，直到今天才找你算账，算是便宜你了！"

"可是我……我……"大猫哭丧着脸，一时不知道说什么才好。

"我问你……你和日本人藤井隆生之间进行了什么交易？"金

井泽注视着大猫的眼睛一字一句地问道。他觉得审问大猫的时机已经成熟。

"谁……谁?"大猫装作没听清楚的样子再一次问道,可脑子里却在寻思警方为什么会突然提到藤井隆生这个日本人。这神态自然瞒不过金井泽的眼睛,他冲上前去揪住了大猫的头发,恶狠狠地望着他,一边说一边把自己的脑袋凑到了大猫的跟前。

"别装蒜了……哼,看来你想跟我们玩游戏,是吗?"金井泽把大猫的脑袋猛地往墙上推了过去,微微地冷笑了一声。

"我……我跟他……我们,我们什么也没做成!真的,我没有在骗你们!"也许是因为疼痛大猫突然声嘶力竭地叫了起来。

"那么……他人呢?藤井隆生,他现在哪里?"金井泽的嗓音由轻而重,最后像爆发出来似的在小屋里震荡起来,而且他紧握着的手枪也在抖动着,就好像随时都会扳动枪机似的。那种歇斯底里的样子使大猫惊恐地抖瑟起来,情不自禁地把戴着手铐的手高举过头部,企图去遮住自己的眼睛。

"藤井隆生呢?他现在哪里?"金井泽继续追问道。

"他……藤井隆生他……他死了!"大猫停顿了一下,惊恐地说道。

"死了……哦,他是怎么死的?"金井泽把大猫高举过头部的手一把拉了下来,厉声追问道。大猫的回答显然使他感到吃惊。

"藤井他……他一直缠着我们,要我们开船送他回日本。本来我们也同意了,因为他肯付钱,而且是美元。可是后来……后来情况就不对了,有人要我们干掉他,说他碍了他们的手脚。所以我们不得不放弃了那笔买卖。"

"哦?那是谁?谁想让你们干掉他。"金井泽瞪着眼睛,惊愕地问道。

"我们的头儿,高丽别动队的长官!咳,那个藤井,真不知道他在哪儿得罪了我们的长官。本来干掉藤井并不是件难事，可是在动手的那天晚上，我却发现他带着很多美元现钞，而且藏在各处。所以我就改变了计划，决定在海上动手。在他把所有的钱财都带到船上时再动手。我们弄了条船，说是送他回日本，把他骗上了船。我看见藤井是带着行李上船的，也就是说他应该把所有的财产都带上去了。我让我的伙计李家兄弟开着那艘高丽三号去动手，而我则驾驶着高丽五号，紧跟在后面去支援……"

大猫说着说着，突然停顿下来了。他的脸色苍白，显然他也不愿意去回忆那曾经有过的悲惨往事。

"那么后来呢？后来怎么样了？"金井泽拧着双眉继续问道。他想起了报纸上登载的海狼杀死渔民事件的报道。那上面提到的李氏兄弟和那两艘渔船，正是大猫现在说的这些鬼事情。

"后来……后来，请给我抽口烟吧。"大猫突然停住了，抬起头来向金井泽要求道。听了大猫的话，金井泽从口袋里掏出纸烟，点着了吸了一口后便把它塞进了大猫的嘴里，让他猛吸了两口，过了下烟瘾。

"讲啊，后来呢？"金井泽半信半疑地望着大猫，有点不耐烦地催促着。他在等待下文，那显然是至关重要的。

"也许是因为我驾驶的高丽五号是艘单桅船，而且早已破得不成样子，所以出海没多久，我的船就被高丽三号拉开了距离，可那时李家兄弟已经在船上动了手。尤其是李树哲，他举起船上备用的桨，向没有任何防备的藤井隆生挥过去，它打中了藤井的腰部，使他一下子摔倒，然后李树民又紧接着扑了上去。他好像去夺那只装着钱的被藤井紧紧攥着不放的腰包，但是不知道怎么搞的，倒下来的藤井又支撑着起来了，并冷不防地给了李树民一家伙。那好像是钝器！因为我看见李树民抱着脑袋倒下去时身上全是鲜血。看来藤井隆生也不是等闲之辈呀！那时高丽三号上的情景十分危险，他们急需我去帮助，可是我却没有办法。因为我的船离他们有一百多米远，而且我们所在的闲丽水道一带海面风浪特别大，我的船靠不上去。无可奈何之际，我拔出了手枪，瞄准着向藤井射击，可是子弹却打中了船上发动机旁的那个油箱，使柴油流了出来。我想，几分钟后船上起火肯定是和那些柴油有关。"

"船上的搏斗在继续进行，可我却使不上力。因为此刻李树哲和藤井隆生抱在了一起，从我的角度去看已经分不清谁是谁了。过了一会儿船上就起了火，并且冒起了浓烟，刚开始时我还能从烟雾中看到厮打着抱在一起的两个人，可是后来则什么都看不见了。那时海上起了风，使那些浓烟直往我这艘船上灌过来。出于无奈，我只能把高丽五号发动起来往后开着。这又拉大了我和高丽三号之间的距离。尽管这样，我仍然能够看清楚发生在高丽三号上的情景。因为我们间的距离最多只有两百来米，只要没有烟雾，一切仍然在我的视野中。然而没有想到的是火光熄灭，烟雾过后，船上却什么动静都没有了，既没有东西，也没有人影。望着那只空船，我敞开嗓子叫李氏兄弟的名字，但什么回应也没有。我断定他们一定是在火灾时掉到海里去了。可是那时海面上什么都没有，既没有尸体，也不见人影，只有高丽三号这艘破船，仍然孤零零地漂浮在海面上。"

大猫哭丧着脸，断断续续地回忆道，也许是因为他所叙述的场面太逼真，使金井泽都听得入了神。然而，当金井泽发现直到最后大猫都没提到藤井隆生的下落时，他又有点疑惑起来了。

"后来呢？难道你再也没有发现藤井隆生的踪迹？"

"没有。"

"也没见到他的尸体？"

"没有。不过第二天，曾经在那一带海面捕鱼的渔民发现了两具烧得不成人样的尸体,而且已经认不清谁是谁了。"

"只有两具尸体?"

"是的。"

"哦……"金井泽皱起了双眉,拖长着声调说道。他对事后只发现两具尸体感到怀疑。

"难道你直到最后都没能跳到那艘船上去看一下?"

"是的。"

"烟火熄灭以后呢?你也没有上船去吗?"

"没有。因为那时已经傍晚,暮色朦胧,又刮着风,而且周围什么也没有。我有点害怕了。在喊了几声李家兄弟的名字以后,便调转了船头。我也顾不得再到那艘船上去了。因为那时只有我一人,而且天已经黑下来了。"

大猫眯着眼睛回忆道,那耷拉着的脑袋再也没敢抬起来。他的神色有点悲哀,因为这事毕竟牵扯到三条人命啊。

"后来呢?那条船呢?高丽三号呢?没有人在海上发现它吗?"金井泽追问道。他觉得藤井隆生的尸体应该会在那艘船上才对。活着见人,死了见尸,没找到藤井隆生的尸体,他总是有点不甘心。

"没有,后来再也没有人提到那艘船。我也感到奇怪,因为那天晚上我开船回去的时候,那艘船确实漂泊在那儿,随风逐浪。我注意到了这一点。那天晚上海面很平静,没有刮风下雨,那船应该说还停在那一带海面才对。它可能会顺着潮流往岸边漂,可是,总不应该消失呀。"

"可报纸上不是说那艘高丽三号事后仍然开着在往东走呢。那就说明,那船上很可能还有活着的人!"

"咳,你能相信报纸上的话吗?那是骗人的!别说船上已经没人,就是有人,那艘船也不可能再走了。船上的发动机已经被烧坏，而且没有一滴柴油。"大猫斜视了金井泽一眼，有点不以为然地说道。

"不过，这事情也确实有点奇怪，那艘高丽三号，难道它真的是被汹涌的海水解体了吗？要不，怎么就没有它的影子了呢？"大猫揣测着金井泽的心思，情不自禁地补充了一句。他仍然看不清楚警方追踪此事的目的，这确实是让他感到疑惑的。

"那么……藤井隆生呢？他难道也死了吗？"

"死了！应该说渔民发现的两具尸体中，其中的一具就是藤井隆生！虽然从尸体上看已经完全辨不清了，但我认定那两具尸体是李树哲和藤井隆生。因为在搏斗中，李树民被藤井隆生打倒后，就再也没有起来。他肯定被烧死在船上，不可能再掉进海里去了。所以从海上发现的尸体就只能是另外两个人的！"大猫振振有词地说道，这些话果然有说服力，它多少在影响金井泽的思维。

"是吗……死了？他死了！唉……这也算是个好结果吧。"金井泽自我安慰道。他看到了失败，一种无法弥补的失败。他觉得他真应该向釜山市警察署提出辞呈，请求他们免去自己的警长职务才对。他觉得自己已经没脸再去见他在海和号事件搜查本部的那些同僚了。

晚上11点，金井泽如搜捕计划中安排的那样，押着大猫来到咸水道东侧的小学，让大猫去辨认被拘捕后集中到这里的日本人。这些人是企图从这里潜回故国去的从各地退役回来的日本军人。他们根本不在乎朝鲜警方的行为。他们甚至希望当地政府能把他们遣送回日本，去实现他们的望乡之念。

这是一个谁都不愿意去碰的包袱，所以在大猫的协助下，确认这里面肯定没有他们所要寻找的假冒藤井隆生的疑犯以后，金井泽便下达了释放他们的命令。

金井泽还释放了其他的因卖淫或者买春被拘捕的当地人，但是没有释放大猫和他的随从。他命令部下把他们押回釜山市警署。他觉得自己还能从大猫嘴里挖出什么。他觉得大猫所属的高丽别动队很可能会和那起海和号爆炸案有关，虽然现在还没有证据，但是他有这个预感。

22 金顺姬提供一张过期的订单

第二天上午,金井泽走进了釜山市警察署长的办公室,在认真陈诉了自己在海和号爆炸案搜查中的失误以后,向署长提交了一份要求辞去警长职务,调离海和号爆炸案搜查本部的报告。他神色灰暗、态度诚恳,那种忧郁的神态,无不在说明涌动在他心里的苦恼、焦急和愤恨。

然而没有想到的是,警察署长不仅没有接受他的辞呈,反而要他立即动身去汉城。署长通知他,汉城的搜查小组查明,被杀害的藤井隆生生前向钟路区政府提交的户籍证明是伪造的,而且写在被盗的旧军服胸前那块白布上的难民证号码也是假的。由此推断藤井隆生这个名字很可能是杜撰出来的。

藤井隆生一家本身就疑问重重,那么杀害他的凶手的正身自然就更加难以查处,所以警方认为,这件事很可能会和海和号爆炸案有关。搜查小组现在已经拘留了藤井隆生的妻子金顺姬,正在追查他们一家的来历。但是面对警方的提问,金顺姬一直沉默不语,所以搜查组要求金井泽立即赶去汉城,和他们一起调查验明藤井隆生一家的正身。

听了署长的说明,金井泽灰暗的眼睛里又冒出了光芒。他知道那个金顺姬。他记得金顺姬在回答警方的调查时总是一味强调她丈夫生前没有仇人,这不是仇杀案等,却从来不说她和她丈夫的过去以及他们已经拿到乘坐海和号的难民证,准备去日本的事实。那时，他就对她的供词表示怀疑，并认定她在隐瞒什么，但没想到这事本身就是个弥天大谎。

身份、户口甚至于连名字都是假的，这会意味着什么呢？他们是什么人？来自哪里？想要干什么？又准备去哪里呢？

金井泽寻思着，那种连日来涌动在他脑子里的忧愁、烦恼、愤恨和焦急，以及昨晚付出的劳作换来的却是鱼死网破般的结论那种既无奈又无处发泄的愤慨，此刻全部被他扔在了一边，他又像闻到肉味那样感受到了饥饿带来的欲望。

"呵，我真傻，我怎么会想到辞职呢？"他在心里说道，并且立即收回了放在警察署长办公桌上的请求辞职报告。他摘下那顶只有在正式的场合，比如说去向警长请求辞职时才会戴的黑色礼帽，向署长深深地鞠了一躬后便一言不发地戴上帽子，挺直胸膛，走出了釜山市警察署。当天下午，他就带着部下李顺全坐上了前往汉城的公共汽车。

对金顺姬的审问是在晚上8点钟开始的。鉴于她至今为止一直采取沉默不语无视警察的态度，所以金井泽不得不去考虑一些对策。

警方对于那种已经被拘留了的妇女，在当时有着很大的权力。他们可以任意处罚她们，并随时剥夺她们的自由和职业。然而金井泽却不愿意那样做，金顺姬刚失去丈夫，又带着孩子，就算是隐瞒了她和她丈夫的过去，但那又会是什么呢？

金井泽思索着。他当然是铁面无私的，不过对于眼前这个看上去才二十七八岁的女人，他更要做的是运用他的智慧和威严，攻心为上地去让她开口说真话才行。

此刻披着长发、身高一米六八、面容清秀，看上去显得能干的女人就坐在小小的审讯桌前，可是金井泽却没有急着去理会她。他让李顺全坐在她身后那张记录口供的小桌前，自己则站在有铁栅栏但仍然能够看到星星和月亮的窗子前，望着夜空沉思着。

就这样互相沉默了五分钟以后，审讯室的门突然被打开了，一名女警察把一个六岁的男孩领了进来。他就是因亲眼看到了父亲被残杀的经过，情绪显得极其不安定的太郎。

"妈妈！"太郎哭叫一声，猛地扑到了坐在审讯桌边的金顺姬跟前，而那时金顺姬也一反刚才那种紧闭嘴唇、沉默不语的刚毅心态，伸开双手把那男孩紧紧地搂在怀里。她无声地抽泣着，眼泪像断了线的珍珠从脸颊上滚下来。

柔情是女人的根性，利用柔情、糟蹋柔情则是男人的本性。这种自古以来就反复不断演绎的戏剧，如今又揭开了序幕。

金井泽转过身来，他居高临下地望着哭着抱成一团的母子俩，嚅动了一下嘴唇却并没有发出声来。他还在等待。那种铁石心肠和细微的情感综合起来去处理案情的独到手段，正是金井泽性格中的又一个侧面。

"其实，我非常理解你心中的苦楚。我明白你和你儿子或许还有你丈夫之间的那种情感。可是我不明白你为什么不肯采取和我们合作的态度，去解决你我都要去解决的问题。你要活下去，你的儿子也要活下去，我们有责任帮助你们好好活下去，可是有人却要杀害你们。那个犯人，或许还有其他人。他们伤害你丈夫后，又把手伸向你和你的儿子。为了抓住犯人，你应该把我们当作朋友才对呀！你会有什么问题呢？要有事也是你丈夫的，可是他已经不在了，你还有什么义务再去帮他守住秘密呢？而且我可以断定，你丈夫也不会有什么问题的，他只是个受害者而已。"

金井泽再三斟酌着，打破了至今为止他和金顺姬之间相互沉默的局面。他说的是实话，他相信他的话能走进金顺姬的心里。

他的判断显然有道理。因为他发现金顺姬在听了他的话以后嚅动了一下嘴唇，虽然没有发出声来，却说明她已经有开口和他对话的可能了。

"只要再努力一下，她的精神防线就会崩溃。"金井泽望着金顺姬暗自寻思道。

"你放心，我们会向政府建议，考虑你们母子俩今后的事。你还年轻，你和你的儿子都会有很好的将来。现在战争刚刚结束，未来会从现在开始。"

金井泽嚅动着嘴又补充了几句。这并不是他的随口之言。他也有家庭也有孩子，他知道一个母亲的心思，而且金井泽家庭也饱受战争的苦难。他的爸爸和哥哥都在战争中捐躯，应该说他比任何人都知道和平的珍贵。

他的苦心终于得到了回报。此刻金顺姬抱着儿子突然大声痛哭起来，并且抬起了泪眼，哆嗦着把那些锁在心里的秘密一下子给捅了出来。

"我和我丈夫七年前在中国的通化市结婚，他那时在中国哈尔滨宪兵司令部服役，名叫西川正人。"

"西川正人？在哈尔滨宪兵司令部当宪兵？"金井泽重复着，眼睛里放出了火花。他感觉到了希望，他明白自己已经像猛兽一般地叼住了那头羔羊。

"我和西川正人相识在通化。当时西川因工作常来通化出差，而我还是一个学生。由于我是朝鲜人，在当地常受人欺侮，那一次我在街上无辜被人责骂侮辱，正在危急之时是西川帮助了我。我们就这样认识并且结婚了。1945年8月上旬，日本人投降前夕，我突然接到他托人带来的口信，说他将从哈尔滨逃出来，到通化来找我。当时我真是又高兴又担心呀。可是等我见到他的时候已是那年的9月中旬，而且他浑身上下都是伤痕，腿也瘸了。据说那是在逃跑途中遭人殴打才变成这样的。但是尽管这样，我仍然感到满意，因为从今以后我们可以生活在一起，不必在这乱世之年再跑来跑去受苦了。然而好景不长，他回来后还不到两个星期，苏联人又把他抓走了。那时苏联军队到处在抓日本人，而我丈夫又是哈尔滨那座城市的宪兵，他知道苏联人想知道的那些事情。一个月后，也就是1945年10月中旬，我丈夫被放了回来，可那以后我们的生活就再也没有安宁过。我丈夫失魂落魄地常常望着天空发呆，一到晚上更是惊恐不宁，总觉得有人会来害他，而且从来不把原因告诉我。"

金顺姬睁着泪眼，茫然地望着前方，述说着苦情。她的神色悲哀，充满恐惧，在她的眸子里，那种惊惶不安的地方或许就是构成她悲剧的根源。

"去年，也就是在1945年12月的那个晚上，有人闯到家里来了。那人拿着枪，戴着鸭舌帽，把帽檐压得低低的，只露出两个眼睛。他说我不会伤害你，我是找你丈夫来的。他讲着日语，声音有力，单纯，看得出那人才20多岁，还很年轻……"

"20多岁？讲日语……那肯定是日本人啰？"

金井泽望着金顺姬忍不住地插嘴问道。他在脑子里搜索着他所掌握的日本人犯罪者的名单。

"是的，是个日本人。不会错，因为我听得懂日语，当时我注视着他，一声不吭，虽然恐惧，但心里还算踏实。因为那时候我丈夫不在，他抱着孩子到我妈妈家里去了。看来那人并没有害我之心，他在我家等着西川，好像还在寻找什么，等了一会儿后他就匆匆地走了。这是个什么人呢？他找我丈夫干什么？一系列的问题在我脑子里涌动着，让我感到恐惧……"

"那么说你丈夫害怕的就是这个人啰？"

"是的。我也是那么想的。那天深夜，在那个日本人走了以后，我也匆匆忙忙地赶到我妈妈那里。我追问我丈夫关于那个日本人的事情。在惊疑恐慌了好一阵子以后，我丈夫开口了。他说他在哈尔滨当宪兵期间，掌握着很多日本731部队利用活人搞试验，制造细菌武器的秘密，当苏联人追问他的时候，他就毫无保留地全部交代了。为了活命他还告发了他的同僚，因为那人知道的秘密比他还多。结果，那人落到了苏联人手里，而且好像还是在新婚的那一天晚上被苏联人抓走的……"

"噢……你丈夫的同僚……一个男人，在新婚之夜，由于你丈夫的告密被抓走了。这，这人……会不会就是那天晚上闯进你家的日本人，也就是后来杀害你丈夫的凶手呢？"金井泽追问着金顺姬。他想起了汉城钟路区警察署推测的汉城平安道里凶杀案是一起仇杀案的结论性意见。他的眼睛又开始亮起来了。

"那么，那个被苏联士兵抓走的你丈夫的同僚……他叫什么名字？难道你丈夫没有把他的名字告诉你？"

"他……他……"金顺姬抬起头来思索着，情不自禁地皱起了双眉。"他……对，我丈夫好像说过，他叫高桥……高桥秀义。"

"高桥秀义？"金井泽疑惑地重复道。

"对……没错，就是这个名字！高桥……高桥秀义。"金顺姬喃喃自语道，又把思绪锁到了那段让她感到阴云愁雾的回忆中。

"我丈夫多次跟我说过，那个高桥是个很厉害的人。果然，他在被苏联人抓走以后不久就逃出去了，而且还是在他被送到绞刑架前的那个晚上。他是杀了苏联的看守士兵后逃出去的。后来苏联人张贴通缉布告到处抓他，布告上还画着他的人头像呢。那种布告在通化市里也张贴着，我丈夫还揭了一张回来。看来高桥不仅逃出了苏联人的包围网，而且还失踪了，去向不明……我丈夫跟我说，高桥肯定要来找他的。他知道高桥的性格。为了复仇，高桥是不惜拼命的。我丈夫断定，那天晚上拿枪闯进我家的日本人就是高桥，高桥向我们复仇来了……这个可怕的人，这个千刀万剐的！他害得我们好苦啊！"金顺姬睁大眼睛，披散着头发，像是在回忆，又像是在发泄，最后干脆就号啕大哭起来了。

深切的痛苦是女人获得信任的最有效契机。她的恐惧和悲哀，她的柔情和愤怒，交换得来的除了同情以外，应该还有理解。现在，金井泽已经多少理解了金顺姬，不，应该说是理解了西川正人一家之所以会从中国通化搬到汉城，又改名为藤井隆生的原因了。

"为了躲避高桥秀义的追踪，我们丢弃了那个家，并且从我妈妈那儿出发，连夜逃离通化，还让我妈妈在事后向当地警方报警，寻求保护。我们历尽辛苦来到了汉城，那里有我妈妈的亲戚。我们通过关系，花钱买通日本难民收容所的人，以藤井隆生这个名字进行登记，由此取得了难民证。又以这个名字和难民证号码以及我的朝鲜户口，向钟路区政府递交了证明材料，取得了户籍。我们以为自己逃脱了高桥秀义的魔爪。可是有一次我丈夫告诉我说，他发现街上有人跟踪他，虽然没有认清那人的面容，但是直觉告诉他危险又降临了，而且我也从钟路区政府那里听到有人在调查我们的户籍和住址。毫无疑问，又是那个高桥秀义。他肯定追踪着我们，来到了汉城，并且把触角伸到了我们的周围。怎么办呢？当时我们夫妻俩真是紧张极了，可就是想不出一点办法。"

"可是，你能肯定吗？那人就是高桥秀义！难道他真的那样执着不舍吗？"金井泽惊诧地问道，他似乎也有点不安了。

"没错，肯定是他，高桥秀义！现在就连我都相信我丈夫说的那些事了。怎么办呢？真是走投无路呀，那几天我丈夫简直是魂不守舍。他说这是他罪有应得的下场，他不可能逃过高桥给他带来的惩罚。"

"难道你丈夫没有想过反抗吗?"金井泽追问了一句。他对西川正人如此软弱感到不解。

"没有。我丈夫从来就没有想过如何抵抗。也许他觉得自己根本就不是高桥秀义的对手,也许是他认为自己做错了事,接受惩罚是天经地义的。总之那时我们想的就是如何逃跑,如何躲避灾难的这种事。唉……那一天,机会突然来了。"金顺姬望了金井泽一眼深深地叹了口气之后,又继续说了下去。

"那一天,钟路区日本难民接待事务所的人告诉我丈夫说,5月24日有条名叫海和号的难民运输船从中国来,要停靠釜山,然后去日本福冈。正好,我丈夫的老家也在福冈,看来这是我们逃脱高桥秀义的极好机会。于是我们马上请求难民事务所的人,为我们登记上号,又花钱从钟路区政府的熟人那里搞来了登陆日本的许可证。我们如愿地办完了日本难民登船回国的手续,自以为已经转危为安之时,高桥又出现了。他赶在我们出发前夕向孩子他爸伸出了魔掌,并且他……他竟然还想向我们的儿子太郎动手……这个高桥他……他真是杀人不眨眼的魔鬼,他想断我们西川家之后啊……所以,警察先生,请你们无论如何行行好,抓住那个高桥,救救我们,救救太郎吧!"

金顺姬抱着儿子,突然在审讯室里跪了下来。她悲痛地呜咽着,双手合十,泪眼昏花,情到深处,铁石动颜,几乎没有什么语言能够把涌动在她心灵深处的那些苦楚表现出来。

望着跪在自己脚边的金顺姬以及站在她旁边惊恐地望着自己的太郎,金井泽呆住了。他真没有想到,围绕金顺姬的丈夫以及由她丈夫引出来的那个让他魂牵梦绕般追捕着的罪犯背后,还会有那么一段复杂动人的故事。他感到着迷,并且也想到了责任。这一点多少让他为之心痛。因为,这个可怜的金顺姬讲的如果一切都是真实的话,那么那个冒名顶替的杀人犯,那个被西川正人的老婆称为高桥秀义的人,此刻应该已经命丧黄泉了。金顺姬应该可以安心了,虽然这并不是他希望的结果。

"你放心吧,那个高桥秀义,假如伤害你丈夫的确实是他的话,那么我告诉你,他已经死了,死在了闲丽水道那冰凉的海水里了。"金井泽一边说着一边弯下腰来,扶起了跪着不起的金顺姬。他发现金顺姬的脸色由黄变白,而且全身都在颤抖,宛如一个经受了一场重病,死而复生的幸存者一样。

"啊,他死了,那个魔鬼高桥死了!看来我的丈夫九泉之下能够瞑目了,我们母子俩也能够高枕无忧了。"金顺姬双手合十,喜溢眉宇,两眼炯炯发光,这种神情里具有一个女人所能包含的最强烈同时又是最柔和的一切情感。

金顺姬带着太郎,安心地离开了钟路区警察署。这是金井泽做出的决定,因为他觉得警方没有任何理由不去相信金顺姬的供词。几天以后,警方的调查也证实了这一点。这应该是个好的结果,可是金井泽却感到不满。他有点失落,他觉得他完全应该在高桥秀义活着的时候去亲手逮住他,把他绳之以法才对,可是现在一切已经都晚了。

"金顺姬无罪,犯人高桥秀义也死了,海和号爆炸案又没有了线索,这……"坐在汉城的小酒馆里,金井泽喝着朝鲜烧酒闷闷不乐地想着。不一会儿他就感到了醉意,被他的部下搀扶着回到了汉城警署的宿舍,还没有脱下衣服就已经鼾声如雷了。

23　柳暗则花明

内心的崩溃是常有的。它会使人悲观绝望，一蹶不振，其解救的方法除了酒精和睡眠以外，无其他良药，但金井泽与众不同。

那天晚上 11 点，也就是在金井泽沉入梦乡还不到两小时之际，搜查组的李顺全来到了他的卧室，推醒了仍然处在恍惚中的金井泽。李顺全给他带来了一封信，那封信中披露的消息，在刹那间就赶走了占领金井泽脑子的所有酒精。

"什么，高丽三号在日本被发现了？"听了李顺权的报告后，金井泽一下子从床上蹦了起来。他揉了揉眼睛，注视着李顺全手里捏着的那封信。

"是的。日本下关市警察署警长池田雄一先生在他的来信中告诉我们，说他们是在日本北九州的芦屋海滩发现的高丽三号。那个日本警长把信寄到了巨济岛警察署，使这封信在那儿转了将近一个月以后才被送到我们这儿来。今天上午，署长特意安排人把这封信带到汉城，还打电话来，让我们把信立即交到你手中，所以……我们只能冒昧地把你叫醒了。"李顺全有点歉意地解释着，把信递给了金井泽。

"哦，日本的警长寄来的信？好，好啊。"金井泽连声说着，并用手掌使劲地在自己的脑门上拍了两下。他圆睁着眼睛，仿佛在感受某种来自上天的灵光似的稍稍地愣了一下后，便迅速地从已经被开了口的信封里抽出信纸,把眼睛埋了进去。

这封信出自前文所述的日本北九州下关市警察署警长池田雄一之手。这个因为日本记者的过分报道而受到了处分的警长,并不甘心自己在日本追踪"海狼",调查山崎幸子以及海狼杀人登陆日本一案中遭遇的失败,特以他个人的名义写信给朝鲜巨济岛警署,了解《东亚日报》上登载的海狼杀害渔民事件的真相以及破案的进展情况等。

池田警长在信中详细介绍了由他带领的下关市警察署搜查小组,在日本北九州芦屋海滩的虎跳峡,发现那艘血迹斑斑,并有大火焚烧和人员搏斗痕迹的高丽三号的过程,以及自己推论此船是由人驾驶着来到芦屋海滩,并从虎跳峡登陆上岸的根据,和他们已经组成搜查组追踪不法登陆者,调查此案的经过情况,要求朝鲜警方能够介绍他们在朝鲜境内对于此案的搜查情况,并提供相应的线索等。

池田警长的来信内容简单,但每个字都像有着千斤重量一般地敲打着金井泽的胸膛,使他感到刺激。他觉得那封信真是及时雨,让他有一种绝处逢生之感。

"呵,真是难以想象,那艘让我们认为已经在闲丽水道被海浪解体,从此销声匿迹的渔船,竟然会完整无缺地行驶几百里来到日本北九州芦屋海滩?这船上要是真的如大猫所讲的没人的话,那就真成了怪事了。"

金井泽望着李顺全,冷冷地笑了一声。他从口袋里掏出烟,点上后猛抽了一阵,又长长地吐着烟圈。他在想着高丽别动队的爪牙大猫的供词,以及这次日本警方提供的与那些供词完全不同的事实状况。

"妈的,大猫,他是在向我们撒谎呢,还是真的不知道那船上有人?"金井泽拧着双眉自言自语地说道,把目光落到了李顺全的身上。他似乎想从他部下那里听到一些什么，并以此来验证自己的判断。

"大猫不会撒谎，他没有必要向我们隐瞒那个亡命之徒高桥秀义还活着的消息。这对于他来说没有任何意义！"李顺全望着他的上司，心直口快地说道。他也在为此案能够在日本警方提供的消息中找到新线索而感到兴奋。

"是啊，我也这么想，可是为什么大猫一口咬定那个日本人已经被李氏兄弟打死了呢？而且还提到了那两具尸体。假如那个日本人高桥，他确实如日本警方所说的那样，活着在日本登陆上岸了的话，那么那两具烧焦的尸体，应该是李氏兄弟才对呀。"

"没错，警长，你分析得完全正确，只要高丽三号被日本警方在日本发现是确凿无误的事实，那谁是驾驶员的问题就很简单了。李氏兄弟就算活着也不会把船开到日本去的，而潮流也没那么大的本事让船像长了轮子似的漂到日本，所以，答案只有一个，那就是他，那个日本人高桥秀义。他还活着！是他杀害李氏兄弟，坐着这条船去了日本！其实，我们想要验证他们三人中谁可能活着的事并不难，只要找到埋葬那两具尸体的坟墓，打开棺材去化验尸体的血型和指纹就行。李氏兄弟是同胞手足，而我们又有高桥秀义的指纹，找到那种证据并不难。"李顺全思索着，继续为他的上司出主意。

他的提议果然受到了金井泽的赞同。

"好的，就这么办，没错。我们明天就回釜山去办那件事。你去找那两具尸体，搞化验，我再去提审大猫，看看有什么新线索。随后我们再把结果打电报告诉日本警方，请求他们的协助。不管那个高桥秀义是死是活，一定要把他弄到手，搞个水落石出。"金井泽斩钉截铁地说道，他的眼睛里放射出了光芒。

第二天一早他就带着李顺全从汉城回到了釜山，并开始做计划的那些事。

结果很快就有了,答案首先来自大猫的新供词。

大猫在金井泽的审讯中承认,那天傍晚,他心惊肉跳地目睹了海上的那幕惨剧,在多次呼喊李氏兄弟名字却又得不到一点回应的时候,他害怕了。他根本就没顾上去确认船上有人与否就掉转船头往回走了。他说,本来应该是他动手去帮助李氏兄弟干掉日本人的。可是那日本人凶猛异常,李氏兄弟敌不过他,而自己那拙劣的枪法又使船上发生了火灾。火灾造成的烟雾使他不可能再去辨认船上的动静。要想帮助李氏兄弟,只有上船才行,可是他却没这个胆量。三十六计走为上,他便在那种惊恐不安的气氛中逃出了那片水域。

大猫的供词为高桥秀义在搏斗中杀害李氏兄弟,活着驾驶高丽三号回到日本的事实做了注释,而李顺全的挖墓开棺验尸,又给那个注释增添了法律依据,因为法医的化验证明,那两具在大海中被找到的尸体,正是企图谋财害命的高丽别动队的爪牙李树哲、李树民兄弟!

"马上……马上把这个结论用电报告诉日本下关市警署的警长,并且把……把高桥秀义的指纹以及我们掌握的关于那个疑犯的一切都寄过去。要日本警方无论如何也要想办法,找到疑犯的行踪,抓住那个高桥秀义!"

金井泽情不自禁地叫着,他的情绪有点反常。他为自己已经找到了海狼的正身和行踪得意,又对罪犯高桥秀义从此逃脱他的追捕范围,使海和号爆炸案至今不能找到答案而懊恼。

凡是警察,哪怕就是刑事侦查员也一样,尽管他们性格各异,尽管他们追捕和搜查的方法不同,尽管他们对于法律的读解和对于社会赋予他们的责任认识不一样,但有一点则是相同的,那就是他们始终认为自己是光明和真理的象征,只有他们才能代表上天来执行人间的除恶任务。他们在维护社会秩序，他们在为社会除暴安民，他们使法律发出雷霆，他们在捍卫人间真理，他们把象征社会力量的宝剑悬挂在人类的头上，却不知道独裁的制度、邪恶的战争、腐化的政治和堕落的社会，本身就是一个蹂躏生灵、制造犯罪的渊薮。

金井泽自然是不会去想那么多的。他在做完了那些和日本警方写信、发电报去联系之类的事情之后还想到了一件事。他觉得那是幸存在他手中唯一的法宝。只要抓住这个法宝，一切还可能出现转机。

这个法宝便是居住在釜山照吾里小街，和周海龙同居的，不会讲话，失去了记忆，受伤未愈，被周海龙取名为刘思虹，而实际上叫作路影的中国女人！

从此以后金井泽频繁地出没于路影和周海龙居住的那间小屋。

"你……你知道吗？你的名字叫路影，高桥秀义才是你的丈夫！"金井泽不顾周海龙的反对，大声地对她说道。

然而回答着他的却是她那纯真而又迷茫的笑脸。

这个被周海龙称作刘思虹的女人，根本就没有想到在她失踪的丈夫周围所发生的那些血淋淋的令人恐惧的事情。她只是恬静地笑着，眯着眼睛，望着正在凶神恶煞地逼视着她的警察。她抱着女儿，并且紧紧地用力抱着，那种紧张僵硬的姿势以及微微颤抖的手指，或许正是涌动在她心灵深处，却已经多少有点远去了的实感的最逼真写照。她颤抖了一下，但是仍然微笑着，在金井泽的面前，她的面容似乎比以往任何时候都要来得靓丽。

"这个女人，路影……难道她真的把过去的一切都忘了吗？"金井泽睁大着眼睛，把鼻子和耳朵一起凑了上去。他思忖着摇摇头，说什么也不相信眼前这张微笑的脸庞和迷人的眸子背后，会隐藏着被病毒侵蚀了的头脑。

"她……她……不管怎么说,这个女人都是一条最诱人的鱼饵。"金井泽喃喃地说道。他相信他一定能用她去钓来他所期望的那条大鱼。

第三章

远东国际军事法庭
内外的攻防战

24　关于东京审判

1948年的日本东京，正是那场对日本的战争发起者，以及其他战争狂徒实行法庭审判和法律制裁并为此深入调查，进行得如火如荼的时刻。

持续时间长达有六年之久的由德、意、日法西斯集团发动的第二次世界大战，席卷了各大洲60多个国家，把约占世界人口4/5的17亿人拖入深渊，其规模和残酷程度超过了历史上的任何一次战争。战争的破坏造成的物质财富损失多达4万亿美元，死亡5000多万人。这一切灾难，完全是以希特勒、墨索里尼、东条英机等为首的法西斯统治集团狂妄好战的罪犯所带来的。清算他们的罪行，用法律形式裁决他们，虽然困难，并且前所未有，但是这种真正的审判，毕竟在二战后被战胜国各方在德国的纽伦堡和日本的东京强制地执行了。

其实这种尝试从19世纪开始就一直没有停止过，只是因为以战胜国的利益分配为核心内容的法律舞台和由帝国主义操纵的国际秩序，并不可能对战争罪犯进行认真的审判，而世界大战本身就是各个帝国主义国家为重新分割世界而长期准备的结果，所以对战争犯罪者的审判，只能流于形式而匆匆走过场。

1815年8月，俄国、英国、奥地利、普鲁士等国缔结的协定宣布，19世纪初期的侵略战争祸首——拿破仑为他们那些战胜国的俘虏，然而其处理方案则取决于那些战胜国的政令而不是国际法庭的审判，并由英国政府单独执行，把拿破仑流放到了大西洋的圣赫勒拿岛，处以终身监禁。

1919年订立的《凡尔赛和约》第七章曾专门规定了追究战争犯罪者责任的条款，并指出由英、美、法、意、日五国任命的法官组成特别法庭，审判大战的元凶、前德国皇帝威廉二世霍亨索仁和其他战争犯罪。但是《凡尔赛和约》并没有得到执行，英、美、法、意、日五国也未组成特别法庭。威廉二世也未受到审判。他得到了荷兰政府的庇护，带着侍从从德国逃到荷兰，躲进了阿梅鸾根边琪克伯爵的城堡里。荷兰政府拒绝了英、美等互相间签订了协约的五个战胜国的引渡要求，而《凡尔赛和约》的各个签约国，面对荷兰政府的行动，也未采取进一步的措施，使审判威廉二世的工作成为空头支票。即使在1920年举行的莱比锡法庭的审判上，五国协约国提出的那些德国首脑和战争犯罪的直接负责者，也都没有到庭受审。法庭只是象征性地审理了若干个虐待战争俘虏的低级军官，宣判了一些最多也只有十个月以下的徒刑案例，就让那场对于发动第一次世界大战的罪犯审判，草草收场。

然而，这次完全不一样了！

早在1941年12月4日，苏联政府就发表了斯大林签字的宣言，率先宣布要在战争结束以后，给予希特勒等战争罪犯应得的惩罚。并在次年的10月14日，再次郑重声明，要把已经被各国盟军抓获的法西斯德国之任何领袖，立即送到特别国际法庭审判，并以最严厉的刑罚惩处。

美国总统罗斯福在1942年10月12日的演说里也提出，"对于法西斯首领和其残暴的帮凶们，应该按名检举、逮捕，并依刑法加以审判"。

1943年11月2日在莫斯科举办的由美、苏、英三国首脑参加的联席会议宣布，对于法西斯德国的政府首脑和战争罪犯，绝不偏袒，他们所犯的罪行将由同盟国政府组成的国际法庭共同判决治罪。

1945年7月26日，由美、中、英三国政府首脑签订的《波茨坦公告》也明确指出：我们无意奴役日本民族或消灭其国家，但对于战争犯罪者，包括虐待俘虏的人在内，必将按法律处以最严厉的惩罚。

侵略战争是犯罪，战争罪犯必须受到国际法庭的审判，是反法西斯同盟各国的一致要求。这种要求已经载入了各国际条约和协议之中，成为国际法的一项基本原则。现在，实施这项国际法的条件已基本成熟，因为由美、苏、英、中等各国组成的盟军在军事上已经战胜了德、意、日三国的法西斯力量。

一切显然已经水到渠成。

1946年5月3日东京时间11点30分，一场由战胜国组成的国际军事法庭，在东京市谷的原日本陆军省大厦会堂内正式开庭。这是继1945年8月8日在德国纽伦堡以后所设立的又一个国际军事法庭。这个法庭由美国、英国、苏联、中国、法国、澳大利亚、加拿大、新西兰、荷兰以及印度和菲律宾等11国的代表组成，审判长为澳大利亚的法官韦伯，首席检察官为美国人季南，他们的审判对象则是以战时的日本首相、陆军大臣东条英机和前首相、外务省大臣广田弘毅为首的28名前日本军政要员。

此刻，这28个不久之前还在太平洋地区兴风作浪，妄图玩弄数十亿人的命运于股掌之上的"大人物"，被分成两排带到被告席上。他们有的套着和服，有的穿着军装，一个个脸色苍白，神情沮丧，其中的几个虽然把腰板挺得笔直，保持着绅士的风度，但是那种惶恐不安的神情，仍然不断地在他们的眉宇之间闪烁出来。

能够临危不惧，假作正经，不仅需要非凡的勇气，而且还离不开英雄主义的滋养，这里面不仅有着传统的日本武士道精神的底蕴，还蕴藏着大和民族的美学和精粹。然而即使具备了那一切，他们也无法逃脱东京审判给他们带来的厄运，因为他们在第二次世界大战中所犯下的罪行以及由此带来的灾难，已经把他们永远地钉在历史的耻辱柱上了。

只是还有一些漏网的战争犯罪者，他们并没有被带到这个庄严的法庭上来。他们的名字有的如雷贯耳，有的似曾相识，只要稍做调查，那些罄竹难书的罪行就会水落石出，侥幸漏网者就会被重新送进东京市谷这个庄严的国际审判大厅上来。

可是就是差那么一步。

因为要重新扶持日本，因为要考虑日渐清晰即将要开始的东西方冷战的布局，因为想到与以苏联为首的共产主义势力去争夺东南亚、朝鲜半岛，重新去瓜分世界利益的美国人的需要……所以那些漏网者就应该逃脱东京法庭的制裁。

这真是非常遗憾也是十分荒唐的事情。

对此笔者虽然愤慨但无可奈何。笔者没有那种对此去进行全面调查，并把它录成文字的奢望。东京审判的历史是要写的，但那应该是历史学家、法学家和战争评论家去研究去商讨的事情，而笔者则是东京审判浩瀚历史资料库中的一个拾荒者，一个企图在那场历史审判中去验明某一个人某一件事的查证人，一个逮着机会就想去说些什么的好事者。

对于东京审判，笔者没有发言权。

假如不是因为东京审判和本书所要叙述的故事以及故事中的主人公有着密切的关系，并且直接影响他们的命运，那么笔者是没有勇气去涉及那场举世瞩目、至今仍然在被人争议的历史审判的。况且东京审判并不是本书所要叙述的主题，笔者也不愿意以一家之言夸夸其谈，妄做分析。

东京审判是一件耗费巨大类似马拉松赛跑那样的法律工程。它中间的每一个环节都非常重要，来不得半点疏忽，其中最为至关重要的自然是证据了。这些证据或者口供，对于人们了解日本军国主义如何从扩军备战到侵略中国，把战火扩大到东南亚，以至发动太平洋战争的全过程有着重要意义，而且在国际军事法庭对各被告的定罪量刑上也有着重要的参考价值。因此寻找证人，获取口供，审查和认证这些证据，自然是参加东条英机审判工作的所有检察官的一项最为关键，并也是最感到棘手的事情了。反之隐匿罪证、抹杀证据、消灭证人也是所有的怀有不测动机，对东京审判感到战栗的人所要动脑筋去施展手腕的最为重要的事情。

在原日本陆军省兵务局长、东条英机的亲信和直属部下田中隆吉这个已经被认定为战犯的高级军官突然站出来，以内部机密资料为证据，揭露东条英机、九一八事变的策划者日本众议院议员桥本欣五郎和日本中国派遣军总参谋长坂垣征四郎的战争决策过程，使东条英机，不得不承认实施战争犯罪的事情发生后，东京审判当局更加重视证人的作用，尤其是那些参加了决策的日本政府内部要员。

田中隆吉取悦美国当局的揭发举动，打破了日本统治集团高层内部成员是不可能站出来揭发自己人，为战争犯罪作证的神话。他的行动使美国当局振奋，尤其是东京法庭国际检察局的美国人。他们如获至宝地把田中隆吉秘藏起来，并且下令保护其在东京的住宅，生怕有人去暗杀他。

这种由田中隆吉引起的寻找证人、保护证人的举措，在东京审判的过程中被接二连三地仿效，使参加法庭审判的各国代表在寻找证人，以严惩与己有关的战犯，几乎费尽心机。这种连锁反应所掀起的波澜，以及由此产生的故事，显然是我们难以想象的。它把一种阴影留在了本书主人公那多难的命运之途上。

25　海狼事件搜查本部重新粉墨登场

对于日本北九州下关市警察署因"美军士兵强奸日本妇女"一案而被撤销了警长职务的池田雄一来说，1948年2月3日这一天是个令他一生都无法忘怀，并且从此为之感到扬眉吐气的日子。

那天早上，池田如往常一般懒洋洋地在上午九点钟来到警察署上班的时候，他的上司那个四十来岁的樱井署长，走进了池田的办公室。他一改往常严肃认真的口吻，突然张开大嘴，露出牙齿微笑着向池田传达了山口县警察总署的通知。署长告诉池田，山口县警察总署决定恢复他池田雄一警长的职务，并且重新组织设立海狼杀人登陆事件搜查本部。

"什么……你说什么？"樱井署长的话使池田掩饰不住地愣住了。他伸出双手，拉着樱井署长的衣服摇晃着，有点失态地问道："为什么？为什么……署长，请告诉我，这是因为什么？是什么原因促使警察总署改变了方针？"

"我也不知道……咳，追问什么，这是运气，运气！恢复了职务好事，好事呀……池田君，祝贺你呀！好好干，今年你肯定有鸿运。"樱井署长也有点被池田的激动情绪感染了，他微笑着连声说道，由衷地为池田高兴。因为去年秋天，在池田雄一和赤川一郎受到山口县警察总署等单位组成的公安调查组的处分时，他这个署长也受到了斥责，虽然处分没有降临在他的头上，但是那种痛心和酸楚也是他一直铭记在心的。

"鸿运……运气？这……"池田睁大眼睛望着樱井署长，喃喃地自问道。他有点疑虑，而且显然不相信眼前的变化是因为运气。他认为在这一切事情的背后一定有什么原因，一种他不知道并且也无法了解，但肯定是有人在操纵的无法公开言说的秘密。假如当初撤销他警长职务的处分过于严重，那现在只要恢复这个职务就行，而没有必要再去重新设立海狼杀人登陆事件搜查本部，看来一定是那个已经登陆日本的"海狼"，又惹出了什么麻烦的原因吧。

池田猜测着，心中如同打翻了五味瓶似的，各种滋味都往他的嗓子眼上涌。他的眼睛酸酸的。因为对于一个刑警来说，还有什么能比恢复职务，让他重新去追踪他一直想要抓获的罪犯来得更为过瘾的事呢？

回想起去年夏秋之交，他带着部下坂下正尚，盯着他的宿敌，那个《九州新闻》的鬼记者野坂英治，来到坛之浦东侧的小柳车站，眼睁睁地看着和"海狼"有关联的可疑女人山崎幸子在他们的眼皮子底下，堂而皇之地坐着火车离开坛之浦，而自己却因为处罚在身，什么也不能做的那种痛苦的滋味，池田真有说不出来的感受。他没有想到，时隔半年这一切又都扭转回来了，而且还有新的进展，从这一种角度来讲，他确实是幸运的。

从海狼杀人登陆事件搜查本部被取消，他的警长职务被解除以后的这半年多时间里，池田始终没有放弃对海狼事件的搜查和追踪，即使是在经费不够，而暗中搜查又需要花费钱财的时候，他宁愿从自己的公饷中取出钱去用，也不愿放过案件搜查中出现的每一个细节。在今年年初，他根据案情的需要，在樱井署长的支持下，写信给朝鲜巨济岛警察署，询问朝鲜警方对海狼杀死渔民事件的调查情况，然后又在釜山市警署的回函中知道了高桥秀义是这个海狼的真名实姓,以及他的指纹和关于海和号客轮爆炸案的搜索情况。

池田在釜山市警署的回函中,还知道了住在釜山的难民收容所,因大脑挫伤丧失了记忆的路影,很可能是高桥秀义的中国人老婆等的有关高桥个人令人难以置信的遭遇。

池田把高桥秀义的情况综合起来,并加上自己的推理和注释,做了一份关于高桥秀义的案卷,他把这份案卷取名为"海狼——一个在人与狼之间游移的幽灵"。

这份案卷是这样记录的:

海狼,真名,高桥秀义。日本国籍。年龄出生地不详。

因为被战友出卖,险遭苏联人毒手的高桥秀义,和一个名叫西川正人的他在中国哈尔滨宪兵队司令部时的战友结怨。然后高桥潜入通化,又跟踪到汉城,在钟路区平安道里杀死了西川正人。接着他冒名顶替,带着中国老婆路影登上海和号客轮,又因该轮在济州水道爆炸遇险,他们夫妇双双掉入冰凉的海水中,互相不知生死地被朝鲜红十字会的救生艇救起,并且互不知情地被安置在釜山和济州这两个相距甚远城市的难民收容所。

高桥秀义的老婆路影伤愈出院,留下后遗症且怀有身孕,在釜山基督育婴堂生下了高桥的女儿,并和海和号客舱乘务长周海龙同居。而高桥秀义走出医院不久就在济州岛认识了高丽别动队的小头目大猫,又在大猫的带领下来到巨济岛,准备在那里花钱坐船潜回日本。

因为某种至今未能查明的原因,高丽别动队突然命令大猫,要他在巨济岛内置高桥秀义于死地。由于贪图高桥秀义随身携带的钱财,大猫把杀害高桥的地点选在了高丽三号上,由李树哲、李树民兄弟执行。没想到李氏兄弟未能敌过高桥,反而成了他的刀下鬼。然后,高桥秀义又从容地在前来帮凶的大猫驾驶着渔轮高丽五号的眼皮子底下，操纵着已经不会动弹的高丽三号，冒险穿越浪涛汹涌的闲丽水道，来到日本北九州玄界海沟附近的芦屋海滩，在礁石林立的虎跳峡登陆上岸。又在下关市警署警员赶到之前潜入坛之浦，在名叫"春风馆"的旅馆里，和卖春妇山崎幸子相识勾结，并利用偶然发生的"美军士兵强奸日本妇女案"的搜查工作带来的混乱，以及由此造成的时间差，从坛之浦逃到小柳车站，在那儿坐上火车，经北九州往东京方向移动。又因在火车上露出破绽，被人发现，为逃避警方可能到来的追踪，他在兵库县一个名叫做赤穗的车站匆忙下车，而后行踪不明。

在高桥秀义失踪一个半月以后，与高桥有染的山崎幸子突然离开了家乡坛之浦，从小柳车站坐上了火车。虽然去向不明，但可以肯定她前去的地方是东京。因为临行前她曾经向她的养父打听过他家在东京的亲戚地址。可以想象，这个涉世未深，并没有多少人生经验的乡下姑娘，能有勇气贸然去东京闯荡，肯定和与她有染的高桥秀义有关。

池田把他至今为止跟踪、追查，以及从朝鲜釜山警方那里了解到的有关于海狼的资料都集中到了一起，虽然有很多调查并不是他亲手进行的，那些归纳综合起来的资料以及关于海狼过去的经历介绍等，也有很多让人难以理解之处，但是高桥秀义这个披着人皮的海狼的过去，还是让池田为之惊骇并且激动不已。

新的海狼杀人登陆事件搜查本部又一次地设立起来了，除了坂下正尚、小田信义这几个老部下以外，池田还专门从搜查一课调来了几名懂外语的年轻人，专门负责和朝鲜警方的联系工作。此刻由池田担任本部长的搜查本部人员已经多达十几名，而且个个精明强悍，年轻力壮。望着他们那充满信心的脸庞，池田情不自禁地激动起来了。他为自己能在被解除职务的半年后，再一次获得和那个凶暴的海狼角逐搏杀的机会感到刺激。他断定海狼的过去肯定还有更多更复杂的秘密。而且海狼今后还要生存，还要活动，还要接触新人，制造事端，甚至还会犯罪……总之，不把海狼捉拿归案，他是一刻都不会感到安宁的。

第二天，当池田雄一召集搜查本部的干将们，研究如何行动才能尽快找到海狼的行踪，把他逮捕归案的时候，一位不速之客来到了下关市樱井署长的办公室。他是国家地方警察总部刑事犯罪搜查部的部长大谷洋。今天他专门赶来参加搜查本部的召集会，并准备听取池田关于海狼杀人登陆事件的破案计划。

由国家地方警察总部部长前来参加地方警署召开的破案会议，这在当时是绝无仅有的。因此，当樱井署长陪着大谷部长来到会议室，讲一番激励大家努力工作，尽快破案的礼节性话语时，搜查本部所有的警员都激动了。毫无疑问，他们已经从这位38岁的部长那异常的举动中，看到了此次破案工作的重要性。

对于大谷部长的到来，池田显然有点吃惊。因为上层对海狼事件的重视，以及期望尽快破案的要求，池田已经明白了，但他们竟然会亲自督战，和警员一起参加案前预备会议，这则是他万万没有想到的。

"这是为了什么呢？那位部长……他究竟是为了什么才到我们这儿来的呢？"池田猜测着，忐忑不安地跟着樱井，来到署长专用的小会议室里。此刻，大谷部长已经坐在沙发上，紧皱着双眉在等待他们。

"你叫什么名字？"大谷部长望了刚刚坐定的池田一眼，故作姿态地问道。

"池田雄一。"

"噢，你就是半年前，把那个美国人的强奸案搞得一团糟的池田警长吧？哈哈，半年前我就帮你擦了屁股，把记者的怒气好不容易压了下去，没想到现在又要和你打交道了，这一次恐怕不需要我再来为你服务了吧。"大谷部长仰起头,旁若无人地嘲笑一阵后突然换了个口气,瞪大眼睛,一字一句地说道:"池田君,告诉你,我是受你的恩师、警察大学清水秀治教授的委托,才把现在这个重要任务全权交给你的。你要明白你恩师的这一片苦心。"

"是,我……我明白。我一定努力去干,争取早日破案,绝不辜负恩师的期望!"池田掏出手绢,擦了擦额头上的汗珠,然后又站起身来,挺直身体向大谷部长敬了一个军礼。他有点激动,好像肌肉也在抖动。他已经明白,自己之所以能恢复职务,东山再起,重新担当海狼杀人事件的搜查本部长,全是清水秀治恩师鼎力推荐他帮助他的结果。假如在这个案件的侦破中,再出些什么问题的话,那他真是无颜再在这个岗位待下去了。

"好……你能明白就好。不过,池田君,你要明白,现在你接到的是个特殊的案件,你……你懂吗?"

"特殊的案件?"

"是的。这个名叫高桥秀义,被朝鲜警方称为海狼的匪徒,不仅凶猛过人而且机警万分,绝不是一般的案犯。因此警察总部对此次的破案工作有着特别的要求,对此你绝不能掉以轻心才对……"大谷部长说到这里突然停了下来,向坐在一边的樱井做了一个手势。显然他已经把国家地方警察总部的要求,向樱井署长传达过了。

"池田君,对这次的搜查警察总部有很具体的要求。首先,搜查此案要在秘密状态中进行,不能让案犯在社会上露脸,尤其不能让新闻界知道他的存在。即使是抓到了他,也要封锁消息,否则情愿先处决了再说。"樱井接过了大谷部长的话柄,机械地传达着警察总部的要求,他的话使池田产生了疑惑。

"为什么呢?难道海狼……高桥秀义他,他知道了某些不能让新闻界知道的事情?"

"对,就是这么回事!"大谷部长望着池田有点疑惑的神态说道。

"新闻界已经知道这件事了吗?"

"现在还不知道,但是只要我们不小心的话,他们或许马上就会知道。这可是个重大的事情,一旦泄露,后果难以想象,尤其是现在正在审判战犯的关键时刻。"大谷部长继续回答着池田的提问。他脸色严峻,眉宇间显露一种忧虑的神态,看样子他也是受命而来的,那种急如星火的感觉,无不显示他所承受的巨大压力。

"那……那会是什么事呢?"池田望了望樱井,压低了声音向大谷部长问道。

"你看过高桥秀义的案卷吗?"

"我只看过朝鲜警方送来的材料,根据材料,我专门给他做了案卷。我清楚案卷里记载的事情。"

"你知道他在中国的情况吗?"

"我只知道他过去是满洲哈尔滨市的宪兵,好像还掌握了一些关于满洲关东军给养部队731部队的事情。"

"你是否知道高桥秀义在中国期间,窃取了美国军队的一份重要文件?"

"这……我不知道。"

"你是否知道高桥秀义会讲英语?"

"知道。"

"那就够了!他懂英语,手上又捏着一份英语写成的绝密文件,脑袋上还长着一张能说会道的嘴巴,就凭这些你也应该明白我们之所以想神不知鬼不觉地把他弄来的原因了吧。"

"不,我不明白。我想,你们是不是弄错人了?他,高桥秀义，他怎么可能会窃取到美国军队的绝密文件呢？这……这不可能！你们一定搞错人了……"池田望着大谷部长，思索着抬起头争辩道。他虽然已经知道大谷部长之所以要把高桥秀义悄悄抓到的目的，但还是想不明白高桥怎么会知道那些足可以让他送命的军事秘密的原因。因为就凭现在手上的资料来看，高桥根本就没有机会接触到美国人，可是……

"我……我能不能问一下，他……高桥秀义，他窃取的是一份什么内容的文件呢？"

"无法奉告，那是国家秘密！"大谷部长斜了池田一眼，一口回绝道。

"国家秘密？"

"是的。你要明白，这是美国占领军的要求。它和正在东京举行的战犯审判有密切的关系。海狼的事情一旦暴露，他就会成为很多国家的目标……其实，美国人早就在找他了。他们甚至动过手，想把高桥消灭在朝鲜半岛，可没想到他竟然活着逃出来了，并且还在日本登陆，这……真是人算不如天算啊！"

大谷部长摇了摇头，不无遗憾地说道。他的话引起了池田的注意。因为在朝鲜警方提供的材料上也提到有人想在巨济岛内杀害高桥，并且让高丽别动队的大猫去执行，结果没有成功的事情。

"看来这是同一件事，而且所有的决定都出自美国人，稍不留神就会酿成大祸，并且还会被送到东京审判的法庭上去，这……这究竟是些什么事呀？他会不会和死了几百号人的海和号客轮爆炸案有关呢？或者他手握着的将是一份有着重大新闻价值，让世人瞩目却让美国人恼火的情报？"池田思忖着，情不自禁地紧张起来了。他的手心里捏满了汗水，额头上也湿漉漉地冒着热气，那种复杂而又沉重的思维，使他的眼睛都为之昏花了。

令人心惊的会议在樱井署长充满期待之情的话语中结束了。樱井最后讲了些什么,是对大谷部长的保证,还是对池田雄一的许愿,都没能进入池田的脑子。此刻他想到的只有一件事,那就是如何才能尽快地找到高桥,抓住这个海狼,封住他的嘴巴,再去挖出隐藏在他心里的秘密。不管美国人怎样去想,作为日本国民,池田有责任有义务去执行上级赋予他的使命,把那些秘密留在日本,不辜负恩师对他的期望。

想到这里,池田多少有点坦然了。他没有再摇曳不定,因为案情的重大已不允许他再为之摇摆不定、想入非非了。

26　只要来到东京，乡下女人也会变坏

池田雄一是个聪明人。自从在大谷部长那里知道了追捕海狼一案那些隐藏在背后的不能公之于众的事情后，他就已经明白山口县警察总署要重新委任他去负责这个案件的真正原因了。

他犯过错误。

半年前他因为没有处理好"美国士兵强奸日本妇女案"而被舆论界轰下台，还受到山口县警察总署的处分，那种深刻的教训应该已经使他明白新闻舆论在民主主义社会的可怕和重要性。此外，从被撤职到官复原职的过程也已经使他懂得应该如何珍惜重新到手的一切。因此比起他人来，有着这种经验的人更会靠拢领导，听从上面的指挥，而这正是担任重新启动的海狼杀人登陆事件搜查本部长的最重要条件。只有听话的侦查员，才能为警察总部守住海狼事件背后隐藏的秘密。

池田雄一在半年前就开始负责这个案件的搜查工作了，对于此案他应该比别人有经验。为此警察总部还专门派员到池田雄一的恩师、警察大学的清水教授那里进行了咨询。清水教授的推荐也说明池田是搜查本部长的最佳人选。

既要让他负责又要蒙住他的眼睛，扼杀他的声音，这种不得不接受的现状，使池田雄一感到困惑，但是为了抓住海狼了却心头之愿，他已经顾不了那么多了。

要想抓住海狼，首先就要找到与海浪有染的那个女人山崎幸

子。这一点是千真万确的。因为池田断定山崎幸子的离家出走肯定和海狼有关。

在池田雄一的授意下,坂下正尚又一次来到坛之浦西南方的宫田镇,找到了和他有过几面之交的山崎幸子的养父。时隔半年,这位63岁名叫杉山贞夫的渔民依然如过去一样嗜酒成性,几杯酒下肚,嘴巴就像打开了的水龙头一样,使那些藏在心中的话哗哗地直往外淌。

"我知道……你们来请我喝酒,肯定是为了我女儿。咳……那个幸子,她可真是个孝顺的人,前不久她还给我寄来了钱,虽然不多,但也是她的心意呀……不过,幸子给我寄钱也是应该的,这世界上除了我以外,还有谁会想着她呢?她只要愿意回来,在我这儿干什么都行,只要有我吃的,就肯定有她的份。她出走时不就凭我的一句话,就住到了东京良子的家里了吗?一个女孩子出门在外,人生地不熟的,在大城市里哪能那么好混呢?你……你说对吗?"杉山举着酒盅,用手推搡着坂下的胳膊,不厌其烦地说道,还没等坂下开口回答,他就扬起脖子,咕咚一口把酒盅里的烧酒全部倒了进去。

"那么说幸子她现在住在东京啰,东京可是个大地方呀,没有亲戚的帮助,幸子是无法扎下来的。"坂下举着酒盅,附和着应酬道。

"对,对,还是你老弟说得对。不过我侄女良子也不是富家女,她的日子也紧巴巴的,好像……幸子到了那儿不久就外出打工去了,否则怎么能那么快地就给我寄钱来了呢?"

"嘿,是吗?不过在东京她又能做什么呢?"

"唉,一个女人家的还能做什么呀,也许她什么都做,反正能挣到钱就行了。"杉山斜了坂下一眼举起酒盅又是一口。他对坂下打听幸子的打工内容显然有点不满。因为当时的日本法律是禁止妇女卖淫的，而杉山一直认为，山崎幸子做的肯定是卖春、卖笑那一类的行当。

为了调解气氛，坂下正尚又叫了两壶烧酒，陪着老头一杯又一杯地往肚子里灌，直到老头答应给他看幸子寄来的那张汇款单之后才算稍稍地安下了心。两个小时之后，坂下陪老头离开酒店回到了渔村。他很快就在老头家里找到了山崎幸子寄来的汇款单，并注意到了上面写的东京地址。

"东京丰岛区池袋二丁目……"

"是呀，是呀……那就是我侄女……良子的家。……你们去找她呀？别，别去，她可不欢迎你们哟。"杉山一把抢过坂下手里的汇款单，嘟囔着说道。随后就不省人事地倒在已经有点发黑且充满鱼腥味的榻榻米上，昏睡过去了。

这一顿美餐让杉山贞夫解了多日的馋，却给山崎幸子带去了无穷无尽的麻烦。本来海狼搜查本部对是否要花那么多盘缠去东京寻找山崎幸子还多少有点犹豫不决，但是杉山活生生的证言，却把搜查本部所有人的心都给挑了起来。

两天后，池田雄一带着坂下正尚，坐上了开往东京的火车。

一座城市应该像一个有生命的肌体，有街道、有建筑、有绿叶，还有人气才行。可是那时候的东京荒芜得几乎什么都没有。没有一座像样的建筑，没有一条整洁的街道，没有绿树和花草，没有那种蓬勃向上的朝气和精神。从高空俯瞰东京城里到处是弹坑，是烧焦成一片的荒地，是守着枯树残枝的巢穴上哇哇乱叫却又无处觅食的乌鸦群，是一群群从战场上败退下来、缺肢断腿面黄肌瘦、东奔西走却又无所事事的饥馑的人，是一堆堆弥漫着硝烟味、鱼腥味、烧烤味和煤烟味的混合垃圾。那里人心涣散、谣言四起、警匪掌权、黑道横行，唯美国人之命而行，百孔千疮却又是百废待举，这就是那个时代的东京最为显著的特征。

仔细算来，池田雄一已经有七年没有到过东京了。自从那年从东京警察大学毕业以后，他就一直待在北九州和下关市，勤勤恳恳地在那里服役，渴望建立功勋。那种枯燥无味的日子一直伴随着他走到现在。今天当他充满信心地又一次踏上东京的土地，看到久违的警察大学校园，虽然那里已经面目全非，满目疮痍，但仍然有一种难以言说的亲切感。

池田本来想先去拜访他的恩师清水秀治教授的，可是因为坂下正尚一直跟着他，他无法脱身自由行动，而且他本身也想尽快赶到东京池袋山崎幸子的藏身处找到她，所以，当他和坂下在东京警察大学宿舍办完住宿手续后，便急急忙忙地朝丰岛区池袋的方向赶了过去。

池袋位于东京都中心北边，离闹市区新宿只有一步之遥，正因为这个缘故，池袋才成了从日本各地赶到东京来打工的青年男女的聚集地。

池袋是一个浑浊的区域，这里没有田野也没有荒地，因为空地都让那些无证无业游手好闲的人占领了。他们在空地上搭架子，又在架子上面铺油毡，做成简易房子，出租给那些卖苦力的、卖杂物的、卖黑市商品的和什么都卖的人。

这里各种各样的人都有。男人、女人、年纪大的和年纪轻的，尤其是那些穿街走巷的卖花少女，那些抹着口红、涂着脂粉出没于烟花柳巷的少妇，那些还有点姿色却已经是半老徐娘经营着各种花柳店的恶女人……他们是池袋最基本的居民。由他们组成的地区就像是大地的黑洞，一个能够淹没一切的旋涡。任何人，只要他走进这里就等于来到了无底深渊，即使不成为罪犯，也会成为罪犯的目标。

池袋地区本来并不荒凉，那里也曾有着几排房屋和几幢建筑，有着几条用石砖铺成的小街，有着汽车驶过的闹市区和往来的行人。它过去曾是东京一个僻静的住宅地，现在却成了警察注目的闹市区。这种变化在夕阳西下的黄昏显得最为清楚，因为只有那时候人们才能看到，那黑色的屋檐上和破旧的门板前面星星点点闪烁出来的五颜六色的霓虹灯光，而这一切在过去是决然不会有的。

池田雄一和坂下正尚是在黄昏时分来到池袋二丁目那条石子路上的。他们东张西望地注视着两边来往的行人，数着门牌号寻找他们要去的地方。

由于他们的服饰过时，与当地的居住者格格不入，因而多少引起了行人的注意。也许他们俩并没有想到，此刻有两个少妇模样的女人，正站在一座屋檐下紧张地窥视他们，并且压低声音指手画脚地议论着。可是这一幕情景却没有进入池田雄一他们的眼帘。这是一个问题，也是池田在此案搜查上的漏洞。因为他确实没有想到，像他们那样戴着黑色鸭舌帽出入池袋这一区域的男人，在当地人眼中不是警察就是打手，再就是新闻记者之类的人，而这三种人，正是居住在这一地区的新老居民最讨厌也是最不愿意看到的人了。

池田带着坂下正尚旁若无人地走着，他们底气十足。因为当时，时代和法律赋予警察很大的权力。虽然不能为所欲为，但他们至少可以无所顾忌地去干他们认定的事情。

此刻他们已经按着门牌号，找到了山崎幸子寄宿的小屋。

这是一座木结构的两层楼日式住宅。黑瓦片的房顶，糊着乳白色窗纸的木框窗户，虚掩着的门和木框里边悬挂着的门帘，虽然不阔气但也算规范，它说明这种住宅的主人和距此只有两三百米之遥的类似滚地龙之类的简易房子的拥有者，在身份和职业上的不同。前者是池袋地区的老住户，而后者则是战后迁来的新移民；前者是有着一定职业、生活相对稳定的丰岛区居民，后者则是吃了上顿不知下顿，当一天和尚撞一天钟的流浪者和亡命徒。

住宅和身份职业的不同，使这些本来应该成为邻居的人产生了无法调解的矛盾。前者鄙视后者，后者算计前者，就好像前者所住的房屋会因前者而荣耀，后者所住的房子则会因后者而屈辱似的。

这种矛盾在眼前这幢门牌为 38 号的两层和式建筑里统而为一了。因为在进入这幢住宅以前，池田雄一已经在这里的邻居那里证实了他们要寻找的女人，那个离开坛之浦半年有余的山崎幸子就寄宿在这里。

稍稍进行了分工以后，池田雄一就准备动手了。他命令坂下守在门外，看住街上来往的行人，自己则推开虚掩着的门闯了进去。

"你找谁？"这是一个女人尖叫的声音。看见有人突然闯进屋来，她吓得有点魂不附体。

"我找良子。"

"良子……我就是呵。"那女人战战兢兢地回答道。

"噢，你就是杉山家的侄女啊。"池田打量着眼前这个 30 来岁的女人，故作姿态地问道。

"您……您是谁呀？"

"警察！"池田掏出了警署的证件在良子眼前晃了晃后，便自作主张地快步走进里屋。他生怕在里面听到了声音的山崎幸子会做出什么反常的举动来。

然而幸子却没有在那儿。

"您……您想干什么呀？"良子跟进里屋，冲在后面叫道，可是池田就像没有听见似的，又快步登上楼梯来到二楼的房间。

然而，二楼也没有幸子的影子。

"您……您在找什么呀？"

"我找山崎幸子，她人呢？"池田走下楼梯，一边环视着屋内的摆饰一边问道。他神色凶狠、语气冰凉，那副凶神般的神态使良子吃惊。

"您找幸子？她……她怎么了？"看见警察找山崎幸子，良子有点紧张了，她以为幸子一定是出了事才使警察匆匆忙忙地找上门来的。

"幸子……难道她没住在这儿？"看见良子惊异的样子，池田有点奇怪。

"她过去住在这儿，可是两个月前她离开这儿，搬走了。"

"搬走了？她……她搬到哪儿去了？"

"我们也不知道。她说她要去打工，所以就离开了我们。因为寄宿在这里时，我不同意她外出干活。"良子把手一摊，做出了一副无可奈何的样子对池田说道。

"这，打工挣钱……她会去哪里呢？"池田摘下帽子搔了搔头有点失望地说道。随后，他又抬起眼睛，把目光紧盯在良子身上专注地望着，他认定良子一定会知道山崎幸子的下落。

"良子……"池田刚想开口说些什么，却不料被对方猛地打断了话语。

"警察先生，请您不要再叫我良子。我有姓，我嫁到伊藤家里已经八年了。我先生在政府部门工作，他如果听到您这么称呼我，肯定会不高兴的。"良子突然沉下脸，一改刚才惊惶不定的神色，用一种冷冰冰的口吻对池田说道。她在态度上的转变，使池田吃了一惊。

"呵，对不起，失礼了，伊藤太太。不过，我们还是想请你帮我们想一想山崎幸子可能会去的地方，比如说酒吧、旅店什么的。我们要找她，因为她和一个案犯有关系。"为了能从良子嘴里套出山崎幸子的下落，池田不得不改变自己的语气。他注视着良子的眼睛，期待能从她那不可捉摸的神态后面找到什么。他发现当他提到山崎幸子和案犯有关联的话时，良子的身体曾微微地战栗了一下。

"这个女人，她肯定知道山崎幸子的下落，却还要装蒜！哼……东京可真是个染缸啊，本来最好对付的乡下女人，一旦到了东京以后就变得狡猾了，真是难以相信，哼！"池田暗暗地骂道，可脸上还是堆着谦卑的笑。"伊藤太太，你先生也是个公务员，他一定了解我们当警察的难处，所以……"

"警察先生，我要跟你说的都已经说了。我想你应该走了吧，因为再过一会儿，我先生就要回来了。我可不愿意让他在家里看到你。"良子望着池田雄一冷冷地说道，并做出一副送客状，这种样子使池田无法再开口要求什么了。

"好吧，我们将来再谈吧。"池田退到门口，注视着良子意味深长地说道。

然而良子却什么反应也没有。

池田无可奈何地拉开门走了出去。他的脚后跟刚刚迈出门槛，身后的木板门就砰的一声被良子紧紧地关住了。

"妈的，这婊子养的。"池田回过身来，看了一眼紧紧关闭的门忍不住地骂了一句。他真想伸出拳头，去砸这扇本来就有点裂缝的门，可是想了想后还是忍住了。因为池田有着他的顾忌。他担心那个在政府供职的良子的丈夫，会到警察部门投诉他。如今社会已经变了，自由的言论对于警察来说多少在起作用。私自闯入住宅，侵犯人身自由，毕竟是严重的事情，一旦被新闻界知道，弄出一个警察私自闯入政府公务员住宅恐吓公务员妻子的丑闻，那他的警察生涯就真的要完了，半年前他不是已经尝到舆论的厉害了吗？

池田思索着，他多少变得聪明一点了。不过这也多少有点难为他。因为现在的日本社会，正是专制制度到民主主义社会的转折点，而警察在执行公务中的风纪，则是这个转折时期的镜子，只要稍有不慎，就会被舆论界用来作为攻击政府、煽动民众、发泄对社会不满的工具，而警察在那时就会成为牺牲品。

池田来到了和坂下正尚约定的地方，并带着他到良子家马路对面的小酒铺，一边喝酒一边把他如何在那里碰钉子的情况向坂下复述了一遍。他们喝着清酒商量着，最后一致决定，在良子家对面借一间住房，设下暗哨，由他们俩轮换着，日夜监视良子一家的动静，等待山崎幸子的出现。

"没错，山崎幸子肯定会来这里的，那个良子，她肯定也知道幸子的隐身处！只要他们稍有动作就行，到那时我就决不会手软。"池田恨恨地想着，他相信自己的判断，就像人类相信希望一样。

27　逃跑途中的罗曼史

　　池田雄一是个优秀的警察。他多疑、执着、不畏困苦，这些特点我们已经明白。可是他也有他的问题，粗心、莽撞、缺乏耐心等都是他仕途上的障碍。比如说刚才在伊藤良子的家。假如他能够再仔细一点，看到二楼卧室榻榻米上的卧具，比这个家庭的实际人口多了一副，并且就此追查下去，在良子家里再死磨硬泡纠缠一会儿，事情或许就可能出现转机。可是他走了，被伊藤良子赶出了家门，因而也失去了坐享其成的机会。

　　其实山崎幸子并没有离开她堂姐伊藤良子的家，她仍然住在那里。两个月前经人介绍，她找到一份在夜总会跳舞的职业。这份收入不菲的工作本来要求所有的人都必须住在夜总会的宿舍，可是幸子在那儿住了三天就跑了回来，因为她发现有人图谋不轨。

　　由于她的舞技出众，夜总会的老板娘允许她回家居住。这种状况一直延续至今。伊藤良子的邻居在警方前来询问时也曾这样做过证，可是池田雄一却没有把证言当回事。

　　当池田雄一被逐出门外后，伊藤良子心旌摇曳，她靠在门背后，听着池田那逐渐远去的厚实脚步声，心里如同揣着一头小鹿似的跳个不停。

　　她闭上了眼睛，长长地吐了一口气，好像要舒缓一下绷得紧紧的神经，只是没过多久她又像想起了什么似的突然睁开双眼。

她大吃一惊，脸色马上变得灰白了。因为幸子今晚没有演出，而现在就是她回来的时候。

"天哪，这怎么办？"伊藤良子情不自禁地看着墙上的挂钟，她发现时针已经指向六点了。是的，幸子回家一向很准时，没有特殊情况，她一定会在现在这个时候回家，此刻她很可能正在二丁目的交岔口，慢慢地向这里走着。可是警察，他们一定还没走，他们或许已经在这里设下埋伏了。良子皱着双眉思索着，果断地下定了决心。她披了件衣服，推开家门，向着幸子肯定要走过来的方向迎上去。她已经顾不上了，只有一个目的，那就是通知幸子赶快逃跑。

良子匆匆忙忙地向前跑着，她不敢回头也不愿意回头看，她只觉得厄运在后面追赶着她。实际情况也是这样。此刻坐在良子家对面小酒铺的池田雄一确实看见了这光景。他对良子走出门时那种左顾右盼的样子感到怀疑。他站起身来，掐掉烟头，关照坂下付掉酒钱，自己便迈开大步，随着良子的背影跟了上去。他并不躲躲闪闪，也不忌讳良子会发现他。他认定假如不是什么紧急状态，伊藤良子是绝不会在警察刚离开不久就匆匆出门的。

也许是因为听到了后面男人的脚步声，良子的心情变得更加沉重了。她加快脚步心急如火地走着，尤其是当她走出小街，来到二丁目交岔口的时候，她的双脚几乎不容置疑地跑了起来。因为她看到了在交岔口的对面正走过来的山崎幸子。

山崎幸子显然什么都不知道。她仍然在安闲地走着，慢吞吞的，喜溢眉梢，仿佛这个世界到处都是盛开的鲜花。

看到幸子以后，伊藤良子愣了一下，她停住脚步自然而然地朝自己的身后望去。她看见了正在急步赶来的池田雄一和他的部下。他们一先一后地大步走着，昂着头，如同流星一般，可是那鹰一样的眼睛却始终盯着她，没有离开过一下。

良子的脑子里"嗡"的一声炸了起来,她浑身战栗,在刹那间她做出了她一生中最为勇敢的决定。她快步跑了起来,冲着仍然在流连街边杂景的幸子大声地喊了起来。

"幸子,快……快逃!警察来了,他们正在后面!"

她拼死地喊着,不断地比画着,用手指着身后正紧紧追赶着她的池田雄一他们,那种急如星火声嘶力竭般的声音,使幸子大吃一惊。

"姐姐,怎么了?怎么……"

"快,快跑,警察来了!"伊藤良子再一次大声地叫道。

"警察……"幸子的脸色变了,她抬起眼睛,这才看见正在追赶过来,已经一步一步逼近的池田雄一。

"啊……他……这个坛之浦的警察!他……"

幸子大吃一惊。她浑身上下汗毛直竖,像是一头重新被围困的小鹿。

她认识他。在山崎婆的灵堂前,在坛之浦那空旷旷的家里,他逼问过她,训斥过她,要挟过她,那种凶狠残暴的样子,如同恶魔一般的目光,深入她的骨髓,让她无时无刻不在为此战栗。即使是在梦中,她也曾看见过他,并且为此惊恐地厉声呼叫,就好像世界到了末日一般。啊,这个警察,这个自以为是法律的代表,真理的化身,虽然她叫不出他的名字,但是在她眼里,他是这个世界上所有恶魔的总代表,是一切幸福、欢乐、纯真、美丽的仇敌!

幸子望着池田雄一,面色发青,嘴唇发紫,双脚瑟瑟抖动,如同一只绵羊看到了正准备扑上来地张着血盆大口的老虎一样。

此刻,池田雄一也像着了魔似的停下了脚步。他打量着已经有半年多没见面的山崎幸子,冷笑着,踌躇满志。他目光凶顽,明明知道胜券在握,却偏偏要拖延下手的时刻。这是一种乐趣,正如蜘蛛看见了入网后的虫子一样，情愿让它多扑腾几下，也不愿意马上行动。只要她一直留在自己的视线内，他心中就会感到无比的欢畅。

他们四目相望着，这种阴暗惨痛的感觉让时间都为之停顿了下来。

此刻对峙着的双方都没有想到的事情发生了。

谁也没有想到，那时站在他们之间的瘦小女人伊藤良子却突然跳了起来。她一面大声惊呼让幸子赶快逃跑，一面奋不顾身地向池田雄一扑了过去。她抱住他的身体，用头去顶着他的腹部，这突如其来的举动让池田大吃一惊。他趔趄了一下，向后退了几步，并且不由自主地在伊藤良子奋不顾身的冲力下倒了下来，跌倒在马路上。

"幸子，快走，快走……"良子撕裂着嗓子厉声叫道，她扑到倒在地上的池田身上，抱住他的身体，那种勇敢果断的行为，使幸子也吃了一惊。

"姐姐……"幸子心如刀割地大声叫道。

"快跑，幸子……快跑！"

"可是……姐姐，你……"看见了倒在地上的池田雄一正准备去掏挂在腰间的手铐时，幸子忍不住流出了眼泪。她想去帮助正在和池田搏斗着的良子，但又有点胆怯。她迟疑着，却不料落在后面的坂下正尚已经气喘吁吁地赶到了现场。

"快，快去铐住那个婊子，不要让她跑了……"已经拿出手铐，正准备去铐良子手腕的池田雄一厉声向坂下正尚命令道。他的话好像提醒了幸子，使她从犹豫中清醒过来。她抬起头，擦了擦眼泪，咬了下嘴唇，顿时下定了决心。

"姐姐……我，我走了，你多保重！"她大声叫道，撒开双腿向马路对面那些排列着的杂乱的铺子、曲折隐蔽的小路和黑乎乎的旮旯胡同的深处,飞也似地跑了过去,而那时正在起哄围观准备欣赏这幕警察抓人闹剧的人流却拥挤了过来。

这群脑后长有反骨,对警察有着一肚子怨气的流浪者的立场是很清楚的。他们放过了山崎幸子,却有意无意地挡着坂下正尚,这就给幸子带来了机会,使她能够率先一步进入即使是当地居民都会感到不知所措地被各种小铺占据、围绕,制造和包围的迷魂阵里,很快就不见了踪影。

"快,快吹哨子,呼叫当地的警察!"刚刚制服了良子,把手铐铐在她手上的池田雄一赶了过来。他声色俱厉地叫道,拿出警笛,吹着召唤周围的警察,并且粗暴地拿出警棍,驱赶那些不怀好意的围观者。他把伊藤良子交给了坂下,自己则乘着被警棍赶开的人流露出来的空隙奔了过去。

此刻天空已经完全黑下来了。朦胧的黑雾从大地深处升腾而上,在不知不觉中占领了城市的角落。虽然零零散散的小铺的灯光和忽红忽绿的霓虹灯,还是在给胡同、小路以及街角的旮旯处带去光影,但是没有过多久黑雾就使整个池袋地区沉浸在一片灰暗的朦胧中了。

这显然对逃跑者有利,这一点池田非常清楚,但是此刻他已经顾不上那些了。池田揉了一下眼睛,认准了方向后便毫不含糊地来到杂铺前,随着山崎幸子隐身而进的小石子路,不顾一切地追了上去。他一边追着一边仍然不停地吹着警笛,使在这一代巡逻的警察都集中了过来。不一会儿,警察就包围了这个地区,并且沿着那些小路,一个铺一个店搜索起来。

那时,山崎幸子仍然在逃窜。在刺耳的警笛声中,她显然有点慌张。她知道警察的人数在不断增加,也知道有人在暗中指手画脚地议论她,并且还向警察提供情报,告诉警察她逃跑的方向以及可能的隐身之处。

情况十分危急，而且幸子对那一带地形也不熟悉。这个让池田感到不知所措的迷魂阵，对于幸子来讲也是一样。她左冲右突，尽量把自己托付给那些黑乎乎、静悄悄，很少有人的小街，可是没有想到的是，每次当她觉得自己已经冲出了警察的包围之时，却又总是发现就在她准备想去穿越的路口，那个黑暗和光明交织的地方，仍然晃荡着警察的影子，使她不得不又折回身去，另择方向。

她慌不择路地疾步行走着，顺着黑暗的街角，隐着身影拐进了一条巷子。这条巷子出口处有几家小食坊在闪着光亮，但近处仍然黑黝黝地没有人影。她靠在墙上，喘了一口粗气，心里稍稍地宽慰了一些。就这样过了一分钟以后，她开始往前移动脚步。她走过了刚刚从那儿穿越过来的巷子，并且企图向这条巷子的另一个出口逃去。可是很快她就失望了。她发现她要去的方向并没有出路，那边黑乎乎的只有一道高墙和一棵大槐树，它们把这条胡同的出口给堵住了。

她停下脚步，转回身去。现在她的出路只有两条，一条是冒险穿过那几家有灯光的小食坊，从胡同口冲出去，另一条是折回原处，回到胡同左侧刚刚经过的巷子。可是那两条路都非常危险。因为胡同口的小食坊那边肯定会有警察把守，一旦被他们发现，那就只能束手就擒，而左侧的巷子更不安全，因为她刚才就是从那儿逃过来的，追着她的警察很可能就在那儿打着手电，挨家挨户地搜查着呢。

怎么办？看来只能冒险穿过小食坊，在警察的眼皮子底下从那个胡同口冲过去了。她定了定神，把自己的身体隐藏在阴暗面，并且加快速度移动着脚步，然而也就在她能够清晰地看见食坊里坐着的那些人影的时候，一种足以让她魂飞魄散的声音传了过来，那是池田雄一在说话，此刻他正带着两个警察，站在那个胡同口。

"哎,刚才我明明看见这个女人走到这里面去的,怎么一下子就没影了?"一个警察疑惑地问另一个警察。

"别急,这条小路和那条胡同是通着的。这样,你守在这里,我进去看看。她跑不了,肯定躲在里面。"

那正是池田的声音,此刻他正准备到幸子隐身的这条胡同来搜查。

"怎么办?这……"幸子望着戴着鸭舌帽站在胡同口上东张西望的池田,忍不住地流下了泪水。她咬着嘴唇仰起头,望着天空,尽量不让自己哭出声来,可是那心酸的泪水还是如同泉水般从她眼眶里滚了下来。

"啊,我犯了什么罪,值得你们从老家赶来,这样兴师动众地来抓我,想从我嘴里找到高桥秀义的行踪!呸,休想,你们就是抓到我也不会得到任何消息!可是,高桥秀义,他究竟在哪里呢?我也在找他!这个好心人,他给了我那么多钱,让我能够还清债务,给山崎婆办丧事,赎出自己的身体,自由地来东京,见到这么大的世界,可是我……竟连一个感谢他的机会都没有就被警察抓住,送进监狱,从此没有自由,再也不可能有机会见到他,啊,高桥君……"

幸子怔怔地想着,嚅动着嘴唇,刚才那种对于警察池田雄一的愤恨在倏忽之间就变成了思念高桥秀义的愁绪。她无力地靠在墙壁上,挺着身体,直直地望着黑暗中的远处,犹如一尊雕像般的竖在那里。她静静地等着池田的到来,她也已经无所畏惧了。

然而也正是在那时,她的手被人摇动了一下。那不是警察,不是池田雄一那副冰凉的手铐,那是一个碰上去还显得有点稚嫩的男人的手。

"啊……"幸子战栗了一下,她刚要发出本能的尖叫声时,就被对方举起的食指，挡在了自己的嘴唇上。

"嘘……"那嘘声出自一个少年，虽然轻微，但幸子还是感觉到了。她睁着泪眼本能地转过身来，看到一个不知道从哪里也不知道是什么时候钻到她身边来的少年。他看上去有十七八岁，头发蓬乱，长着一对乌黑的大眼睛，衣衫褴褛，却又显得非常机灵。他仰头凝视着她，那天真的眸子里充满疑问。

"你偷了东西？"那少年做着偷东西的手势轻声问道。

"没有。"幸子摇了摇头。

"那你做了什么坏事？"

"没有。"

"那警察为什么要抓你？"那少年指着已经走进胡同，正在小食坊跟前东张西望的池田的影子，再次问道。

幸子又一次地摇了摇头。

"那好吧，你跟我来，我帮你。"

"可是……"幸子望着少年那纯真的眼睛，迟疑着又摇了摇头。

"没事，你放心，这一带我熟。"少年看了幸子一眼轻轻地说道，并且不由分说地拉住了幸子那满是汗水的手。

幸子犹豫了一下但还是听从了少年的意见。她跟着他，贴着墙壁，沿着胡同内的黑暗面，手拉着手，一边注视着池田的行动一边移动着，不一会儿就来到一堵破烂的砖墙跟前。他们绕过一堆散发着霉臭味的垃圾，穿进只能供一人侧身行走的通道，从由木板和红砖拼凑成的墙角边的过道钻进去，来到一幢黑乎乎的已经破烂不堪的建筑物前。

这里显然已经远离了刚才池田所在的那条胡同。

"我们到了……我就住在这里。"那少年望着幸子，低声说道。

"可是……"幸子迟疑着,她望着眼前那幢肃静萧瑟,漆黑一片,阴暗醒醒地爬着长青藤的老屋,心里咯噔咯噔地直跳,真不知道怎么办才好。

"别害怕,没事……现在我们只要把这块木板移开,就可以到屋子里边去了。"那少年安慰着幸子,并动手去搬那块被人为地挡着通路的木板。大概只用了30秒,他们就移开了门板,并推开了里边的暗门,走进黑乎乎的走廊,虽然什么都看不清,但是仍然可以感觉到,他们已经来到了建筑物的里面。

他们继续往前走着,穿过一道门和一道长廊,在一堵高墙前边停了下来。少年有点焦急地等着,并看了幸子一眼,而后便把大拇指和食指塞进嘴巴,学了一声猫头鹰叫。十秒钟以后,在他们的背后,这幢高墙的另一边也出现了猫头鹰叫,而后便传来了脚步声。

那像是一个接应者,也是个男孩子,只是比起眼前这个少年来,年龄显得更小。他们互相间点点头,汇合到一起,然后穿过院子来到一堵砖墙前,推开墙边嘎嘎作响的钉着锌皮的铁门,领着幸子走了进去。

望着里面的景象幸子惊愕了。她看见里面密密麻麻地坐着、躺着、趴着,有着各种姿势,但都紧闭着嘴巴,默不作声,不敢嬉笑,却又充满好奇的孩子。男孩、女孩、大孩、小孩,最大的只有十五六岁,最小的也只有三四岁。他们围坐在几盏油灯前,蜷缩着睁着惊奇的眼睛,小声议论着,他们在为自己队伍中又增加了一名成员感到兴奋。

"这……这是哪里?他们是什么人呀?为什么都会在这儿过夜?"幸子左右张望着,有点惊愕地问把她带到这里来的少年。看上去他应该是这帮孩子的头儿。

"他们和我一样,都是孤儿,无家可归。他们的爸爸妈妈不是死在战场上，就是被美国人的飞机炸死了。"那个少年望着幸子，有点儿伤感地说道。

"孤儿……"幸子情不自禁地重复着。她望着那些孩子，想到自己的身世，那种同病相怜的感受使她又流出了眼泪。

"姐姐，别哭，别哭，你放心，今晚不会让你住这里的。我担心警察还在追赶我们，所以我要让他们在这里帮我堵住警察。即使警察没发现我们，我也不敢让你在这儿过夜的，因为警察天亮后肯定还要到这里来搜查。当地警察知道这里住着孤儿。"

那少年有点误解了幸子的意思，他解释着说道。也许是因为他在昏暗的光线下看清了幸子的长相，所以他就自然而然地称她为姐姐了。他觉得这么称呼，幸子可能会更安心些。

"姐姐，走吧，这里还有危险，或许警察马上会赶到这里来的。"那少年安慰着幸子，像个大人似的指挥着。由于天天在和警察打交道，他已经多少了解了警察搜查的规律。

"姐姐，你是回家呢，还是去哪里？你看，我们把你送到哪里去好呢？"那个少年补充着又问了一句。

"去哪里？是啊……我又能去哪里呢？"幸子的嘴唇嚅动着，发出一种只有她自己才能听到的声音。"堂姐那儿不能去了，她或许已经被警察抓了起来，而且警察也知道她的住址，那儿已经无法藏身了……夜总会那个宿舍也不能去。别说住在那儿，或许那个工作也得放弃，谁知道警察不会找到那儿去呢？那么，我又能去哪里呢？看来我哪儿也不能去，偌大的东京已经没有我可以藏身的地方了。"

幸子悲哀地想着，她的眼泪又流下来了。她抬起头来，为难地望着眼前这个被生活煎熬得多少有点早熟了的少年，哆嗦了一下嘴唇，却没有说出话来。

"没事，没事，姐姐，别伤心，一切都会解决的。今天已经那么晚了,假如你没有急着要去的地方,那今晚就住到我姨妈那儿去吧。她家有地方,而且只有她一个人在那儿住,挺方便的。住一晚上,过了今天这一关再去考虑以后的事吧。来,走吧,我送你过去,我姨妈就住在高田马场那边,离这儿也不远,我们这就走吧。"

望着幸子欲言又止满是愁云的脸庞,少年显然已经明白了。他顿时做出了决定。随后,他叫来了刚才前来接应的男孩,交代了如何去应付追赶上来的警察一些事之后,便不由分说地拉住幸子的手,离开了那间坐满了孤儿的房间。

望着少年充满自信而又果断的神态,幸子有些感动。她不知道该向他说些什么,因为她确实是走投无路了。

女人比男人感性,在关键时刻她们是跟着感觉走的。女人的第一感觉往往是她们的行动指南。而且现在幸子也已经认定,眼前的少年是绝不会加害于她的。这种自信从她在胡同的黑暗处听到他的第一句问话时就已经产生了。

他们匆匆忙忙地走着,通过狭长的通道,推开破烂的铁门,绕过房角前的垃圾,跨过矮墙,走到了一处说不清是哪儿的边缘角落,又顺着角落边那条笔直的泥路,一直走下去,不久他们就听到了一片哗哗的流水声,并且从月光反射的光泽里看到了与他们并行往东蜿蜒的那条河流。

"这条河叫作神奈川,我姨妈就住在河那边。"少年放慢了脚步,对仍处在慌乱中的幸子说道。"我们已经逃过了警察的包围,现在可以放下心来慢慢走了。"

"是吗……谢谢……"幸子放慢脚步向少年连声感谢着。趁着月光,她端详着那个虽然年轻,但个子已有一米七十以上的少年。她发现他长得眉清目秀但又不乏男子汉气质,果敢无畏,粗中有细,显得很有主见。看来他是个值得信赖的男人。

"别谢……谢什么……帮你忙是应该的。姐姐，你不是个坏人，一定是警察在滥用权力欺侮人。他们是不会得逞的。姐姐，你放心吧，一切有我呢!"那少年充满激情地说道。

"姐姐，你叫什么名字?"

"我叫山崎幸子，你呢?"

"我叫中村直也。以后，你就叫我里达（Leader）吧，我的伙伴都那么叫我。"

"里达……好，我也这么叫你，因为你是伙伴们的 Leader 嘛。"幸子望着中村直也附和着说道。她为自己能够在危难中结识中村并得到他的帮助而感到幸运。

他们互相交流着，语气中表达出来的依赖和信任，虽然脆弱和幼稚，却显示着一种缘分，一种无法言说但实实在在能够触摸到的感觉。它使幸子的情感世界多少变得复杂起来了。

半小时以后，他们平安地来到了位于高田马场附近的中村的姨妈家。看见侄子带了一个年轻女人要住到自己家里来，中村的姨妈吃了一惊，她还以为那是侄子的女朋友，顿时又做饭又烧水地忙碌了起来。她今年 52 岁，结婚那年丈夫就去当了兵，而后就再也没有回来，至今独身一人。中村也是个孤儿，他的父母都死在了东京的空袭中，因此姨妈一直把中村当作自己的孩子。此刻，她做了一锅面条，看着他们吃下，接着又按照中村的要求，为幸子在里屋的榻榻米上铺好被褥，安排好了以后才回到自己的屋子，把时间和空间留给了那一对年轻人。

第一次而且在屋里又靠得这么近地在一起，中村和幸子似乎都有点慌乱。他们互相凝望了一眼后又像触电似的把眼光转向别处，这种不自然的感觉显然使幸子感到心颤，她犹豫着刚想说些什么，中村却抢在她前面开了口。

"我走了，我还要回到那儿去应付警察，他们肯定会怀疑是我们帮助你逃跑的,所以……"中村望了幸子一眼,突然有点伤感了,这种情感本来不是他那个年龄应该有的,可是过分的早熟已使他多少感悟到了男女之间的情愫。

"谢谢你……路上要小心哟。"幸子叮嘱了一句。

"没事,你放心,不过……你一个人在这里不会害怕吗?"中村轻轻地问道,但马上就为自己的提问感到了羞涩。

"我不会再害怕了,你放心吧。"幸子沉默了一下后回答道,她显然已经从中村的言行中感觉到了什么。

"好吧!不过……我明天还会来看你的。"中村站了起来,和幸子握了一下手便推开屋门走了出去。他没有再回头,并且马上就消失在浓浓的夜色中了。他知道他必须赶回去,因为警察很可能会在那一带连夜搜查的。万一他的伙伴中有哪个走漏风声,把他带着幸子走了的事告诉警察,那后果也是不堪设想的。

中村想得非常周到,而事实也正是那样,池田雄一确实把中村所在的那一带作为重点搜查的地区。他断定山崎幸子是在那里消失的。尤其是当他听到当地警察说那里有一个"孤儿窝"的话时,池田就更加怀疑了。他连夜赶到那里,审视那些睡眼惺忪的孩子。虽然他没有发现什么破绽,但仍然怀疑山崎幸子是在那些孤儿的掩护下才得以逃脱。他深信她逃不多远,一定是藏在附近的什么地方,为此池田安排了哨兵,并让巡逻队在那一带不停地搜索。清晨,当天边有点蒙蒙亮时,他又一次带着队伍来到那个孤儿的集中地去搜索,查看正在熟睡的孤儿们的脸蛋,唯恐山崎幸子躺在他们中间蒙混过关。

总之,池田雄一折腾了一夜,如同翻看小偷身上口袋那样地把池袋那一带的街市、胡同和小路,以及那令他怀疑的每一个角落都翻了个遍。

他实在不愿意承认山崎幸子会在他眼皮子底下逃脱了的

事实。

　　第二天早上，池田雄一在解散他的搜查队伍时不得不认输了。"妈的，首战失败，真是出门不利呀！"他满面羞惭，并且咬牙切齿，就像一个被窃贼暗算了的恶霸一样，愤恨而又痛心。

28 一对男女，两个犯人

清晨，天边还没有泛出玫瑰色的云霞之时，山崎幸子就已经起床了。她的头有点晕，脑袋也有点昏沉沉的，显然她昨晚一夜都没能好好合眼。

假如白天发生的事太多感触太复杂的话，晚上就无法入睡。这是一定的。对此医生已经忠告过我们了。然而对于幸子来讲其原因还不仅仅是这些。警察的追捕、堂姐的被抓、亡命般的逃窜、得到中村直也的帮助等戏剧般的遭遇，确实可以让她躺在榻榻米上好好回味一阵子，可是这个由中村的姨妈提供的新居以及姨妈那种和蔼和过分热情的态度，却是她的心病。因为她确实已经从中看出了隐藏在中村内心深处，或许正在燃烧的少年那颗纯真的心。

中村确实有着能让女孩子们为之心动的神态。他的长相、气质，以及处理问题时果敢冷静的样子，都能让女孩子产生幻想和冲动。他指挥着那些孤儿，每日每夜和警察周旋，寻找食物和能够栖息的藏身之地，无处不在显示着他的魅力和才能。他是那样年轻，最多也不会超过18岁，但是可以想象十年后，20年后的他会有一种什么样的前程啊。

这是一个值得依赖、品行可靠的男人，可是幸子越这么想就越觉得不安。她不配他，凭她的过去，那些遭遇，那么多的悲剧，那么复杂的经历，光凭这些她就已经失去了爱他的资格。其实她确实也配不上他。她的年龄比他大，她是逃难来东京的，警察正在追踪她，搞得她走投无路，这些都是他们俩之间无法超越的障碍。可是，为什么那个中村会表示出那么大的热情呢？还有他的姨妈，他们确实把她当作自己家里的一分子了，可是……

爱是复杂的，是心理和生理的综合反应，其形成过程和因果关系并不是简单几句话就能说清的。谁知道中村在想些什么？或许他们间的相遇，在他心里引起的只是一种未成熟少年的性启蒙和冲动呢？

幸子怔怔地想着，她不知道自己为什么刚起床就会去想那样的事情。为什么呢？她反复思考着。可是不知怎么搞的，她越想就越明白就越看清楚了涌动在自己内心深处的那种东西。他们之间除了那种患难之交般的情谊以外，更重要的还是其他的东西。因为幸子不得不在自己的心里承认，她确实也有点喜欢上了那个少年。

那才是最为致命的。

我们知道山崎幸子是为了寻找高桥秀义才到东京来的。自从半年前在坛之浦春风馆和高桥秀义相遇有了那一番云雨之后，她就把他锁在了心里。她时时刻刻想着他，反反复复回忆她和高桥相处时的那些情景。

他给了她那么多钱，而这正是她在当时的环境中最需要的。自从那起"美国兵强奸日本妇女案"被媒体曝光以后她就没脸再在故乡待下去了。可是，离开坛之浦需要钱呀，还有给山崎婆治病、送葬，离开春风馆，还自己一个自由身，等等一切，不都需要钱吗？然而高桥却把他的钱给了她。他给了她15美元，给了她这天文般数字的钱，还劝她不要再做那种事，说以后还会来找她，给她寄钱，说她长得漂亮，完全应该有新的生活。

这是一种什么样的情感啊！

高桥秀义对她的感情是金矿,是钻石,它无法计价,它包含了一个男人所拥有的全部的东西。就是因为这种情感,幸子才在警察的追逼威压之下咬紧牙关,一字不吐,才敢一个人离开故乡,在茫茫的人海中去寻找他,才能够挺起胸膛接受生活的煎熬,活着走到今天。

高桥是她的偶像,她的精神源泉。她从来就没有奢望过自己那已经肮脏的身体会有资格和高桥结合到一起,以至于在听到高桥是罪犯正在被警察追捕时,她还感到了某种宽慰和平衡。

她觉得自己有希望和高桥走到一起去了,因为他的犯罪缩短了他和她之间的距离。

多么悲惨的理论,多么奇特的情感,可是谁能料到今天幸子遇到了中村直也,在这个苦命的女子遇到了一个多情的少年后,她山崎幸子竟然也产生了邪念,产生了那种卑鄙的念头和忘恩负义的思维。

幸子反躬自问着。她尝到了那种苦味,那种由情爱之欲、男女之情所带来的烦躁和苦恼。

她思考着,终于下定了决心。

她整理好被褥,准备离开这里。她觉得自己必须立即离开这个温暖的居处才对。因为中村直也和警察池田雄一一样,都在向她发起进攻。池田追捕高桥,追踪她山崎幸子,其目的是为了不让他们再见,消灭他在她心中的肉体形象。而中村用的则是丘比特的神箭,向她频频射去,其目的也是想消灭高桥这个她心灵上的精神支柱,从根本上去击垮她。他们手段不同,目的却完全一样。

"多么危险,多么可怕,幸亏自己还有那么一点理智。"幸子嘟囔着,正准备向中村的姨妈道谢告别时,中村却拿着报纸,从外面推门进来了。

"幸子,幸子……"他大声叫道,语气显得非常紧张。他有点慌乱,好像围绕幸子又发生了什么。

那时幸子正好从卧室里走出来。她有点忧虑地望着中村,寻找表白心迹的机会。她犹豫着正准备开口时,却不料中村抢过了话锋。

"早上好,幸子,昨晚睡得好吗?"中村问候道,他当然不知道幸子脑海里经受了那样的一场风暴。他才18岁,18岁的少年能懂得多少男女情爱方面细腻而又微妙的情愫和韵味呢?

"幸子,你怎么了?"看见幸子犹豫着没有说话,中村有点奇怪。

"我……我准备离开这里。"幸子避开中村灼热的目光,低下头回答道。

"什么?你要离开这儿?去哪里……哪里都不会有这里安全的呀!幸子……"中村焦急地说道,把手中这份本来还一直犹豫着是否要给她看的《东京晨报》,递到了幸子手里。

"幸子,这上面刊登了昨晚警察在池袋二丁目搜捕你的事情呢。"中村用手指着《东京晨报》上的内容说道。"你看,把你的名字都写上去了,你怎么还能再到外面去呢?"他怔怔地望着幸子,拧着双眉,一脸忧虑。

《东京晨报》把警方在池袋搜捕无功而返的消息,登载了三版的头条,虽然才寥寥数言,却把警方重新恢复成立海狼杀人登陆事件搜查本部的消息披露了,它自然引起了各方人士的注意。

《东京晨报》的消息是这样写的:

昨天傍晚,重新恢复成立的海狼杀人登陆事件搜查本部在池袋二丁目展开了该部在成立以后的第一次搜捕行动,目标是与海狼有过交易、实属共犯的名叫山崎幸子的年轻女人。该犯从北九州的坛之浦上东京后,一直潜伏在池袋二丁目那一带混乱不法地区。就在警方找到该犯踪迹,并且要实行逮捕的刹那间,该犯趁着该地区的混乱以及对该地区地形的了解逃之夭夭,使负责此次搜捕行动的池田雄一警长脸上蒙灰。

此次行动的失败并不能改变搜查本部为破获此案定下的方针,相信他们在继续追捕女犯山崎幸子的同时,一定会在近期内揭开这起立案已达半年之久,传说会和远东军事法庭审判战犯有关的扑朔迷离的疑案真相,并以此去告慰读者的。

《东京晨报》上登载的内容,使山崎幸子大吃一惊。她怔怔地望着那些文字,忍不住地呜咽起来。

"呵,在人们眼里我已经成了一个参与了什么海狼杀人事件,还与审判战犯有关的罪犯。这……这都是些从哪儿找来的罪名啊?我被美国人强暴,女儿也惨死在他们手里,可警察不积极去抓犯人,却始终逼着我,要我昧着良心去出卖我恩人,否则就要把我抓起来,让我戴上犯人的面具,从此没有阳光雨露,没有春秋佳日,永远地背着罪名,不能去过正常人的生活,这……这难道就是我们的报纸所宣称的战后日本的文明和法律吗?这种社会给挣扎在生活底层的人带来的除了残害和绝望以外,还能有什么呢?"

幸子哭泣着,泪流满面。她忍耐、逃避、小心翼翼,只是为了追求幸福,像普通人一般的过日子,可是现实社会却以它最文明的手段——在报纸的一角登载一段文字,仅短短几句话就宣判了她的罪行,其原因只是她不肯说出和她有过一段风流,对她柔情蜜意、恩重如山,却又从此失去行踪的人的事情。

幸子的心碎了，大颗大颗的眼泪从她的灵魂深处涌出来。她觉得她已经无法去解释什么了。中村比她小五岁，就这个年龄和阅历，他怎么可能会理解她那么复杂曲折的经历呢？

幸子嘤嘤地哭着，沉浸在悲痛和绝望中，过了好一会儿以后她站了起来，一边用手背擦眼泪，一边拿起了随身用的挎包。她执意要离开这儿，和中村分手。

然而中村却不同意她离开这里。他望着幸子，用和她同样悲哀同样歇斯底里的情绪，抱住了她的肩膀，强行让她坐回到了榻榻米上。

"你……你想去哪里？告诉你，除了留在这里，我……我是哪里也不会让你去的！你光想着自己，以为自己一走就什么都解决了！可是你想过我吗？昨天晚上，是我帮你逃跑的。我已经成了一个共犯！在警察眼里，我同样是个犯人，他们绝不会因为我才18岁就饶过我！幸子，我已经成了共犯，一个和你一起犯了罪的人，你……难道你就能狠心丢下我一个人走吗？"中村直着嗓子说道，他那一反常态歇斯底里的样子，使幸子惊愕了。

"共犯？"她重复着中村的话，玩味着那两个字眼中所包含着的分量。她没想到中村会讲出这样的话，使她的心一下子沉重起来了。

"这……就是因为不愿让你成为共犯，我才要离开这里的。"幸子有点勉强地补充道。

"可已经晚了！自从昨晚在胡同里看见你帮助你以后我就成为犯人了。因为在那时我就认定，警察是在伤害好人。什么海狼杀人，什么与审判战犯有关，全是编造出来的！所以幸子，你要相信我，我是能分辨好坏的！幸子……别离开这儿，因为这里是最安全的。也许几天后一切就都清楚了，没事了，那时我再带你出去，陪你去箱根、热海好好玩，真的，幸子。"

中村直也语无伦次地说着，其中心意思就是一句话，那就是他要把自己绑到幸子的战车上去，和她一起高兴，一起痛苦，一起成为哪怕就是被警察所追捕的犯人也行。这种并非理性的举动使幸子感动。她坐在榻榻米上，怔怔地望着眼前这个正在被激情燃烧着的少年，再也说不出什么话来。她不知道他为什么会这样做，是因为爱？是因为男女之间互相贯通着的情感？是因为失去母爱已经很久的少年，渴望得到一种来自女人的温暖，还是其他的什么呢？

山崎幸子心旌摇曳，涌动着一种难以言说的感情。

她突然觉得中村是那么可爱，那么温情，使她一下子看清了命运之手在关键时刻恩赐给她的幸福和温暖。她真心希望中村现在能够直截了当地去追问她的过去，追问警察之所以要来抓她的原因，追问她所拥有的凄楚和神秘，以便她尽可能地去解释自己，为自己开脱，证明自己无罪，借机吐出她的苦水，说出那些酸、甜、苦、辣。因为，只有经历了不幸的人才懂得珍惜未来的幸福，而此刻幸子也确实感到，自己好像已经触摸到了幸福的边缘。

中村在本质上应该说是一个特别能够怜香惜玉的男人。这种男子汉的品行在他现在这个年纪或许并不能被完全地认识到。他不懂法律，对警察有着一种本能上的反叛，他当然不会认为幸子是个罪犯，这一点除了对于异性的怜爱以外，更重要的还是一种直觉，而且那种感觉已经在山崎幸子泪如泉涌般的悲伤中得到证实了。

时间在静谧中流逝着，从理性走到感性，又从感性回到理性。那种难以用语言表达的感受是一幅动人的画卷。此刻，这一对男女四目相望，各自想着心思。悲哀、伤感、庄严而又幸福。他们心驰神往地企图去做些什么，但又极力地压抑着，使那种在朦胧中被苏醒了的欲望又沉淀了回去。

他们这种互相窥视，揣摩着对方心思的状态持续着，直到中村的姨妈走来敲门催促他们赶快吃午饭时，这才打破了他们之间尴尬的静而不发的状态。

幸子的去留问题在饭桌上达成了协议，因为中村的姨妈也站在了外甥的立场上，极力地劝说她。中村姨妈的热情使幸子感动，她使她想起了死去的山崎婆。此外，无处可去也是幸子接受他们的盛情，决定留下来的一个重要原因，况且中村的姨妈还考虑到了幸子的现状。她答应帮她找工作，让她到亲戚家开的酒馆去帮工，以减轻她因寄人篱下而可能会产生的心理负担，这种种体贴入微的帮助，终于使幸子下定了决心。

一切都定下来了。从此以后幸子在东京又有了自己的家，一个无微不至地关心着她的山崎婆和一个在年龄上应该被称为少年，在情感上却是情意难分的兄弟。

他们同舟共济，相依为命，就像生命中早就注定好了似的。无疑，这里是幸子在不安全之时的最安全之处。如果说那里面还有什么危险的话，那就只有一个，它来自山崎幸子的心里。

29　设置未来法庭，再次审判战犯的构想

1948年4月16日，历时将近两年的东京审判法庭审理阶段终于结束了。由11国法官组成的远东国际军事法庭，将根据这两年的审判记录，尤其是检察方面和辩护方面的争论内容以及控辩双方各自提出来的证据，起草对于东条英机等为首的战犯的判决书。

在草拟判决书的过程中，来自各国的11位法官对刑法的基本主张和被告应负的刑事责任，意见大相径庭，尤其是印度法官帕尔。他提出了一份长达25万字的意见书，认为"将战争的责任完全归于东条英机及其他24名被告的身上，与法理不合"，法国的法官博纳特和荷兰的法官洛林赞成帕尔的意见。然而这毕竟是少数法官的意见，对判罪和量刑产生不了大的影响，因为按照《远东国际军事法庭宪章》的规定，判罪和量刑都将以法官投票的情况而定，只要超过出席法官的半数的票，即可通过判决。

然而在是否能将战犯判处死刑的问题上，各国法官的意见则发生了根本的分歧，因为各国法律对死刑都有不同规定。如澳大利亚法官，因他们本国已废除死刑，所以当然不会投死刑票。而远东国际法庭制定的诉讼程序中，也没有一个共同的量刑依据，因此在量刑审议中，各国法官援引自己国家的法律条款，各抒己见，争执不休。

这种状况引起了中国法官梅汝璈和苏联法官札里季耶夫的不

满。毕业于清华大学,后在芝加哥大学获得法学博士学位的梅汝璈先生,在量刑争议的这一星期食不甘味、寝不安席。他与各国法官磋商,表示如不能以极刑去惩罚九一八事变的策划者和南京大屠杀的制造者,就无颜去见江东父老。为此,他时刻准备蹈海而死,以谢国人。

而苏联法官扎里季耶夫早就对这个由美国一手操纵的远东国际军事法庭表示不满。当时美苏两国为如何分割柏林已经剑拔弩张,使第三次世界大战大有一触即发之势。这种紧张状态在亚洲也是一样。当美国占领了日本本土之时,苏联则派兵夺取了南千岛群岛,当美国派兵进驻了南朝鲜扶持傀儡政权时,苏联则明确表示支持北朝鲜的金日成,让共产主义势力席卷朝鲜半岛的北端。

美苏两国之间的争端在远东国际军事法庭的审判中也表现得淋漓尽致。

在至今为止的审判中,苏联检察官曾多次向法庭提到日本政府侵犯苏联利益的案件,他们甚至还向法庭递交了苏联海军参谋长关于从1941年至1945年苏德战争期间,日本在远东地区威害苏联海运的调查书。这份调查书是根据在苏德战争期间,遭到日本海军袭击而沉没的苏联船只数量,以及由此产生的抗议日本政府破坏海上自由的正式抗议照会,和其被日本舰艇非法扣留的苏联船只的船长陈述而编成的。但是都因为在起诉时没有一个能就所述案件的当事人在场,而未能被美国驻日本占领军操纵的远东国际军事法庭所承认。

这确实是无可奈何的,因为国际法庭是在国际舆论的监督下履行其审讯战犯,宣判他们的罪行,并给予他们相应的惩罚等事务的。假如没有受害的当事者出来作证,而书面证据又不能得到多数当事国法官的认可,所述的事情又不是众目昭彰的国际性事件,那么要想在国际法庭通过协议,给予某人某种惩罚或者去做出某个决定,都是难以想象的。

美国人冠冕堂皇的理由让苏联人愤懑。在经过深思熟虑之后,苏联政府指示本国驻远东军事法庭代表,向法庭提出了把日本天皇裕仁定为战犯的提案,然而这一提案又遭到了美国驻日本占领军总司令麦克阿瑟的反对。美国方面认为,日本天皇裕仁在接受《波茨坦公告》,命令所有分散在世界各地的七百万日本军队无条件投降,使美国军队能够不流血地进驻日本方面,起到了无人可以比拟的重要作用,所以美方不准备起诉他。

因为,日本国民对于天皇的绝对服从精神,使美国占领军在处置日本天皇的战争责任问题上变得十分慎重。假如不从美国的全球战略出发,草率地听从苏联等国的意见,把天皇当成战犯送上法庭,必然会在日本引起反对美国的暴动,这种暴动甚至会演变成革命,使共产主义势力在日本死灰复燃,而这正是斯大林苏联所期待的。

此外,美国还有自己的打算。因为他们已经把日本那些受降的军队纳入了自己的阵营,假如在未来的一两年国际社会发生了变化,第三次世界大战真要爆发的话,那么眼前的这些战犯,正是重新武装日本的最合适人选。

美国人面面俱到的实用主义政策引起了苏联方面的强烈反对。为此札里季耶夫法官暗中策划,准备在东京审判结束后,利用亚洲很多国家不满的情绪,在远东某地再重新举行一场包括对日本天皇裕仁在内的日本战犯的法庭审判。届时假如能找到一种把日本和美国捆绑到一起的,起到一箭双雕作用的证据或证人,既能明证日本战犯的犯罪事实,又能揭露包庇日本战犯,甚至和战犯同流合污的美国人嘴脸,并且通过国际法庭的公开审判等法律程序,把他们见不得人的罪行公之于世的话,那么世界舆论将会怎样去嘲笑那些毫无正义可言的美国人啊!

札里季耶夫法官的提案得到了苏联军事委员会的支持,它甚至已经成为苏联政府的既定国策。然而要把这个方案变成事实又谈何容易,因为他们想做的是一件企图从根本上去质疑远东国际军事法庭权威性和公正性的事情。要想再一次地成立国际法庭,审判在东京审判中已被定罪、受到惩罚,或者是被开释了的日本战犯,就必须拿出更加有力的证据才行,因为只有那样才有可能得到其他国家的支持。

札里季耶夫法官的计划是完美的,可遗憾的是他还没能找到令他满意的证人和证据。为此他连续不停地召开会议,向情报部门的官员部署任务。就在他对此觉得心灰意懒的时刻,希望却突然出现了。

30 "东京蔷薇"带来的重要情报

那是远东国际军事法庭的法官为如何给东条英机等日本战犯量刑争议得最为激烈的一天。

从早上九点钟开始，各国法官就带着助手捧着一大堆资料来到审议厅，讨论这个最为关键也是最让他们头疼的问题了。法庭庭长、澳大利亚最高法院的法官、61岁的韦伯爵士提出了将中国方面主张的应判为死刑的战犯，改为流放到荒岛上去终身禁锢的方案；而印度法官帕尔博士则主张慈悲为怀，无罪赦免全体战犯；美国法官克莱尔少将虽然同意可以判决一些日本战犯死刑，但其对象只能是发动太平洋战争的祸首，以及在战场俘虏营里虐待美军俘虏的罪人。这些各持己见的争议，使法官们面红耳赤、心力交瘁。

在一旁观战的札里季耶夫却没有加入争执。

这位苏联最高法院军事委员会委员的48岁上将法官根本就不关心这些问题。因为那本是无可置疑的事，对那些双手沾满世界各国人民鲜血的战犯，只要证据确凿，那就不杀不足以平民愤。这个意见他在昨晚已明确告诉前来他那儿寻求支持的中国法官了。此刻他想着的是千里以外的事情。因为今天早上他收到了国内情报部门的密电，电文告诉他说苏军已在中国哈尔滨附近，抓获了日本关东军731部队生产部长、军医少将川岛清，并且得到了他的供词。

那个56岁的细菌学家在被捕后供认说，他曾经先后参与并且指挥该部队对成批活人进行了多次惨绝人寰的"研究"和"实验"，还在1941年和1942年组织特别远征部队到华中战场参加了使用细菌武器的战斗。他说：731部队在1936年组成，1946年由裕仁天皇亲自颁布密令，规定731部队的名额为3000人，绝大多数的人员必须是细菌学家或在细菌学上受过一定训练的人。此外日本关东军司令部还明确宣布，该部队驻扎的地方为禁区，任何飞机都不准飞越该区上空。而且日本政府每年都拨出大量资金来维持731部队，在1940年就拨款1000万日元，还指定其中的500万日元要用来做实际的"研究"工作……

"他的供词可以认定，日本天皇裕仁对731部队的行为负有难以推卸的责任。"札里季耶夫看了那封密电后喃喃地说道。

日本天皇亲自为731部队定下了编制和人数，政府又直接拨款支持他们用活人做实验，这种因果关系可以认定日本天皇直接参与了战争犯罪。这样的犯罪事实并没有在东京法庭中揭露，因此，它将成为未来法庭中认定日本天皇直接参与战争犯罪的有力证据，到时只要去说服那个川岛清，逼他出庭证就行……

札里季耶夫眯着眼睛思索着。他在想象未来法庭上出示这一新证据时可能引起的效应。他有点兴奋，但显然不满足，因为对苏联来说最主要的目标还不在此。

在东京审判中要认定日本天皇裕仁犯有战争罪，本来并不是一件困难的事。因为包括偷袭珍珠港、向英美开战等直接引起太平洋战争发生的日本政府奏折，几乎没有一个不是经日本天皇批准的。假如不是美国人的包庇，特别是美国驻日本占领军总司令麦克阿瑟的强横专行，判处日本天皇犯有战争罪这件事早就会成为事实。因此现在就是宣布发现了什么新证据，有新证人到未来法庭作证，它也只能成为东京法庭的翻版，一种老生常谈而已。

因为经过东京审判以后，谁都明白苏联要把日本天皇推向被告席的立场，世人会戴着有色眼镜去看准备再次成立法庭，审判日本战犯的苏联人的企图，所以……

想到这里，札里季耶夫几乎情不自禁地摇了摇头。这个出生于苏联情报机构的将军，显然有着他自己的思维和独到的判断。

札里季耶夫处事狡猾、胆大心细却又是个武断自负的人。也许是因为他当兵后不久就来到情报部队，又参加了对希特勒德国的情报战，因屡获战功而被送到苏联军事委员会法事部门工作的缘故，他养成了一种既谨小慎微又桀骜不驯的性格。他对任何事物都有兴趣，并有着职业上的敏感，尤其是在参加了对德国法西斯战犯纽伦堡的审判工作，成为苏联最高法院军事委员会委员法官以后，他那种遇事不乱、坚定果敢，从来就不会受到外来事物干扰和困惑的自信心，几乎到了一种无可比喻的地步。这种性格正是他不甘心忍受在东京法庭中受到冷遇，别出一招地提出在异地成立法庭，重新审判日本战犯这个提案的最根本原因。但是就凭眼前这些证据，显然无法达到目的，对这一点札里季耶夫心里自然明白。

"一定要找到美日两国狼狈为奸勾结在一起的事例和证据，只有这样，未来法庭才有戏可看！"札里季耶夫几乎不止一次地关照他的部下，让他们想方设法打进日本政府及驻日美军上层机构，从内部去获取他所需要的情报。

札里季耶夫的苦心没有白费。今天上午，当他坐在东京法庭的审议厅里，面对夸夸其谈的各国法官感到百无聊赖的时刻，他的秘书瓦西里告诉他有人要求他接见的消息。那些话像一注兴奋剂似的使他的情绪为之一振。他站起来向庭长韦伯爵士打个招呼，便和瓦西里一起坐车离开了位于市谷的东京审判庭。半个小时以后，他们的小车就来到了位于东京皇宫附近的帝国饭店。车刚停稳，还没等饭店的侍从前来开门，札里季耶夫就匆忙地推开车门走进了饭店大厅。他很着急，因为一位被称作"东京蔷薇"的年轻女人，此刻正在他办公室的会客室里等着他。

东京帝国饭店有五十多年的历史，是日本最高级的宾馆。这座看上去好像是用石块垒积而成的巍峨建筑物，此刻却成了前来这里主宰日本命运的战胜国各国法官的下榻和办公之处。

札里季耶夫的办公室在帝国饭店五楼。这是一个大套间，由两间卧室、两间办公室和一间会客室组成。此刻札里季耶夫的女秘书正陪着"东京蔷薇"坐在会客室的沙发上喝咖啡聊天。看见札里季耶夫进来以后，她微微地一笑，向"东京蔷薇"打了个招呼后便退出了会客室。

"啊，美丽的蔷薇，见到你可真是不容易啊！"看见女秘书走出房间后，札里季耶夫情不自禁地站了起来，他走到沙发前，一下子抱住了和他同样显得兴奋，并且迫不及待站起来的那个爱笑的女人。他吻着她的额头和眼睛，满脸微笑地望着她，那种亲密的关系显然说明，他们相识已经有一段时间了。

"怎么样？听说你有急事找我？"

"是的，将军，恐怕在您的部下里面只有我才是闻您的风而动的哟。"

"东京蔷薇"露齿一笑，有点撒娇似的望着札里季耶夫。她今年28岁，是白俄罗斯人和日本人的混血。她的真名叫森利娅。三年前，当札里季耶夫接到了前往日本，担任远东国际军事法庭法官的任务后，他就特意申请，要求把刚刚从大学毕业被分配到苏联军事委员会情报部门工作的森丽娅调到东京来。而后他又通过自己在日本共产党内的关系户，把刚刚来到东京的森利娅安排进日本新闻社的政治部当记者。

森利娅精通英语，人又长得漂亮，而且工作勤奋，又很会处事,所以她很快就受到了新闻社同僚们的欢迎,在那里稳稳当当地扎下根来。从去年起,森利娅开始用"东京蔷薇"这个笔名,在新闻社报刊的定期专栏上发表时事评论,那一针见血又恰到好处的讽刺文章深受大众欢迎,也使她"东京蔷薇"的笔名在新闻界内外赢得了声誉。以后她又按照札里季耶夫的指示,开始活跃于日本的上层社会。她的卓越才能和外交手段配上她迷人的微笑,使她在谍报工作上频频得手。毫无疑问,今天她肯定又为札里季耶夫送来了一份足以让她的上司感到满意的礼物。

这是一份来自日本国家地方警察总部的秘密文件,上面记载着美国驻日本占领军总司令部向日本政府递交的外交照会。它要求日本政府限期抓获美方正在追捕的那些已经潜入日本境内的曾对美国公民和美军设施实施过犯罪的日本人。美国人的这份照会列举了一大串名字,并在每个人的名字后面记上了符号,还注释了其犯罪的事实和根据。内容写得密密麻麻而且又是厚厚一沓看不胜看的文件,使札里季耶夫感到困惑,他望了一下森利娅忍不住地嚷起来了。

"呵,我可爱的蔷薇,你把犯罪分子的名单送到我这儿来干嘛?难道你想让我当个警察头头是吗?哈哈⋯⋯"

"不,将军,您仔细看这份名单。第三位,那个名叫高桥秀义的罪犯后面写的内容⋯⋯"森利娅伸出手指,在名单的第三位上停了下来。显然,她已经从高桥秀义这个名字后面注释的内容知道了有关的内部消息。

注释是这么写的:

  高桥秀义,男,年龄二十多岁。原为驻中国哈尔滨日本宪兵司令部宪兵。少佐军衔。

  1945年年末,该犯作为受美国军方聘请的翻译人员,在担任受降后的日本731部队把各种人体实验的数据实物交给美国海军舰队的时候，伺机作案，窃取了美军机密文件，被发现后又畏罪潜逃，在中国东北沈阳、通化一带失去行踪。

一年后的1946年，该犯在朝鲜南部汉城因参与杀人事件被重新发现踪迹。根据当地警察的调查认定，该犯曾用藤井隆生这个名字，潜入从中国经釜山开往福冈的日本难民运输客轮海和号，又因为该客轮在朝鲜和日本之间的济州水道发生了爆炸事件而落入海中，被朝鲜海上警备队救起，送往朝鲜济州岛难民营。

半年后，当查明了该犯正身的朝鲜警方赶往济州岛准备去拘捕他时，该犯却已经在数月前离开了那儿，到了两百海里以外的巨济岛，在那儿杀人、抢劫，制造了数件命案，从而被当地舆论界称为"海狼"，成为一个恐怖的代名词。

1946年8月下旬，该犯抢劫的高丽三号朝鲜渔轮在日本北九州一带的海岸被发现，然后又有人举报，该犯在当地旅馆和一个名叫山崎幸子的妓女鬼混。当警察接到密报赶往该旅店时，该犯却已神不知鬼不觉地离开那儿，在那儿附近的小柳车站坐火车逃走，从此失去踪影。

由于该犯窃有美军的重要情报，又多次犯下杀人抢劫等罪行，所以美国驻日本占领军总司令部要求日本各地方警察、自治体警察、国家公安委员会各部门，通力协作，尽快抓获该凶恶犯人。

在"东京蔷薇"森利娅的提示下，札里季耶夫一口气看完了美国占领军指明通缉的犯人高桥秀义的罪行介绍。他眯起眼睛，拧着双眉，高高的鼻梁下面那两个黑乎乎的鼻孔忽闪忽闪地吐着热气，显然，他已经朦朦胧胧地在案犯罪行的介绍里感觉到了一些什么。

"森小姐，这是美国给日本国家地方警察总部的文件，你是怎么搞到手的？"札里季耶夫抬起眼睛，突然换了一种口吻向"东京蔷薇"问道。

"怎么了？您是不相信这份文件呢还是不相信我？您总不会再问我，森小姐，您是采取什么方法把它弄到手的问题吧。"森利娅把披在额前的长发往肩后一撩，有点撒娇似的扳动着札里季耶夫的肩膀，嗔声说道。她知道札里季耶夫最近收到了苏联情报部门传来的记录日本731部队高级将领的供词等绝密文件，也知道札里季耶夫提出了准备在异地组织由苏联主导去审判日本战犯的法庭提案，因此眼前这份和日本731部队有关联的情报肯定会受到他的关注，森利娅有这个信心。

"不，不，我的蔷薇，你误会了我的意思。因为光凭上面写的案犯罪行介绍，我们是发现不了有价值的情报的。所以我想，聪明的蔷薇一定已经把刺扎进了提供这份文件的人的心脏了吧！哈哈！"札里季耶夫装出一副满不在乎的样子笑了起来，并趁势把森利娅搂进怀里，吻起她来了。从森利娅满面春风、洋洋自得的笑脸中，札里季耶夫断定森利娅一定还创作了一个日本国家地方警察总部的文件里所没有能包含的故事，而那些内容正是这份秘密文件之外最有价值的情报。

札里季耶夫的猜测没有错，森利娅在和他周旋了一阵以后，便从随身携带的挎包里拿出一包香烟，从里边抽出了一支点燃后便抽了起来，这是她准备开口说正事的预兆。

"将军，您……您真是老奸巨猾。好吧，拿钱来吧。"森利娅推了一下坐在身边的札里季耶夫，一反常态地说道。

"你……你要多少钱？"札里季耶夫一愣，他显然有点不满意森利娅这种现买现卖的做法。

"一千……"

"一千美金！"

"好吧……只要你的情报货真价实就行！"森利娅的要价让札里季耶夫吓了一跳，但他还是硬着头皮答应了她的要求。

森利娅是个非常能干的谍报员，在那时像她这样的谍报员还没资格拿苏联政府的津贴，她们只能凭搜集到手的情报来换取雇用她们服务的苏联情报机构的报酬，而那些钱往往不够她们的生活开销，尤其是像森利娅那样常常出没于各国高层人士中间，和他们一起寻欢作乐，并从中获得重要情报的漂亮女谍报人员。

札里季耶夫走到写字台前，从抽屉里拿出支票本，填上金额数字和名字以后又坐回到了沙发上。他把支票递到森利娅手里，并用手指刮了一下她的鼻梁不露声色地说道："对于你我是从来不吝啬的，而且说到做到……怎么样，现在应该没问题了吧。"

"谢谢，谢谢。"森利娅接过支票，瞄了一眼之后便把它塞进挎包里。接着她又抽了几口烟，并把烟雾一口一口地吐出来，看着它们在客厅里的空气中无影无踪地消失后才开口说话。她有那样的习惯，而且这也是她用脑子去细细考虑问题时的标志。那是森利娅和其他女人根本不同的地方，对于这一点，札里季耶夫是非常清楚的。

"这份文件是日本国家地方警察总部一个部长给我的。为了得到它，我缠着这个部长已经好几个月了。他把这份文件的影印件拿来时告诉我说，这份文件反映了美国人十分焦急的心情。因为它暴露了美国人正在准备，或许已经在开发制造细菌武器和生化武器的秘密，而这些事正是和全世界禁止生产试验生化武器的规定完全背道而驰的。为此，美国人愿意不惜一切代价地去抓窃取了这个秘密的日本人……"

"哎……这是怎么回事？我怎么没听明白你话中的意思呢？"

札里季耶夫有点着急地打断了森利娅的话,摇了摇头再次问道。

"是吗?那好,我再慢慢给您讲一遍吧。刚才我指给你看的犯罪者名单上排在第三位的名叫高桥秀义的日本人,他因为某种机遇窃取了一份记载美国人准备或者已经在开发制造生化武器的秘密文件,并且逃脱了美国人的追捕网。这个高桥在去年8月底又回到了日本,并被日本警方发现了。所以美国人要求日本警方不遗余力地把他抓到手,并立即送到美国占领军那里去。美国人想把秘密锁进自己心里。因为那种秘密一旦被泄露出去,美国人的形象以及他们制造生化武器,扩军备战的阴谋,和他们为了瓜分世界,夺取利益,不惜发动第三次世界大战的企图,都会由此暴露,其后果自然不堪设想……"

"可是你是从哪里得出这种结论的呢?你又怎么知道高桥秀义盗窃的是那样一份文件呢?难道美国人会把被盗窃的文件内容告诉日本人?"札里季耶夫有点不相信森利娅说的话,他扳着手指推敲着质问着她。

"您说的没错,将军,当初我也是那样去质问那个日本部长的,但是他告诉了我一个不得不让我相信的事实,所以……我就同意了他的观点。"

"那又是什么呢?"

"将军,您一定知道部署在中国东北的日本731部队的事情吧?"

"你指的是哈尔滨的那个细菌部队?"

"对。"

"我当然知道。可是这和美国秘密制造生化武器有什么关系呢?"

"问题就在这里,将军。本来没有关系的这两件事情,因为日本的战败,也因为东京法庭的战犯审判而走到一起来了。他们走到一起的证据又被一个名叫高桥秀义的日本人捏在了手里,所以他才会成为美国人要追捕的犯罪名单中的第三号人物!"

"那么,你说的证据又是什么呢?"札里季耶夫情不自禁地问道。显然,他为此事能和日本的731部队有关联而兴奋,而且他也从森利娅徐徐渐进的分析和充满自信的神态中感受到了鼓舞。他相信那里面会有他感兴趣的事情。

"日本天皇宣布投降后,驻留在中国哈尔滨郊区的日本731部队并没有缴枪投降,相反他们却根据该部队的长官石井四郎中将的命令,把所有的用活人做实验,开发制作细菌武器和生化武器的秘密资料、各种数据,以及还能继续使用的仪器和实验器具等,全部装箱运走了。他们把东西运到中国河北省秦皇岛码头,在那里雇用工人把那些货柜搬运到事先等在那儿的美国军舰上去。因为石井四郎已经和美国人达成协议,以731部队交给美国人那些完整的数据和资料,去换取美国人的庇护,免于受到东京法庭的审判……"

"这么说,石井四郎的这桩交易一定是得到美国政府的默许了吧。"札里季耶夫望着森利娅,自言自语地说道。

"岂止是默许!应该说这桩交易是在美国最高统帅部的同意下才能够实施的。只要石井四郎将731部队的一切完整地移交给美国,美国方面就保证不在东京法庭起诉他们,并且不把他们当战犯处理。"

森利娅愤愤不平地说道。她的表情有点忧郁,情绪却显得非常激动,因为这个秘密中的秘密是经她森利娅的手才传到苏联方面去的,这个极密情报对于札里季耶夫所构想的在异地成立国际军事法庭,审判落网的战犯,揭露和日本战犯勾结在一起的美国人的扩军备战,试验制造生化武器的阴谋,会起到如何重要的作用啊。

森利娅激动的情绪也在感染着札里季耶夫。是啊,这个秘密作为证据,一旦被公布,其震撼力自然是毋庸置疑的,只是对于此事的真实性,他还是觉得蹊跷。

"那么,高桥秀义是怎么知道这些秘密的呢?他是哈尔滨的宪兵,或许他能知道一些731的事,可是他又怎么可能探听到该部队和美国人勾结在一起的事呢?那肯定是一种绝密状态下的交易,一个普通宪兵怎么可能有机会接近那种秘密呢?森小姐,我的怀疑是有道理的吧?"

"将军,您说得对。没错,这种交易是秘密中的秘密,一旦泄密是要被砍头的。正因为如此,石井四郎才下令,把所有能搬的东西都搬出运走后,就放火烧毁731部队的驻地和实验工厂。他企图不留下痕迹,让罪恶行径无法昭然于世。为此他们做得确实够保密的了,可是没想到最终还是被暴露了出来。在中国河北的秦皇岛海运码头,那个谁也没有想到、谁都不会去认识的宪兵高桥秀义,却神不知鬼不觉地出现在那里,给他们做翻译,目睹了他们间的交易,还混到美国人的军舰上,如美国人所说的那样窃取了秘密文件。那文件很可能记录了他们之间这个交易的过程和结果,所以美国人才会那样穷凶极恶地去抓他。真是天罚,是上帝派出了那么一个使者去惩罚美国人的!难道不是吗,将军!"

森利娅望着札里季耶夫,情不自禁地说道。她是一个A型血的人。这种血型的女人聪明能干,是果断善战的行动派,也是善于流露情感的感性为上的理性排斥主义者。只是现在,札里季耶夫并没有在想着她的话语,在这个苏联法官的脑海里,现在流动着的几乎全是那种如何去把眼前的情报,转换成有法律根据,能变成控方的诉讼词,可以和辩护律师去对簿公堂那样的事情。

"你刚才说的都是日本国家地方警察总部那个部长提供给你

的吗？"

"是的。"

"他叫什么名字？"

"大谷洋。"

"他的职务呢？"

"日本国家地方警察总部刑事犯罪搜查部部长。"

"搜查部长？"

"是的。不过，将军，您为什么问得那么仔细呢？难道您想见他，或者想让他作为证人，出现在您想设置的法庭上？"

"不……不是，我想让他为我们服务。"

"可是他已经在为我们服务了！"森利娅插嘴说，她对札里季耶夫那种极为仔细的调查般的询问，显然有点不满。

"不是，我是在想，能否让他站在我们立场上去抓那个高桥秀义……"

"这个……站在我们的立场上又是什么意思呢？"森利娅打断了札里季耶夫的话语，插嘴问道。

"也就是说，让大谷部长把被日本警方抓到手的高桥秀义，送到我们这里来。假如将来真能够重新设置法庭的话，那个高桥秀义就会成为我们手中的王牌，无论什么时候，无论在哪里，只要我们想用的话，他就会成为投向美国人的炸弹！森小姐，你一定已经明白我的想法了吧。"

札里季耶夫比画着手，有点激动地对森利娅说道。他相信眼前的这朵"东京蔷薇"是一定会支持他的意见的。可是，他出的题目毕竟太难了，他使森利娅感到了畏惧，但是碍于面子，她还是答应了他的要求。

"当然，我可以去试一试。不过据我所知，这不太可能。因为居于高位的刑事部长不会亲自出马。那些追捕抓人的事都是下属的刑警们干的……"

"可是,他可以亲自挂帅去动手嘛!找一个借口,比如说案情重大,犯人凶狠等理由。这完全是可以做到的,只要他想去做的话。"札里季耶夫打断了森利娅的解释,有点强词夺理地说道。

"可是,那件案子的搜查本部早在半年前就成立了,而且他们又在一个月前恢复了搜查行动。现在正拼死追捕那个高桥秀义呢。"

森利娅一边说着,一边又从挎包里拿出那份登着池田雄一在东京池袋二丁目地区追捕山崎幸子,没能获得成功,最后蒙羞而归的《东京晨报》的报道,递到了札里季耶夫的手上。

"您看,日本的舆论界对这件案子非常的敏感。他们已在文章中提到了战犯审判。我不知道他们为什么会那么提,也许他们也听到了风声,感觉到了海狼这个人物的特殊性。"森利娅忧郁地皱了下眉头低声说道。

札里季耶夫接过报纸,浏览了一下以后也锁紧了双眉。他把报纸还给了森利娅,最后闭上眼睛,靠在沙发上沉思起来。

"事到如今,我们只能静观事态的发展,再去见机行事了。假如我们硬逼着那个日本部长动手,结果只会坏事,一旦露出了马脚,不仅鸡飞蛋打,还会给我们添麻烦,所以将军……还是以不变应万变为好。"森利娅望着苦苦思索着的札里季耶夫,小心翼翼地劝说道。

"可是,这一步是早晚要走的。虽然危险但也要做。我们不把高桥秀义搞到手,不拿到他手上那份记录731部队和美国人交易的文件,那就等于什么都没有!这一点难道你不明白吗,森小姐,我们要的是证据,是实物,是那种一听就能清楚,一看就能够明白的东西!没有那种东西,我们的未来法庭就无法成立!"

札里季耶夫睁开眼睛,站了起来。他舞动着双手,固执地说道,并且情不自禁地在沙发前的地板上踱起了方步。他有点恼怒,因为眼前的"东京蔷薇"太主观了,她并不像他想象的那样俯首帖耳,乖巧听话。

"将军,我明白了您的意思。您放心吧,我会试着按照你说的话去做的。"

森利娅换了一种口气对札里季耶夫说道。她不愿意惹他生气,也不愿意和他拌嘴,这会影响她的前程。无论从哪个角度去看和札里季耶夫意见不同只会使自己蒙受损失,尽管她有着充分的理由能证明自己判断的正确性。森利娅是个聪明人,聪明人的标志就是要能够见风转舵,而且此刻,也只有做出妥协才能使札里季耶夫平静下来继续谈问题。

"森小姐,那个部长每个月的工资是多少啊?"札里季耶夫突然换了一个话题,向正在思考的森利娅问道。

"现在警察署警长的薪水每月只有40日元左右,他当部长的再高恐怕也不会超过200日元吧。"森利娅机械地回答,她不知道札里季耶夫为什么会问这些事情。

"200日元?好吧……那么,我给他一千美金,怎么样?不少吧?"札里季耶夫瞄了森利娅一眼,又走到放着支票本的写字台跟前签了两张500美金的支票,递到了森利娅的手中。

"你把我的要求跟那个日本人说,让他认真仔细为我们去想一下。他只要同意,能把我们的事放在心上,你就可以付他500美金,其余的等到事成之后再给他。其实我的要求并不高,对那个高桥秀义,我也没有兴趣。那个大谷部长只要从高桥秀义手里拿到那份秘密文件,哪怕就是复印件也行!这就算他完成任务。总之,我要的是证据,是事实,是那种能够亲临现场为我们说话的证人,是能够以白纸黑字为武器,让世界舆论都为之信服的东西,我想,那个日本人部长应该懂得我的这些想法的。"

"将军，我已经理解了您的意思。我一定会去说服他，按照我们的要求去办。您说得对，没有证人和证据，我们凭什么去向世界揭露战犯的犯罪事实啊！当然，做这件事是有风险，但是我也想过了，只要日本警方能够抓到高桥秀义，那么大谷部长是一定有办法去弄到他手中的那份文件的。他是刑事搜查部部长，做这些事是他的日常工作，况且我们还准备付他报酬。这些巨款对他来说有着无可比拟的吸引力呀。"

森利娅把札里季耶夫塞过来的两张500美金的支票晃了一晃后，塞进了小挎包，随后她站了起来，向札里季耶夫家敬了个军礼，又走上前去和他亲吻拥抱，表示告辞。

"不过，我的蔷薇你可要记住，不能和那个日本人来真的哟……否则我可真是要吃醋的哟。"

"您放心吧，将军。"森利娅微微地笑了一下转身向会客室的门口走去。她披着长发，胸脯挺得高高的，那种由于穿着高跟鞋，走路时屁股一扭一扭的风情万种使札里季耶夫心绪荡漾。

"呵，好一个性感女神啊。"他赞叹着把她送到了客厅门外，可是眼睛却一直盯着她，直到她的背影消失在宾馆走廊的尽头为止。

31 破镜摘花

森利娅确实是一个风情万种,妩媚娇艳的女人。她有着一张五官被安排得极为性感的脸蛋,丹凤眼,细而长的眼睫毛在两边的眼角上悄然挑起,使得那对水汪汪的眼睛清澈明亮、妩媚勾人。她挺直秀巧的鼻梁下是两片玫瑰色娇嫩的嘴唇,而那悄悄张开的嘴巴,偶尔露出的牙齿,微微吐出的芳气,以及挂着一串金属项链的雪白细嫩的颈项,则让人一览无余,想象无边。她那身高一米七零的修长身材,高耸着的胸脯,紧束着的腰围,稍稍凸起的臀部,给人心灵深处带来动感,使所有的男人都会忍不住把眼神投向这由上帝创造的艺术杰作。森利娅妩媚动人的感觉,或许通过"镜花水月"这样的语言,才能够稍稍让人领会到之所以会有"东京蔷薇"之称那超于常人的美。

"镜中之花不能觅,水中月亮空叹息",古今中外的名言都在告诫男人,"入水不能捞月,破镜方可摘花",不落得一身伤残,哪有丽人相随。可是那些为情所动、欲火焚身不知深浅的男人,却还是愿意赴汤蹈火,不惜一切入水捞月,破镜摘花,为得到丽人,愿以卵击石,飞蛾扑火。

这真是极为可悲的事情。可是愿意跳入这种火坑的男人又何止千万。其中,日本国家地方警察总部刑事搜查部的部长大谷洋也是这个队伍中的一员。他拜倒在森利娅的石榴裙下,已有四个多月了。

他们的第一次相识是在美国驻日本占领军总司令部举行的新年宴会上。那时大谷洋是日本政府法务部门的代表，而森利娅则是主办者美国人特邀的主持人，那一天的宴会，就是由她的魅力而贯穿始终的。

来自政府法务部门的代表应该算是最守规矩的客人了。那天他们西装革履，恭恭敬敬，面带谦卑的笑容，心安理得地站在宴会厅的一角，咀嚼着被欢乐冷落在一旁的辛酸滋味。

他们是整场宴会的陪客，是必须到场却又只能谦卑的战败国日本人的代表。面对那些叼着烟斗、穿着军服趾高气扬的美国人，和涂脂抹粉打扮得珠光宝气的夫人小姐，他们只能拉开距离，不敢越雷池一步。

这一步之路是非常遥远的，但是大谷斗胆地迈了出去。

那时整个宴会厅里回荡着华尔兹舞曲，男男女女的客人互相簇拥着在宴会厅桌前的舞池里翩翩起舞。舞乐到达高潮时，大谷的双脚实在是忍不住了。想当年他在东京警察大学的周末舞会上也算是一个风度翩翩的舞星，三步的华尔兹，四步的伦巴舞，曾经吸引了多少同校的日本女孩，可是现在，舞技高超的他却被一道无形的墙壁隔在了一边，这是一种多么让人难受的滋味呀。

大谷有点不甘心，他心潮澎湃，跃跃欲试，而那时森利娅正好空下来了。她的舞伴，一个佩戴着肩章的美国将军因为要到室外去接电话离开了她，而其他的男人，却还没有发现这个机会。

"呵，这可是个千载难逢的机会呀！"大谷哆嗦了一下，但是一种更为强烈的热流在他的血液中沸腾起来，使他情不自禁地迈出了脚步。

他鼓足勇气，撇开一切杂念，好像要去赴难似的向着森利娅走去。今天，自从来到这个宴会厅以后，他的眼睛就一直没有离开过她。他望着她的眼睛、鼻子，望着她春天般的笑容，望着她那戴着珍珠项链，露出整个脖子和肩膀的穿着一身绛红色晚礼服的身姿，望着她在人群中时隐时现，受到人们的欢迎、赞赏和羡慕的犹如女皇，却又更像美丽高雅的公主一般的形象时，大谷在做梦了。假如他能认识她，假如他能和她说上话，假如他能和她跳上一曲华尔兹，那将是一种什么样的幸福啊。此刻，幻梦就要成真，幸福就在眼前，他决不能因为自身的胆怯和自卑，与即将到手的一切失之交臂。

他望着森利娅，虽然身体颤抖着，但那种意志比以往任何时候都要来得坚定。他向她走去，来到她的宴会桌前，俯身向正惊诧地望着他的森利娅递上了自己的名片。

"小姐，我能否有幸请您跳一曲华尔兹？"他望着森利娅彬彬有礼地说道。那声音有些颤抖，但森利娅还是听清楚了。

她望了他一眼，并且本能地把目光扫向了他递过来的名片。她的眼睫毛微微抖动了一下，因为她看到了名片上写着的"国家地方警察总部"那几个字。

"呵，您好！"她站了起来，情不自禁地向他致礼道。她感到皮肤上的毛孔，都因为眼前这个不速之客的出现而张开了。她犹豫了一下，但还是礼貌地向他欠欠身体，伸出了手臂，挽住了他的胳膊，矜持着和他一起向舞池走去。她有点拘谨，也有点不安，但是这种心情很快就被她和他之间配合得天衣无缝的舞姿一扫而光了。

"呵，您跳得真好。"她望着他的眼睛，恭维着说道。

"您也是，小姐。"他轻声地回应了一句，一种已经陶醉得晕了过去的幸福溢于言表。

一曲终了，他们各自回到了座位上，但是余韵犹存。

"看来，他只是想和我跳舞，并没有其他恶意。"森利娅暗暗想道，并且还在为自己就此认识了一个今后可以利用的警察总部的官员而庆幸。而大谷那一边则更是褒声不绝。他那果敢的勇气和精彩的舞技几乎成了警察总部的一段佳话。同僚们在饭前茶后模仿着他和森利娅之间的舞步，那种羡慕有加的神态，使大谷更加难以忘记他曾经有过的那五分钟短暂而又幸福的时光。

大谷开始想念起森利娅来了。

"是啊，那天的宴会厅里，在人影簇簇的舞池上，她的一动一静，一颦一笑，怎么就那么亲切温暖呢？她是干什么的？叫什么名字？在哪里工作？是哪国人呀？为什么她的日语讲得如此流利？她……唉，什么时候还能和她再见一面呢……"他痴痴地想着，这些问题几乎占领了大谷工作之余的全部思维。

大谷开始打听起她来了。

调查一个人的情况对于在国家警察总部供职的高级官员来说并不是费力的事，只要用心悄悄地进行，不让同僚知道自己正在干着一件违反纪律，有着假公济私嫌疑的事情就行。大谷做得非常小心，他很快就了解到了森利娅在东京一家新闻社政治部当记者，才貌双全，深得好评，而且还以"东京蔷薇"为笔名，在报纸上发表时事评论的事情。他还知道了森利娅父母的情况。她是一个流亡在中国哈尔滨的白俄罗斯人和一个同样生活在哈尔滨的日本满蒙垦荒队的日本女人之间的爱情结晶。她的父母亲生活在苏联远东地区的海参崴，而她却一个人在日本东京过日子。

"呵，她还没结婚，一个人过日子，而且自称东京蔷薇！多么好听的名字，这种名字只有她这样漂亮的女人才有资格啊！"他感叹着，那种样子几乎到了一种暗恋的状态。

大谷今年38岁，独身一人。他24岁从东京警察大学毕业以后就一直在警察部门工作。由于他工作认真执着、善解人事，调到刑事搜查部后又接连领导破获了几个恶性犯罪案子，因此深得上司的赏识，在35岁那年就被提拔到了警察总部犯罪搜查部部长的位置。他在仕途上春风得意，在生活上却不得要领，尤其是在男欢女爱的情感问题上，几乎从来就没有获得过桃花运。

他想入非非，好高骛远，拒绝了多人的介绍。他总觉得凭他的才能和条件一定能找到他钟情的女人。现在，森利娅出现了，无论是相貌还是才华，她都远远在他之上，而这正是他日夜盼望想寻找的女人啊，这种机会岂能放过！大谷激动着，他把所有的心思都系到和他只有一面之交的"东京蔷薇"身上，却不知道对方早就把他忘到了一边。

这是一种典型的暗恋现象。这种被神经刺激着的心绪不宁，出现在一般人身上或许没有什么，但是反映在日本国家地方警察总部部长这样高职位的掌握着很多国家机密的警官身上，其危害性就难以想象了。

几天后，实在控制不住自己情绪的大谷来到了森利娅的工作单位。他在新闻社门口徘徊了好长时间，却始终没有勇气踏进那个门槛。无可奈何之中他把希望寄托在电话这个通信手段上。这一次他的运气不错。因为森利娅终于答应和他见面，并且把约会地点定在了银座七丁目一家名叫做"劳伦斯"的英国酒吧，时间是周末的晚上八点。

"啊……劳伦斯……"大谷嘟囔着放下了耳机，可心里却忍不住咯噔了一下。他知道这个名叫"劳伦斯"的英国酒吧，那里有法国最高级的香槟，有豪华的爵士乐队，还有舞池，可以跳舞，可是那里的消费却绝不是像他这样的人能够去光顾的。可是现在，一切已经无法顾及了，他只能硬着头皮和他心中的情人到那里相会。

这是自那次宴会相识以后的第二次见面，为此大谷激动了好一阵子，他还走进理容店，好好打扮了一下。晚上八点，他把自己这个月的工资全部装进了口袋后才衣冠楚楚地来到银座的"劳伦斯"酒吧。他刚坐下还没顾得上点饮料,森利娅就来了。她戴着镶了花边的黑色圆顶帽,身着黑色连衣裙,如同一股黑色旋风走进了"劳伦斯"闪着红光的豪华旋门。那时酒吧里的很多侍从以及一些客人都站起来向她致意,而她也频频向他们报以微笑,这种情景显然说明森利娅是这间酒吧的常客。

森利娅左右环顾着。她很快就看见了站在离舞池不远的座位边上正在向她微笑的大谷洋。她向他点点头便缓步走了过去。一直尾随着她的侍从也跟了上去,殷勤地站在一边,等待她的吩咐。

"您看呢?大谷先生,您想喝什么?"侍从注视着大谷的眼睛,轻声问道。

"森小姐,请您点吧,我……什么都可以。"大谷硬着头皮说道。

"那好吧,我们来一瓶法国里昂的红葡萄酒,要那种十年以上的。"森利娅回过头去,向侍从打了个招呼,随后又转过身来,把视线落在大谷的身上。

"大谷先生,您找我有事?"

"没有,没有……自从那次和您相识以后,我就一直在想着什么时候能约森小姐见面,再舞一曲。"大谷有点结巴地说着。他显然有点怯场,因为森利娅那灼人的视线使他简直不敢抬起头来。

"噢,是这样……那好,我们一会儿再舞两场吧。"森利娅微笑着点了点头。她已经明白,跟在自己身后的男人群里又多了一个来自日本高层的公安警官。这是个很可能会给她带来麻烦的人物,但森利娅还是想把他抓到手。因为她的职业需要他,只要能够小心地去处理,他就一定能成为自己的俘虏。

森利娅暗暗地沉思道。对于自己的魅力,她显然充满信心。

红葡萄酒被送上来了，他们互相斟饮干杯，然后又一起相拥着来到舞池尽情地舞了两圈。有时候，森利娅还故意装出醉意似的把脑袋靠在他的肩膀上，听凭着大谷的手在她的细腰上前后揉动。她顺着他的舞步前后摇摆，那种感觉使大谷热血沸腾，如同沉浸在蜜罐子里。

大谷知道他和她的舞姿已经引来了无数羡慕的、惊异的、色眯眯的和嫉妒的目光，但是他愿意并且喜欢人们用那种目光去看他。那种围剿着他的眼神使他得意、忘我，感到一种"此景只应天上有"的幸福感。假如不是处在众目睽睽之中，他真想低下头把自己的嘴唇贴到靠在他胸前正在凝视着他的那一对迷离忘情的眼睛，以及那涂着玫瑰红、显得温柔而又性感的嘴唇上去。

两个小时以后，他们结束了在"劳伦斯"酒吧的这场并没有什么结果的游戏。结账时，大谷囊中羞涩的窘态使森利娅立即感觉到了什么。她一把夺过侍从递上来的账单，随手扔下了十块美金。

"今天应该由我来请客，等到下一次再用您的。"她挽着他的胳膊，有点撒娇似的对他说道。她非常得体地为他解了围，那种一掷千金般无法言说的情景，使大谷感激涕零，无地自容。

在银座那霓虹闪烁车来人往的熙熙攘攘中，森利娅坐上了出租车扬长而去，把仍然处在困境和惶恐中的大谷抛在了一边。

"这个女人……这个魔女……她……"大谷嘟嚷着，怔怔地望着从他的眼前远去、载着他梦想的出租车，产生了一种深深的自卑感。他感到失落，但是并没有失望。在他的下意识里，他似乎已经看到了征服她那瞬间的情景。

32　天堂和地狱只有一步之遥

大谷洋的判断也许是正确的，因为在一星期之后森利娅就主动打电话来了。她要大谷穿针引线，帮她介绍负责调查日本政界官僚受贿贪污案的日本警方侦查员，以便她先人一步地把此案的搜查状况，在新闻社的报纸上发表出来。这区区小事自然不足挂齿，大谷只打了两个电话，就把森利娅的难题给解决了。

为了表示感谢，森利娅又把大谷约到了"劳伦斯"，陪他喝酒，和他跳舞，事后又是以她慷慨付款，扬长而去结束。她始终没有让大谷的非分之想有任何可能的机会。那种既体面又难熬的情景，使大谷简直要发疯，然而不管怎样大谷还是从他和她的交往中，看到了自己的价值。

是的，他在日本国家地方警察总部的地位，他那种不费吹灰之力就可以捏在手里的搜查犯人情报，以及只要愿意打听就可以轻而易举弄到手的秘密资料，都成了他和森利娅交往下去的筹码。他并没有想到森利娅是个苏联间谍，他还以为她只是个想要先声夺人，比其他同仁捷足先登、逞胜好强的女记者而已。虽然森利娅对于他职业上的关注使他惊异，并时常产生一种可怕的感觉，但毕竟为时已晚，因为他确实已经从心底爱上了森利娅，而爱情则是排斥一切理性的。

大谷和森利娅若即若离的交往一直持续了两个多月，直到那天，当大谷和她谈到驻日美军司令部给了他们一份要求尽快抓获潜伏在日本各地的逃犯名单，并说出了排列在第三位，被称作海狼的名叫高桥秀义的有关秘密时，森利娅露出了马脚。她一直追问高桥秀义的情况，并且向大谷洋要那份名单的副本。

森利娅迫不及待的神情，使大谷产生了怀疑。

"呵……她到底是干什么的？为什么会对那个海狼感兴趣？难道这也是为了先声夺人地在报纸上去发表一些什么吗？"大谷怔怔地望着坐在他对面似乎有点反常的森利娅的眼睛，一时语塞了。

看着大谷欲说又止、疑虑重重的神态，森利娅反倒冷静了下来。她从口袋里掏出一支烟点燃后慢慢地抽了起来。她吞云吐雾着，没有多久就把"劳伦斯"这间酒吧的一隅搞得烟雾腾腾。她没有吱声，但是那一双锐利的眼睛始终盯着大谷，注视着出现在他脸盘上的每一朵疑云。

森利娅知道自己过于急躁了一点，因为对方毕竟是个老公安啊！虽然他早已被她迷得晕头转向，成了他的俘虏，但起码的警惕还是有的。然而他讲的那份文件确实重要啊，它会牵涉日本和美国之间的秘密交易。利用这份文件可以揭露美国人为了开发生化武器，不惜包庇日本细菌部队，让他们逃脱东京法庭审判，这样的内容不正是前几天他的上司札里季耶夫找她谈话时再三强调想要搞到手的东西吗，她怎么能不寻根刨底去追问清楚呢？她一定要使出浑身解数，就算是急躁了点，那也是无可奈何的。

森利娅暗暗沉思着，装出一副无所谓的样子，寻找着后发制人的机会。她知道大谷是忍受不了眼前这种静场的尴尬的。只要他不做出那种拂袖而去从此和她绝缘的行为，就一定会乖乖听她的摆布。

森利娅的判断没有错，大谷被冷落了一阵子以后终于又开口了。他还是无法摆脱森利娅留在他内心深处的那些魅力四射的影子。

"您……您为什么会对那个海狼产生兴趣呢?"

"难道……您没有兴趣吗?"森利娅一步不让地反问道。

"我……"

"是啊……一匹狼,海里的狼,多有诗意的名字,就像童话故事一样,你难道会对此没兴趣?"

"我……我当然也有兴趣……因为我是干这个的嘛!"

"那就对了。可是您对我提出的问题为什么又那么不耐烦呢?难道这里面有什么秘密,或者难言之隐吗?"

"不是……可是,唉,您不知道,这是件非常秘密的事情,它牵涉美国人的利益。美国人也在关心那个海狼的下落……"

"美国人又怎么啦……唉,您看您那谨小慎微的样子!其实,那件事已经不算什么秘密了。前几天,《东京晨报》不就登了你们警察在池袋二丁目搜捕海狼的事情吗?那个笨蛋警长,连个已经落网的女人都抓不到,这种事被暴露出来,除了丢你们警察的脸之外还能有什么结果呢?其实我只是想帮忙,再去写一篇海狼事件续集,为你们警察正名,可您却大惊小怪的,不是这个秘密就是那个秘密的,好像真的发生了什么了不起的事情。"

森利娅假装生气地噘起了小嘴,那种可爱的样子使大谷的心一下子融化了。他望着她,扑哧一声笑了出来,他显然想借此去缓解他和森利娅生之间似乎有点紧张的关系。

"您笑什么?"森利娅抬起眼睛故意问道。她已经明白了大谷正准备举手投降交白旗,可是为了能一鼓作气扩大成果,她仍然要追逐下去,不让他有任何喘息的机会。

"您在笑什么?"她又一次地向大谷问道。

"我在笑您生气时的可爱样子。"大谷假装幽默地说道。听了森利娅的话,他似乎有点安心了。他认可了森利娅只是为了写一篇报道才想索要文件的解释。

"您……咳,您还笑呢?难道您不觉得求您办事情有多难吗?"森利娅再次装出赌气的样子。

"您还说我呢!我看……我要比您好得多。"大谷话中带话地说道。

"您……您这话是什么意思?"

"我……我曾经求过你那么多次,想到您家里去,看看您到底住在一个什么样的宫殿里,是吃了什么东西才长就了这么一个漂亮的脸蛋。"大谷望着森利娅,有点猥琐地说道。

"您……"森利娅瞪了大谷一眼,脸唰地一下红了起来。她知道大谷在想什么,也明白他那些话的意思。她犹豫着想了一下,终于点头同意了。

"好吧,明天……不,还是后天,后天晚上八点,您在我们新闻社对面的咖啡店等着,我工作完以后就开车拉您到我家去玩。后天晚上,您就住我这儿吧,只要您不嫌弃的话……不过,您可别忘了我求您的那件事哟。把那份东西带上,只要影印件就行!"森利娅暧昧地笑了笑娇嗔地说道,把希望和幻想同时向大谷抛了过去。

"好,好……我们可是一言为定哟。"大谷连声说道。那种兴奋的心情使他的脸涨得通红。其实森利娅的要求对于他来说是一件不足挂齿的小事。此刻,那份可以用来和森利娅做交易的秘密文件就躺在他办公室的保险柜里,他只要在夜深人静时回办公室一趟,神不知鬼不觉地把文件从保险柜里拿出来,用照相机拍下一份就行。

第二天晚上 11 点,他借故骗过值班门警来到了警察总部,虽然在走向办公室的通道上遇到一个他熟悉的部下,但是这并不妨碍他悄悄地做完他想做的那些事。在公安警察内部,这确实是一件非常严重的事情,可是色胆包天的大谷已经什么都顾不上了。为了能得到森利娅,此刻就是去下地狱他也会在所不辞的。

第三天,也就是在他和森利娅约定的那天晚上的八点钟,他来到了新闻社对面的咖啡店,一边喝着咖啡一边数着钟点,心神不宁地等待着森利娅的出现。

8点20分,他终于如愿地看到了开着车来到咖啡店门口接他的森利娅。她坐在驾驶席上向他招手,那种亲切的神态使他魂不附体。他付了咖啡账,没等过上一分钟就坐到了她的旁边,他望着她突然又像想起了什么似的顿时打开手中的皮包,拿出了那份准备好的文件。他有点紧张,手心里也好像捏满了汗水。他颤抖着把它递到她手中,那种感觉就像是把他的终身都交付给她似的。

他的心情也在影响着她。她望了他一眼,想说些什么却又停住了嘴。她伸出手去抚摸了一下他的头发,那种动作显然是在安慰他:可不,做什么事都是有第一次的,哪怕就是去出卖灵魂,走向地狱。

他们互相看了一眼,谁也没有开口讲话。在那种静谧的紧张气氛中,森利娅踩动了油门。

森利娅的驾驶技术很娴熟,她把他们坐着的这辆宝蓝色的雪铁龙侍候得十分平稳。行驶途中她曾经开口对大谷讲话,可是他却一句都听不进去。他甚至都不敢侧身去看森利娅。望着不断地向车尾闪去的忽明忽暗的光线,大谷激动得好像连心脏都快要从喉咙口跳出来似的。

"呵,难道我真能如她所说的那样,亲吻她,拥抱她,与她同枕相眠,共度良宵。"他怔怔地想着,不由得热血沸腾。"森利娅,这个绝色美人,为了能得到她,我曾经做过多少美梦啊!现在,就在今天晚上,一切将会如愿以偿,这……难道不是命运恩赐于我的吗？"

大谷抬起眼睛把视线移向坐在他旁边的森利娅的脸上，然而森利娅却没有理睬他。她只是紧握着方向盘，聚精会神地望着正前方。

40分钟以后，雪铁龙终于在东京郊外的一幢三层楼别墅前停了下来。他们先后跳下车，推开了铁栅栏的小门走了进去。那里面是个花园，两边种满了花草，中间则是一条由石板铺成的小路，它可以通向别墅的玄关。

"请吧，这就是我家。"森利娅穿过石板小路，拿出钥匙打开那扇棕褐色的木板门，带着大谷走了进去。

那是一幢装修得非常精致豪华的西式别墅。一楼是餐厅和客房，二楼是森利娅的工作间和储藏室，三层则是一个带着两间卧室，有着五十平方米左右的会客厅。会客厅的左边立着一排书橱，右边则是一大两小三个沙发。此刻大谷就坐在三楼会客厅的大沙发上，而森利娅则忙忙碌碌地一会儿到厨房烧水，一会儿又从酒柜里拿酒，好不容易才算坐定下来。

"干杯吧，大谷先生！"森利娅举起酒杯，微笑着对大谷说道。

"谢谢，谢谢……"大谷连声说道。他举起酒杯和森利娅碰杯以后，便扬起脖子一饮而尽。这是一种名叫拿破仑的烈性白兰地酒，然而客随主便，大谷自然不会去计较什么，因为醉翁之意不在酒，此刻他想着的全是那些如何才能尽快直奔主题而去的事情。

然而森利娅并不着急，她仍然微笑着，殷勤地向大谷斟酒，并且还不时地把冰块放进他的酒杯，那种热情的神态，使大谷实在无法开口去说他想说的那些话。不过时间还早，没有关系，反正这一夜春光无限，要想做什么都是有可能的。

酒过三巡以后,大谷情不自禁地打起了哈欠。他的眼圈红红的,眼皮重得直往下掉。他的酒量本来就不行,只是为了礼貌和风度才一杯一杯地去喝的。男人喝醉了酒很可能会干出一些荒唐事情来,可是大谷不会,他喝多了只想睡觉。尽管他脑子里非常清楚今晚他到森利娅家里来的目的,可是现在,一切都不行了,他困得已经无法再在沙发上坐下去了。

"您不是想看看我的家吗?怎么样?感觉如何?"

"好……当然好啊……可是……"大谷的舌头有点硬,他已经无法表达他想去说的那些话了。

"睡觉去吧,我看您都困得不行了。"

森利娅装出一副关心的神态说道。她来到沙发边,扶起摇摇晃晃的大谷,走进了会客室左边的卧室。她把他扶到床边,帮他剥下西装脱掉鞋子,随后又拉开了被褥,把横在床边的他的身体用力地推了进去。

"睡……睡觉啊……"大谷挥动着手想去拉森利娅,可是没过上两分钟就鼾声大作,昏睡过去了。

望着已经大梦沉沉的大谷,森利娅从床边上站了起来。她微微地笑了笑,关上灯,蹑手蹑脚地退出房间,锁上了房门。随后她又坐回到会客厅的沙发上,点上一支烟,慢慢地抽了起来。

今天的一切应该说是她的杰作,因为她已经做好了和大谷在会客室里喝酒聊天干坐一夜的准备。她并不爱大谷这样的男人,也不愿意为了工作去牺牲自己,违背意志和自己不喜欢的男人上床。她当然知道大谷的心思,也了解大谷那样的日本上层男人总想把自己装扮成绅士模样的虚伪心态,正是在这种基础上,她才选定了今天这样的方式。

她断定大谷不会因此而生气地向她撒野,她也想到他可能会动手动脚地做一些小动作,可是只要自己意志坚定,一切自然不会发生。为此她想到了酒。因为大谷的酒量不行，而有着俄罗斯血统的她酒量则是惊人的，借助酒精的力量，她或许会使大谷不战自败。

此外还有一个因素。应该说那是森利娅选定今天这种处理方式最根本的原因。

森利娅在口头上或许并不愿意承认，但是她的心里则非常清楚。因为她知道大谷真心地爱着她。一个真心爱着她的人，是不会强迫她去做她不喜欢的事的。这种事情听起来虽然矛盾，但正是因为有了这一点森利娅才对大谷产生了好感。她虽然不爱他，但是她一直被来自他的爱感动着，这也是不容否定的事实。

森利娅的判断是正确的。

第二天早晨，当大谷酒醉醒来发现自己狼狈不堪的样子时，他首先想到的就是如何向森利娅赔罪道歉。他担心自己在酒醉时对森利娅做了什么失态的事，有损了绅士形象。他压根就没想到，这一切全部是森利娅的精心策划。男人是最容易受女人骗的，更何况大谷面对的又是森利娅那样周旋于男人圈，却又能够一尘不染的女人呢？

上午8点钟，当大谷坐着森利娅驾驶的雪铁龙前往警察总部上班时，他的幸福感仍然丝毫未减，犹如当初。

33 没有爱，宁可死

森利娅费尽心机才搞到手的这份记录包括海狼在内的驻日美军司令部的通缉罪犯名单，对于札里季耶夫来说是一份非常烫手的东西。假如仅以此为根据，向联合国提出重新择地设立军事法庭，那是肯定不会成功的。虽然名单上有关于海狼的犯罪记录，但并不能说明问题，围绕它所做的解释虽然有用，却也无法形成有法律效力的证据。

现在只有抓住海狼，拿到他手上那份和731细菌部队做交易的美国人文件才行。可是要想做到这一点又谈何容易。因为海狼已经逃到日本，这种状况对于在日本境内没有一兵一卒的苏联来说完全是鞭长莫及的事情。虽然森利娅收买了警察总部的搜查部长，札里季耶夫可能会从中得到日本警方搜捕海狼的情报，可是能不能就此把海狼弄过来呢，这显然是个未知数。假如自己做不到这一切，或者是做了以后又失败的话，那还不如把这个情报先隐瞒下来，不要报告上去为好。因为此事要是处理不好的话，就会关系到自己的升迁荣辱啊，可是……

连日来札里季耶夫锁紧双眉，绞尽脑汁地想着。虽然他依旧奔走在法庭和寓所之间，做着每天都要去做的查阅案卷、听取诉讼、寻找量刑根据、研究法庭判决书的琐碎事情，可是脑子里想的却完全是另外一回事。他急躁困惑，思绪烦闷，胃口虽好，可是茶饭不香，那种不言而喻的来自他精神和意志上的骚乱使他的理智无法安宁下来。

他开始研究逃犯的那种非常心理，并且设想海狼可能会去实行的逃跑路线。可是他越想越混乱，越考虑就越怀疑自己提出的把海狼绑架到手的方案。

是啊，它可行吗？那个日本部长，他能帮我们做到这些事吗？假如做不到，那么还有没有其他方法呢？假如去请求苏联军事部门的帮助，事情会不会更好一些呢？可是就是得到了帮助，也仍然做不成那又怎么办呢……

他的心绪困惑在这些烦恼中，如同波涛一样，一阵过去一阵又来。他竭尽全力地希望能从中获得明确的见解，可是得到的除了苦恼以外，其他一无所有。

然而他又必须要拿出主意来，任何患得患失犹豫动摇的情绪其结果都是危险的。因为自己期望去隐瞒的情报，很可能还会通过其他途径传到他的上司或者苏联国内的情报部门去，一旦发生那种事情的话后果就更难设想了。

毫无疑问，他必须马上向苏联军事委员会的上司报告，其他一切只能听其自然了。

札里季耶夫自问自答着，思维终于清晰起来了。他觉得自己好像刚从一场莫名其妙的梦境里醒过来一样，他为自己曾经把个人名誉搁在国家利益之上的行为感到羞耻。

他整理了一下思维，定了定神，开始起草密码电文。他告诉苏联军事委员会，说这是一个极好的机会，既可以惩罚战犯又可以揭露美国人的阴谋。教训敌人、扬苏联的国威，关键是要把那个捏着证据的海狼——高桥秀义抓到苏联人手里来。要实现这个计划，光靠现有力量不行，他需要得到苏联政府军事和外交上的援助……

他一口气写完了自己要说的东西，并且毫不犹豫地把它交给了发报员。最后他披上风衣，走出帝国饭店，来到了皇宫广场。他毫无目的地走着，看着周围那些由东西文化交融设计出来的日本建筑物，他突然感到了饥饿。

"是啊，至少有三天没好好地吃饭了，今天应该把森利娅叫来去喝酒才对……"他自言自语着朝银座方向走去。酒可以浇愁正如药可以治病一样，他期望通过酒精麻痹一下神经，因为他实在不愿意去猜测收到了电文的上司会给他下达什么样的命令。

一个星期以后苏联军事委员会的回电到了，它的内容使札里季耶夫感到吃惊。上司在电文中告诉他，海狼高桥秀义是苏联军方的通缉犯，两年前他曾经在中国东北的铁岭杀害了一名苏联军人，并且成功逃出了收容日本军人的集中营。

这份电文关于海狼事件的内容是这样写的：

……我们对将军在电文中提到的海狼——高桥秀义一事做了详细调查，结果发现该犯是我军事法庭指明通缉、追踪已达两年之久的重要犯人。高桥秀义是一个危险人物。两年前，进入中国满洲地区的第九苏维埃师团，在一个被我军逮捕的名叫西川正人的日本宪兵的供词中得到一份重要情报。供词证明，掌握日本731细菌部队秘密的哈尔滨日本宪兵司令部少佐高桥秀义，正潜伏在铁岭地区一个叫镇西堡的村庄里。根据这个线索，我军立即派部队赶到那里，剥去了高桥秀义的伪装将其逮捕。当时，该犯已和当地一个名字叫作路影的农家姑娘结婚，是那里的活跃人物。

高桥秀义毕业于东京陆军大学，能讲一口流利的英语，是宪兵中的智囊型人物。在哈尔滨服役期间，高桥秀义和日本731细菌部队高层有过多次接触，知道很多鲜为人知、至今仍然是疑问重重的秘密事情。被我军逮捕以后，高桥秀义一直沉默不语，不回答任何问题，拒绝交代一切，在无可奈何的情况下苏联军事法庭判处他死刑。

然而在执行死刑的前夜，高桥秀义竟然拿着不知从哪儿搞到手的毒药酒，骗执勤士兵饮酒，将其毒死，而后夺走值勤士兵的枪支逃出了集中营，不知下落。

虽然我军在随后的追捕中曾多次发现他的踪迹，并且画出该犯画像，在各处险关要道和城巷住地张贴，指名通缉，但都未能奏效。此后该犯曾潜回铁岭镇西堡和他的妻子幽会，并带着她逃跑，可是当知道了这个消息的我部队赶到该地区时，高桥秀义已经失去踪影，逃之夭夭。

该犯精通英语，又在陆军大学接受过间谍训练，熟悉种种擒拿格斗技术以及情报战的真谛，在日本的宪兵队伍中实属不可多得的人才。因此该犯很可能正如将军来电所说的那样，是一个掌握了美军和日本731细菌部队互相勾结的内情，盗取了美军在开发生化武器方面的秘密文件，为了逃脱追踪，又不惜铤而走险，杀人犯罪的十恶不赦的罪犯。因此能够尽快将其逮捕，并通过外交渠道引渡到我方手里，实是上策。因为我方比任何国家都要早一步在两年前就已经指名通缉该罪犯了，况且他还杀害过苏联士兵。

假如上述可能是零的话，那么我们就要采取强硬措施，利用现有的日本警方内线，派员打入日方海狼搜查本部，强行捕获并绑架海狼到我方手中。

我们无论如何也要抓住高桥秀义。因为他的作用不仅仅是如将军所说的那样在未来法庭上去作证，揭露美国的阴谋等事宜。高桥秀义以及他所掌握的秘密文件，还能使我们了解日本731细菌部队的真实情况，探讨美国为什么会冒如此风险去包庇731部队的官兵，而731部队又在美国生化武器的开发中,对美国提供什么样的帮助等有关美国人在开发试制生化武器方面的情报。因为至今为止美国还没有制造出细菌武器,世界上只有日本人,也就是731部队成功制造了细菌炸弹,并把它投放到了中国战场。

　　总之,高桥秀义对我们去研究今后的苏美军事关系以及军事装备的问题,有着重要的作用……

　　苏联军事委员会在电文中所说的必须要把海狼抓到手的坚定口吻,使札里季耶夫感到心悸。毫无疑问,在美国占领军统治下的日本,要想把美国人也在拼命追踪的窃取了美国秘密文件的杀人犯,通过外交渠道引渡过来的设想,是不可能实现的,这一点他的上司也已经充分意识到了,那么剩下的就只能是用强硬手段,把情报人员打进日本警方的海狼搜查本部内部,去追捕搜查绑架高桥秀义的那种方法了。

　　"这真是无可奈何却又必须要做的事情,可是如何才能做得更好一点呢?比如去收买已经进入搜查本部的日本警察,这种方式是不是比派员打进搜查本部更好做一些呢……"

　　札里季耶夫反复地问着自己。他又想到了森利娅,想到已经被她收买的日本警察总部的大谷洋部长。是啊,假如我们的谍报队伍里,能多几个森利娅那样的"东京蔷薇"就好了,一说就明白,而且机警、迷人。

　　札里季耶夫注视着办公桌上的电话机,他又想给森利娅打电话了。可是转念一想却犹豫了。是的,真是多此一举呀,只要有进展,森利娅是会主动打电话过来的。这样做对她或许更安全一些,而且他也不应该这么急的就去催促她,可是,唉……

　　札里季耶夫抬起头来,情不自禁地叹了一口气。他下意识地望着办公桌边上的那堵墙,仿佛他的眼光聚焦的那一点,正是他渴望得到的答案一样。

他稍稍犹豫了一下，还是忍不住地给森利娅的新闻社拨了电话，但是森利娅不在，接电话的人告诉他，森利娅今天没来上班。

"发生什么事了？"札里季耶夫真想这样去问对方，可是他没有那样去做。他没有给森利娅留言。因为他觉得接电话的森利娅同事一定已经听清楚了他那种外国人讲日本话的不标准口音了。

"唉，随他去吧。"札里季耶夫耸了耸肩自嘲似的说了一句，可是脑子里却始终在想着森利娅和日本警察总部大谷部长的交涉结果。

他的担心有他的道理，而事实上也是那样。昨天晚上，当森利娅把大谷洋约到"劳伦斯"喝酒跳舞，在轻歌曼舞、情意绵绵的气氛中，突然转变话题，把内容移到了"海狼"和他的搜查本部，并且试想着要亮出自己的真实身份时，大谷显然紧张了。

"什么？你说什么……"大谷瞪着眼睛，望着森利娅追问道，他似乎在怀疑自己的耳朵。

自从那一天晚上他醉倒在森利娅家里并且在那儿过了一夜之后，他和森利娅之间都不约而同地把对对方的称呼从您改成了你。这种称呼上的改变带来的亲近感，以及此后大谷把自己的亲信刑事犯罪搜查本部副部长伊藤文夫在"劳伦斯"酒吧介绍给了森利娅，让那个思想激进、善于雄辩的部下陪她一起高谈阔论等一系列不避嫌疑的举动时，森利娅误认为自己可以亮出身份了。但是从现在大谷的反应来判断，一切显然还过于乐观。

"好了，你没有听清楚就算了。"森利娅耸耸肩膀模棱两可地说道。她想扭转眼前这种显得尴尬而又紧张的气氛。然而大谷的思维却仍然沉浸在刚才的那片疑云中。

"森小姐，上次给你的文件用好了吗？现在情况紧张，你还是尽早还给我为好。"大谷压低声音，左顾右盼地说道。

"怎么了？难道出什么事了？"森利娅不动声色地望着大谷，沉着地问道。

"没有。不过，虽然没出什么事，但是对此类文件的保管已经变得严厉起来了。而且美国人也多次催促我们，让我们尽快抓到高桥秀义。为了早日破案，我们正在进行大范围的拉网式搜查。因为根据调查发现，高桥秀义是在1945年，作为日本宪兵被派遣去中国赴任的。他很可能是战前即1944年的秋期班或1945年的春期班毕业的本科或者专科大学生。那时能培养出到中国去当宪兵的学校并不多，只有东京警察大学、陆军大学、日本士官生大学、东京帝国大学和宪兵本科学院等为数不多的几家学校。由于日本本土遭到美国空军轰炸，很多学校在那时并没有把应届毕业生作为宪兵派往中国，而通过自学考试获得资格到中国去当宪兵的学生则少之又少。因此，我们只要从那些为数不多的学生中间找到精通英语，被送到中国哈尔滨去当宪兵，名叫高桥秀义的档案就行。根据这份档案，我们能找到他的户籍，了解其家庭成员、住址、特长等个人情况。只要把这些东西弄到手，抓住高桥秀义就是指日可待的事情了……"

大谷不厌其烦地解释道。他有点得意，那种丰富的只有专业刑事侦查员才可能具备的知识和经验，不断从他眼神里闪出来。他的神态在告诉森利娅，警方对如何抓捕高桥秀义，破获海狼事件，已经有了一个完整的方案了。

日本警方这份已经可以预见到的破案时间表使森利娅感到着急。时间上的紧迫使她觉得自己已经没有多余的时间再去和大谷捉迷藏了。她必须尽快向他摊牌，表明自己的身份，把他征服到手，否则就无法完成札里季耶夫交代的任务。

森利娅观察着大谷的神色，悄悄地算计着。

她终于下定了决心。

她又和他一起来到"劳伦斯"的舞池里，准备尽情地和他舞两圈。她竭尽全力地把她的温柔、她的情感、她的风流和她的魅力全部施展出来，企图使大谷再次坠入情网。

这样的迷魂阵进行了有一个小时。随后森利娅带着大谷走出了"劳伦斯"酒吧的大门，又一起坐上了雪铁龙。她准备在自己的车上和他进行一番至关重要的谈话。

此时天空中下着小雨，雨丝越来越细越来越密，尽管雪铁龙的雨刷不断地在车窗前来回滚动着，但是一阵又一阵的雨水仍然不停地从漆黑的夜空喷洒下来，把雪铁龙的窗户打得啪啪直响。那种特定的音响效果，使夜色显得更加深沉幽暗。它在制造着一种紧张而又伤感的气氛，好像要去把窗外的恐怖和黑暗，无止境地向远方伸展开来似的。

也许是因为下雨的关系，车子开得很慢。而且因为森利娅并没有暗示今晚他们要去的地方，所以雪铁龙拐出了繁华的银座七丁目之后，只是顺着宽广的日比谷大道毫无目的地往前驶着。也许是因为紧张，森利娅打开了雪铁龙的收音机按钮，那时正在放日本的夜莺李香兰的歌曲，那一曲《夜来香》使坐在车上的这对男女陷入迷茫和忧愁。他们谁也没有说话，但是通过前方扫射过来的车灯，可以发现他们的眼神中闪烁出来的那种炽烈而又不安的神色。他们已经意识到今晚他们之间要进行一场重要谈话，但是对于内容，两个人所想的却大相径庭。被爱情蒙住双眼的大谷还以为森利娅会在今晚向他表白。虽然他已经开始在怀疑森利娅的所作所为了，却仍然不愿意相信他所猜测的事情会是噩梦般的事实。

雨丝依然在飘着，越来越大。初夏的阵雨本来不会下得太久，但是今天一切全都变了。是啊，黑夜是无情的命运抛掷着它在尘世间灵魂的总渊薮,而雨丝则是构成那幕悲剧的前奏曲,它把假象送到人们面前,却把黑夜的狰狞和恐怖整个地掩饰了起来。

这也许是至关紧要的那个雨夜一种较为真实的记录。这种画面使森利娅在很多年以后都能清晰地回忆出来。因为那时是她的神经绷得最紧张的时刻,她准备在那时向大谷坦诚公布她所有的一切。

"大谷先生,您真的爱我吗?"森利娅用一种略带点颤抖的声音问道。她又把对他的称呼从你改成了您。她觉得在大谷的眼里,她此时的形象一定是非常生疏的。还不如早一点把预防针注射到彼此的血液里,不至于让失望那么凶狠地就去占领他们的空间。

森利娅的称呼果然使大谷感到了困惑,他望了森利娅一眼,有点疑惑地问道:"你怎么了?难道你至今仍然在怀疑我对你的爱情吗?"

"呵,不……听到您这么讲我就放心了。不过,大谷先生,在表白我的感情之前,我想先跟你说一件事,这是我一直想跟您讲的……"森利娅说到这里突然停住了口,她转过身来,望着坐在一边的大谷,她期望能够直接看见大谷在听到自己所说的那些话后的反应。

"您说吧,森利娅,我正在听着呢。"大谷回应了一句,并且也改变了对她的称呼。他的那种突然显露的情绪使森利娅吃惊。她望着他,稍稍犹豫了一下,便情不自禁地改变了方案。她的本能在告诉她,此刻,她还不能向他公布自己的一切。

"大谷先生,我想请您帮我做一件事。"

"什么事?总不会又是让我去拿什么秘密文件之类的事情吧?"大谷自我解嘲着说了一句。他的脸色有点苍白,不安的感觉溢于言表。

"这一次的事可能会更复杂一些，因为我们想请您把正在被追捕的海狼的隐藏地告诉我们，由我们来动手抓，或者还有另外的一种方法，那就是请您把今后抓到手的高桥秀义送到我们这里来。总之，我们要得到那个海狼！"

森利娅鼓足勇气，一口气说出了一直憋在她嗓门里的话。也许由于紧张，她一下子把雪铁龙开到了路边，在拐角上停了下来。她转过身去，用一种灼热的眼光盯着大谷。她发现大谷惊疑的眼睛此刻也在望着她。他仿佛想看清楚隐藏在森利娅背后的那一片光环。

"您说的你们……是哪里呢？"大谷的声音有些颤抖。

"苏联的情报机关！"

"呵……"大谷情不自禁地叫了一声，他的脸色一下子变得灰白了。"果然如此，一切果然如我所猜测的那样！森利娅，您真让我失望，让我痛心啊……"

大谷捏紧拳头，用拳头使劲地捶着自己的胸膛，那种痛苦不堪的样子让森利娅吃惊。

"怎么了？您后悔了？"森利娅有点怜爱地望着他，她已经注意到大谷对她称呼上的改变。她犹豫了一下，但仍然伸出手去，抚摸着趴在车窗前舷板上的大谷的头发。她寻找着措辞，正想要说些什么安慰的话时，没料到大谷突然歇斯底里地冲她叫了起来。

"不要碰我，森利娅！"

"您……难道您真的后悔了吗？大谷先生，为了能得到您的合作，我们已经付出了太多的财力和精力，今后我们自然还会那样做下去。应该说我们的合作是成功的，这一点你我都明白。其实，做这些事对您来说只是举手之劳，而对于我们，一切就完全不一样了。这自然是您的功劳,所以您每一次都会得到相应的报酬。现在我就给您,这是500美金,您先拿着吧,等事成之后,我们还会再给您。当然这一切都是次要的,因为我明白并且已经深深感觉到了您对我的爱情。我知道您爱我,而且我也想爱您。可是不把我的一切都真实地告诉你,我又怎么能倾心地爱您呢?这几个月来,我一直在为此事烦恼着,一直想寻找机会把我的真实身份告诉您,请您考虑,请您选择。而事实上您也选择了我,否则你又怎么会把美国人的通缉犯名单交给我呢?其实,您已经和我站到一起来了,难道您不承认这一点吗?"

　　森利娅望着始终抱着脑袋把视线埋在黑暗深处的大谷,嚅动着嘴唇说道。她突然有点同情起他来了。是啊,谁都有过那种时候,当岁月飞驰,黄昏渐近,暮色苍茫,大梦初醒之时,眼前的一切变成了圈套,而且那些绳索已经拴着他的腿,拽着他的心,使他进退两难,欲罢不能。

　　然而,此刻森利娅的肺腑之言已经不能走进大谷的心里去了。他铁青着脸,低着脑袋,沉默着,两只眼睛直直地望着眼前那一片只属于他自己的东西。

　　他在凝视着什么呢?

　　黑暗。

　　那种黑暗来自森利娅,却又充斥在他的心里,使他无法辨清方向。他沉浸在黑暗里,如同沉没在深渊中一样。

　　是啊,为什么世界上总会有那种双人链,总是要把天使和魔鬼拴在一起,让他在走向天堂的同时,却又总是想方设法地告诉他,地狱离此处也并不遥远。

　　宁静和绝望连在一起的时刻是最让人寒心的。此刻大谷万念俱灰。他嚅动着嘴思索着,每一个意念都在发出一声沉重的叹息。他头晕目眩地抬起头来,神情痛苦沮丧。他当然看到了森利娅递过来的那张500美金的支票,但是悲哀地在嘴角边露出了一丝鄙视的笑容。他拿起支票向森利娅掷了过去。颤抖着的嘴巴吐出了一句连他自己都没有想到的话语。

"森利娅,您……您真是一个妖精,我……恨您……"他长叹一口气,还哆嗦了一阵,那种似乎已经大彻大悟的思维突然在他的脑海里燃起了火花。他抬起脑袋,用他那一对茫然而又无神的眼睛紧紧地盯着她,大约过了有三十秒钟以后,他才打开车门,沉重地跨入了那仍然在飘着雨丝的幽深而又惨淡的夜色里。他摇摇晃晃地向着黑暗的深处走去。他看见了正在注视他灵魂的眼睛。

"大谷,大谷……您回来……"森利娅打开车门探出头去厉声叫道。她凄厉的声音在夜空中如同闪电一般。她应该有可能去照亮大谷眼前那一片朦胧和黑暗的,但是事到如今,已经没有那种功能了。

雪铁龙的收音机里仍然飘荡着李香兰的歌声。那种悲悲切切的声音,或许正是此刻森利娅心情的写照。她趴在方向盘上无声地饮泣着,不知是为了她的失败,还是为了她曾经有过的对于大谷的爱情,总之,她泪眼汪汪,悲痛至极。

她把希望寄托在明天。可是,明天已经没有了。

因为当天晚上大谷洋就在他的卧室里,把手枪伸进自己的嘴巴,扳动了扳机。他留下了一份遗言,说自己严重失职,为了减轻心灵上的负担,他才引咎自杀等。

他的遗言写得简单扼要,事情也做得干净利落。这些事虽然也曾在警察总部引起怀疑,并且还着手调查了一阵子,把火烧到了森利娅的边缘,但是没能闹出什么大乱子。

森利娅依然在用"东京蔷薇"这个笔名发表文章。她的微笑依旧,魅力照常,周边依然簇拥着许多不知深浅的男人。

她已经从伊藤文夫那儿了解到了大谷洋遗言的内容。她为大谷在遗言中没有出卖自己而庆幸。

"这个可怜的人,他的信仰怎么就那么坚定呢?"森利娅嘟囔着,总结了失败的教训,又毫不犹豫地走起了钢丝,坚定不移地按照自己的计划去行事。

她把目标对准了大谷洋的助手伊藤文夫。她觉得她和他在政治上有共同语言。

其实在和大谷洋的交往中间,她也已经背着大谷和伊藤文夫有过多次接触了。

面对钓饵,总会有愿意上钩的人,这是森利娅坚信不疑的。她决不会因为大谷的死,把她至今为止所付出的一切去付诸东流的。

森利娅再也没有去想大谷洋这个人。这是很多女人的特征。女人在摈弃已经逝去了的风流往事时是不会留情的。可怜的自然是大谷洋了。这个日本国家地方警察总部的部长至死都不愿意连累森利娅。他爱她正如他恨她一样,热烈而又执着。

没有爱,宁可死,这正是大谷洋悲剧的真谛所在。

第四章

罪恶和爱情同出一源

34　刘思虹突然恢复记忆

在朝鲜的历史上，1948年是不能让人忘记的。那年8月13日和相隔27天后的9月9日，大韩民国政府和朝鲜民主主义人民共和国政府相继成立。两个政府像两座山头，一个依赖美国，另一个靠着苏联，把朝鲜半岛分为两半，开始了同一个民族被长期分割的悲惨局面。在这期间，李承晚政府和金日成政府分别采取强硬手段，镇压各自的敌人。这种意识形态的严重对立，不仅在两年后导致了著名的朝鲜战争，还成为以美国和苏联为首的东西方两大阵营之间所进行的冷战在亚洲的一面镜子。那种风云激荡的时代，及时代变化中出现的偏激理论，狂热的行动和由此产生的政策，强化了警察力量和刑法制度，使民族主义思潮抬头，却使民主力量衰退。人民渴望和平，可是和平却远离人们而去，寡头政治和独裁、英雄主义和野心家，成了那个时代的特征。

那是朝鲜民族史上的一个黑暗时代。这个时代对于本故事中的人物命运、自然有影响，趁早提及或许还能帮助读者抓住某些线索。

那一天早晨朝鲜时间7点左右，被原因不明的高烧折磨了两个多星期，一直昏昏沉沉躺在床上不起的刘思虹，突然被一种莫名的神秘震动惊醒了。她猛地一个翻身，在炕沿边上坐了起来，睡眼惺忪地仿佛是从远处古时代刚刚苏醒回来似的。她用手捋了一下披到胸前的散乱头发，把那件宽大地垂在肩膀下面的睡衣往上拉了一下,遮住了裸露的肩膀。她打了个哈欠,那种样子是她和周海龙同居以来从来没有过的。

"这……这是哪里?是日本吗?"她自问着,环顾了一下四周,神情显得迷惘而又庄严。这种从来没有过的样子和突如其来的话使周海龙大吃一惊。他像受了某种刺激似的一下子坐起来,惊喜异常地注视着她,简直就不敢相信自己的耳朵。

"什么?你说什么?思虹……你把你刚才的话再讲一遍……"周海龙大声说道,还伸手去摸了一下刘思虹的额头,他发现她的烧好像退了不少。

"你……刚才你叫我什么?思虹……这是谁?我不认识她呀!"刘思虹有点奇怪地望着周海龙,莫明其妙地问道。

"思虹,刘思虹!那是你,你的名字,我给你取的名字!"

"我的名字?刘思虹……可是我有名字,我叫路影……路影!"

"路影……你果然叫路影……怪不得警察也这么叫你……"周海龙惊愣地望着眼前这个变了一副神态的女人,一下子不知道说什么才好了。

"那您……您是谁呀……"刘思虹赤着脚,有点惊恐地从炕上跳下来。她呆呆地望着周海龙,迟疑地问道。她把对他的称呼从"你"变成"您",那种变化反映她的心态,使周海龙如同掉入冰窟里似的一下子变得冰凉,连牙齿都打起战来了。

"你……你不认识我了,我……我叫周海龙!我和你一起在海和号客轮上遇难,掉到海里,又一起被救……以后又住到一起,我……我和你是患难夫妻啊……"周海龙有点惊恐地望着刘思虹,语无伦次地反复解释着他和她在海难事件中的遭遇。他把刘思虹的女儿周雪燕抱到她面前,期望这个正在牙牙学语的孩子能够为他作证,他是怎样地为了她付出心血的。

"她……她是谁?"望着把小手伸到她跟前希望母亲抱的周雪燕,刘思虹有点不解地问道。

"她是你的女儿,我们的女儿,周雪燕!"

"周雪燕?我们的女儿……她爸爸……你是她爸爸吗……"刘思虹用一种天真疑惑的眼光望着他。她的眼睛里有疑问,那种近乎赤诚的光泽使周海龙吃惊,他做梦也没有想到这些问话会出自他倾心爱着的刘思虹之口。

"是的,我们的女儿,周雪燕!我是他的父亲,是我把你送到教会育婴堂,在那里生下她的……"

"你是她的……父亲?可是……我怎么不认识你呢?我知道我的丈夫,他是日本人,名叫高桥秀义……"

"高桥秀义?你丈夫……他死了!他已经在海和号事件中死了,沉到了海底,你再也见不到他了!"周海龙有点歇斯底里地叫道。他实在无法再去忍受刘思虹的那种出自真诚,却又冷酷得像用无数把利剑去刺穿他的五脏六腑般的可咒话语了。

然而,周海龙的愤怒在一个由于疾病而变得异常状态的病人面前,起不到任何作用。那种令他心悸的对话仍然在进行,好像是要把刘思虹在病中沉默着的话语加倍吐出来似的,让周海龙无法避免地去接受命运的审讯。

"您说错了,先生……我丈夫他,他没事,他活着到达日本了。本来……我也该去的,是那艘船,那次爆炸让我掉到海里了。可是我丈夫……他水性很好,我知道的……他过去在水中救过我,这次他……他一定游到日本去了,为什么……为什么他这次没来救我,一个人走了呢?"

刘思虹固执地反驳着周海龙的话。她眼睛里闪烁着希望的光芒,显示她对于她丈夫的无限思念。那种感情超越了医学和地理学的影响,从一个极端连接着另外一个极端。两个极端之间虽然一片漆黑，却像天空中被相隔在银河两岸的星星一样，靠着彼此间的向往去思念，去生存。

周海龙一直担心的事情终于发生了。对于这一点他在和刘思虹同居之初就有预感。这种感觉本来就是命运的启示，他却疏忽了。这实在是让人痛心的。假如当时他能处理得再妥当一些，结果是否会好一点呢？这自然是无法推测无法设想的，现在后悔也毫无意义。

刘思虹的记忆恢复了。

她的思维从刘思虹时代回到了过去。路影时代的一切一旦出现，她和周海龙之间的爱情也就没有了。

这种事情的存在本来并不奇怪，问题是周海龙本身。谁让他在这一年多来一直睁着眼睛，沉睡在温柔的梦境里，昏昏沉沉地被幻想麻醉了那么长的时间呢。

爱情的消退在女人身上体现的速度是最快、最冷酷也是最为明显的。当天晚上，刘思虹就向周海龙提出了分居的要求。虽然这简陋的小屋里并没有两张炕，她的分居想法根本就没办法实现，但是由她带来的那种冷冰冰的现象，却无处不在生活中体现出来。只是有一点还是能让人欣慰的，那就是刘思虹对她女儿周雪燕的态度。这或许是因为她是女人，有着母性的本能。因为周雪燕本身就是她和高桥秀义的爱情结晶。那种血浓于水的亲情自然会超越一切病痛。

她接受了她的女儿，却又一点也不清楚女儿出生时的情况，尽管周海龙含着眼泪，无数次地向她述说那个暴风雪的夜晚，她在照吾里基督育婴堂里大出血，被抢救生下周雪燕时的情景。这些事情是刘思虹记忆的空白点，但是空白之处又因为刘思虹非常清楚地记得她是怀着身孕登上海和号的客轮，这个事实把她记忆中的缺陷给填补上了。

刘思虹爱她的女儿，并把她当作是丈夫高桥秀义给她送来的礼物。她对女儿倾注着心血，寄托着爱情，却从来没有想过她应该把自己的情感去分点给周海龙。这确实也是无可奈何的，因为谁也逃脱不了命运那残酷而又可怕的刑罚。它足以摧残人的智慧，让人性退化为兽性。

"先生，谢谢您！也许一切正如您所说的那样，是您救了我，帮助了我，我应该好好地……感谢您才对，可是……对不起，我还是想请您原谅，请您以后别……别再叫我刘思虹了。我刚才已经说过，我……我有名字，我叫路影！这名字是我父母给的，他们住在中国，住在中国东北铁岭的镇西堡村。他们现在一定……一定还活着，在想着我呢，先生……您以后也叫我……路影吧，我求求您了……"

刘思虹的嘴里突然蹦出来那么一大段话，那对失神的眸子里还流出了伤心的泪水。她的记忆在迅速地恢复，那种半是灰暗半是悲伤的神态，使周海龙惊疑。他望着她的眼睛，真不知道在她那视网膜的神经后面会隐藏着些什么。

悲哀，莫过于心死，此刻周海龙的心简直要碎了。

35　一个让人荡气回肠的爱情故事

路影（为了叙述上的方便，我们以后就这样称呼她吧）和高桥秀义的那段刻骨铭心般的爱情，应该说是她的父亲路大山一手带来的。

1945年8月18日，高桥秀义和西川正人、渡边后厚司三人从中国东北的哈尔滨逃到辽宁省铁岭附近的靠山屯，被一帮讲朝鲜话的屯民包围殴打，渡边厚司当场死亡，高桥秀义和西川正人则被路影的父亲路大山救起，送到靠山屯懂些医药之道的李寡妇家抢救，在那儿被李寡妇用草药止住血，涂上消炎药，包扎后静养了一星期，又按照路大山的指示转移出了靠山屯。因为当时的苏联军队正在到处抓逃窜的日本人，而高桥他们在靠山屯养伤的事，也已被人密告到了苏联军队那里，再不转移出去就有危险。

在转移的那天晚上，路影是作为帮手被父亲路大山叫来，坐着他赶的马车到靠山屯去接高桥秀义他们的。最后又因为父亲要赶马车把西川正人送到其他地方，所以照顾高桥，把他平安送到自己家里的任务就落在了路影身上。马车夫是父亲的朋友，驾车技术很高，而路影又非常熟悉这条车道，所以只用了一个多小时他们就来到了镇西堡的路家。这一路上路影没有和高桥讲话。她不懂日语，而高桥的中文在那时也只有三言两语的水平，再加上途中随时都有可能遇到苏联军队，所以他们都没有开口说话。路影只是出于好奇偷偷地在马车的颠簸中，乘着月光窥测蜷缩在车座后面的高桥。那时高桥的脸上绑着绷带,额头上还渗着血迹,眼睛里闪露出来的却是倔强耿直的光泽。他咬着嘴唇,一声不吭地望着黑暗,紧锁着双眉,似乎在想着什么。

"他在想些什么呢?那还在流血的伤口一定很疼吧?他一定是个有着非凡忍耐力的男人。"

这是高桥留给她的最初印象。这种充满男子汉气质的形象是深刻的,它让路影一辈子都无法忘记。即使是在此后,在她的记忆被恢复后的最初刹那间,出现在她眼睛里的也仍然是那张脸庞。女人在选择男人时所获得的"第一印象"是非常重要的,一旦看上就难以改变。这种沉淀在心里,而且还会随着时间不断"熬下去"的意志,绝不会因环境的改变而变化。为了所爱的男人,即使是要踏上不归路,她们也不会犹豫动摇的。

高桥在路影的家里住下来了。他很快就知道了路大山把他们几个日本人救下来的原因了。

路大山的父亲路正虎,是为数极少的几个生长在东北地区的同盟会会员。为了推翻清王朝,他奉孙中山之命,多次东渡日本,筹枪筹款,接受军训,并在日本友人的帮助下,多次逃过清政府派遣来日本的暗杀组织的劫持和谋杀。回国后他参加了辛亥革命,在1911年的天津起义中倒在了清王朝军队的枪炮下,但是他的日本友人继续关心路正虎的家属,他们给大山的母亲寄钱送物,救助他们,这种帮助直到九一八事变发生,日本政府决定对寄往中国的物品实行严厉的检查和控制后才停止。

路大山在此后的抗日战争中被推崇为当地武装组织的头领,他利用父亲当年的日本关系,做出了很多保护沈阳以及铁岭地区文物古迹的行动,并多次从日本军队手里救出民众,深得当地人的尊重。日本战败后,他不止一次地惩罚部下那种抢劫凶杀日本难民的行为,逃逸中的高桥秀义和西川正人在铁岭的遭遇,正是因为得到了路大山的保护才虎口余生的。然而高桥没有想到，路大山竟然还会让他住到自己家养伤，那种救命再生之恩使他觉得今生无论怎样去报答都是不够的。

路大山把照顾高桥养伤期间的生活起居等都交给了他的老婆，而具体担当这些事情的却是他们的女儿路影。为了能够更好地交流，路影和高桥互相咿咿呀呀地学起了对方国家的语言。为了不让邻居猜疑，路影称他为表哥，高桥则叫她表妹，扮成一对恋人。为了不让苏联人听到风声，路影让他在外不要说话，装作聋哑人，而高桥也心领神会地打着手势，学着哑语来逗路影。他们一起到地里做农活，割高粱、扒玉米，活像一对小夫妻。

这种如同两小无猜般的纯真生活在当时并没有使路影在意。路影当年19岁，19岁的女孩并不会明白她在一个同年龄的异性面前可能会引起的骚乱。

在路影察觉到自己的美丽以前她就已经是很美的了。如同逐渐升起的太阳所放射出的光芒一样，从第一天起它就已经刺伤了高桥的眼睛。他望着这个中国姑娘，一动也不敢动地只是顺着她的指令去做那些类同于游戏般的事情。他觉得幸福在向他招手。而事实也正是那样，因为路大山邻居们的流言蜚语，他们确实也在往那一条幸福的道路上行进着。

然而路影还没有意识到那一点。她从未谈过恋爱，也根本不明白什么样的情感才叫爱情。她不知道应该怎样去和眼前的这个日本男人相处。她认为这一切都是自然的，今后她也会如同现在这样天真无邪地和他嬉戏下去的。

路影对此毫无感觉，但是她母亲为此发愁了。她听到了邻居们的议论，也觉得这是一个问题，但面对的是一个外国人，而且他伤痛未愈，怎么去跟他说才能让他明白一个母亲的苦衷呢？

这是她深深烦恼的。更何况那时战争刚刚结束，清算日本军人的罪行正是当时流行的话题,她怎么能允许自己的独生女儿去和一个日本军人混在一起谈情说爱呢?

聪明的高桥看出了涌动在路影母亲心中的烦恼,那天晚上他乘着路影离家外出时向路影母亲表述了自己的心意。他说他决不会在中国寻亲结婚。因为他有一个病重的母亲在日本,他要在伤好后回日本为母亲尽孝送终。

高桥在说这一番话时是非常伤心的。他没有提到路影。他怕他在讲到她时情不自禁流露的情感让路影母亲担心。他把自己的爱埋在了心底,却不料命运偏偏要制造机会,让路影走出她的少女朦胧期,能够通过本能去感受,通过接触去萌生情感。

命运射出的丘比特之神箭是谁都避开不了的,尽管世俗为了拆散这对鸳鸯曾经付出了那么多的努力。

那一年9月下旬,久旱无雨的铁岭却在入冬前连续不停地下起了暴雨。一周以后,沿着镇西堡村环绕而过的辽河堤坝,在大雨的袭击下决口了。洪水淹没了辽河边路影家的玉米地,冲进镇西堡村,在那一带发起了大水。

为了抢收那块玉米地的庄稼,路影和高桥跟着路大山,淌着膝盖深的水,深一脚浅一脚地来到了河边。那时已经是下午三点多了。那些活本来是应该留到第二天去做的。因为那天上午他们刚刚把家中的贵重物品转移出去,搬到了住在山冈上的路大山朋友家,身体已经很累了。但是考虑到玉米地的庄稼已经被水淹了五天,再不抢收,长熟的玉米就会全烂在那儿了。而且那时雨又刚好停了下来,所以路大山决定抓住这个空隙,抢收玉米。虽然时间已晚,但是三个人的力量加在一起,在天黑前还是完全可能收工的。

然而,没有想到本来已经有点放晴的天空突然又阴沉了下来,那些厚厚的乌云在刹那间变成了瓢泼大雨,而且雨量越来越大，天空越来越黑，视野也越来越坏。路大山感到担忧。他擦了下脸上的雨水，想通知路影收工，可是一直跟在身后摘着玉米棒的她此刻却不见了踪影。

"啊，路影去哪儿了？"路大山大吃一惊，他擦着脸上的雨水凝目四望，终于看见了她的身影。

那时路影正和高桥在辽河边的斜坡上掰着玉米棒，全然没有考虑到泥泞的坡地随时都会有崩塌的可能。那是最危险的地方了，万一有了闪失，掉进了河里，这……

路大山情不自禁地大声叫了起来。可是他的叫声并没有传到他们的耳朵里，全被瓢泼的雨声淹没了。无可奈何的路大山只能蹚着水向他们摸过去，然而就在那一瞬间，惨剧发生了。

罪魁祸首应该说是那一道闪电。那种突如其来的电光像是要述说什么似的，突然发出了一阵癫痫性的痉挛，紧接着又在云层深处吼出了一阵足以能使天地崩裂的声音。那落雷和闪电使路影颤抖了一下，她的脚一滑，身体一下子失去了重心，没过两秒钟就摔倒在地，顺着斜坡向辽河里滚去。

"路影……路影……"高桥惊叫着，冲下斜坡企图去拉住她。

但他还是慢了一步。此刻，路影已经被卷进了辽河，正随着波浪翻滚着向下游冲去，随时都有被风浪吞没的可能。

"啊，路影，我的女儿……"路大山跺了一下脚发疯似的叫了起来，他深一脚浅一脚地向辽河岸边冲去，仿佛在走向世界的末日。

然而那时，高桥先他一步跳进汹涌的辽河。他展开双臂，顺着水势，奋力游向正在与洪水搏斗的路影。路影的水性好像也还不错，她踏着虚空挣扎着，虽然困在惊涛骇浪中，但是还能控制住重心。她鼓足勇气努力泅泳，但没多久体力就枯竭了。她也知道高桥已经跳到河里，正在向她游过来，可是此刻她已筋疲力尽,无法再去抵抗那汹涌的波浪了。

高桥正是在这个危难时刻游到她身边的。他抓住她的衣服,用右手使劲托住她的颈部,让她的脑袋能够浮出水面来。他奋力地拖着她,顺着水势朝岸边游去,那种娴熟的水性和高超的技术,仿佛就是为了今天才练就出来似的。

高桥把路影推上了岸,可自己又被涌动的暗流卷了进去,那状态使刚刚脱险的路影焦急,她呼叫着高桥的名字,跟着他在水中的影子奔跑着,直到他顺着水势,再一次地游到岸边为止。

望着高桥已经精疲力竭了的身躯,路影俯下身子,用左手拽紧了岸边的树枝,右手则拉住正在死命往岸上爬的高桥的手。也许是用力过度,或者是那种惯性还在发挥着某种余威的原因,它使刚刚爬到岸上的高桥还没能站稳脚跟就摔倒在路影的身上。那一对男女在谁也没有防备的情况下滚到一起了。他们俩湿透了的衣服紧贴在胸背上,那种湿漉漉的露着曲线的形象以及肌肤之间偶然的摩擦,使他们在刹那间突然感觉到了些什么。

"你……你没有摔疼吧?"路影擦了一下流淌在脸上的雨水轻声地问道,她的脸显然有点发烫了。

"没有……你呢?"高桥回答着,声音也有些发抖。

"我……我也没有……"

路影在黑暗中注视着高桥。他们四目相望,听凭风雨爬上他们的胸膛,侵袭着他们的全身。

没有什么能比两个灵魂在风雨声里放射出来的光芒更能让人震撼的了。此刻,他们稍稍惊愕了一会儿,却又在刹那间拥抱起来,鬼使神差般地把彼此的嘴唇贴到了一起。这是他们的初吻,那种充满温暖的气息,柔软得好像要融化在对方舌尖下面的美妙,使这一对情窦初开的男女第一次尝到了爱情的乐趣。

路影的心醉了。她没有想到男女间还有那么一招。那种如同一体的如痴如醉的热吻，使她在刹那间从女孩变成了女人。她痴情地望着紧紧拥抱着她的高桥，把双臂勾在他的脖子上。那种只有成熟女性才可能拥有的艳丽和只有坠入情网的少女才会出现的可爱，此刻交织在一起使高桥热血沸腾。

他实在无法抵抗路影身上呈现出来的柔情蜜意，却又不得不去顾及他曾经向她的妈妈做出的许诺，那种冲动迟疑和恐惧，在黑暗中凝结成一堵不可逾越的高墙，使他蠢蠢欲动却又望而生畏。

这实在是非常苦恼的。可是这种苦恼却没有任何良药。即使是现在，即使是他所爱的人频频向他发出爱的信息时也无能为力。

时间在风雨中流逝着。不一会儿，他们就听到了顺着辽河岸边一路向下游找来的路大山的叫声了。他们惊慌地站了起来，回应着他的呼声，向着他靠拢而去。

一场由大自然带来的灾难过去了，可是它却在路影和高桥的心里掀起了风暴。因为他们双方都已经明白他们间已经不可能再像过去那样纯洁无邪地相处在一起了。

在他人面前他们沉默不语，装出一副正经自如的样子，可是在人后他们却如同两个正在燃烧的火球一样碰撞着把火焰卷在了一起。那种情感，那种爱欲，那种冲动着又被压抑着，继而更加高涨的疯狂般的热情，使他们兴奋无常，却又悲苦万分。

说来也是奇怪的，这种如痴如醉般的爱情症状，体现在青年男子身上的是胆怯，而表现在少女身上的却是胆大。因为路影不愿意再去品尝那种为了相爱而必须要承受的慌乱和愁苦。她下定决心要把她的情人带到父母跟前去。她要告诉他们说，她爱他，她要嫁给他，她还会跟着他去日本，甚至于去闯荡世界。

路影爱的誓言使高桥心悸，他还没有来得及去劝阻她，她就把他拖到了她爸妈的跟前。他们在路大山夫妇面前跪了下来，请求他们能恩准自己。

路影的要求使她的妈妈为难，却得到了她爸爸的支持。因为路大山已经发现了被高桥从辽河水中救出以后路影身上的变化。他知道自己的女儿，也了解高桥的为人，把女儿嫁给他，让他们俩结为夫妻，不枉是一种好的选择。

"高桥，你抬起头来，看着我！你凭着良心发誓，你……真的爱我的女儿吗？"路大山扶起了惶恐不安的高桥，一字一句地问道。

"山叔……我……我对不起您，我不该有这种妄想，让您生气，让伯母操心，我……"高桥抬起头来，带着哭腔，带着忏悔，带着甘愿遭受最严厉惩罚的心情，哭诉着乞求着，满脸悲伤。他自然不会想到他的恩人路大山会同意她女儿的请求，让自己真正成为他们家的一员。

"不，高桥君，我在问你呢！你听清楚我的话了吗。你……你真的爱我女儿吗？你……你同意和她过一辈子吗？"

"当然，那当然，山叔！我爱她，从心底里爱着她！我愿意为她献出一切！啊，山叔，假如我能跟娶路影，那我爸爸即使是在九泉之下也会笑逐颜开的……"

高桥望着路大山，热泪盈眶。他心慌意乱地说着。此刻，已经没有任何语言可以表示涌动在他心灵深处的那些幸福和伤感了。

他们的婚姻很快就被定了下来。一个月以后，也就是在1945年11月1日，这一对异国男女，拜了天地和父母，进了洞房。他们自然不会想到，悲剧会在那种时刻袭来。命运要让他们在享受了爱情的欢乐进入幸福的极点之后，再去把他们投放到生与死的交接之处。

那天晚上十点半，当喧闹了一天的镇西堡结束了它的烦恼，把一切都凝聚在月光下的宁静中时，30多名苏联士兵荷枪实弹地摸进了村庄。他们悄然无声地包围了那间被幸福和欢乐折磨了一整天的小屋，毫不犹豫地用挑着刺刀的枪把子砸开了那扇贴着喜字对联的木板门。

"高桥，快出来！你被逮捕了！"两个苏联士兵用生硬的中国话喊着。他们把正披着棉袄的高桥一下子按倒在地上，五花大绑捆了起来。

"你……你们……我，我犯了什么罪！"高桥昂起脑袋用中国话喊道，而那时路影也跟着冲了上来，她挡在高桥的前面，不惜为此去拼命地望着那些凶神般的苏联人。

"哼，你这个日本宪兵，隐藏得真不错，竟然钻到中国家庭里去了！要不是你的同党告发，你真的会成为一条漏网的大鱼了。"

"你们认错人了吧，我女婿不是日本人，他哪有什么同党啊。"闻讯赶来的路大山向苏联人解释道，他企图以中国人的家庭名分来掩盖高桥的日本身份。然而，这显然是徒劳的，因为苏联士兵是有备而来的。

"哼，你女婿不是日本人，那你看看他的同党写的供词吧。"一个苏联士兵冷笑着拿出一张纸条，递到了路大山的面前。

"他的同党？谁？谁……"路大山接过纸条，心慌意乱地走到油灯下，然而还没等他看出个明白，那苏联士兵就不耐烦了。

"别废话了，告诉你，我们今天是冲着高桥秀义来的！他是日本宪兵，他的同党西川正人已经向我们揭发了他的罪行！走……带走！"那苏联士兵大声地吼道，把挡在高桥前面的路影凶狠地推到了一边。

"高桥……高桥……"望着被苏联士兵推搡着走向汽车，但仍然频频回首的高桥的脸庞，路影哭叫着扑了上去，但又很快被苏联士兵推了回来。她披散着头发，泪流满面，悲痛万分，那种极度的悲哀使她终于支撑不住地倒在她父亲路大山的怀里，晕厥了过去。

高桥秀义被苏联军队抓走了，在那个幸福而又残酷的新婚之夜！它摧残了路影和高桥这一对初恋成婚的青年人的所有梦想，使幸福从此和他们绝缘。

这场剧变是围绕高桥秀义展开的所有的悲剧和所有的罪恶的起点。从此以后，高桥的心灵就被一种黑暗的迷雾笼罩住了。没有太阳，没有晴空，没有四月天的清凉晓色，也没有了八月天的雾霭繁星。他用他在痛苦中得来的思维去深思熟虑，心肠越变越硬。

因为，凄惨和痛苦已经深深地埋在他心里，凝成了一个不可化解的内核。每受一次痛苦，这个内核的外形就会加深一层，但是那内核里边的东西永远不会变化。

它的内容是毋庸置疑的。那里边除了仇恨以外，没有任何东西。

36 命运是个魔术师

时间在一种静谧而又伤感的气氛中流动着,转眼两个星期就过去了。这期间路大山四处奔走,托人去疏通关节,但最终得来的结果都是不幸的。那天,有关高桥秀义被苏联军事法庭判处死刑的消息传到了路大山的耳朵里。那消息是致命的,它让路大山为此惊愕了好一阵子。

"应该怎样去和女儿讲呢?她要是知道了这一切后,一定会发疯的!才两个星期,那些苏联人就要把他送上断头台……"

路大山迈着铅一样重的步伐踉跄着回到了家里。他避开女儿的眼睛,独自一人坐到院子里的石凳上,闷闷地抽起了旱烟。他回想起去年8月从靠山屯的农民手下救出高桥秀义和他的同僚西川正人,把他们安排在当地的李寡妇家养伤,而后高桥被转移到自己家,得到女儿路影的照顾,两人互相爱恋,却没想到会被伤愈后回到通化的西川正人出卖,新婚之夜让苏联人抓走,而后又被判处死刑的那些千丝万缕般的事情,不禁伤感万分。他并不相信高桥会在哈尔滨犯有罪行。虽然他是日本宪兵,会讲英语,有知识,可毕竟才22岁,而且在哈尔滨当宪兵的日子也只有两个多月。他到中国70天后日本政府就投降了,这不到三个月的时间里,他能做什么坏事呢?

"苏联人肯定在滥杀无辜,这是一定的……"他愤愤地喊了一句,顿时站了起来,然而也就在那时他才发现,路影此刻正靠在院子里的门槛上,呆呆地望着他。

她显然憔悴了不少!才半个来月她的眼睛就失去了光泽。此刻细细的皱纹已经爬上了她的眼梢,眉宇间闪现出来的青春靓丽和少女般的纯情也已经荡然无存。她的脸上再也没有出现过笑容,整夜整夜的失眠和每天都以泪洗面的悲哀,无处不在她的脸庞上显露出来。她望着唉声叹气的父亲,情不自禁地又流出了眼泪。但是她还是咬紧嘴唇忍住了悲伤,因为父亲的愁苦也不比她少,她不想让父亲再去为她担忧。

"孩子,你过来,坐在这儿,爸爸有话跟你说……"路大山低声招呼着女儿,让她坐到身边的石凳上。

"孩子,你还是把他忘了吧!他……他恐怕回不来了……"

"为什么?"路影惊愕地抬起头来,望着路大山,她显然感觉到了什么。

"没什么,这只是我的预感,可是……孩子,你还是忘了他为好!你……你何必这样地苦自己呢?你……你应该从悲伤中走出来去创造自己的未来才对呀……"

"不,我要等他,等着他平安地归来!"路影咬着嘴唇,把手攥得紧紧的说道。那种坚定的表情触动了路大山的神经,使他不得不把他所知道的噩耗对她说出来。

"路影你……你冷静地听我说,他……高桥他回不来了,昨天下午,他被苏联军事法庭秘密地判了死刑,现在他……他或许已经被送到日本人集中营的绞刑架上去了……"

"什么,爸爸……你说的是真的吗?"路影望着父亲,放声痛哭了起来。她弯曲着身体低着头,趴在石凳上抽搐着,那种泣血一般的悲咽使路大山感受到了高桥在女儿心中的位置。

然而,正如命运这个魔术师总是在不断地制造假象变换着戏法一样,没过几天,一种新的说法又传了出来,而且这种传说还被苏联人本身的行动所证明。因为路影在听到她丈夫已被处死的第二天早上，一帮苏联士兵就闯进了他们家里，目的是追捕逃犯高桥秀义。

"什么，高桥他……他逃走了？"路大山惊疑地问道，简直有点不相信自己的耳朵。

"是的，前天晚上，在被判处死刑送到绞刑架去执行的五个小时以前，他杀害了看守他的苏联士兵逃出了集中营，去向不明……"带队的苏联军官紧绷着脸，把这个消息告诉了路大山父女俩。他们在路大山家里严严实实地搜查了一遍，确信没有高桥逃跑回来的踪迹以后就撤走了，把目瞪口呆着的路大山一家，扔进了魔术师制造的迷魂阵里。

啊，高桥逃走了！他逃出了那恐怖的集中营，逃出了绞刑架上吊着的绳索，从死亡的陷阱里虎口余生了，可是，他又会逃到哪里去呢？

路大山思索着，他不敢相信这一切会是事实。

然而他的怀疑很快就被打消了。因为苏联军队随即就贴出了画着高桥秀义的人头像，历数他罪行的通缉令布告。他们在东北三省境内到处张贴，那种声势绝不会是伪装出来的假象。

路大山愣住了。他的眼睛在通缉布告的内容上呆滞了一会，又把目光向上移动定在了高桥秀义的画像上。

这是张铅笔画。那些抽象的线条，逼真的描述和深入浅出的笔墨，把高桥那有点稚气又有点狡猾的形象栩栩如生地画了出来。

为了让女儿也能分享这份惊喜，路大山趁着夜深人静时再次来到了这堵墙壁跟前。他小心翼翼地把贴在那儿的通缉布告完整地揭下来，带到家里交给了路影，那种茫然若失的心情，几乎溢于言表。

看着通缉布告，路影同样惊愕了。她目瞪口呆地望着高桥的画像，那感觉真不知道是喜悦还是悲哀。

"活着，他还活着！活着就好，活着就有盼头！我会等他，等着我们相见的那一天！爸爸，我相信他，他不是个坏人，他决不会去做那些坏事的……"路影的眼光闪烁着。她一会儿望她的父亲，一会儿又把目光落在她丈夫的画像上，脑子里一片茫然。她喃喃地说着，把这张通缉布告小心翼翼地卷了起来。她要把它留下来，把它当作她丈夫最后并且也是唯一的一张照片永久地保存下去。那是高桥留给她的最后礼物。假如今生今世真的不能和他再相见的话，那么这张通缉布告就是他们这一段入骨爱情的象征！

从那以后路影再也没有流泪。她咬紧嘴唇，默默地等待她丈夫的出现。她坚信他会活着来找她的。这种信念与相思之苦同时并进着。然而这以后到他们家里来的除了三天两头来骚扰他们、询问高桥行踪的苏联士兵以外，其他什么事情都没有发生。

一个月就这样过去了，转眼就到了1945年的冬天。

那一年的冬天特别寒冷，才进入12月，来自西伯利亚的寒流就开始袭击辽东半岛那一片广袤的冻土带了。虽然天空还没有飘起雪花，猛烈的西北风却呼啸着，把那种阴森森的景象撒在人们的心上。天气冻得人僵硬，但是偶尔也有好消息传来，因为有人说苏联军队要在明年初撤兵回国。

"苏联人要是走了的话，那高桥他……就可以回家了……"路影欣喜地念叨着，把屋子里里外外地打扫了一遍，好像高桥马上就会回来似的。那种欢乐的情绪也在感染着路大山。他悄悄来到苏联军队的驻地，打听他们撤出东北的具体日期。他和路影都以为，只要苏联人撤出中国，那么他们在中国设置的法庭的判决就不会再有效果，况且，那本身就是一种草菅人命的宣判啊。

路大山的判断显然乐观了。因为高桥秀义在被执行死刑前从集中营出逃时杀死了看守他的苏联士兵，光是这一条就可以定他死罪。这种判决和惩罚，即使没有苏联人，当地的政府军队也可以执行。那种状态在1946年1月，当国民党的政府军在新年刚过不久就凶神恶煞地闯进他们家，询问高桥秀义的行踪时，路影就深深地失望了。这次领头的是一个美国军人，他哇啦哇啦地用英语命令他的部下，把他们家里里外外翻了个遍，并且特别注意那些书本笔记之类的东西，那种暴戾凶狠却又鬼鬼祟祟的可疑样子，让路影感到心悸。

"难道高桥又做了什么事？为什么美国人也会来找他？难道又有什么事情发生了？"望着那个美国军官，路影的心里如同十五个吊桶打水似的，七上八下地晃得厉害。她把这些情况告诉了出门归来的父亲，但路大山皱着眉头，想了半天都说不出个所以然来。

"来者不善，善者不来，美国人肯定是带着目的来的。而且高桥又会讲英语，他会不会在逃跑中又跟美国人结下了怨啊？"

路大山自言自语，那种忐忑不安俨然在目。他迟疑了一下，但还是拉着路影的手再一次地劝说起来，"你……你还是忘了他吧！他肯定又犯了事，回不来了！一会儿是苏联人，一会儿又是美国人，谁知道高桥这孩子他……他又惹了什么事啊……"

"爸爸，别说了，我不要听那些话！只要高桥活着，我就会等他。那些苏联人美国人一而再地来这里不正说明高桥他还活着吗？"

路影喃喃地说着。她避开了父亲灰如土色般的脸庞，把眼神凝固在窗外的那棵已经枯叶飘零的槐树上。她一动也不动地站着，尽管胸口凝聚着辛酸和凄楚，尽管悲哀在她的内心深处上下蔓延，可是支撑着她的意志却没有丝毫动摇过。

37　高桥秀义的苦难旅程

入冬以来最大的一场雪是1946年1月23日的晚上九点来钟开始飘落的。凛洌的寒风呼啸着,在已经冻结了的田野上飘拂而过,把沙尘、黄叶、鸟粪沫子卷到空中翻滚一阵子后又甩到地上,使所有的东西都失去了生命,光秃秃的,让大地突然衰老了许多。随后,雪花开始大片大片地从青宇的夜色中飞舞下来,气温一下子降到了零下20多度。它让镇西堡的男女老少都裹上了厚棉袄,早早地就躺到被余火烤热的炕上,钻进了暖暖的被窝里,还不到十点钟,这个村庄就万籁俱寂了。

大概在11点钟,村庄东头路大山家附近突然传来几声狗叫声,紧随着有一个拿着旅行包、满脸惊恐、胡子拉碴的人影,匆匆闪进了他家的院子。他东张西望了一下,确定周围没有什么危险之后,便轻手轻脚地走到西屋那贴着窗花的玻璃窗前,小声地敲了起来。

"路影……路影……"他敲着玻璃窗,低声呼唤着,那声音急切而又短促,使躺在火炕上的路影一下子坐了起来。

"谁?"

"我……我是高桥!"

"高桥……啊,是……是他的声音!"

路影抬起身子猛地跳下了火炕。她来到灶房,打开那扇紧闭着的黑门,把闪进屋来的高桥紧紧地抱住了。她嘤嘤地哭着,那是从心底流出来的声音，她啃噬着高桥的心肺，使他忍不住地热泪滚滚。

他们关上灶膛的门，走进了路影的房间，虽然那里面朦朦胧胧的，但是窗外射进来的青灰色的光，还是能够让路影去看清楚和她分别了将近一年的丈夫的模样。

高桥确实瘦了。他颧骨突出，下巴尖削，眼睛里布满血丝，额头上也出现了深深的皱纹。他的胡髭没有规则地顺着下巴延伸着，使他的形象一下子老了好多。这种状态让路影心疼，以至于使她除了流泪之外再也顾不得做其他事了。他们相拥着，亲吻着，那种相思之苦使他们忘记了时间和黑暗。

"啊，你等一等，我去点灯，这屋里也太黑了，一会儿爸爸到这儿来时会笑话我们的……"路影有点害羞似的从高桥的肩膀里钻了出来，她走到炕桌前正要去点油灯时，高桥把她给挡住了。

"不……不要点灯，还是这样好，这样安全……而且窗外有光，那些积雪的反光足可以使我看清你的样子。此外我……我并不想惊动爸爸，让他为我操心，因为我……我马上就要走……"

"什么？你就要走？去哪里？为什么……你为什么不让爸爸见到你以后再走呢？"

听了高桥的话路影愣住了。她转过身来，有点生气地用她犀利的目光盯着高桥问道。她脸色苍白，对于丈夫不可思议的行为，她显然感到奇怪。

"不……路影，你……你听着，我今天……今天是来跟你告别的！我……我要走了，离开中国，逃回日本去！除此之外，我……我确实也已经……无路可走了……"高桥在黑暗中搂着路影的身体，一字一句地说道。

"什么？回日本……不，我不让你走……你不能走，要走……我们也要一起走！"路影惊愕地扬起脑袋。她望着高桥的脸庞，噙着眼泪说道。

"别说傻话了，路影，我怎么能让你去呢？我怎么舍得让你跟我去受苦呢？我是被贴了布告，到处通缉要抓的犯人！苏联人，政府军，现在……又加上了美国人，他们逼得我无路可走。我……我只能逃回日本去！他们总……总不会再追到日本我的家乡来吧……"

高桥摇着脑袋惴惴不安地说道。

他搂着路影，那忧伤的神色和微微颤动着的手指无不在说明他对于她的深深爱恋之情。他爱她，可正因为这样，他才不能让她也去承担那险恶的命运强加在他身上的敌意和悲惨。他要忘记她，对她弃之不顾，在感情上让她绝望，赋予她重新选择的自由，正是因为他爱她，期望把她铭刻在心里，如同神灵一般地在心灵深处供奉起来。他不能去想念她。那是自私，是虚伪，是企图把感情上的债务转让给她，让她在心灵深处也去负债的可耻行为。他不能那样做，并且已经下定了决心。

在三个月的逃亡途中，他也有过几次可以潜回家里冒险探视路影的机会，但是他都咬着牙关挺过去了。他不能给路影和她的父亲再去增加麻烦，也不能被思念被爱情所软化，变成多愁善感沉湎于儿女情长的人。他要以硬汉子的刚强来对付严峻的现实。而且他还要复仇，去通化，找到那个出卖他，毁了他所有幸福，把他逼到绝境的西川正人。他不能放过这个出卖者！为此，他怎么能容忍自己的情感再一次地陷进路影那火焰般的暖流里呢！

然而他还是失败了！

他没办法那样绝情，那样冷酷地一走了之！他知道路影的性格。他知道她会等他，死死地盼着他回来。就凭着这一点他也无法狠下心来悄无声息地远走他乡。

"是的，无论如何也得去跟她说一声，向她告别，让她从此忘记自己……这是说什么都要去做的。没有办法，因为这也是男子汉的责任啊。"

高桥思索着终于下定了决心，在这个雪天的冬夜，在他踏上通化之行的前夕，冒险回到了家里。然而，他根本说服不了路影。他根本不明白中国女人那种毫无抱怨地跟着丈夫，跟着自己所爱的男人，像浮萍那样随意漂荡，任凭命运支配的温柔而又坚韧不拔的精神和意志。

"高桥，我不会成为累赘的。什么样的苦我都能吃，什么样的事我都能做……我可以帮你逃跑，掩护你，遮人耳目，帮你了解情况，传达信息……总之，两个人总要比一个人安全。这是肯定的！我们九死一生地分别了那么久还能相见，那就说明命运是不会让我们分开的……"

路影一边流泪一边说道。她的声音断断续续，语不成章，但是言语中表现出来的爱情，那种为了爱人随时都可以去牺牲的精神，使站在她眼前的这个日本男人为之颤抖了。

"路影……"高桥嚅动着嘴唇轻轻地叫道，那种涌动在心中的凄楚使他的眼泪如同泉水一般地滚了下来。他望着她的眼睛，望着她那已经挂满了泪珠的脸庞，情不自禁地抽泣起来。

"路影……你要知道，我是一个犯人，一个逃犯啊！尽管我过去没有，现在也没有做坏事，可是……我却被人追捕着，逼迫着成了犯人啊！我无路可走，到处都有军警，到处都是陷阱和危险！你跟着我，除了受苦受难以外还能有什么呢？就算是能够逃到日本，美国人也会在那儿找我麻烦。他们现正在日本耀武扬威，什么事都会做，而且……日本现在缺衣少粮，饿死人是常事，我……尽管我多想把幸福带给你，可是我……我却做不到啊……"

高桥悲哀地摇着脑袋，那是悲痛到了极点的男人的哀号。

"别……你别这样，别这样伤心……一切会好的，会好起来的……"路影含着眼泪嘟囔着，她想去安慰他，却不料自己先哽咽起来了。

他们又拥抱到了一起，亲吻着，四目相望，相映成悲。小屋里又静寂下来了，除了间隔而起的抽噎声以外，大自然的一切音响元素都凝固在眼前的这一片黑暗里了。

过了两分钟以后，小屋里的那扇通向灶房的木板门吱呀一声被打开了，一盏油灯闪了进来。那是路大山。此刻他端着油灯，推开了路影房间的门走了进来。

"爸爸……"

路大山的出现使高桥感到吃惊。他尖叫一声，顿时松开了抱着路影的双手。他惶恐不安地低下脑袋，又悄悄地抬起眼睛，望着在炕沿边上坐下来的路大山。他嚅动着嘴唇想去说些什么，却又胆怯地没能发出声来。

"别说了，我都听到了，孩子……"路大山摆了一下手镇静地说道。他显然已经在屋外站了一会儿，听到了他们间的谈话。他低下脑袋，从披在身上的棉袄口袋里掏出了烟斗，凑到炕桌上的油灯前，朝着火苗猛猛地吸了两下，憋了一会儿以后，才把烟雾从鼻子里吐了出来。

"秀义，你告诉我，你……你究竟做过什么坏事？"路大山阴沉着脸，突然吐出了这样一句话。

"没有，爸爸，请您相信我，过去没有……就是现在，我……我也没做过什么坏事呀！"高桥望着路大山，突然双膝着地跪了下来。

"我在去年5月2日才从东京来到哈尔滨，在宪兵司令部服役。那期间我从未开过枪，打过人，做过伤天害理的事情，我确实如那个西川正人说的那样，知道日本731部队的事。那是个细菌部队，用活人做试验，因为工作，我曾经去过那里，了解里面的一些事情。但我知道得并不多，最多也只是些皮毛。苏联人把我抓去，问我那些事，可我只能就我知道的事去说呀……但是他们不信，说我隐瞒，不讲实话，还对我动刑。他们用皮带抽我，把我吊在火上烤，不给我饭吃，逼我交代。无可奈何以后，他们就宣判我死刑，要把我送到绞刑架上吊死。临刑前的那晚上，集中营的厨师给我送来了晚餐，还带来一碗白酒。那是放了老鼠药的酒，是我偷偷地再三请求厨师帮我弄的。我害怕上绞刑架。我情愿被药酒毒死，也不愿意在临死时受辱，被绳子吊死啊。但是没想到的事发生了。当厨师把毒酒和饭菜一起送到集中营关押我的小屋前，让看守我的苏联兵打开屋门时，他竟嘴馋地把白酒抢去咕咚咕咚地喝掉。当时我惊愣得真不知道做什么才好。我望着那个苏联人，看着他手捂着肚子，口吐鲜血地倒下来，死在了我的跟前。那时……一个人也没有，我不顾一切地从那苏联看守的腰间拔下了那串钥匙，打开捆着我的铁链，逃了出去。我没害过什么人，也没有想着要杀什么人，是命运要我活着来见你们的！我命不该绝啊！我有路影，还有恩人您……我怎么能不见您们一眼就去死呢……"

高桥号啕大哭起来，他那沙哑的撕裂的声调，以及因为不能用汉语表达清楚，只好无奈地夹杂着日语单词的哭诉，使路大山悲痛万分。他弯下腰去，扶起了跪在地上的高桥，把他拉到了自己的面前。他注视着他，沉默了好一会儿后才张开嘴巴，做出了使他终生都为之后悔的决定。

"孩子……你走吧，带着路影，去日本吧！这是无可奈何的，也是命中注定的！你在中国是没法待下去了，而路影又死活不肯离开你，所以……你们还是一起走吧！你的命大，或许你们能平安到达日本。这是一定的,菩萨会保佑你们的!以后……等战乱结束以后,我再到日本来,到时或许还能……还能看到你们的,我……"

路大山说着说着突然鼻子一酸,哽咽着说不下去了,那种悲楚的神情在油灯的闪烁中显得分外真切。他的脸色苍白,呼吸急促,看得出他在做出这一决定时的痛苦和哀愁。

这时路影的妈妈也走进了小屋,她看了丈夫一眼,似乎想打断他的话。她当然不愿意女儿跟着高桥去日本,可是当她看到路影那坚定不移的神情时,便咽下了自己的话。她转身回到自己的房间,从箱柜里拿出一件她亲手缝制的棉袄,哆嗦着把它披到了高桥的身上。这是她特意为高桥做的,那一针一线无不渗透着一个母亲的温馨和柔情。

"妈妈,好妈妈……"高桥哽咽着再次跪了下来。他弯下腰,额头触地,再也没有说一句话,那种深深的静默表现了他对于这位中国母亲的无限崇敬和深情。在他的身后,路影也跟着跪了下来。她感谢她的母亲,能够理解体谅她的心情,宽恕她做出这种令天下所有的父母都会为之伤心的决定。

时间在这种悲壮的情愫中静止了,没有丝毫嘈杂的声音。眼泪、忧伤、哀愁、无奈,所有的一切都在为眼前这个静谧和冷寂的状态,制造着令人窒息却又让人感到庄严的气氛。离别的悲伤已经不复存在,唯一要做出抉择的便是如何才能平安地逃回日本的方法。这是路大山一家所有人的脑子里都在想的问题,与此无关的任何思维,在此刻都是累赘和多余的。

"高桥,往南走吧,去……去葫芦岛,那里都是日本难民,你们混在里边,坐红十字会的难民船走,那是最保险的……"

"不,爸爸,我打听过了,这条路行不通!做难民船要中国政府签发的日本难民证,我这种被通缉的人,到哪儿去搞那些证明啊……"

"那么,到其他的码头买票走!天津、上海,那些大城市都有开往日本的客轮!"路大山又建议道,可是他的意见还是被高桥给否认了。

"不行,越是大城市检查的就越严格!不管在哪儿,只要在中国坐轮船,都是要出示证件的。而且现在,国民党和共产党正在河北、山东一带打仗,这一路上也肯定不会安全……"

"那么,你准备怎么走呢?"路大山有点急了,他提高了声调问道。

"恐怕……只剩下一条路了。那条路虽然远,但多少会安全一些。我准备从沈阳坐火车到本溪,在那儿搭上煤矿的运煤车上通化,从通化再去集安,过鸭绿江进朝鲜,最后在朝鲜南边的釜山或者釜山边上的巨济岛码头,坐班船回日本,那里离日本九州只有二百多公里,只要一天的旅程就可以到达……"

高桥井井有条地说道。他的眼睛里闪着火花。看得出来,他对那条逃跑路线和方案已经做过长时间的研究,那种深思熟虑后的计划赢得了路大山的赞同。不过,智者千虑,必有一失,路大山还是就高桥计划中的疑点提出了问题。

"从本溪到通化,能搭上煤矿的车吗?"

"能,那些运输车从本溪走的时候拉着煤,从通化回来的时候则拉着木头,一天有十来班,都是那种底层的老百姓坐的,没有人会注意,而且只要付点小钱就可以上车,没有任何检查。"

"那么,进朝鲜有没有问题呢?"

"那也没事,听说老岭山脚下的集安国境检查所,比南边的丹东国境关闸要松得多。集安检查所都没有人站岗,混过去很容易,我的很多日本朋友都是从那里进入朝鲜,去釜山的。那里安全得很,如果平安无事地进了朝鲜,那就更没问题了。从此以后，没有人会认识我，也没有通缉布告，不需要任何证件，即使是坐不上釜山到日本去的难民船，也还有别的方法可行。因为釜山边上的那个巨济岛，有很多私人渔船，只要花钱，那些渔民就会开着渔轮把人送到日本去的……"

"噢……这些你都调查过了？"

"是的，我都一一查清楚了。可是问题也有。因为路途遥远，周折很多，一路上会很辛苦，我自然没问题，可路影的身体能否支撑得住呢……"高桥拧着双眉，转过身去，又把目光落在了跪在他身后的路影身上，他还想去说服路影，因为他实在不想让她受那种旅途之苦。

"是啊，这么折腾，路影的身体怎么行呢？"路影的母亲也附和着说道。她期望女儿能在最后这一刻改变主意。然而这已经是不可能的了，因为路影已经下定了决心，她决不会为路途的遥远和艰苦而动摇信心。

"爸爸，妈妈，你们放心吧。女儿已经长大了，懂事了，她嫁了人，就应该跟着那个男人走！女儿很年轻，身体很好，而且女儿坚信自己是跟着一个可以信赖的好人在一起的，所以……就请你们放心地让女儿去吧！"

路影跪在地上，泪流满面地说道，她坚定不移的决心和不可动摇的神态，使路大山终于下定了决心。

"好吧，一切都说定了，走……走吧！趁着天还没有亮，外面又下着雪，鬼影都没有一个的时候，走吧！我送你们一程，赶马车去，把你们送到沈阳，看着你们平安地坐上火车再说！一切都会顺利的，菩萨会保佑你们……保佑你们平安到达日本的！"

路大山从火炕上跳了下来，吩咐路影母亲给孩子们带上干粮，随后把藏在箱柜里多年积蓄下来的钱也拿了出来，用纸包上，准备给他们做盘缠，但是他的举动被高桥挡住了。

"爸爸，我有钱，我已经攒够了旅费。还有……请你一定收下我的这份心意。本来这些钱是准备留给路影的，现在我交给您，您和妈妈用吧，这些钱是我在逃跑途中，干活挣来的……"

高桥一边说着，一边把藏在怀里的那沓被旧报纸裹起来的纸币掏了出来，塞到了路大山的手中。这些钱使路大山大吃一惊，因为他发现旧报纸里面包着的全是美元，一元钱一张的，五元钱一张的，竟然有好几十张！

"孩子，你……你怎么会有美国钱？"路大神惊异地问道。他显然有点紧张了。

"爸爸，你别慌张，这些钱都是我用劳动换来的！从集中营逃出来以后，我去了瓦房店，在那里遇到过去的一个'满洲国'的官员，他是我过去在哈尔滨时就非常熟悉，打过交道的朋友。他拒绝了我请他帮助我从旅顺港逃回日本的请求，却再三要我给他当翻译，并愿意支付高报酬。他说他是因为信任我，才让我帮他做的。因为他有重要事情要和美国人说。我同意了。这钱就是我给他当翻译获得的报酬。"

"翻译费？给美国人当翻译……"路大山惊愕地插嘴说道。他想起了路影告诉他的美国人曾到家里来追捕高桥，把家里翻得乱七八糟的事情。

"是的，是翻译费。那天以后，我跟着那个'满洲国'的官员坐车来到美军管辖下的秦皇岛港口。我万万没有想到，他要跟美国人谈的事也跟哈尔滨的731部队有关，而且还是件极为秘密的事情。他要告诉停泊在那儿的美国舰艇的将军说，731部队已经同意了美国人的要求，他们要交给美国人的第一批货物也已经装箱整理好，将在第二天晚上运到秦皇岛码头，在那儿交给美国人，其他的也会在今后几个月里装箱运来……"

"731部队的东西？"

"是的。我把他的话翻译给美国人听了,并和他们一起在第二天晚上来到了秦皇岛码头,见到了我曾在哈尔滨见过面,后来失踪了的 731 部队的长官。我没想到,我也不会想到,他们会和美国人有交易,要把 731 部队所有的研究器材、资料和实物等,统统都交给美国人,以换得美国人的庇护。我给他们的交易做了翻译,并从'满洲国'的官员那里得到报酬。这笔钱数目不少,它至少可以让我平安地回到日本,在那里度过最初的日子……"

高桥直言不讳地解释着,他期望路大山能够相信他的为人和清白。

"那么多的钱就这样容易地到手了?"路大山有点不信地插嘴问道。

"是啊。不过,做这事非常危险,我还差点为此丢了命!"

"噢……怪不得美国人会带着兵到家来抓你,还说要找什么东西,把家里翻得一塌糊涂!那一天我没在家,路影把他们对付过去的……"路大山恍然大悟似的自我解释着,他终于弄清楚了高桥秀义会和美国人扯上瓜葛的原因了。

"美国人到家里也来过了?这些卑鄙的家伙,他们的目的是杀人灭口!"高桥圆睁着双眼,不无愤怒地说道。他犹豫了一会儿,走到随身携带的旅行包跟前,从里面拿出一本密密麻麻地写着英文字母的文件,递给了路大山。

"他们一定在找这份东西,那些家伙……"高桥凝眉沉思着,把记忆锁到了那些让他为之心惊胆战的日子里。这是他最后都没能逃脱命运之手的最重要原因。

"在把 731 部队的那批货物搬到美国军舰上去的最后几天里,美国人说有两箱器材不见了,还说有内部人勾结了中国的游击队,把那些器材偷运走了。但是我不相信。因为参加搬运的全部是日本人,他们怎么可能会和中国的游击队联系,偷运这批机器呢……我怀疑这是美国人在造借口，寻找契机去拘捕、消灭帮他们出力，从而知道了这些秘密的人……"

"原来如此！这些做贼心虚的人，真是不把人命当回事啊！"路大山愤愤地说道。他的手心里捏满了汗水，仇恨的表情溢于言表。

"是啊，那时很紧张，很危险，因为已经有很多人突然失踪了。而且那种危险也正在向我逼来，因为我懂英语，知道的事情肯定比别人多。那时我正在悄悄查阅由我翻译的731部队把货物运出来时记录的英文物品清单。我发现清单上根本没有他们说的那些机器！美国人显然在说谎话，在制造借口。可是还没等我向外说出那些事，美国人就发现我的行动了。他们准备对我动手了，逼得我仓皇出逃，在那天深夜跳到海里，坐上同僚事先准备好的在海上停泊的渔轮，从秦皇岛逃到营口，又从营口搭上卡车，到达沈阳，躲过了美国人的追捕，在那里潜伏下来了……"

高桥惊魂未定地说着。他的脸色变得苍白，并且发青，眼神也由那种骇人的恐惧而变得迷惘起来。他指着路大山正在翻阅着的那份英文文件，情不自禁地说道："就是它！那上面用英文写着的就是731部队运到秦皇岛码头去的器材清单。这是证据！是美国将军签收了这些货物的证据，也是731把这些东西交给了美国人的证据！他们最担心这份清单的下落，担心这签了字的内容会被泄露出去，可是谁能知道，它竟然会……会被我拿到，藏在我的包里，虽然还没有被泄露出去，但是终有一天，终有一天，它会在报纸上公布出来的……"

"这样危险的东西，你还留着它干什么？你……"路大山望着高桥的眼睛，举起手，扬着这份文件厉声地问道。

"是啊，这是最危险的东西，谁拿着它都是烫手的。"高桥言不由衷地说道。

"那你还留着它干什么呢？高桥，我真不明白你呀。"

路大山望着高桥大声地说道。他精神恍惚，在他的意识里好像有一丝火苗在闪动，使他在刹那间感受到了某种来自上苍的指示。他下定了决心，颤动着手，把高桥递给他的这份写满英文字母的文件一下子撕成两半，递到了油灯上，让晃动着火苗卷着火舌在谁都没有意识到的瞬间舔了上去，把这份对世界上的很多人来说都是至关重要的文件，付之一炬。

"爸爸，您……"

望着路大山突如其来的举动，高桥惊叫了一声。他浑身发抖，惊慌失措地想伸出手到火焰里去抢夺，但是已经晚了一步。此刻，那本记录着重要的历史内容，应该成为第二次世界大战结束以后最为重要的文件，并也是远东国际军事法庭审判日本战犯时所需要的最最有力的证据，已经被火舌舔成了纸灰，并且很快就碎裂开来，掉在了泥地上。

"啊……啊……烧得好，烧得好！爸爸，您做得对，做得对呀！我怎么就没想到这一点呢？我还以为留着会有什么好处呢！"

高桥突然嘿嘿地笑了起来。他改变了声调，并且一反常态地用脚使劲地去踩那些掉在地上的纸灰，仿佛要把至今为止所遭受的所有苦难，都发泄到那些已经焦黑的纸灰上去似的。他机械地踩着脚，那种感觉真不知道是高兴呢还是悲伤。

"高桥……你怎么了？难道你不愿意我那样做吗？"

"没有，爸爸，您做得对。既然我已经下定决心回日本去，并且也通过工作攒够了旅费，那么……我还留着这份东西干什么呢？它只会给我带来危险，带来不幸，我早就应该把它毁掉才对呀……我只是在恨那个西川正人，假如不是他的出卖，无中生有地去告发我，我能像今天那样的走投无路，遭受苦难吗？"

"可是，高桥……再想那些事都是没用的，孩子！你走吧，回日本去吧！你确实没法再在中国待下去了。为了能平安地回到日本，你必须要丢掉那些会给你带来危险的东西，抛弃杂七杂八的念头才对呀！而且，路途又那么遥远，充满危险，还有人在追捕你，你又带着路影，一路上还要照顾她。要记住，你现在已经不是一个人了！你有路影，你们以后还会有孩子，今后，路影还要依靠你的帮助，只有你安全了，路影她才会安全啊！你懂吗，高桥？我女儿就交给你了，高桥，我和孩子他妈在此拜托你了……"

路大山千叮咛万嘱咐地说道。他有点激动，也有点不安，他觉得高桥秀义还不懂事，还太年轻。他虽然不清楚高桥讲的那个731部队的事有多重要，也不知道他烧毁的文件有多要紧，但有一点则是他心里最为明白的，那就是高桥经历的事情越复杂，他的女儿面临的处境就会越危险，他们就越不可能会平安地回到日本。为了能够让他们没有后顾之忧的安全到达日本，他这个做父亲的就一定要消除所有可能会给他们带来危险的苗子。

凌晨四点半左右，他们出门了。

当高桥秀义带着哭成了泪人似的路影，告别了他的中国母亲，坐着路大山赶的马车，离开镇西堡往沈阳方向赶去时，纷纷扬扬的雪花已经停息了下来。那时，天宇青灰如墨，大地一望皆白，那种光怪陆离的画面映衬了无限的凄凉，只有那两道深深地印刻在白茫茫的旷野上向着地平线延伸而去的车痕，好像还在意味着什么。

奇迹或许还可能出现，但是退路已经没有了。

38　复仇和逃亡之路一样漫长

一切都非常顺利。如同计划所推测的那样，高桥秀义夫妇在路大山的护送下，避开了很多贴着通缉高桥布告的军警检查关卡，平安地在沈阳坐上了火车，又在六个小时以后到达了本溪市，在那儿通过下榻旅馆老板的介绍花钱坐上从本溪开往通化的运输煤炭的卡车，花了两天多的时间到达吉林通化，在通化西城一个名叫小江南的旅馆住了下来。

如同所有企图逃避军警追捕的穷途末路的人一样，高桥走的也是一条隐蔽迂回的道路。去通化本来可以坐火车，在镇西堡附近的铁岭上车，经抚顺过去，应该是最方便的。可是因为铁岭离路影的家太近，而高桥被关押的集中营又在抚顺附近，那些地方不仅关卡多、检查严，而且熟人也多，好些地名甚至还可以让高桥回想起被关在集中营里，差点就要被送到绞刑架上去的恐怖过去。

这条路线是无论如何都要避开的。高桥寻思着，把注意力集中到了沈阳。

沈阳是个大都市，是一个能够淹没一切的黑洞。虽然警察会注意那里，但是罪犯在那里更能隐蔽下来，况且他们又得到了路大山的帮助，转一个手平安地在那里坐上火车应该没有问题。

本溪是高桥没有去过的地方。正因为他从来没有在那里留过痕迹，所以才会安全。本溪是个煤炭基地，外来人口很多，杂乱无章便能够鱼目混珠。况且本溪也有到通化去的煤炭运输车,虽然路远,要翻铁刹山和老秃顶山两座山峰,却是条安全之道。

高桥并不担心司机会使坏,或者途中出现那种土匪骚动抢劫的事情。他带着手枪,而且子弹充足,那是他从集中营里那个死去的苏联看守士兵的腰上摘下来,为了防身而藏在身边的。

他的精确算计使他平安地到达了通化,但通化确实要让他静下来好好去动一番脑筋的,因为他要在这里找到出卖他的仇敌西川正人。高桥并没有把他的复仇计划告诉路影和她的父亲。他怕他们反对,会动摇他的决心。他觉得那是他自己的事。因为不管是路影还是路大山,他们都不能感受西川正人的出卖在他的心灵深处所造成的悲愤和伤痕。每想到在集中营里所遭受的酷刑和随时都会被送上绞刑架处死的恐怖,他都会颤颤地发抖。这种咬牙切齿的恨岂是他人所能理解的?

高桥在通化的暗中调查和寻机复仇的行动拖延了他们在通化的逗留时间。它使路影纳闷,还以为这是她丈夫考虑到她的身体,要她在进入朝鲜境内以前好好的休养生息,做一番精神上准备的缘故。然而没过几天,她就在高桥的情绪变化中发现了问题。

那天晚上11点钟左右,高桥回到了旅店,他心神不定地坐了十多分钟以后又出了门,一直到第二天的中午才回来。稍稍地睡了几小时以后他又走了出去,随后又是一夜未归。那样的日子持续了一个星期以后路影忍不住了。她问高桥,可是高桥除了安慰地哄着她以外,什么事都不跟她讲。

他们在通化住了一个月,直到过了阴历新年,在1946年的2月下旬才重新启程,来到有"吉林小江南"之称的集安。这是一座有着千年历史的古城,北靠老岭山脉,南临鸭绿江,是个风景秀丽的好去处。可是高桥对此没有兴趣。他到处走动,试探风声,打听中朝国境关闸的情况,终于在当地农民的带领下,和路影一起坐马车越过了已经冰封了的鸭绿江,顺利进入朝鲜。

他们花了两个多星期的时间才来到北朝鲜的平壤。那时候,北朝鲜的金日成政权在苏联军队支持下,正在积极筹备北朝鲜人民代表会议,那种随处可见的苏联军人使高桥感到吃惊。

这是他没有料到的。他还以为驻在朝鲜的苏联军队也像他们在中国东北的驻军一样,正在撤离回国。这是他的误算。他自然不可能想到朝鲜半岛那时正和欧洲德国的东西柏林一样,是两种意识形态对立的阵营,是美苏两国划分世界势力范围的前哨阵地。这种一触即发的南北朝鲜的战争状态,以及政权建立前进行的对政治异己分子的肃清运动,使高桥感到了危险。他很快就离开了平壤,并且和逃离了金日成政权的一对地主夫妇一起,在北朝鲜开城买通了当地的向导,在板门店一代的山岭中越过了三八线。他们沿着广州山脉的丘陵,翻过北汉山,一鼓作气地来到了南朝鲜的首府汉城。那时,已经是1946年的4月。

那天晚上,路影在下榻的汉城汉山饭店把自己已经有了三个月身孕的消息告诉了高桥秀义,使他像个小孩子似的摸着路影那还没有任何动静的肚子,高兴得简直就要跳起来。

"我们赶快走吧,去釜山找船,赶快去日本!我在计算着,如果再磨蹭着在路上耽误时间的话,那就麻烦了。"

路影催促着丈夫,有点担心地说道。她发现高桥又出现了在通化时的波动情绪了。那时汉城社会动荡,虽然美国军政当局一直用武力镇压南朝鲜的工人和学生发起的罢工罢课的示威活动,但群众的抗议浪潮不断,大大小小的示威游行如同家常便饭一样地出现在汉城的大街小巷,以及游行后到处发生的抢劫和杀人行动,这使路影感到担心。这种骚扰也威胁到了他们,逼得他们不得不搬离下榻的汉山饭店,到汉城的郊外借房子住,而且好像还得在那里住一阵子。

"秀义,你怎么了?为什么我们要在这借房子,难道你想在汉城住下来?"

"是的,我还要在汉城办一件事。那件事是非办不可的!"

"是什么事呢?难道为了你的事,我得在兵荒马乱的汉城生这个孩子吗?"路影瞪着眼睛质问道,她显然有点不高兴了。

"不会,你放心。我会很快办完事的。时间还来得及……"高桥安慰着路影,可是额头上却冒出了汗珠。他显然无法掌握他脑子里排列着的这张时间表。

"秀义,你告诉我,你要在汉城做什么事呢?"

"这……你别问了。对我来说,这是件很重要的事……"

"重要的事?难道你又想在通化一样……继续在这里做你没做成的事?"

"别逼我了,路影……"高桥避开路影的视线,闪烁其词。

"为什么?"

"因为……路影,看在你肚子里的孩子份儿上,你……你就别再追问我了!"

"正因为看在孩子的分上,我才要这样追问你!因为孩子需要一个安全的环境,需要一个有责任心的爸爸,可是你……你在做什么呢?难道你……真的在找那个叫西川的人?难道你……还想去复仇?"路影猜测着问道。她有点想起来了。她发现她丈夫在通化常常念叨着名字叫西川的人,正是苏联军队在他们新婚之夜,抓走高桥时提到的那个出卖者。那个人让她丈夫吃尽苦头,饱尝艰辛,差点丢掉了生命。这确是事实!可是在现在这个人生地不熟的地方去冒险,万一有个闪失,那该如何是好,况且她已经有三个月的身孕,未来的孩子他不能再没有爸爸啊。

"秀义,你听我说,把过去的事忘掉,别再去找那个人了!

让我们平平安安地去日本吧，秀义……"路影抱着高桥恳求着说道，但是他丝毫听不进去。

"不，路影，你让我去做吧，就这一件事！既然你都猜到了，我就实说吧！这件事憋得我好苦，我不做不能瞑目啊！那种恨，那些疼，在睡梦中都在吞噬着我，我怎么可能咽下这口气呢？让我去做吧！本来这件事在通化就应该完成的。我费尽心机找到了他的家，见到了他老婆金顺姬。我原以为西川正人会在那天晚上回家来的，可没想到的是他竟然连家都不要地连夜逃跑了。这个孬种，混蛋，他根本就不敢见我！我无可奈何地在通化花了好多天的时间去调查他。我终于打听到了。他去了汉城，因为他老婆金顺姬家在汉城。现在我已经知道了他亲戚家在汉城的住址！快了……路影，你放心，一切都不会有问题！天网恢恢，这个仇不报我寝食不安啊。"

高桥咬牙切齿地说着，他的表情很镇静。那种镇静得如同雕塑一般的冰冷，使路影感到可怕。

"可是……那天晚上，你为什么不把这件事告诉我爸爸呢？为什么你把这个计划……瞒着，不跟我爸爸说呢？"路影的眼泪流出来了。她在做着努力，期望用爱情去感染她的丈夫，但是那种心愿并没有被高桥接受。

"我本来是想说的，可是我担心他会不同意。冤有头，债有主，不杀了西川，我真是枉为人啊！"高桥捏紧拳头斩钉截铁地说道。他涨红了脸，额头上青筋暴出，那种决心和意志绝不是随便可以被说动的。

"好吧……我不多说了！可是你得为我想想，为我们这个孩子的未来好好地想一想啊……"

路影伤心地抽泣起来，她的悲哀神态使高桥感到悲哀。

内心的绝望是常有的。当仇恨已经到了这种程度，爱情的力量便会崩溃。这是一定的。因为走进了绝路的思想，会摧毁萌发在人类心灵深处善的本能。当内心世界成了一块流尽了甘泉的盐碱地，被挤干了水分，那剩下的除了仇恨以外还会有什么呢？

高桥秀义四处奔波，他盯住了西川正人的老婆在汉城的亲戚家，以及在汉城的日本难民收容所等其他的和日本有关的设施。他相信西川肯定会在那些地方露出马脚的。

皇天不负苦心人。五月初的一天，高桥终于在汉城日本难民收容所的门口看见了西川正人。那时正是大白天，人多车挤，无法动手，所以他尾随着西川来到了钟路区政府的户籍登记处。他看见西川用藤井隆生这个化名，拿到了日本难民证件，又凭着那些证件申领到了一家三口在5月24日，从釜山码头乘坐红十字会的难民运输客轮海和号回日本福冈的船票。

"这家伙，竟然想活着逃回日本，带着老婆孩子去享受天伦之乐……哼，你这是白日做梦！"

高桥紧捏着拳头发誓，他在命运的不知不觉中又迈出了一步。他已经来到危岩绝壁上了。这种情况确实让人痛心。因为至今为止，他只是在被动地接受苦难，而现在他却要主动地去制造苦难了。

高桥毫不迟疑地行动起来。他终于在区政府的户籍登记处那里把西川正人在汉城钟路区平安道里的住址搞到了手。做这些事对他来说并不困难，因为他是日本人，在日本以外的国度寻找一个难民同乡，在那个时代是深受同情的。

高桥把西川化名为藤井隆生，在汉城取得户籍，再用户籍去申请日本难民证件，用那些证件把返回日本的船票搞到手的一系列事情联系起来，并根据西川在哈尔滨当宪兵时候的性格和办事作风推测分析，制定了一个暗杀西川正人，把他一家回日本的船票、难民证、户籍本等全部搞到手，借用这个藤井隆生的名字，带着路影登上海和号，潜回日本福冈的周密计划。

为了能顺利地拿到西川的难民证和户籍本，高桥把行凶的地点设计在他家里，为了能够在事成后迅速逃脱汉城警方的追踪搜捕，他把作案日期放在难民运输船海和号驶离釜山港的前一天晚上。他的计划很周到，因为这凝结了他全部的仇恨和所有的智慧。

他并没有把他的计划告诉路影。他怕她担心，沉不住气泄露这些内容。他只是让她收拾好衣服，做好随时离开汉城去釜山的准备。对此路影只是默默地听着，一声不吭，她已经从高桥不安的情绪中感受到了最后时刻到来之前的那种危险和紧张。她惊悸而又痛心，但是不愿意再去开口。因为她的丈夫在这个问题上已经绝情，听不得任何人的意见了。

5月24日凌晨1点10分左右，高桥秀义失魂落魄地回到了安养道的住所，他的衣服上沾有血迹，可是精神却显得异常亢奋。

"走，准备走！路影，我们离开这里，去釜山，坐今晚的轮船回日本去！"高桥脱下身上的衣服，换上一件胸前缝着白布，上面写着藤井隆生名字和住址的旧军服，急急忙忙地说道。他的神态感染着路影，使她也情不自禁地行动起来。她三下两下地拾掇好东西，心照不宣地跟着高桥走出了家门。

15分钟以后，他们在安养道通往大田的公路上拦到了一辆卡车，拿钱买通了司机后便坐着他的车飞也似地往釜山方向赶去。

这辆卡车是在当天下午4点50分到达釜山市码头的。那时候海和号客轮正在靠岸，但是急于上船的日本难民已经提着行李，扶老携幼地拥挤在设着检查难民证件和船票的广场上了。人们涌动着望着眼前这艘巨大的客轮，想象着回到故国家乡以后的欢乐情景。

有谁会料到这艘客轮竟会在六个小时以后,在釜山东南的济州水湾遭到厄运,被炸沉没呢?

一切都像是被计算好的那样,安排得天衣无缝。

这显然是命运的恶作剧。天网恢恢,疏而不漏,天道难道不是公平的吗?

39　记忆是从潘多拉盒子里逃出来的魔鬼

刘思虹的突然开口说话，恢复记忆，把自己重新变回到路影时代的那种近乎神话的传说，在釜山市照吾里小街以及当地的街道传开了。她还被汉城的地方报纸作为重大新闻发表了出来。这则新闻在提到路影恢复了记忆的同时也唤醒了当地市民的记忆，使他们重新回想起至今还没有被查明真相的海和号爆炸案的那些凄惨情景。

新闻的效果是巨大的。它首先在医学界引起震动。一年前曾经为路影进行过诊断的釜山市吾罗国民医院脑外科主任医生，专门赶到了照吾里难民区探望路影，还把她请到医院检查。他发现路影的病情不仅没有出现奇迹反而更加恶化了。她虽然恢复了语言和记忆功能，让人觉得她正在向健康的方向转化，但这其实是她又一个危机的开始。因为由淤血构成的那个扎根在她脑部深处的病灶，改变了过去的固定状态，出现了转移。那个病灶从之前的压迫语言神经，破坏深层次记忆功能的部位，转移到了脑部中枢的思维系统。它开始压迫脑部中枢神经中那些指挥五官功能的敏感部分，使她只能想起过去而不能记住近期发生的事情。

那是非常危险的。因为病灶的转移是随意的，一旦出现就不会停止。而且病灶在转移中还会吸收人体的营养逐渐长大，并通过血液影响身体的其他部位。因此，现在这种症状实际上是病人开始进入一种危急状态的反应。它是无法抑制的，除非进行手术。但那个时代人类的智慧还不能让手术刀在人的脑部深处进行手术，也没有办法用药物控制住，不让病灶再次发生转移的那种事情。

"忍着点吧，周先生，别刺激她，她的脑子经受不了任何刺激，哪怕是潜在的带有刺激的行为也不行。她需要安静，安静休养对她绝对重要。她剩下的日子或许不会太长了。她现在讲的话全部是无意识的，而且每一句都在加快她走向死亡的速度。好自为之吧，周先生……"

那个五十多岁的脑外科神经系统的权威拍了一下周海龙的肩膀无奈地说道。他的每一句话都像是鼓声一样震得周海龙的耳朵嗡嗡直响。他望着医生，战战兢兢地从牙齿缝里挤出了请求他去救救路影的话，但被那个医学界的权威毫不留情地拒绝了。

"周先生，已经晚了，再求我也没有用了。假如去年你这样对我说或许还有挽救的可能。那时要是下定决心，冒着风险打开她的头颅去清除那些血块，希望或许还会存在。虽然她可能会永远地丧失记忆，没有语言功能，但是生命或许还能保住。只是现在……晚了，事隔了一年多，一切都太晚了……"

那个医生摇了摇头走了，把什么都不知道，似乎仍然沉浸在回忆中的路影和陪伴她一起来医院的周海龙扔在了一边。没有什么可以比医生的那一番结论性的话更让周海龙绝望的了，他耷拉下了脑袋，低垂着眼睛，满脸灰色，悲楚得已经没有哽咽声了。

"怎么了？刚才……医生说了什么了？"路影望了周海龙一眼，似懂非懂地问道。

"没……没什么，走吧，我们回家去吧。"周海龙望了路影一眼，吞吞吐吐地说道。

"不，我……我不回去。我要到您说的那个……基督育婴堂去！您不是说，我的女儿是出生在……那里的吗？"路影像想起来什么似的突然提出了要求。

"是的，不过，你为什么要去那里呢？难道你不相信我跟你说的这些话？难道你不认为周雪燕是你的女儿？"周海龙显然生气了，他愤怒地叫道。他觉得路影的怀疑是对自己的挑战。他已经完全忘记了医生再三说的路影不能受到任何刺激的忠告。

"不……不是，我不是在怀疑，我……我要去验证……"

"你想去验证什么？"

"我……我在想，为什么我看着我的女儿，却想不起来她……她出生时的情景。"路影轻轻地说道。她的表情真挚可信，有着很强的说服力，没有一点杂念，使周海龙没有任何理由可以反对。周海龙的心碎了。他已经意识到，命运正在按照它的设计，先夺取路影对他的情感，再夺走他心爱的女儿，随后再一点一点地剥去他的爱人给他带来的所有记忆，让一切美好都成为灰烬。

周海龙认命了。他把路影带到基督育婴堂，把她交给了朴玉善嬷嬷以后便一个人回家了。他拿出了酒杯，独自斟饮，沉浸在酒精的麻醉中。

她要抛弃他了，她要从他的笼子里飞出去了。一切都将毁灭，成为泡影。

"啊，这可恶的记忆真是个魔鬼，它一旦逃出了潘多拉盒子，就必然会去兴风作浪，置吾于死地啊……"

周海龙一杯接一杯地喝着，不一会儿就酩酊大醉了。

那天晚上路影并没有回家，她睡在了育婴堂里，并且从此住在了那儿。可怜的只是周雪燕，这个马上就要满两周岁的女孩饿了一晚上，哭得像泪人似的也没有人去理会她，直到凌晨一点，到她哭累以后睡着了为止。

周雪燕后来还是被送到了基督育婴堂，在路影的身边成长。她和她的妈妈相依为命。那段时间非常短暂，但毕竟还是幸福的。

第五章

魂断热海

40　脑海里的风暴和
　　　现实中的暴风雨

　　一个酒馆就是一个社会,这种说法对于战后初期的日本来讲并不过分。

　　日本人素来嗜好喝酒,虽然酒量不大却时常要去酒馆。因为酒馆不仅是他们流露真情,宣泄私愤的好地方,还是他们敞开心怀和他人交流,并从中获取信息,增长知识,刺探情报,结交亲友,审度时势,推测日本未来的最佳场所,尤其是战争结束后的那几年。

　　去酒馆喝酒的花费也不大。只要花几文小钱,买一块儿煮熟的萝卜干、土豆或者豆腐,用酱油蘸着,外加一壶烫得热热的清酒,虽然质量低劣,但香味依然,并不影响食欲,因为人们并不是为了填饱肚子才去那里的。

　　此外,酒馆还是男人寻欢作乐,女人卖弄风情,恋人幽会谈心的绝妙之地。凡是感到孤独的、失落的、伤感的、忧郁的男人,只要来到酒馆就一定能找到一个能够为他解开愁结的妙龄女子,从而抚平伤口,一改故辙,重新认识人生的真谛。

　　这种环境对于女人来说也同样有效果。因为喝酒如同吃药,用酒精麻痹神经,治疗心病,总比压抑着锁在心头忧郁烦闷,最终落得个身心交瘁,无所适从为好。只要找到一个知己的男人,把心病娓娓地向他道出就一定能豁然开朗,从而铲除病根,重整旗鼓或者重温旧梦。酒精是女人一生中的最佳伙伴,不会喝酒的女人怎么可能品尝到幸福人生的那种酸甜苦辣呢？

正因为这样，所以酒馆一定还是一个藏垢纳污或者说是藏龙卧虎的地方。凡是要追查犯人，就一定要去酒馆，谁知道那挂着一盏盏小灯笼，地处闹中有静的小街，像长龙一般排列的如同中国的那种大排档，有着铺面和柜台，烟雾缭绕，人来人往，杂七杂八，回荡着吆喝声和拉客的淫荡声的小酒铺里会隐藏一些什么呢。

这自然是类似池田雄一那样的警察的观点。在他们眼里，这种大排档式的酒馆就像是犯罪者的集中营，只要稍加搜索就会找到一批有犯罪行为的人。他们自然不会想到，日本七八十年代的经济腾飞期出现的高级酒馆、豪华俱乐部、沙龙、会馆、旅社、日本式料亭等，无一不是从这些看上去破旧不堪，卫生状况极差的小酒馆演变而来的那种天方夜谭般的事情。

池田的思维显然落后于时代潮流。他是个保守人物，这一点或许和他的年龄有关。虽然他曾在东京上大学，也算是个有学问的人，但是长年累月的警察生活已使他习惯于闭塞、狭隘的公职生活了。

而山崎幸子则不同。虽然她和池田都来自北九州的乡下，但她是怀有目的来闯荡东京的。大都会的一切不仅新鲜有趣，也是她寻找恩人走向明天的绝好机会。因此，当她在中村直也姨妈的介绍下来到百乐町小街上那家名叫永乐宫的酒馆干上女招待这份工作以后，她就像鱼儿游在水中那样，做得得心应手。她很快就适应了那里的环境，并且和酒馆里的老板娘及伙计相处得相当融洽。这种感觉突然使她产生了念头。她觉得只要有可能，就一定要去开一家自己的酒馆，招揽八方四海客，安抚天下伤心人。

幸子的志趣很高，但是不能得到中村直也的支持。他非常担心幸子会在酒馆的复杂环境里被坏人引诱、学坏，或者受到欺侮等。他还担心警察会找到这里来发现幸子的行踪,把她抓走,使他们再也不能相见。为此他决定把自己的住处搬回姨妈家,并且每天晚上都到永乐宫去,在门外等着,观察酒馆的动静,接下班后的幸子回姨妈家。在众人眼里,他和她就像是一对难分难舍的恋人一样。他爱幸子,而且幸子好像也很爱他,可是当他们两人单独相处在一起时,他又觉得他们之间有一堵看不见的高墙。

那会是什么呢?他不知道。他只能一遍遍地去回味自他们相遇以来所出现的那每一个细节。他回想着她的笑脸和动作,想象着她的形象和思维,期望能从那里面找到她对他的爱。可是每一次回想都使他失落和迷惘,因为他实在无法从她的眼睛里辨认出她对他的情感。

"是啊,那一对深情而又奥秘莫测的眸子里会藏着什么呢?什么也没有,可又什么都藏在里面了。"他想象着,情不自禁地嘟囔起来。他下定决心,准备再一次鼓起勇气向幸子表白心境。他要从幸子的嘴里听到矗立在他们中间的那堵高墙的故事。可是说也奇怪,一旦他们单独相处时他的勇气又褪去了。他转过脸,避开她的眼睛,默不作声地忍耐着,在期待中露出迷离怅惘的柔情。

"啊,真是可怜!这世界上还有什么比痛苦更便宜的东西吗?它一文不值,却满街都是。"中村哀叹着,又把希望寄托在那可能会出现的明天。

他只能那样去做。有什么办法呢?面对这样一个他深爱着的有着神秘的经历,被警察追踪无处可藏的那种不幸连着不幸的女人,他怎么可能狠得下心来,去揭开遮掩着她伤疤的迷雾呢?

他只能忍着重复地做着他每天都要去做的事。他陪伴着她,从永乐宫走回姨妈家,像蜻蜓点水般地在她的房间里稍做停留,说一些无关痛痒的客套话,看见她露出了睡意的神态后便起身回到楼上自己的房间，随后竖起耳朵倾听幸子房间里面传出来的动静，直到她睡下以后才掀开姨妈为他铺在榻榻米上的被褥，躺下身来，尽可能地闭上眼睛，在梦一般的遐想中入睡。他坚信自己就是那个能够给幸子带来幸福的男人。可是他又不知道，如何才能把自己的心思传达给他所爱的女人。

这种冲动却又同时被压抑着，如同游戏一般地捉弄着他们的日子终于熬到了尽头。其直接原因虽然来自中村，但最根本最重要的因素，恐怕还是源于山崎幸子。

自从那天晚上在中村的姨妈家反躬自省了好多次以后，山崎幸子再也没有动过其他念头。她把高桥秀义这个心目中的恋人，刻在了记忆深处。她每日每夜地想着他，尤其是在她感到孤独，感到诱惑，情感和意志都处在犹豫彷徨的时刻。

幸子知道中村对她的感情。这种诱惑，这种危险的魅力和天真般的柔情，常常会在她意志薄弱和精神不备时偷袭过来勾摄她的心。这是一个欢乐的陷阱，只有逃避才是唯一自救的方法。为此她无数次地下定决心要搬出中村姨妈的家，单独租房子住。然而每一次她都犹豫着忍受下来了。她实在无法排斥来自中村的感情。尽管有时候他做得很过分，让她难堪，却不会在她心里产生厌恶。这真是非常奇怪的。这种回荡在男女之间的魔力，既非出于友谊也不是因为天真，其微妙复杂的情愫绝不是言语所能表达的。

不过对于幸子来讲，有一点则是非常清楚的，那就是去寻找与她分别将近一年的高桥秀义的行踪。她一定要找到他，这个目的在她的潜意识里非常坚定。为什么呢？她也不知道。那就像是一种幻想，一种远距离的崇拜，一种无言的仰慕，一种有着形象的梦境，而且随着时间的推移，那个本来还显得陌生的男人还会神化似的在她的脑子里被定格。她至今仍然能清晰地想起她见到他时的情景。她甚至还记得他们赤裸着身体，躺在床上时所听到的那曲《早春的爱》……

那简直是太神奇了！就像我们无法去想象夜空中的星星一样，相隔得那么遥远，却又彼此相望着，靠着远距离的相思而生存。

这或许是因为幸子已经委身给高桥秀义的缘故。

一个女人，她真正的动情或许只有一次。正是这一次发生的故事才能在她的脑海里记下来并成为永恒，而此后的任何次最多也只是那一次的重复翻版而已。这种根据我们一定能在医学史或者精神的病理史上去找到。那种一瞬而去的已经有了形象的梦境，就像我们闭上眼睛也能感受到太阳的灿烂和阳光的温暖一样。

山崎幸子利用各种机会，向各种各样的人打听寻找高桥秀义的方法，即使是在永乐宫打工时也一样。她陪客人喝酒聊天，去东京筑地的海鲜市场帮酒馆采购鲜货，送饭菜到客人办公室里去等。几乎所有和客人接触的工作都成了她打听高桥秀义行踪的机会。她怀着一种侥幸的心理，向前来海鲜市场卖海鲜的热海一带的渔民，了解当地高桥姓氏的家族状况，企图能够对号入座地找到高桥秀义的家。她还向常常来永乐宫喝酒的区役所官吏咨询如何才能找到从战场归国，回到家乡的旧军人的方法。幸子认定高桥已经回到热海，因此她特别留意从热海来的客人。她做得很有成绩。因为她确实已经从一位来自热海的政府官吏那里打听到了寻找从战场归国的旧军人的方法。

"你可以到热海归国者军人协会去打听那人的下落。一般来说从海外归国的军人都会去那里登记，写下自己的名字以及通信地址。因为协会工作人员会帮助归国军人解决生活上的问题。"

一位名叫酒井雅志的30多岁的热海市役所的官吏向幸子建

议道。他是永乐宫酒馆的常客，好像他也已经不止一次听到幸子的这个问话了。

"归国者军人协会！哦，还有那样的地方……"幸子喃喃地重复道，眼睛里闪出了火花。她提起酒壶向坐在酒吧前面的酒井雅志斟了一杯酒，然后又提起自己的酒杯向酒井敬酒致意。她怔怔地寻思着，可是没过多久就失望了。因为她想起高桥秀义曾经说自己是个犯罪者，警察正在四处追捕他，像他这样的人怎么可能堂而皇之地到归国者军人协会去登记自己的姓名住址呢？想到这里，幸子又皱起了双眉，失落的情绪几乎溢于言表。

"那个高桥是你什么人啊，使得你如此这般地牵挂他？"酒井注视着幸子的表情，有点调侃地说道。

"我哥哥……"

"哥哥……恐怕是个情哥哥吧？要不怎么会熬得你这样烦恼呢？咳，壮士一去不复返，惹得妹妹挂肚肠，这种事还是不要太当真才好。或许那个高桥早已战死在哪个地方了，可你却还在牵肠挂肚地惦记着他，何苦呢。"

"不，半年前我见到他了。他平安地回到日本了。"幸子有点忘情地说道。她显然已经忘记她所处的环境了。

"哦？半年前你还见过他，后来……他把你甩了？咳，那样的男人你还理他干嘛！真是个情妹妹呀，这世上哪还有你这样的女人。"酒井端起酒杯呷了一口清酒，情不自禁地说道。他望着幸子那略微有点发红了的脸庞，故作姿态地说道。

"这……可是，不是，唉……"幸子为自己辩护着，可是越说却越说不清楚。是啊，这种事哪是三言两语就能说明白的呢？况且她面对的只是一个并没有见过几面的男人呀。

"好了，别解释了，有机会我也帮你打听一下。凭你这番痴心，恐怕早晚都会见到那个情哥哥的。别着急，总会有办法的。"

看着幸子欲盖弥彰的样子酒井反而乐了。他笑了笑，拍了一下幸子的肩膀安慰着说道。

"可是……会有什么好办法呢？"幸子的脸上仍然挂满愁云。

"你可以到热海市政府机关去打听，尤其是村役所、町役所什么的部门。因为归国军人是一定要到那里去登记，领取粮食配给证的。这是身份证，没有它就领不到粮食，到那儿去打听，就肯定能知道你那个情哥哥的地址了。"

"粮食配给证……是啊，我不就是凭着这份证件，才能到这里来打工的吗？对，到热海的村役所去问，一家一家地找，或许就会找到高桥家住址的。可是就凭我这个样子，村役所的官吏会把真情说出来吗？"幸子又忧虑起来了。她摇了摇头，静下心来，又一次把思维锁进了愁云之中。

"行了，行了，既然你找哥哥那么心切，那为什么不到热海去打工呢？那是个小城市，酒馆一共也没有几家，或许你就能在哪个酒馆见到你那哥哥的。咳，男人总是要到酒馆里去作乐的，只是到时他很可能又约了其他女人，让你吃醋哟。"

酒井嘿嘿地对着幸子笑了笑，然后拿起账单走向了酒馆入口处的算银台，把一脸愁容的幸子晾在了一边。

"是啊，我口口声声地托人找高桥，可自己却待在离热海二百公里以外的东京。我为什么不去热海，像酒井所说的那样到热海的酒馆打工呢？那时，或许真的能在酒馆里看到高桥了。就是见不到他，也能听到有关他的事的。总之，待在热海总比在东京要好，至少也离高桥近一点。"

幸子怔怔地想着，那种由于酒井雅志的提示而带来的火花一直在她的眼前闪烁。

"是啊，我应该去热海，必须去热海，主动去出击才对。我没有理由再在东京待下去，尽管中村直也对我痴情如梦，尽管他的姨妈家安乐得如同海市蜃楼一般。"

幸子沉浸在这种思维中。她想了又想终于下定了决心。

两天后的那个晚上，当她送完最后一个客人，下班走出酒馆，见到正在马路对面树荫下默默等待她的中村直也时，已是深夜12点多了。

那时天上正飘着雨丝，凉飕飕的。由于没有带雨伞，中村的衣服也被雨点淋湿了，他搓着手，跺着脚，不时地用胳膊去擦挂在脸上的雨水，那种令人心疼的样子使山崎幸子不得不缩回已经来到了嘴边的话。她从酒馆里拿了一把雨伞，和中村直也偎依着往他们的居住地走去。

从永乐宫到中村姨妈的家，需要步行30分钟。这段路在晚上11点钟以前是有公共汽车的，可是现在一切交通工具都没了，只能步行。由于雨伞小，再加上有风，越来越密的雨丝没有多久就把他们的衣服打湿了。尤其是幸子，因为淋湿的衣服紧贴着她的身体，使她全身透迤起伏的线条尽入眼底。这种春光在室外或许还看不清楚，可是一回到家里，在灯光下就全明白了。她使中村感到冲动，可是幸子却还没有觉察。她从柜子里拿出毛巾，递给中村，催他好好去擦洗一下时，这才发现了他直直地盯着自己身体的异样目光。

"你……你在看什么？"她绯红着脸，明知故问道。

"幸子……我，我……"中村支吾着，寻找着措辞。他望着幸子的眼睛，又看看她胸前被湿衣服裹得紧紧的乳房，一时不知道说什么才好。

"你冷吗？幸子……"中村低声说道，把幸子递到他手里的毛巾又还给了幸子。

"我……"幸子嚅动了一下嘴唇，似乎想说什么，却什么都没有说出来。她看看中村，接过他手中的毛巾，下意识地在自己的脸上擦了起来。她抬起手，解开绑在头发上的绳子，让被雨水淋湿的长发顺着她的肩膀披下来。那种在往常看来实在是漫不经心的动作，在此刻却是那样的醒目，它撩动着中村的心扉，使他情不自禁地涨红了脸。

"直也君，你不冷吗？快，快把湿衣服脱下来吧。"幸子一边用毛巾擦着头发一边说道。她想打破眼前的尴尬局面，却没想到从嘴角边跑出来的竟是那样的一句话。这也是无可奈何的事。因为此刻她传递给中村的任何信息，在他的脑子里都会被曲解成另一种意思。尤其是现在那种秋雨绵绵令人愁肠寸断的时刻，那种由大自然带来的愁苦、思恋、守望和浪漫，难道不会给这一对年轻男女带来什么冲动吗？

这实在是太正常的事情了。

在幸子的提示下中村脱去了湿漉漉的上衣，他确实感到了寒意。他裸露着的胸膛在微微地抖动，还起了鸡皮疙瘩。也许是出于女性的本能，幸子拿起被他们互相传递了多次的毛巾，帮助中村擦着挂在他脖子上、背上以及胸前已经分不清是雨水还是汗水的水珠，那种体贴入微的感觉，使中村像触电了似的浑身发热。他再也忍不住了，顿时张开手臂把幸子紧紧地搂在怀里，用自己那表面冰凉，而里面却在奔腾着火焰的滚热的胸膛，贴在幸子那显然已经有所准备了的脸庞上。

幸子那本来还有点紧张的神经，此刻完全瘫痪了。她无力地靠在中村身上，听凭他的嘴唇在她的脸上脖子上移动着贴到了她那小小的嘴唇上。

他们抱得紧紧的，长时间地吻着。中村那宽厚的胸膛，粗壮的胳膊，湿润而又冰凉的皮肤，柔软的似乎能够拐弯的舌头，以及充满火一般的热情的眼睛，混合成一支足以麻醉一切的针剂，让幸子浑身酥软。最初她或许还有些紧张，一种心理上的恐惧曾经使她哆嗦了一阵子，可是后来，那种状况完全被一种生理上的冲动所代替，那些曾经坚守在心底里的矜持、自爱、羞涩和顽固，已经化为乌有。她伸出双臂，搂着中村的脖子，像个俘虏一般地任由他去解开她上衣的扣子。

此刻的中村就像一头被疯狂的爱欲燃烧起来的野兽。他才19岁，少壮如虎。他实在无法抵抗幸子那青春如玉般的身体以及随处体现出来的柔情蜜意。为了今天的这一刻他等了那么长的时间，多少个夜晚，他几乎都是在现在这样的梦境中度过的，为此他还有什么要犹豫胆怯的呢？

中村心安理得地想着，剥去了幸子身上那件早就湿透的上衣。他把她抱进卧室，让她躺在榻榻米上，随后关上拉门，趴在她的旁边，亲吻着她的身体。当他慌慌张张地把手伸向幸子的下身，准备去脱她的裤子，进行性爱交响曲的那最后一页篇章时，他听到了来自幸子的抽泣声。那声音虽然低微，却像一声警钟似的让他的手僵持着不敢动了。他惊愕了一下，情不自禁地把视线移到幸子那对张开着一动也不动的眼睛上。他发现她正在哭泣，而且热泪盈眶，那种感觉真不知道是因为悲伤还是因为欢喜。

"你……你怎么了，幸子……"他用颤抖的声音轻轻地问道。然而幸子没有回答。她的眼睛睁得大大的，眼眶里仍然在滚动着泪水。

"幸子，幸子……"中村叫喊着摇了摇幸子的脑袋，并且拉起了幸子的手。他发现她的手心冰凉，没有知觉，脸颊呈现出了一种青灰色。

"幸子，幸子，你……你怎么了？"中村惊恐地叫了起来。他像一个做错事的孩子似的浑身发颤，耳鼓里全是咚咚咚的心跳声。

一种恐惧如同闪电似的穿过他的思维，使他愣住了。是什么原因使幸子泪如泉涌,脸色发青,眼睛里会射出如此让人害怕却又显得如此天真无邪的光芒呢?中村想不明白,也不知道此刻他应该去做些什么。他只是一个劲地推着幸子,试图把她的知觉从未知世界里呼唤回来。他望着她,突然想到淋了雨又没有及时擦干身体的人会得肺炎,而肺炎是可能让人送命的。

中村为她盖上被褥,又伸出手去摸她额头,趴在她身上去听她的呼吸。他担心她就此出现意外,突然停止呼吸。

"怎么办?我该怎么办呢?"中村从榻榻米上站了起来,捏着拳头在小屋里转悠着。他当然不知道幸子有精神病史,神经受到刺激就会发病,以及过去所遭受的种种悲惨和凄伤。无可奈何之中,中村想起了睡在楼上的姨妈。

"看来只有姨妈才能救她了……"他怔怔地想着,多少有点不情愿地拉开房门。可是当他带着姨妈从二楼下来,再次走进幸子房间时,一切又都变了。此刻,幸子安详地躺在被窝里,微微地闭着眼睛,轻声地呼吸着,脸色虽然苍白发青,但一切似乎都已经过去了。

"幸子,幸子,你的病好了吗?"中村跪在榻榻米上,有点疑虑地问道。

"病……什么病?我没有生病呀,姨妈,谢谢你来看我……"幸子低声说道,支撑着身体,想要坐起来向姨妈致礼。

"别,别……快躺下吧!我看你脸色不好,一定是淋了雨受凉了。好吧,幸子,你继续睡吧。"姨妈弯下身来把幸子的脑袋扶到枕头上,又帮她披紧了被褥后便带着中村离开了那里。

小屋里又静寂下来了,毫无声息,所有的令人发悸和令人遐想的声音全都安静下来了,就像什么都没有发生过似的。中村依然躺在二楼的榻榻米上,倾听着楼下幸子房间的动静,而躺在楼下的幸子,此刻也安然地进入了梦乡。她确实很累了,发病时的那种刺激和消耗几乎使她熬尽了气力。

一切似乎都过去了。但是在她的脑海深处,在一种潜意识的流动中,一个虽然模糊,但正在逐渐清晰的思维却涌了出来,无声无息地,却又是那么强烈地冲击着她的心房,使她几乎不能自已。

这是一种痛苦的选择,却又是无可奈何的,其酸楚悲伤的滋味,无可置疑地嵌刻在了幸子和中村这一对青年男女的脑海里。

两天后的下午,山崎幸子背着装有衣物的包裹,仍然像到永乐宫去上班一样地告别姨妈,走出了那幢位于高田马场的小楼,但是再也没有回来。

她去了热海,走向了她生命历程中的又一个驿站。

41 追随

那天晚上，中村直也在东京品川的码头上干完活回家吃完饭后，如同往日一般溜达着来到坂乐町的永乐宫，在树荫下等待山崎幸子。

自从前天晚上和幸子之间发生了那梦幻般地让彼此都感到有些尴尬的事情后，中村总觉得应该向幸子去解释一些什么。昨天，由于码头上需要搬运的货物很多，当他晚上下班后赶到永乐宫时，幸子已经先他一步离开酒馆，下班回家了。

"幸子这么早下班绝对是反常的事，莫非她真的病了……"中村暗暗寻思着，急急忙忙地赶回家里，却发现幸子已经入睡并且锁上了屋门。无可奈何的他在幸子的屋门外干坐了一会儿以后静静地走上楼梯，把一肚子的烦恼锁在了心里。

"女人总是这样的，过两天就好了。"他安慰着自己，把希望寄托到了明天。

第二天上午他去上班时幸子的屋门仍然锁着。这显然也是反常的。按照他的性格，本来他是无论如何也要去把幸子叫起来的，可是想了又想以后还是忍住了。他把机会留在了晚上。

"是啊，那种情人般的私语，充满了爱意的道歉，只有在万籁俱寂的晚上，在月光下没有路灯的林荫道里才能进行。"

在幻想的驱使下，中村在那天晚上来到了永乐宫。他看着表数着时间在门口耐心地等着。天上又飘起了小雨，雨丝随着东南方向刮来的阵风呼呼地突然密集起来了。幸亏这次中村有了准备，不像前天晚上那样狼狈地在幸子面前出丑。

已经过了11点，中村在那里已经等了有两小时了，可是幸子却还没有从永乐宫出来。

"今天怎么这么晚呢？难道下雨天也会有那么多客人喝酒吗？"中村跺着脚蜷缩着身体自问道。他看看手表，又看看眼前这幢挂着红灯笼，窗户里透着黄灯光，正中间却紧紧关闭着大门的永乐宫，真有点性急了。他真想推开门闯进去，把幸子叫出来，但是踌躇着又不敢这样做。幸子是最反感他到酒馆里去看她叫她的那种事的。因为幸子不愿意他看到自己工作时的样子。

他又等了一个多小时。直到他从酒馆里出来的客人那里确认了所有的客人都已离开了酒馆，却仍然没能看到幸子的身影时这才感到了慌张。

"幸子怎么了？她……"他犹豫着，情不自禁地迈出脚步推开了永乐宫的大门。可是酒馆里面却只有老板娘和几个女佣在打扫卫生。

"阿姨，幸子呢？"他环顾四周有点不安地问道。那个老板娘是她姨妈的远房亲戚，在她面前找幸子显得有点尴尬，可是事到如今，一切已经顾不上了。

"啊，直也君，你找幸子，幸子她……她今天没有来上班呀。"那个叫作美野子的老板娘望了心急火燎的中村一眼，有点奇怪地说道。

"幸子没来上班？这……这怎么可能呢？"中村重复着老板娘的话，有点慌了手脚。

"是啊，我也是这么想……本来我还想托人去问你们呢。怎么了？幸子她出了什么事吗？"

"没有，没有。可是……"中村支吾着，真不知道该怎么说才好。

"是啊，幸子也许真的病了，今天早上离开家时她不是还躺着没有起床吗？"

中村回想着早上离家时的情景，不由得皱起眉头。他犹豫了一下，决定还是先回家去看看再说。

中村向老板娘打了个招呼正准备离开酒馆时，却没料到老板娘反把他给叫住了。老板娘把那几个女佣人支到店堂外边，又把中村拉近内室，好像有什么话要和他讲，那种神秘的样子使中村也有点紧张了。

"直也君，有件事我一直想跟你姨妈讲，只是没有机会，现在正好可以让你把这些话带回去了……"

"怎么了？是有关幸子的事吗？"

"是啊……其实，幸子在这儿干得还是不错的，到这儿来的客人都夸奖她，可是……她常常做一些奇怪的事情，比如向来店的客人打听她在热海的男朋友的情况。而那个男的行踪不明，很可能还是被警察追踪的犯人。这种状况不得不让人担心……"

"什么？她的男朋友？在热海？还是一个犯人……"中村睁大了眼睛重复着老板娘的话。他显然有点惊呆了。

"是啊，那人好像是从中国或者朝鲜回来的军人，名叫高桥秀义。前几天幸子曾托一个常到我们这儿来喝酒的、在热海政府工作的人，打听那个男人。今天幸子托付的那个叫酒井雅志的人又来了，因为幸子不在，他才把打听到的消息告诉了我。他让我转告幸子，让她别再去找那个名字叫作高桥的男人了，因为警察也在找他。那人是警察正在追捕的犯人！"

"这……这不可能！幸子她根本没有男朋友，也不会去找什么被警察追捕的犯人的，阿姨，你一定是弄错了……"

老板娘的话使中村的胸口一阵阵地疼了起来。说不清是伤心还是愤怒,此刻他只觉得天地都在旋转。

"啊,幸子她有男朋友,名叫高桥秀义!这怎么可能?可这却是事实,千真万确的事实!要不眼前的老板娘怎么会那么有鼻子有眼地说得如此头头是道呢?"中村悲哀地想着。他脑袋发热,心乱如麻,简直就不能自已。是啊,自己还没有从那场莫名其妙的噩梦中醒过来,却又掉进了另一座绝壁下面的深渊,而且无可奈何地要沉没下去。他终于明白,是那个名叫高桥秀义的男人把他推到了一边,心安理得地占据了他在幸子心中的位置,使本来应该属于他的女人在一刹那间成了他人的宠物!这究竟是怎么回事啊?为什么爱情会如此莫测,像痴人说梦般的毫无真实可言呢?

中村昏昏沉沉地从永乐宫走了出来。他的心里只有一个念头,那就是马上回家,向幸子问个明白。他跌跌撞撞地一路小跑着赶回家去。他不知道女人绝情的时候,远要比男人来得果断,尤其是当女人感觉到自己陷入了一场剪不断、理还乱的感情危机的时刻。

幸子不在家,她已经走了。带着这幢小楼里曾经有过的欢乐,曾经愉悦过他们的新鲜湿润的空气走了。她一定到热海去了,去找她的男朋友,那个高桥秀义,那个正在被警察追捕的犯罪者了。她要去干什么呢?不知道!此刻,谁又能够理解她离开中村,前往热海寻找高桥秀义的那种并非精神病状所带来的原因呢?

那天深夜,中村呆呆地坐在幸子的卧室里。他没有开灯,把思维凝固在屋子里的那一片黑色的尘埃中。在那种空空荡荡的略带着心酸和郁闷的气氛中,中村的眼眶里滚出了泪水。他在为自己始终都没能抓住幸子的心而悲哀,而且也正在那时他才意识到,自己是如此爱着她,就像把她刻到了自己的骨子里一般。

啊，幸子，此刻她会在哪里呢？难道她真的已经找到了高桥秀义？如果她不知道那个人的地址，一定不会那样贸然而去呀？可是假如她还没有找到他呢？假如她只是为了逃避自己对她的苦苦追求而出走的呢？

中村悻悻地想着，又把思维落到了幸子身上。他甚至担心起幸子在热海的处境。是啊，假如放任她不管，就此死心，那么他和她至今为止所拥有的一切情感都将成为过眼烟云，可是假如不这样呢？

中村心神摇曳。

那一夜，他听着雨声一直没有合眼。他在做着他一生中最重要的决定。

中村本是个流浪儿，是幸子使他住回姨妈家，到码头上去打工挣钱，去重食人间烟火的。如今为了幸子，他将再次踏上流浪者之路，到热海去寻找她，重新呼唤那可能还残剩的爱情。

中村做出了决定，并立即付诸行动。两天后，他从池袋"孤儿窝"里叫了两个从热海来的流浪儿，说通了一个司机，搭上他驾驶的货车，在第三天的清晨往热海方向赶过去了。

那时夜空的浓雾刚刚退去，朦胧中的天宇透出无限的苍凉，可是中村却并没有因此感到凄惨。他是为爱情而去的，世上还有什么能比这样的旅行更让人销魂的呢？

42 天边隐约的闪电

热海位于东京的西南部，它背靠箱根火山风景区，面临太平洋西岸的相模滩海湾，是日本著名的捕鱼区和风景区。由于含有丰富的铁质、温度高达六十摄氏度左右的温泉遍布那座城市，所以热海这个美丽的名字就在人们的口中诞生了。热海离东京两百多公里，气温却要比东京高出十来度，空气也要湿润很多，也正是这个原因，所以当东京的红叶已经在深秋的风雨中凋零之时，热海的山水却仍然处在一片金黄色的光彩中，红黄交错，万壑争艳，天地晦暝，如同被蜡染了一般。

热海是日本列岛在战争结束初期建筑物仍然保存得完好的几个城市之一。这一点或许要归功于热海这座城市本身。因为她的美丽让正在对东京狂轰烂炸的美国B-52轰炸机多长了几个眼睛，不至于走神地把炸弹投到云蒸雾绕、烟花缥缈、充满情调这里。

热海人喜欢喝酒。传统的清酒，如水一般的米酒，香气喷鼻的烧酒，以及近年来不断从欧美进口来的白兰地、威士忌，都是热海人所嗜好的。每到晚上，人们蜷缩在自己家里，男女老少，大大小小，一边数落着家事，一边举杯豪饮，醉到七八分时才摇摇晃晃地走出家门，来到遍布各处的温泉澡堂，往里一跳，泡上两个小时，然后钻进榻榻米上松松软软的被窝，去打发曾经有过的疲倦和烦恼。

喝酒已成为热海人生活的重要内容，但奇怪的是酒馆业在热海并不发达,不像那些遍布于大街小巷的旅馆和温泉澡堂那样。

那里的酒馆被集中到了一条马路上,并被冠名为"欢乐街"。这个听上去都有点隐晦淫荡的街道两旁云集着百来家酒馆,它们各设门面,互相摆谱,豪华的、简朴的、闪着霓虹灯的、挂着彩灯招牌的,八仙过海,各显神通。为招揽顾客,它们使出浑身解数,其中名声最响做得最成功的当然要数名叫"梨花堂"的那家酒馆了。它的墙檐上挂着一排写着酒字招牌的红色灯笼,中堂门口摆着一对精致的白色石狮,门面设计得西式豪华,却又处处竹窗竹帘,显露着江户时代的色彩。

梨花堂是欢乐街的中心,也是热海人的骄傲。不仅是本地人,就连那些到热海来旅游、泡温泉,或者出差偶尔经过小憩的过路客都会慕名前来,以到这里喝酒会友而荣幸、自豪。

梨花堂是男人的必去之地。正因为这一点,山崎幸子才把目光盯在了那里,并且通过面试被老板娘选中,成了那里的"坐台小姐"。由于有了在东京永乐宫的经验,幸子在梨花堂里干得得心应手,没过上几天她就讨得老板娘的欢心,熟门熟路地把常来梨花堂喝酒的客人的性格、工作和家庭环境等都摸得一清二楚,而这些信息也正是她前来热海寻找高桥秀义所非常需要的。

幸子不愿意再去想她在东京遇到的那些事,因为她确实已经无法再抗拒中村直也在情感上的进攻了。她抵挡不住他的诱惑,那些温暖的梦境几乎使她丧失理智。幸亏情绪上的激动而引发的疾病阻止了事态的发展,使她有时间下决心去斩断情愫,立即离开那个家去热海,寻找高桥秀义,否则真不知道会陷进什么样的感情旋涡啊。

她是逃出来的,在感情的围剿中败退,突围而仓忙出逃的。不过尽管那样,她还是要感谢中村给她提供的那个安乐窝。她怀念在东京的这一段生活,即使是坐在前往热海的火车上,她也曾含着眼泪想着中村对她的感情。

"假如没有高桥,没有那一段入骨相思的情感的话,那么……"幸子无数次地念叨着,可是谁又能够去预测人生呢?谁能知道那种随时生、随时死,变化无常却又是生死攸关的旅途上的知遇会给她带来什么呢?黑暗光明,爱恨交错,悲到极点之后却又忽然天顶洞开。想要抓住那些稍纵即逝的东西谈何容易,稍做犹豫就会悔恨再三啊。

幸亏幸子已经熟悉了她在热海的生活,而且梨花堂的工作又在她的面前展开了新天地,使她很快就从感情的旋涡里挣扎出来了。每天晚上六点钟,她准时来到梨花堂,随后涂脂抹粉,梳洗化妆,换上和服,来到酒馆店堂和客人一起喝酒、聊天,国事家事天下事,无话不说,无事不讲,既安慰客人又慰藉自己。直到深夜十二点、一点,才相拥着把客人送到梨花堂门口,装出一副依依不舍的样子和他告别分手,并且再约时间,重新相会。这里的生活几乎千篇一律,但也不完全相同,客人随时都会把社会上发生的事情带进店堂,使酒馆这个小社会时常处在一种亢奋的状态。

那一天晚上八点半左右,梨花堂里走进一个陌生的男人,他的年龄看上去有40多岁,衣着朴素,风尘仆仆,不像是一个经常出没于高级酒馆、俱乐部等处嗜好寻花问柳的花花公子。

他显然不是本地人,或许还只是一个过路客,可是从他那并不显得匆匆忙忙的样子去判断,那人更像一个出差来到这里想要去写些什么的文化人。在热海的历史上曾有过很多关于文化人的记载。他们下酒馆,逛春院,找女人,寻欢作乐,说这是为了寻找灵感。这自然是那些没落文人的借口,但有一点还是可以肯定的,因为风景秀美、人杰地灵的热海,确实是一个取之不尽、用之不竭的能让人充分想象的瑰宝之地。

接待文化人需要一个有点素质的小姐，可是这时候包括幸子在内的酒馆所有的小姐几乎都有客人了，无可奈何之中老板娘只能亲自上阵。其实这个名字叫作琉璃子的老板娘年龄才35岁，而且姿色不凡，很有女人味，她出场没有几分钟就把这个客人搞得晕头转向了。

"客人……怎么称呼您啊？"

"英治……你就叫我英治好了。"

"英治？好名字。"琉璃子从茶桌上的烟盒里取出一支烟，点燃后便抽了起来。她眯起眼睛注视着这个客人，满脸堆笑地恭维道。

"英治先生，您在哪儿供职呀？"

"报社。"

"是东京的报社吗？"

"不……我的报社在九州，我是出差来这里的。"

"九州……真是远方来的客人啊。其实，我们店里也有九州来的姑娘，可惜她现在有客人，一会儿我就把她介绍给你。"老板娘一边说着一边把眼光朝店堂深处扫过去，她知道来自九州的幸子，此刻正在那里陪客人喝酒聊天。

"噢，九州来的姑娘？好啊，她叫什么名字啊？请一定把她介绍给我！"这个叫作英治的男人对老板娘的话产生了兴趣。

"她叫幸子。"

"幸子？哦……"英治望了老板娘一眼，眼睛里露出了一种惊喜的光芒。

"您见了她就会知道了，幸子可是一个纯情的好姑娘哟！要不现在我就去把她叫过来，以后您就可以专门点着名去找她了。"老板娘情不自禁地站了起来向幸子所在的位置走去。她看见幸子正在和一个名字叫作利嘉的26岁姑娘一起，陪着当地的公司老板喝酒,他们好像还聊得非常投机。

"幸子你出来一下。我来给你介绍一个同乡,一个九州报社的客人。"老板娘向坐在幸子边上的客人打个招呼后,对幸子说道。

"九州报社的客人……"幸子稍稍愣了一下,但还是点了点头。她站起身来,顺着老板娘手指的方向望去,不由得大吃一惊。她本能地停住了脚步,脸色也变得苍白起来。无疑,他正是在九州一直缠着她,跟着她不放的《下关日报》的记者野坂英治,她手里至今还拿着他的名片呢。

"怎么了,幸子?"望着突然停住脚步的幸子,老板娘有点奇怪了。

"我……我有点头晕,不舒服。妈妈,还是让利嘉代我去见报社的客人吧,反正利嘉也是从九州来的嘛。"幸子低声说道。她的声音有点颤抖,那种奇怪的样子使老板娘起了疑心。

"是吗?那也好……利嘉,那就麻烦你给我走一趟了,客人的面子不给是不行的。"老板娘斜了幸子一眼,有点不满地说道。

老板娘显然已经意识到一些什么了。她断定幸子和那个九州报社的客人认识。干她们坐台小姐这行的女人,是最不愿意去见家乡来的熟人的。她们既担心自己的近况被家乡的父老乡亲知道,又害怕自己的底细被来这里喝酒的熟人说出来传到酒馆同僚的耳朵里。因为那些坐台小姐的过去正是老板娘和每一个在这里打工的女人们所渴望知道的。

那会是种什么动机呢?那么去做又是为了什么呢?

什么也不为!那纯粹就是一种想看见,想知道,想要去洞察隐情的欲望。一种毫无目的,只想图一时的快意,为好奇而好奇,以便在酒馆里飞短流长,毒嘴饶舌,为新发现的话题而刺激。

这正是梨花堂酒馆,应该说这是包括梨花堂在内的所有的以女人们陪酒接客,男人们赚钱经营,既来自下层平民,又和上流社会接壤的日本饮酒行业的通病。这种通病在战争结束初期的日本社会表现得尤为突出。

然而问题还不只是这些。因为对于幸子来讲,那种足可以使她的精神崩溃的原因不仅仅是她的过去,更重要的是现在她必须要去搞清楚,这个掌握她苦难经历的《下关日报》记者为什么会出现在热海,并且来到梨花堂?难道他是来找她的吗?假如是,那么他是怎么知道她的行踪的呢?假如不是,那么他到热海到梨花堂来又是为了什么呢?

幸子怔怔地想着,虽然她的脸上仍然堆着笑容,举起酒壶为眼前的公司老板斟酒,可是耳朵却比以往任何时候都要警觉地竖了起来。她期望能听到利嘉和那个九州来客野坂英治之间的对话。可遗憾的是这里的座位离他们太远,那种声音即使能够传过来也一定走样了。

幸子如坐针毡般地在店堂的另一端陪着客人。她曾经借上厕所的机会到野坂英治的附近逗留了一会儿,仔细地观察了他们喝酒时的情景。她还发现,野坂曾到酒馆入口处的公用电话机前声色严峻地打了两个电话,那样子一点也不像到酒店来喝酒寻欢作乐的客人。

"这是怎么回事呢?看来,他并不是为了我才来热海的。他或许根本都不知道我在这里,而且利嘉也肯定没有跟他说到我,否则他是一定会走过来找我的。可是假如真是那样的话,那这个记者究竟是为了什么才到热海来的呢?难道他……他也是为了高桥,为了找那个高桥秀义才来这里的吗?"幸子深思着。她显然有点紧张了。因为她知道警察正在追捕高桥,假如《下关日报》的记者野坂也是为了这事才来热海的话,那就说明自己离高桥秀义一定已经不远了。

一些模模糊糊的线条在时间的流逝中沉淀了下来，使她多少能够望见事态的全貌了。然而这一切毕竟还是臆想，她并没有能力去判断自己所推想事情的正确与否。这一切来得实在突然，使她无法对自己产生信心。

幸子把希望寄托在下班以后。因为利嘉和她同住一个房间，那时她就可以仔细地询问他们喝酒时的对话内容了。幸子和利嘉年龄相同，出生地也相隔不远，她们相依为命，关系应该还是不错的，就是利嘉知道了一些她的过去也不会碍事。她知道利嘉的为人，她相信利嘉会帮助她。

幸子的判断没有错。当利嘉在深夜一点回到宿舍，看到躺在床上正等着她的幸子那种心神不定的样子时她就乐了。"别着急，等我洗漱完毕，钻进被窝以后，就向你汇报……"利嘉笑着说道，并三下五除二地做着睡前的准备工作，没过上几分钟就钻到被窝里来了。

"我知道你会着急的。因为那个九州日报的男人确实认识你，他还向我打听你的行踪了……"利嘉望了幸子一眼，故意卖着关子。

"那你是怎么说的呢？"

"我也没办法啊，因为是老板娘把你的名字告诉他的嘛。本来他还催着我去叫你。我是撒了个谎说你今天请假没来上班才把他唬过去的。不过那个人恐怕不会罢休，他明天晚上一定还会来酒馆找你，到时你就躲不过了。"利嘉皱起了双眉，她显然在为幸子的处境担心。她以为幸子一定是借了他的钱，欠了他什么才使他千里迢迢地逼上门来，追款付债地来纠缠幸子的。

"那个报社的男人到热海来除了找你之外好像还在调查别的什么人。他正在到处打听那个人的住址呢！"利嘉有点疑惑地说道。

"哦……那又是个什么人呢？"

"我没问他，他也没说。不过说话中他好像漏了一句，说那人和你有关系什么的……"利嘉回忆着说道，她发现幸子的脸色有点发白，神态也显得紧张起来了。

"你怎么了，幸子？你是不是害怕了？"

"没有，我……我只是感到奇怪，为什么他要找的人会和我有关系呢？"幸子支吾着解释道，她显然已经意识到了什么。

"这个九州男人恐怕也是随便说说而已。他根本还没有找到那个人呢！他在酒馆向我打听热海的海光村役所的地址，我让他打查询电话去问，那种村役所什么的我怎么会知道呢。"

"海光村役所？"幸子望了利嘉一眼，思索着问道。

"是啊，也许他要找的人就住在那一带。"

"哦……怪不得他在酒馆里打电话……"

"因为他住宿的旅馆没电话啊！哦，你也看见他打电话了？"利嘉好奇地问道，她没想到幸子会那样在乎那个报社记者的行动。

"那时我正好去厕所，经过那里，看见他扯着大嗓门在说些什么。我还以为是有人打电话到酒馆来找他的呢。"幸子自圆着说道，她并不想引起利嘉的怀疑。

"没有，谁会打电话到酒馆来找他？他是听了我的建议后才去打电话的。那肯定是个查询电话。他在问海光村役所的地址呢！他明天肯定会去那个地方查问他要找的人的地址。晚上或许还会带着那人来酒馆喝酒，看你到时还往哪儿躲……"

利嘉嬉笑着瞪了幸子一眼打趣着说道。她发现幸子虽然紧张，但并不怕他，相反她还对那男人的行动表示出了兴趣，这确实是有点奇怪。

利嘉思索着,她并没有往深处去想。没过多久她就困得大梦沉沉地进入了另一个世界,把仍然处于亢奋状态中的幸子抛在了一边。

那时已是凌晨三点钟了。

远处教堂的钟声和深秋的寒风一起灌进了这扇虽然紧闭着,但仍然露着缝隙的窗户,使幸子打了一个寒噤。她关上灯,披上衣服,从床上跳了下来。

幸子没有睡意。望着黑夜沉沉的天空,她发现了一颗闪烁的星星。它并没有被弥漫的黑雾遮住光亮。这种让人寒心的光芒透出无限苍凉,使幸子不由自主地颤抖了一下。

望着那颗星星,幸子无声地嚅动着嘴唇。她在呼唤她的恋人。她相信高桥秀义的眼睛,此刻一定也像那颗闪亮的星星一样在注视着她,把他拥有的光辉充实到她的心里,让她比任何时候都要清醒。

43　螳螂捕蝉，黄雀在后

海光村役所在海光镇中那条 L 字形的商店街拐弯处。它的门前是一个自由市场，每天早上总有固定的渔民和菜农挑着新鲜的蔬菜和海鲜到此来贩卖。这里地处热海市的东南，依山傍海，风景秀丽，离市区近，房价也不算贵，所以在战后成了很多有钱人建造住宅的首选之地，许多漂亮的别墅被建在那一座座被红叶点缀的山坡之间，使这一带一下子人丁兴旺了起来。这也是很多商家把经营据点选在这里的原因。不仅是那些卖鱼、卖菜、卖油盐酱醋的小摊小贩，就连经营木板、水泥等建筑材料的商人，也把公司盖在这边，寻觅着可能的商机。天长日久，这里自然地成为商品基地，成了热海市的名所。

海光镇的知名度使山崎幸子没费多少周折就打听到了海光村役所的地址。早上八点钟，当她心急火燎地赶到那里时，村役所前面的自由市场已经是人头攒动，噪声鹊起，车来人往地挤得水泄不通。这种情况正是幸子所希望的。凡是跟踪盯梢者，他们都希望把自己的身影隐蔽在人流中，留下警觉的眼睛去盯住目标，尤其是幸子那样的新手。

为了实行今天的行动，幸子经过了一夜的思考。她意识到这是她寻找高桥秀义的唯一方法。自从来到热海市以后，她托人去政府机关打听，还冒险来到热海的区域所打听高桥家的住址，但每一次都是失望而归，并且还落得一身嫌疑，让人追问得无地自容。

她已经无法依靠自己的力量去寻找高桥秀义了,然而野坂英治的出现使她重新产生了信心。他千里迢迢地赶到热海,又是个记者,手中掌握的情报一定会很多,不管他寻找高桥的目的是什么,只要能够盯着他,借助他的力量,或许就能找到高桥。

幸子的判断显然有她的道理,而且她很快就有了收获。早上八点半,就在海光村役所的官僚刚刚上班,自由市场仍然处在人声鼎沸的时刻,幸子看到了正在四处张望着寻找村役所的野坂英治。

"他果然来了……"幸子咬住嘴唇情不自禁地说着,把自己的身影隐蔽在街边电线杆的后面。她穿着一件白花蓝底的褂子,脑袋上戴着斗笠,脖子上挂着毛巾,一副当地菜农的样子。这种装束是她精心考虑过的。幸子相信,就是自己不小心被野坂看见,也不一定会被他认出来。她有这种信心。

野坂终于踏上了村役所前面的台阶。他探头探脑地往里面张望了一下,稍稍犹豫一下以后便走了进去。这使幸子感到为难,因为她不敢贸然往里闯。可是不跟着进去她又怎么能听到野坂和村役所职员的对话,又怎么能了解到野坂的目的和高桥秀义的情况呢?

幸子犹豫着,一时不知道怎么办才好。这真是一个关键时刻,稍有失误就会铸成大错。因为任何犹豫都有可能失掉良机,使眼看就要到手的成果付诸东流。

幸子从电线杆后边闪出身子,她仔细地观察了一下眼前这幢两层楼高的青灰色建筑物。它的构造并不复杂,一楼是接待村民的服务柜台。二楼是工作人员的办公室,专门为前来申请的村民制作他们所需要的证件等。这和她前不久去过的热海市役所的办公楼很像,没有什么特别的不同,只要能够避开野坂英治的眼睛，把身影隐藏在前来这里申请证件的村民里面就行。

这种曾经有过的经验使幸子产生了信心，她站稳脚步，深深地吸了口气，便快步走上了村役所门前的台阶。她发现大堂内侧的服务柜台左边有一排长凳，有很多人坐在那里排号等通知，而野坂则站在服务柜台的右边，正和一个三十来岁的女工作人员交涉着说些什么。

"现在或许就是时候……"幸子注视着野坂的背影，脑子不由得热了起来，她低下头来，用手按着斗笠，让它遮着前额，鼓足勇气地闪进了村役所的大门。她来到服务柜台左边的长凳前边，挤在人群中坐了下来，并紧张地抬起了眼睛。她发现野坂的交涉还没有成功。那个三十来岁的女人望着野坂递过去的名片，皱着眉犹豫着，仍然没有答应他的要求。

野坂又开口了。他仍然在做着解释，声音虽然轻微，但幸子还是感觉到了他提出的要求。没错，这个《下关日报》的记者确实是在打听一个人。他不仅想要得到那个人的住址，还想知道那个人和那个家庭在户籍本上所记载的内容。这显然是不被允许的。尽管那时候的记者被称为无冕之王，赋予特殊的权利。

在野坂的恳求下，接待他的那个女人站了起来。她走到坐在后排座位上一个五十来岁的男人面前低声和他商量。这人显然是她的上司，没过多久他就站了起来，走到野坂的面前。

"记者先生，能跟您说的我们都说了。那个高桥秀义，他并没有到这儿来办手续，我们也没有发给他配给证之类的东西。关于他的情况，您可以去他家，访问他的母亲。您不是已经知道他家的地址了吗？"

这个五十来岁的公务员毫无顾忌地大声说道。对于野坂的纠缠他显然有点不耐烦。他想用这种结论式的答复，把眼前这个讨人嫌的记者赶到村役所外面去。这种方法显然起到了作用，它封住了野坂的嘴，使他无法在众目睽睽之下再厚着脸皮磨蹭下去了。

野坂无可奈何地耸耸肩膀，他愤愤地朝那个公务员瞪了一眼，有点不甘心地转过身向村役所的大门走去。然而也许是一种回光返照似的，走到门口的野坂突然又转过身来，把目光朝坐在村役所柜台左边，正睁大眼睛望着他的村民扫过去。这种显然不是有意的目光使本想站起来跟踪野坂的幸子一下子慌了手脚。她低下脑袋，心里咚咚直跳，她以为野坂一定已经看见了她。这种惶恐不安的心态使她差点贻误了战机。因为等她发现野坂并没有看见自己，从而急急忙忙地起身走出村役所时，野坂已经隐身门外自由市场的人流中，不见了踪影。

"这……这个记者，他跑哪里去了？"幸子嘀咕着，不由得出了一身冷汗。

"果然不出所料，这个记者真的为寻找高桥而来，并且还知道了他家的住址！要想找到高桥，就一定要盯住这个记者，可是，这一眨眼的工夫，他会跑到哪儿去呢？"

幸子站在村役所门前的台阶上，不安地思索着。她摘下头上的斗笠，把它当作掩饰物似的捂住自己的半个脸，并且睁大眼睛在人群中巡视着。她把目光投向了远处。那里是一个三岔路口，是进入或者离开眼前这个自由市场的必经之路。

她终于看见野坂的身影了。她发现他靠在三岔路口前面的民房的墙边，抽着旱烟，耐心地和一个在那儿设摊卖菜的老头搭讪。他指手画脚地一会儿指着三岔路的左边方向，一会儿又蹲下身来向老头提问，那种全神贯注的样子说明他又发现了什么。

五分钟后他离开了卖菜老头，向三岔口左边的小路走去。他走得很快，而且那条小路上的行人也不多，没有多久，他就把一直尾随着他的幸子落到了后面，而且距离也越来越大，使幸子不得已地要经常小跑几步才能看到他的背影。他们一前一后地走着，时而快时而慢，不一会儿就来到了一个村庄口。

那是个只有二三十户人家的小村庄，稀稀拉拉地散布在各个田边小径附近的农家显然不符合野坂的推想。他犹豫着停住脚步向正在路边茶园里工作的老农打听，确认了方向以后便又迈开大步，顺着小路往前赶了起来。野坂显然没有想到他身后会有跟踪者。他只是一个劲地往前走着，似乎想在晌午前到达他的目的地。

他的速度使幸子为难。为了能跟上他，幸子已经无法再去顾及如何隐藏自己的身影，不让那个记者发现他身后跟踪者的事了。她摘下斗笠，用毛巾擦着脖子上的汗水，喘着粗气，可是眼睛却一刻也不敢放松地紧盯着已经把她落得远远的野坂的身影。

"现在是关键时刻，一定要坚持住……"幸子咬着牙念叨着，不敢有丝毫的松懈。她迈着碎步，一刻不停地往前赶着。她看见了路旁杉木丛前竖立地写着"清水町"字样的路牌，又很快看到了远处丘陵前面那一片平坦的空地上密密麻麻的农舍。

"海光镇清水町……高桥的家就在这里吗？"幸子喃喃地说着，情不自禁地停下了脚步。她用毛巾擦着额头上的汗水，多少有点紧张起来了。

此刻野坂也停住了脚步。他观察着眼前的这片农家，稍稍犹豫了一下，似乎在推敲着他的行动实施方案。他看见了从前面石板路边上的农家走出来抱着孩子的少妇。她把随手抱着的竹席铺到地上，往上面堆放着鱼干。这种悠闲的动作使野坂为之动心。他情不自禁地走上前去，还弯下腰去逗她的那个看上去还不到三岁的儿子。他好像在询问着什么，这种表情显得很有自信。因为站在远处的幸子看到，那个少妇听了她的话后站了起来，连连点着头，还伸手向野坂比画着指着远处海湾边上的那排房子。她显然在回答野坂提出的问题。

"看来高桥就住在这里，这个清水町就是他的家……"幸子的神经紧绷了。她的心跳在加快，脸色也显得严肃起来。她加快脚步往前赶着，因为把她落下一百多米远的野坂此刻已经离开了那个少妇。他穿过石板路拐进了通向海湾那边的小径，不见了踪影。

幸子三步并作两步地走着。她来到刚才给野坂指路的少妇边上，下意识地把眼光落在正忙着晒鱼干的少妇和她儿子的脸上。

"请问有个叫高桥秀义的人，他住在几号啊？"

幸子向少妇问道。她想确认高桥的家址，以便自己今后不用他人带路也能够直接找上门去。

"你……你和刚才那个男的……不是一起的吗？"

"不是。"

"那就奇怪了，他刚才也在打听高桥家的门牌号？"

"可是我……"幸子支吾着，她不知道应该怎样去说明才能消除少妇的疑心。

"噢，没关系，我再说一遍就是了。"望着幸子的窘相，少妇笑了笑站起来。她指着海湾边的民房，向幸子解释道："那排房子往南数第四幢，就是高桥家，海湾后街八号。"

"海湾后街八号？"

"是的，那就是高桥家，高桥秀义的妈妈住在那里，不知道她有没有在家。"那个少妇笑着说道，她显然已经在幸子那羞涩的笑容中感觉到了什么。

"谢谢……谢谢…"幸子连连致谢着离开了那里。她穿过石板路，向海湾后街方向走去。她记得野坂刚才走的也是这条路，为了不被他发现，她决定从海湾前街的石板路绕过去。她不知道野坂为什么要找高桥秀义。但是避开这个记者，不让他发现自己，又能顺利地见到高桥，这才是她所希望的。

幸子的设想不错。可是她不知道她到热海来寻找高桥秀义的计划从根本上来讲就是错误的。因为她的死对头池田雄一和当地警署的刑警，早在五天前就开始守在海湾后街八号对面名叫松浦馆的旅馆里，监视着高桥家族的动静了。

为了找到海狼——高桥秀义，警方简直费尽了心机！大范围的调查、拉网式的搜查、有关案例的定点分析研究等，能够做的几乎都做了。从东京帝国大学、陆军大学、警察大学到宪兵专科学校，光是在1945年到中国东北赴任的宪兵，警方就查了有好几百。高桥秀义、高桥秀吉、高桥秀明……凡是叫高桥什么的宪兵，警方几乎都捋了一遍，就是在发现现在这个嫌疑犯高桥秀义时，警方也是认认真真地按规定根据他的档案，验明他的户籍，然后才一步一步地来到他的家乡海光镇清水町海湾后街八号的。警方不遗余力地收集他的指纹，悄悄地调查他从中国东北回来，如何登陆日本回到家乡的轨迹。

然而，就在他的指纹被确定是和釜山刑警追踪的杀人犯以及高丽三号上的血印指纹为同一个人，日本国家警察总部正式批准下达了逮捕令以后，那个疑犯高桥秀义却失去了踪影，在以池田雄一为首的海狼搜查本部刑警们的眼皮子底下消失了。气急败坏的警察一边分析失败的原因，一边在那一地区加强搜索，并且在他家对面设下暗哨，卧底监控，这种火急火燎的事态发展至今已有五天，却仍然没有发现任何有关高桥秀义的消息！

"这个家伙，难道他听到了风声？"

"是啊，他会跑到哪里避风去了呢？"

"别着急。这家伙是个孝子，他不会扔下年迈的老娘独自逃生的。"池田雄一安慰着和他一起在松浦馆卧底监视高桥家的冈山刑警。他坚信高桥一定会重新出现在他的搜查网里的。

然而，山崎幸子的出现使池田对自己的信心产生了怀疑。他一直是把幸子当作高桥的同党来看待的。他认为幸子是被高桥派到自己家里去探听虚实，为照顾他年迈的母亲而来的，假如真是这样，那么高桥在短时间内就不一定会回来，案情就可能出现变化。

"怎么办，池田部长？总不能看着这个娘们儿来破坏我们的计划吧。"卧底在松浦馆二楼的冈山警员有点焦急地说道。他把手中的望远镜递给池田，希望他能拿个主意，然而池田却没有说话。其实，池田是多么想去抓住眼前这个在高桥家门口转悠的山崎幸子，洗刷掉上次在东京池袋二丁目追捕她遇到的耻辱啊。可是，现在却不能！因为守在这里的目的是抓住高桥。他不能为了一条鱼虾去打草惊蛇，让凶恶的海狼跑掉。

而且让池田不愿动手的还有另外一个原因，刚才他也看到《下关日报》的记者野坂英治了。这个记者先山崎幸子一步进入他的监视网，还鬼鬼祟祟地走进高桥的家里，至今没有出来。

"他来这里干什么？找高桥秀义，还是为了找山崎幸子？难道他还想写一篇什么关于海狼蛊惑人心的文章？"

池田自问道。他想起了国家地方警察总部刑事搜查部的大谷洋部长生前曾向他做出的关于搜查此案要在秘密状态中进行，不能让案犯在社会上露脸，尤其不能让新闻界知道，否则情愿先处决了案犯再说的指示。这些含义深刻的话肯定有他的道理，绝不是信口开河，随便说说的。

池田望着窗外喃喃自语道。对于《下关日报》记者野坂的出现，他产生了深深的戒备之心。因为他有过教训，上次不就是野坂写的文章使他的搜查本部被解散，他自己也因此受到革职的处分吗？

"看来，这确实是个特殊的案件，一个由特殊的人物组成的特殊案件，否则大谷部长也不会那样轻易地就引咎自杀的。"

池田怔怔地想到。他感到了一种责任。这种责任使他比以往任何时候都要谨慎地处理发生在眼前的事情。

然而又一件让他意想不到的事情出现了。

池田发现晃悠在高桥家门口的山崎幸子不知是因为躲闪不及，还是故意想要等待那个记者似的，他们在高桥秀义家的玄关门口不期而遇了。而且就在山崎幸子挣脱着想要离去时，那个记者却强硬地抓住她的手，把她连拉带拽地拖走了。

"这……部长，你说怎么办？难道就让他们这样相拥着离开吗？"冈山警员抬起头来，注视着池田。

"也许，也许只能这样了。为了不惊动高桥秀义，我们……或许只能那样做。不过……"池田思索着把目光从窗外收回来，并且蹙着双眉在屋里转起圈来。

他显然还在犹豫。

"这样吧，你下楼去一趟，跟踪他们一段，看看他们在做些什么！他们不认识你，你去比我安全，可是……请一定记住，不管发生什么事，都不能暴露自己的身份！假如他们走远了，那就让他们走……因为我们的目标不是他们！只有充分显示这里是安全的，那个高桥秀义才会回来，而且，我……我断定那个娘们……她一定还会再回到这里来的。"

池田咬着牙关下达着命令。他想起了孙子兵法中"欲擒故纵"的故事。

是啊，观望一下，等待一下，又有什么不可的呢？放跑一条鱼虾，或许就会钓来大鱼呢？这种可能性绝不是没有的！

池田雄一深思着，他断定自己能够成功。

44　野坂英治的智慧和力量

在高桥秀义的家乡见到山崎幸子，对于野坂英治来说既在意料之中，又在情理之外。

自从野坂在去年11月调查坛之浦发生的"美国士兵强奸日本妇女案"的过程中发现，受害者山崎幸子曾经在坛之浦的春风馆和一个不知名的神秘男子有染，而后又在下关市警察署那里听到什么海狼在芦屋海滩登陆，山口县公安委员会和山口县警察厅特为此成立了"海狼杀人登陆事件搜查本部"，担任本部长的池田雄一不遗余力地调查海狼和神秘男子的关联，那个神秘男子又在警方的追捕中逃离坛之浦，随后警方又把触角盯在了山崎幸子身上，促使她也匆忙离开坛之浦，冒险去闯荡东京的一系列的事情后，野坂就把他敏感的触角，从强奸案移到了那起扑朔迷离的"海狼事件"上了。

他没想到他眼中的弱女子山崎幸子会下决心毅然离开故乡，只身去东京谋生。这种突如其来的事情使他断定幸子一定会去找那个男人，也一定知道他的栖身之处。因此只要得到了山崎幸子的协助，他就能够解开神秘男子的疑团。万一那个男人真是警方千方百计想抓获的"海狼"的话，那这件事的新闻价值是无法计算的。

野坂根据调查和推测向《下关日报》的总编辑打了一份报告，要求报社能拨给经费，同意他去东京寻找山崎幸子，跟踪调查海狼事件，再写一篇震惊社会的新闻调查报告。他以为报社一定会批准像他这样在"美国士兵强奸日本妇女案"的新闻报道中，为报社立下汗马功劳的人所做的计划方案的。可是事与愿违，报社不仅没有同意，而且不说任何理由。

其实这个企划没能得到批准的原因是很清楚的。《下关日报》是个地方小报，这样的报社能有多少钱可以让记者到东京这么远的大都市去寻找一个万花筒般的梦境呢？

然而野坂毕竟是个资深记者，他以自己在"美国士兵强奸日本妇女案"中给报社带来的经济效益为由去说服总编辑，使那个被枪毙的企划又有了复活的可能。反复交涉以后，报社提出要在"美国士兵强奸日本妇女案"结案，也就是抓住那个强奸犯，完全地结束这起强奸案的报道以后，再去考虑"海狼事件"的企划方案去如何实施的事情。

报社的决定把野坂的企划案束之高阁，但毕竟显示了企划还有实施的可能。它使野坂感到鼓舞。为此他组织人马，加大对强奸案的报道力度，利用舆论给美国占领军当局施加压力，促使他们尽快交出犯人，以平民愤，同时又全面地铺开"海狼事件"的案头工作，收集内幕消息，在各地报纸上找出偶尔被披露的有关"海狼事件"的只言片语。他做得很有成绩，并且很快就找到了和"海狼事件"有关的海和号爆炸事件以及"海狼杀死渔民"事件等来自朝鲜《东亚日报》上的报道。

"毫无疑问，这是一起无法形容的重大案件……"

野坂把收集来的消息不断地写成报告，交到报社总编辑手里，催促他们尽快做出决定。

此后不久，野坂又从下关市警署樱井署长那里得到了"海狼搜查本部"被重新恢复，池田雄一官复原职，以及海狼名叫高桥秀义，确实是那个在北九州芦屋海滩登陆，和山崎幸子有染的神秘男子，池田已率领搜查本部成员去了东京，《东京晨报》上还刊登了他们在池袋二丁目追捕山崎幸子的重要消息。野坂坐不住了。他把案情在不断纵深发展的情报罗列起来，再一次来到报社总编辑那儿，并且不惜以辞职去威胁。

也许是天意相助。

三年前接任去世的罗斯福成为总统的杜鲁门，在1948年11月2日又战胜了共和党候选人，正式宣誓成为第三十三届美国总统，其所在的民主党还占有美国参众两院的多数席位，使美国政治清一色地被民主党左右了。为了报答选民，实现在大选中许下的诺言，杜鲁门宣布减少美国在亚洲的驻军人数，尽可能地和所在国政府搞好关系，利用当地力量实行以夷制夷的方针。

杜鲁门的政策使在中国大陆节节败退的蒋介石失去了美国人的帮助，丢失了在大陆苦心维持了22年的政权，在日本却起到了完全相反的作用。以吉田茂为总裁的自由民主党，利用美国对外政策上的这一重大转变，提出了奉行独立外交，实现廉洁政府的一系列口号，赢得了选民的支持，迫使芦田均内阁总辞职，第二次成为日本政府的首相。

那种国内外政局的变化使日本老百姓关注，野坂英治等久攻不下的"美国士兵强奸日本妇女案"犯人，突然被美国驻日本占领军当局公布了名字，并被送上军事法庭，接受了法律的制裁。这种突然而来的消息不仅使日本老百姓欢欣鼓舞，以为这是吉田茂首相奉行独立外交的政绩，使他的政府的人气一下子上升十八个百分点。这种状况迫使《下关日报》社的总编辑不得不审时度势地实行自己的诺言，重新研究野坂英治的企划。

《下关日报》社在两天后终于做出了决定。他们拨出经费，让野坂英治以继续追踪调查"美国士兵强奸日本妇女案"的受害者山崎幸子的近况，作为强奸案报道的续集，去调查山崎幸子也参与的那起"海狼事件"。报社方面的措辞非常谨慎，因为不这样说，不把山崎幸子也扯到案子里面去，那凭什么就去批准野坂的企划，让报社的其他人服气呢？

野坂终于如愿以偿地踏上了去东京的火车。到达东京后，他又马不停蹄地赶到从山崎幸子的养父杉山贞夫那儿搞来的地址，即那个位于池袋二丁目山崎幸子的表姐伊藤良子的家。

然而野坂并没有从良子嘴里得到什么，因为被丈夫从警署保释出来的良子再也不愿意缠进幸子的事情。自从在警察的追捕中和幸子分手后，良子就再也没见到她，而且幸子也没来找良子。这一对姐妹把各自的思念放在了心里。这种感情是野坂那样缺少亲情的人所感受不到的。幸亏野坂到东京去以前已经在下关警察署获悉：海狼事件搜查本部在战前被派遣到中国东北去的宪兵名单里发现了疑犯高桥秀义，并从其户籍档案里找到了他家乡的地址等消息，这使野坂能迅速前往疑犯的家乡热海去追踪调查，否则他真可能会陷进东京这座暮色苍茫、人海匆匆的大都市而无法自拔。

野坂离开池袋以后立即赶到了热海。他通过在当地警署的熟人，没费多少周折就在区役所里找到了高桥秀义在海光镇清水町的住址，而且多嘴的区役所官员还告诉他，说前不久有一个年轻女人也到这儿来打听过高桥秀义的行踪。

"哦，年轻女人？她……毋庸置疑，那肯定是幸子！她……她果然潜伏在热海。"野坂的脑袋嗡的一声响了起来。他为自己能顺利找到她的行踪庆幸，又对她如此深地卷入这起"海狼事件"而担忧。

"这个女人，她怎么就会卷进这样重大的案子呢？是为了钱，还是为了情？不管是什么，像高桥这样的罪犯，是要躲都躲不及的呀！"

野坂深思着，他决心要把幸子从这起"海狼事件"中拉出来，帮助她躲过这一劫。

为了找到幸子，野坂大街小巷地串着门，并且来到热海唯一的"欢乐街"，在酒馆和酒馆之间奔走着。这些酒馆是幸子这样的女人唯一可以去工作的地方。野坂沉思着，他相信自己能在那儿看到她。

野坂的判断非常正确，他没费多大周折就在梨花堂发现了幸子的踪迹。

野坂把和幸子相会的时间安排在第二天的晚上。他想在自己见到高桥秀义，对那个被警察追踪着的人有了最初的印象之后再去说服幸子。他想得非常周到，可就是没能料到自己会被跟踪，并在高桥秀义的家门口遇到她。

"这……这是怎么回事？难道幸子她……她就住在高桥这个嫌疑犯的家里？"野坂愣住了，他追问着幸子，可是幸子根本就不愿意理他。她转过身去，扭头就想往回跑，但是心急火燎的野坂一把抓住了她。

"幸子，难道你就住在高桥秀义的家里吗？"

"没有，我不住在这里！"

"那你到这儿来干什么？"

"我……我要干什么是我的自由吧！"幸子瞪了野坂一眼，蛮横地反驳道。

"你……幸子，你要听我的话，我是为你好！现在不管是我的经验还是我所掌握的情报都在告诉我，那个高桥秀义，他是个很危险的人！此刻他，他家，他家的周围，很可能都已经被警察监视着呢，你可千万不要卷进他的案子里头去哟。"

野坂苦口婆心地劝说道，却丝毫打动不了幸子的心。她侧着身子，低着脑袋，一点也没有把野坂的话听进去。

"你一定见过高桥了吧？他……他在哪里？"野坂低声追问道。刚才在高桥家里，他也曾这样追问过高桥的母亲，但是那个年迈的女人连正眼都没看他一下。她一声不吭，给他一个冷眼，使他只能知趣地离开那里。然而没想到的是眼前的幸子竟然也用这样的态度对待他。

"什么高桥……我不认识那个人！"幸子望了野坂一眼，矢口否认道。

"这里就是高桥的家！你……你不认识他，那到他家来干什么？"野坂提高了声调，大声说道。他的声音及他和幸子之间推推搡搡争吵的样子，引起了过路行人和附近居民的注意。他们停住脚步，露出了诧异的目光，有的则躲在窗户后面，好奇地注视着他们。这里面自然也有池田雄一的部下冈山刑警的视线。他在那里监视他们，倾听他们俩的对话已经有一阵子了。这种从各个角度扫射过来的眼光使幸子如坐针毡。她低头犹豫着，突然下定了决心，撒腿往海湾前街方向跑去。她知道那里有一个公共汽车站，刚才曾经有巴士在那儿停过，拉了乘客后又开走了。

幸子突如其来的行动使野坂大吃一惊。可是当着围观者的面，他又不好意思去追赶。他知道周围的人一定把幸子当成了自己的妻子，假如真是这样，那他就更没有脸面去做出格的事情了。

"见鬼，真是见鬼！其实，我……我这么做是为了什么呢？是为了救这个女人，可怜她，同情她，还是为了别的什么……"

望着远去的幸子背影，野坂情不自禁地摇了摇脑袋。那种复杂的情愫就连他自己都不明白。这或许正是他这个已经43岁仍然独身一人的单身汉对于女人的一种"痴情"。这种"怅望千秋一洒泪，萧条异代不同时"般的愁绪，岂是此刻的他能够马上感悟到的呢？

"算了,反正还有晚上!晚上,在梨花堂里再好好地跟她谈!唉,这个顽固又不幸的女人,怎么跟她说才能让她终止这起危险的感情游戏呢?"

野坂感叹道。那种思维上的颠三倒四和重复再三,使人多少能够管窥到流动在他内心深处的感情波澜。男女间的情感本来就是一种抽象地游离于物质之外,又带有精神因素和人的本能的超乎于一切科学规律的东西,能否让它听命于理智,自然是社会学家、道学家和哲学家的命题,不为此去进行深入反复的研究实践,死去活来地脱两层皮,那又怎么可能会知道它的真谛呢?

晚上八点钟,满怀希望的野坂来到了梨花堂,然而幸子却没有来上班。利嘉告诉他说,幸子自早上离开宿舍以后就再也没有回来过,不过,店里的经理说幸子曾在晚上七点钟时给酒馆的老板娘打来电话,说自己有急事要请假。

"有急事?请假?她……她今晚会有什么事情呢?"

"我也不知道。不过,刚才有一个男人从东京赶来找幸子,那人会不会和幸子的请假有关系呢……"利嘉皱着双眉说道,她也在为幸子担心。

"什么,从东京赶来的男人?他……他是谁?叫什么名字?"野坂的眼睛一亮,言不由衷地问道。

"他是个二十来岁的青年,好像是叫中村……对,他叫中村直也!"

"中村直也?一个二十来岁的青年?他……这又是个什么人呢?"

"我也不知道。那你没有让他留下来喝酒?"

"我说了,可是他说他不会喝酒。他在酒馆里张望了一下认定幸子确实没来上班以后就匆匆走了。临走前他告诉我说,他以后还会来这儿找幸子的……"利嘉望着野坂不断变化的神态,回忆着说道。

"哦……"野坂不置可否地点点头,把思维锁进了那一片只有他自己才会明白的愁雾之中。他突然觉得,围绕着幸子这个单纯的看上去好像晴朗一片的天空里,实际上浮动着那么多的乌云,而问题只是他对此一无所知而已。

野坂想象着,把利嘉给他递来的清酒一饮而尽。他一杯一杯地喝着,沉浸在由他自己的多情带来的也许是单恋的痛苦和烦恼之中。

45 两个女人的第一次对话

　　山崎幸子是坐着巴士挣脱了野坂英治的纠缠离开清水町的。她茫然地坐了两站路后,突然觉得自己不能因为有了野坂的干扰就失去信心,两手空空地回到热海去。她是怀着希望颤动着兴奋来的,决不能就此失望而归!幸子下定决心,毅然地从公共汽车上跳下来向着清水町重新迈开了脚步。

　　为了找到高桥秀义,和他再次相会,她付出了多少心血!现在希望在即,光明在望,那种煎熬了她多少个日夜的思念之情,很可能就会在今天晚上,在已经可以预见到的那一刻被安排被实现,被命运之神关照,对此她怎么还能去犹豫退缩,畏惧而不前呢?虽然那个记者和警察一样,都说高桥是个危险人物,犯了什么罪,成了警察追捕着的逃犯,可是在这乱世之年谁的身上会没有事呢?她自己不是也被警察被说成逃犯,并还在报纸上登出来了吗?这一切都可以由掌控权力的人去编织。只有自己见到高桥之初所感受到的那种温厚、同情和善良才是唯一可信的。它使她认定自己遇到了好人,一个即使倾尽自己的全部爱情都在所不辞的值得信赖的人。

　　幸子情不自禁地想着,默默地去咀嚼她对于高桥那无可名状的、不能用言语去表达的情感。她从挎包里掏出早晨做的饭团,把被紫菜包着的饭团塞进嘴里,像一个情窦初开的少女一样,把偶像埋在了心里。她加快了脚步,恨不能马上到清水町的海湾后街。

天气好像有点变了。一股不知从哪儿钻出来的黑雾低低地掠过地平线以后就不顾一切地扑向了山地，使那些本来就呈现出墨绿色的山峰，如同被墨汁浸染了一样。原野上也有几只老鸦，焦躁慌乱地鸣叫着朝几棵已经落尽了树叶的枯枝上飞去，寻找着归宿，潮湿的土腥味也开始升腾起来和那些雾气裹在一起，使大地在刹那间阴沉了许多。

这样的秋天，意味着一些什么呢？

这种由雾霭、云层、原野和乌鸦凝聚成的神秘，与涌动在幸子心中的那些神秘，有着什么内在的联系呢？

实在是无法想象。大自然在向我们显示某种深奥的意境时，总是拒绝我们去认识它推测它。它让我们望着黑暗去感受自身的恐惧，望着无限去体会人类的渺小，望着未来去赌咒现在的凄惨！

远处传来了一声闷雷，那种深沉而又浑厚的吼声，如同地球这个野兽在发怒时爆发出来的狂叫声一样，痉挛着显示它的淫威。大自然在把触角伸向它的未知世界以前总是要向人类去卖弄它的天象，显耀它的聪明，在冥冥之中提醒人类去注意那些可能有的陷阱。然而幸子却没有这样的天分。她只是加快脚步，有时候甚至还一溜小跑地赶着路，满怀期望地往清水湾后街的高桥家走去。

她想得很单纯，这恐怕也是天意了。

下午四点钟，守在海湾后街八号对面松浦馆里的池田雄一和冈山警员，几乎同时看到了匆匆忙忙赶来，推开高桥秀义家的木门，毫不犹豫地走进去的山崎幸子。

"她……又是她，这个上午来过的女人！"冈山警员惊叫道。他一直为今天中午眼睁睁地看着她离开那个报社记者，堂而皇之地坐上巴士，而自己却什么也不能做而感到愤恨。

"对，是这个女人！我知道她会来的。"池田应了一声，睁大眼睛望着对面高桥家的动静。

"怎么样，部长？动手吧，趁着那个记者不在时，先把她铐起来再说！"冈山警员建议，他知道池田有点忌讳新闻界的记者。

"别……再忍一忍，看看动静再说！"池田向冈山摆摆手，他在寻找幸子会两次出现在高桥家附近的原因，以及她走进高桥家可能会去做的事情。

"部长，没错，这个女人和高桥有关系！今天中午那个记者就这样追问她的，她肯定知道高桥的藏身处！"

"那么……她是怎么回答的？"

"她一口否认自己跟高桥认识！"

"问题就在这里。"

"为什么？"

"别追问了，冈山君，我看……今晚很可能会有事！你现在马上和热海警署联系，让刑警课多来几个人，在傍晚前赶到这里，包围高桥的家。"池田目不转睛地望着高桥家的大门，阴沉着对冈山警员命令道。他有点紧张，因为他的嗅觉已经把两次出现在这里的山崎幸子和高桥秀义之间存在的关联告诉他了。它一定会使高桥露出尾巴，而且时间就是今天晚上！

池田从口袋里掏出烟卷，点燃后便一口一口地抽了起来，并时不时地对着空中吐烟圈。他看着正在按照自己的命令，用无线报话机和热海市警察署联系的冈山警员的紧张神态，情不自禁地掏出了怀表。现在已经是下午4点多了，必须抓紧时间，做好准备，谁知道在未来24小时内会发生些什么呀。

池田叮嘱着自己，把视线又落在了眼前那幢有着黑瓦片、红砖墙，盖了至少也有三十来年的高桥的家。他恨不能长成一双透视眼，去看见正在这幢两层楼的建筑物内发生的事情。

池田的判断没有错，此刻高桥的家里正在上演一幕戏剧性的感人故事。幸子的苦恼和发自内心的解释已经取得了效果，至今为止一声不吭地坐在榻榻米上的高桥母亲也已经抬起头来，开始注视幸子那满含期待的眼睛了。

这是她们之间的第一次会见。在此之前高桥的母亲拒绝会见任何客人，即使对那些私自闯进屋来的包括清水町政府的人，她也是视而不见，并且拒绝回答问题。她知道自己的儿子犯了事，警察正在追捕他，到他们家来的人都想从她嘴里找到她儿子的下落。他们都可能是警察的化身。这是她不得不小心的。因为她是她儿子唯一的屏障！也正因为如此，她才对初次来访的山崎幸子表示出了让她难以接受的冷漠。但是现在，横在这两个女人之间的冰山已经开始消融了。

"伯母，您应该相信我，我是秀义的朋友，去年九月我们曾在北九州的坛之浦见过面。我给他做紫菜饭团，送过衣服，那时他饿得真像多少天没吃过饭似的，衣服破得也几乎成了烂布条，那可怜的样子实在让我心疼！秀义告诉我说，他爸爸是在从东京逃往热海的途中死在了美国飞机的炸弹下，而他妈妈您却逃过劫难，守着家业坚强地活了下来。他说他特别爱您，他是为了您才拼命活着，活着从战场上回来的！您的儿子是个孝子，他跟我说起您时，一会儿泪眼汪汪，一会儿又笑意荡漾，那样子可爱得就像一个顽皮的孩子！那时我们一起在那个春风馆，各自想着心思，又一起听那曲演歌《早春的爱》。那歌真动人。虽然那时已是秋天，但是那种感觉，那种韵味，在我的脑子里却成了永恒。它深埋在我的心底，没有一个人可以夺走，不管是太阳西落，还是月亮升起，不管我和秀义之间还要隔多少年才能相会，它都是我最珍贵的回忆和期望。我喜欢秀义，他……他是我最思念、最敬重的好人啊……在他离开坛之浦之前，我用和纸给他折了一个纸鹤，并且给他写了一首诗：来也无影去无踪，夕阳西照五更钟。那是开头的两句，因为秀义离开时正是下午五点钟的时候。我是含着眼泪写那一首诗的。和他分别一年多来，我无时无刻不在想念着他，为他的平安而祈祷……伯母，说到这里，您可能已经知道我了，也许秀义见到您时，已经说过我的事了。刚才我看见您在点头，您或许已经明白叫作山崎幸子的我是个什么人了吧。伯母，请您看看我，把我当做您的女儿一样！你能同意收我做您的女儿吗？"

幸子动情地说着，把锁在记忆里的欢乐和寄托在睡梦中的幸福，一口气吐了出来。她战栗着，那精神恍惚的脸庞，喃喃自语的神情，没有理性，没有时间和空间，也没有过去和未来。既是在对人讲，又像是在向自己诉说，其精神所到之处，真可以是冰解冻释，水滴石穿。假如那时，我们能看见她趴在榻榻米的暖桌上，深深埋在长发里的那一对眸子的话，就一定会发现，眼泪正在从她的灵魂里涌出来，不断地溢满她的眼眶。

女人的眼泪是小溪的流水，幽幽的、淡淡的，虽然无力，却能摩擦掉岸边悬崖的坚硬棱角。那些河滩上的卵石，不就是被眼泪磨光的吗？而且，鹅卵石也只有泡在女人的眼泪里才会变得晶莹美丽。

那些诗一般的语言并不是童话，而此刻以眼泪为武器的幸子也已经获得了成果。她成功地唤醒了63岁的高桥母亲的记忆，使她惊喜交加地睁开眼睛，并且情不自禁地喜溢眉梢。

"姑娘，别说了。其实在你走进门时，我就猜想到你是谁了。来，姑娘，你抬起头来往屋角的那个神龛看，那上面搁着的是什么呀？你看见了吗？那不就是你送给秀义的纸鹤啊。"

"啊，是的，是那只纸鹤，我折的！没想到秀义那么有心，竟然精心保存了一年多，还把它放在了高桥家的神龛上！伯母，我……怎么说才能表达出我的感激之情啊？"

"别……别那么说，姑娘。其实，我曾经把那只纸鹤打开过，读过你写的诗了。你真是个聪明有才的好姑娘，我儿子一回来就把你的事告诉我了，那时我真是为他能遇上你而高兴。"

高桥的母亲嚅动着嘴唇。她的声音本来十分微弱，在见到幸子之后却变得清晰、明亮，而且亲切起来了。她的神态鼓舞着幸子，使她情不自禁地站起来走到高桥家的神龛边，双手合十地祷告起来。她注视着神龛上的这只曾经寄托着她无限爱意的吉祥物，情不自禁地又想起了和高桥在一起时的情景。事隔一年多，这只纸鹤都有点发黄了，可是她却没有能再见到他。

幸子想着想着，不由得热泪盈眶。

"姑娘，别伤心，别难过，你很快就会见到秀义的。他不住在这里，但是我知道他在哪儿。你拿着这只纸鹤找他去！其实，他也一直在想你啊，我知道……虽然他在我面前不说，但是他每次到我这儿来，都会到那个神龛前去看那只纸鹤，拜一拜，为你在祈祷啊。"

高桥的母亲用她那双满是皱纹的手，慈爱地抚摸着幸子的那一头长发。她也在流泪，那昏黄的泪水和黯然无神的眼睛相映成悲。她知道她儿子的时间已经不会太长，布下了天罗地网的警察早晚会抓住他的，而且他犯的很可能是死罪，这一点清水町政府的人也早已暗示过她了。现在这种时候，再把眼前的这个姑娘送到她儿子那里去，未免太残忍了……可是这个姑娘有心有情，为了能见她儿子一面，不惜从那么远的地方赶来，假如不让他们相会那不是同样残忍吗？万一他儿子要知道了的话，那他就是到了九泉之下恐怕都不会原谅她这个当母亲的。

高桥的母亲思考着，静默着，没有再多说一句话。屋子里静寂下来了，大自然的一切音响元素此刻似乎都凝固住了。

远处出现了闪电。

一道紫铜色的火光在刹那间从天穹上的乌云后面冲突出来，虽然只有一秒钟的工夫，却照亮了天上人间的所有灵魂，使他们无法逃脱上苍的审视。此后又是一声闷雷，轰隆轰隆地震荡着大地，没过上一分钟，黄豆大的雨点就砸下来了，哗啦哗啦地使晚秋的山林，猝然响成一片。

没过一会儿，天边又传来了一道闪电，它照亮了高桥母亲的心，使她在雷声到达前做出了那个很可能会使更多的人陷进这幕悲剧的决定。她想好了。因为她深深希望她的儿子在陷进地狱以前还能有一丝欢乐，她同样也希望幸子能把这丝欢乐带进她的世界，哪怕它只在世上存在一秒钟，一分钟也行。

她决定了。这或许是自私的，但是为了儿子，哪个母亲不自私呢？

她终于开口了。尽管声音发颤，精神恍惚，但还是说出来了。

"幸子，假如你真想见秀义的话，那我就把他的藏身地点告诉你……不过你要想好啊，和他见面是一件危险的事，因为警察到处追捕他，在抓他呀……"

"我不怕。为了能够见到秀义，让我做什么都行！"

"啊，姑娘，我儿子有你这么个好姑娘，真是他的福气啊！假如你们有缘的话，老天爷也会保佑你们的。其实我儿子能犯什么罪呢？我这个当母亲的太了解他了。他父亲是个工程师，我是个医生，他从小就受到良好的教育，读书成绩很优秀，假如没有战争，我是要把他送到英国去的，让他和我一样在英国剑桥学医，去当医生……战争结束后，我几乎每天都到神社去祈祷，到村口去眺望，就像盼星星盼月亮似的盼望儿子能平安归来。战争已经夺去了我的丈夫,我不能让儿子也成为这场战争的牺牲品啊!他去中国的时候才刚满二十岁,是政府强迫着把他送去的。他走后才三个月,日本就投降了,可是……这短短的三个月,却要毁掉我儿子的一生啊!"

高桥的母亲睁大眼睛说道。那种悲楚的口吻溢于言表。那是一个母亲发自内心的叹息。那种情感,那种来自母亲的爱,犹如一颗燃烧的火苗,无尽期无止境,一直燃烧到骨髓,照耀着天际,她让每一个做儿女的人都会感受到自己身边的那一抹光辉和那一片绿洲。

没有什么能比母爱更伟大、更崇高、更细腻和更无私的了,尤其是当做母亲的发现她的爱已经无力去保护她倾力相助的儿女们的时候。

高桥的母亲流下了眼泪,她抽泣着,好不容易才把她的思维从想象中拽了回来。她叹了口气,忍住了悲哀,颤抖着捧起幸子的脸庞。她凝视着她的眼睛,低声而又有力地说道,那铿锵有力的话语,凝结着一个母亲的所有情感。

"姑娘,如果你一定要见我儿子的话,那就好好地听着,把那个地址记在脑子里……其实秀……秀义并没有走远。他放心不下我,没有听我的话往远处跑。他……他就住在附近。从这儿出去,拐过海湾前街后就可以看见村口的那个温泉池塘了。从那个池塘往东走,有条笔直的小路,往东走三里地就到了一个叫八尾的渔村。那村边有个作坊,是村里渔民修补渔网的地方。作坊旁边有一幢棕色的两层楼小屋,白颜色的窗户、红色的屋檐,秀义他就住在那里。那是他朋友的房子,门牌是八尾村十六号……"

"八尾村十六号,作坊旁边的棕色小楼,离这儿只有三里地……我记住了,伯母。"

幸子重复着高桥母亲的话,慎重地点了点头。她知道那些话的分量,也知道此行可能会遇到的危险,但是为了能和自己最心爱的人相聚,她已经是义无反顾,万死不辞了。

"好姑娘,你走吧,趁着雨刚停,天还没黑,快去吧!把那只纸鹤带上,它或许还会保佑你们的!还有……见到秀义后,你告诉他,让他走,走得远远的!离开这儿,不用管我。我没事,可问题是他!因为……因为警察很可能已经找到这里来了。今天有个记者就来过这里,警察恐怕也快了!他们已经把追捕的网撒到了家门口,让我每天每夜都为之心惊胆战。"

高桥秀义的母亲颤抖着把神龛上的纸鹤放到了幸子的手心里。她语不成章地一边说着一边领着幸子走进了后屋。那儿有扇通向小街的后门。

"从这扇门出去吧,这里比前门安全,没有人注意。记住,从这里走到头就是村口,就能看见去八尾村的小路了。"她打开后门,到外面看了一眼后叮嘱道。她目睹幸子的身影在眼前这条小路的尽头消失以后,这才黯然地走回屋里,关上了房门。

她想得很周到,但是没有料到池田雄一已经先她一步把这幢小楼的前后都给围住了。就在她送幸子走出后门以后不到一分钟,扮作路人守在楼后小街上的暗探就用无线报话机向坐在松浦馆指挥的池田报告了刚才的情景。

"哦,老太婆把那个女人送了出来,还鬼鬼祟祟的……这……这个女人往哪个方向去了呢?"池田紧张地问道。

"她穿过了海湾前街,正在往村口方向走去。"

"村口方向?她去那儿干什么?那里又不是回热海的路,也没有什么汽车巴士,她……难道她要去找高桥,到那个家伙的藏身地去?"池田想着想着不禁睁大了眼睛。他把手中的烟头在桌上的烟灰缸里摁灭后情不自禁地咬咬嘴唇,向站在他面前的冈山警员问道:"顺着那个女人的方向往前走,是什么地方?"

"一个渔村，好像是叫作八尾村！"冈山警员看着手中的地图回答道。

"再往前呢？"

"那就是八尾村的码头了。"

"码头？是不是那种人声嘈杂的渔轮码头？"

"是的……"

"要是再往前边呢？"

"那就是大海了，那只海狼的真正故乡！"冈山警员望着他，有点调侃地冷笑了一声。

"没错，海狼的故乡，一个真正的他的家乡！"池田恶狠狠地说道，并且自言自语地点着头。他把脑袋从窗前移了回来，思索着在室内来回踱起了方步，又随手点燃了一支烟，大口大口地抽了起来。

他微微冷笑着，神态里隐藏着杀机。他觉得自己已经像猛兽一般地叼住了那只羔羊，那香味，那满口的肉感，使他感觉到了至今还从没有享受过的欲望。

"冈山君，快通知热海警署刑警课的人，让他们立即派一辆警车到八尾村的渔轮码头等我。告诉他们，不要嫌我啰唆，要知道我们现在追杀的是那头多次逃脱了追捕的杀人凶犯海狼哟。"

"是，我立即就去安排！"

"还有……告诉那些监视山崎幸子的警员，要他们注意隐蔽，千万不能暴露自己，让那个女人看出破绽。我们要把网拉得大一点，就是让那个女人跑了也没关系。她只是条引出海狼的鱼虾，我们的目的不是她！还有，快叫两个警员到这里来，代我守在这儿，盯住房子里的老太婆，让我能脱开身，在那个女人之前赶到八尾村去。"

池田猛地抽了口烟，做出了一系列指示，然后又把烟蒂狠狠地捏灭在了烟灰缸里。五分钟以后，他就和冈山警员一起，各自骑着一辆跑起来叮当直响的旧摩托车，飞也似地往八尾村方向赶去。

天色已经渐渐地暗淡下来了，雨后的浓雾在黄昏的黝暗中悄然腾起，像烟雾一般的在山冈上缭绕匍匐，把所有的花草树木都揽在了它的怀里。由于没有月亮，云层压得又很低，大地显得荒芜凄凉。远处的村庄里好像还闪着几盏灯，就像天边的浮云流淌着一丝余晖，池塘里反射着光影一样。那时假如我们能够顺着这些光影，用眼睛透过黑暗去观察从清水町到八尾村的那条泥泞小道的话，那么就一定会发现那几个鬼鬼祟祟的魑魅魍魉。但遗憾的是大自然在利用它的混沌，把人世间所有的丑陋都掩进了它的黑暗之中。

46　末日是这样来临的

这真是命中注定无可奈何的事情！因为世界给每一个人规定的路都是狭窄的单行道，一走进去就无法回头。这或许就是我们常说的命运。命运在把人推向它的深渊时是从来不会心慈手软的。

此刻天边黑成一团，没有月亮也没有星星，围绕在山崎幸子周围的是黑雾，是秋风，是无边无际的寂寥，是无法言喻的恐惧。如果那时候幸子能够稍稍振作精神，清理一下思维，或者把眼光稍稍往她的附近留意片刻，对那些尾随在她身后鬼出神没般地时而闪现着的人物去做些观察，那么即将到来的悲剧或许还能避免，高桥秀义的命运或许还会出现转机，池田雄一他们或许还会因此而付出更大的代价，但遗憾的是那一切都没有发生，命运仍然在顺着轨道，驱使着一只羔羊，领着一群狼，去走向她的牧羊人，这世上难道还有这样滑稽可悲的事情吗？

造物弄人，演绎悲剧，残酷的命运此刻正肆无忌惮地在幸子身上施展着魔力。它让她深一脚浅一脚地踏着泥泞走着，肚中饥馑，眼睛昏花，脑子里却在想着八尾村十六号那幢充满温馨的小屋。它让童话展现在她的面前，用爱情去蒙住她的双眼，却把她所拥有的智慧全部扼杀在她周围的雾霭里，不留下任何余地。

这实在是悲惨的非人力所能挽回的。可是即使是再有智慧的人，也难免有过那种迷惘恍惚的时刻啊。

幸子仍然在匆匆忙忙地走着。她穿过村口，毫不含糊地顺着温泉池塘往东去的小路走着。她甚至还迈着碎步小跑着，一点也不犹豫，而且从不回头。她的那种如同病态般的向往和迷恋，使她的跟踪盯梢者兴奋异常。他们不断地用无线报话机向池田报告，并且缩小包围网，这种顺利的情景自然也在鼓舞着池田，使他的脑子逐渐开窍。

是啊，一切都在证明自己所做判断的精确和可靠！假如不是为了去会情人，她山崎幸子怎么可能会显得那样急不可待，而且匆匆忙忙呢？毫无疑问，现在最需要的是冷静的思维和万无一失的部署，只有稳稳地跟住那个女人，以她作为钓饵，才能最终抓住海狼！

池田飞快地骑着摩托车，把山岭的凄暗和原野的荒凉全都甩在了身后，只用了十多分钟，他就来到了八尾村渔人码头，那里虽然丁丁点点地还亮着几只路灯，晃晃悠悠的渔火还在岸边的几条渔船上闪烁，几只迟归的海鸥还在嘶鸣着寻找食物，其他一切都被那种流动的黑雾笼罩住了。

听着那种幽冥无限止的海涛声，池田打了个寒噤。他抬起眼睛警惕地向四周望去，那里除了一座通向海浪深处的栈桥和几只隐隐约约浮动着的船影以外，什么都没有。没有人，也没有车。白天那种嘈杂的人流，那种想象中的把渔轮上的货卸下来，卖给当地村民的充满热气的景象，此刻荡然无存。

"这……我要的那辆警车呢？怎么还没有来？"池田向站在他身边的冈山警员问道。

"刚才接到热海警察署的报告，说车辆已经开出多时，应该马上会到的。还有，东京警视厅好像也派了车辆在往这里赶，用不了多少时间，这里或许就会热闹起来的。"

"东京警视厅？我可没有向他们提过什么哟，他们怎么会知道得那么清楚呢？"池田怀疑地问道。

"我也不知道，恐怕是热海警察署汇报的吧。不过这些事并不奇怪，因为捕抓海狼是一起人人关心的重案，东京警视厅的人对此感兴趣，派车辆来支援也是合乎情理的。他们毕竟是关东地区的总管，财大气粗嘛。"

"可是这不符合手续啊。"池田嘟囔了一句。他显然有点奇怪，但冈山警员的解释多少还是让他消除了疑心。冈山隶属于热海市警署，他应该最了解他们那边的事情了。他们也许是为了向东京警视厅或者国家警察总部报功，才把搜查本部的秘密透露出去的呢？海狼事件是目前日本警方面临的最重大的案件之一，想要在这个案件里插一腿，哪怕就是违反游戏规则也在所不辞的人肯定不会少。

池田掏出烟卷，点燃后抽了起来。他怔怔地想着，并且锁紧了双眉。不过他很快就把这件事丢在了脑后。他不能分散精力，也不能胡思乱想，因为这毕竟是警方内部的事，而当务之急是要稳妥地跟住山崎幸子，抓住海狼才对！

池田望着展现在眼前的八尾村，情不自禁地捏紧了拳头。他已经接到尾随山崎幸子的暗探的报告，说山崎幸子在八尾村口一座看上去像是渔民作坊似的房屋前停了下来，犹豫着好像在寻找着什么。

"渔民作坊前？哦……"池田暗暗地地思忖道，情不自禁地点了点头。他从冈山警员手中接过报话机，用一种沉着而又严厉的口吻对着话筒说道："现在是关键时刻，一定要小心再小心，绝不能功亏一篑，让那个女人发现她已经被人盯梢了。你们不要着急，干脆就地隐蔽下来，给她时间和自由，让她慢慢去寻找她要去的地方。即使她进了某幢房子，也不要去惊动她。让她去和海狼相会！对于这对男女来说，他们缺少的就是时间。

我们要让那一男一女安全地相会,早一点进戏,把戏演到高潮处再动手!放心吧,我马上就会到,等我的命令,别着急,他们跑不了……"

池田猥琐地笑着,向尾随在幸子身后的暗探们发布着命令。他带着冈山一前一后地走着,从八尾村码头向暗探们说的渔民作坊摸过去。他想形成前后夹击的包围圈,围住海狼潜伏的这一地区。

池田的这招果然厉害,它使山崎幸子在进入八尾村十六号见到高桥秀义之前,发现尾随着她的魑魅魍魉的最后机会都丧失了。

这既是劫数,也是天命!

然而此刻山崎幸子却并没有意识到这一点。

她在看到那一幢有着白色窗户红色屋檐,呈现棕红色的两层楼小屋以后,脸色变得绯红,心跳也加快了。她春意荡漾,信步向它走去。当她在小屋入口处的那扇木板门的左上角清晰地看到了"16"那个多少显得吉祥的阿拉伯数字以后,便哆嗦起来了。

"啊,高桥……高桥君啊,难道您真的在里面吗?"她深情地注视着那扇木板门,颤颤巍巍地伸出了右手。虽然在这刹那间她也曾经回过头去悄悄地观察了一下身后的动静,但那也只是种习惯性的动作,其目的完全是让自己能心安理得地走进眼前这个幸福的殿堂。这最后的一瞥起不到任何作用,却给她的追踪者做出暗示,她就要成为这个世界上最幸福的人了。

又过了五秒钟,当她感觉到周围确实是万籁俱寂时,她忍不住了。她用右手轻轻地在门板上拍了两下,随后屏气吞息地侧耳倾听着,当她觉得屋里并没有传出什么动静之时,不由得心燥起来。

她又等了两秒钟,而且浑身哆嗦,在刹那间,她的勇气又在心底的某一处滋生出来了。她忍不住地鼓起信心，又在门板上重重地扣了起来。

她不知道那声音会那么沉重，在耳朵里就像是中世纪末日审判的号角声一样的洪亮骇人，使她紧张得就像一座石雕像，站在门边一动也不敢动了。

又是十秒钟过去了。那静寂得让人感到颤心的时刻终于被一声轻微而又短促低沉的声音打破了。那声音是凝固着的，他把世界上所有的痛苦、悲哀、怨愤，连同黑暗都凝结到了一起，并且用一种尖刻、警觉的口吻去表现出来。

"谁？"

"我，是我……我是幸子，山崎幸子啊……"

"幸子……山崎幸子……"屋里的声音重复着幸子那充满热情，激动得已经不能自制的话语，一下子沉默了下来。

他显然在回忆这个名字和这个声音。那令人窒息的沉默和转瞬即逝的时间，在屋里屋外的这一对男女的脑子里会勾勒出一些什么样的回忆和思绪呀。

记忆越过了那一年多的时间和空间，在此刻显示出了它无限的仁慈和光辉。它的光芒照亮了屋里的那个男人，使他在不知不觉中改变了声调。他颤抖着，或许脸部的肌肉还在抽搐，否则刚才还显得果敢机警的声调，怎么一下子变得那样温柔悲哀起来了呢？

"幸子……难道真的是你，幸子，幸子吗？"

"是我，高桥，高桥君……我……我找得您好苦啊……"幸子在门外抽泣着说道，她显然已经从里屋传来的口音中回想起了他的声调。没错，那就是高桥秀义的声音，那有些稚气却又老陈得让人心悸的声音！

隔着他们之间的木板门终于打开了。在里屋幽暗的烛光下，一个黑影闪了出来。他睁大眼睛望着她,那视线就像是射进了幸子的骨髓似的使她不由自主地趔趄了一下。

"啊,高桥……高桥君……"幸子失声叫道,扑上前去,抱住高桥那高大而又结实的身体。她抽泣着,眼泪如同珍珠一般从脸颊上滚下来。

"幸子,幸子……"高桥喃喃地说着,把扑倒在怀里的幸子紧紧地搂着。他嚅动着嘴唇,似乎在诅咒,又像在祷告,既感谢上天,又仇恨命运。他的嘴角边好像还有一条斜向下巴的如刀割般的皱纹,那是他们在去年相见时所没有的,它不管从哪个角度都在说明这一年来他所经受的风雨和冰霜。

"高桥……高桥君……"幸子喃喃地叫道。那声音已经变得凄楚而又温情。它使已经赶到作坊边,站在离这幢小屋只有十来米远的黑暗隐蔽处的冈山警员忍不住想冲过去,但池田还是把他按住了。望着眼前这一幕久别了的男女相会的情景,他是为之动情了,想要让他的猎物之间的幸福时光再去延长一些呢,还是心怀鬼胎,准备欣赏他们从喜剧转化为悲剧的那个残酷的过程呢?

不得而知,反正他觉得现在不是动手的最佳时机。

池田是个追求完美的人,即使是在追捕犯人的过程中,他也要表现出他的美学观。比如说现在,他明明知道胜券在握,却要尽量拖延下手的时间,明明知道对手已经陷入重围,却又要看着他们去享受最后的自由。这是一种乐趣。正如蜘蛛看着落到它网里的苍蝇一样,只要自己的眼睛不离开它掌中的猎物就行。

池田给冈山警员做着手势,要他耐着性子沉住气。他要等到他们俩走进屋,关上门,熄灭灯,让他的警察部队把这幢小屋团团围住以后,再去实施那最后的一击。

他的愿望很快就实现了。此刻,高桥秀义搂着幸子的肩膀,走进了那个闪耀着烛光的小屋,然而,也就在他转过身来准备去关门的刹那间,他好像感觉到了些什么。

那是一种反光,一种类似金属般的很可能是枪筒的反光!他的心被揪动了一下,并惊恐地睁大了眼睛。他顺着这种寒冷的光线搜索而去,终于发现了离他只有七八米之远的那支潜伏在黑暗中的警察大军!

他哆嗦了一下,但还是沉着不乱地后退了一步。他或许还想寻找时机,或许还想去关照一下幸子,但是一切都已经来不及了。因为就在他发现那些包围着他的警察的同时,池田也看见了闪现在高桥眼睛里惊恐的光芒。

"不,不能让他再回屋子里去,那里面或许还藏着武器……"池田向他的部下猛地挥动了一下手,大吼一声地率先冲了上去。他有那么多人马,底气十足,无论眼前这个海狼多么顽强,多么凶猛,多么厉害,多么亡命地想要抵抗,那都是无门的。

池田的勇猛无常使高桥感到惊愕。他定了定神,左右旁顾着,企图往后院跑。可是那里也有伏兵,至少有两三个警察,同时在向他扑来,使他无可奈何地又退回原地。

"投降吧,高桥秀义,你已经被包围了……"池田大声叫道,那种得意之情溢于言表。他怎么能不沾沾自喜呢?眼前这个被称作是海狼,被美国、苏联多个国家通缉却始终没有能抓到手的穷凶极恶的罪犯就在眼前。他已经成了瓮中之鳖,即使是再有本事,也插翅难逃了!

池田微微冷笑着,正准备去进一步动作之时,一种近似于疯狂了一般撕心裂肺的惨叫声从屋子里震荡出来。那声音颤抖着,凄楚而又刺耳,就像是夜半荒冢的鬼叫和被勾走了灵魂的人的惨叫声一样。

那是幸子的声音,她显然没有想到警察会跟着她而来。包围高桥的藏身地,抓走他,让她间接成为他们的帮凶,出卖自己,也出卖她所心爱的人。

幸子披散着头发，两眼发直，那种来自精神上的崩溃和绝望此刻却化成了一种勇不可当的力量。她冲出小屋，直接向她的老对手池田雄一撞过去，并顺着那股惯力，拦腰抱住池田，使他冷不防地摔倒在地上，手中的那把枪也顺势飞了出去。

这是一个绝好的机会，高桥完全可以利用现在这个契机，抢夺从池田手中飞出来的装满子弹的手枪，并就此去抵抗，或许还有可能突出重围重获自由。可是他没有那样去做。他把注意力集中到了幸子的身上，他或许还在想着幸子有没有摔伤那样的问题。

这确实是让人肃然起敬的。一个男人即使到了生死存亡的最后关头，却还在想着他的女人，这难道不是一种很壮观的事情吗？此刻他注视着她，他发现她也在看他，他们四目对望着，那种看得见的视线勾出了他们之间多少的思念和回忆啊。

"幸子，幸子，我的好幸子……"高桥望着和池田一起摔倒在地的幸子，不由得心如刀绞。这种情景也同样出现在幸子的身上。此刻，她泪如雨下，失声痛哭；望着正在扑向高桥的警察们，她只觉得天旋地转。他们的那种生离死别，悲愤再三的情景，成了警察们抓获高桥的绝好机会。那时，至少有三个警察冲到了高桥的身边，把他按倒在地，并且用手铐铐住了他的双手。

"高桥……高桥君……"幸子用近乎疯了一般的声音叫道。她松开了一直紧紧抱着不放的池田雄一的身体，不顾一切地向架着高桥的警察扑过去。

她想哀求他们，再给她一些时间，能让她去诉说那一年多来一直煎熬着她的对于高桥的仰慕之情。她要感谢他，是他给了她新生，给了她爱情，给了她解救全家于水火的能力，给了她从此要活下去的勇气……可是此刻，这些涌动在内心深处的倾诉，翻腾在脑海里的浪潮,以及如鲠在喉、不吐不快的话语,却一下子全都凝固住了。

幸子直愣愣地盯着高桥。

那种悲哀的神态和来自灵魂深处的崩溃,就是从她喃喃自语的嘴唇,失去了光泽的眼神,凌乱不堪的长发,以及不断哆嗦的肩膀中都可以看出来。她跪在地上,万念俱灰,那一对呆滞的眼睛,只是在望着她的爱人。她注视着他,注视着他那张被痛苦扭成了一团,如今又被失望摧残得如灰的脸庞,注视着他被警察推搡却仍然不顾一切地扭过头来看着她的那对深情而又充满苦痛的眼睛,注视着他被警察押解着,往八尾村渔轮码头的方向走去,却仍然在念叨她的名字,呼唤爱情的那虽然只有 26 岁,却已经饱尝了风雨冰霜的身影。

她注视着他,仿佛要把他的形象,带进记忆的永恒。

"妈的,这婊子……把她也给我铐上带走……"池田雄一恶狠狠地骂道。他真没想到,女人拿命相搏时会超过男人。这是他今天唯一疏忽的地方。幸亏这种疏忽没有给他的行动带来败笔,否则他真要为此遗憾终生了。

十分钟以后,山崎幸子也被警察押解着朝八尾村渔轮码头的方向走去了。

为了等到天明以后再来仔细搜索,在高桥秀义的遗留品中找到各种各样的证据以及让美苏两国各种要人们都在关注的那份秘密文件,警察封锁了那幢两层楼小屋的所有进出口,不让任何人出入。他们很快就做完了这一切,并从八尾村里撤出来走向了渔轮码头。

一切又都沉寂下来了,就像什么事都没有发生过似的。夜阑人静,万物萧索。

此刻正是深夜 11 点钟左右。

那时已经停了一阵子的雨突然又滴滴答答地飘落起来，就像是情人的眼泪一样。池塘边还有那么几棵芦苇，沙沙地在秋雨中站立着，显示着生命的动感。除此以外的一切，都被这朦胧的雨夜和越来越浓的黑雾吞没了。

雨越下越大，天好像也要塌下来了。

47 札里季耶夫将军的"海啸"计划

为了能够准确地叙说高桥秀义今后的命运,有一个细节或许应该马上交代。它对于读者了解"海狼事件"的复杂和深刻非常重要。

这天下午四点钟,也就是在池田雄一命令冈山警员,通知他所属的热海市警察署刑警课派遣增援力量,在傍晚前赶到清水町包围高桥秀义家以后还不到半小时,日本国家地方警察总部刑事犯罪搜查部的副部长伊藤文夫就得知了这个消息。伊藤是社会民主党的成员,思想"左倾",反美意识强烈。由于他对前部长大谷洋忠心耿耿,办案能力极强,又掌握着各种擒拿格斗的技巧,所以深得大谷的赏识。没有多久就被大谷再三推荐,一提再提,成了部长的副手和亲信。

伊藤比大谷小十岁,在警察总部,像他这样年龄并有着这种地位的人显然是凤毛麟角的。这种情况跟当时的时势有关。因为战后初期反美反战具有"左倾"意识的人,几乎遍布日本政府的各个官厅场所,它成为当时日本政治的特征。假如没有美国驻日本占领军总司令麦克阿瑟在后来实施的对于"左倾"势力的"肃清运动",那么战后的日本很可能就会演变成为一个共产主义国家。

伊藤的"左倾"思想和激进行为是大谷不敢恭维的。为此他多次批评伊藤,决不允许他把这种思想带到破案工作中去。大谷管教得非常严厉，但是思想怎么可能会被规定纪律这样的东西所管制住呢，尤其是在"东京蔷薇"闯进大谷的生活，把他搞得魂不附体、自顾不暇的时候。

为了搞定森利娅，大谷把伊藤介绍给她，希望他能当说客，帮助自己去了解森利娅的真实心态。大谷的苦心并没有取得效果，反而使森利娅对伊藤刮目相看起来。伊藤的"左倾"思想和高谈社会主义理论的样子使森利娅为之心动。她很快就把他列为发展对象，还多次单独把他叫出来，避着大谷去跟他约会。她虽然没有给他安排任务，明确暴露自己的身份，但是她相信，聪明的伊藤一定已经看出她的庐山真面目了。

伊藤已经结婚，他和他出生于日本贵族家庭的漂亮太太生有一个女儿。他的生活安定美满，但是这一切并没有妨碍他和森利娅的交往。相反，正因为他已经有了家庭，没有那种和森利娅去谈恋爱结婚、成立家庭的念头，所以才特别得到了森利娅的青睐。我们知道森利娅是不愿意去献身给她盯上的那些"工作搭档"的。她愿意和他们风流倜傥，逢场作戏，出入豪门，一掷千金，却不愿意上床去做实质性的事情。这一点正好符合伊藤的想法。因为他也不愿意去发展和妻子以外的女人之间的感情。

相同的观念使他和森利娅一拍即合，即使是当他知道森利娅是一个间谍，正在为苏联情报部门服务的事情之后也是惊而不乱。他并没有像大谷那样慌了手脚，如坐针毡似的心神不定。因为和森利娅的思想接近，有着共同的理念和世界观是他们能够走近的最根本原因，至于其他则都是无关紧要的。

此外大谷正在帮助森利娅这事实本身也使伊藤感到宽慰。这是一种心理因素。一个人在做危险的事情时突然发现自己的上司原来也是同盟军，那种精神上的安定和寄托，不也正是那些自愿去当间谍的人的一种立命之说吗？走向间谍之路的人千千万万，但是像伊藤那样有着思想,并不完全地为财色所动的人,应该说还是寥寥无几的。

大谷自杀身死后,伊藤着实惊慌了一阵子。他曾经怀疑大谷的死因,并以为这是出自苏联情报机关之手。然而随着大谷的死因被确认,以及他从森利娅那儿了解到大谷是为情所困而走上绝路并非他人所为时,又感到安心了。此后他虽然因为和大谷关系密切受到警察总部的询问,并被调查了好一阵子。但是总部不久就找到了很多大谷在生前为感情问题而困惑的证据,并根据这个原因为自杀事件定了结论后,也就解除了对伊藤的审查。

一个月后,当大谷自杀事件的阴影在人们的心头隐去之时,伊藤官复原职了。他再次活跃在搜查本部的第一线,继续和森利娅你来我往地打得火热。

伊藤和大谷不同,他忠实地执行森利娅的命令,从不讨价还价地拿感情做交易。那一次他听森利娅说,苏联政府为了在重新设置的军事法庭上揭露美国包庇日本战犯,窃取日本731细菌部队用活人做试验的数据资料,秘密制造生化武器的罪恶行径,正在寻找一个已经被"海狼杀人登陆事件"搜查本部跟踪盯梢了的被叫作"海狼"的证人。苏联政府希望能得到伊藤的帮助,把海狼从日本办案人员的手中劫持出来交给苏联,让那个证人能够活着站在军事法庭上向全世界揭露美国的阴谋。

森利娅的话使伊藤激动。他毫不犹豫地就去付诸行动了。这样的事情是他非常愿意干的,因为这符合他的思想。只要是揭发美国人的事他都乐意去做,这是他的思想行为准则。

伊藤对"海狼事件"做了细致深入的调查,他很快就知道了"海狼杀人登陆事件"搜查本部的本部长池田雄一警长,正守候在位于热海市海光镇清水町的高桥秀义家门口放长线"钓鱼"的情景。伊藤给热海市警察署打了电话,以警察总部刑事犯罪搜查部的名义，要他们把搜查海狼的情况随时报告给他。他做得光明磊落，这种由上级部门关心属下的刑警，帮助他们一起去处理重大案件的事情在当时并不多见，但也不是绝无仅有的。

那天下午四点半，也就是上文所述的那幕"逮捕剧"发生前五个小时，热海市警察署给伊藤文夫挂了电话。这个案情报告使伊藤犹豫了几分钟。他斟酌了一下子，但还是给森利娅打了电话。他在电话中说，要想从办案人员手中劫持犯人，最好的时机就是在他们刚刚抓到疑犯还没有把犯人押解到收容所时，也就是说在逮捕现场或者在押解途中把犯人劫持出来。因为只有这样才能神不知鬼不觉地既达到目的又不留下后遗症，而且还能以车祸事故等理由让上司认可，以既成事实通过新闻界报道出来，尤其是像"海狼杀人登陆事件"这样的受到各国各界关注的重大案件。相反，犯人一旦被关进拘留所，日本警方、美国占领军、东京国际法庭的各国法官以及各种各样的新闻媒体就都会盯住疑犯，到时再想动手可能性几乎是零。所以假如热海警察署的判断没有错误的话，那么今天晚上就是把海狼劫持到手的最佳时机！

伊藤缜密的推理得到了森利娅的赞同。不过为了使这个劫持计划付诸实践，森利娅还必须得到札里季耶夫将军的批准。

事态十分紧急。为了不贻误战机森利娅立即和札里季耶夫进行了联系，并迅速赶到东京帝国饭店札里季耶夫的办公室，和包括将军本人在内的参加远东军事法庭审判工作的苏联代表团情报部门的官员们一起，研究并制定了作战方案。

这个方案分三个阶段。第一阶段由伊藤文夫率领警察总部的内线去进行，其目的是策反办案人员，逮捕或者劫走海狼，用东京警视厅的车把海狼押送至热海到横滨去的必经公路上，即在首都公路入口处的一个叫作茅崎谷的地方，把海狼转移到在那儿等着的森利娅车上后再把警视厅的车开走，在中央公路的某个险峻处制造翻车爆炸事故,安全地不留痕迹地做好本次行动的扫尾工作。

第二阶段由森利娅负责,由她亲自驾车,在首都公路入口处的茅崎谷等候伊藤文夫,等海狼被安全地押送到车上后立即开车,顺着首都公路把车开到横滨港三号码头,把海狼押送到等在那儿的苏联快艇上。

第三阶段则由札里季耶夫将军的秘书瓦西里负责。他要及时地在横滨港三号码头准备好快艇,在把海狼押送到快艇上后迅速驾驶快艇离开横滨到外海,把海狼押送到在外海等待的苏联军舰上去。

这个被札里季耶夫将军命名为"海啸"的作战计划,丝丝入扣,环环在理,考虑得十分周到。此外"海啸"行动的所有参加人员,还配备了一份任务执行点的详细地图,以及记录任务执行过程中每个阶段所必须要做的事和做这部分事情所需要的时间,各个行动组之间的联系方法、密码暗号等规章手册。虽然任务的实行过程都在深夜和第二天的凌晨,而且天气又不好,但是计划的精密以及人员的优秀,已经给"海啸"行动的成功奠定了基础。

应该说是万无一失的了,可是天意难测。谁能想到纸上的东西在演变成事实的过程中会出现什么样的情景呢?谋事在人成在天,要想把计划做得精彩,不仅需要非凡的勇气,还离不开现实主义的思维和冷静果断的行动。

为此札里季耶夫将军规定,除了执行第二阶段任务而必须要和伊藤文夫做交接工作的森利娅以外,其他所有的苏方成员都不准去和日方行动小组联系,指挥或者干涉他们的行动。第一阶段的工作最危险、最艰巨,也是"海啸"行动能否获得成功的关键。因此这项工作必须要由日本人自己去做,交给伊藤文夫去统一指挥,不能留下苏联人参与的任何痕迹。

老奸巨猾的札里季耶夫在行动开始之前就为自己留下了退路。他明白,只要第一阶段获得成功,第二阶段和第三阶段的任务就能够顺利执行,可是万一第一阶段的任务执行失败了呢?那么不能把苏联情报人员卷入事件则成为他最重要的工作。第一阶段任务执行小组的人全是日本人,行动现场留下的肯定也只能是日本人的痕迹,所以,作为参加远东军事法庭首席苏联法官的他是完全可以推翻日本警方的指控的。只要不让他们抓住苏联参与了此次事件的证据,那么他札里季耶夫就不必去认账!

这是真理,也是札里季耶夫的智慧。然而现在,考虑后事毕竟为时过早,因为没有一个将军愿意在战争打响之前,就先去为自己挖好坟墓的。

48 "海狼"争夺战的第一阶段

伊藤文夫和他的助手是驾驶东京警视厅的十人座囚车在那天晚上九点钟来到热海市警察署，并由警署的警车带着赶到八尾村渔轮码头的。那时正是晚上十点半左右，是池田雄一刚刚抓住高桥秀义和山崎幸子，并把他们押解着往渔轮码头方向先后走去的时刻。

也许是因为紧张，或者是因为阴湿湿的秋风不断地把透人心肺的寒气送到他心底的缘故，伊藤迟疑着从囚车驾驶席旁边的座位上跳了下来。他跺了跺脚，又甩了下脑袋，好像是要把围绕着他的那些雾霭甩去似的。他打了一个寒噤，并且情不自禁地把目光投向周围那朦朦胧胧的黑暗中。他发现刚才还阴了一阵子的天空，此刻又重新飘起了雨，四处蔓延着的黑雾又开始翻滚着升腾起来了。

"恐怕会有一场恶战⋯⋯"他喃喃地嘟囔着，习惯性地用手摸了一下别在腰间和揣在胸前的那两把装满了子弹的手枪。多年来的追捕犯人、扑灭犯罪的警察生涯，已使他习惯了眼前这样的心悸和恐怖。可是这次却不一样。这种为了他人，或许说是为了自己的信仰而搏命，把同僚当成敌人的战斗对于他来说则是第一次。他不知道这个第一次的结果会怎么样，但是必须全力以赴完成的使命感，使他比以往任何时候都要来得激动。

他完全能够把这件事情做好。因为他在暗处，对方在明处，而且他还有着冠冕堂皇的理由和完整无缺的手续，可以居高临下地告诉"海狼事件搜查本部"的办案人员，他是奉命开着囚车来押解囚犯的，这种既成的事实应该使对方就范。可是，谁知道那本部长池田雄一会是个什么样的人呢？假如他确实像调查中所说的那样顽固不化，难以驯服的话，那么，一场血拼恐怕真的难以避免了。

伊藤怔怔地想着，把思维沉浸在想象中，而那时池田雄一行却已经踏着雾霭来到了渔轮码头。池田看了一眼写着警视厅三个字的囚车，装着没有意识到似的命令冈山等警员，把高桥秀义和山崎幸子分别推向了热海市警察署开来的那两辆警车上。他这种无视上级单位存在的傲慢行为使伊藤忍不住拉下了脸。

"池田警长，我想你应该是一个懂礼貌的人才对，那种连小学生都知道的礼仪，恐怕不用我来教你吧。"

"对不起，因为我并不认识您，而且我也没有向警视厅申请，要求他们派囚车来这儿，所以我没有话要对您说，也没法向您去表示什么……"

"哦，是这样，那好吧，池田警长，请你看一下证件，我的职务大概会告诉你，我并不是到这里来看你表演一出逮捕剧的那种闲人。"伊藤冷笑了一下，把贴着照片写明自己职务的国家地方警察总部的证件递了过去。他注视着池田的反应。他发现这份证件在起作用，这个警长的气焰多少收敛了一些。

"那么，您想干什么呢？"池田把证件还给了伊藤，态度稍稍好了一点。

"我要把这个名叫高桥秀义的犯人直接带到总部去。这是个要犯，并且牵涉美国人的秘密，所以总部要直接审讯他，调查接手此案。所以，我请你把犯人交给我……带回东京去。"伊藤一字一句地说道，把写着这些内容的由他自己制作的警察总部刑事犯罪搜查部的文件递给了池田。他用一种居高临下的眼光望着池田，话语中用的全是命令语。

伊藤文夫的手续一应俱全，无可怀疑，池田应该无条件地服从才对。虽然他不认识这个副部长，但是他们的部长大谷洋，生前由下关市警察署樱井署长陪着来参加在下关市警察署召开的"海狼杀人登陆事件"搜查本部会议时的情景，却是历历在目的。它说明警察总部的刑事犯罪搜查部早就在关注这起海狼事件了，现在他们派副部长来提取犯人确实也很正常，没什么可以去怀疑的。然而不知怎么搞的，池田却总觉得这事有点蹊跷，让他疑团满腹，虽然手续一应齐全，但他的直感总是有点奇怪，因为这事毕竟不符合规矩，而且事先也没有任何文件去通知他。

"事关重大，恐怕要去查问一下才对！可是现在已是深夜，已经无从查询，光着急也没用，还是要找理由去拖住他，熬到天明再说。"池田思忖着打定了主意。可是伊藤对此自然不会同意。他们各持己见，僵持起来了。

"今晚我必须押着犯人回东京，这是部里交给我的任务，我没有权力拖延时间！"

"可是现在已是深夜，又下着大雨，道路泥泞难走。从这里去东京至少要开六七个小时，还要翻山越岭，万一发生车祸，犯人有个闪失怎么办！还是先把犯人送到热海警署，在那儿过了夜再送往东京吧。"

池田坚持着自己的意见，他不明白眼前这个叫作伊藤的副部长为什么会不同意他合乎情理的提议，因为再紧急的案情也不会差那么几个小时的，对此他非常清楚。

时间在风雨中滴滴答答地过去，什么进展也没有。这种情况显然对伊藤不利。因为他始终没有弄清池田固执己见的真正原因。

"这个家伙,他肯定在怀疑,想把我拉到热海市警署,拖时间,到天明后再打电话去查问此事的真伪。真是顽固的家伙!看来,非得给他来点硬的看看才行。"

伊藤寻思着沉下了脸,他快步走到池田的跟前,蛮横地说道:"池田警长,我希望你能协助我的工作,听从命令,让我立即带着犯人走!这是一个特殊的任务,希望你能理解我不能把真实情况告诉你的原因,这是秘密,我没权力在这里向你解释更多的东西……"

"可是伊藤部长,我希望您能明白,我是这个事件搜查本部的本部长。虽然我没有权力知道总部的秘密,但是我有责任保护这个人犯的安全。我必须把人犯送到我认为安全的地方去才行!"池田强调道。他自然不会被伊藤的威势吓倒!在下关市这种小地方的警署待了那么多年,别的没有长进,这一身傲骨却多少练就出来了。

池田的话让伊藤愤怒了。他绷紧着脸盯着池田,手臂上的肌肉都为之抖动了起来。

"你果然那么固执,这一点你的恩师清水教授说的真是不错。早知道如此,我真该坚持反对大谷部长去听从清水教授的提名,把你弄到现在这个本部长的位置上来,搞得做什么事都不顺利,碍手碍脚地费时间!"

伊藤故作姿态地搬出了池田的恩师,话中有话地说道,这些话引起了池田的注意,使他多少端正了一些态度,对伊藤刮目相看起来。池田也不想太得罪眼前这个顶头上司,按规定他确实应该执行命令,尽管他对此有所怀疑,也不愿意把好不容易才抓到手的高桥就此交出去。

"伊藤部长,您……给您拌嘴我也很痛苦。这本是件很不应该的事情。可是我请您耐心地听一听我的意见。我是在我的职守范围内,本着对事情的负责态度才跟您讲这些话的。您看,现在已是深夜十二点半,天又下着大雨,道路泥泞难走,为了预防万一,您为什么就不能推迟五个小时,在天明以后再往东京赶呢?这是我始终不能理解的。"池田发自肺腑地讲着。但是伊藤丝毫也听不进去。他们对峙着,仍然处在僵局之中。

"看来,你是不准备执行总部的命令了?"

"没有,我是为了安全起见,才提出我的意见。"

"安全问题我自然会注意,这一点你不用担心。可是比这更重要的是我在今晚必须要把犯人带到东京。因为总部要连夜提审犯人,而且这犯人他……他很可能要作为证人站在明天的远东军事法庭的证人席上……去作证。"

伊藤使出了撒手锏。这是他从东京前往热海的途中精心考虑出来的内容。反正海狼如森利娅所说是早晚要出现在军事法庭的证人席上的。把此事作为秘密抖出来唬一下,或许还能够起到威吓作用。

伊藤猜想得不错,这一招果然把池田唬住了。

"在东京战犯审判席上做证?明天?海狼他……"池田重复着伊藤的话,态度明显变了。他曾经听到过那种检察官心急火燎地提审犯人,获取证言,并立即让他去出庭作证的事情,更何况这次要把海狼叫到证人席上的是世界瞩目的远东国际军事法庭,而且关于甲级战犯的判决很可能就要在最近被宣判。

"海狼杀人登陆事件"一案跟美国人有关,这一点池田曾听大谷部长和樱井署长讲到过,有案可循恐怕不会有假,否则这个伊藤副部长也不会那样心急如焚,火冒三丈的。

池田沉思着,他终于同意了伊藤的要求。

"那……好吧!我同意您把犯人带走。不过为了安全原因,我也要随车同走,把犯人送到东京。作为本事件搜查本部的本部长,我的这一点要求不过分吧?"池田沉思着说道,并抬起眼睛一眨不眨地盯着伊藤。他想从对方的眼神中最后判断出事情的真伪。他以为伊藤肯定又会提出什么意见来的。

然而伊藤没有那样做。因为池田的意见合情合理,没有任何理由可以去反对。虽然他心里是一百个不愿意,但是事情一旦走过头则肯定会引起对方的怀疑。所以,伊藤坦然地迎着池田犀利的眼光,爽快地同意了。

"好哇,那自然是求之不得的事,只是要辛苦您了,谢谢……"伊藤连声说道,并装出一副感激的样子,主动地向池田伸出了手。

他们的手终于握到了一起,从而掀起了札里季耶夫将军制定的"海啸"行动计划第一阶段的序幕。

午夜12点50分,当池田雄一把山崎幸子交给冈山警员,让他把她押回热海市警察署,以防碍警察执行公务的罪名将其在热海市警察署拘留,又安排好第二天继续搜查八尾村十六号,寻找高桥秀义犯罪证据的人员等,把这些扫尾工作都安排妥当后才带着一个名叫大竹的年轻警员,和他一起押着高桥秀义,登上了那辆东京警视厅开来的囚车。那时候天边正好闪出了一道火光,又响起阵阵浑厚的雷声,这种并不只是巧合,使池田情不自禁地打了一个寒噤。他觉得有点不妙,感到了一种不祥,但是事情已经木已成舟无可奈何了。

囚车启动了,好像就是在那雷声爆裂恐怖异常的刹那间。黑夜沉沉,雷声阵阵,谁知道秋天的雷雨会意味着一些什么呢?

人生的变幻无常有着它所属的天象,对此我们望而生畏,却只能束手无策。

49 运送死亡的列车

池田雄一和伊藤文夫同车乘坐的是辆可以坐十个人的中型囚车。它在当时运送犯人的车辆中可以说是最高级的了。据说这还是因为考虑到东京审判庭在法庭审讯中要押送的战犯,在过去都是身居显要而如今又都是年老多病的人,才特意从美国进口的。这样的豪华囚车在当时只有国家地方警察总部以及东京警视厅那样财大气粗的衙门里才看得见,其他地方县市的警察署自然与其无缘。

这辆囚车的驾驶舱座位有两排,包括司机可以坐四个人。驾驶舱和囚犯席中间隔着的是一道安有玻璃窗口的铁栅栏,铁栅栏后边的是囚犯席。囚犯席座位也有两排,一共六个座位,座位左边装有一扇可以向外观望的通风窗口。

这辆囚车的门有三扇,除了驾驶舱席位两边的门以外,还有一扇则是在车尾。犯人从那里登上囚车后,那扇门便在外面自动锁上了,坐在囚犯席上的人即使再有本事也无法从里面打开后门。这是这辆囚车的不同寻常之处。

了解这辆囚车的各种装置是非常重要的。这一点我们在后面就可以明白。囚车把坐上车的每个人的生命都拴到了一起,不管是警察还是犯人。因此在危险降临时,假如不熟悉这辆囚车的特征,逃生时就会遇到很大的麻烦。

这种状况自然也是池田雄一在一开始就没选好座位的最重要

原因。他不熟悉这种囚车，只是按常规从后门上车，来到囚犯席，坐到高桥秀义的边上，把自己的命运和那个犯人绑在了一起。

这当然也是正常的。因为高桥秀义被戴着手铐，而能够打开手铐的钥匙就挂在池田的腰间。这种关系也应该使他坐在那儿。万一犯人想要喝水或者小解，需要他去帮忙打开一下手铐什么的，那现在的位置再正确不过了。因为他的任务是安全地押送犯人到达目的地。

这并不是误判，也不是他的多情。这应该说是命运。是命运让他如此忠于职守，选了现在这个位置。幸亏他还有些清醒，让年轻的刑警大竹坐在驾驶舱里，至少可以监视一下伊藤文夫和那个开车司机，使他们不至于太胆大妄为。此外他还带着两把装满了子弹的手枪，一把插在腰上，一把塞在裤兜里。作为监视高桥秀义和防身用，这两把手枪也是非常关键的。

自然，他现在所在的位置也有好的地方。作为整辆车最后的方位，它可以清楚地监视前面驾驶舱里的动静，并可以自由地回击来自他们的攻击。囚犯席比驾驶舱宽敞，这里多少可以做些回旋，还可以用空椅子做掩护，不像驾驶舱，名义上有两排座位，但连司机在内只能坐四个人，挤得满满的，万一火并起来，也只能处在挨打的地位而无法有效进攻。

从进攻或者防守上来说池田的位置确实占了上风，只是他没有想到逃生那样的问题。因为后面没有出口或者说他的出口只有一个，那就是要钻过前面铁栅栏的门，从驾驶舱旁边的门逃生才行。假如铁栅栏被锁上了，假如有狙击者守在那儿，假如敌人再用火攻的话，那他就只能束手待毙了。虽然他的座位左右有两扇玻璃窗，把玻璃窗敲碎或许还可能逃生，可是那扇玻璃小窗是为了通风或者美观才被设计安上的，它的尺寸，那狭小的空间能否容纳逃生者钻过去，却是设计者不会想到的。

对于池田选择了现在这样的座位，伊藤文夫暗暗庆幸。因为他已经打定主意，要把池田和他的助手，消灭在前往首都公路的入口处，即和森利娅会面的那个茅崎谷之前。他不能让池田见到森利娅，这是札里季耶夫将军再三关照的。他明白札里季耶夫的苦心，而且这也符合他的想法。因为把苏联人参与了本次事件的真相暴露到社会上，对谁都不会有好处，万一行动失败了，那就更无法自圆其说了。

伊藤本来是不想去加害池田雄一的。是那个警长再三刁难，并且陪着犯人坐上囚车，使他实在无计可施才不得已动手的。幸亏池田只是让他的助手坐在驾驶舱内，使伊藤多少松懈了一下神经，因为对付一个新手毕竟要比池田那样的人来得容易得多。

车辆在驶离八尾村渔轮码头半小时以后就进入了山路。

那座叫作岩户山的海拔七百公尺以上的公路，弯曲陡峭，急转弯频繁，再加上此刻风雨飘摇，黑雾缭绕，漆黑一团，能见度极差。它使伊藤的死党，那个叫作小林的助手不得不集中全部精力握好方向盘，无法再顾及其他事情。

这样的状态显然是伊藤担心的，因为没有驾驶员的帮助，他一个人很难对付池田雄一。对此种情景伊藤在事先也曾想到过。他本应该多叫几个人来帮忙，可是因为没有那么多死党，又编不出理由去蒙骗他的部下，而且要对付的又是下属县市的警察，所以他只能单独去冒险了。这真是无可奈何的。可是最关键的原因不在这里，他压根就没想到池田会那么顽固，使得他不动用武力就无法解决问题。

伊藤眯起眼睛怔怔地想着。他一边在驾驶舱的反光镜里注视囚犯席的动静，一边看着前方黑成一片，没有任何车影的山路。他寻思着，和他的助手小林交换眼色，暗示自己准备动手的最佳时机。

此刻,最安静的人一定是高桥秀义了。他闭着眼睛,好像还在打盹,那种身不由己,只能安之若素的神态使他显得沉着冷静。他有过很多次类似现在这样被押送着,颠簸在漆黑的山路上,前程茫然,生死未卜的经验。然而至今为止的每一次都被他闯过来,鬼使神差般地化危为安。他不知道这次会怎么样,而且他也不愿意去想这样的问题。因为这是命运的安排,并非人力所为,过去的事情都已经说明这一切了!现在,让他魂牵梦萦的自然还是山崎幸子的事情。他不知道她会被押往何处,受到什么样的处罚,他也不知道命运为什么会那么残酷,让经历了千辛万苦隔了一年多才找到他的幸子,在刚刚和他相会,还没能说上几句话就被包围上来的警察棒打鸳鸯、分钗断带。

看来,他并没有与幸子相会的福分。

苦难的命运一次一次地把他抛进深海恶浪里,拿他的垂死挣扎取乐,却不愿意给他丝毫的温暖。它打算让他永远孤独,先离开母亲,离开妻子,再离开幸子,离开造物主,随后去告别整个人类。

悲惨啊,冥冥之神,难道你连一点宽宏大量的精神都没有,要去淹没人类所可能拥有的一切仁慈善心吗?

高桥喃喃自语道。如果说过去他的心是在慢慢地逐渐变硬的话,那么现在,他的心则成了一块石头!

特定的感受在人生中只有一次,而且他的预感也在告诉他一切不可能重演。他或许已经没有可能再见到山崎幸子了。

高桥悲哀地睁开眼睛。他那灰白的脸上闪过了一丝愤怒的光泽,那种骇人的神态使坐在他身边不远的池田感到惊恐。

"这个家伙,他被人称为异常凶狠的海狼,恐怕不是没有道理的!"池田望着高桥,情不自禁地摸了一下插在腰间的手枪。

"给我水……我要喝水!"高桥突然在黑暗中昂起头来狂叫道。他凶暴的声音打破了车内的静寂,使坐在车上的所有人都转过身来,把眼光对准了他。

"混蛋,你叫喊什么!"池田呵斥着。他的声音使坐在驾驶舱位上的大竹警员意识到了什么。他立即摘下挂在肩上的水壶,转过身去准备把水壶递给坐在铁栅栏里边的池田,而那时池田也正准备起身去接那把水壶。

这显然是个机会,千载难逢!因为只有此刻,池田才和他的助手大竹靠得那么近,这对于狙击者来说,无疑是一个一网打尽的好时机!伊藤想着,顿时瞅准机会,从腰间拔出手枪,对准什么都没有防备的刚刚接过水壶的池田开枪射去。擒贼先擒王,他觉得应该先把那个警长收拾了以后再来对付身边的大竹,这样或许能够顺当一些。

他的判断显然有些问题。至少他没有想到囚车正在陡峭的山道上移动,有着冲力和惯力,而且自己的手也在颤抖,万一没能击中对方,却把自己的阴谋完全地给暴露出来,那后果真是难以设想的。

然而他想不了那么多了。他义无反顾地开了枪。

"砰砰……"一串火舌随着爆豆般的枪声飞了出去,却没有击中池田。因为那时候囚车正在一个险峻的下坡弯道口把车身往左边方向拐过去,那种惯力使池田趔趄了一下,差点摔倒,却又使他幸运地避开了伊藤射来的子弹。

望着从头顶上飞过去的火舌,池田吃了一惊。他扔掉水壶,拔出腰间的手枪,并顺势伏在地上,把身体隐蔽在一排椅子的后边。他没有还击,因为他还没有弄明白眼前究竟发生了什么事情,而且他的助手也坐在前面的驾驶舱,稍有不慎,就会伤了自己人。他圆睁着双眼,在黑暗中向前望去。他已经明白自己中了伊藤的圈套。那个家伙果然如自己所怀疑的那样，准备杀人灭口，劫持犯人！

池田的犹豫给伊藤带来了机会，他举起手枪向身旁的大竹射出了一串子弹。他知道池田的还击马上就会到来，但是在这之前，他必须清除身边的钉子才行。

鲜血如同泉水般从大竹的身上涌了出来，可怜的他连手枪都还没来得及摸一下就先成了伊藤的枪下鬼，他痛苦地尖叫着，睁大眼睛，用尽气力朝伊藤扑了过去。他的行动带来的效果是致命的。因为伊藤躲过了他的袭击，可是那种拼死扑过去的惯力却使他的身体重重地压在了驾驶员小林的身上，使小林防不胜防地无法再控制自己的重心。小林的头部被撞到了驾驶席左边的窗玻璃上，手中的方向盘也顺着惯性无法控制地朝左边转过去，尽管他已经下意识地踩了急刹车，但是原本就在狭窄的拐弯道上的前轮还是冲出了车道，使整辆囚车无法阻挡地朝着陡峭的山崖滚了下去。

"啊……啊……"

恐怖的惨叫声以及愤怒的叫骂声不断地从车内传出并在黑暗中回荡着。可是这声音还没落下，囚车又因为撞到了崖边的巨石而"轰隆"一声爆炸起来，冒出了火花，并马上燃烧成了火球。这火球继续朝黑暗深处滚下去，翻了好几个滚才收住了惯力，并在一片看上去似乎还比较平坦的山谷里四角朝天地停了下来，并且与附近的花草树木一起燃起了大火。

这辆囚车横倒在从伊豆下田方向开往东京的火车轨道上，但是此刻还没有人能意识到这一点。那时正是凌晨2点，周围没有人，即使有目击者，在那伸手不见五指的黑暗中，他们也只会看到火光，而不会想到火光下面竟然还铺着铁轨。

这是一条铁路。虽然在夜深人静的时间里，火车的班数很少,但毕竟还是有的,除了4点10分要经过这里的那趟客车以外,还有货车,那种不定时的货车才是最要命的。

此刻囚车还在燃烧。虽然火势在秋雨的洗刷下已经小了很多,但是所见之处仍然烈焰滚滚。这情景真是凄惨万分。凡是那辆囚车上用木材制造的部分,都已经被烧成了一根根横七竖八的黑柱子,而那些支撑整个车架的钢筋,则扭着红得发烫了的躯体,弯曲着、垂着头颅。玻璃全碎了,窗框只剩下了铁条,八个用橡胶裹着的车轮,此刻凝结成了一个个红黄色的疙瘩,只有车头上的那扇车门,却不知道什么时候被打开了,那零星地蹿着火苗冒着白烟的驾驶舱里,看不到人影,却留下了一片臭臭的焦煳味,让我们去想象那可能会出现的奇迹。

秋雨仍然在一刻不停地下着,凄凉寒冷,没有任何要停止的迹象。

这是个好兆头,因为它可以阻止火焰的蔓延,并浇灭那些正在缩小的火球,而且它还可以唤醒那些曾经被火焰舔舐得昏死过去,满身燎泡,奄奄一息却又有着顽强生命力的人。

此刻这种效果正在出现,只要竖起耳朵,用心去听,并且滤过那些风声、雨声和树枝木材被火烧烤着的噼啪爆裂声,那么就一定还能听到一种声音,一种细微的、呻吟挣扎着的,在雨夜那清新的空气和大地母亲泥土芳香中正在逐渐苏醒过来的不死鸟对于生命的呼唤声。那声音颤颤悠悠地流动着,持久不息,假如我们能顺着声音,并再借助那些星星点点的火光追踪而去,那么就一定能够发现那些奇迹的。

此刻奇迹正在出现。

在那辆翻过来的离地面已经不太遥远的本来是车的窗框,现在已经成了铁条框的黑乎乎的地方,有一双满是燎泡的手摸索着出现了。他用力伸展着,抓住了倒挂在窗户上面的铁条,没有过上多久，在一片喘息声中，一只脚，以及另一只脚，也从那个小小的黑乎乎的地方伸出来了。那人晃晃悠悠地手脚并用着，这种努力使他的脑袋很快就在他的手脚之间显露出来。他艰难地抬起头，收紧腹部往外伸展着，那对充满光泽的顽强不死的眼睛使我们很快就认出他来了。他就是池田雄一。那种经过了幽冥的深渊，饱尝了无底的寒泉，可如今又回到大地怀抱的安心感，使他比以往任何时刻都要去珍惜生命的崇高和伟大！

池田终于从窗框里钻出来并站在地上了。他试着往前挪动着脚步。那步伐虽然艰难但毕竟还能够移动。他挺起身来，两眼炯炯地望着已经缩成一团但还在冒着白烟的囚车。他的目光落在了车头的驾驶舱里，他以为他的敌人一定还躺在那里。可是当他掏出塞在口袋里的手枪，把双脚挪到那里以后，却发现驾驶舱里除了可怜的大竹警员那具烧焦了的尸体以外，伊藤文夫和小林驾驶员都不见了。

"他们逃到哪里去了？难道都从囚车门里甩了出来，摔死在山崖上了？"

池田自问着，并且本能地往囚车滚落下来的那一片黑蒙蒙的山崖望去。

是的，这不是没有可能的，囚车驾驶舱的那两扇门不是被打开了吗？他暗自寻思着，又把视线投向了已被烧得漆黑的被打开的囚车的门。然而也许就是在那时候他才发现，出现在自己脚下的除了湿湿的泥土以外，还有两道铺在那里往远处伸展的铁轨以及均匀地铺在铁轨中间的枕木和枕木中间的碎石子。

"天哪，这不是火车的轨道吗？"他惊叫了一声，这才注意到囚车的残骸正横躺在铁路中间，像一个恐怖的怪物一样，吐着热浪，喷着白烟，昂头挺胸地矗立着望着黑暗的虚空，注视着它所能看到的灵魂和命运的交接点。

远处好像传来了火车的嘶鸣声，低低的，离这里还很遥远。

那声音使池田猛地惊醒过来。他想起就在他拼命撅动屁股，奋力往窗外爬的时候，有一只手，一只还有知觉的手曾经拉过他的衣服，最后终因气力不支没有了动静。说明囚车里还有活人，而且他肯定是那个囚犯——高桥秀义！

他一定还活着，活着在等待去救援他的人！可是假如再不动手，再迟一步，那一定真的要玩完！因为火车已经出现在地平线上了！它或许正在朝这里开来，亮着白灯，喷着黑烟，轰隆轰隆地。

"这辆火车的名字一定叫作死亡号吧，否则它怎么会在现在这种时刻朝着这里开来呢？"

池田嘟囔着，把眼光投向了铁轨和地平线的交接处。他又想到了还困在囚车里的高桥秀义。

是的，高桥秀义现在还不能死，至少他现在不应该去死！他要活着，活着去接受审判。他池田一定要把一个活着的犯人交到法官的手上，这是他这个当刑警的至高无上的责任！

池田定了定神，很快下定了决心。

他移动脚步，向他的逃生之处艰难地走去。虽然才只有几步路，可是每一步都疼得钻心。

他终于又回到了囚车的窗框边上，可是此刻，那里却像自然界的黑洞一样，什么动静也没有。

池田俯下身去，他把窗下泥坑里积攒的雨水，捧着往里面撒去，希望用冰凉的水珠去唤醒躺在里面的那个囚犯的神智。

"高桥……高桥秀义，你一定醒着吧，快，快爬出来，我帮你！我们的车子横在铁路中间，火车就要开过来了……"

池田焦急地呼唤着，并且情不自禁地向铁轨的尽头望去。他感到不安，并加快速度往里面捧洒雨水。他的努力没有白费，没过上一会儿,他就听到了里面传来的呻吟声。这声音很微弱,但是很快就清晰起来了。这是旺盛的生命力在起作用。生命在"死亡号"列车的威胁下,显示出一种无穷的"渴望生命"的力量。

高桥的手伸出来了。可是那是一双戴着镣铐的手!那被烟火熏得发黑了的手铐,铐着的是一对同样显得发黑发紫了的双手!

"请……打开,打开我的……手铐!"黑暗里面传来了高桥的声音。那声音战栗着,显示着无穷的悲哀,又充满无限的希望。而且现实情况也在表明,假如不给他打开手铐,他就不可能像池田那样从窗口爬出来,重新去获得生命。

望着这双被烟火熏燎得满是火泡的手,池田颤抖了一下。他犹豫着,但还是从腰间的皮带上取下了钥匙,伸进了锁着高桥的手铐的锁眼。

凶狠的池田在此刻变成了绵羊,甚至连声音都显得温柔起来了。

人在看到他人的不幸时常常有这种转变,即使是老虎都会在那时去舔十字架的。这自然是件好事,因为人性的光辉并不是残暴和黑暗能够全部抹杀的。当黑暗之门打开一条缝的时候,最先涌入的难道不是那种提倡博爱、仁慈、友善和怜悯的人性的光辉吗?

手铐被打开了。那最初的解放感使高桥秀义一阵痉挛。他缩回手去,长时间地抚摸着刻在腕中的伤痕,那种钻心的疼痛使他忍不住地掉下了眼泪。高桥此刻还无法去做那些从窗户里伸出手脚,脱离困境的事情,因为他的身体包括双脚在内的腰部以下的部分被横倒在右前方的椅子扶手卡住了。他无法做动作,稍有所为就疼痛难忍。

时间在一分一秒地过去。终于,在铁轨与地平线的交接处一辆货车出现了。它喷着白烟,鸣着车笛,以时速四十多公里的速度朝着这里奔驰而来。它并没发现前面铁轨上矗立着的障碍物。此刻,原野幽暗,雾霭沉沉,夜色深邃,风雨茫茫,所有的危险和恐怖都淹没在大自然的广袤之中了。

"高桥……快,快抓紧时间,火车来了,我已经看到火车了……"池田显然紧张了。他催促道,并且不断地仰起头来,去看那滚动在天边的由火车喷洒出来的一缕缕白烟。他好像在计算火车到达这里所需要的时间,那种判断使他的心吊到了嗓子眼儿上。

然而高桥却还没有能够脱离困境。虽然卡在腰部上的椅子扶手被稍稍挪动了一下,左脚因此能伸展开来了,但是右脚仍然无法动弹,长时间的压迫已使他的右脚麻痹不堪,他必须要用手去帮着搬动才能有所动作。

应该说高桥的伤要比池田雄一来得轻。这自然要归功于座位前面那两把牢牢固定着的椅子。囚车从山崖上颠簸着滚下来时,他蜷缩在椅子中间,紧抓着扶手把,固定着自己的身体,不像池田那样,为了防卫伊藤文夫,要趴在地上,使身体在翻车时失去依托,在椅子中间翻滚着,不仅皮肉擦伤,疼痛难忍,而且脚腕骨也被撞得骨折了。

在囚车发生爆炸时,高桥正好在车子的尾部,离油箱仅一步之遥。虽然火苗也曾烧到他边上,把围在他前后的皮椅子也点着了,但那对椅子的框架是铁片,椅面是牛皮,它们的燃烧速度多少要慢一些,等到火苗即将要往上蹿起来的时候,囚车已经摔到了谷底,密密的秋雨在那时就像及时赶到的消防水龙头那样把雨水浇了上去,控制住了火势,使他幸运地不至于因为大火而丧失意识。

对高桥秀义构成最大威胁的是浓烟。它们不像燃烧着的火焰往高处走，而是贴着地面运行，把它的毒素送到受伤者的呼吸器官里面，高桥就是在浓烟的袭击下丧失了意识。幸亏池田及时把雨水撒到了他的脸上，使他在昏迷中苏醒过来，死命搏斗着把左脚从椅子的扶手下面伸出来，右脚也一步一步地在脱离困境。

高桥的手终于在那扇小小的窗框里伸出来了。他曾经在刚才那种朦胧的状态中看到了池田钻出车窗时的样子，只要能打开手铐，他还是有可能死里逃生的。

被解除了手铐的高桥用手抓住窗框上的铁条，在池田的指导下，一只脚，又一只脚地伸了出去，没过多久，高桥的脑袋就出现在那扇窗口上了。

"快，快，火车就在跟前了，快用劲，收紧腹部往外挺，快……火车快到了！"

望着高桥那似乎有点松弛了的神态，池田大声叫道。因为火车离这里最多也只有两百来米远了。池田的惊叫声使高桥秀义紧张。他抬起眼睛，向左右瞭望着。他好像也听见了顺着震动而来的轰隆轰隆的火车嘶鸣声，还感觉到了从头顶上翻滚而去的由火车头喷出来的浓烟。

此刻，风驰电掣般地火车离这里最多只有百来米了，火车司机也好像看到了矗立在铁道上的那个怪物，他似乎拉住了紧急制动闸。

情况非常紧急，容不得半点差错！此刻，高桥用尽气力，收住腹部，屏住呼吸，向后紧缩一下，又利用反弹力挺出胸部，奋力向窗外跳去，在火车离障碍物只有三十多米左右的刹那间，跳离了那辆已成为废墟的囚车。

也许是因为惯性，或者是腿上的神经还没有能够得到舒展，肌肉还没恢复过来的缘故，高桥的双腿一落地就无力地跪倒下来，没法立即站起来往安全方向跑。这种状况使池田为之心焚，他一个箭步冲上前去，架着高桥就往回跑。他已经忘记了自己的伤痛，也忘记了他因此可能遭受的危险。

灾难无可避免地发生了。尽管火车司机在发现了障碍物时已经拉下了紧急制动闸，尽管火车已经最大可能地降低了速度，但是无法遏制的惯性，还是使它向那辆已经变成了废墟的囚车撞了过去，引起了连锁大爆炸，并且再一次地燃起了大火，使那一带的山林在刹那间成了火海。

强烈的气浪把池田和高桥的躯体掀飞了出去，他们各自匍匐在地，把脑袋紧贴着地面，虽然避开了飞舞在空中的爆炸造成的碎片，却被震得晕了过去。

这真是一副惨不忍睹的画面。那辆装载着凄惨，运输着苦难的"死亡号"列车，此刻已经被炸成了七八段，横七竖八地拐着弯，离开了轨道，巨大的机车头也仰天冲了起来，骑到了已经完全不成形的囚车身上。货车厢的货物也被抛撒在铁道两侧，还被烈火燃烧着，顺着阴阴的秋风，使火势往山崖下推移过去。

也许过了有七八分钟，在那此起彼伏的爆炸声刚刚落下，熊熊的火光和噼噼啪啪的爆炸声还在继续蔓延回响之时，伏倒在地上的高桥睁开了眼睛。他晃了晃脑袋，又伸了一下手脚，当他发现自己虽然历尽险境，却仍然安然无恙的时候，心底不由地抽动了一下。

现在或许正是他逃离苦难的最佳时机！他不能坐以待毙地等在这儿，让警察重新来给他戴上手铐，把他送到暗无天日的监狱里去。既然命运没有让他死在那一系列的车祸爆炸中，也不愿意把他就此投入炼狱，让他葬身在熊熊的烈焰里，那就说明他的寿数未尽。因为他还有老母亲，还有幸子，为此，他怎么能就此束手就擒，不拼死去争取那每一个可能到来地活下去的机会呢？

高桥始终认为自己是无罪的！除了那个西川正人是自己为了复仇，怀着杀意，主动找上门去和他清算的以外，其他的全是为了自卫，为了生存，为了不让自己成为他人的枪下鬼才无可奈何地动手杀人的呀。就是对于西川正人，他也是事出有因的！假如不是因为被他出卖，在新婚之夜落入苏联人之手，搞得家破人亡，并且差一点遭苏联人杀害的话，他也不会那么轻易地就向他开枪复仇的……

高桥回想着他所遭受到的苦难，忍不住的愤恨起来。他不明白警察为什么会那样执着地追踪他，也不知道应该怎样去辩解才能解释清楚他所经历的那些凶杀事件的过程、原因和动机。他不懂法律，但是他已经从那些由死板的教条构成的法律阴影中感受到了危险。它一定会不分青红皂白地去定他的死罪的。他感到委屈，并由此认识到警察和法律准备带给他的处罚一定不会公平，也没有任何正义可言。

高桥凭着心中的愤怒断定了那些追踪他的警察的罪行。他再也不会想到池田雄一千方百计地把他从囚车里救出来让他逃过炼狱之灾的那些恩德了。他把他逃生途中遇到的偶然和侥幸归功于他的命运，却又把他由此遭受到的悲惨和苦难定罪给追踪他的那些形形色色的人！

高桥的心理平衡了。他果断地从匍匐着的黑暗中站了起来，不顾一切地跌撞着，爬着朝斜坡下面的方向走去。他以为那里一定是安全的出口。那些树影，那些细细长长的雨丝和迎面扑来的山风，一定是自由的象征。他毫不犹豫地向那儿赶去，并尽可能地加快速度。

"站住……站住……"黑暗中传来了一个男人的吼声。那是池田雄一的声音。那声音虽然低弱却显得威严犀利。他显然还活着。

然而高桥秀义并没有停住脚步,他甚至都没有顾得上去往后看一眼。他低着头继续赶路,甚至还不时地猫着腰一跌一撞地小跑起来。

"高桥……站住……你再不站住,我就开枪了!"池田尽可能地拉大嗓子叫了起来。他一定在后悔,为什么当初在救那个家伙时不先在他的腿上弄一个枪眼,反而去打开他的手铐,给他留下可以逃窜的余地,使自己在如此这般的状态中还不得不咬紧牙关,忍着伤痛一瘸一拐地去追踪他。

"站住……站住……"池田继续叫道,并且掏出手枪。他想起大谷生前跟他讲过的不惜下手先把他处决了的话。

"是啊,大谷部长讲得对!那个海狼,他果然凶狠,果然顽强……"池田咬着牙,忍不住地举起了手枪。

"站住……再不站住,我就开枪了!"池田又一次地警告道。然而高桥仍然没有理会池田的声音,他好像走得更快了。

"砰……砰砰……"忍无可忍的池田终于扳动了枪机。他往高桥的腿部瞄准着。他还想留有余地,不希望把一个死了的海狼带回去。

高桥似乎也猜到了池田的心思,他放开胆子,忍着伤痛,加快速度,把身影隐蔽在齐腰深的茅草堆里迂回着。他绕过了一个山丘,又顺着树林间的小径猫着腰跑了起来。

"要想抓到活的海狼,就只能和他去比毅力比速度了,这个可恨的家伙……"池田咬了咬牙,拼死地追赶着,刚才还疼痛难忍的脚腕上的伤口,此刻突然好了很多。

其实现在,池田和逃亡者之间的距离并不遥远,最多也只有百来米,稍加点劲是绝对能赶上去的,况且他还有枪!只要抛弃那个高桥秀义会自动投降的侥幸念头,一切还是有可能的。池田沉思着,睁大了眼睛,他盯着在黑暗的山林中隐约起伏着的目标，奋力地赶去。

池田的执着使高桥感到慌张。他时不时地回头，确认着追赶者的方位。他慌不择路地跑着，并且一次次地摔倒在地，就像是头被捕兽机的钢牙钳住了双腿的野兽一样。

逃亡者的惊慌使池田为之鼓舞。他站定了脚步，再一次向逃亡者喊起话来。他的声音威严、愤怒，在山谷里回荡，那种近距离的吼声和越来越近的恐惧使逃亡者不寒而栗。

毫无疑问，高桥显得更加紧张了，而且腿上的伤痛似乎也在加剧。在惊慌中他被一条裸露着的树根绊住了脚，趔趄了一下不由自主地摔倒了，而那时池田也正好赶到了。他们间的距离只有五米之遥。

"站住……快投降吧！"望着高桥那张气喘吁吁的苍白脸庞，池田再一次地叫道。

"你……"高桥抬起眼睛有点绝望地望着同样气喘吁吁的池田似乎想说些什么，却又停住了。他环顾了一下左右，突然又死命地转过身，朝着荒凉凄黯的山崖深处跑去。可是就在那好像还不到二十米的山崖边，他又停住了脚步，踉跄着充满绝望地望着前面。

他已经跑到了山崖的极尽之处。

此刻，出现在他面前的是陡峭的悬崖，而悬崖下十多米深的地方则是一片汪洋，海水正在那儿汹涌地翻滚着。那些有规律不断吐着白沫的海浪说明那里的水深至少也有二十米！那种洪荒恶骇一般的险峻，在秋日凌晨的凄黯冷光和隐隐约约的寂寥中，显得分外恐怖。

高桥做梦都没有想到他拼死逃跑的那一带竟然是沿着海边蜿蜒起伏的悬崖峭壁！那些本来应该震耳欲聋的海浪声，却被死亡列车的爆炸声和秋风秋雨的呼啸声给完全掩盖住了。可是说这些又有什么用呢？一个企图逃避法网和警察追击的穷途末路的逃亡者，难道还有可能像悠闲散步的人一样去考虑他应该走或者不应该走哪条路那样的问题吗？这显然是命运！是命运把他逼到了如此险恶的境地，让他在生死边缘徘徊，不是选择地狱，就是选择死亡！

高桥猛地转过身来，他瞪着发红的眼睛望着他的追捕者一动也不动地站在悬崖边上，那种神态就像一只面对末日的野兽。

"哼，投降吧，你已经无路可走了……"池田高声叫着举着枪逼过去。他已经看到了呈现在高桥身后的悬崖陡壁和微微晨光照耀下的那一望无际的大海。

"我不是你们要找的杀人犯！我没有犯罪，我不是罪人！"看着一步步逼过来的池田，高桥高声叫了起来。

"哼，把这些高论留到法庭上再去说吧，这跟我没关系！"池田举起手枪，对准高桥一瘸一拐地逼上前去。他又从口袋里掏出了手铐，他觉得这次他必胜无疑。

"你为什么要这样逼我去死！你……我告诉你，我没有犯罪，我做的一切都是自卫，否则……我真不知道已经死了多少次了！"高桥厉声叫道，那声音是从心底爆发出来的。那心碎肠裂般的惨痛使他浑身颤抖。他的心里正在哭，而且热泪滚滚。那是一种无声的泪。他确实也已经走到末日了，因为绝望已经使他万念俱灰，心衰力竭。

"我不是说过了吗，你把那些冤情留到法庭上去说，我不管那些，我的使命就是把你抓起来送到监狱里去。你到监狱里边再准备你想在法庭上说的那些台词吧。"

池田大声说道，他显然有些得意。这是每一个警察在那个时候都会产生的感觉。这是一个庄严的时刻，比昨天晚上在八尾村十六号逮捕他时更显得神圣庄严。池田狞笑着，拿着手铐一瘸一拐地向高桥走去，他为自己能把对方逼进死地而兴奋。

他确实是能稳操胜券了，可是命运却偏偏要跟他开玩笑。那时几乎是谁都不会想到的事情发生了。因为有一颗子弹突然从他身后的黑暗之处飞了过来，那"砰砰"的响声那么刺耳，使池田猛地吃了一惊。

他跟跟跄跄地转过身来，想去发现向他发射冷枪的那个凶手。可是还没等他站稳脚跟，又一颗子弹射过来了，它和上一颗子弹一样都准确无误地击中了池田的胸部，使他捂着胸膛流出来的鲜血，重重地倒了下来。

"这……这……"

高桥嚅动着嘴，惊恐得已经说不出话来了。他把视线从倒在地上已经不省人事的池田身上移上来投向眼前这一片黑暗的深处，并且睁大了眼睛。

他终于看到那个发射冷枪的黑影了。此刻他正从容地从黑暗中走出来，没过上一分钟就闪到了高桥的跟前。

他正是失踪了一阵子的那个伊藤文夫！

正如池田所推测的那样，伊藤文夫和他的助手小林是那辆囚车在山崖上往下翻滚的时候打开车门先后跳出来逃生的。小林运气不好，他把脑袋撞到了坚硬的岩石上当场毙命，伊藤却没有遭到厄运。虽然双脚落地之前他的腰背部和手臂都因为撞到山崖边的石头而受到了挫伤，头部也被树枝划了好几道血痕，脚步膝盖处也因为惯冲力被岩石撞破，但是他的思维还异常清楚。他擅长擒拿格斗，这种技巧以及为此每天进行的锻炼救了他。他顺着山崖爬下去，居高临下地看到了火车到达前正在囚车现场救援高桥秀一的池田的身影。

伊藤本想立即开枪打死那个警长的。他不能让他活着回去对自己的生存产生危险。可是那时候他的手臂在神经性地颤抖。他觉得现在射出去的子弹肯定不准，反而会打草惊蛇。再加上那时火车已经临近，或许那辆列车会帮助自己消灭对方的。

伊藤怀着侥幸的念头躲在了岩石后边。

他目睹了那一场大爆炸。可是爆炸过后池田雄一他们却不见了踪影。

"难道他们都被炸死了吗？"伊藤怀疑着感到不知所措。然而就在那时，池田射出的警告高桥秀义的枪声却为他指明了方向。顺着枪声，伊藤很快就发现了正在紧张地一追一逃着的警察和犯人。他悄悄地顺着他们的足迹摸上去，希望能借池田之手抓住高桥，随后再去干掉那个警长！

他的计划非常周到，而且现在正是时候！因为此刻高桥已经被困在悬崖边无路可逃，而池田正得意忘形地在蠢蠢欲动。

伊藤开枪了。那两颗从黑暗中飞出去的子弹准确地命中了池田。鹬蚌相争，渔翁得利，此刻的胜利才是完美无缺的！

"走，跟我走！"伊藤狂叫道，并且毫不犹豫地向高桥扑了上去。

望着突然出现的伊藤文夫，高桥大吃一惊。刚才那张被痛苦扭成一团的脸庞此刻血色皆无。他颤抖着身体，挪动着双腿，紧绷着的思维显然还没有从眼前的巨变中反应过来。他们对峙着，在黑暗中四目相望，那种短暂的沉默把周围的空气都凝结住了。

那时，也就是在伊藤准备做出最后一击的那刻，高桥似乎也下定了决心。他觉得有一道光芒在他的脑海里闪过，使他在冥冥中只感到热血往上涌。他充满绝望，满含愤怒，那种在他的人生道路上发生的各种各样的悲惨事情，此刻是那样奇突那样强烈地集中在他的脑海里，以至使他产生了一种无法抑制的冲动。这种冲动来自内心深处，激起了他的全部感情，因为高桥秀义确实已经认命了。

此刻，他的思维非常清晰，虽然恐惧异常，但仍然思索有方。他注意到了十多米深的悬崖下面的汹涌波浪，以及这种波浪显示出来的这一片海水的深度。他还在那种幽暗却已经露出了晨曦的清冷光线中发现那段悬崖虽然陡峭，高达十三四米，却没有突兀出来的岩石，它说明跳崖者的脑袋还不至于因为那些凸出峭壁的石头而命赴黄泉，而且现在正是涨潮时候。它会使海水淹没峭壁下的浅滩，使浅水变得更深，并且增加物体在水中的浮力，给那些企图上岸的动物带来机会。

可能性还是有的。虽然是九死一生，但这一生还是有希望的！

他思量着，稍稍地迟疑着，但脑子里已经嗡的一声热起来了。他大叫一声，转过身去，向悬崖下那混沌一片、模糊不清、翻腾着恶浪、卷动着寒气的水与天的交界处扑了下去。他犀利地狂叫着，那声音就像是一道闪电在幽暗的山崖里劈开了陡峭的缝隙，直到那深渊的底部才戛然消失。

望着眼前的惨状，伊藤大吃一惊。他一个箭步冲到悬崖边，向下望去，并且情不自禁地举起手枪向那隐而不见的黑暗深处一阵乱射。他认为那些子弹的所到之处一定是会有所建树的，却没料到那些爆豆般的枪声也会惊醒躺在他的身后，虽然奄奄一息但又一息尚存的那个昏迷的池田雄一。此刻池田挣扎着从怀里掏出了另一把手枪。那本来是防身用的，但是此刻成了他进行复仇的最后工具。他毫不犹豫地把它举起来，屏住呼吸，并且用尽力气地扣动了扳机。

"砰……砰……"两道火舌从池田的枪口喷了出来，在背后击中了伊藤文夫，使这个眼看就要成功，做着一帘幽梦的警察总部的高手，惨叫着跌下悬崖，追随高桥秀义而去了。

此刻正是清晨五点半左右。东方已经翻出了鱼肚白，秋雨也已经停止了它的眼泪，所有含有敌意的水汽、黑雾都渐渐在消沉，只有那汹涌不息的浪潮还在翻腾，永无休止地低吼着发出凄惨悲哀的呜咽声。

什么都看不清楚，只有阴间地府才会知道消失在黑暗中的那些幽灵的隐情。

50　没有终止的结局

这起爆炸血案的通告是在那天早上 5 点 50 分左右被一个途经那一带山林的过路者用电话报告给热海市警察署的。在这之前,热海市警察署还收到了下田市铁路局关于自己所属机务段的火车,在一个名叫真鹤岬的地方和一辆不明车辆相撞,在那一带山里燃起了大火的电话报告。总之,当他们和案发现场附近的小田园村警察署、下田铁路局刑警部共两百多名警察,完全封锁住那一带道路,把案发区域团团围住的时候,已经是早上 7 点多了。警方在案发现场找到了身负重伤、昏迷不醒的池田雄一,并把他送进了医院,还在囚车跌落的山崖上找到了小林驾驶员和被火车撞成了碎块的热海市警察署大竹警员的尸体。两小时后,他们又在那一代海域发现了漂浮在海面上的伊藤文夫的尸体。

他们正在继续搜寻犯人高桥秀义的下落。估计用不了多少时间,高桥的尸体也会浮出水面的。因为他们认定,无论从哪个角度去看,从那个高达十四米的悬崖上跳下去的高桥,即使侥幸不撞到岩石,安全地进入海面,恐怕也是难以活命的。因为从高处落下的物体的重量和海水之间相遇时引起的冲撞力会损坏人体的五脏六腑。为此,警方还专门请专家到现场来进行了科学鉴定。

鉴定的结果表明,高桥秀义必死无疑。

"可是为什么怎么找也没能发现他的尸体呢?"

"大概是他跳下来时速度太快,分量太重,使他的身体一下子栽到海底淤泥里面去的缘故吧。"

有人提议道,并且建议派潜水员到那一带海底去搜索。但是这个主意没有被专案小组接受,因为警方相信专家的意见。

高桥秀义死了,这匹海狼的踪影从此再也不会出现了。这是谁都认定的事实,并且以结论的方式被发表在日本的各大新闻报纸上。他使美国人感到安心,却使苏联人为之气馁,但这毕竟是个事实。把自己的情感系在一个已经铁板钉钉的事实上纯粹是自作多情,所以没有多久类似札里季耶夫将军那样的苏联人,就把这起事件扔在了脑后。他们再也不会在这件事上去下功夫,做那种费力又看不到结果的事情了。

这确实是非常明智的。

是啊,活在这个世界上快乐都来不及,何必再去为血腥腥的过去付出记忆和时间呢?尽管那时候日本的新闻界为宣传报道这起血案掀起了那么大的舆论风暴,让人们为之震惊了好多天,可是这种状态毕竟结束了。

一切都会过去的,所有的事物都有它的保鲜期。这是规律。随着时间的推移,人们竟然连这起血案的主人公高桥秀义的名字都淡忘了。在提到这个事件的时候人们虽然也能去做些回想,但是出现在脑子里的内容最多也只是个轮廓,一个关于海狼的传说。

因为野兽的名字总要比人名好记一些。

当然也有例外,那便是池田雄一。

但是那起血案以后他也已经自顾不暇了。虽然医生给他做了两次大手术,把那两颗子弹从离他心脏只有两厘米远的地方取了出来,保全了他的生命,但是致命的枪伤给他留下了严重的后遗症,没有几年的时间是绝不可能恢复元气的。

这也是医疗专家的意见。

除此之外，应该说还有一份报告是在当时引起震动的。

它来自两个目击者。他们说那一天凌晨4点多，在热海市开往横滨区的首都公路的入口处一个叫作茅崎谷的地方，看见了一辆外国女人驾驶的吉普车鬼鬼祟祟地停在那儿好像在接应什么人。这辆吉普车的车号是品川——3487。

这份报告引起了警方的注意。因为他们发现这辆车的主人是那个日本东京新闻社的女记者森利娅，不仅和本次血案的肇事者伊藤文夫搞得火热，而且还是伊藤文夫上司大谷洋部长生前的恋人。

这个女人交往的这两个男人都是日本国家地方警察总部的年轻骨干，死得又都是那样不明不白，这确实是十分可疑的。对此警方做了调查，并且找借口把森利娅叫到警察署审问了好几天，但最终还是因为缺乏实质性的证据而不得不罢休。他们也不愿意太得罪那个神通广大的"东京蔷薇"，况且她还是新闻社的资深记者，搞不好就会惹出麻烦，因此缺少证据还是少碰为好。

警方放弃了对森利娅的追查，却又找不到伊藤文夫卷进"海狼事件"的原因。这是十分苦恼的，为此专案组头疼了好一阵子。这真是个谜，可是找不到谜底的案子在战后初期的日本又有多少。不久警方就在伊藤文夫的案件上打了个问号，便把它束之高阁了。

在这次事件中被关押时间最长、吃苦最多的应该算是山崎幸子了。事件后警方集中力量，想在她的身上找到她和伊藤文夫勾结企图劫持高桥秀义的证据。那显然是荒谬的无稽之谈，像她那样沉浸在情感的迷雾里，为爱情所迷恋却又手无缚鸡之力的女人，怎么会和警察总部的大人物搞到一起呢？

对于山崎幸子的怀疑在三个月后被解除了。但是由于她是以妨碍警方执行公务罪的罪名被拘留的，所以警方尽可能地延长了她的拘留时间。虽然在《下关日报》记者野坂英治的帮助下，山崎幸子和前来探望她的中村直也见了面，并在八个月后被释放了出来，但是身心受到了巨大的创伤。尤其是在各种新闻报纸上看到了高桥秀义已经死亡的消息之后，她更是悲不自禁，整天以泪洗面。

此后她回到了东京，继续住在中村直也的姨妈家，并且还时常去热海的清水町，照顾因为听到高桥秀义的死讯，心脏病复发，每天都处在病危状态的高桥秀义的母亲。一个多月以后，她代替高桥秀义，为那个可怜的老人送了终。

没有什么语言可以去描述涌动在山崎幸子心中的那些苦楚了。那些一连串的打击使她的精神多次发病，几乎丧失了活下去的勇气。幸亏她的身旁还有中村直也。那个厚道善良的青年始终在支撑着她，用他的忍耐和热情帮她渡过了难关。

所有的人都在命运所规定的轨道上行走着，在身后丢下一连串的悲哀。这是一定的，因为人生本来就是一个不断失去心爱的人的漫长而又悲惨的过程。

对于这一点，苦命的幸子最后还是想通了。若干年后，她把对高桥秀义的爱深深地埋进了心里，并且一步一颤地走出了人生的低谷。她最终答应了始终在追求她的中村直也的请求，和那个敦厚的青年结了婚，还生了一个女儿。那种好结局维持了有三十来年，直到她58岁时那个与当年的"海狼事件"有关的惨不忍睹的事件再次发生时为止。

命运之手不愿意闲着。也正因为那样，所以人生没有伊甸园。

51　路影的遗言

我们的世界苦难迭出。

也正因为这样，所以许多深奥的、复杂的、不可知的来自想象或者推测的思维、学说和理论才会应运而生。什么"灵魂与肉体的二元论"，什么"前生来世的转生学"……名目繁多难以叙说。我们把它归名于宗教，因为或许就是那种难以说明清楚的东西才能够解释发生在本书主人公身上的事情。

那一天早晨，海狼，也就是高桥秀义在日本热海的真鹤岬跳崖后还不到一个小时的时间里，韩国（那时南朝鲜已经成立了大韩民国政府）釜山照吾里小街基督育婴堂的一隅也出现了变化。那时躺在育婴堂卧室里的路影突然大汗淋漓地叫了一声从床上坐了起来。她茫然若失的环顾着四周，对赶来看望她的修女们说她看到她丈夫正满脸血污地躺在海边荒滩上奄奄一息。她要站在她身边的修女们赶快去救他，那种玄乎的样子让修女们感到惊疑。她们叫来了朴玉善嬷嬷，还把周雪燕领到了她的跟前。她们以为她的病情已经到了要撒手人寰的状态，但是没想到她呜呜咽咽地哭了一阵子以后又昏睡过去了。

后来，路影曾跟照料她的修女说她看见她丈夫又活过来了。他晃晃悠悠地从海滩上站起来又游回到了海里，所以她才能安然地入睡。她反复地说着，神态非常奇怪，那样子不仅使修女们惊奇，也使笔者为之心悸。为什么在日本热海发生的事情却会在几千公里以外的釜山同时间起着另外的作用？这种心有灵犀一点通的"灵感效应"现象，除了"爱情的神圣伟大"等一般论调以外，还有没有什么哲学上、宗教上的东西可以去进行说明呢？

路影的呓语很快成了故事，并传到了釜山市警察署金井泽科长的耳朵里。

它使金井泽感到疑惑，因为那时他确实已经收到了来自日本下关市警察署樱井署长的电报。樱井署长代替受了重伤的池田雄一向他传达说，高桥秀义已在热海真鹤岬跳崖身死，虽然没能找到尸体，但经专家鉴定该犯已必死无疑。

"必死无疑，却没能找到尸体？这显然是相互矛盾的……"金井泽嘟囔了一句，把电报朝办公桌上一扔又陷入了沉思。

此时金井泽已经被调离了海和号爆炸事件搜查本部，而且搜查本部本身也面临被解散的可能。这是美国驻韩国军政当局的意见。他们认为搜查本部的行动带有民族主义的情绪，损害了美国在朝鲜半岛的利益。

这种莫须有的罪名纯粹是针对金井泽来的。因为金井泽在追查高桥秀义在汉城钟路区平安道里杀害西川正人一案中，发现了在高桥秀义背后追踪的美国情报部门的影子。

美国情报人员在路大山家里发现路影失踪以后不久，就从通化市警方那里确认了路影和高桥秀义在一起的消息，而那个金顺姬母亲的报案又使他们推测高桥秀义到汉城去的复仇计划。他们命令属下的高丽别动队在韩国境内追杀高桥，却不料高桥先他们一步杀害了西川正人，拿着船票登上了"海和号"。他们本以为高桥在海和号的爆炸中死亡，没想到他出现在了济州岛的难民营，并且活着来到了巨济岛。

穷凶极恶的美国情报部门立即命令高丽别动队不惜代价追捕或者杀害高桥秀义，但是利欲熏心的大猫把暗杀的舞台放到了高丽三号轮上。结果事与愿违地反遭其手，让高桥活着去了日本。此后美国人又通过美国驻日本占领军总部，以外交照会的形式，把那份登载包括高桥秀义在内、限期抓获的通缉者名单交给了日本政府，希望他们帮助抓获高桥。

金井泽并不清楚美国情报部门追杀高桥的真正原因，但是他把海和号爆炸事件和美国人的追杀行动联想到了一起，并且还在海和号事件中幸存下来的日本难民中发现了新的线索。

一个名叫林英夫的日本难民告诉金井泽，他在登上海和号客轮前曾经和高桥秀义一起在中国秦皇岛码头参加了把731部队货物搬运到美国军舰上的工作。林英夫还帮助了高桥，让他坐上了从秦皇岛开往营口的海轮，逃脱了美国人的追踪，然后自己也逃离了那里。

林英夫以后再也没有去参加搬运工作，但是他听说这些工作又连续进行了好几个月，而且还有人负了伤，在搬运中受到了匿藏在货柜里的鼠疫病原菌标本的感染。林英夫没有能够确认受鼠疫病原菌感染的人名、人数以及有无发病或者发病状况等具体内容，但是有好几个搬运工事后和他一起登上海和号，并且在客轮上发病死亡是不争的事实。

林英夫的证言使金井泽感到吃惊。他马上想起了他部下李顺全告诉他的"有很多难民在海和号上发病高烧死亡，而且原因不明。这种高烧在海河号事件中获救的难民身上也被发现。其中有几个难民也因为高烧引起肺炎而死。这种原因不明的高烧很可能是某种传染病引起的"等事情。

金井泽挤牙膏似的审讯又一次取得了成功，因为大猫供出了在别动队里被禁止议论的一个鲜为人知的秘密。大猫在供词中说，他在别动队里关系最为亲密的同伴曾经在海和号爆炸案发生的那一天下午，奉命坐鱼雷快艇去执行一项在釜山湾一带海面发射鱼雷狙击轮船的秘密任务，但是他们出发了以后再也没有回来。据高丽别动队的头目解释说，他们是在执行任务后因自身负载的鱼雷发生事故爆炸，使快艇在那一带海面沉没而殉职的，可是也有人否认了这种说法。说他们在第二天凌晨完成任务以后，在回釜山途中遭到不明国籍的军舰攻击而沉没。大猫怀疑海和号是被他同伴乘坐的鱼雷快艇击沉的，而他同伴的鱼雷快艇又因为击沉了海和号客轮而被灭口，被另一艘军舰击沉了。

大猫的口供以及鼠疫病原菌很可能被带上海和号，以及因此在客轮上被感染死亡的有关人士的证言使金井泽感到兴奋。他一边把这个重大发现报告给釜山警察总署，一边要求海和号事件搜查本部与韩国军方有关部门联系传讯高丽别动队的领导，搜查他们的总部，从中找到海和号爆炸沉没的直接原因，同时对所有幸存的海和号事件难民进行隔离和检查，并对他们所住的区域进行彻底消毒。

金井泽企图从难民身上查出那可能还存在或许已经蔓延开来并正在造成祸害的细菌的名字，以此来确认那种病菌是否就是鼠疫病原菌，是否就是那几个在秦皇岛码头搬运731部队货物，受到货柜中的鼠疫病原菌标本感染的搬运工带到海和号客轮上的事情。

金井泽想搞清楚那些高烧患者的病名、病源，以及在海和号上的发病情况和传染途径、带菌者在客轮上造成的危害。因为他想确认海和号在发生爆炸前受到细菌感染的程度以及发病的实际人数和海和号的船长有没有把船上的病情通过电话、电报向外传达，请求指示或者请求救援等细节。他期望从中推想出海和号上的传染病和该客轮遭到攻击发生爆炸之间的因果关系，并以此判明高丽别动队在这方面起到的作用。

金井泽的推想周全缜密，有着他的非凡之处。他觉得自己已经有点看清了事态的全貌，而现在必须要做的则是更进一步调查取证，使这起隐藏在水面下已经一年多的案件真相浮出水面，暴露在光天化日之下。

然而金井泽期望拘留高丽别动队总头目，进一步查清高丽别动队和海和号事件的关系，寻找证人查明海和号鼠疫病原菌传染和发病情况真相的一系列要求，并没有能够得到批准，相反他还像是犯了错误似的受到了严重处分，被驱逐出了海和号爆炸事件搜查本部。虽然此后搜查本部曾下命令对事件幸存者居住的难民营进行了隔离和大规模的消毒，在事实上承认并接受了金井泽的说法，但是闭口不提他们为什么要去做那些事。此后不久海和号事件搜查本部还被明确规定，他们的任务只是协助政府安置好劫后余生的难民，查明他们的身份以及在伤愈之后把他们送回国那种事务性的工作。

所有牵涉海和号上的难民病情、病名及其发病经过，患病人数及海和号是因为什么原因爆炸沉没的有关事件真相的调查工作都被停止了。海和号事件突然之间成了一个非常敏感、不能踏入的禁区，为此成立的搜查本部也在一夜之间变成了事件幸存者的安置部门。这种事件调查在刚刚有点起色的关键时刻就被强制停止的极其异常的做法，受到了韩国舆论界的强烈谴责，但是这种愤怒的浪潮没有几天也就过去了。

因为此时的朝鲜半岛正处在一种非常状态中，尤其是韩国。

在美国驻韩国占领军当局的高压下，济州岛、汉城、釜山等地全线戒严，数十万人被屠杀或者被关进监狱，有些地区甚至还被推行了"焦土政策"。在这种白色恐怖下，还有谁敢去追究让当局感到忌讳的海和号爆炸事件的真相呢？虽然关于路影恢复记忆的报道也曾掀起一些波浪，但是这种波浪没过几天就平息了。人们不再去关注这起与韩国人本身没有太多关系的事件，因为他们自己也已经被日益紧张的南北关系和由此引起的意识形态冲突搞得焦头烂额了。

金井泽正是在这样的形势下到照吾里小街的基督育婴堂去看望路影的。

他对路影和高桥秀义的过去已经没有太多的兴趣了。他已经多少明白了其中的隐情。然而当他从报纸上看到路影已经恢复了记忆并且对高桥秀义的生死做出了与日本警方略微相似却根本不同的结论后，他又产生了好奇。他当然不会相信路影这个已经病入膏肓的人所说的这种臆语，但是愿意从路影的嘴里去确认一些事实，顺便再去看一看这个始终让他感到捉摸不透如今已经恢复了记忆的女人。

金井泽得到育婴堂的嬷嬷朴玉善的同意后走进了路影的卧室。那时路影正追着她的女儿嬉戏，把所有的烦恼都丢在了脑后。望着她们母女俩喜悦的样子，金井泽静静地等待着。他并不希望因为自己的出现而打断这一对可怜母女的欢乐。

"她很虚弱，随时都有可能休克昏迷。这是她生命里程中的最后时刻，请一定不要刺激她……"

陪着他走进卧室的朴玉善在他的耳边轻轻说道。这些话使金井泽感到心酸，以至于使他把原先准备好地想说的东西一下子扔在了脑后。

"高桥太太您见过这份东西吗……"

金井泽望着路影迟疑着，但还是忍不住地把揣在怀里的那张苏联军队在三年前发布的画着高桥秀一画像的通缉布告掏了出来。这是他在审问西川正人的老婆金顺姬时从她家里搞到手的。他一直想通过这幅画像，从恢复了记忆的路影嘴里直接确认路影和高桥秀义间的夫妻关系，因为他对周海龙和路影的同居原因感到不解。尽管那时路影失去记忆，语言功能也有障碍，但是他坚持认为那些医学上的原因并不能成为他破案的根据。

望着金井泽手中的布告，路影立即停止了和女儿的对话。她凝视着布告上的画像，又看看金井泽的神态情不自禁地点了点头。

"他是谁？"金井泽注视着路影的表情继续问道。

"我的丈夫……高桥秀义。"路影伸出手去指着布告上的画像大声说道。"我丈夫是个好人，他没有犯罪……那是苏联人……做的孽，把他冤枉了……"

路影回答着，她的口齿显得异常清楚。那种非常清晰的声音和她的惨白的毫无血色的脸庞使金井泽感到骇然。他望了一眼站在身边的朴玉善一下子沉默了下来。

"先生，我求您一件事，请您一定答应我……好吗？"路影突然睁大了眼睛，用一种悲哀的目光盯着金井泽，轻声地说道。

"什么事？你说吧……只要我能做得到……"金井泽情不由衷地点点头。他觉得路影的目光深入他的骨髓，使他实在无法拒绝。

"我……我想请您……把你手中的这张纸……赏给我……"

"什么纸……"金井泽愣住了。他不知道眼前的这个女人在说些什么。

"就是这张纸，画着我丈夫画像的纸。"路影指着金井泽手中的布告重复着说道。

"它……这张布告？你要它干什么？"金井泽疑惑地问道。他有点不明白她的动机，以为这又是她的臆语。但是这一次路影却很清楚地说明了自己的目的。

"是的，就是这张布告！它是我丈夫，也是我走向深渊最根本的原因。它是我们夫妇悲剧的起源……这布告……本来我这里也有一张的，那是我爸爸在胡同墙壁上揭下来给我的。我一直保存着,还把它带到了汉城,带上了海和号客轮。但是……它后来随着我和我丈夫的行李一起沉到海底去了……"

"你丈夫的行李也掉到海里了?"金井泽插了一句嘴。他想起警方曾被要求去寻找高桥秀义手中捏着的什么文件之类的事。

"是的……我真后悔没有把这张纸放到我丈夫的腰包里……"

"为什么?"

"那腰包防水,它一直绑在我丈夫身上,从来就没有离开过。那里面都是最重要的东西,我丈夫到死都不会松手的……"路影回忆着说道。一提起高桥秀义,她的话就显得滔滔不绝,眼睛里也闪烁出了光芒。

"哦,那么你要把这张布告留下来干什么用呢?"金井泽再一次地问道。他还是有点不明白她的动机。

"我要把它留给我的女儿!"路影喃喃地说道,把她充满慈爱的目光投向了正坐在墙角边唱着儿歌的周雪燕身上。"这张纸上画有孩子她爸爸的画像。他爸爸现在日本。我要让我的女儿拿着这张纸到……到日本去找那个她还没有见过面的爸爸……"

"噢……可是她爸爸……你怎么会知道她爸爸在日本的?"

"我看见他了……我在梦中看见他了!轮船发生爆炸后,我和他都落到了海里。我被人救起了,可是他却绑着腰袋在海里游着。他游水技术很好,不久他……他就被救上船,去日本了。他一定已经在他的家乡……见到了正在等着他归来的母亲……"

路影喃喃地说道。她的声音真挚可爱,并且喜上眉梢。这种神情包含了一个妻子和一个母亲所有的温柔与慈爱。它使金井泽感到震惊,并深深地为此感动起来。

"您说对了!可是……她爸爸在日本已经死了!"金井泽忍不住地说道。他又想起了日本下关市警署樱井署长给他发来地写着高桥秀义死讯的电报。

"啊，您也认可了，她爸爸在日本的事！可是……您为什么要说他死了呢？如果真是那样的话我女儿她……她就见不到她爸爸了！您……难道您不能说得好听一点吗？您难道就希望她爸爸去死吗……先生我告诉您吧，我女儿她爸爸还活着！他不会死，不会丢下我和他的女儿的！我已经在梦中看见他了。他虽然受了重伤，但是又活过来了……"

路影吃力地说着，两颊绯红，然后剧烈地咳嗽起来。那种或许是因为痛苦，或许是感到失望的情绪使她浑身战栗。她用力地伸出胳膊，张开那只痉挛着的手，想去呼唤她的女儿，但是那些翻滚在喉咙边上的语言因为咯咯发抖的牙齿而无法发出声来。

也许是因为过于激动，路影突然晕厥过去了。她垂下脑袋，紧紧地闭上了眼睛。看到她的这种神态，朴玉善顿时慌张起来。她吩咐修女赶快去叫医生，而自己则跑到墙角，把坐在那里仍然在唱歌的周雪燕抱到了路影的身边。那时就像有一种神圣的光芒在照耀，路影突然又睁开眼睛苏醒过来了。

"嬷嬷，好嬷嬷……我听说……是您的仁慈让我在这儿生下了我的女儿，那么我再次恳求您，继续用您的慈爱去帮助我女儿找到她的父亲。我求您了，还有那位警察先生！难道您……您不同意把这张她父亲的画像给……给我吗？这一张纸在您的手里……没有任何用处，可是它对于我和我的女儿来说太重要了！先生，我说的不对吗？"

路影一字一句地说着，每说一句都带着深深的喘息。她望着金井泽，突然又低下了脑袋，剧烈地咳嗽起来。那种急切而又悲哀的神情使金井泽动了恻隐之心。他情不自禁地向她的床前挪动着脚步，把手中的布告递到了她手上，尽可能地用一种柔和的声音安慰着眼前这个已经走到了生命尽头的母亲。

"高桥夫人，您放心，我这就给您。您说得对！这张纸在我的手里没有任何意义,它只能成为凶恶犯罪的象征,可是它在您和您女儿手里效果就不一样了!拿去吧夫人,我理解您的心情。"金井泽轻声说道。他觉得他的声音都在颤抖,因为那时一种酸楚的感觉正从他的心灵深处涌上来,使这个素来以硬汉著称的男人的眼睛湿润了。

"还有,夫人……这也是我应该告诉您的……其实……您的丈夫很爱您。他在大海里被救起送到济州岛的医院以后就一直在寻找您。您上船时没有用自己的名字登记,而且又是中国国籍,所以我们无法找到您,因为那是一艘日本难民的运输船。所以……当地警察就以无法找到您为由,把您作为海上的失踪人员报了上去,并通知了您的丈夫。您丈夫在知道这个消息后,痛哭了好多天,还晕厥了过去,是我们的医生从死亡线上把他抢救回来的。后来等我找到您的行踪,期望把您还活着的消息告诉您的丈夫时他却失踪了。这真是非常遗憾的,但是我们看得出来,您丈夫确实……非常地爱您……"

金井泽再一次嚅动着嘴对眼前这个可怜的女人说道。他觉得应该让她在临死前听到她丈夫的一些真实事情。这些事情或许是一个秘密,作为警察是不能够向当事人讲的,但是金井泽已经顾不上这些了。在一个垂死的人面前还有什么东西值得隐瞒呢……

"谢谢您,警察先生!谢谢您把我丈夫的事告诉我。我知道我丈夫爱我,我也知道……他一定会来找我,救我的。可是……真是可恨啊,命运为什么不让我们在……在这儿相聚呢……他应该在这儿看到他的女儿,看到我们的主赐给我们的礼物啊!可是……"说到这里路影又哭起来了。她泪如泉涌,痛不成声,沉溺在一种无边的悲痛中。她的脸色显得灰白,而且亮丽发光,那双惊魂未定的眸子慢慢地突然又像想起了什么似的抬了起来,注视着朴玉善。

"嬷嬷，真应该感谢您……是您引导着我，一步一步地走到主的身边的……可是说真的，我……我并不相信我们的世界有主。我不信！但是……假如这世界上没有主的话，我会害怕、恐惧，我不知道这世上还会发生什么可恶的事情。所以……主还是存在的好，我还是想相信……相信主的威望，相信主的仁慈，相信……主的存在！因为我……还有女儿，我的丈夫还活着……我希望……假如真有主的话，那么……主是一定会让我的女儿找到她父亲的！其实现在……我已经看到我女儿和她爸爸相会时的那种情景了……嬷嬷，你看，我女儿多漂亮啊！她长得像我……长大以后就更像我了……"

路影含着凄楚的眼泪一停一顿地说着。她吃力地抬起身来，把抱在朴玉善怀里的周雪燕接了过来。她吻着女儿的脸庞，似乎恢复了一点力气，但很快又衰竭了。她的呼吸断断续续，喉咙中有一种嘎嘎的声音在间歇地响着，她挣扎着还想再去说些什么，却什么都说不出来了。她望着朴玉善和站在她身旁的金井泽，留恋着身边的一切，无奈地闭上了眼睛，那副安详却又充满遗憾的面容由红变黄，由黄变白，失去了最后的一点血色，只有那一对纤长的黑色的眼睫毛还在微微颤抖，留住了她只有二十二岁的青春。

"妈妈……妈妈，你别睡觉，我给你唱首歌吧……"

被路影搂抱着的周雪燕，此时突然抬起了脑袋，她望着她妈妈紧闭的眼睛，低声地唱了起来。

    妈妈你不要哭，因为鲜花在笑，
    妈妈您不要哭，因为燕子在叫。
    太阳正在升起，宝宝已经起床，
    妈妈应该高兴，因为阳光在照……

这是一首儿歌，是周雪燕从育婴堂的圣女那边学来的。她已经三岁了。三岁的女儿是智力发育最快的时期，可遗憾的是她的母亲已经听不见这些歌声了。

这时医生赶到了。他给路影量了血压，又看了看她的眼睛，无奈地对朴玉善耸了耸肩膀。

路影走了，她走到大地这个慈母的怀里去了。

谁都要迈出这一步的。大地是所有人的归宿。只是……路影走得稍稍得早了一点……

尾声

有几件事好像有必要做个交代，它们应该是本故事的延续。这本书结束以前提出来或许有着它们的意义。

那是1948年12月23日下午美国驻日本占领军总部发表的公告，它宣布以前日本首相东条英机为首的七名日本战犯，已经在那一天凌晨12点10分被推上了东京巢鸭监狱的绞刑架，魂归西天。他们的尸首已经在上午八点至九点在日本横滨公共火葬场火化，骨灰被美军吉普车从火葬场载走，从军舰上撒入大海。

此后苏联政府又组成特别军事法庭，于1949年12月25～30日，在中国黑龙江和乌苏里江中苏边境交界处的伯力城，对以前日本关东军731细菌部队军医少将川岛清为首的12名制造和使用细菌武器的日本战犯进行了审判。川岛清被判处25年徒刑。

由于美国履行了和日本731部队石井四郎中将签署的以731部队拥有的研究器材、资料和调查数据，换取美国不起诉该部队领导人战争犯罪罪行的秘密条约，731部队长石井四郎逃脱了法庭的审判。为此苏联和中国等国家在1950年2月1日向美国政府郑重提出择地重新设置国际军事法庭，审判没有受到法律制裁的日本天皇裕仁和731细菌部队部队长石井四郎等四名战争犯罪分子。

这个要求凝结着苏联驻日本远东国际军事法庭法官札里季耶夫少将的全部心血，但是它因在问世后的第三天遭到了美国国务院的坚决反对而流产。美国已经改变了它的全球战略。他们利用残余的日本军国主义势力重新武装日本,在军事上封锁同处在社会主义阵营的苏联和新生的中华人民共和国。

冷战已经白热化了,热战一触即发。1950 年 6 月 25 日,被称作第三次世界大战前哨战的朝鲜战争打响了。两天后美国海军第七舰队开进台湾海峡。同年 10 月 19 日,以美国为首的联合国军占领了朝鲜首都平壤,把战火烧到中朝边境并扬言不惜对中国使用核武器。六天后的 10 月 25 日,中国人民志愿军在彭德怀司令员的带领下越过鸭绿江参加朝鲜战争。一个月以后的 12 月 16 日,美国总统杜鲁门在白宫宣布,因为朝鲜战争,全国进入紧急战备状态。

1950 年是充满血腥味的。

正是在这一年中,周雪燕得到了法律上的认可,被周海龙从基督育婴堂领了出来,正式成为他的女儿。那时,周海龙已经和一个名叫许英花的韩国姑娘结婚,并成立了新的家庭。

据说周雪燕在那个家庭过得还算幸福,她和她的后妈许英花的关系也还处得不错。然而谁又能知道那些真实情况呢?尤其是在那血雨腥风、缺盐少米的时代里。

但是,不管怎么说,周雪燕就是在这样的环境里长大了,倔强地成长起来了。这确实也是事实。

后　记

　　《海狼》是笔者长篇小说"幻灭三部曲"（另两部为《世纪末的挽钟》《欲望的地平线》）中的一部。这三部小说的故事内容完全不同，没有任何关联，但时代背景都源出于1930年代后期爆发的第二次世界大战，描述的又都是那场战争给普通民众带来的灾难。小说中的人物虽历经时代风雨冲溅，但其哀痛和伤痕仍然难以治愈，就像几何学中可以无限延伸的线条一样，把一头交给了命运，而另一头却无止境地伸展着。

　　尤其是《海狼》，因为这是一个几近真实的故事。

　　2003年6月，一位71岁的日本公司的社长带着女伴，在日本《月刊公论》杂志社编辑的介绍下，和笔者在东京赤坂东急酒店的咖啡厅见了面。他是看了笔者在《月刊公论》上发表的名为《被"自我克制"精神扭曲的日本社会》的杂文后，才萌生出要和笔者会面的想法。

　　这是一位镶着假牙，头发梳得整齐，西装革履，腰板笔直，思维敏捷的绅士。看不出他的真实年龄，但是他眼角边深深雕刻着的鱼尾纹和额头上不时展现出来的沧桑感，还是让笔者感觉到了他曾经历过的困苦岁月。他身旁坐着一位穿着黑色连衣裙、脖子上挂着珍珠项链，被老人称为女友的中年女士。由于话题触及记忆的深处，谈话略带一种哀伤的情绪。

　　老人把一个塞着三十多页写满密密麻麻草体字纸张的A4信

封及一本叫《荣光》的杂志递给了笔者,而且还拿出一封保存了几十年已经发黄变黑的信件给笔者看。他说他看过笔者的作品,赞同笔者的观点,并且愿意相信中国人。

他告诉笔者,他当时是哈尔滨宪兵司令部的宪兵。日本宣布投降时开始逃亡,途中他和同僚在辽宁铁岭一带农村遭到当地居民的追打,九死一生时被当地一位会讲日语的名叫大山的屯长救起,并在他家里得到救治,还与他女儿产生了感情。那是他一生中最富诗意的日子。可是好景不长,由于同僚出卖,苏联军队赶到那里逮捕了他并很快把他判处死刑,虽然后来奇迹般地逃脱出来,却又因为害怕连累大山和他的女儿而没敢回去。

此后他听说大山一家人因为收留他而被苏联军队关押,受到了非人的折磨,为此他十分内疚,总想着报恩于他们。可是战后的苦难生活和他特有的经历,以及此后的动荡生涯使他无法了却心愿。那种心思一直熬到今天,并随着时间的推移愈演愈烈。他期望笔者能帮助他,带他到东北的铁岭去找恩人,为此他愿意打破半个多世纪的沉默,向笔者披露他亲身经历的两起至今仍然没有被公开的秘密。他相信笔者会对此感兴趣。

这真是一位命运多舛,有着接连不断厄运和奇遇,却又百折不回的老人。他把他的秘密写成了文字交给笔者,总结起来大致可以分为两件事。

一件是发生在1928年6月的"张作霖暗杀事件"。这件事本与他无关,但他握有一封事件的操纵者——当年日本关东军的高级参谋河本大作在事发前写给哈尔滨日本宪兵司令部矶谷廉介中佐的亲笔信。河本大作在信里表示,他准备在辽宁柳条沟暗杀张作霖,并提示了实行计划。

河本大作的信在1945年6月由矶谷廉介转交给了当时在哈尔滨宪兵司令部任职的他,并由他一直保存至今。

这是份没有公开的信件，但随着中日之间机密文件的不断解密，"柳条沟事件"真相已经明朗，其中的一些内容还在东京审判中作为证据被公布了出来。

让笔者激动的是第二件事，那是这位老人亲身经历的。

那就是日本731部队与美国人在二战结束时所做的交易。

那时，日本731部队向美国军方提出他们愿意把在中国进行人体实验而开发制造的生化武器、投入中国战场后获得的数据、资料、仪器、标本等全数交给他们，以换取美国政府不在东京国际军事法庭以反人类的罪名起诉他们。

眼前的这位老人是在无意中参加美日之间的这项秘密勾当的。由于他会英语，又因为苏联军队追捕而走投无路，忙着筹钱逃回日本，符合参加这起秘密交易工作的条件，因此被委以重任，担任了这起罪恶交易中至关紧要的情报资料的翻译工作。

谁也没有想到问题就出在他那里。

笔者当然不会相信日本731部队与美国军队的秘密交易完全是因为他——这位昔日的日本宪兵的携密逃亡而在世上留下痕迹的，但是可以肯定，正是因为有了无数个类似眼前这位老人那样的人，这罄竹难书的罪恶才在世上露出它的尾巴。

关于这起秘密交易，世界上有很多学者都在研究。2002年逝世的美国著名历史学家、加州州立大学教授谢尔顿·哈里斯（Sheldon H. Harris）先生就是其中的一位。笔者读过他写的那本披露日本731部队内幕的著作《死亡工厂》，并且在加州州立大学历史系的研究室里访问过他。

他是一位才思敏捷、眼光锐利的学者。我们谈了四个多小时，一起探讨了日本731部队研究制造生化武器，在中国进行细菌战等一系列在历史学和法学上存在的问题。

当时以苏联和美国为首的东西方两大阵营正准备发动一场被

称为冷战的新战争。这场战争在西方的争夺焦点是德国的东西柏林，在亚洲则是朝鲜半岛。朝鲜半岛剑拔弩张的局面，使美国下定决心要重新武装日本，因而这些本来应该像制造奥斯威辛集中营的纳粹分子一样，受到最严厉惩罚的731部队头目受到了美国的庇护，逃脱了法律的制裁。

战争制造罪恶，战争毁灭良知，而揭露战争分子的嘴脸，呼唤人类的正义和道德，是所有爱好和平的人不约而同的理念。

2018年，日本公共放送电视台（NHK）在沉默了70多年后终于发声。他们在制作的特别节目中采访了还在世的731部队军人，并把二次大战结束时被苏联军队抓捕的731部队头目，在1949年12月25日开始的伯力军事法庭审判中所做的供词以及跟其有关的证据、证言、忏悔录音和视频等内容，以上下两集纪录片的形式进行了播放，把那些或许还是秘密，或许已经不成为秘密的罪恶公布了出来。这种良知的复苏或许正是包括眼前这位老人在内的人，要去打破半个世纪以来沉默的原因所在。

能够揭开噩梦并把它公之于世不仅需要非凡的勇气，而且离不开浪漫主义的滋养。可是即使有了这一切，人类历史上最肮脏的一页就能轻易地翻过去吗？

从那以后笔者一直和老人保持着联系。

笔者询问他从美国人的魔掌里逃脱出来的经过以及他的逃跑路线，了解他和大山的女儿恋爱中的动人之处和他复仇行凶、追踪仇敌的痛苦旅程等。笔者还试探着从老人那里了解他身边这位魅力女性的故事，从而意识到她就是当年在日本帮助老人、躲避美国驻日本占领军和日本警察追捕的那个女人的后代。现在，她的妈妈去世了，可是她的爸爸呢……

谁都有过那种痛苦惆怅的时刻。当心爱的人离开自己，当自己想去感恩报答，却又因为命运的劫难而无法付诸行动时，那种无奈和悲凉的感觉就像是蛀牙，虽然被医生拔除，但疼痛永存于意识之中。

这就是涌动在笔者脑子里的高桥秀义、路影和山崎幸子最初的形象。这些事实所带来的忧伤穿透了笔者的灵魂，使笔者无法抑制地奔走于图书馆、公文资料馆之间，夜不能寐地去为之冥想。这个过程是漫长的，细想起来至少有五年之久，虽然艰苦熬人，却乐此不疲。

无疑，这是一个悲剧。

当然，美的、漂亮的、能让人动情的、不惜去为之击节敲鼓的事情并不只限于悲剧之中，但笔者对此情有独钟。

因为记录那段历史，让后人知道曾经有一位老人在东西方的冷战前夜，经受了这样一场足以让人回肠荡气的遭遇，不也正是笔者这样作家的责任吗？为此笔者真心希望，本作品能得到读者的青睐，不管其如何地被是或者被非，笔者依然能从容地为之而释怀。

2019 年 7 月 7 日于日本东京

图书在版编目(CIP)数据

海狼/吴民民著.--北京：社会科学文献出版社，2019.8
 ISBN 978-7-5201-5036-1

Ⅰ.①海… Ⅱ.①吴… Ⅲ.①长篇小说-中国-当代 Ⅳ.①I247.5

中国版本图书馆 CIP 数据核字（2019）第 115536 号

海 狼

著　　者／吴民民

出 版 人／谢寿光
责任编辑／李期耀

出　　版／社会科学文献出版社·历史学分社（010）59367256
　　　　　地址：北京市北三环中路甲29号院华龙大厦　邮编：100029
　　　　　网址：www.ssap.com.cn

发　　行／市场营销中心（010）59367081　59367083
印　　装／三河市东方印刷有限公司

规　　格／开本：889mm×1194mm　1/32
　　　　　印张：16.375　字数：411千字
版　　次／2019年8月第1版　2019年8月第1次印刷
书　　号／ISBN 978-7-5201-5036-1
定　　价／55.00元

本书如有印装质量问题，请与读者服务中心（010-59367028）联系

版权所有 翻印必究